MIRA®

Der Preis dieses Bandes versteht sich einschließlich
der gesetzlichen Mehrwertsteuer.

Umwelthinweis:
Dieses Buch wurde auf chlor- und säurefreiem Papier gedruckt.

Unter tausend Monden

Unheimliche Albträume quälen die Schriftstellerin Antonia Fraser, seit sie mit ihren Freunden auf der Burg von Bruce MacNiall Szenen aus schottischer Vorzeit vorführt. Nur wenn Bruce sie nachts in seinen Armen hält, fühlt sie sich vor den Visionen sicher, in denen die Vergangenheit ihre düsteren Schatten in die Gegenwart wirft. Ihr Schauspiel scheint einen Kreis aus ewiger Rache und Sühne geschlossen zu haben. Doch was haben die schrecklichen Ereignisse von einst mit den beiden toten Frauen zu tun, die in dem Wald hinter der Burg gefunden wurden?

Die Handlung und Figuren dieses Romans sind frei erfunden.
Ähnlichkeiten mit lebenden oder verstorbenen Personen
sind nicht beabsichtigt und wären rein zufällig.

Heather Graham

Unter tausend Monden

Roman

Aus dem Amerikanischen von
Rainer Nolden

MIRA®

MIRA® TASCHENBUCH
Band 25166
1. Auflage: Oktober 2005

MIRA® TASCHENBÜCHER
erscheinen in der Cora Verlag GmbH & Co. KG,
Axel-Springer-Platz 1, 20350 Hamburg
Deutsche Erstveröffentlichung

Titel der nordamerikanischen Originalausgabe:
The Presence

erschienen bei: MIRA Books, Toronto
Published by arrangement with
Harlequin Enterprises II B.V., Amsterdam

Konzeption/Reihengestaltung: fredeboldpartner.network, Köln
Umschlaggestaltung: pecher und soiron, Köln
Redaktion: Claudia Wuttke
Titelabbildung: Getty Images, München
Illustration: Sándor Rózsa, Köln
Autorenfoto: © by Harlequin Enterprise S.A., Schweiz
Satz: Buch-Werkstatt GmbH, Bad Aibling
Druck und Bindearbeiten: Ebner & Spiegel, Ulm
Printed in Germany
ISBN 3-89941-208-7

www.mira-taschenbuch.de

PROLOG

Albträume

Ein markerschütternder Schrei durchbrach die Stille der Nacht. So konnte nur ein Kind schreien, das Todesängste ausstand. Ein Kind, dass Schreckliches durchlebte.

In heller Panik stürzten die Eltern ins Zimmer, um nachzusehen, was ihrem Kind fehlte, das sie mehr liebten, als alles andere auf der Welt. Welcher Albtraum mochte es heimgesucht haben? Oder war es womöglich von einem hinterhältigen Einbrecher erschreckt worden?

Das Mädchen stand stocksteif auf dem Bett, die Hände zu Fäusten geballt, die aussahen, als gehörten sie zu einer alten, von der Gicht geplagten Frau. Immer wieder schrie das kleine Mädchen schrill, schneidend, durchdringend – seine Schreie waren so Nerven zerfetzend wie das Geräusch von Fingernägeln, die über eine Schiefertafel kratzen.

Verstört ließen die Eltern ihre Blicke durchs Zimmer wandern. Schließlich sahen sie sich ratlos an.

„Liebling, mein armer Liebling!“

Das Kind war zur Salzsäule erstarrt. Die Mutter versuchte, es in den Arm zu nehmen. Doch die Kleine reagierte nicht. Immer wieder rief der Vater ihren Namen, packte sie an den Schultern und schüttelte sie. Doch in ihrer Panik schien sie keinen von beiden wahrzunehmen.

Schließlich sank sie in sich zusammen. Ihre Beine gaben einfach nach, wie ein Häufchen Elend lag sie mitten auf dem Bett. Verzweifelt sahen sich die Eltern an. Schließlich setzte sich die Mutter neben sie und drückte sie an die Brust. „Ist ja gut, mein Liebling, es ist alles gut …“

Endlich öffnete die Kleine ihre himmelblauen Augen. Ihr Blick war von engelhafter Reinheit. Wie ein Heiligenschein umrahmte das dichte hellblonde Haar ihr kleines Gesicht. Sie sah ihre Mutter an und lächelte verschlafen, als wäre nichts geschehen, als hätte sie diese markerschütternden Schreie niemals ausgestoßen.

„Du hast einen bösen Traum gehabt, nicht wahr?“ fragte ihre Mutter besorgt.

Ratlos runzelte die Kleine die Stirn. „Nein“, wisperte sie. Ein Schatten fiel über die hellblauen Augen, und der dünne kleine Körper begann zu zittern.

Kopfschüttelnd schaute die Mutter ihren Mann an. „Wir müssen einen Arzt rufen.“

„Es ist zwei Uhr morgens. Sie hat einen Albtraum gehabt.“

„Aber sie braucht Hilfe.“

„Nein“, erwiderte der Vater fest. „Wir decken sie warm zu und reden morgen darüber.“

„Aber ...“

„Wenn wir jetzt den Arzt anrufen, wird er uns in die Notaufnahme schicken. Dort sitzen wir dann stundenlang herum, nur um hinterher zu hören, dass wir mit ihr zum Psychiater gehen sollen.“

„Donald!“

„Es stimmt doch, Ellen, und das weißt du ganz genau.“

Ellen senkte den Blick. Ihre Tochter schaute sie aus großen Augen an. Noch immer zitterte sie wie Espenlaub.

„Die Polizei“, flüsterte sie.

„Die Polizei?“ fragte Ellen verwirrt.

„Ich habe ihn gesehen, Mami. Ich habe gesehen, was dieser schreckliche Mann der Lady angetan hat.“

„Aber Liebling, welcher Lady denn?“

„Sie war auf der Straße und hat Autos angehalten. Sie hatte rote Haare und trug einen kurzen, silbernen Rock. Der Mann ist neben ihr stehen geblieben, und sein Auto hatte kein Dach, genau wie bei dem von Onkel Ted. Dann ist sie eingestiegen, und er ist weitergefahren, und dann ... und dann ..."

Donald trat ans Bett und packte seine Tochter an den Schultern. „Hör auf damit! Du lügst doch. Gar nichts hast du gesehen. Du hast dieses Zimmer überhaupt nicht verlassen."

Ellen drängte ihren Mann zur Seite. „Lass sie. Du siehst doch, dass sie außer sich ist vor Angst."

„Und deshalb sollen wir die Polizei rufen? Weißt du überhaupt, was das bedeutet? Unser Kind wird auf den Titelseiten sämtlicher Zeitungen stehen, und wenn sie diesen irren Frauenmörder nicht finden, gerät sie möglicherweise selbst noch in Gefahr. Das kommt überhaupt nicht in Frage, Ellen!"

„Vielleicht nehmen sie ihn ja bald fest", meinte Ellen.

„Vergiss es!" sagte Donald streng.

Erst nickte sie folgsam, doch dann schüttelte sie energisch den Kopf. „Ich muss es doch jemandem sagen", flüsterte sie.

Ellen stritt sich nur selten mit Donald. Dieses Mal hatte sie jedoch nicht vor, klein beizugeben.

„Wenn es aber passiert ... muss sie doch jemand haben, dem sie es erzählen kann."

„Keine Polizei", beharrte Donald.

„Dann rufe ich Adam an."

„Diesen Scharlatan."

„Er ist kein Scharlatan. Das weißt du genauso gut wie ich."

Donalds Blick wanderte von seiner Frau zu seiner Tochter. In ihrem gequälten Blick entdeckte er eine Furcht, für die sie noch viel zu jung war. „Ruf den Mann an", sagte er.

Er war sehr alt. Das war Tonis erster Eindruck von Adam Harrison. Er hatte ein hageres Gesicht, einen dürren Körper und schlohweißes Haar. Aber seine Augen waren die freundlichsten und verständnisvollsten, die das Mädchen in seinem neunjährigen Leben je gesehen hatte.

Lächelnd trat er neben ihr Bett und ergriff ihre Hand. In der Sekunde, in der er sie berührte, hörte sie auf zu zittern, ihr wurde ganz warm. Er war ein ganz besonderer Mensch, er glaubte ihr, dass sie diese Dinge gesehen hatte, ohne das Haus zu verlassen. Tief in ihrem Inneren wusste sie natürlich selbst, dass es verrückt war. So etwas gab es einfach nicht. Aber warum war es dann trotzdem geschehen?

Sie konnte verstehen, dass ihr Vater sich Sorgen machte. Es waren ja auch wirklich schreckliche Dinge, von denen sie berichtet hatte. Nicht auszudenken, wenn andere davon erfuhren. Die Leute würden mit dem Finger auf sie zeigen oder sich über sie lustig machen. Manch einer würde sich ihre Träume vielleicht sogar zu Nutze machen wollen. Das wäre das Allerschlimmste.

„Dann erzähl mir doch mal, was passiert ist", forderte Adam sie auf, nachdem er ihr erklärt hatte, dass er ein alter Freund der Familie ihrer Mutter war.

„Ich habe sie gesehen", flüsterte sie und begann erneut, am ganzen Körper zu zittern.

„Wen hast du gesehen?"

„Eine Frau. Sie stand auf der Straße und hat versucht, Autos anzuhalten. Eines ist dann auch bei ihr stehen geblieben. Sie hat sich durch das Fenster gebeugt und mit dem Mann über Geld geredet. Dann ist sie schnell ins Auto gestiegen und mit ihm weggefahren. Es war leuchtend rot."

„Ein Kabriolett?"

„So eins, wie Onkel Ted hat."

„Aha", sagte er und tätschelte beruhigend ihre Hand.

Ihre Stimme wurde schläfrig, als sie dann Teile des Gesprächs zwischen dem Mann und der Frau Wort für Wort wiedergab. Bei der Beschreibung des Messers stockte ihr der Atem. Am Ende, war sie schweißgebadet und fror zugleich erbärmlich. Leise redete Adam auf sie ein.

Dann kamen die Polizisten. Nachbarn, die von den Schreien geweckt worden waren, hatten sie alarmiert.

Die beiden Beamten stellten sich rechts und links neben ihrem Bett auf und bestürmten sie mit Fragen. Sie wollten wissen, was sie gesehen oder was man ihr angetan hatte.

Dank Adam fühlte sie sich zwar geborgen, doch irgendwann begann sie wieder zu weinen. „Nein, nein! Ich habe wirklich nichts gesehen!"

Adam erhob sich und sprach mit einer solchen Bestimmtheit, dass selbst die Männer mit den Pistolen und Dienstmarken ihm gehorchten. Sie verließen das Zimmer. Adam zwinkerte ihr zu, sagte, dass die beiden Männer ihr nur helfen wollten, und ging dann zusammen mit ihnen hinaus.

Einen Monat später kamen die Polizisten wieder. Toni hörte, wie ihr Vater zornig von den beiden verlangte, sie in Ruhe zu lassen. Trotzdem saß sie kurz darauf einem Beamten gegenüber, der ihr wieder Fragen stellte. Seine Stimme wurde immer schneidender. Nach einiger Zeit wollte sie sich am liebsten verstecken, weil sie es nicht länger ertragen konnte, ihm zuzuhören.

Erst im Krankenhaus wachte sie wieder auf. Ihre Mutter saß tränenüberströmt neben ihr, lächelte aber, als Toni die Augen öffnete und sie anschaute.

Ihr Vater war auch da. Er drückte ihr einen Kuss auf die Stirn, wollte etwas sagen, doch die Stimme versagte ihm, und er verließ das Zimmer. Ein älterer Mann, der sich bisher im Hintergrund gehalten hatte, trat auf sie zu.

„Du wirst jetzt eine kleine Reise machen“, erklärte er ihr fröhlich. „Hinaus aufs Land. Und die Polizisten werden nie wieder kommen, das verspreche ich.“

„Die Polizisten?“

„Ja. Erinnerst du dich an sie?“

Sie schüttelte den Kopf. „Es tut mir Leid, wirklich. Aber ich weiß nicht, wer Sie sind.“

Er zog seine buschigen, weißen Augenbrauen hoch und musterte sie durchdringend. „Ich bin Adam. Adam Harrison. Du erinnerst dich wirklich nicht mehr an mich?“

Mit ernster Miene betrachtete sie ihn. Schließlich schüttelte sie den Kopf. Obwohl sie log, lächelte er, sein Lächeln war warmherzig und tröstend.

„Merk dir einfach meinen Namen. Und wenn du jemals meine Hilfe benötigen solltest, ruf mich an. Wenn du wieder einen schrecklichen Albtraum hast.“

„Ich habe keine Albträume“, erwiderte sie.

„Natürlich nicht. Aber falls du träumst …“

„Ich bin sicher, dass ich keine Träume habe. Ich will nicht träumen. Manche Leute schaffen es, nicht mehr zu träumen. Haben Sie das gewusst?“

Sein Lächeln wurde breiter. „Ja, das habe ich tatsächlich gewusst. Nun, Miss Antoinette Fraser, jedenfalls freue ich mich, dich kennen gelernt zu haben, und noch mehr freue ich mich darüber, dass du wieder so gut aussiehst. Wenn du irgendwann mal wieder das Bedürfnis haben solltest, mit mir zu reden, erinnere dich einfach an meinen Namen.“

Spontan griff sie nach seiner Hand. „Ich werde Ihren Namen nie vergessen“, sagte sie.

„Wann immer du mich brauchst, werde ich für dich da sein“, versprach er in feierlichem Ton.

Er drückte einen Kuss auf ihre Stirn, dann ließ er sie allein. Zurück blieb nur der Duft seines Aftershaves.

Bald darauf verblassten ihre Erinnerungen an diesen Vorfall, sie bekamen etwas Unwirkliches. Nur eine undeutliche Ahnung blieb in ihrem Gedächtnis haften – ein Hauch von Aftershave, der noch in der Luft hängt, obwohl derjenige, zu dem er gehört, längst den Raum verlassen hat.

1. KAPITEL

„Und nun stellen Sie sich bitte den hochherrschaftlichen Besitzer der Burg vor, Lord MacNiall persönlich, berühmt und berüchtigt. Ein Mensch, der sowohl Angst einflößt als auch Respekt gebietet. Er war ein in jeder Beziehung herausragender Mensch – einen Meter neunzig groß, mit pechschwarzem Haar und blitzenden, stahlgrauen Augen, unter seinem Blick zuckten die Leute zusammen, als hätten sie den Teufel persönlich gesehen. Manche sagten, seine Augen hätten so hell gelodert wie das Höllenfeuer. Muskulös waren seine Arme, gestärkt im Zweikampf mit Schwertern und Äxten oder welche Waffen auch immer er in der Schlacht benutzte. Es heißt, dass er es zu Beginn einer Schlacht mit zwölf Männern gleichzeitig aufnehmen konnte. König und Vaterland gleichermassen treu ergeben, kämpfte er gegen jeden Mann, der der ihm gefährlich werden konnte. Er war ein hingebungsvoller Liebhaber, doch wenn er eine Frau der Untreue verdächtigte, musste sie seinen grenzenlosen Zorn fürchten.

Stellen Sie sich bitte weiter vor, dass seine Geliebte, seine Braut, seine Ehefrau von hinterhältigen Ratgebern umgeben war, die es darauf abgesehen hatten, den glorreichen Kämpfer unzähliger Schlachten zu Fall zu bringen. Gehen wir davon aus, dass sie wusste, verraten und verleumdet worden zu sein und dass ihr Gatte von einem blutgetränkten Schlachtfeld zurückkehrte. Dort … dort tritt er ein, durch das große Portal, das in diese Halle führt."

Hingerissen von ihren eigenen Worten, stand Toni am Geländer der Galerie im ersten Stock und zeigte mit theatralischer Geste auf die massiven Flügeltüren. Eine Gruppe von Touristen, die von ihren Ausführungen sichtlich beeindruckt war und gebannt zuhörte stand in der weiträumigen Eingangshalle und schaute zu ihr empor. Es war wirklich zu schön, um wahr zu sein, und viel beeindruckender, als sie es sich in ihren kühnsten Träumen vorgestellt hatten. Toni und ihre Freunde wollten aus einer heruntergekommenen Burg den Schauplatz eines ganz besonderen Spektakels machen. Zu Beginn hatten David und Kevin die Besucher mit ihrer Darstellung von liebeskranken Minnesängern beeindruckt, die zur Zeit James IV. lebten. Während seiner Regentschaft war die Burg auf den Fundamenten einer normannischen Bastion errichtet worden, die ihrerseits aus dem dreizehnten Jahrhundert stammte und vom König in Auftrag gegeben worden war. Ryan und Gina hatten ein fantastisches Schauspiel geboten – als Tochter des Burgherren und als Stalljunge, in den sich das Mädchen während der Herrschaft von Mary, der schottischen Königin, tragischerweise verliebt hatte. Thayer – der Wilde in ihrem Sextett – hatte sehr viel Talent für seine Rolle: Er spielte einen Lord unter James IV., den man der Hexerei bezichtigte. Zusätzlich waren sie alle noch als Küchenmädchen und Lakaien aufgetreten.

Die Zuschauer waren sichtlich beeindruckt von der Vorstellung. Atemlos warteten sie auf die Fortsetzung. Also fuhr Toni in ihrer Ansprache fort.

„Es war unglücklicherweise genau hier, wo ich jetzt stehe, dass Annalise ihren Gatten traf, ihren unglaublich tapferen und leider ebenso eifersüchtigen und unbeherrschten Mann. Da er den Geschichten, die über seine wunderschöne Frau erzählt wurden, Glauben schenkte, legte er ihr die Hände um den schlanken Hals und würgte sie zu Tode. Anschließend warf er die Leblose in grenzenlosem Zorn die Treppe hinunter. Seine Diener halfen ihm, den Leichnam zu beseitigen. Schon am folgenden Tag zog Lord MacNiall in eine weitere Schlacht. Seinem Schicksal vermochte er dennoch nicht zu entrinnen. Obwohl er sich in vielen Kriegen bewährt hatte und zahlreiche gegnerische Heere unter seiner Führung vernichtet worden waren, sollte Cromwell schließlich doch noch des Mannes habhaft werden. Ihm widerfuhr die schlimmste Strafe, die man sich denken kann: Er wurde entmannt, man schlitzte im den Leib auf, köpfte ihn, trennte seine Gliedmaßen ab und verstreute sie in weitem Umkreis. Seine Angehörigen sammelten die Teile seines Körpers ein, und jetzt liegt er in der Krypta begraben, die sich in diesen Mauern befindet. Ja, seine sterblichen Überreste sind hier. Aber es heißt, dass seine Seele immer noch umherwandert, nicht nur innerhalb der Burg, sondern auch über die umliegenden Hügel und durch die Täler, er soll auch in den Wäldern spuken, die sich jenseits der Ruinen der ehemaligen Stadtmauer erstrecken."

Ihre Ausführungen wurden mit einem ehrfürchtigen „Ohh" des begeisterten Publikums kommentiert. Verschmitzt lächelte Toni Gina zu, die sich, unsichtbar für die Besucher, in einem Raum im ersten Stock um den reibungslosen Ablauf der Vorstellung kümmerte. Jeden Moment musste Ryan nun in die Haupthalle hineinreiten. Hoffentlich stimmte das Timing.

„Es heißt, dass er immer noch durch sein Land streift, auf der Suche nach seiner Gattin, begierig, ihr Antlitz zu erblicken, immer noch voller Liebe und Verlangen ... und jedes Mal, wenn er sie in ihrer vollkommenen Schönheit zu sehen glaubt, wird er von einer unbändigen Wut gepackt."

Ein wenig nervös blickte sie zu Gina hinüber. Ryans Auftritt war längst überfällig.

Gina zuckte ratlos mit den Schultern. Dann bedeutete sie Toni gestenreich, erst einmal weiterzumachen, so gut sie eben konnte.

„In jener unheilvollen Nacht stürzte der mächtige Lord durch diese schweren Türen."

Wie aufs Stichwort zuckte ein greller Blitz durch die Dunkelheit, gefolgt von einem krachenden Donner.

Das mächtige Eingangsportal flog auf und gab den Blick auf einen Mann frei.

Verblüfft schnappte Toni nach Luft. Das war nicht Ryan. Der Fremde saß auf dem größten schwarzen Hengst, den Toni je gesehen hatte. Fehlte nur noch, dass das sich aufbäumende Tier wie ein Drache Feuer spie.

Und erst der Reiter ... Der Regen hatte ihn vollkommen durchnässt, sein pechschwarzes Haar klebte am Kopf. Er war mindestens ebenso beeindruckend wie sein Pferd, seine Augen blitzten teuflisch – jedenfalls kam es ihr so vor. Er war genauso, wie sie ihn geschildert hatte – der mächtige Lord, Bruce MacNiall, der Krieger mit Tartan und Kilt.

Wieder zuckte ein Blitz, gefolgt von grollendem Donner.

Toni stieß einen gellenden Schrei aus, und durch die Menge der Zuschauer ging ein beeindrucktes Raunen.

Perfekt! dachte Toni. Jetzt war es eigentlich Zeit zu verkünden, dass der Lord heimgekehrt war – ebenso ruhmreich wie zornig. Aber zum ersten Mal in ihrem Leben verschlug es ihr die Sprache. Genau wie die anderen starrte sie gebannt die Erscheinung an und wagte kaum zu atmen aus Furcht, einen leibhaftigen Geist heraufbeschworen zu haben.

Er sprang so geschickt aus dem Sattel, dass die Frage, was ein Schotte unter dem Kilt trug, auch dieses Mal nicht endgültig geklärt werden konnte. Mit zusammengekniffenen Augen und grimmiger Miene schaute er sich in der Halle um.

„Wer ist für dieses Theater hier verantwortlich?“

Die faszinierten Zuschauer glaubten offensichtlich immer noch, dass dieser Auftritt zur Vorstellung gehörte.

David, der mitten im Publikum stand, reagierte als Erster. „Die Lady oben auf der Treppe“, beantwortete er die Frage des Fremden und zeigte auf Toni. Und dann hatte er es sehr eilig, den Saal zu räumen. „Damit sind wir am Ende unserer Vorführung. Ladies und Gentlemen, ich danke Ihnen für Ihre Aufmerksamkeit“, sagte er.

Die Menge begann zu applaudieren, ohne den Neuankömmling aus den Augen zu lassen.

Der Blick des Fremden verfinsterte sich noch mehr.

„Nochmals vielen Dank", wiederholte David. „Und jetzt wollen Sie sich bitte in die Küche begeben, wo wir Ihnen Tee und Scones servieren möchten."

Während Toni der Gruppe nachsah, hörte sie Ginas aufgeregtes Flüstern. „Was soll das? Wer zum Teufel …?" Sie kam aus ihrem Versteck und trat auf den Treppenabsatz. „Ist das Ryan? Was hat er denn jetzt schon wieder angestellt?"

„Das ist nicht Ryan", murmelte Toni. Ehe Kevin David und den Besuchern in die Küche folgte, warf er ihr einen perplexen Blick zu und machte eine hilflose Handbewegung. Thayer musste hinausgegangen sein, um Ryan zu helfen, denn plötzlich waren Toni und Gina mit dem aufgebrachten Fremden allein, der langsam die Treppe hinaufkam.

„Meine Güte", stieß Gina hervor. „Du hast doch gesagt, dass du ihn dir nur ausgedacht hast."

„Hab ich auch."

„Und wer kommt da jetzt die Treppe hoch? Sag nichts, ich sehe es selber. Es handelt sich um einen sehr wütenden Mann."

Er war wütend? Plötzlich wurde Toni, die bis jetzt stocksteif an ihrem Platz gestanden hatte, ebenfalls ziemlich sauer. Was zum Teufel bildete der Kerl sich ein, einfach so hereinzuplatzen? Sie hatten die Burg ordnungsgemäß gemietet, und wer immer er auch sein mochte, er hatte hier nichts zu suchen. Nannte man so etwas nicht auch in Großbritannien Hausfriedensbruch?

„Guten Tag", sagte sie und bemühte sich, kühl und entschlossen zu klingen. „Kann ich Ihnen helfen?"

„Ob Sie mir helfen können? Ich denke schon", erwiderte er barsch. Der Blick aus seinen grauen Augen verhieß nichts Gutes.

„Wer zum Teufel sind Sie und was haben Sie hier zu suchen?" Seine Stimme war ein wütendes Donnergrollen. Seiner gutturalen Redeweise nach war er eindeutig Schotte. Zugleich machte er einen sehr weltmännischen Eindruck. Er wirkte, als sei er viel in der Welt herumgekommen und habe lange Zeit in anderen Ländern verbracht.

„Wer wir sind?" wiederholte sie verärgert. „Wer sind *Sie?*"

„Bruce MacNiall. Mir gehört diese Burg."

„Die MacNialls sind alle tot", entgegnete sie.

„Irrtum. Ich bin auch ein MacNiall und sehr lebendig. Was sagen Sie denn nun?"

Gina stöhnte vernehmlich. „O Gott. Das hört sich nach einem größeren Problem an."

„Es gibt kein Problem", sagte Toni leise zu Gina. „Das kann gar nicht sein." Dann wandte sie sich wieder dem Fremden zu, der einen solch fulminanten Auftritt hingelegt hatte. „Wir haben einen Mietvertrag, und zwar einen mit Vorkaufsrecht, wenn Sie es genau wissen wollen."

„Der Vertrag ist ungültig", antwortete er knapp.

„Entschuldigung, aber da sind wir anderer Meinung." Gina trat einen Schritt vor und lächelte verbindlich. Wie immer versuchte sie es auf die freundliche Art. Gina war zierlich, hatte üppiges braunes Haar und grüne Augen, mit denen sie ihre Umwelt ebenso neugierig wie unvoreingenommen betrachtete. Sie hatte sich auf Public Relations spezialisiert. „Das", fuhr sie höflich fort, „ist Antoinette Fraser, genannt Toni. Ich bin Gina Browne. Wirklich, Sir, wir haben uns ganz korrekt verhalten und eine stattliche Summe für das Recht bezahlt, das Schloss nutzen zu dürfen. Wir sind polizeilich gemeldet und haben eine Lizenz als Fremdenführer. Ich kann mir beim besten Willen nicht vorstellen, was Ihr heutiger Auftritt zu bedeuten hat. Die Leute im Dorf und auch der

Constable sind über unsere Anwesenheit informiert. Wenn es ein Problem gibt, warum kommen Sie dann erst jetzt?"

„Ich war auf Reisen. Der Constable hat Sie nur deshalb nicht hinausgeworfen, weil er nicht sicher war, ob ich meine Burg möglicherweise vermietet hatte, was ihm, nebenbei bemerkt, merkwürdig vorgekommen wäre. Erst als ich heute Abend im Dorf ankam, habe ich erfahren, dass mein Heim zu einem Rummelplatz umfunktioniert worden ist."

„Ich muss doch sehr bitten!" Gina holte tief Luft. Sie sah aus, als hätte man ihr eine Ohrfeige versetzt.

Toni warf ihr ein grimmiges Lächeln zu. „Ich mag Rummelplätze", sagte sie. Mit verschränkten Armen wandte sie sich wieder dem Fremden zu. „Hören Sie, Ihr Auftritt hat uns wirklich sehr erstaunt, erstens, weil wir von Ihrer Existenz überhaupt keine Ahnung hatten und zweitens, weil wir im Besitz der rechtmäßigen Dokumente sind. Offenbar sind die Leute hier Fremden gegenüber ziemlich zurückhaltend, sonst hätte uns doch jemand sagen müssen, dass es Sie gibt. Außerdem sind wir hier hineingekommen, ohne uns die Schlüssel besorgen zu müssen. Sie hingen an einem Haken neben der Tür. Vielleicht sind Sie zu selten in der Gegend, Mr. MacNiall."

„Lord MacNiall", korrigierte er sie trocken. „Ich konnte wohl kaum damit rechnen, bei mir zu Hause eine Meute ..."

„Haha!"

Der Ausruf wurde von Hufgeklapper übertönt und schnitt Lord MacNiall das Wort ab. Endlich kam Ryan Browne hereingeritten. Er stand in den Steigbügeln und schwang sein Schwert durch die Luft. Überrascht hielt er inne, als er die Haupthalle bis auf das riesige Pferd leer fand. Rasch zog er die Zügel an und blickte sich suchend um, bis er die drei auf dem Treppenabsatz entdeckte. Verwundert starrte er hinauf.

„Der mächtige Lord kehrt in seine Burg zurück“, verkündete er mit ersterbender Stimme. „Und dort findet er …“

Der schwarze Hengst wieherte bedrohlich. Ryans Pferd, ein hübscher Rotschimmel namens Wallace, scheute. „Ein anderer mächtiger Lord mit einem noch größeren Pferd. Nun gut … Dann wird sich dieser große Lord eben zurückziehen“, fuhr er hastig fort, während er versuchte, den Wallach unter Kontrolle zu bringen. „Aber ich werde wiederkommen“, versprach er.

Er wendete, und mit lautem Hufklappern trottete der Rotschimmel aus der Halle.

„Ich werde Sie alle verklagen“, schimpfte Bruce MacNiall. „Wir können Sie es wagen, hier einzufallen und sich über die schottische Geschichte lustig zu machen? Amerikaner!“

„Entschuldigen Sie bitte, aber das haben wir doch schon alles erklärt. Wir haben einen Mietvertrag, und der ist juristisch einwandfrei“, entgegnete Toni. „Außerdem machen wir uns nicht über die schottische Geschichte lustig. Im Gegenteil, wir sind hier, weil wir sie aufrichtig lieben.“

„Hören Sie mir zu, Sie überdrehte Person. Ich sage Ihnen jetzt zum letzten Mal, dass diese Burg mir gehört, und es war nie die Rede davon, dass sie vermietet oder verkauft werden soll.“

Plötzlich beschlichen Toni leise Zweifel, weil er so überaus aggressiv auftrat. Hatte er vielleicht doch Recht? Aber nein, das war unmöglich. Verstohlen blickte sie zu Gina. Die wirkte auf einmal ebenfalls unsicher.

Toni beschloss, den Fehdehandschuh anzunehmen. „Sie irren sich“, sagte sie zu dem Mann, der behauptete, Lord MacNiall zu sein. „Wir haben einen Vertrag.“

„Gar nichts haben Sie!“

„Wir sollten Sie festnehmen lassen, weil Sie unsere Vorstellung gestört haben“, versuchte Toni den Spieß umzudrehen. Doch zugleich machte sie einen Schritt zurück. „Nebenbei bemerkt, haben Sie kein Recht, mich überdreht zu nennen. Wir besitzen Dokumente, die eindeutig beweisen, dass wir die Burg gemietet haben. Außerdem kann jeder behaupten, der Besitzer zu sein. Die Burg war in einem erbärmlichen Zustand, verkommen und baufällig. In den vergangenen Jahren hat sich offensichtlich niemand darum gekümmert. Wir haben die elektrischen Leitungen erneuert, die Wände verputzt und gestrichen, damit das Haus nicht vollkommen verfiel. Und David und Kevin haben die Fassade abgestützt. Wir haben wirklich gearbeitet wie die Tiere, um das alles hier bewohnbar zu machen."

„Ich habe Ihnen doch gesagt, dass ich im Ausland war."

„Ihr ganzes Leben lang?" erwiderte sie scharf. „Wenn nicht, sollten Sie sich schämen. Dieses Gebäude ist unglaublich! Hätte es mir von Anfang gehört, dann hätte ich es niemals so schändlich verkommen lassen."

„Meine Burg geht Sie überhaupt nichts an", sagte er kalt.

„Und ob, denn jetzt ist sie unsere Burg – und das mindestens noch für ein Jahr", zischte sie durch zusammengebissene Zähne.

„Nein", korrigierte er sie. „Dieses Haus gehört mir, und ich habe es niemals vermietet."

Erneut wurde Toni ein wenig mulmig zu Mute. Er schien felsenfest von seinen Worten überzeugt zu sein.

„Ich sehe, dass Sie Zeit und Arbeit in das Gebäude gesteckt haben", sagte er zu Gina. „Das tut mir Leid für Sie. Aber es ist weder jetzt zu vermieten noch wird es irgendwann einmal zu vermieten sein. Ich hätte das von vornherein verhindert, aber wie ich schon sagte – ich war im Ausland."

„Das finde ich sehr seltsam", schaltete Toni sich ein, ehe Gina antworten konnte. „Man sollte doch meinen, dass irgendjemand in diesem kleinen Dorf wusste, wo Sie waren. Aber keiner hat es für nötig befunden, Sie zu verständigen. Selbst als wir begonnen haben, Farben und Baumaterial für die Renovierung zu kaufen, hat uns keiner was gesagt."

„Genau", pflichtete Gina ihr bei.

In diesem Moment kam Ryan in die Haupthalle zurück. Da er ein absoluter Pferdenarr war, konnte er nicht umhin, zunächst den Hengst zu bewundern. „Ein prächtiges Pferd", meinte er. „Wirklich ein großartiges Tier."

Bruce MacNiall drehte sich um. „Das Ergebnis einer langen und sorgfältigen Zucht."

„Ein edles Tier ... diese Muskeln, dieses glänzende Fell und die Größe. Irgendwann muss auch mal ein Araber dabei gewesen sein. Die Beine könnten ihrem Aussehen nach von einem Amerikanischen Vollblut stammen", meinte Ryan.

Während Bruce MacNiall die Treppe hinunterstieg, unterhielt er sich mit Ryan wie mit einem alten Bekannten. „Gutes Auge", sagte er anerkennend. „Die Mutter war eine Kreuzung zwischen einem Amerikanischen Vollblut und einem unserer eigenen Hengste. Es ist wirklich ein fantastisches Tier. Hat die Stärke eines Belgiers, die leichtfüßige Eleganz eines Arabers und die Statur eines echten Vollbluts."

„Majestätisch", pflichtete Ryan ihm bei.

Toni und Gina warfen sich einen Blick zu, ehe sie MacNiall die Treppe hinunterfolgten. Die Männer standen vor dem Pferd und fachsimpelten mit Begeisterung über die Länge seines Halses und die klaren, großen Augen.

„Ich bitte um Entschuldigung, aber wir haben da noch ein Problem", erinnerte Toni sie.

„Was gibt's denn?" fragte Ryan. Er warf ihr ein Lächeln zu. „Ist Tonis Geschöpf endlich lebendig geworden? Ich bin übrigens Ryan. Ryan Browne. Ginas Mann."

„Angenehm, aber ich denke, ich bin schon sehr lange lebendig“, sagte MacNiall mit einem Blick auf Toni. Offenbar sah er in ihr seine Hauptgegnerin.

Ryan schaute Toni beunruhigt an. „Haben die von der Immobilienfirma nicht gesagt, die Familie sei ausgestorben?“

„Dann haben sie gelogen“, sagte MacNiall, ohne Toni aus den Augen zu lassen. „Oder Sie lügen.“ Er betonte es so, als ob er nur Toni persönlich meinte. „Jedenfalls hat keiner von Ihnen das Recht, sich hier aufzuhalten. Hinzu kommt, dass Sie sich nicht nur meiner Familiengeschichte bedienen, sondern auch noch Legenden und Gerüchte aus der Gegend ausschlachten.“

„Ich habe nicht gelogen“, protestierte sie empört.

„In diesem Fall haben Sie sich in der Tat eine unglaubliche Kopie der Wahrheit ausgedacht“, entgegnete er.

Sie schüttelte den Kopf. „Ich habe gewusst, dass die Burg einer Familie namens MacNiall gehörte, aber das war's auch schon. Bruce ist ein ziemlich gängiger Name in Schottland. Und da wir hier rund um die Uhr gearbeitet haben, blieb uns leider keine Zeit, die Dorfbevölkerung nach der Vergangenheit zu befragen.“

„Einen Meter neunzig groß, pechschwarzes Haar, graue Augen … die Ähnlichkeit ist geradezu beängstigend“, murmelte Gina, während sie den Mann betrachtete. Dann sah sie Toni an.

„Aber ich habe mir das wirklich alles nur ausgedacht“, versicherte Toni gereizt.

„Wir haben doch die Dokumente“, ergänzte Ryan.

Toni biss sich auf die Lippe. Vielleicht erreichte Ryan mit seiner diplomatischen Art mehr.

„Gut, vielleicht besitzen Sie ja tatsächlich irgendwelche Unterlagen – eine Vereinbarung, einen Mietvertrag, was auch immer. Tatsache ist jedoch …“ MacNiall machte eine bedeutsame Pause und schaute Toni an. „Gleichgültig, was Sie haben – ich fürchte, man hat Sie über den Tisch gezogen. Das scheint Amerikanern unglücklicherweise hin und wieder zu passieren. Sie glauben an das allmächtige Internet und verzichten auf jegliche andere Absicherung. Aber wir sind hier in Europa."

Seine Worte klangen ausgesprochen provozierend. Toni warf Gina einen Blick zu. „Hättest du das gedacht? Wir sind hier tatsächlich Europa."

„Man hat Sie betrogen, und damit basta", erklärte MacNiall kategorisch. „Wollen Sie's auf Amerikanisch hören, Miss Fraser? Man hat Sie beschissen."

Ohne mit der Wimper zu zucken, musterte Toni ihr Gegenüber. Ihre Miene wurde immer eisiger. „Gina, vielleicht könntest du dem freundlichen Herrn mal unsere Unterlagen zeigen."

„Ja, ja, natürlich." Gina drehte sich auf der Stelle um und eilte den Korridor hinunter.

Kopfschüttelnd sah MacNiall ihr nach.

„Wir haben hier so viel reingesteckt. Unsere gesamten Ersparnisse", sagte Ryan bekümmert.

„Das tut mir Leid", erwiderte MacNiall knapp.

„Wirklich alles", murmelte Ryan.

„Moment, wir müssen erst einmal klären, was nun wirklich den Tatsachen entspricht. Es gibt keine Veranlassung, allein auf Grund der Behauptungen dieses Herrn zu verschwinden", stellte Toni fest. „Er sagt, wir hätten kein Recht hier zu sein, aber woher wollen wir wissen, dass *er* das Recht dazu hat?" Der Kerl hatte sie eine Lügnerin genannt. Sie schenkte ihm ihr süßestes Lächeln. „Wie wir alle wissen, gibt es Unmengen von verarmten Adligen in Europa. Vielleicht hat *Lord* MacNiall noch gar nicht mitbekommen, dass die Regierung die Verantwortung für Besitztümer übernommen hat, für die keine Steuern oder andere Abgaben gezahlt worden sind?" überlegte sie laut.

Es hätte sie nicht überrascht, wenn der Mann ihr an die Kehle gegangen wäre. Doch er beherrschte sich. Mit einem herablassendem Blick und strenger Stimme erwiderte er: „Ich versichere Ihnen, dass dies nicht der Fall ist."

Gina kam mit dem Mietvertrag und der Genehmigung für die Veranstaltungen in der Hand zurückgelaufen.

„Sehen Sie, Mr. MacNiall ... *Lord* MacNiall."

Die Papiere flatterten zu Boden. Alle, auch MacNiall, sammelten sie wieder ein.

Er sortierte die Blätter und las sie aufmerksam durch. Dann schüttelte er den Kopf. „Zugegeben, sie sehen echt aus. Und Ihre Konzession scheint auch in Ordnung zu sein. Aber man hat Sie trotzdem betrogen, und deshalb haben Sie kein Recht hier zu sein. Das tut mir zwar sehr Leid, aber ..."

„Bruce?" ertönte plötzlich eine Stimme. „Ist alles in Ordnung? Was ist hier los?"

In der Tür stand das Gesetz in Gestalt von Constable Jonathan Tavish. Toni hatte ihn bisher nur einmal kurz in der Stadt gesehen. Er war ein sympathischer Mensch Anfang Dreißig, mit sandfarbenem Haar und einer angenehmen Stimme. Wenn er sprach, hatten seine rollenden „R's" etwas geradezu Hypnotisches. Auch er hatte mit keinem Wort erwähnt, dass es noch einen Nachfahren der einstmals mächtigen Burgherren gab, aber Toni hatte den Eindruck gehabt, als stünde er ihnen und ihren Absichten von Anfang an misstrauisch gegenüber.

Das Herz wurde ihr schwer, doch eine innere Stimme sagte ihr: Nein. Das kann einfach nicht wahr sein.

„Es ist alles in Ordnung, Jon", antwortete Bruce und richtete seinen kühlen Blick wieder auf Toni. „Aber vielleicht könntest du diesen netten Leuten bestätigen, dass ich der rechtmäßige Besitzer der Burg bin und gedenke, es zu bleiben."

„Lord MacNiall“, begann Tavish feierlich, „gehört die Burg, das halbe Dorf und Gott weiß was noch alles.“

Ungläubig starrte Toni den Mann an, und das Herz rutschte ihr in die Hose. Plötzlich wurde ihr ganz schwindlig, doch gleichzeitig begann sie innerlich zu kochen.

Sie war wütend auf den Constable. Wie konnte der Mann sie gewähren lassen, ohne sie darauf hinzuweisen, dass es möglicherweise Probleme gab? „Constable Tavish, wenn das alles stimmt, dann hätten Sie uns darüber informieren müssen, dass es einen MacNiall gibt, dem diese Burg gehört, und dass sie nicht zu vermieten war“, sagte Toni, sehr darum bemüht, nicht laut zu werden.

Der Constable sah sie schuldbewusst an. „Wenn ich irgendwie zu Ihren Problemen beigetragen habe, meine Liebe, dann möchte ich mich dafür entschuldigen. Aber woher sollte ich wissen, dass Sie nichts von Lord MacNialls Existenz wussten? Schließlich haben Sie nie mit mir darüber gesprochen. Außerdem – bis jetzt konnte ich mir ja gar nicht sicher sein, ob Bruce seine Burg nicht doch vermietet hat. Obwohl ich schon ziemlich überrascht war, als ich davon hörte“, beendete Tavish seine Ausführungen.

Ein Poltern am Portal verriet ihnen, dass Tavish nicht allein gekommen war. Hinter ihm stapfte Eban Douglas herein, der sich ihnen als Mädchen für alles in der Burg vorgestellt hatte. Sie hatten ihm erklärt, dass sie ihre ganzen Ersparnisse in die Pacht und die Materialien zur Renovierung gesteckt hatten. Das schien ihm sehr gefallen zu haben, aber inzwischen hatten sie festgestellt, dass er eigentlich immer so aussah, als ob er sich über irgendetwas freute. Er war ein kleines, verhutzeltes Männlein mit weißen Haarsträhnen, die ihm ins hagere Gesicht fielen. Gina nannte ihn nur Igor den Schrecklichen. Sie war davon überzeugt, dass er als Riff-Raff in der *Rocky Horror Picture Show* ein Vermögen hätte verdienen können. Er hatte sich oft mit ihnen unterhalten und ihnen bisweilen auch geholfen. Aber niemals hatte er auch nur mit einer Silbe erwähnt, dass es einen Lord MacNiall gab, dem dieser Besitz immer noch gehörte.

Trotzdem – und trotz seiner unheimlichen Erscheinung – schien er ein durch und durch anständiger Kerl zu sein. Toni hatte ihn oft auf dem Grundstück arbeiten sehen und war davon ausgegangen, dass er von der Agentur bezahlt wurde, die ihnen die Burg vermietet hatte.

Von einem Ladenbesitzer in der Stadt wusste sie, dass er in einem kleinen Schuppen hinter dem Hügel wohnte auf einem Stück Land, das entstanden war, als man den Burggraben vor Jahren zugeschüttet hatte.

„Eban, warum hast du uns nie etwas von Lord MacNiall erzählt?“ fragte Toni ihn.

„Sie ham ja nich gefragt“, antwortete Eban und zog eine Grimasse. „Wusst ja selber nich, ob der Herr nich gedacht hat, dass junge Leute wie Sie gut sind für so ’ne alte Burg.“ Er zuckte mit den Schultern. „Sie ham ja auch mächtig viel gearbeitet, um hier wohnen zu können.“

„Wenigstens einer, der das zu würdigen weiß. Vielen Dank dafür. Ich glaube, wir haben der Burg wirklich gut getan“, meinte Toni. Sie spürte, wie sich ihr Nacken verspannte.

„Wenn Sie sich nach dem leckeren Imbiss jetzt bitte wieder zu den Bussen begeben würden …“

David, der die Touristen in der riesigen Küche bewirtet hatte, kam zurück in die Halle, die Besuchergruppe im Schlepptau.

„Herrschaften, bitte hier entlang“, forderte er sie auf, als die Menge sich in alle Richtungen zu zerstreuen drohte. „Die Busse warten schon.“ Doch seine Worte verhallten wirkungslos, denn die Besucher bildeten kleine Gruppen um Toni, Gina, Ryan und Bruce MacNiall und lobten ihr lebensechtes Spiel in den höchsten Tönen.

„Es war fantastisch", schmeichelte eine Frau namens Milly – sie war aus Chicago, glaubte Toni sich zu erinnern – Bruce MacNiall. „Ich meine, es war so ungeheuer realistisch. Sie auf diesem prächtigen Tier – einfach zauberhaft! Vielen, vielen Dank. Diese Reise nach Schottland werde ich nie vergessen. So lange habe ich schon davon geträumt, und jetzt ist es endlich wahr geworden."

„Vielen Dank, meine Liebe", sagte Kevin rasch, der hinter sie getreten war, um sie fortzuziehen.

„Es hat mir wirklich sehr gefallen", wiederholte Milly.

„Die Busse warten schon!" rief Kevin fröhlich, aber bestimmt. „Bitte beeilen Sie sich."

Höflich ging Bruce auf ihre Bemerkungen ein. „Es freut mich sehr, dass Ihnen Schottland so gut gefällt", meinte er.

„Ausgesprochen gut sogar!" versicherte Milly erneut, ehe sie sanft, aber nachdrücklich von Kevin hinausgeleitet wurde.

Fröhlich schwatzend lief die Besuchergruppe am Constable und an Eban vorbei und hinaus in den Hof, wo die Busse abfahrbereit standen.

Jetzt war auch Thayer in die Halle gekommen.

„Mein Cousin. Er ist Schotte", stellte Toni ihn vor. Sie klang, als sei ihr schottischer Vetter ein Garant dafür, dass sie in seiner Heimat unmöglich in Schwierigkeiten geraten konnten.

„Schotte – oder Amerikaner schottischer Abstammung?" wollte MacNiall wissen.

„In Glasgow geboren und aufgewachsen", antwortete Thayer. Stirnrunzelnd trat er einen Schritt vor und reichte Bruce die Hand. „Thayer Fraser, Sir. Ich habe gerade ein wenig von der Unterhaltung mitbekommen. Die ganze Sache ist mir wirklich unangenehm. Ehrlich gesagt, bin ich ziemlich durcheinander. Offenbar sind wir Ihnen auf Gedeih und Verderb ausgeliefert. Toni hat den ganzen Papierkram von Amerika aus erledigt, nachdem sie dieses

Objekt im Internet gefunden hatte. Die Absprachen wurden mit einer renommierten Immobilienfirma getroffen. Wir hatten auch einen erfahrenen Anwalt, und die Annonce für die Burg habe ich selbst gesehen, unten in Glasgow."

MacNiall schüttelte den Kopf. Toni spürte neuen Ärger in sich aufsteigen. Das war offenbar wieder eine Sache unter richtigen Männern, bei der sie und Gina absolut nichts verloren hatten. Zum einen hatte MacNiall ein Faible für Pferde, und zum anderen machte die Anwesenheit eines Schotten in Windeseile fast einen höflichen Menschen aus ihm.

„Es gibt trotzdem ein Problem, tut mir Leid."

„Aber sie waren gut, Bruce. Sie haben hier alles wirklich wieder auf Vordermann gebracht", schaltete Eban sich ein.

„Das stimmt. Wir haben hier über Monate viel Arbeit reingesteckt", bekräftigte Ryan.

Offenbar waren die Touristenbusse abgefahren, denn David und Kevin kamen zurück in die in Haupthalle. Zögernd kam David näher. „Lord MacNiall?" murmelte er. „David Fulton und mein Freund Kevin Hart. Wir haben nur am Rande mitbekommen, dass etwas schief gelaufen ist, aber ich versichere Ihnen, dass kein anderer diese Burg mit so viel Engagement und Begeisterung renoviert hätte wie wir. Wenn Sie sich die Zeit nehmen und sich umsehen, werden Sie merken, wie viel Arbeit und Herzblut wir investiert haben, seitdem wir hier sind."

Bruce MacNiall unterdrückte einen Fluch. Doch dann rang er sich zu Tonis Verwunderung eine, wie sie fand, für seine Verhältnisse recht versöhnliche Antwort ab. „Nun gut. Es ist Freitagabend. Jon kann bezeugen, wer ich bin, aber die Anwaltbüros in der Stadt öffnen erst wieder am Montag. Bis dahin werden Sie wohl hier bleiben müssen."

„Wir werden bleiben müssen, weil wir sehr viel Geld dafür bezahlt und außerdem die entsprechenden Verträge haben", entgegnete Toni trotzig.

Gina versetzte ihr einen Rippenstoß. Toni zuckte zusammen. Vielleicht hatte sie den Bogen ja ein wenig überspannt. Aber diesem Mann durfte man keinesfalls blind vertrauen und ebenso wenig dem verbindlichen Constable. Außerdem hatten sie die Verträge von einem Anwalt prüfen lassen, und der hatte nichts zu beanstanden gehabt.

„Wir waren bei einem Anwalt", murmelte sie verbissen.

„Bei uns heißt das Notar", korrigierte Thayer sie leise.

„Ich glaube schon, dass er weiß, was ein Anwalt ist", erwiderte sie ebenso leise.

Jonathan Tavish räusperte sich. „Ladies und Gentlemen, es tut mir wirklich Leid, dass ich nicht versucht habe, Sie von Ihrem Tun abzuhalten. Wie ich bereits sagte, war ich mir nicht sicher, ob Bruce sich nicht doch entschieden hatte, den Besitz seiner Vorfahren zu vermieten. Ich habe den Verdacht, dass jemand bestens über die Burg Bescheid wusste und darüber, dass Bruce oft auf Reisen war. Und dieser Jemand hat Sie über den Tisch gezogen." Wieder räusperte er sich.

„Soll ich die Unterlagen vielleicht an mich nehmen? Bis Montag kann ich allerdings nicht viel machen. Am Wochenende greift der Arm des Gesetzes nur nach Ganoven, die draußen frei herumlaufen. Die Kanzleien jedenfalls haben alle geschlossen."

„Wir behalten die Dokumente bis Montag", sagte Toni, ohne auf Ginas beschwörende Blicke zu achten. Die Unterlagen waren schließlich alles, was sie hatten. Sie würde sie unter keinen Umständen aus der Hand geben.

„Na gut", meinte Tavish schließlich. „Bringen Sie sie mit, wenn Sie am Montag kommen." Noch einmal räusperte er sich. „Wenn fürs Erste alles geklärt ist, Bruce, werde ich jetzt gehen."

Bruce MacNiall nickte dem Constable gnädig zu, als wäre er nicht nur der Herr dieser Burg, sondern Herrscher über ein ganzes Königreich. „Danke, Jon“, sagte er. „Am Montag legen wir die Dokumente den richtigen Leuten vor. Hoffentlich können sie die Verbrecher ausfindig machen, die sie so skrupellos um ihr Geld betrogen haben.“

„Hoffentlich“, pflichtete Jonathan Tavish ihm bei. Er bedachte die Gruppe mit einem Lächeln, das wohl so etwas wie Mitgefühl ausdrücken sollte. „Machen Sie sich keine Sorgen. Es ist nicht das erste Mal, dass Amerikaner über den Tisch gezogen wurden. Und es ist auch nicht das letzte Mal. Wir werden sehen, was wir tun können.“

„Vielen Dank“, sagte Thayer.

Jonathan Tavish nickte ihnen zu.

„Gute Nacht!“ rief Gina fröhlich.

„Und vielen Dank“, fügte Kevin hinzu.

„Wenn Sie mich nicht mehr brauchen, geh ich auch“, sagte Eban Douglas zu Bruce MacNiall.

„Ich glaube, ich komme schon klar, geh ruhig nach Hause, Eban“, erwiderte MacNiall.

Eban drehte sich um und ging hinaus. Obwohl er weder hinkte noch einen Buckel hatte, bewegte er sich doch so, als würde ihn beides plagen.

„Wohnen Sie hier, wenn Sie … äh … in der Stadt sind?“ erkundigte Ryan sich höflich.

Die Antwort ließ ein wenig auf sich warten. MacNiall verzog den Mund zu einem ironischen Lächeln. „Ich werde das Haus meiner Vorfahren doch nicht Leuten überlassen, die an meiner Existenz zweifeln.“

„Soll ich mich um das Pferd kümmern? Ich habe schon ein wenig in den Ställen gearbeitet. Normalerweise steht er nicht hier, oder?“ sagte Ryan. „Ich frage sie das nur, weil die Ställe in einem erbärmlichen Zustand waren und dieser Knabe hier doch sehr ordentlich aussieht.“

„Ich habe ihn während der Zeit meiner Abwesenheit in gute Hände gegeben.“

„Wie lange waren Sie denn fort? Zwanzig Jahre?“ fragte Toni mürrisch.

Wieder stieß Gina sie in die Rippen.

„Ich bringe ihn raus und kümmere mich dann um ihn“, bot Ryan Lord MacNiall an.

Für dieses Angebot hätte Toni ihn am liebsten geohrfeigt, aber sie wusste, dass er sich nicht einschmeicheln wollte. Ryan war nun mal ein Pferdenarr. Und sie musste zugeben, dass es wirklich ein prachtvolles Tier war.

„Gern“, sagte Mac Niall. „Vielen Dank. Sein Name ist übrigens Shaunessy.“

„Shaunessy?“ trompete Toni los, ehe sie sich zurückhalten konnte. „Nicht Thor, Thunder oder King?“ Ginas dritter Rippenstoß trieb ihr fast die Tränen in die Augen. Sie zuckte zusammen. „Shaunessy“, wiederholte sie. „Ein toller Name.“

Ryan ergriff die Zügel und führte das Pferd hinaus. „Ich helfe dir“, bot Kevin rasch an, und beide verschwanden.

„Es gibt übrigens Tee“, unterbrach David unvermittelt das Schweigen. „Und Scones. Leckere Scones.“

„Ja. Tee wäre jetzt genau das Richtige“, sagte Gina. „Für dich auch, Toni.“ Sie griff nach Tonis Hand. „Vielleicht leistet Lord MacNiall uns ja Gesellschaft. Dann können wir ihm erzählen, wie es dazu kam, dass wir diese Burg gemietet haben … und von der Arbeit, die wir reingesteckt haben. Vielleicht erzählt uns Lord MacNiall bei der Gelegenheit auch etwas über sich?“ Erwartungsvoll sah sie ihn an.

„Da Sie so freundlich sind, uns bis zur Klärung der Angelegenheit hier wohnen zu lassen, könnten Sie doch auch mit uns Tee trinken", meinte Thayer.

„Vielen Dank, aber ich hatte einen langen Flug, viele geschäftliche Dinge zu erledigen und eine lange Fahrt, an deren Ende ich feststellen musste, dass meine Burg ... äh ... bewohnt ist", sagte MacNiall. „Wenn Sie nichts dagegen haben, ziehe ich mich jetzt zurück. Aber genießen Sie doch Ihren Tee. Und die Gastfreundschaft. Bis Montag."

„Bis Montag?" echote Toni, was ihr einen weiteren Rippenstoß von Gina einbrachte. Dieses Mal reagierte sie mit einem verärgerten Aufschrei. „Aua!"

„Gute Nacht", sagte Gina. „Und vielen Dank."

„Ihre Unterlagen." MacNiall übergab Gina die Papiere.

„Danke", wiederholte Gina. „Und auch vielen Dank dafür, dass Sie uns bis Montag hier wohnen lassen. Bis alles geklärt ist. Ich wüsste nicht, wo wir jetzt so schnell unterkämen – besonders um diese Uhrzeit."

Er neigte den Kopf. „Ich habe Verständnis für Ihre Lage", meinte er. „Also dann, gute Nacht." Er warf Toni einen letzten Blick zu, dann drehte er sich um und verschwand.

Toni wollte etwas sagen, aber Gina legte ihr die Hand auf den Mund und flüsterte ihr eindringlich zu: „Sag einfach nur ‚Gute Nacht, Lord MacNiall'."

MacNiall drehte sich noch einmal um – in der Tat eine imposante Erscheinung. Seine Augen schienen jetzt von einem tieferen Grau zu sein und noch unergründlicher als zuvor. Unvermittelt überkam Toni ein merkwürdiges Gefühl in der Magengrube. Sie konnte sich nicht vom Fleck rühren. Es erschien ihr plötzlich, als ob sie ihn schon seit langem kannte. Auch die Art, wie er sie anschaute, war ihr seltsam vertraut.

Als ob sie ihm bereits in einem früheren Leben begegnet wäre. Und erneut getroffen hatte.

Ein Schauer lief ihr über den Rücken, ihr wurde abwechselnd heiß und kalt. *Sie hatte ihn erfunden!*

Er ist nur ein Mann, redete sie sich ein – der gereizt, herrschsüchtig und wütend darüber ist, dass wir sein Haus bevölkern.

Das stimmt nicht. Wenn seine Haare ein wenig länger wären, seine Kleidung ein wenig anders, nur ein ganz kleines bisschen …

„Gute Nacht", sagte sie schließlich.

Die Vorahnung, die sie übermannte, war so intensiv und übermächtig, dass sie unwillkürlich zu zittern begann. Sie drehte sich auf dem Absatz und um lief, nein floh die Treppe hinunter.

Die ganze Zeit über hörte sie eine flüsternde Stimme.

Du kannst nicht davonlaufen. Du kannst nicht davonlaufen.

Dann drang eine zweite, noch leisere Stimme an ihr Ohr.

Dieses Mal nicht …

ZWISCHENSPIEL

Als Cromwell regierte

Von seinem Aussichtspunkt erblickte MacNiall die Gegner – ein glorreiches Heer, aufgestellt zur Schlacht. Mochte der Mann, für den sie fochten, der über alle Maßen selbstgerechte Cromwell, auch Schlichtheit und Bescheidenheit als höchste Lebensziele beschwören, so legte er doch sehr großen Wert darauf, dass seine Soldaten, gleich welchen militärischen Ranges, in makellosen Uniformen und mit glänzenden Waffen und Schilden in den Kampf zogen – so als beträten sie eine Bühne.

Wie immer schienen sich seine Feinde nicht im Klaren darüber zu sein, welches die beste Methode war, um ein Gefecht in den Highlands auszutragen. Sie rückten in ihrer üblichen Aufstellung vor – ein ungeordneter Haufen. Stehen bleiben, Laden, Zielen, Feuern. Weiter. Stehen bleiben, Laden, Zielen, Feuern …

Cromwells Truppen verließen sich auf ihre Größe. Und wie alle Führer war er bereit, seine Soldaten zu opfern. Alles im Namen Gottes und für das Vaterland – unentwegt predigte der Staatsmann diese Litanei.

MacNiall glaubte an seinen eigenen Gott – genau wie die Männer, an deren Seite er kämpfte. Für einige war es einfach der Gott, dem die Engländer nicht die Stirn bieten würden. Für die anderen war es eine Frage des Stolzes – ihr Gott war der Herr über Schotten und Presbyterianer. Nichts verband ihn mit einem Engländer, der seinen eigenen König köpfte.

Wieder andere kämpften, weil es um ihr Land ging. Anführer eines Clans, die sich niemals einem Fremden unterwerfen würden, Männer, die sich nur selten einer anderen Autorität als der von ihnen gewählten beugten. Ihr Land war steinig und rau. Gegen die einfallenden Römer hatten sie Wälle gebaut, um sich und die Ihren zu schützen und die Wilden fern zu halten, die in ihren Augen nichts Menschliches hatten. In den Jahrhunderten, die folgten, hatte sich das Land in seinem Kern nur wenig verändert. Jetzt hatten sie einen neuen Kriegsgrund – die Rückkehr des jungen Stuart-Erben und den Hass auf ihren Feind.

Und wieder würden sie kämpfen, wie sie es all die Jahrhunderte zuvor getan hatten. Dabei setzten sie ihr unwegsames Land als eine ihrer wirkungsvollsten Waffen ein.

MacNiall gestand Cromwell nur eines zu – dass er ein ausgezeichneter Soldat war. Außerdem war er kein Narr. Er hatte die Iren und Waliser, die sich in der Kunst des Bogenschießens perfektioniert hatten, um Unterstützung gebeten. Er hatte sich an Männer gewandt, die sich mit Kanonen auskannten und um die zerstörerische Wucht von Schießpulver, Kugeln und Schussbahnen wussten, wenn die Waffen gekonnt eingesetzt und ihre Wirkung genau berechnet wurde. Das alles kam ihm zugute, und dank seiner Waffen und der Größe seines Heeres fühlte er sich überlegen.

Aber er kannte die Highlands nicht und ebenso wenig die Seele der Highlander, die ihm gegenüberstanden. MacNiall hatte gehört, dass die Truppen von einem Mann angeführt wurden, der einmal einer der Ihren gewesen war – ein Schotte aus den Tiefen des wilden Hinterlands.

Grayson Davis – ein Abtrünniger, der einst gegen Cromwell gekämpft hatte. Doch nun hatte man ihm eine fürstliche Belohnung versprochen – das Land derjenigen, die er besiegte und kaltblütig vernichtete.

Wie Cromwell war auch Davis überzeugt, dass er schlagkräftig genug war und vor allem das Recht auf seiner Seite hatte. Deshalb setzte MacNiall seine Hoffnung darauf, dass Davis den Feind unterschätzte – sie für Wilde aus dem Norden hielt, schlecht ausgerüstet, ungepflegt, in Lumpen gekleidet und mit Kriegsbemalung wie ihre Vorfahren, die Pikten, die für ihr Land und ihre Freiheit gekämpft hatten.

Sie erreichten den Fluss. „Jetzt? Geht's los?" wisperte MacLeod neben ihm.

„Noch eine Minute", entgegnete MacNiall gelassen.

Als der Feind auf der Brücke war, hob MacNiall die Hand. MacLeod gab das Zeichen weiter.

Der Scharfschütze nickte – ebenso ruhig, gelassen und grimmig wie seine Führer, und zielte.

Sein Schuss traf genau.

Die Brücke zerbarst in einer gewaltigen Explosion. Flammen und hölzerne Trümmer schossen gen Himmel, Menschen flogen durch die Luft und landeten Sekunden später wieder im Getümmel – MacNiall hatte gelernt, geduldig zu sein, und genau den richtigen Moment abgepasst, als es auf der Brücke von Menschen nur so wimmelte.

Mein Gott, dachte MacNiall fast gelangweilt. Hatten seine Feinde immer noch nicht genug vom Blutvergießen, von Tod und Vernichtung? Hatte sie das, was sie bisher erleben mussten, immer noch nicht abgeschreckt?

„Jetzt?" fragte MacLeod erneut. Diesmal schrie er über den tosenden Lärm hinweg.

„Jetzt", erwiderte MacNiall ruhig.

Ein weiteres Signal wurde gegeben, Pfeile schossen vom Hügel ins Tal und töteten viele der Männer, die gerade versuchten, eine geordnete Schlachtreihe aufzubauen.

„Und jetzt!" brüllte MacNeill in den Steigbügeln stehend.

Die Soldaten tauchten hinter den Felsen ihres geliebten Highlands auf und kamen den ihren Leuten zu Hilfe. Sie stießen wilde Schlachtrufe aus und stürmten, zum Äußersten entschlossen, die

Felsen hinunter. Diese Männer hatten oft genug mit ihren bloßen Händen gekämpft, um ihr Hab und Gut zu verteidigen.

Clanmitglieder handelten nach unverrückbaren moralischen Grundsätzen. Sie kämpften ebenso für sich wie für die anderen. Sie waren ein ganz besonderer Menschenschlag.

MacNiall gehörte zu ihnen. Stets ritt er an ihrer Seite, immer war er einer der Ersten, der dem Feind ins Auge sah. Wie seine Kameraden musste er seine Wut über die Eindringlinge hinausbrüllen und sein Leben riskieren im Kampf von Mann zu Mann.

Er galoppierte den Hügel hinunter, bekämpfte den Feind vom Sattel aus, hieb auf jene ein, die seine Fußsoldaten hinterrücks angriffen, und wehrte die Meute ab, die ihn selbst bedrängte. Mitunter kämpfte er blindlings, die Jahre des Blutvergießens hatten seine Instinkte geschärft, die ihn warnten, wenn eine Klinge oder eine Axt seinem Rücken bedrohlich nahe kamen. Und als er vom Pferd gerissen wurde, kämpfte er auf den Füßen weiter, bis er sich wieder in den Sattel schwingen und vorwärts preschen konnte.

Es endete mit einer vernichtenden Niederlage. Zahlreiche Männer aus Cromwells hochgerühmter Truppe flohen Hals über Kopf ins Flachland. Andere, die nicht schnell genug die Waffen niederlegten, wurden von MacNialls aufgebrachten Highlandern unter lautem Gebrüll gemeuchelt. Der Fluss färbte sich rot. Die wunderschöne Landschaft war übersät mit unzähligen Leichen – ein entsetzlicher Anblick.

Als die Schlacht geschlagen war, ließen die Männer MacNiall hochleben. Dann ritten sie zum Fuß des Hügels, um die Überreste ihrer Armee einzusammeln. Es überraschte MacNiall, Grayson Davis unter den Gefangenen zu sehen – der Mann, der sie verraten hatte. Er war einer von Cromwells fähigsten Anführern, der geschworen hatte, den Widerstand der wilden Highlander zu brechen. Davis, der aus MacNialls Nachbardorf stammte, hatte den

Untergang der Monarchie miterlebt und seine Loyalität und Ehre gegen die Aussicht auf Reichtümer eingetauscht, die ihm der Tod anderer Männer bescheren konnte.

Der Mann war verwundet. Blut bedeckte seinen ehemals glänzenden Brustpanzer. Schweißtropfen liefen ihm übers Gesicht.

„MacNiall! Ruft Eure Hunde zurück!“ brüllte Davis ihm zu.

„Er wird seinen Kopf verlieren!“ schrie Angus, der waghalsige Anführer des Moray-Clans, der an diesem Tag nicht zum ersten Mal in vorderster Reihe gekämpft hatte.

„Richtig, und er sollte als Verräter hingerichtet werden, wie es auch den meisten von uns ergangen wäre“, sagte MacNiall gelassen. Sie alle kannten die Strafe, die ihnen geblüht hätte, wenn sie dem Feind lebendig in die Hände gefallen wären. „Doch fürs Erste wird er unser Gefangener sein, und wir werden ihn vor ein Gericht stellen, wie es seinesgleichen gebührt.“

„Ein feines Narrengericht wird das sein! Ihr solltet mit Lord Cromwell verhandeln, mein Leben gegen das Eure setzen, denn eines Tages wird man Euch fangen oder erschlagen!“ schrie Davis zornig. Doch sein angstvoller Blick strafte seine mutigen Worte Lügen. Was nicht weiter verwunderte, schließlich war er umzingelt von hasserfüllten Menschen.

„Wenn man Euch für schuldig befindet, werden wir Euch den Kopf abschlagen, Davis“, verkündete MacNiall. „Denn wir sind nicht gewillt, die Schmach zu erdulden, die Euresgleichen uns zufügen wollen. Nehmt ihn fest“, befahl er Angus tonlos.

Davis befreite sich aus dem Griff der Männer und wandte sich an MacNiall. „Der große Lord MacNiall, der im Namen der Gerechtigkeit Verwüstungen anrichtet, und das für einen Bastard, der sich König nennt. Alle rühmen den Mann auf dem Schlachtfeld. Doch welcher Mann herrscht wohl im Schlafgemach des großen MacNiall? Habt Ihr tatsächlich geglaubt, Ihr könntet Euer Haus verlassen und in den Kampf ziehen, ohne dass die Frau, die Ihr zurücklasst, damit rechnet, dass ihr eines Tages fallen werdet? Die Eure hat Euch Hörner aufgesetzt!“

Die Worte trafen ihn härter als ein Schlag in die Magengrube, verletzten ihn mehr als eine Kugel oder ein scharfer Schwerthieb.

Grayson Davis begann zu lachen. „Seht ihn an, den großen Helden! Den Schrecken der Highlands. Den blutrünstigen MacNiall! Sie ist nicht Opfer einer Vergewaltigung geworden, MacNiall. Sie hat nur Bekanntschaft mit meinem Schwert gemacht. Einem Schwert der besonderen Art!“

Sein Lachen verstummte, als Angus ihn mit seiner Streitaxt am Kopf traf. Davis fiel zu Boden. Er war nicht tot, schließlich sollte ihm noch der Prozess gemacht werden. Aber wenn er aufwachte, würde er fürchterliche Kopfschmerzen haben.

Angus schaute hoch zu MacNiall. „Er ist ein Lügner“, sagte er. „Ein verdammter Lügner. Hört nicht auf den Schuft. Eure Frau liebt Euch, Herr. Kein Weib wird von uns in höheren Ehren gehalten, keines ist hübscher. Oder sittsamer.“

MacNiall nickte stumm, ohne etwas von den Gefühlen preiszugeben, die in ihm tobten. Es gab nur zwei Leidenschaften in seinem Leben – seine Liebe zu König und Vaterland … und die zu seiner Frau. Feingliedrig, goldblond, wunderschön, sinnlich, tapfer, mit Augen so blau wie das Meer und der Himmel. Augen, die nur ihn sahen, voller Fröhlichkeit, wachem Interesse, Neugier, Ernsthaftigkeit und Liebe.

Annalise.

Annalise … die ihn angefleht hatte, die Waffen schweigen zu lassen. Den Krieg gegen Cromwell zu beenden. Und die ihn gewarnt hatte, dass all dies … ein tragisches Ende nehmen würde.

2. KAPITEL

Gina holte Toni am Fuß der Treppe ein.

„Was hast du vor?“ fragte sie besorgt.

„Was ich vorhabe?“ wiederholte Toni. Jetzt, da MacNiall nicht mehr vor ihr stand und sie mit seinen Blicken förmlich durchbohrte, zitterte sie nicht länger. Dieser merkwürdige, verstörende Moment war vorbei. Er war auch nur ein Mann. Groß, drahtig, muskulös, beeindruckend zwar – und sauer, weil sie die Burg bevölkerten, die er sein Eigen nannte.

„Gina“, begann sie fest entschlossen, sich nicht unterkriegen zu lassen, egal, wie die Sache auch ausging, „weißt du überhaupt, was du getan hast? Du hast dich bei ihm dafür bedankt, dass er uns am Montag vor die Tür setzt – nach all der Arbeit, die wir hier reingesteckt haben.“

„Pst.“

Gina zog sie mit sich fort, damit Lord MacNiall ihr Gespräch nicht mitbekam. Sie verließen die Eingangshalle, durchquerten den Speisesaal und betraten die geräumige Küche, in der ein riesiger, altertümlicher Herd stand. Allerdings waren auch Zugeständnisse an die Gegenwart gemacht worden. Dazu gehörten ein Elektroherd, eine Gefriertruhe, ein Kühlschrank sowie eine Mikrowelle. Aus alten Zeiten stammte noch die Arbeitsfläche in der Mitte des Raumes, über der Töpfe und Pfannen von der Decke hingen. Hier waren im Laufe der Jahrhunderte bestimmt große Mengen von Wild, Schwein und Rind zubereitet worden. Die Platte war gründlich gescheuert worden und diente inzwischen als Esstisch, um den zahlreiche Stühle standen.

Weil MacNiall sich nicht zu ihnen gesellte, brauchten sie nicht länger auf ihre Worte zu achten. Sofort fielen Thayer, Gina und Kevin über Toni her.

„Wie konnte das nur passieren?“ fragte Kevin.

„Wir haben doch alle die Unterlagen gesehen. Und unterschrieben.“ Toni sah einen nach dem anderen an. Dies waren ihre Freunde, ihre besten Freunde. Gina und Ryan, die sie vor drei Jahren bei der Arbeit in einem Touristenzentrum in Florida kennen gelernt hatte. Und David Fulton. Groß, dunkelhaarig und gut aussehend mit den tiefen Grübchen und dem freundlichsten Lächeln, das man sich vorstellen konnte. David und Toni waren alte Studienfreunde. Als sein Lover mit ihm Schluss gemacht und ihm fast das Herz gebrochen hatte, waren er und Toni zusammen mit Gina und Ryan in ein Konzert gegangen, bei dem er Kevin kennen gelernt hatte, der sofort in ihren Kreis aufgenommen wurde.

Toni war die Einzelgängerin in der Clique gewesen, aber als sie vor sechs Monaten alle zusammen nach Schottland gekommen waren, hatte sich das geändert.

Zu diesem Zeitpunkt war Thayer als sechstes Mitglied zu ihrer Gruppe gestoßen. Thayer war Tonis Cousin, ein entfernter Cousin, vermutete Toni, denn schon ihre jeweiligen Großväter waren Vettern gewesen. Thayer war demnach ihr …? Den genauen Verwandtschaftsgrad vermochte Toni nicht zu sagen. Auf jeden Fall war er klug und attraktiv, aber er verfügte über eine noch viel wichtigere Eigenschaft für ihre Pläne: Er war ein echter Schotte. Er sprach nicht nur fließend Gälisch, sondern verstand auch die Mentalität dieser Menschen und wusste, wie man in dem kleinen Dorf am besten Geschäfte machte. In mehr als einer Hinsicht spielt er also für sie den Dolmetscher.

Und jetzt saßen ihre Freunde vor ihr und starrten sie vorwurfsvoll an. Ungerührt erwiderte sie die Blicke.

„Denkt doch mal nach. Vielleicht hat er ja überhaupt keinen Anspruch auf den Besitz. Bis jetzt wissen wir doch noch gar nichts Genaues über die Sache, oder?“

„Na ja, das stimmt schon“, gab David zögernd zu, klang aber nicht sehr überzeugt.

Die Vorstellung, dass MacNiall keinerlei Ansprüche hatte und sie sich hier rechtmäßig aufhielten, war fast zu schön, um wahr zu sein. Leider schien keiner von ihnen so recht daran zu glauben. Selbst Toni war sich nicht sicher.

„Der Constable hat doch gesagt, dass MacNiall die Burg gehört“, erinnerte Thayer sie müde.

„Hat er? Constable Tavish stammt aus dem Ort. Natürlich verhält er sich loyal gegenüber einer alteingesessenen Familie. Wir blicken schließlich nicht hinter die Kulissen. Aber auch wenn unser Anwalt Amerikaner ist, kennt er sich in Rechtsdingen aus. Wir müssen uns einfach noch mal erkundigen und zwar schnell.“

„Rechtsbeihilfe aus Amerika nützt uns hier möglicherweise nicht viel“, wandte Kevin ein.

„Was meinst du, Thayer?“ fragte Toni.

Ratlos zuckte er mit den Schultern. „Ich habe die Anzeige in Glasgow gesehen. Es war die gleiche wie im Internet, die ihr auch kennt. Außerdem habe ich die Vertragsbedingungen vollständig gelesen, wie wir alle hier. Zeigst du mir bitte noch mal die Papiere, Gina?“ bat er sie.

Gina legte die Dokumente vor ihn hin.

„Selbst *Lord* MacNiall hat zugegeben, dass sie echt oder original oder wie auch immer aussehen“, murmelte Toni.

„Ja, echt sehen sie wirklich aus“, meinte Ryan ironisch. „Mit all dem Kleingedruckten.“

„Wir haben die Burg von der Uxbridge Corporation gemietet“, sagte Thayer. „Das müssen wir mal zurückverfolgen. An welche Adresse hast du den Scheck geschickt, Toni?“

Stöhnend ließ die sich auf einen der Stühle fallen.

„Was gibt’s da zu jammern?“ wollte Ryan wissen.

„Die Anschrift war ein Postfach in Edinburgh“, gestand sie.

„Na gut“, sagte Kevin, griff nach ihrer Hand und tätschelte sie ermutigend. „Das ist zumindest ein Hinweis für die Polizei.“

„Vielleicht hilft es der Polizei“, meinte David und lächelte Toni zu, obwohl ihm ganz und gar nicht danach zumute war. „Aber was nützt es uns denn?“

„Toni, warum wolltest du dem Constable die Unterlagen vorhin nicht mitgeben?“ fragte Gina stirnrunzelnd. „Wäre es nicht besser, wenn er sofort mit den Recherchen anfangen würde?“

„Die Dokumente sind alles, was wir haben“, antwortete Toni. „Stellt euch vor, ich habe Recht und der Mann hat seinen Familienbesitz wirklich verloren, will es aber nicht wahrhaben und hält sich immer noch für den großen Burgherren. Wenn der Constable sein treuer Untertan ist, könnten die Papiere möglicherweise abhanden kommen.“

„Da ist was dran. Aber völlig bankrott ist der Knabe sicher nicht. Du kannst unmöglich pleite sein und so ein edles Pferd besitzen“, wandte Ryan ein.

„Tut mir Leid, aber es sieht echt so aus, als müssten wir uns irgendwie mit dem Typen arrangieren, wenn wir übers Wochenende hier bleiben wollen“, sagte Thayer.

„Vielleicht hat er sein Prachtpferd ja nur geliehen“, gab Toni zögernd zu bedenken.

„Schätzchen, ich bitte dich“, sagte David nachsichtig. „Das meinst du doch nicht im Ernst.“

„Das ist aber auch eine verfahrene Situation“, entgegnete Toni.

„Unsere ganzen Ersparnisse stecken hier drin.“ Gina ließ sich ebenfalls auf einen Stuhl fallen.

„Vielleicht können wir ein anderes Objekt mieten?“ meinte Toni hoffnungsvoll.

„Womit denn?“ wollte Thayer wissen. „Wir haben doch schon

ein Vermögen ausgegeben. Es sei denn, einer von euch hat im Lotto gewonnen, bevor wir nach Europa gefahren sind."

„Leider nicht. Aber wir haben trotzdem einige Rechte", beharrte Toni trotzig.

„Das Traurige an der Sache ist, dass Leute, die über den Tisch gezogen wurden, normalerweise überhaupt keine Rechte haben", sagte Kevin. „Sie sind einfach nur ..."

„Beschissen worden", vollendete David den Satz für ihn.

Kopfschüttelnd stand Toni auf. Sie spürte, dass sie einen Migräneanfall bekam. „Ich gehe ins Bett. Morgen Nachmittag rufe ich unseren Anwalt in Amerika an. Er kann uns wenigstens sagen, wie wir uns verhalten sollen." An der Tür drehte sie sich noch einmal um. „Es tut mir Leid, wirklich sehr Leid."

„Erstaunlich", sagte Gina unvermittelt.

„Was?" fragte Toni.

„Dass er genauso aussieht wie dein MacNiall, den du dir für deine Familiengeschichte ausgedacht hast. Ich meine, du hast einen Menschen erfunden, der tatsächlich existiert, und zwar bis ins letzte Detail."

„Nicht ganz", korrigierte Toni sie verbittert. „Der MacNiall, den ich erfunden habe, ist vor ein paar Jahrhunderten gestorben. Das macht einen kleinen Unterschied."

„Schon, aber offenbar hat es so einen schon damals gegeben", meinte Gina.

„Ich glaub das einfach nicht", sagte Toni.

„Toni", schaltete Kevin sich ein.

„Ja?"

„Wir machen dir wirklich keine Vorwürfe, nur weil du diejenige warst, die das Angebot im Internet gefunden und uns alle überredet hat mitzumachen. Schließlich hat jeder von uns den verdammten Vertrag gelesen."

Toni zögerte, als sie die verständnisvollen Blicke der anderen sah. Trotz Kevins Versicherung fühlte sie sich irgendwie schuldig. Natürlich hatten es alle gewollt und waren ganz begeistert gewesen. Aber sie hatte am meisten darauf gedrängt und die notwendigen Schritte eingeleitet. Warum hätten sie auch an der Seriosität des Angebots zweifeln sollen?

Schuldbewusst nagte sie an ihrer Lippe, während sie sich gleichzeitig über sich selbst ärgerte. Wenn das hier alles schief gehen sollte, dann war sie eindeutig der Sündenbock. Jedenfalls empfand sie das gerade so.

„Danke", sagte sie.

„Ruh dich ein wenig aus. Das sollten wir jetzt alle tun. Wenn wir erst mal wieder fit sind, können wir auch klarer denken", meinte Kevin aufmunternd.

Toni nickte, lächelte flüchtig und verschwand.

In der großen Eingangshalle blieb sie stehen. Hier waren sie so glücklich gewesen. Ein Traum war Wirklichkeit geworden. Sie waren aufgeregt gewesen wie Kinder vor der Bescherung.

Sie lief in den ersten Stock. Auf der zweiten Etage gab es weitere Zimmer, aber sie nutzen nur die Räume in diesem Bereich. Toni und ihre Freunde waren in die Zimmer gezogen, die u-förmig um den Eingang zum Wohnturm lagen. Ihres befand sich ganz rechts, und sie nahm an, dass es vorher das Zimmer des Burgherrn gewesen war. Es war ziemlich groß, hatte zwei schmale Fenster, die ehemals als Schießscharten genutzt worden waren, sowie einen angebauten Eckturm mit einem Balkon, von dem aus man einen beeindruckenden Blick über die ganze Umgebung hatte. Nachdem sie in das Zimmer gezogen war, hatte sie festgestellt, dass es auch über ein modernes Bad verfügte, und die Teppiche und Vorhänge die saubersten in der ganzen Burg waren. Nur wenn sie an den mächtigen Schrank dachte, dessen Türen verschlossen waren, beschlich sie immer ein mulmiges Gefühl – mit ihm hatte sie sich später einmal beschäftigen wollen.

Als sie ihr Zimmer fast erreicht hatte, wurde sie unwillkürlich langsamer. Zögernd verharrte sie mit der Hand auf dem antiken Knauf, ehe sie die Tür öffnete.

In ihrem Schlafzimmer saß wie selbstverständlich ein nackter Mann. Jedenfalls fast nackt.

Ein Feuer im Kamin verbreitete behagliche Wärme. Eine Leselampe tauchte den großen Ohrensessel neben dem Kamin in weiches Licht.

Bruce MacNiall hatte geduscht und es sich im Sessel gemütlich gemacht. Das pechschwarze feuchte Haar hatte er glatt zurückgekämmt, und er war nur mit einem Frotteehandtuch bekleidet, das er locker um die Hüften geschlungen hatte. Er las ausgerechnet die *New York Times.*

Er schaute auf, ohne die Zeitung beiseite zu legen. „Ist es in Amerika nicht üblich, vor dem Betreten eines Zimmers anzuklopfen?“ fragte er.

„Nicht, wenn es das eigene ist.“

„Oh?“

„Ich habe hier gewohnt“, informierte sie ihn.

„Nun, es ist aber trotzdem wohl nicht ihr Zimmer“, meinte er kühl und bestimmend.

„Dann war es also ihres“, murmelte sie.

„Es *ist* mein Zimmer“, verbesserte er sie.

„Falls Sie tatsächlich im Recht sind“, erwiderte sie und bereute ihre Worte sofort.

„Das kann ich Ihnen versichern“, erklärte er ernst.

„Im Moment habe ich keinen Beweis dafür, dass Sie die Wahrheit sagen. Deshalb bin ich auch nicht hundertprozentig davon überzeugt, dass dies Ihr Zimmer ist und Sie das Recht haben, es von mir zurückzuverlangen“, sagte sie. „Die Sachen auf der Frisierkommode dürften Ihnen nicht entgangen sein. Sie gehören wohl mir – es sei denn, Sie benutzen zufällig Parfüm, Wimperntusche und Lippenstift derselben Marke.“

Er musterte sie mit einer Mischung aus höflicher Zurückhaltung und Verblüffung.

„Und Ihnen dürfte mein Kleiderschrank nicht entgangen sein“, konterte er. „Da Sie offenbar ausgesprochen aufmerksam sind, werden Sie, als Sie sich hier so häuslich einrichteten, bemerkt haben, dass es keinen Platz für Ihre Kleidung gab, da der Schrank verschlossen war.“

Er hatte die Schlacht schon längst gewonnen, und sie fragte sich, warum sie überhaupt noch mit ihm diskutierte. Allerdings gefiel ihr dieses Zimmer. Deshalb hatte sie es sich ja ausgesucht.

Vielleicht war sie einfach nicht in der Lage, einen Schlussstrich unter eine Auseinandersetzung zu ziehen oder zu akzeptieren, dass man sie betrogen hatte und ihr schöner Traum zu zerplatzen drohte wie eine Seifenblase.

„Meine Koffer“, sagte sie und zeigte mit dem Finger darauf. Sie standen neben dem Bett.

Er legte die Zeitung zur Seite und erhob sich unvermittelt. Sie hoffte nur, dass sein Handtuch nicht hinunterrutschen würde.

„Möchten Sie, dass ich Ihnen beim Packen zur Hand gehe?“ fragte er höflich.

Dieser Mann hatte eine so provozierende Art, dass es ihr schlicht unmöglich war, sich zu beherrschen, selbst auf die Gefahr hin, sich zum Narren zu machen.

„Nein. Aber ich würde Ihnen gerne beim Umziehen helfen.“

„Sie haben wirklich Mumm“, sagte er.

Sie wurde rot.

„Ich werde nicht umziehen“, fuhr er gelassen fort.

„Ich auch nicht", erwiderte sie zuckersüß. „Es sei denn, Sie können mir hier und jetzt beweisen, dass Sie der Besitzer dieses Anwesens sind."

Sekundenlang musterte er sie mit durchdringendem Blick, und sie merkte, dass sie noch roter wurde.

„Glauben Sie etwa, ich bewahre wichtige Dokumente unter der Matratze auf?" fragte er. „Meine Papiere sind in einem Banksafe." Kopfschüttelnd griff er nach seiner Zeitung und setzte sich wieder hin. „Wenn Sie schon hier bleiben wollen, dann machen Sie bitte nicht so viel Lärm, ja? Ich spüre nämlich, dass ich Kopfschmerzen bekomme."

„Die kriege ich auch, wenn ich Sie sehe", stieß sie zwischen zusammengepressten Zähnen hervor.

Er hatte sie trotzdem verstanden. Wieder trafen sich ihre Blicke. „Ich finde, dass Sie sich mir gegen über ruhig ein wenig zuvorkommender verhalten könnten, Miss Fraser. Ich für meinen Teil versuche geduldig und verständnisvoll zu sein. Sogar meine Hilfe habe Ihnen angeboten.

„Tut mir Leid", sagte sie rasch, konnte es sich allerdings nicht verkneifen, „Glaube ich zumindest!" anzufügen.

Es fiel ihr schwer, ihre Niederlage zu akzeptieren. Sie trat ins Zimmer und schlug die Tür hinter sich zu. Nachdem sie so viele ihrer Sachen zusammengesammelt hatte, wie sie tragen konnte, wollte sie wieder hinausgehen.

„Nebenan ist das Brautzimmer, das zu diesem Raum gehört. Es ist sehr hübsch", sagte er, ohne von seiner Zeitung aufzusehen.

„Ich weiß. Ich habe es schließlich geputzt und bewohnbar gemacht – genau wie dieses hier."

„Wirklich gute Arbeit, die Sie da geleistet haben", lobte er. „Wie ich schon sagte, ich helfe gern beim Umräumen."

„Wollen Sie sich vorher nicht anziehen?" fragte sie.

„Nicht nötig. Gehen Sie einfach durch das Badezimmer."

„Die beiden Räume haben ein gemeinsames Bad?" fragte sie leise. Natürlich! Wie dumm von ihr. Das wusste sie doch. Schließlich hatte sie auch das Badezimmer geputzt.

„Dies ist eine Burg, nicht das Hilton", entgegnete er. „Die meisten Räume teilen sich ein Bad. Da Sie hier schon seit einiger Zeit wohnen, müssten Sie das eigentlich wissen."

Im Moment wusste sie nur, dass sie sich besser ein Zimmer auf der anderen Seite des Ganges gesucht hätte.

MacNiall erhob sich unvermittelt und ergriff einen ihrer Koffer. „Hier hindurch", befahl er und deutete auf den schmalen Korridor, der zum Bad führte.

Der Raum nebenan gehörte zu den gemütlicheren in der Burg – nicht so groß wie der, den sie verlassen musste, aber er hatte einen Kamin – *es war ja eine Burg und nicht das Hilton* – und ein von Gardinen umrahmtes Bogenfenster. „Hier ist der Witwenausguck." Er zeigte auf den kleinen Erker. „Der wird Ihnen bestimmt gefallen, da bin ich sicher."

„Den kenne ich schon", versetzte sie kühl.

„Stimmt. Den haben Sie ja auch geputzt."

„In der Tat."

„Ganz reizend."

Er stellte ihren Koffer ab.

Es war ein anheimelndes Zimmer. Aber ... *es lag direkt neben seinem.* Woher konnte sie wissen, dass der Mann nicht ... *sonderbar* war? Wenn er nun plötzlich mitten in der Nacht durch die Verbindungstür hereinspazierte? Vielleicht sollte sie besser eines der anderen Zimmer nehmen.

Offenbar hatte er ihre Gedanken gelesen, denn ein herablassendes Lächeln umspielte seine Lippen. „Seien Sie unbesorgt. Sie können Ihre Tür zum Bad abschließen."

„Das hoffe ich doch“, murmelte sie.

„Wirklich? Eigentlich sollte eher ich Wert auf verschließbare Türen legen. Aber seien Sie unbesorgt. Sie haben nichts zu befürchten. Jedenfalls nicht von mir.“

Sein Blick gab ihr zu verstehen, dass er sie etwa so attraktiv wie eine Kellerassel fand. Aus irgendeinem Grund ärgerte sie das.

Weil dieser Bastard gut in seinem Handtuch aussieht? dachte sie höhnisch. Aber da war noch mehr. Er verfügte über ein sicheres Auftreten und ein ausgeprägtes Selbstbewusstsein, hatte wache, kluge Augen und sehr männliche Züge. Und was er sonst noch zu bieten hatte, war unter dem Handtuch nur allzu deutlich zu erahnen.

„Ich schließe meine Tür ebenfalls ab“, versprach er.

„Tun Sie das“, sagte sie süßlich.

Er drehte sich um und ging durch das Verbindungsbad zurück. Erstaunlicherweise war das Handtuch die ganze Zeit an seinem Platz geblieben.

Toni schloss die Tür und lehnte sich dagegen. Sie fragte sich, wie ein so wundervoller Abend in so einem Desaster enden konnte. Und wie sie einen historischen Charakter hatte erfinden können, den es nicht nur tatsächlich gegeben hatte, sondern der zudem über einen modernen und dazu unverschämt gut aussehenden Nachkommen verfügte, der sich leibhaftig im Nachbarzimmer aufhielt – und zwar nahezu nackt.

Eine Gänsehaut lief ihr über den Rücken. Es war schon sehr spät. Sie wollte noch ein wenig Ordnung in das Chaos ihrer Gedanken bringen und dann schlafen. Und diesen Tag dann endgültig zu den Akten zu legen.

Während sie sich umsah, bemühte sie sich, den Mann auf der anderen Seite der Tür zu vergessen. Vor allen Dingen wollte sie sich von ihm nicht mehr einschüchtern lassen. Sie kam zu dem

Schluss, dass ihr Zimmer nicht nur hübsch war, es war sogar um einiges *besser* als seines. Soviel stand fest.

Sie stellte sich in die Mitte des Raumes und sagte sich, dass es ihr sehr gut gefiel und dass sie versuchen werde, sich hier wohl zu fühlen – auch wenn es sich tatsächlich nur um ein paar Nächte handeln sollte.

Toni war viel zu nervös, um ins Bett zu gehen. Zum einen steckten sie ganz schön in der Tinte. Es war ihr immer noch ein Rätsel, wieso sie sich von einem Betrüger übers Ohr hatte hauen lassen. Fast noch schlimmer war die Tatsache, dass seine Familiengeschichte, die sie doch nur frei erfunden hatte, sich jetzt als wahr herausstellte.

Nachdem sie einige ihrer Sachen in den Schrank geräumt hatte, nahm sie ihre Zahnbürste, die Zahnpasta und das Flanellnachthemd und ging ins Bad. Vor der Tür zögerte sie kurz, aber dann sagte sie sich, dass sie schließlich nicht die nächsten Tage aufs Duschen verzichten konnte, und klopfte zähneknirschend an. Als sie nichts hörte, trat sie ein. Dusche und Badewanne befanden sich links. Auf der gegenüberliegenden Seite waren zwei Waschbecken angebracht. Das Bad war vor vielen Jahren zum letzten Mal renoviert worden, doch es sah immer noch hübsch aus mit den geschwungenen Wasserhähnen und dem Badezimmerschrank. Das war seinerzeit wohl das Modernste auf dem Markt gewesen.

Die Türen zum Zimmer des Burgherren und der Braut lagen einander gegenüber. Ein paar Sekunden starrte sie auf die andere Tür, ehe sie hinüberging und anklopfte.

„Ja?"

Toni öffnete die Tür einen Spalt breit und spähte in sein Zimmer. Er hatte noch immer das Handtuch umgebunden und war in seine Zeitung vertieft. Das Feuer verbreitete behagliche Wärme. Der Raum schien ohnehin wärmer zu sein als ihrer.

Sie spürte einen leisen Groll, bis ihr einfiel, dass in ihrem neuen Zimmer ebenfalls ein Kamin war. Sie konnte also ihr eigenes Feuer machen, wann immer ihr danach war.

„Ich wollte Ihnen nur Bescheid sagen, dass ich jetzt duschen möchte.“ *Damit Sie nicht einfach ins Bad platzen.*

Für den Bruchteil einer Sekunde hatte sie die absurde Idee, dass er auf seinem schwarzen Hengst in das winzige Badezimmer galoppieren könnte.

Er hob die dunklen Augenbrauen. „Ich dachte, mein Aufzug hätte nun wirklich keinen Zweifel daran gelassen, dass ich bereits geduscht habe“, sagte er.

„Stimmt. Nun ja, ich werde die Tür wieder aufschließen, wenn ich fertig bin.“

„Tun Sie das bitte“, sagte er und konzentrierte sich dann wieder auf seine Zeitung.

Sie konnte sich eine Anspielung auf seine Lektüre nicht verkneifen. „Die *Times,* ja? Offenbar mögen Sie amerikanische Zeitungen lieber als Amerikaner.“

„Normalerweise mag ich Amerikaner“, entgegnete er, wobei er das erste Wort des Satzes kaum merklich betonte.

Leise fluchend schloss sie die Verbindungstür und drehte den Schlüssel um. Wenn es denn unbedingt einen lebenden MacNiall geben musste, konnte er dann nicht wenigstens achtzig, weißhaarig und freundlich sein? Die ganze Lage war doch auch so schon verzwickt genug.

Sie unterdrückte ihren Ärger, zog sich aus und stieg unter die Dusche. Es gab nicht mehr viel heißes Wasser. Vermutlich hatten schon alle anderen vor ihr geduscht.

Immer noch fluchend stieg sie schließlich aus der Wanne, trocknete sich schnell ab und streifte das Flanellnachthemd über. Nachdem sie das Bad verlassen hatte, überlegte sie, ob sie ein Feuer machen sollte. Allerdings hatte sie überhaupt keine Ahnung, wie sie das anstellen sollte.

Mit Hilfe der langen Streichhölzer auf dem Kaminsims versuchte sie, die Scheite zum Brennen zu bringen. Aber nichts passierte. Sie brauchte Anzündmaterial. Zeitungspapier oder etwas Ähnliches. Doch als sie sich suchend im Zimmer umsah, fand sie nichts Geeignetes.

Hinter den Gazevorhängen, die vor der Tür zum Witwenausguck hingen, zuckte ein Blitz auf. Es war tatsächlich ein kleiner Balkon und nicht nur ein Erker wie im Zimmer des Burgherren.

Sofort danach krachte der Donner. Ein Windstoß drückte die Tür auf, durch die man auf den schmalen Balkon gelangte. Dann fiel sie mit einem lauten Knall wieder zu. Toni sprang auf, lief zur Tür hinüber und verriegelte sie. Durch die ehemaligen Schießscharten spähend, bemerkte sie einen weiteren Blitz. Eigentlich musste sie der Vorsehung danken, dass sie heute Nacht nicht auf die Straße gesetzt worden waren.

Sie gab es auf, das Holz im Kamin zu entzünden, und kroch in das Himmelbett. Abrupt fuhr sie wieder hoch. Der einzige Lichtschalter war offenbar neben der Badezimmertür angebracht.

Sie erhob sich, knipste die Lampe aus und streckte sich wieder unter der Decke aus. Die Dunkelheit, die sie umgab, war so undurchdringlich, dass es sie nervös machte. Erneut stand sie auf, ging ins Bad, schaltete das Licht ein und ließ die Tür einen Spalt breit offen. Auf keinen Fall wollte sie von tintenschwarzer Nacht umgeben sein.

Benahm sie sich nicht wie eine Idiotin? Dieser Kerl hatte doch ganz offensichtlich absolut kein Interesse an ihr. Vielleicht sollte sie deswegen gekränkt sein. Mit ihren ein Meter achtzig, den tiefblauen Augen und den hellen Haaren, die mit der Zeit dunkelblond geworden waren, hielt man sie gemeinhin für recht attraktiv. Aber dem bärbeißigen Typen im Nachbarzimmer ging es anscheinend nicht so.

Bruce MacNiall. Sie musste diesen Namen schon einmal irgendwo gehört haben.

Sie lag in dem großen Bett und zitterte heftiger, als sie seit Jahren gezittert hatte.

Nein. Das war keine jener Vorahnungen, wie sie früher über sie hereingestürzt waren. Dank ihrer Willenskraft hatte sie es doch geschafft, dass sie nicht mehr von Visionen heimgesucht wurde. Schon seit Jahren nicht mehr.

Dennoch ...

Unruhig wälzte sie sich im Bett hin und her und sehnte sich einen Fernseher herbei. Oder ein Feuer. In die Flammen zu schauen wäre jetzt sehr beruhigend.

Ihre Gedanken überschlugen sich. Irgendwo musste ein Fehler in dieser Geschichte stecken. Bestimmt konnten sie das wieder in Ordnung bringen.

Und wie um Himmels willen war sie nur auf den Namen Bruce MacNiall gekommen?

Endlich schlief sie ein.

Bruce hatte sich gerade hingelegt, als ein markerschütternder Schrei an sein Ohr drang. Er fuhr hoch, für den Bruchteil einer Sekunde wusste er nicht, wo er sich befand, bis er den zweiten Schrei hörte.

Er kam aus dem Nebenzimmer.

Wie der Blitz durchquerte er das Bad und sah seinen ungebetenen Gast kerzengerade im Bett sitzen. Ihre Miene war vor Schreck verzerrt, und sie zeigte mit dem Finger auf etwas, das sich vor ihr zu befinden schien.

„Miss Fraser ... Toni! Was ist passiert?“

Erst jetzt merkte er, dass sie gar nicht wach war. Er trat ans Bett, packte sie bei den Schultern und schüttelte sie sanft. Ihre Reaktion verblüffte ihn. Sie befreite sich aus seinem Griff, stand mit einer unglaublich flinken Bewegung auf und starrte vom Bett auf ihn herunter.

Sie bot einen erstaunlichen Anblick. Im schwachen Licht, das aus dem Badezimmer hereinfiel, glänzte ihr üppiger goldblonder Haarschopf, der ihre zarten Gesichtszüge umrahmte wie ein Heiligenschein. Mit den weit aufgerissenen Augen und dem pastellfarbenen Flanellnachthemd sah sie aus wie Hamlets Ophelia, die ins falsche Stück geraten war.

Die unnachgiebige Seite in ihm dagegen fragte sich, was um alles in der Welt sie jetzt wieder vorhatte. Doch der weiche Kern ließ ihn so etwas wie Mitgefühl für sie empfinden. Das Entsetzen in ihren Augen schien echt zu sein. Zum ersten Mal bemerkte er die Verwundbarkeit in ihrem Blick.

„Toni", sagte er fest, schlang die Arme um ihre Hüften und hob sie auf den Boden. „Toni, wachen Sie auf!"

Ausdruckslos starrte sie ihn an.

„Toni!"

Plötzlich ging ein Ruck durch ihren Körper. Sie blinzelte ein paar Mal und schien ihn erst jetzt wahrzunehmen.

Einen Moment lang glaubte er, dass sie wieder schreien würde. Stattdessen blinzelte sie erneut und trat rasch einen Schritt zurück, während sie ihn von oben bis unten musterte. Zum Glück trug er jetzt eine lange Schlafanzughose.

„Ich glaube, Sie haben geträumt", sagte er.

Sie legte die Stirn in Falten, wurde knallrot und biss sich auf die Unterlippe. „Habe ich geschrien?"

„Wie am Spieß", bestätigte er. Jetzt trat auch er einen Schritt zurück. Im schwachen Lichtschein bemerkte er plötzlich, wie anziehend sie war. Das intensive Blau ihrer Augen, die vollen Lippen, der feingliedrige Körper – das alles war nicht einfach nur schön, sondern geradezu faszinierend. Ihre Gesichtszüge waren so vollkommen, als hätte ein Künstler sie gemalt. Doch trotz der leuchtenden Farben ihres Haares und ihrer Augen umgab sie eine gewisse Dunkelheit.

„Ich habe Sie geweckt", murmelte sie schuldbewusst. „Das tut mir furchtbar Leid."

„Ich war noch gar nicht richtig eingeschlafen, aber mit Ihrem Schrei hätten Sie die ganze Burg aufwecken können. Vielleicht haben Sie das ja auch getan", fügte er hinzu. Er konnte sich ein kleines Lächeln nicht verbeißen. „Möglicherweise schleichen jetzt alle durch den Korridor und haben Angst nachzusehen, was passiert ist." Er ließ sie stehen, ging zur Tür, öffnete sie und schaute auf den Gang hinaus. Dann zuckte er mit den Schultern. „Na ja, Burgmauern sind schließlich so gebaut, dass die Schreie der Gefolterten nicht nach außen dringen."

Noch immer stand sie reglos an ihrem Platz – groß, elegant und seltsam abwesend. Es ärgerte ihn ein wenig, dass er sich so um sie sorgte. Schließlich war sie doch der Kopf dieser verqueren amerikanischen Bande, die einfach die „Geschichte" neu erfunden hatte, um andere mit ihrer fantasierten Version von vergangenen Ereignissen zu unterhalten. Ihnen fehlte einfach der Respekt. „Geht es Ihnen gut?" erkundigte er sich.

„Ja … ja, es ist alles in Ordnung. Und bitte entschuldigen Sie." Sie meinte es aufrichtig. Ihre Augen waren immer noch weit aufgerissen. Außerdem schien sie sich vor etwas zu fürchten.

Vor ihm? Bestimmt nicht. Ging es um ihren Albtraum?

Bruce zögerte. Verschwindet endlich von meiner Burg, dachte er. Er wollte diese merkwürdigen Leute nicht hier haben. Gott, er hatte wirklich genug um die Ohren …

Am ganzen Körper zitternd stand sie vor ihm. Widerwillig musste er sich eingestehen, dass er Mitleid mit ihr hatte.

„Es ist eiskalt. Warum machen Sie kein Feuer?"

„Ich …"

Diese Verwirrtheit sah ihr gar nicht ähnlich, nachdem sie zuvor wie eine Löwin gekämpft und keines seiner Argumente widerspruchslos hingenommen hatte. Gereizt ging er zur Feuerstelle, suchte hinter dem Kaminbesteck nach Anzündmaterial, schob es unter die Holzscheite und riss ein Streichholz an. Vor dem Kamin hockend, stocherte er mit dem Schürhaken in den Flammen. Ein absurder Gedanke schoss ihm durch den Kopf. Hoffentlich glaubte sie jetzt nicht, dass er sie mit dem Feuerhaken attackieren wollte.

Sie hatte sich nicht vom Fleck gerührt. Zu seinem großen Unbehagen spürte er eine gewisse Erregung. Normalerweise hatten Flanellnachthemden die Eigenschaft, den Körper wie ein Zelt zu verhüllen, aber dieses hier war so dünn, dass es Konturen, Formen und Schatten ahnen ließ. Und dann ihr Haar … üppig fiel es in dichten Locken über ihre Schultern und Brüste.

„Sie brauchen einen Drink", entschied er. Er jedenfalls benötigte ganz dringend einen.

Unvermittelt hob sie die Hand. Offenbar hatte sie ihre Fassung wiedererlangt. „Tut mir Leid, aber ich habe nichts da."

„Gott sei Dank haben Sie den Kleiderschrank nicht aufgebrochen", meinte er. „Ich bin gleich wieder da."

Er durchquerte das Bad, öffnete den Schrank und goss Brandy in zwei Gläser, die auf einem Regal an der linken Wand standen. Als er in das so genannte Brautzimmer zurückkam, hatte sie sich in einen der alten Polstersessel vor dem Kamin gesetzt.

Mit einem forschenden Blick betrachtete sie ihn, als er ihr das angebotene Glas reichte. „Danke", sagte sie.

„Das soll gegen vieles helfen", meinte er. „Prost."

„Prost", antwortete sie. Sie nahm einen tiefen Schluck und schüttelte sich. „Vielen Dank", wiederholte sie.

Er stellte sein Glas auf den Kaminsims, ging in die Hocke und schob die Holzscheite zusammen. Allmählich machte sich angenehme Wärme im Zimmer breit.

Er erhob sich, nahm sein Glas und setzte sich in den Sessel, der neben ihrem stand.

„Also … möchten Sie darüber sprechen?"

Ihre Lippen verzogen sich zu einem schmalen Lächeln. Sie sah ihn an. „Klar. Sie waren es."

„Ich? Unmöglich. Ich habe mein Zimmer überhaupt nicht verlassen", protestierte er.

„Ich weiß. Es war schon sehr seltsam. Ich hatte das Gefühl, aufgewacht zu sein … und Sie waren da. Aber Sie waren es nicht wirklich. Das heißt, Sie standen vor mir, wie Sie vielleicht früher ausgesehen hätten – in einem historischen Kostüm. Und es war täuschend echt. Ich habe Sie klar und deutlich gesehen."

„Ich habe also nur da gestanden, in einem historischen Kostüm? Nun, ich kann mir durchaus vorstellen, dass das ein wenig beunruhigend ist, aber die Schreie klangen, als wäre Ihnen der Teufel persönlich erschienen."

Sie errötete.

„Sie trugen mehr als nur das Kostüm."

„Ach ja?"

„Wäre es ein Bild gewesen, dann hätte die Unterschrift dazu lauten können: ‚Der Kämpfer in voller Montur mit einem großen und blutigen Schwert'", erklärte sie.

„Aha. Also hatte ich vor, Ihnen den Kopf abzuschlagen. Ich gebe ja zu, dass ich provozierend und unhöflich sein kann, aber zum Kopfabschlagen hat's bisher noch nicht gereicht", meinte er, während er sich in seinen Sessel zurücklehnte. „Könnte es sein, dass Sie sich ein wenig zu sehr in Ihre historischen Märchen hineingesteigert haben?"

„Zugegeben, mir ist schon ein bisschen mulmig geworden, als ich gesehen habe, dass der Bruce MacNiall, den ich erfunden habe, hier und heute tatsächlich existiert", murmelte sie.

Argwöhnisch schüttelte Bruce den Kopf. „Sie haben doch bestimmt etwas über die lokale Geschichte gewusst", meinte er.

„Nein, wirklich nicht. Wir waren vorher noch nie in dieser Gegend", versicherte sie ihm.

Ihre Worte klangen ehrlich. Dennoch ...

Er ließ den Brandy in seinem Glas kreisen und studierte die Farbe. Dann sah er sie wieder an. Sagte sie wirklich die Wahrheit? Er konnte es einfach nicht glauben.

„Es gab mal einen Bruce MacNiall auf der Seite der Royalisten. Er kämpfte gegen Cromwells Armeen und schlug sie mehrfach vernichtend. Er überlebte sogar Cromwells Regierung. Aber er und einige andere schottische Edelmänner ließen nicht locker. Sie wollten unbedingt Charles II. vom Kontinent zurückholen und ihn zum König machen. Schließlich wurde MacNiall gefasst, als einer der Lords, der angeblich auf seiner Seite stand, zum Gegner wechselte. Dieser Mann wurde von MacNialls Männern getötet, aber unglücklicherweise geriet MacNiall in einen Hinterhalt und wurde selbst gefangen genommen. Er hatte Widerstand gegen die Regierung, also Cromwell, geleistet. Sie wissen, welche Strafe darauf steht. Er musste sämtliche Folterqualen erleiden, mit denen Verräter damals bestraft wurden."

Sie sah ihn aus ihren großen blauen Augen an. Dann schloss sie die Lider und lehnte sich zurück, kreideweiß im Gesicht.

„Hey. Das ist doch alles längst vorbei. Ich hätte nicht gedacht, dass Sie so schwache Nerven haben."

Sie schüttelte den Kopf. „Ist schon okay“, antwortete sie kurz angebunden. Dann sah sie ihn neugierig an. „Er hat doch nicht etwa seine Frau in einem Anfall von Eifersucht umgebracht, oder?“

Bruce erwiderte ihren Blick, während er ratlos die Schultern hob. „Das weiß eben keiner. Es gab Gerüchte, dass sie ein Verhältnis mit einem Soldaten aus Cromwells Armee hatte – ob das nun stimmte oder pure Fantasie war, weiß ich nicht – und dass sie aus der Burg verschwand. Historisch belegt ist, dass MacNiall kastriert, ausgeweidet, aufgehängt, geköpft und gevierteilt wurde. Über seine Frau dagegen ist nichts bekannt. Als er gefangen genommen wurde, verschwand sie aus der Geschichte. Im Wald ist er in die Falle gegangen. Dort wurde er auch nach einem Scheinprozess hingerichtet. Zu der Zeit, als er starb, hatte er einen Sohn im Teenager-Alter, der bei Charles II. in Frankreich lebte. Schon bald nach MacNialls Exekution starb Cromwell, und die Menschen, die die Nase voll hatten von einem gottesfürchtigen Leben, taten alles, um Charles II. auf den Thron zurückzuholen. Der war ein sehr beliebter Herrscher und auch als Mann sehr ungewöhnlich. So hatte er zwar jede Menge Mätressen, weigerte sich aber standhaft, sich von seiner Frau zu trennen. Ihm folgte sein Bruder auf den Thron, und die Geschichte steuerte auf eine neue Katastrophe zu.“

„Das ist ja … entsetzlich“, meinte Toni.

Er lächelte grimmig. „Nach allem, was man so hört, hat es Ihnen überhaupt nichts ausgemacht, den Leuten eine so entsetzliche Geschichte zu erzählen.“

„Aber ich hatte sie mir doch ausgedacht“, argumentierte Toni, die sich keiner Schuld bewusst war.

Ungeduldig fuhr er mit der Hand durch die Luft. „Schwören Sie, dass Sie die Wahrheit sagen …“

„Unterstellen Sie mir etwa, dass ich lüge?“ fragte sie empört. Sie sah wieder ziemlich verärgert aus.

„Ich kenne Sie schließlich nicht", erwiderte er ausweichend. „Aber selbst wenn Sie glauben, die Wahrheit zu erzählen, kann es durchaus möglich sein, dass Sie die Geschichte irgendwann schon einmal gehört haben. Denn sie entspricht den Tatsachen bis ins kleinste Detail."

Sie winkte ab. „Das Land gehörte den MacNialls. Und wenn es eine schottische Berühmtheit gibt, dann ist es Robert the Bruce. Bruce ist ein sehr gängiger Name hier in der Region."

„Sicher, das stimmt schon. Aber Sie sind noch einen Schritt weitergegangen."

„Wieso?"

Wortlos starrte er sie an. Entweder war sie eine ausgezeichnete Schauspielerin oder sie hatte wirklich keine Ahnung.

„MacNialls Frau", sagte er langsam, ohne sie dabei aus den Augen zu lassen.

„Sie haben doch gerade noch gesagt, dass nicht allzu viel über sie bekannt ist."

„Auch das ist wahr."

„Was also?"

„Es geht um ihren Namen", antwortete Bruce leise.

„Lady MacNiall, nehme ich an. Das ist doch nahe liegend", meinte sie spöttisch.

„Nein, Toni. Ich spreche von ihrem Vornamen, auf den sie getauft worden war. Annalise."

3. KAPITEL

Konnte jemand wirklich so gut schauspielern – oder so perfekt lügen, ohne mit der Wimper zu zucken?

„Wie bitte?" Sie starrte ihn mit aufgerissenen Augen an, ihr Gesicht war kreideweiß. Noch nie zuvor hatte Bruce jemanden so schnell die Farbe wechseln sehen.

„Annalise. Unser berühmter – oder berüchtigter – Bruce MacNiall war tatsächlich mit einer Annalise verheiratet."

Sie schüttelte den Kopf. „Davon hatte ich keine Ahnung, das schwöre ich Ihnen. Das muss Zufall sein. Okay, der absurdeste Zufall, den man sich vorstellen kann, aber ... ehrlich, ich habe nie zuvor davon gehört. Von ähnlichen Geschichten schon, zugegeben – Ihr Vorfahr war schließlich nicht der Einzige, dem ein solches Schicksal widerfahren ist."

Er fragte sich, ob sie ihn oder sich selbst überzeugen wollte.

„Das ist wohl wahr", gab er zu. Er hatte zwar nicht vergessen, wie dreist sie sich in seinem Heim breit gemacht hatte. Und dennoch ... Er wollte ihr im Moment nicht noch mehr Angst einjagen. Sie musste erst einmal ihre Fassung wiedergewinnen. Womöglich fiel sie noch vor seinen Augen in Ohnmacht. Sie konnte eine ziemliche Nervensäge sein, so selbstgerecht wie Cromwell persönlich. Aber im Moment wirkte sie ausgesprochen verletzlich, und das weckte den hilfsbereiten Kavalier und edlen Beschützer in ihm.

„Ja, das ist wahr", wiederholte sie seine Worte, wie um sich selbst von ihrer Richtigkeit zu überzeugen. „Ich bin in Edinburgh gewesen. Ich habe das Grab von Montrose gesehen, der ein Royalist war und ein so schreckliches Ende gefunden hat. Da waren auch noch andere ... aber ich hatte keine Ahnung, dass es tatsächlich einen MacNiall gab. Oder eine Annalise." Sie zögerte, ehe sie den Namen aussprach. „Hören Sie!" Unvermittelt setzte sie sich auf und funkelte ihn zornig an. „Wir sind nicht hierher gekommen, um uns über Ihre Familiengeschichte oder ihre Vorfahren lustig zu machen. Ich sage Ihnen noch einmal, dass ich nichts von der Existenz Ihres MacNialls gewusst habe!“

„Jedenfalls hat er gelebt“, erwiderte MacNiall lakonisch und starrte in die Flammen. Er spürte, wie erneut der Ärger in ihm hochstieg. Er liebte diesen Ort. Gut, er hatte sich in letzter Zeit nicht viel darum gekümmert. Aber nach allem, was in letzter Zeit geschehen war …

„Verstehen Sie denn nicht?“ beharrte sie. „Wir wollten niemandem zu nahe treten. Wir alle sind ganz vernarrt in dieses Land. Leider ist keiner von uns wohlhabend genug, um unabhängig zu sein. Aber Gina kennt sich sehr gut mit PR und Werbung aus. Sie hat vorgeschlagen, unsere unterschiedlichen Talente zu bündeln und zu vermarkten. So haben wir uns entschlossen, eine Burg zu mieten, viel Arbeit hineinzustecken und den Leuten etwas Tolles zu bieten.“

„Eine blöde Idee“, knurrte er gereizt. Immer noch starrte er ins lodernde Feuer.

„Es ist keine blöde Idee“, erwiderte sie hitzig. „Sie haben doch selbst gesehen, wie viele Besucher hier waren.“

„Die Einheimischen sind alles andere als begeistert von dieser windigen Geschichte.“

„Möglich, aber für die machen wir das ja auch nicht. Allerdings profitieren auch die davon, wenn wir die Wirtschaft ein bisschen ankurbeln. Verstehen Sie das nicht? Die Touristen, die sich für die Burg und ihre Geschichte oder das Schauspiel interessieren, geben auch anderswo Geld aus. Es hilft den Geschäften, den Restaurants … eben allen möglichen Leuten aus der Gegend.“

„Das sehe ich nicht so“, erwiderte er. Er konnte seinen Ärger nur mühsam beherrschen.

„Dann sind Sie ein Narr.“

„Ach, wirklich?“ Bin ich das?

„O ja!“ Sie sah ihm direkt in die Augen. Ihr Gesicht hatte wieder Farbe angenommen, ihre Stimme klang kämpferisch und ihre Augen blitzten angriffslustig. „Sie haben die Besucher doch selbst erlebt. Die waren hellauf begeistert. Und sie lieben Schottland. Haben Sie etwas dagegen, wenn andere Leute Ihr Land lieben?“

„Solange es das echte ist und nicht nur eine Imitation, mit der Sie die Leute hinters Licht führen“, konterte er.

„Wir führen niemanden hinters Licht.“ Verärgert schüttelte sie den Kopf. „Ebenso wenig wie die Fremdenführer in Edinburgh, die den Touristen Parks und Friedhöfe zeigen. Das fasziniert die Leute auch. Und wir behaupten ja nicht, dass die Schotten besonders brutal gewesen sind – wir weisen nur darauf hin, dass es eine ganz andere Zeit war.“

„Eine Show für Sensationslüsterne.“ Er machte eine abfällige Handbewegung. „Edinburgh ist eine große Stadt, das ist etwas ganz anders. Wir reden hier von einem kleinen Dorf.“

„Es gibt heutzutage leider kaum noch Städte, in deren Zentrum eine Burg zu mieten ist“, meinte sie sarkastisch.

„Viele Leute wollen gar nicht mehr an Mord und Totschlag erinnert werden“, behauptete er.

Sie seufzte frustriert. „Tun Sie eigentlich nie etwas aus Vergnügen?“ wollte sie wissen. „Waren Sie jemals im Kino? Im Theater? Gehen Sie in die Oper?“

Er schaute wieder ins Feuer. „Tatsache ist, dass es sich hier um ein kleines, abgeschiedenes Dorf handelt. Es ist nicht ganz ungefährlich für Touristen, hier herumzulaufen.“

„Nicht ungefährlich?“ wiederholte sie erstaunt.

„Wir haben Wälder, steile Felsen und Sümpfe. Abhänge. Erdspalten und Steinhügel. Wege, über die man nur unter Lebensgefahr laufen kann“, zählte er auf. „Gegenden fernab jeder Zivilisation. Die sollte man als Ortsunkundiger besser meiden.“ Er fand seine Worte selbst nicht besonders überzeugend.

Vielleicht übertrieb er es ja mit seinem Misstrauen. Aber Tatsache war, dass die Frauen mit ihrem Leben hatten bezahlen müssen, oder etwa nicht? Zwei waren es gewesen. Man hatte sie tot aufgefunden. Ganz in der Nähe.

„Wovon reden Sie eigentlich?“ wollte sie wissen.

Er hatte nicht vor, ihr zu erzählen, warum er sich solche Sorgen machte. Selbst Jonathan Tavish war der Ansicht, dass sich die Ermittler aus der Großstadt darum kümmern sollten. Schließlich stammten die Frauen nicht aus dieser Gegend. Sie waren hier nur gefunden worden.

„Antoinette Fraser“, sagte er unvermittelt, entschlossen, das Thema zu wechseln, „Ihr Vater war also Schotte oder schottisch-amerikanisch ...?“

„Halb und halb, aber er wurde hier geboren. Sein Vater hat während des Krieges geheiratet. Seine Großmutter stammte aus Frankreich, und meine Mutter war Irin.“

„War?“

„Sie starb in meinem ersten College-Jahr.“

„Das tut mir Leid.“

„Danke.“

„Und Ihr Vater?“

„Ihn habe ich auch verloren“, antwortete sie leise. „Vor ein paar Jahren. Herzversagen. Aber ich glaube, in Wirklichkeit hat er meine Mutter vermisst.“

„Auch das tut mir Leid.“

Sie zögerte, ehe sie fragte: „Da Sie jetzt Burgherr sind, heißt das doch ...“

„Ja, meine Eltern sind gleichzeitig gestorben. Ein schwerer Autounfall in London. Sie hatten keine Chance.“

„Mein Beileid", murmelte sie.
„Danke", sagte er. „Es ist allerdings schon über zehn Jahre her."
„Man vermisst sie trotzdem", meinte sie.

„Das stimmt." Doch weil er nicht vorhatte, die Stimmung trübselig werden zu lassen, lächelte er verschmitzt. „Sagen Sie …"

„Ja?"

„Sie hätten keine Burg in Irland kaufen können, oder?"

Sie schmunzelte kurz, aber dann blitzte es erneut in ihren Augen. Er ertappte sich dabei, wie er ihren Duft einatmete. Sie war wirklich eine erstaunliche Frau. Im einen Moment sanft wie ein Engel und im nächsten aggressiv wie eine Löwin.

Sie sollte besser nicht hier sein.

Er ließ den Brandy in seinem Glas kreisen. „Tatsache ist, dass ich diese Burg an niemanden vermietet habe. Sie gehört mir und Sie haben sich hier unrechtmäßig eingenistet." Er sprach sehr ruhig. Dann nahm er noch einen Schluck und genoss die Wärme, die sich in seinem Körper ausbreitete.

Eine Weile schwieg Toni. Dann sagte sie: „Allmählich komme ich auch zu der Überzeugung, dass wir von einem Betrüger aus England hereingelegt worden sind."

„Es könnte auch ein Amerikaner gewesen sein. Von denen gibt es sehr viele hier, wissen Sie."

Seine Bemerkung brachte ihr Blut erneut in Wallung. Er fragte sich, ob er das eigentlich absichtlich tat. Gefiel es ihm, wenn sich ihre Brust empört hob und ihre Augen Funken sprühten? Vielleicht sollte er ihr einfach einen Waffenstillstand anbieten, sie vor den Kamin ziehen und ihre vollen, sinnlichen Lippen mit Küssen bedecken.

„Ich bin sicher, dass dieser Betrug von hier aus angezettelt wurde", behauptete sie angriffslustig.

Er stellte fest, dass es ihm insgeheim Freude bereitete, zu sehen, wie sie ihr Temperament zu beherrschen versuchte.

„Verstehen Sie doch. Wir haben hier ein Vermögen hineingesteckt", erklärte sie.

„Das glaube ich Ihnen gerne. Ich habe das Ergebnis mit eigenen Augen gesehen."

Stirnrunzelnd schaute sie ihn an. „Woher wissen Sie überhaupt, welche Geschichte ich erfunden habe?" fragte sie ihn. „Sie sind doch erst hereingeritten, als ich … also im Grunde sind Sie genau aufs Stichwort aufgetaucht."

„Ich wollte eigentlich die ganze Vorstellung verbieten lassen", gestand er. „Eban hat ihre Proben mitbekommen, und auch wenn ihm die Renovierung gut gefallen hat, war er nicht glücklich darüber, dass die Familie so verleumdet wurde."

„Aber Sie haben doch eben gesagt, dass die Geschichte den Tatsachen entspricht."

„Ich habe nie im Leben behauptet, dass Bruce MacNiall seine Frau erwürgt hat."

„Sie ist einfach verschwunden."

„Aus den Chroniken, ja."

Plötzlich zuckte ein Blitz über den Himmel, gefolgt von einem krachenden Donner, der die Burg in ihren Grundmauern erzittern ließ. Mit einem entsetzten Schrei sprang Toni auf. Als sie seine Blicke auf sich spürte, wurde sie rot und wollte sich sofort wieder hinsetzen. Dabei stolperte sie über ihre eigenen Füße und landete direkt auf seinem Schoß.

Plötzlich lagen ihre zarten, langen Finger auf seiner nackten Brust. Ihr weiches Haar streichelte seine Haut. Der Duft von Lavendelseife stieg ihm in die Nase. Sein Körper reagierte prompt, und er hoffte inständig, dass die Erektion durch den Stoff seiner Pyjamahose nicht zu spüren war.

„Um Himmels willen! Entschuldigen Sie bitte", sagte sie hastig und rappelte sich wieder auf. In ihrer Verlegenheit suchte sie

Halt an seinem Knie, rutschte ab und wurde knallrot. Sie stammelte eine hilflose Entschuldigung.

„Kein Problem“, stieß er hervor, zog sie hoch und half ihr auf die Füße, während er selber aufstand. „Es ist schon sehr spät. Wenn Sie sicher sind, dass mit Ihnen wieder alles in Ordnung ist ...“

„Ja, ja, mir geht es gut“, beeilte sie sich zu versichern und warf einen Blick zum Fenster. Er hatte das merkwürdige Gefühl, dass sie dort jemanden sehen konnte. Oder dass sie Angst vor einer möglichen Erscheinung hatte.

„Ich bin zwar noch nicht müde, aber Sie sehen ziemlich erschöpft aus. Gehen Sie jetzt schlafen. Ich hole meine Zeitung und werde hier in diesem Sessel noch ein wenig lesen. Wenn ich Ihnen dann noch mal in einem Albtraum erscheine, besteht nicht der geringste Grund zur Panik, denn ich sitze ja wirklich in Ihrem Zimmer“, meinte er.

„Ich bin schon ein großes Mädchen“, versicherte sie ihm. „Wirklich.“

„Ich lese lieber Zeitung, als noch einmal von einem Schrei aus dem Schlaf gerissen zu werden“, erklärte er.

„Es ist wirklich in Ordnung“, sagte sie und warf die Haare in den Nacken. „Ich will Ihnen nicht noch mehr zur Last fallen.“

„Gehen Sie ins Bett“, befahl er.

„Ich schreie nicht mehr, ganz sicher.“

„Ich hole meine Zeitung“, sagte er mit Bestimmtheit.

Als er zurückkam, hatte sie sich nicht vom Fleck gerührt. Er konnte sehen, dass sie mit sich kämpfte. Am liebsten hätte sie ihn zum Teufel gejagt, wollte aber wohl angesichts ihrer ungewissen Situation nicht so weit gehen. Zugleich spürte er, dass sie von einer unbestimmten Angst gequält wurde. Wahrscheinlich befürchtete sie, erneut von schrecklichen Bildern heimgesucht zu werden, sobald sie die Augen schloss. Da war es allemal beruhigender, einen Menschen aus Fleisch und Blut in der Nähe zu haben – selbst wenn es sich um einen wildfremden Mann handelte.

„Ich habe das ernst gemeint", rief er. „Legen Sie sich hin und versuchen Sie zu schlafen. Ich bleibe hier."

„Sie wollen die ganze Nacht im Sessel schlafen?"

„Ehrlich gesagt ist nicht mehr viel von der Nacht übrig. Wenn es hell wird, lege ich mich in mein Bett. Dann werden Sie wohl kaum mehr in Panik geraten. Das funktioniert immer."

„Woher wollen Sie das wissen?" fragte sie misstrauisch.

„Weil die Menschen bei Tageslicht nie panisch reagieren. Sie wissen schon, da reagieren Vernunft und gesunder Menschenverstand."

Sie sah ihn noch eine Weile benommen an. Dann drehte sie sich abrupt um.

„Eigentlich ist das ja nicht fair Ihnen gegenüber", meinte sie, während sie ins Bett stieg.

„Schlafen Sie."

Sie kuschelte sich unter die Decke und schloss die Augen.

Er ließ sich in den Sessel vor dem Kamin fallen, strich die Zeitung glatt, doch so sehr er sich auch bemühte, er konnte sich nicht auf den Artikel konzentrieren.

Er schaute zum Bett hinüber. Von wegen Einschlafschwierigkeiten. Sie hatte ihm das Gesicht zugewandt und die Augen fest geschlossen. Ein schlafender Engel mit wunderschönen, elfenbeinfarbenen Zügen. Volle, rote Lippen, die leicht geöffnet waren. Die Arme hatte sie um ein Kissen geschlungen.

Könnte er doch dieses Kissen sein!

Sie war eine Schwindlerin, sagte er sich wütend. Egal, wie unschuldig oder verletzlich sie wirkte, sie konnte unmöglich diese Geschichte erfunden haben, jedenfalls nicht bis hin zum Namen

Annalise. Er musste vorsichtig sein, damit sie keine Gefühle in ihm weckte, von denen er nichts wissen wollte.

Annalise.

Ungeduldig versuchte er es mit einem anderen Artikel, doch dann gab er auf, faltete die Zeitung zusammen und sah ihr beim Schlafen zu. Nach einer Weile döste er ein.

Und schreckte unvermittelt wieder auf.

Er schrie nicht, er gab überhaupt keinen Laut von sich. Aber sein Traum war kaum weniger schrecklich gewesen.

Er hatte sie gesehen ... mit dem Gesicht nach unten, im Fluss im Wald. Mit dem Gesicht nach unten ... genauso, wie er das ermordete Mädchen gefunden hatte.

Er griff nach seinem Brandyglas und leerte den Rest in einem Zug. Dann schüttelte er sich. Ein Blick aus dem Fenster sagte ihm, dass es endlich Morgen wurde. Leise stand er auf. Vielleicht würde er nach einem weiteren Brandy noch ein paar Stunden Schlaf finden. Noch einen Brandy ... und er konnte die Anspannung in den Griff bekommen, die ihn zu zerreißen drohte.

Vor der Badezimmertür blieb er stehen und wandte sich noch einmal um.

Sie schlief tief und fest, ein Engel mit einem Heiligenschein aus blonden Haaren.

Millionen Frauen hatten solche Haare.

Er presste die Zähne zusammen und schalt sich wegen seiner Hirngespinste. Der Tag brach an. Höchste Zeit, endlich ein wenig Schlaf zu bekommen.

Thayer Fraser fröstelte, als er über den Pfad lief, der hinunter ins Tal und zum Fluss führte. „Ein schöner Spaziergang durch die frische Morgenluft“, versuchte er sich einzurden. „Aber eigentlich ist es verdammt kalt“, fügte er kurz darauf hinzu. Seine Stimme, die als Echo von den Mauern der Burg zurückschallte, klang seltsam hohl in der frühmorgendlichen Stille. Fast schon gespenstisch.

Am Fuß des Hügels machte er kehrt. Die meisten Leute, die nicht in der Gegend lebten, wussten nicht, dass es noch eine ganze Reihe von diesen alten Burgen gab – kleinere, in denen Familien wohnten, nicht diese mächtigen, befestigten Kastelle wie in Edinburgh und Stirling, die fast schon eine Stadt für sich darstellten. Man stieß allerorten auf sie. Einige waren ziemlich verfallen, die meisten kleiner als ein Herrenhaus und oft in einem desolaten, verwahrlosten Zustand.

Er blickte zu der steinernen Bastion hinauf, die sich scharf gegen den klaren Morgenhimmel abzeichnete. Weit und breit war keine Wolke zu sehen, nichts deutete auf Regen hin. Genau die Motive, die auf Postkarten, Kalendern und in Bildbänden tausendfach zu sehen waren und die amerikanische Touristen millionenfach auf ihre Digitalkameras bannten.

Sie hatten sich zwar geschworen, in guten wie in schlechten Zeiten zusammenzuhalten, aber insgeheim gaben sie doch alle Toni die Schuld an dem Dilemma, in dem sie steckten. Sie war es schließlich gewesen, die das Angebot im Internet entdeckt hatte. Sie hatte den Brief an die Postfach-Adresse geschrieben. Und sie war es auch gewesen, die den Vertrag erhalten, ihn zum Notar gebracht und anschließend ihnen allen gezeigt hatte.

Ja, noch machten alle Toni dafür verantwortlich. Aber bald würde er den geballten Unmut der anderen auf sich ziehen.

Immerhin war er Schotte, hier geboren und aufgewachsen. Er hatte die Annonce in Glasgow gesehen und Toni gesagt, dass es genau das Richtige zu sein schien.

„Mist!“ murmelte er.

Aber das mussten sie doch eigentlich verstehen. Die meisten Amerikaner waren ja auch noch nie am Grand Canyon gewesen.

Warum sollte ausgerechnet er jeden noch so abgelegenen Winkel Schottlands kennen?

Wenn er Glück hatte, würden sie Toni weiterhin als Sündenbock betrachten. Toni, seine amerikanische Cousine. Seine Verwandte. Mit ihrem überschäumenden Enthusiasmus hatte sie die anderen davon überzeugt, dass sie es schaffen würden. Er erinnerte sich an ihr erstes Treffen. Sie war richtig glücklich gewesen, einen Fraser kennen zu lernen, ein echtes – wenn auch sehr entferntes – Mitglied der Familie ihres Vaters. Sie hatte ihn komplett umgehauen. Doch sehr schnell hatte sie alle Hoffnungen zunichte gemacht, dass zwischen ihnen jemals mehr sein würde als eine herzliche Beziehung wie zwischen Geschwistern.

Er hatte zwar eine Menge Kumpels und Freunde in Glasgow, aber sie und ihre amerikanische Clique waren ihm wie ein frischer Windstoß erschienen. In Glasgow hatte er sich längst an den Alltagstrott gewöhnt – den Routinejob von acht bis fünf, die Abende im Pub. Die Amerikaner konnten mit den Schotten nicht mithalten, wenn es um Alkohol und Drogen ging. Die Arbeiter hier waren eine Klasse für sich, ihr Lebensmittelpunkt war der Pub, und zu ihren Vergnügungen, den kleinen Alltagsfluchten, gehörten Wein, Weib und Gesang.

Und auch wenn Toni es nicht unbedingt darauf abgesehen hatte, mit ihm ins Bett zu hüpfen, so mochte sie ihn. Sie vertraute ihm und verließ sich auf ihn.

Er lächelte grimmig. Ach, diese Amis! Sie besuchten ihre alte Heimat hin und wieder ganz gerne. Kaum hörten sie den schottischen Akzent, schmolzen sie dahin. Leute aus der neuen Welt hatten halt ein Faible für Europa.

Als er erneut den Blick über den Wald schweifen ließ, wurde er von Unruhe ergriffen. Denn er hatte den Namen dieses verdammten Ortes wirklich noch nie zuvor gehört.

Der Wald lag schweigend und dunkel im Licht des frühen Morgens. Dicht, undurchdringlich, abweisend. Plötzlich wurde ihm bewusst, dass er schon eine ganze Weile am selben Fleck gestanden und vor sich hin gestarrt hatte. Minuten waren vergangen, als sei er hypnotisiert worden.

Es kostete ihn einige Anstrengungen, sich von dem Anblick zu lösen und die Angst abzuschütteln, die ihn wie aus heiterem Himmel überfallen hatte. Er musste sich förmlich losreißen, es war, als ob die Bäume ihre Äste nach ihm ausgestreckten, ihn packten und nicht mehr losließen.

„Du Idiot“, schalt er sich. Dann machte er auf dem Absatz kehrt und lief zur Burg zurück.

Jonathan Tavish saß am Frühstückstisch und rührte mit verdrießlicher Miene Zucker in seinen Tee.

Sein Haus konnte man durchaus alt nennen – es stammte aus der Zeit um 1910 –, und es hatte auch seinen eigenen, anheimelnden Charme. Aber mit einer Burg konnte es nicht mithalten.

Durch das Fenster sah er den Besitz von MacNiall. Diesen Ausblick hatte er schon sein ganzes Leben lang gehabt. Ein verfallener Steinhaufen, tröstete er sich.

Was jedoch nicht stimmte. Es war eine Burg, egal, in welchem Zustand sie sich befand. Sie gehörte Bruce MacNiall, weil ihn das Schicksal zum Erben gemacht hatte, und in diesem verlassenen Winkel der Erde war das durchaus von Bedeutung, egal, wie das Leben da draußen in der Welt sich entwickelte.

Bruce war vor vielen Jahren sein Freund gewesen.

„Ob er weiß, wie ich mich die ganzen Jahre über gefühlt habe?“ fragte sich Jonathan laut. „Es gibt gar keinen Zweifel, Lord MacNiall, du bist ein anständiger Kerl. *Slainte,* mein Freund. Auf dein Wohl! Jetzt und immer!“

Er lächelte kurz. Ja, er hätte diesen Amerikanern durchaus sagen können, dass es da einen Bruce MacNiall gab. Aber warum zum Teufel hätte er das tun sollen? Bruce hatte es nie für nötig gehalten, die Dorfbewohner zu informieren, wenn er für längere Zeit verschwand, oder Jonathan zu fragen, ob er auf der Burg ein wenig nach dem Rechten sehen könne. Bruce vertraute sich meist Robert an, seinem alten Freund von der Polizei. Sie unterhielten sich über Interna, obwohl Bruce ja schon seit Jahren nicht mehr bei der Polizei war. Andererseits – nach den Ereignissen vom vergangenen Jahr …

Dann waren da noch Bruces' „Interessen" in Amerika. Er besaß tatsächlich da drüben ein Apartment. Tja, wo Geld war, kam immer noch mehr Geld hin. Das war ja eine altbekannte Tatsache.

Verdammt, wer konnte auch schon wissen, wann Bruce dieses Mal zurückkommen würde? Er hatte sich jedenfalls nichts zu Schulden kommen lassen, weil er den neuen Mietern nicht erzählt hatte, dass es Bruce gab. Diese Typen hatten wirklich viel Arbeit in das Gebäude gesteckt. Bruce dagegen hatte sich überhaupt nicht mehr darum gekümmert. Manchmal machte es sogar den Eindruck, als ob er die Burg hasste – und den Wald, der sie umgab, ebenso wie das Dorf.

Das hing natürlich mit Maggie zusammen …

„Nun, alter Knabe, wenigstens hast du sie mal gehabt", sagte er leise. „Sie hat dich wirklich geliebt. Sie war meine Freundin, aber sie hat dich geliebt."

Maggie war schon lange nicht mehr da. Sinnlos, vergangenen Zeiten nachzutrauern.

Ungeduldig stand Jonathan auf. Mit der Teetasse in der Hand trat er ans Fenster. Da lag sie, die Burg auf der Anhöhe. Die Burg von Bruce. Bruce war ein MacNiall. Ein verdammter MacNiall. *Lord* MacNiall mit der langen Ahnenreihe.

„Auf dich, du verfluchter Mistkerl! Die alten Zeiten sind vorbei, mein Freund. Ich bin kein Untertan, kein Diener, kein Sklave. Ich bin das Gesetz. Das verdammte Gesetz!“

Er starrte auf die Burg, die im strahlenden Sonnenschein lag, und den Wald, der wie ein grenzenloses Meer aus dunkelgrünen Blättern aussah.

„Das verdammte Gesetz!“

Ein verkniffenes Lächeln umspielte seine Lippen.

„Du bist MacNiall, der verdammte, mächtige MacNiall, aber ich bin das Gesetz. Ich habe die Macht. Und wenn es das Gesetz für nötig hält einzuschreiten, dann – Freund oder Feind – werde ich einschreiten. Denn ich bin der Vertreter des Gesetzes!“

4. KAPITEL

„Die Zeit läuft. Was machen wir bloß heute Abend?“ wollte Gina von Toni wissen.

Sie waren allein in der Küche. Gina war als Erste aufgestanden. Mit Leib und Seele Geschäftsfrau, hatte sie sich seit dem Aufwachen Gedanken um die Besichtigungstour am Samstagabend gemacht. Gut möglich, dass sie gar kein Auge zugetan hatte.

Auch Toni fühlte sich ziemlich gerädert. Als sie aufgewacht war, war der Sessel leer und die Verbindungstür geschlossen gewesen. Auf ihr Klopfen an die Badezimmertür hatte sie keine Antwort erhalten. Sie war ins Bad gegangen, hatte die andere Tür abgeschlossen, sich fertig gemacht und wieder aufgeschlossen. Aus dem Nebenzimmer war kein Geräusch gedrungen, vielleicht war MacNiall doch noch eingeschlafen. Inzwischen kamen ihr die Ereignisse der Nacht ganz unwirklich vor.

Selbst an das Entsetzen, das sie beim Aufwachen gepackt hatte, erinnerte sie sich kaum noch. Und dennoch ... tief in ihrem Inneren wühlte nach wie vor ein leichtes Unbehagen.

„Toni, was um alles in der Welt sollen wir nur tun?“ wiederholte Gina in drängendem Ton.

„Vielleicht erlaubt er uns ja, die Vorstellung weiter zu veranstalten“, meinte Toni hoffnungsvoll.

Gina verschränkte die Hände, legte sie auf den Küchentisch und schaute Toni an. „Um ein Haar wären wir gestern Abend alle auf die Straße gesetzt worden. Du darfst den Mann nicht länger provozieren.“

„Moment mal. Ich war doch im Recht. Woher sollten wir denn wissen, wer er war – bis der Constable aufkreuzte und sagte, um wen es sich handelte?“

„Du darfst ihn nicht mehr verärgern“, sagte Gina noch einmal.

„Ich habe vergangene Nacht mit ihm geredet. Und ich war überhaupt nicht aggressiv", verteidigte Toni sich.

Gina erstarrte. „Du ... hast noch einmal mit ihm gesprochen?" Sie klang ebenso misstrauisch wie besorgt.

„Ich habe dir doch gesagt, dass ich nicht aggressiv war."

David kam in die Küche. In seinem seidenen Morgenmantel wirkte er ausgesprochen elegant. „Habe ich recht gehört – Toni hat sich wieder mit unserem Gastgeber unterhalten?" Auch er klang beunruhigt.

„He, Leute, das ist nicht fair! Als er wie Thor auf seiner Donnerwolke hier hereingepoltert kam, habe ich einfach angenommen, dass wir vollkommen im Recht sind", erwiderte Toni genervt. „Und das sind wir auch. Wir haben uns ganz ohne Zweifel korrekt verhalten."

„Na ja, dafür haben wir aber eine ziemlich schlechte Figur gemacht", meinte David, während er den Kühlschrank öffnete. „Und heute Abend kommen die nächsten Touristen. Was sollen wir bloß machen?"

„Was schon? Wir haben keine Wahl. Ich setze mich ans Telefon und sage den Termin ab", erwiderte Gina. Stöhnend legte sie den Kopf auf den Tisch. „Wo soll ich bloß das Geld hernehmen, um den Kredit zurückzuzahlen?"

David strich sein frisch gewaschenes Haar zurück und schloss die Kühlschranktür. „Unser schönes neues Zuhause! Glaubst du, es ist okay, wenn ich mir etwas aus dem Kühlschrank nehme?"

„Natürlich", antwortete Toni. „Schließlich sind das unsere Lebensmittel. Es war ja absolut nichts da, als wir eingezogen sind – bis auf ein paar Teebeutel."

„Ich habe eine Idee. Was haltet ihr von einem prächtigen Frühstück? Das wird dem Burgherrn doch bestimmt gefallen, glaubt ihr nicht? Und du solltest mit deinen Erzählungen ab sofort vorsichtiger sein, Toni. Deinen Helden gibt es ja nun tatsächlich, und du hast aus seinem Urahnen einen Mörder gemacht. Von jetzt an denk dir bitte edle und anständige Figuren aus."

„He, Othello war auch edel, und trotzdem hat er seine Frau umgebracht", erwiderte Toni.

„Dein Vorschlag mit dem formidablen Frühstück für den Lord hört sich gut an", sagte Gina.

„Vielleicht sollte Toni es zubereiten", schlug David vor.

„Nein", protestierte Kevin, der im Türrahmen stand. „Dann werden wir endgültig rausgeschmissen." Sein Grinsen gab ihnen zu verstehen, dass er es nicht ernst meinte. Er schaute sich in der Küche um. „Stellt euch nur mal vor, was wir aus diesem Haus hier noch alles machen könnten, wenn wir ein paar mehr Reserven hätten. Ein paar Kupferpfannen und -töpfe an den Wänden sähen bestimmt toll aus!"

„Das Haus gehört uns aber nicht mehr", sagte Gina.

„Eine hellgelbe Wandfarbe würde das Sonnenlicht betonen", überlegte David.

„Wie könnt ihr heute Morgen alle nur so gut gelaunt sein?" wunderte sich Gina.

„Ihr wisst doch, dass ich immer schon eine Frohnatur gewesen bin", meinte Kevin. „Es wird schon alles schief gehen. He, wer immer den Kaffee gemacht hat – die Kanne ist doch hoffentlich bis obenhin voll?" fragte er, während er, noch ganz schlaftrunken, zur Küchentheke ging.

David schloss die Kühlschranktür und lehnte sich dagegen. „Glaubst du, dass schottische Lords auf verlorene Eier stehen?" fragte er mit einem Blick auf Kevin.

„Sollten wir nicht besser etwas mit Lachs oder Schinken machen?" entgegnete Kevin.

„Gute Idee", stimmte David zu.

„Schön, dass ihr beide euch um das Frühstück kümmert“, murmelte Gina. „Und was sollen wir tun?“

„Ihr könnt euch schon mal einen Ausweg aus dem Schlamassel überlegen“, meinte David. „Gina, wo ist dein Mann?“

Sie zuckte mit den Schultern. „Er war nicht im Zimmer. Wahrscheinlich ist er irgendwo draußen im Stall oder macht einen Spaziergang, wer weiß.“

Thayer kam in die Küche, in der Hand die Tageszeitung von Stirling, dem nächstgrößeren Ort. Er warf sie auf den Tisch und verzog das Gesicht. „Guten Morgen. Ihr solltet die Hoffnung nicht aufgeben, Freunde!“

„Na gut, aber erst, wenn ich einen Kaffee getrunken habe. Gina, hast *du* den gemacht?“ fragte Kevin nach dem ersten Schluck. „Was hast du in den Filter getan – zehn Löffel vom Schlamm vor der Haustür?“

„Er ist einfach nur stark“, verteidigte Gina sich.

„Also, was wollen wir unternehmen?“ fragte Thayer.

„Wir warten auf Ryan und schauen dann mal, was wir tun können. Immerhin bleibt uns eine Galgenfrist bis Montag, ehe wir uns darüber Sorgen machen müssen, wo wir ein Dach über dem Kopf herkriegen“, seufzte Gina. „Vielleicht sollte ich doch besser das Reisebüro in Stirling anrufen und die Vorstellung für heute Abend absagen.“

„Sechzig Leute mal fünfundzwanzig Pfund – Sterling“, rechnete Thayer bekümmert. „Meine Wohnung in Glasgow ist zwar winzig, aber wenn ihr euch noch ein paar Kissen kauft, wird's schon reichen.“

„Wir verlieren alle unseren Job“, erinnerte Kevin ihn.

„Und können neue finden“, meinte David.

„Wir müssten doch einen Regressanspruch haben. Wozu gibt es schließlich Verträge?“, überlegte Toni.

„Toni hat wieder mit Lord MacNiall gesprochen“, informierte Gina die anderen, bemüht, ihren Tonfall neutral zu halten.

„Ich habe mich nicht mit ihm gestritten“, verteidigte Toni sich.

„Na ja, aber ein leuchtendes Beispiel unserer Südstaaten-Gastfreundlichkeit hast du ihm auch nicht gerade gegeben“, erwiderte David süffisant.

„Ich bin auch nicht aus den Südstaaten.“

„Du hättest zumindest so tun können.“

„Eigentlich kommst du doch aus dem Süden – der Südseite von Washington“, witzelte David.

Sie funkelte ihn an. „Hört zu, ich hatte ein Gespräch mit ihm, und es ist gar nicht so schlecht gelaufen“, sagte Toni.

Plötzlich stockte David der Atem. Er baute sich vor Toni auf und schaute ihr fest in die Augen, wobei er ihr die Hand auf die Schulter legte. „Hör mal, du hast doch nicht etwa … ich meine, wir haben ein paar Probleme, Toni, aber deshalb musst du doch nicht … also *diese* Art von Gastfreundschaft musst du ihm trotzdem nicht anbieten, egal, wie ausweglos die Situation ist.“

„David!“ erwiderte sie entrüstet, während ihre Wangen dunkelrot wurden. „Das habe ich nicht getan, und ich werde es auch nicht tun. Wie lange kennst du mich jetzt schon?“

Gina musste plötzlich kichern. „Och, ich weiß nicht. So schlecht sieht er ja nun auch nicht aus.“

„Womit sie eigentlich sagen will, dass sie nicht lange überlegen müsste, wenn Ryan nicht wäre“, neckte Kevin sie.

Gina warf ihm einen vernichtenden Blick zu. „Kümmere du dich lieber um unser Frühstück!“

„Hört mal, ich habe mit ihm geredet und nicht mit ihm geschlafen“, stellte Toni klar. „Er war in meinem Zimmer und …“

„Wie bitte?“ David zog den Stuhl neben ihr unter dem Tisch hervor und musterte sie mit ernstem Blick.

„Na ja, ich habe sein Zimmer erwischt, als wir hier eingezogen sind. Und deshalb musste ich gestern Abend eins weiterziehen", erklärte Toni. „Darüber gab's eine Diskussion, aber wir haben uns beide wie zivilisierte Menschen benommen."

„Also ihr habt wirklich nur geredet, ohne ...?"

„... dass du ausgerastet bist?" fragte Kevin freimütig.

„Natürlich. Ich war ausgesprochen höflich."

„Ist ja schon gut", beschwichtigte David.

Toni verspürte keine Lust, ihnen die genauen Umstände ihrer Unterhaltung zu schildern, und sie verschwieg auch, worüber sie gesprochen hatten. Deshalb sagte sie nur: „Und wenn wir ihn jetzt sehr höflich bitten, erlaubt er uns die Veranstaltung heute Abend vielleicht, damit wir wenigstens ein bisschen Geld verdienen. Vielleicht ist er ja doch ein Gentleman."

„Keine schlechte Idee", meinte Thayer.

„Omelettes", sagte Kevin unvermittelt. „Mit Lachs und Schinken. Und wer soll Lord MacNiall nun fragen, ob wir die Tour heute Abend machen können?"

„Toni", erwiderte David entschlossen. „Sie muss ihn fragen. Sie hat ja schließlich schon mit ihm geredet."

„Toni? Ich weiß nicht", wandte Thayer ein. Er hielt ihrem zornigen Blick stand. „Tut mir Leid, aber du bist viel zu aufbrausend. Ihr zwei seid wie Feuer und Wasser. Kaum begegnet ihr euch, schon streitet ihr, dass die ganze Burg wackelt. Früher oder später gerät die Situation bestimmt wieder außer Kontrolle."

Toni stöhnte entnervt. „Ich bin nicht aufbrausend. Nie gewesen. Ich finde, er war gestern Abend ziemlich dreist, und ich wollte uns nur verteidigen."

„Das ist dir auch sehr gut gelungen", versicherte David ihr.

„Gut", beschloss Gina. „Toni, du fragst ihn."

„Was soll sie mich fragen?"

Wie vom Donner gerührt fuhren alle herum. Bruce MacNiall stand in der Tür, zusammen mit Ryan. Heute Morgen trug er Jeans und ein blaues Baumwollhemd. Offenbar hatte er doch nicht mehr geschlafen. Sein braunes Haar war zerzaust und feucht.

„Ich gehe mich anziehen“, sagte David. „Entschuldigt mich bitte für einen Moment.“

„Ich glaube, ich habe das Wasser laufen lassen“, murmelte Thayer. „Ich bin gleich zurück.“

„Und ich muss mich um das Essen kümmern“, sagte Kevin auf dem Weg zur Tür. „Mr. MacNiall ... Lord MacNiall, wir würden Sie gerne zum Brunch einladen – als kleines Dankeschön für Ihre Gastfreundschaft, die wir Ihnen ein bisschen abrupt aufgezwungen haben.“

Ryan musterte sie nacheinander, als ob sie alle den Verstand verloren hätten. Dann trat er in die Küche und ging entschlossen zu Gina und Toni hinüber.

„Diese Landschaft! Einfach traumhaft! Himmel, ich habe gedacht, ich hätte schon die schönsten Reitstrecken ausfindig gemacht. Ihr solltet mal die sanften Hügel sehen! Bruce hat mir erst die Augen für die Schönheit dieser Gegend geöffnet!“ Ryan sah überglücklich aus. Er liebte Pferde und weites Land. Er hatte ein paar Jahre als mittelalterlicher Ritter in einem Vergnügungspark in der Nähe von Baltimore gearbeitet. Dort war ihm allerdings nur wenig Zeit geblieben, mit seinen geliebten Tieren zu beschäftigen.

„Warum erzählst du mir nicht oben davon, Schatz?“ fragte Gina, während sie ihren Stuhl zurückschob.

„Warum oben?“ entgegnete Ryan verständnislos.

„Toni möchte mit Lord MacNiall reden“, erklärte Gina und erhob sich. Sie packte ihn am Ärmel und zog ihn mit sich hinaus. Als sie an Bruce MacNiall vorbeigingen, warf Gina ihm ein etwas verunglücktes Lächeln zu.

Jetzt saß Toni allein am Tisch. Bruce war nicht entgangen, dass seine Ankunft eine Massenflucht ausgelöst hatte. Er schien sich darüber zu amüsieren, vor allem, weil sie so offensichtlich war.

„Haben die etwa Angst vor mir?“ wollte er wissen.

Toni holte tief Luft. „Nun ja, uns ist inzwischen klar geworden, dass Sie tatsächlich der Besitzer der Burg sind und man uns über den Tisch gezogen hat.“

„Endlich“, meinte er und ging zur Küchentheke.

Toni zuckte zusammen. „Der Kaffee ist ein wenig ...“

Er hatte sich bereits eine Tasse eingegossen und einen kräftigen Schluck genommen.

„Wie Schlamm“, beendete MacNiall den Satz. „Na ja, fürs Erste reicht er.“ Er lehnte sich an die Theke und betrachtete sie forschend. „Was wollen Sie mit mir besprechen?“

„Nun ...“

„Nun?“

Obwohl er in Jeans und Baumwollhemd mit einer Kaffeetasse in der Hand in seiner Küche stand, konnte sie ihn sich gut in einem prächtigen Thronsaal vorstellen, wo er seinen Untertanen gnädig Audienz gewährte.

Einen Moment lang sah sie ihn an, fest entschlossen, sich nicht einschüchtern zu lassen. Schließlich lebten sie nicht mehr unter einer Feudalherrschaft.

„Heute Abend sollte eine größere Besuchergruppe kommen. Wir würden die Vorstellung nur ungern absagen.“

„*Wie bitte?*“ Es war weniger eine Frage als vielmehr ein ungehaltenes Grollen.

Vielleicht hätte sie nicht mit der Tür ins Haus fallen sollen. Er hatte zwar die Nacht in einem Sessel in ihrem Zimmer verbracht, aber, aufgrund dieser Tatsache waren sie nicht gleich zu engen, unzertrennlichen Freunden geworden.

„Hören Sie", sagte sie ungeduldig, während sie sich fragte, was er nur an sich hatte, dass sie jedes Mal in seiner Gegenwart in die Luft zu gehen drohte. „Sie wissen, dass wir ganz schön in der Tinte sitzen. Und wenn Sie sich hier einmal umsehen, dann müssen Sie zugeben, dass Sie uns einiges schuldig sind."

„Ich bin *Ihnen* einiges schuldig?" Seine Frage klang nicht erstaunt, aber sein Tonfall ließ keinen Zweifel daran, dass er ihr Ansinnen absurd fand.

Offenbar hatten ihre Freunde doch Recht. Toni biss sich auf die Lippe. In Gegenwart des Lords ging sie zuerst in die Defensive, um dann umso angriffslustiger zu reagieren. Aber jetzt war sie schon so weit vorgeprescht, dass es kein Zurück mehr gab. Nun musste sie ihre Partie zu Ende spielen.

„Ja", sagte sie mit Überzeugung. „Wir haben hier eine Menge Arbeit reingesteckt – die Wände gestrichen, Mauern ausgebessert, die elektrischen Leitungen repariert ... und die ganze Burg geputzt. Ich finde, so viel Mühe verdient durchaus Anerkennung. Ich verstehe nicht, dass Sie als Eigentümer ein so fantastisches Bauwerk ... regelrecht verkommen lassen konnten."

Wut und Ungläubigkeit traten in seine Augen. Obwohl er still verharrte, schien sich jeder Muskel seines Körpers zu verspannen. Er richtete sich auf, und seine Schultern wirkten auf einmal noch viel breiter.

Innerlich stöhnte sie. Na prima! Das hast du ja mal wieder großartig hingekriegt, dachte sie.

Sie sollte ihn um Erlaubnis für die Vorstellung bitten, nicht beleidigen und verärgern.

„Dann sind Sie jetzt also Expertin in der Renovierung von schottischen Burgen", entgegnete er spöttisch.

Wortlos starrte sie in ihre Tasse. Unvermittelt schoss ihr die Erinnerung an jenen Moment durch den Kopf, als sie in seinen Schoß gestolpert war. Ihre Finger an seiner Haut, seinem harten … Die Unbefangenheit, mit der er aufgestanden war und sie in ihren Sessel gesetzt hatte …

Vergangene Nacht hatte er sich ausgesprochen höflich verhalten – und freundlich. Sie hatte sich zu ihm hingezogen gefühlt, gleichzeitig aber auch ein wenig Angst vor ihm gehabt. Der Grund für ihre Aggressivität ihm gegenüber lag auf der Hand: Sie wollte sich nicht eingestehen, dass sie ihn attraktiv fand.

Plötzlich tauchte Ryan wieder in der Küche auf. Toni war davon überzeugt, dass er ihre Unterhaltung belauscht hatte.

„Ich glaube, Toni hat das nicht ganz richtig erklärt", meinte er mit einem warnenden Blick in ihre Richtung. „Wir haben hier wirklich viel getan und nicht nur kosmetische Arbeit geleistet. Wir haben auch einiges umgebaut. Ehrlich …"

„Ja", sagte Bruce, ohne Toni aus den Augen zu lassen.

Ihr Herz schlug schneller.

„Wie bitte?" fragte Ryan.

„Miss Fraser hat sich etwas ungenau ausgedrückt, was ihre Bitte anging. Aber ich sehe schon, dass Sie viel geleistet haben. Außerdem verstehe ich, dass Sie sich in einer unangenehmen Situation befinden. Ihre Gruppe kann ruhig kommen. Offenbar brauchen Sie das Geld dringend." Er goss seinen Kaffee in den Spülstein und verließ die Küche.

Verblüfft starrte Ryan Toni an. Dann lief er zu ihr hin, zog sie vom Stuhl und grinste wie ein Honigkuchenpferd. „Yippie!"

Gina kam hinter ihrem Mann her. Alle fielen sich in die Arme und tanzten durch die Küche.

Kurz darauf stieß Thayer wieder zu ihnen, und wenig später schlossen sich David und Kevin an. Alle waren so ausgelassen, dass Toni sich fragte, ob sie sich der Tatsache bewusst waren, dass sie nur einen einzigen Abend gewonnen hatten. Und obwohl sie genug verdienen würden, um in der nächsten Woche nicht auf dem Boden von Thayers Glasgower Apartment schlafen zu müssen, reichte es natürlich bei weitem nicht aus, auch nur einen Bruchteil ihrer Schulden zu begleichen.

„Jetzt machen wir das beste Frühstück aller Zeiten", schlug David vor.

„Vielleicht sollten wir erst einmal neuen Kaffee kochen", sagte Toni und schnitt eine Grimasse in Ginas Richtung. „Lord MacNiall hat deinen nämlich gerade weggeschüttet."

„Echt?" fragte Gina.

„Dann war dein Gebräu wohl echt bescheiden", meinte Ryan fröhlich und drückte ihr einen Kuss auf die Wange. „Wann lernst du endlich, einen anständigen Kaffee zu brühen?"

„Sofort raus aus der Küche, alle!" befahl Kevin. „Wir müssen jetzt arbeiten."

Toni erhob sich. Dabei fiel ihr Blick auf die Zeitung, die Thayer auf dem Tisch zurückgelassen hatte, als er am Morgen zum ersten Mal in die Küche gekommen war. Die Schlagzeile sprang ihr ins Auge: „Frau aus Edinburgh immer noch vermisst. Polizei vermutet Verbrechen."

„Das gilt nicht für dich, Toni", sagte David schnell.

Sie warf ihm einen Blick zu. „Wieso nicht? Ihr seid doch alle über meine Kochkünste hergezogen."

„Aber du bist die Beste, wenn's ums Gemüseputzen und -schneiden geht", erklärte Kevin mit zuckersüßer Stimme. „Außerdem muss der Tisch gedeckt werden. Und zwar sehr hübsch!"

„Ach so, für die niederen Arbeiten bin ich den Herrschaften also gut genug, wie?"

David legte den Arm um ihre Schultern und schenkte ihr sein verführerischstes Lächeln. Seine Augen blitzten schelmisch. „Betrachte es doch als historisches Rollenspiel. Jeder will die Königin sein, aber man braucht eben auch ein bisschen Fußvolk, sonst funktioniert das Land nicht."

„Selber Fußvolk", murrte sie.

„Die anderen müssen schließlich den Abwasch machen", erinnerte er sie.

„Na gut, abgemacht", willigte sie ein. Sie nahm die Zeitung vom Tisch und legte sie unter die Küchentheke. Den Artikel hob sie sich für später auf.

„Lord MacNiall?"

Bruce saß am Schreibtisch, der ihm ohne die gewohnte Staubschicht viel besser gefiel, als es an der Tür klopfte. Er forderte den Besucher auf einzutreten, und als er aufschaute, sah er David Fulton in der Tür stehen.

„Kommen Sie herein", sagte Bruce.

Fulton war ein ansehnlicher Bursche, schlank und dunkelhaarig. Seine Zuneigung zu Kevin war offensichtlich, aber die anderen in der Clique schienen ihm genauso am Herzen zu liegen, was auf Gegenseitigkeit beruhte.

Widerwillig musste Bruce sich eingestehen, dass er die Freunde insgeheim um ihre fröhliche Schlagfertigkeit beneidete. Das schwule Pärchen, das Ehepaar, Toni Fraser – und sogar ihren schottischen Cousin. Sie waren alle sehr unterschiedlich, aber ihre Verbundenheit untereinander war bewundernswert. Beim morgendlichen Ausritt mit Ryan hatte er eine Menge über die Gruppe erfahren – wie sie sich kennen gelernt hatten, wie ihre Idee, aus einer übermütigen Laune heraus geboren, immer konkretere Gestalt angenommen hatte, bis sie davon überzeugt waren, ihren Traum verwirklichen zu können.

„Wir sind Ihnen wirklich sehr dankbar", begann David. „Wir würden uns gerne mit einem Essen erkenntlich zeigen, dass den

Ansprüchen eines Königs genügen müsste – oder zumindest denen eines rechtmäßigen Burgherren. Würden Sie uns die Freude machen und mit uns essen?"

Bruce legte den Federhalter beiseite, und während er den jungen Mann von oben bis unten betrachtete, stellte er fest, dass sein Magen knurrte. „Sehr gerne. Ich komme gleich nach unten."

Er wartete, bis David gegangen war. Dann öffnete er die oberste Schublade und legte die Papiere, an denen er gearbeitet hatte, mitsamt der Zeitung hinein.

Statt die Schublade zu schließen, las er noch einmal die Schlagzeile und den dazugehörigen Artikel. Die Lektüre beunruhigte ihn sehr – vor allem der Satz „Derzeit gibt es keine heiße Spur". Fast erschien es ihm, als seien die Worte in fetten Lettern gesetzt.

Jonathan Tavish leistete als Constable im Dorf seit Jahren gute Arbeit, aber er weigerte sich standhaft, sich in seine Arbeit hineinreden zu lassen. Doch um diesen Fall zu lösen, über den täglich neue grässliche Einzelheiten ans Licht kamen, fehlte ihm einfach die Erfahrung.

In Stirling, Glasgow und jetzt auch in Edinburgh glaubte man, dass die jungen Frauen mitten in der Großstadt entführt, an einem anderen Ort getötet und – zumindest in den ersten beiden Fällen – in den Wald von Tillingham gebracht worden waren, der so unwegsam war, dass es Jahre hätte dauern können, bis man die Leichen entdeckt hätte.

Bruce fragte sich, ob noch weitere Morde geschehen waren – an Frauen, die niemand vermisste, die ein einsames, tristes Leben geführt hatten und deren Körper nun im Unterholz verrotteten? Und nun hatten der oder die Mörder erneut zugeschlagen.

Stirling, Glasgow und Edinburgh. Der Killer war überall aktiv. Aber in Schottland waren die Entfernungen auch nicht so groß. Die ersten drei Straftaten waren in größeren Städten verübt worden. Doch wenn er keine Probleme damit gehabt hatte, seine Opfer auf belebten Großstadtstraßen zu finden, würde er demnächst dreister werden und sie sich in stilleren Gegenden suchen?

Nachdenklich trommelte er mit den Fingern auf die Schreibtischplatte. Bis jetzt hatte sich noch keine Panik unter den Einheimischen breit gemacht. Das leben ging seinen gewohnten Gang: Arbeit, Pubbesuch, Sonntagsbraten. Allerdings gehörten die Frauen, die als vermisst gemeldet wurden, nach Ansicht der Dorfbewohner auch nicht zu den „anständigen" Mädchen. Dabei waren die Menschen nicht einmal kalt oder gefühllos, im Gegenteil. Aber da die Frauen Prostituierte und drogensüchtig gewesen waren, machten sich der Durchschnittsbürger keine Sorgen um sein eigenes Leben.

Das war schon deprimierend. Mehr noch: Es war tragisch und herzzerreißend. Aber Frauen, die der Sünde und der Sucht verfielen, forderten ihr Schicksal ja geradezu heraus.

MacNiall sah das anders. Ein Mörder lief frei herum. Egal, unter welchen Umständen die Menschen lebten, die seine Opfer waren – er musste gefasst werden.

Und ausgerechnet er sollte in der Lage dazu sein? MacNiall lachte höhnisch.

Er war nach Hause gekommen – zumindest bis Edinburgh –, als Robert ihn angerufen und ihm erzählt hatte, dass es keine Spuren gab und er mit seinem Latein am Ende war. Und zwei Tage nach seiner Ankunft in Edinburgh hatte Robert ihm von einer weiteren vermissten Person berichtet.

Seltsamerweise hatte er den Wunsch, nach Hause zurückzukommen, vor dem Telefonanruf verspürt. Er hatte jedoch nicht auf seine innere Stimme hören und sich sein Heimweh eingestehen wollen. Doch nach dem Gespräch mit Robert hatte er ohne zu zögern die nächste Maschine von New York nach Schottland genommen.

Jetzt war er also hier. Aber warum eigentlich? Kompetente Leute beschäftigten sich mit dem Fall, und er gehörte offiziell gar nicht mehr dazu.

Aber sie mussten sich darüber im Klaren sein, womit sie es hier zu tun hatten und worauf sie sich einließen.

Bruce befürchtete, dass erst dann ausreichend Leute mit der Aufklärung der Morde betraut wurden, wenn der Täter keine Prostituierte tötete, sondern eine „falsche" Person – aus welchen Gründen auch immer.

Wer weiß, wie viele unschuldige Opfer bis dahin noch zu beklagen sein würden.

Er presste die Finger gegen die Schläfen. Es gab noch einen anderen Grund, warum er die Freundesclique am liebsten sofort hinausgeworfen hätte – sein merkwürdiger Traum. Welche Erklärung konnte es dafür geben?

Andererseits – vielleicht war er gar nicht so merkwürdig. Schließlich hatte er die erste Leiche gefunden. Diesen Anblick würde er niemals vergessen.

Außerdem war es ganz normal, eine Frau kennen zu lernen, sie ungeheuer attraktiv und verdammt sexy zu finden – und dann Angst um sie zu haben.

Verärgert über sich selbst schloss er die Schublade und stand auf, um zu seinen ungebetenen Gästen zu gehen.

Der Tisch war prächtig gedeckt. Toni sah Bruce MacNiall an, dass er beeindruckt war, als er verblüfft in der Tür stehen blieb. Dieses Mal war er bestimmt nicht wütend, sondern angenehm überrascht. Das verrieten seine hochgezogenen Augenbrauen und das Zucken um seine Mundwinkel. Schließlich betrat er die Küche und setzte sich ans Kopfende des Tisches.

Die anderen saßen bereits und sahen ihn erwartungsvoll an.

„Tut mir Leid, wenn ich Sie habe warten lassen“, entschuldigte er sich höflich, während er die Serviette zur Hand nahm, die, kunstvoll wie ein Vogel gefaltet, auf seinem Teller lag.

„Die ist ja fast zu schade zum Benutzen“, meinte Bruce, während er in die Runde sah.

„Oh, das sieht schwieriger aus, als es ist“, sagte Kevin. „Ich habe schon in vielen Restaurants gearbeitet – das Schicksal der meisten Schauspieler. Genau genommen bin ich Bühnebildner.“

„Das hat Ryan mir erzählt“, entgegnete Bruce.

„Jeder von uns hat so seine Talente“, ergänzte Gina.

„Von einigen habe ich bereits gehört“, erwiderte Bruce.

„Stimmt, Ryan war ja mit Ihnen ausreiten“, sagte Thayer und klopfte Ryan auf den Rücken. „Er ist der unbestrittene Herr der Pferde und der Waffen. Da draußen gibt es nicht ein einziges Tier, das er nicht reiten könnte.“

„Ja, Ryan ist sehr geschickt“, gab Bruce zu.

David hob die Hand. „Kostümbildner“, sagte er.

„Und außerdem jongliert er“, erläuterte Kevin. „Er ist ein auch fantastischer Schauspieler, aber wir kümmern uns um die technischen Dinge.“

„Und beide sind so bescheiden“, meinte Toni zuckersüß.

„Tut mir Leid, aber Bescheidenheit hat uns noch nie einen Job verschafft“, erinnerte Kevin sie.

„Da ist was dran“, gab sie zu.

„Und was haben Sie in Glasgow gemacht?“ wollte Bruce von Thayer wissen.

„In einer Pianobar gespielt“, antwortete er wehmütig.

„Ich mache Marketing und Promotion und was sonst noch so anfällt“, erklärte Gina. „Sozusagen alles, was mit Theater zu tun hat. Mein Examen an der Uni habe ich damals allerdings in Wirtschaftswissenschaften gemacht.“

„So, so.“ Erwartungsvoll blickte Bruce auf Toni.

„Schriftstellerin“, erwiderte sie. Wahrscheinlich hielt er sie ohnehin schon für eine grandiose Märchenerzählerin.

„Und ihr Einfallsreichtum ist enorm“, erläuterte Kevin.

„Das scheint mir auch so“, sagte Bruce nachdenklich, ohne den Blick von ihr zu wenden.

„Toni ist viel zu bescheiden. Sie hat ein Ein-Personen-Stück über Varina Davis geschrieben – sie war die erste und einzige First Lady der Südstaaten während des Sezessionskrieges – und hat es sechs Monate lang vor ausverkauftem Haus zuerst in Washington und anschließend in Richmond gespielt. Sie schreibt, spielt, inszeniert, näht und ist eine tolle Heimwerkerin. Spezialität Wände streichen. Kurzum eine Allrounderin. Und im Übrigen machen wir das, was gerade so anfällt.“

„Wie Böden schrubben“, sagte David.

„Und Latrinen säubern“, fügte Thayer hinzu.

„Nähen, elektrische Leitungen verputzen, Fußböden verlegen, anstreichen ... wir haben alles schon gemacht“, erzählte Toni.

„Und aus welchem Teil der Staaten kommen Sie?“ fragte MacNiall in die Runde.

„Ursprünglich komme ich aus Iowa“, antwortete Gina. „Toni stammt aus der Gegend von Washington, David ist gebürtiger New Yorker, Ryan kommt aus Kentucky und Kevin aus dem schönen Philadelphia.“

„Wir sind zusammen aufs College gegangen“, ergänzte Gina.

„New York University“, präzisierte David.

„Die meisten von uns waren zusammen auf dem College“, verbesserte Gina. „Toni, Ryan, David und ich. Als Ryan dann die Stelle in dem Vergnügungspark in Baltimore bekam, bin ich mit ihm gegangen. Toni ist dann in die Nähe von Washington gezogen, aber wir sind immer in Kontakt geblieben. Als sie ihr Stück über Queen Varina aufführen wollte, bin ich zu ihr gefahren, um ihr dabei zu helfen. David hat die Kostüme und das Bühnenbild entworfen. Um diese Zeit, also vor etwa zwei Jahren, haben wir Kevin kennen gelernt, und zuletzt ist Thayer zu uns gestoßen. Ihn haben wir dann überredet mitzumachen, als wir das letzte Mal in Schottland waren."

„Und wann war das?"

„Vor etwa sechs Monaten, stimmt's?" sagte Ryan und schaute Zustimmung heischend zu den anderen. „Wir waren in einer Burg, die den Menzies gehörte. Einige Mitglieder der Familie haben sie gekauft, restauriert und dann für Besucher geöffnet."

„Aha", murmelte MacNiall, während er die Freunde nacheinander betrachtete. Toni fragte sich, was er wohl dachte. Er sah Thayer an. „Sie waren in Glasgow und haben sich dann ebenfalls breitschlagen lassen?"

„Ich hatte schon vorher versucht, mit Thayer in Kontakt zu kommen. Seit dem Collegeabschluss haben wir schon mindestens vier Mal Urlaub in Schottland gemacht", erzählte Toni. „Aber jedes Mal, wenn ich in der Gegend war, hatte Thayer gerade woanders einen Job angenommen. Und als wir uns dann endlich getroffen haben ..."

„... kam es Ihnen so vor, als hätten Sie sich schon immer gekannt", ergänzte Bruce MacNiall trocken.

„Genau so war's", bestätigte Thayer.

„So, so."

„Außerdem mussten sie mich gar nicht breitschlagen", korrigierte Thayer und lächelte Toni an. „Die Idee mit der Show war einfach zu verlockend."

„Ja, ja", pflichtete Bruce MacNiall zu Tonis Verwunderung bei. „Die Kostprobe, die ich gesehen habe, war jedenfalls bühnenreif und hochdramatisch."

„Du weißt, dass wir heute Abend ein kleines Problem zu bewältigen haben“, sagte Ryan.

„Und welches?“

„Ich hatte Schwierigkeiten mit meinem Kostümwechsel, deshalb bin ich gestern Abend zu spät in die Halle gekommen. Natürlich hat keiner was gemerkt, weil …“ Er sah zu Bruce und lächelte ihm zu „… weil Bruce aufgekreuzt ist. Sonst hättest du noch mehr improvisieren müssen.“

„Das ist unmöglich“, schaltete sich Gina ein. „Sie darf nicht improvisieren. Das Timing war toll. Spannungsgeladen. Das geht kaputt, wenn sie an eine perfekte Rede noch etwas anhängen muss.“

„Möchten Sie, dass Bruce MacNiall in die Eingangshalle reitet – so wie gestern?“ fragte Bruce. „Ich könnte das noch mal für euch machen. Geht es darum?“

Ungläubig starrten sie ihn an.

„Das würden Sie tun?“ fragte Gina.

„Na ja, nachdem ich euch verrückte Typen schon mal in meiner Burg habe … ich habe mich wohl auch schon ein bisschen anstecken lassen. Warum also nicht?“ meinte er.

„Aber da ist noch etwas mehr zu tun als nur der geschriebene Part“, sagte Gina.

„Ach ja?“

David grinste. „Sie müssen absteigen, die Treppen hinauflaufen und Toni erwürgen.“

„Aha“, sagte Bruce, und ein spitzbübisches Lächeln lag auf seinen Lippen. „Ich glaube, das kriege ich hin.“

„Sie tun natürlich nur so, als ob Sie sie erwürgen“, beeilte Thayer sich zu erklären.

„Und das ist natürlich viel schwieriger“, meinte Kevin, während er Toni zuzwinkerte.

Sie fand das nicht besonders komisch. „Wie könnt ihr nur

Lord MacNiall bitten, bei so etwas mitzumachen. Er tut uns doch ohnehin schon einen riesigen Gefallen", meinte sie honigsüß.

„Oh, das macht mir überhaupt nichts aus", erwiderte Bruce MacNiall, während er sich erhob. „Ladies und Gentlemen, das Essen war einfach köstlich. Wenn Sie mich jetzt bitte entschuldigen – vor Ihrer Abendvorstellung habe ich noch etwas im Dorf zu erledigen."

Sie sahen ihm nach, als er hinausging.

„Na bitte. So schlimm ist der Kerl ja gar nicht", meinte Thayer. „Wir sollten allerdings ein Auge auf ihn haben, wenn er Toni auf der Treppe erwürgt, oder?"

Toni hatte den Eindruck, als ob er ernsthaft um sie besorgt sei. Doch vermutlich bildete sie sich das nur ein, denn die anderen lachten über seine Worte.

„Jetzt hat dich der Burgherr um deinen großen Auftritt gebracht, Ryan", sagte David.

„Ist schon okay. Zu sehen, wie er auf seinem Pferd in die Halle galoppiert kommt, macht das allemal wett", erwiderte Ryan. In die Runde grinsend, fügte er hinzu: „Obwohl mir bestimmt was fehlen wird, wenn ich Toni nicht mehr strangulieren kann."

„Ha, ha!" sagte sie, stand auf und streckte die steifen Glieder. „Also, unter der künstlerischen Leitung von Mr. David Fulton und Mr. Kevin Hart habe ich das Gemüse geputzt, geschnitten und den Tisch gedeckt. Den Abwasch mit Unterstützung deiner reizenden Frau und Thayer zu machen, tröstet dich bestimmt darüber hinweg, dass du mich nicht mehr erwürgen kannst, Ryan."

„Ich? Aber ich habe doch heute schon den Stall ausgemistet."

„Das zählt nicht. Das ist ja nur dein Hobby und bewahrt dich nicht vorm Küchendienst. Den müssen wir schließlich alle machen. Also dann, viel Vergnügen, ihr Lieben." Und mit einem süßen Lächeln verließ sie die Küche.

Bruce klopfte kurz an die Tür von Jonathan Tavishs Büro und trat ein. Jonathan blickte auf und zog die Augenbrauen hoch. „Bruce, ich dachte, du würdest das Familienerbe nicht mehr aus den Augen lassen, seitdem dein edler Besitz in der Hand von Fremden aus Übersee ist."

„Ich muss wohl sagen eher eine verfallende Burg als ein edler Besitz", wiegelte Bruce ab und setzte sich hin. „Je mehr ich mich dort umsehe, umso erstaunter bin ich. Sie haben sich wirklich um Tausende von Kleinigkeiten gekümmert, die ich jahrelang vor mir hergeschoben habe."

„Es ist schon nicht einfach, wenn man weltweit so viel um die Ohren hat", pflichtete Jonathan ihm grinsend bei. „Als einfacher Gesetzeshüter wärst du stattdessen das ganze Jahr vor Ort und würdest dich rund um die Uhr mit Routinekram beschäftigen. Täusche ich mich oder bist du wirklich nicht mehr so sauer auf deine ungebetenen Gäste?"

Bruce neigte den Kopf und musterte seinen Freund. Sie waren fast gleichaltrig und kannten sich seit ihrer Kindheit. Beide liebten ihren kleinen Heimatflecken, obwohl sie sich oft darüber stritten, was das Beste für ihn wäre. Bruce gehörte zum lokalen Adel, und Jonathan verkörperte das örtliche Gesetz. Aber weil Jonathan zeit seines Lebens nicht aus dem Ort herausgekommen war, hatte er im Laufe der Jahre Bruce gegenüber einen Minderwertigkeitskomplex entwickelt.

Eines Tages würde Jonathan vielleicht für das Amt des Ortsvorstehers kandidieren, um mehr Einfluss nehmen zu können. Bis jetzt schien ihm allerdings seine Arbeit als Constable noch gut zu gefallen.

„Ich habe mich tatsächlich ein wenig an sie gewöhnt", gab Bruce zu. „Da sie niemand während meiner Abwesenheit vor die Tür gesetzt hat, können sie meinetwegen noch einige Tage bleiben."

„Aha. Das liegt wohl an der Blonden?“ neckte Jonathan ihn. „Sie sieht wirklich verdammt gut aus – ein Klasseweib.“

„Sie hat was“, pflichtete Bruce ihm bei. „Aber sowas ist ja nicht zum ersten Mal passiert.“

„Dass sich jemand in deiner Burg niedergelassen hat?“ fragte Jonathan erstaunt.

Bruce schüttelte den Kopf. „Ganz allgemein. Unternehmungslustige Leute wenden sich an eine Immobilienfirma mit zweifelhaftem Ruf und fallen prompt auf die Nase. Ich muss unbedingt wissen, was hier eigentlich abgelaufen ist.“

„Wie du schon gesagt hast – es passiert immer wieder.“

„Ja, nur dieses Mal geht es um meine Burg.“

„Warte bis Montag, dann kannst du ihnen die Urkunden zeigen. Wir vergleichen es mit ihren Dokumenten, und dann werden wir die Sache schon zurechtbiegen. Zu blöd nur, dass solche Betrüger ihre Spuren im Internet oft vollkommen verwischen können.“ Beschwichtigend hob er die Hände. „Ich hätte schon längst mit den Recherchen angefangen, aber sie wollten mir ja ihre Unterlagen nicht geben.“

„Es sind schließlich ihre einzigen Beweise.“

„Na prima. Sie haben ja nicht gerade viel Vertrauen in das Gesetz.“

„Nun ja, alter Freund“, meinte Bruce besänftigend, „mir trauen sie ja auch nicht.“

„Da haben wir also was gemeinsam.“

„Genau. Aber deswegen bin ich nicht gekommen“, sagte Bruce.

„Sondern?“

Bruce warf die Zeitung auf Jonathans Schreibtisch.

„Ach, deswegen.“

„Genau. Deswegen.“

Jonathan schüttelte den Kopf. „Bruce, das waren keine Frauen aus der Gegend, die verschwunden sind.“

„Aber im vergangenen Jahr wurden immerhin zwei Leichen im Wald gefunden."

„Bitte vergiss nicht, dass es ein sehr weitläufiger Wald ist", erinnerte Jonathan ihn.

„Hast du denn deine Leute überhaupt zum Suchen rausgeschickt?" fragte Bruce.

„Dieses Mädchen ist erst einmal nur verschwunden", sagte Jonathan. „Aber keine Sorge, ich habe meine Männer trotzdem zum Suchen geschickt."

„Gut. Denn die letzten beiden Frauen, die vermisst wurden, hat man in unserem Wald entdeckt. Wir sollten auch nach diesem Mädchen hier suchen." Er deutete auf die Zeitung. „Ich verwette meinen letzten Penny, dass wir sie dort finden werden."

„Vorsicht mit solchen Prophezeiungen, Bruce", warnte Jonathan ihn und lehnte sich zurück. „Nachher fragen sich die Leute noch, woher du so viel über die vermissten und ermordeten Frauen weißt. Denn diese Morde haben sich immer dann ereignet, wenn du gerade hier warst." Sofort hob er abwehrend die Hand. „Damit will ich überhaupt nichts andeuten. Ich bin dein Freund und kenne dich. Ich sag dir nur, was andere denken könnten."

„Zum Teufel noch mal, was fällt dir ein?" fluchte Bruce ebenso schockiert wie wütend. Jonathans Bemerkung empfand er als ausgemachte Unverschämtheit.

„Entschuldige, Bruce, es war nicht so gemeint. Ich glaube nur, dass du einer fixen Idee nachjagst. Ich verstehe dich natürlich. Aber irgendwie bist du nicht mehr der Alte. Die Zeiten haben sich geändert. Nur weil du einmal in Edinburgh den richtigen Riecher hattest, heißt das noch lange nicht, dass du mit deinen Vermutungen immer richtig liegst."

Bruce musste sich zusammennehmen. „Das behaupte ich auch gar nicht. Aber wenn ermordete Frauen im Wald von Tillingham gefunden werden, ist das schon ein Anlass zur Sorge. Und dir sollte es verdammt noch mal auch zu denken geben."

„Ich weiß, was ich zu tun habe, Bruce."

„Ich habe auch nicht behauptet, dass du es nicht wüsstest."

„Wie kann ich einen Verrückten davon abhalten, in einer anderen Stadt Frauen zu entführen? Falls es dir noch nicht aufgefallen sein sollte – hier gibt es Hunderte von einsamen Straßen, ganz zu schweigen davon, dass eine ganze Reihe von Verbrechern sich im Wald versteckt. Und noch einmal: Dieses Mädchen ist bis jetzt nur als vermisst gemeldet. Sie ist Irin. Vielleicht hat sie auch nur eine Fähre genommen und ist nach Hause gefahren, ohne jemandem etwas davon zu erzählen."

Bruce erhob sich. „Wenn sie in ein paar Tagen nicht aufgetaucht ist, werde ich eine eigene Truppe zusammenstellen und den Wald durchsuchen lassen."

„Bruce, jetzt übertreib mal nicht, verdammt noch mal", beschwor Jonathan ihn. „Ich habe dir doch gesagt, dass wir den Wald durchsucht haben. Wir haben alles umgedreht. Und wenn sie sich in den nächsten Tagen nicht irgendwo meldet, werden wir eben noch eine Suchaktion starten."

„Gut." Bruce wandte sich zum Gehen.

„He!" rief Jonathan ihm nach.

„Was denn noch?" Bruce drehte sich um.

„Ist die Burgbesichtigung für heute Abend abgesagt?"

„Nein, im Gegenteil. Ich mache sogar mit."

„Du machst mit?" fragte Jonathan verblüfft. „Du hast doch noch nie im Leben geschauspielert."

„Das ist nicht wahr. Spielen wir anderen nicht tagtäglich etwas vor?" fragte Bruce leichthin.

„Sieh mal einer an!" Jonathan schüttelte den Kopf. „Das liegt doch sicher an der Blonden."

„Das liegt daran, dass sie in einer ziemlich verzwickten Lage sind", verteidigte Bruce sich. „Außerdem haben sie in der Burg gute Arbeit geleistet. Bis Montag dann."

Er ging hinaus und ließ die Zeitung auf Jonathans Schreibtisch liegen. Noch immer hatte er das Bild des toten Mädchens auf der Titelseite lebhaft vor Augen.

Sie war jung, hatte große Augen und langes braunes Haar. Sie kam aus Belfast und wollte offenbar nach London gehen. Aber bis dorthin hatte sie es nicht geschafft, denn unterwegs war sie in die Prostituierten- und Drogenszene abgerutscht und in Edinburgh hängen geblieben. Seitdem ein paar zufällige „Freunde" aus dem Milieu sie mehrere Tage lang nicht gesehen hatten, galt sie offiziell als vermisst.

Nachrichten veralteten schnell, wenn sie nicht wirklich sensationell waren. Nachdem sämtliche Lokalzeitungen über das Verschwinden der ersten jungen Frau berichtet hatten, geriet der Fall schnell in Vergessenheit. Bis Bruce ihre Leiche im Wald entdeckt hatte – mit dem Gesicht im Dreck und schon halb verwest.

Artikel über das Verschwinden des zweiten Opfers hatte er nicht mitbekommen – dafür umso mehr über den Fundort der Toten gelesen – Tillingham Forest. Diesmal war es Eban gewesen, der die Leiche Monate später entdeckt hatte.

Prostituierte. Drogensüchtige. Die Einsamen und Vergessenen. Sie hätten Hilfe benötigt. Stattdessen waren sie erwürgt worden.

Reglos blieb er eine Weile im Wagen sitzen und starrte durch die Windschutzscheibe. Er hatte mitten in der Stadt vor einem Kreisverkehr geparkt, in dessen Mitte sich ein Springbrunnen befand. Die Spitze des Brunnens wurde gekrönt von der Statue eines Royalisten. Keine Tafel verriet seinen Namen, weder Lebensdaten noch Heldentaten. Aber die Einheimischen wussten, um wen es sich bei der Figur handelte – es war der historische Bruce MacNiall. Und heute Abend würde der Lebende in die Rolle seines berühmten Urahnen schlüpfen.

Unvermittelt überkam ihn ein unbehagliches Gefühl. „Eigentlich gilt ja auch für dich ‚Im Zweifel für den Angeklagten', alter Knabe. Aber lass ein paar Jahrhunderte verstreichen, und du bist ein Held – der verdächtigt wird, die Liebe seines Lebens umgebracht zu haben."

Wenn es auch keinen hieb- und stichfesten Beweis dafür gab, dass Bruce MacNiall Annalise getötet hatte, so war es doch allemal eine gute Geschichte. Und während einige Historiker in dem Anhänger der Stuarts einen großen Helden sahen, war er für andere ein Narr, der willentlich und allein um des eigenen Ruhmes willen das Leben seiner Leute gefährdet hatte.

Der Gedanke, dass Bruce MacNiall seine Frau umgebracht haben könnte, passte ihm überhaupt nicht. Dennoch hatte er sich angeboten, seinen Part zu übernehmen.

„Nun, alter Knabe", murmelte er, „mir ist zwar nicht bekannt, dass du eine solche Missetat begangen hast, aber heute geht es ja nur um den Spaß, stimmt's?"

Er legte den ersten Gang ein und fuhr zurück zu seiner Burg oberhalb des Dorfes.

Spaß! Ob jemand Prostituierte zum Spaß ermordete?

Als er am Wald vorbeifuhr, verlangsamte er sein Tempo. Wer hier etwas finden wollte, musste das ganze Gebiet samt den Flüssen Meter für Meter durchsuchen.

Die junge Frau tat ihm Leid. Irgendwie spürte er, dass sie halb verwest irgendwo im Gebüsch lag. Bereits vergangene Nacht hatte er es gewusst, als er von der Leiche geträumt hatte, die mit dem Gesicht nach unten im Wasser trieb.

In seinem Traum war es allerdings der Körper von Toni Fraser, der wunderschönen Amerikanerin gewesen.

5. KAPITEL

„He! Was machst du denn hier draußen?“

Toni drehte sich um und war überrascht, David in den Stall kommen zu sehen. Mit Pferden konnte er im Gegensatz zu Ryan nämlich nicht allzu viel anfangen.

Sie streichelte Shaunessy, Bruce MacNialls schwarzem Hengst, über die großen Nüstern. Das imposante Pferd war ein gewaltiges Kraftpaket und gewiss nichts für unerfahrene Reiter. Andererseits war es fügsam und schien die Liebkosungen zu mögen. Gott sei Dank hatte es nichts gegen die Anwesenheit von Ryans Wallach. Die beiden Tiere standen friedlich nebeneinander in ihren Boxen.

„Ich habe ein bisschen die Gegend erkundet“, erzählte Toni. „Und dann dachte ich mir, ich schau mal hier rein. Ich mag das Pferd, das Ryan gekauft hat – es ist bestimmt sein Geld wert. Doch der hier ...“, sie zeigte auf Bruce MacNialls großen Rappen, „... ist wirklich etwas Besonderes. Unser Pferd gefällt mir natürlich immer noch am besten, aber ... Shaunessy ist wirklich fantastisch.“

„Ja. Ebenso beeindruckend wie sein Herr.“

„Der große Bruce MacNiall, der wie zufällig zur Tür hereinreitet, nachdem wir hier alles auf Vordermann gebracht, Blut, Schweiß und Tränen in die Burg gesteckt haben“, meinte Toni.

David grinste über beide Ohren. „*Lord* MacNiall. Ehre, wem Ehre gebührt“, neckte er sie.

Sie machte eine wegwerfende Handbewegung.

„Die Lage sieht wirklich nicht allzu rosig aus“, murmelte er, während er zu ihr hinüberging und sich zu ihr stellte. „Sag schon, geht’s denn wenigstens dir gut, Mädchen?“ fragte er mit einem tiefen Blick in ihre Augen.

„So gut wie allen anderen von uns“, erwiderte sie.

David streichelte Shaunessy über die samtweiche Stirn. „Egal, wie die Sache ausgeht – du solltest dir keine Vorwürfe machen. Wir sind hier schließlich alle freiwillig mit hineingerutscht. Wenn wir dich jetzt damit aufziehen, darfst du das nicht so ernst nehmen. Man sucht nun mal gern nach einem Sündenbock."

Sie berührte Davids Gesicht. Dann umarmte sie ihn. Sie hatten sich in ihrem ersten Jahr auf dem College kennen gelernt, als sie für die Theatergruppe der Universität die Bühnenbilder für *Aida* gebaut hatten. Seitdem waren sie die besten Freunde, und sie liebte ihn wie einen Bruder.

„Tja, jetzt sitzen wir hier und müssen feststellen, dass wir reingelegt worden sind. Aber alles in allem ist es so schlimm ja nun auch wieder nicht. Wir haben hier viel Arbeit reingesteckt. Aber Blut, Schweiß und Tränen – soviel Pathos ist wirklich ein bisschen übertrieben."

„Na ja, vielleicht bin ich wirklich zu dramatisch. Aber dieser blöde Constable hätte uns ja wirklich informieren können."

„Offenbar hat er geglaubt, dass MacNiall die Burg tatsächlich vermietet hat", meinte David. „Er war nicht in der Stadt, und wahrscheinlich wusste keiner, wo man ihn erreichen konnte, um herauszufinden, was Sache ist."

„Gibt's in diesem gottverdammten Land denn keine Handys?" fragte Toni vorwurfsvoll.

„Ich bin auch weggegangen, ohne eine Adresse zu hinterlassen", wandte David ein. „Und meine Handynummer gebe ich auch nicht jedem."

„Na ja, es wäre eben so schön gewesen", murmelte Toni. „Wie auch immer, wir haben jedenfalls eine Menge Arbeit in die Burg gesteckt. Und Geld. Und Herzblut. Und ich denke, wir müssen gar nicht auf das Ergebnis am Montag warten. Im Grunde wissen wir doch jetzt schon, dass man uns über den Tisch gezogen hat. Wir waren einfach viel zu naiv und gutgläubig."

„Schon, aber MacNiall hat sich echt anständig verhalten. Er lässt uns heute Abend nicht nur unsere Führung machen, sondern macht sogar noch dabei mit."

„Das stimmt schon", meinte Toni gedankenverloren.

„Aber ...?" Davids dunkle Augen sahen sie fragend an.

Unwillkürlich musste sie lächeln, denn diesen Blick kannte sie nur allzu gut. „Aber ...?"

„Komm, Mädchen. Setz dich auf einen Heuhaufen und schütte dem lieben Onkel David dein Herz aus. Du, das könnte das einzige Mal sein, dass jemand aus rein platonischen Gründen mit dir ins Heu will."

Sie lachte und ließ sich von ihm auf einen Heuhaufen führen, den David in aller Eile zu einer Art Liebesnest zusammengeschoben hatte. Es sah zwar ziemlich pieksig aus, war aber gemütlicher als er gedacht hatte .

„Fast wie in der Praxis eines Seelenklempners, nicht?" sagte er mit leiser Ironie.

„Keine Ahnung. Ich war noch nie bei einem", erwiderte sie.

„Aber irgendetwas macht dir doch zu schaffen, und ich habe das Gefühl, es geht um mehr als nur Geld."

Sie nickte. „Weißt du, David, ich habe wirklich geglaubt, dass ich mir die Geschichte mit Bruce MacNialls Vorfahren nur ausgedacht habe."

Beschwichtigend hob er die Hand. „Okay, du hast also etwas erfunden, was tatsächlich existiert hat. Dr. David wird sich des Falles annehmen. Hmm, mal sehen. Vor sechs Monaten haben wir eine große Rundreise gemacht. In Edinburgh haben wir dieses prächtige Marmorgrab besichtigt, das zu Ehren von Montrose errichtet worden ist – für die einen war er ein Monster, für die anderen ein strahlender Held. Wir wussten, dass die Burg, die wir gemietet hatten, einem MacNiall gehörte. Und Bruce ist hier ein ziemlich gängiger Name. Also ich glaube, da ist wirklich nichts Ungewöhnliches dran, wenn man sich aus all diesen Dingen eine Geschichte zusammenreimt, die hier und da mit der Wirklichkeit übereinstimmt."

„Bis auf die Tatsache, dass ich mehr über den Mann – und seine Frau – von dem zurzeit lebenden Bruce MacNiall erfahren habe", wandte Toni ein.

„Dass er seine Frau erwürgt hat?"

„Nein – wenigstens ist es nicht sicher, dass er es getan hat. Sie ist einfach von der Bildfläche verschwunden. So jedenfalls hat Bruce es beschrieben."

„Hmm", machte David, während er gedankenverloren auf einem Strohhalm kaute. „Traurigerweise haben viele Ehemänner ihre Gattinnen abgemurkst. Und viele Frauen sind einfach so verschwunden. Die Dinge ändern sich nicht wirklich, egal wann und wo. Diese Fälle gibt's bei uns in den Staaten schließlich auch, na und? Letztens habe ich sogar in einer Zeitung über Frauen gelesen, die hier verschwunden sind."

„Na ja, falls Lady MacNiall das wirklich passiert ist, so hat es sich schon vor Jahrhunderten ereignet", beruhigte Toni sich. Dennoch konnte sie sich eines unbehaglichen Gefühls nicht erwehren. Sie hatte die Schlagzeilen ebenfalls gelesen.

„Na siehst du."

„Die schlechte Nachricht ist: sie hieß auch Annalise."

Mit hoch gezogenen Brauen sah David sie an. „Jetzt machst du Witze, oder?"

„Jedenfalls hat Bruce das gesagt."

„Weißt du, Toni, vielleicht hast du diese Geschichte früher irgendwann mal gehört und erinnerst dich einfach nicht mehr daran. Und jetzt glaubst du, du hättest dir das alles ausgedacht."

Sie sagte nichts.

„He, ist schon in Ordnung. Wirklich. Allem Anschein nach hat der Kerl auch keine Lady MacNiall und deshalb auch keine Leichen im Keller. Er ist schon ein toller Typ, nicht wahr?"

„Ja." Zu ihrer Verwunderung errötete Toni ein wenig.

Lächelnd griff David nach einem weiteren Strohhalm und nahm ihn zwischen die Zähne. „Da sind eine Menge Funken geflogen, als ihr zwei euch gestern Abend gefetzt habt."

„Bei mir sprühen oft die Funken. Das weißt du doch."

„Aber normalerweise nur, wenn du für Freunde Partei ergreifst oder Menschen verteidigst, die deiner Meinung nach ungerecht behandelt werden", meinte David lachend. Dann wurde er wieder ernst. „Du bist nicht mehr sauer auf ihn, und wir glauben alle, dass er ein anständiger Kerl ist – obwohl wir das vielleicht nur ungern zugeben. Also muss es etwas anderes sein, das dir Sorgen macht."

Es war keine Frage, sondern eine Feststellung. Toni musste sich ein Lächeln verkneifen. Allem Anschein nach war sie für ihn ein offenes Buch.

Sie warf ihm einen Blick zu, zögerte aber mit der Antwort. „Letzte Nacht hatte ich einen furchtbaren Albtraum. Im Schlaf muss ich Zeter und Mordio geschrien haben. Das ist der Grund, warum wir miteinander geredet haben."

„Ich verstehe", sagte David langsam. „Und das hat dich aus der Fassung gebracht?"

„Nein. Der Albtraum hat mich aus der Fassung gebracht."

„Erinnerst du dich noch daran?"

„Ja, es war entsetzlich. Aber das Merkwürdige an der Sache ist, dass Bruce beziehungsweise sein Urahn in dem Traum vorkam."

Fragend zog David die Augenbrauen hoch, und sie fuhr fort. „Er stand einfach da. Ich hatte wirklich das Gefühl, ihn zu sehen. Ich glaube, ich hatte sogar die Augen geöffnet. Riesig und in voller Kampfmontur stand er am Fuß meines Bettes. Er war gekleidet wie ein Gefolgsmann Charles II., ein Royalist, und er sah genau so aus wie unser Bruce, nur dass sein Haar länger und lockiger war. Er trug eine Art Rüstung, hatte eine Scheide mit einem Messer um den Knöchel gebunden und ein Schwert in der Hand."

„Und er stand vor deinem Bett?"

„Ja."

„Lass mal überlegen. Warum hat er dir denn bloß solche Angst gemacht?"

Sie sah ihn völlig verständnislos an. „Er stand leibhaftig am Fußende meines Bettes!"

„Das ist alles?"

„Na, wie würdest du denn reagieren, wenn du mitten in der Nacht aufwachst und ein Geist steht vor dir?"

„Ich würde Kevin aufwecken, und der fände das bestimmt so aufregend, dass er sofort versuchen würde, mit dem Typen ins Gespräch zu kommen."

Sie wusste, dass er sie nur aufzog, um sie zu beruhigen. Aber hinter der Sache steckte mehr, das spürte sie.

„Er trug ein Schwert", wiederholte sie.

„Na ja, wenn du von einem Royalisten träumst, der in vielen Schlachten gekämpft hat, ist das schließlich nahe liegend."

„Es war voller Blut."

„Toni, du hast Theaterwissenschaft studiert und einige Stücke geschrieben. Du hast eine lebhafte Fantasie. Da ist es doch kein Wunder, dass du in Farbe träumst und dir viele Details dieser Bilder merken kannst."

„Du verstehst das nicht, denn ich habe noch nie mit dir darüber gesprochen, aber …" Sie stockte und sah ihm in die Augen. Er erwiderte ihren Blick mit aufrichtiger Sympathie. „Vor vielen Jahren, als Kind …habe ich auch Träume gehabt."

„Alle Kinder träumen." Da ist nichs Neues.

Sie ließ ihren Blick durch den Stall wandern. „Ja, aber … ich habe von Dingen geträumt, die geschehen sind … wirklich schlimmen Dingen. Morden. Die Polizei war oft bei uns zu Hause und hat mich ausgefragt über das, was ich im Traum gesehen hatte. Manchmal konnte ich die Leute genau beschreiben. Und ich konnte auch genau sagen, was geschehen war."

„Haben sie auf Grund deiner Träume jemals einen gefasst?" erkundigte er sich mit ernster Stimme.

„Ich glaube schon."

„Dann war das doch eine gute Sache, Toni."

„Möglich", murmelte sie. „Aber ich kam damit nicht zurecht. Und erst meine armen Eltern! Sie haben sich deswegen oft gestritten. Jedenfalls kam irgendwann der Zeitpunkt, wo ich es nicht mehr aushalten konnte. Ich bin in Ohnmacht gefallen oder so was Ähnliches und erst im Krankenhaus wieder aufgewacht."

„Haben dich deine Leute denn nicht zu einem Psychoanalytiker gebracht?" fragte er ungläubig.

Toni schüttelte den Kopf. „Da gab es einen Mann, mit dem meine Mutter befreundet war. Er war wirklich sehr nett. Er hat offenbar genau verstanden, was ich durchgemacht habe. Als die Polizisten zu aufdringlich wurden, hat er mir beigestanden und mich auf seine sanfte und stille Weise beruhigt. Er war auch bei mir, als ich im Krankenhaus aufgewacht bin. Offenbar wusste er, dass mein Gehirn vollkommen überlastet war. Ich habe ihm gesagt, dass ich nicht träume, das Träumen etwas Schlimmes sei."

„Und dann?"

„Sind wir umgezogen. Und ich habe dafür gesorgt, dass es aufhörte mit diesem Spuk."

„Du hast dafür *gesorgt?*" fragte David erstaunt.

Sie nickte. „Du weißt ja nicht, wie das war. Meine Eltern hatten sich zerstritten. Die Träume waren grauenvoll. David, ich konnte

Morde *sehen* – wie sie geschahen, nachdem sie geschehen waren, kurz bevor sie geschahen. Dann gab es da noch jene Leute, die von meinen Träumen wussten, die aber nicht zur Polizei gehörten. Die haben mich behandelt wie eine Aussätzige. Du kannst dir das gar nicht vorstellen."

„Doch, das kann ich sehr gut", murmelte David. Er ergriff ihre Hand. „Toni, ich denke, du solltest dir keine Sorgen machen, jedenfalls noch nicht. Glaub mir, ich gehöre nicht zu den Leuten, die darauf beharren, dass alles, was in der Welt passiert, eine logische Erklärung haben muss. Aber wir sind hier in Schottland, und wir haben von einer Geschichte erfahren, die deiner erfundenen sehr ähnlich ist. Was deine Vision von einem alten Schotten in voller Kriegsmontur in deinem Schlafzimmer angeht – da kann ich dir nur sagen, dass es schon ein nachhaltiger Eindruck war, als der lebendige Bruce MacNiall während deiner Vorstellung in die Halle geritten kam. So nachhaltig, dass er dir später noch mal im Traum erschienen ist."

„Oder glaubst du, dass ich verrückt bin?" fragte sie besorgt.

„Ich glaube, dass du dir nicht zu viele Sorgen machen solltest", beruhigte er sie und drückte ihre Hand. „Bruce MacNiall ist schließlich immer noch eine – na ja, sagen wir, unbekannte Größe. Keiner von uns vermag ihn so recht einzuschätzen. Aber vergiss nicht, dass deine Freunde bei dir sind, denen du sehr viel bedeutest. Es wird schon alles gut werden. Vertrau mir. Außerdem, was könntest du schon tun?"

„Nichts, glaube ich."

„Was ist denn aus dem Mann geworden?"

„Welchem Mann?"

„Der von damals, als du diese Träume hattest."

„Ach so, Adam."

„Adam ...?"

„Harrison", sagte sie.

„Lebt er noch?"

„Oh ja. Jedenfalls vor zwei Jahren noch. Er ist nach Washington gekommen, um mich als Varina Davis zu sehen." Sie lächelte. „Er schien keinen Tag älter geworden zu sein. Er war immer noch sehr ruhig und aufrichtig und würdevoll, hatte immer noch den gleichen sanften Tonfall ... sehr angenehm."

„Und das Treffen hat keine Erinnerungen in dir geweckt?" erkundigte David sich.

„Nein, es war einfach nur nett. Er hat sich erkundigt, was ich so gemacht habe, fand das Stück sehr gut und war so charmant wie immer. Sogar seine Visitenkarte hat er mir wieder gegeben und mir noch mal gesagt, dass ich ihn jederzeit anrufen könnte, wenn ich seine Hilfe bräuchte."

„Na bitte", meinte David, als ob mit der Visitenkarte alle Probleme beseitigt wären. „Wenn noch mal etwas Unheimliches passiert, rufst du den Kerl einfach an. Er ist nicht zufällig Anwalt oder vielleicht ein amerikanischer Botschafter?"

Sie schüttelte den Kopf.

„Was macht er denn? Oder ist er schon pensioniert?"

„Er leitet ein Ermittlungsbüro. Harrison Investigations."

„Ein Ermittlungsbüro. Siehst du. Er könnte den Gauner ausfindig machen, der uns das hier eingebrockt hat."

„Nach allem, was ich weiß, glaube ich nicht, dass er diese Art von Ermittlungen durchführt."

„Ach so. Gehört er zu den Leuten, die sich heimlich mit Kamera, Tonbandgerät und ähnlichen Gegenständen in Spukschlössern auf die Lauer legen?"

Sie nickte und musste unwillkürlich lächeln. „Hm. Ich denke, das ist genau das, was er macht."

„Und du glaubst nicht, dass uns ein heimtückischer Geist übers Internet beschummelt hat?"

Sie lachte. „Nein."

„Dann lass uns mal abwarten und sehen, was passiert. Wie wäre es mit einem Spaziergang? Die Gegend ist fantastisch. Gina hat gesagt, es müsste toll sein, barfuß durch einen der klaren Bäche im Wald zu waten."

„Aber es sieht nach Regen aus."

„Dann ist es sowieso egal, wenn wir nasse Füße kriegen", meinte David.

Sie stand auf und reichte ihm eine Hand, um ihn hochzuziehen. „Also los!"

Sie wollte gehen, doch er zog sie zurück und nahm sie in den Arm. „He, ich bin auch noch da, falls du mich brauchst. Jederzeit, wenn du willst."

Seufzend trat sie einen Schritt zurück. In ihren Augen glänzte es verräterisch. „Du liebst mich, du bist da, wenn ich dich brauche, und du bist überhaupt ein toller Typ. Warum zum Teufel bist du nicht hetero?"

„Keine Ahnung", erwiderte er. „Aber ich liebe dich trotzdem, soviel steht fest."

„Ich liebe dich auch."

„Lass uns die anderen holen und eine Runde drehen."

„Einverstanden."

Als sie in die Burg zurückkehrten, warteten die anderen ausgehbereit in der Halle.

Thayer stand am Hauptportal, wo eine Zugbrücke, die längst nicht mehr existierte – ebenso wenig wie der Burggraben, der zugeschüttet worden war – in den Vorhof geführt hatte. Er sah sehr nachdenklich aus.

„Was ist los?" erkundigte Toni sich.

Er schüttelte den Kopf. „Ich denke gerade darüber nach, dass wir wirklich Idioten waren."

„Wieso?“ fragte Toni, die plötzlich wieder von heftigen Schuldgefühlen geplagt wurde.

„Wir waren zu leichtgläubig. Wir haben die Papiere unterzeichnet und sind davon ausgegangen, dass wir einfach hierhin fahren und ohne weiteres in die Burg können. Was natürlich klappte, weil die Tore offen waren. Die Schlüssel haben dort gehangen, zugänglich für jeden. Das Portal war zwar verriegelt, aber den Riegel konnte man einfach beiseite schieben – auch mitten in der Nacht. Offenbar schließt Lord MacNiall das Gebäude nicht ab, wenn er hier ist. Was hat das wohl zu bedeuten?“

„Dass die Burg so klein ist, dass sie in keinem Touristenführer oder in irgendeiner Werbebroschüre verzeichnet war, bis wir hierher gekommen sind. Und dass es in einem Dorf wie Tillingham nicht nötig ist, seine Haustür zu verschließen“, meinte Toni.

Thayer zuckte mit den Schultern. „Möglich. Ich komme mir trotzdem noch immer wie ein Idiot vor.“

„Mir geht's genauso“, seufzte Toni.

„Sind wir so weit?“ fragte Ryan, der zur Tür gekommen war.

„Klar“, erwiderte Thayer. „Also, wo soll's hingehen?“

„Den Hügel hinunter und in den Wald hinein. Gina möchte barfuß durch einen Fluss waten.“ Ryan schaute zum Himmel. „Es sieht nach Regen aus.“

„Schon möglich“, stimmte Thayer fröhlich zu.

Kevin trat zu ihnen und sagte: „Wir werden uns alle erkälten. Müssen wird das wirklich heute machen?“

„Wenn wir am Montag hinausgeworfen werden, dürfte das unsere letzte Gelegenheit sein“, erinnerte Thayer ihn.

„Stimmt“, sagte Kevin. „Dann lasst uns mal ein bisschen im Wasser rumplantschen.“

Gina trat ins Freie. „Das macht bestimmt Spaß, glaubt mir.“

Sie brachen auf. Es war kühl, aber nicht kalt, und sehr angenehm zum Spazierengehen. Beeindruckende Wolkengebirge türmten sich am Himmel und ließen die Umgebung in unterschiedlichen Grüntönen leuchten.

Hunderte von Schafen grasten auf den weiter entfernten Hügeln. Auf den kargen felsigen Anhöhen weideten auch einige der Langhaarrinder, die Toni bereits häufiger im Norden des Landes gesehen hatte. Offenbar waren sie auch in dieser Gegend heimisch. Die Szenerie mit Schafen, Rindern, Wildpflanzen, sanft geschwungenen Hügeln, Felsspitzen und Schluchten war atemberaubend.

„Diese Gegend ist wirklich wunderschön“, meinte Toni mit träumerischer Stimme.

„Das stimmt – und wir hätten die Wirtschaft mächtig angekurbelt mit unseren Shows“, sagte Ryan.

„Oh ja. Ideal für abgelegene Fastfood-Restaurants und billige Motels“, ergänzte Thayer.

„Genau. Als ob Schottland nicht auf Touristen angewiesen wäre“, fügte Ryan hinzu.

„Tourismus ist sowieso eine boomende Branche“, pflichtete Thayer ihm bei.

„Wenn es jetzt anfängt zu schütten, haben wir einen weiten Rückweg vor uns“, rief Kevin Gina zu, die weit voraus gelaufen war. Sie zeigte ihm einen Vogel, und er lachte.

Am Fuß des Hügels begann der dichte Laubwald. Aus der Nähe betrachtet waren die Farben der Blätter heller und schienen den Spaziergänger auf geheimnisvolle Weise anzulocken. Sie folgten Gina, die bereits zwischen den Bäumen verschwunden war. Kurz darauf hörten sie ihren Freudenschrei. „Schaut nur, wie entzückend!“

Das Wasser, das unter dem grauen Himmel dunkler wirkte, plätscherte munter über Kieselsteine und Felsbrocken. An einer Biegung des Baches spiegelte sich das Licht, das durch die Äste fiel, auf der Wasseroberfläche und unter dem Schutz des Laubdaches wirkte diese Stelle wie ein Stück vom Paradies. Die ganze Umgebung strahlte einen unwiderstehlichen Charme aus.

Weil sie nicht schnell genug ins Wasser kommen konnte, streifte Gina im Laufen Schuhe und Strümpfe ab.

Gedankenverloren betrachtete Toni die Bäume. Einige Meter jenseits des Baches wurde der Wald undurchdringlich. Das grüne Dach vermittelte den Eindruck einer dunklen Höhle, verlockend und gleichzeitig wie eine Warnung vor etwas Bösem. Beim Anblick des wuchernden Grüns fühlte sie sich plötzlich unbehaglich, und ein Schauer lief ihr den Rücken hinunter.

Es sah so aus, als ob die Bäume atmeten und als ob diese dunkelgrüne Wand ein eigenständiges Lebewesen sei, das zusammengekauert auf der Lauer lag und auf etwas wartete ...

„Toni, nun komm doch endlich! Das Wasser ist fantastisch und herrlich kühl!“ rief Gina begeistert.

Toni ignorierte ihre Beklommenheit, rollte ihre Jeans sorgfältig hoch, steckte vorsichtig einen Zeh in das kühle Nass und watete Schritt für Schritt bis zur Mitte des Flusses, wo das Wasser eine beachtliche Strömung hatte.

„Aua! Passt auf die Steine auf, wenn ihr mit nackten Füßen ins Wasser steigt!“ rief David, der auch schon bis zu den Knöcheln im Bach stand.

„Autsch, verdammt“, jammerte Kevin. Er lief an David vorbei, trat auf einen spitzen Stein, verlor die Balance und fiel mit voller Wucht gegen Toni.

Sie konnte sich nicht mehr fangen und setzte sich auf den Hosenboden. „Kevin!“ schrie sie entrüstet.

Beide saßen sie pitschnass im Bach. Kevin wollte sich entschuldigen, aber als er ihren Gesichtsausdruck sah, brach er in schallendes Gelächter aus.

„Hauptsache, du hast deinen Spaß. Holt ihn euch, Jungs!“

Auf Tonis Aufforderung hin kamen auch die anderen ins Wasser, und nach wenigen Minuten waren alle nass bis auf die Haut, jauchzten und lachten hysterisch.

Nach Atem ringend und von oben bis unten mit Schlamm bedeckt, rappelte Toni sich auf. Plötzlich merkte sie, dass die anderen verstummt waren.

Sie schob sich das verschmutzte Haar aus dem Gesicht und blinzelte ein paar Mal, um wieder klar sehen zu können. Und dann erblickte sie ihn. Der Burgherr war zurückgekehrt.

Bruce MacNiall saß ohne Sattel auf seinem mächtigen Rappen Shaunessy und beobachtete sie, als wären sie die Darsteller in einem absurden Theaterstück. Sein Gesichtsausdruck war seltsam – Anspannung, Zorn? Toni vermochte ihn beim besten Willen nicht zu deuten. Er wirkte genauso dunkel und drohend wie die Gewitterwolken über ihnen.

Einen Moment lang hatte sie den Eindruck, er würde durch sie hindurch sehen und etwas tief im Inneren des Waldes fixieren, eine Stelle, von der ... *Augen sie zu beobachten schienen, woher das Atmen zu kommen schien und wo das Böse seinen Ursprung hatte.*

Sein Blick fiel wieder auf die Gruppe.

Wirkt er ... erleichtert? fragte Toni sich.

MacNialls Stimme klang freundlich und wohlwollend, als er das Wort an sie richtete.

„Sie amüsieren sich wohl prächtig?“ rief er.

„Und wie!“ erwiderte Ryan. Er sah tatsächlich wie ein zu groß geratenes Kind aus. „Es ist klasse, einfach fantastisch. Das Wasser fühlt sich toll an.“

„Nur ein bisschen kalt“, schränkte Gina ein. Sie klang nervös, als seien sie bei etwas Verbotenem erwischt worden.

„Das macht wirklich Spaß“, sagte Toni, während sie Bruce forschend betrachtete. Offenbar hatte auch er hin und wieder nichts gegen ein wenig Spaß einzuwenden. Jedenfalls wirkte er im Moment überhaupt nicht mehr streng und abweisend. „Aber es kostet auch ein bisschen Überwindung, ins Wasser zu gehen."

„Na prima", rief MacNiall ihnen von seinem Pferd aus zu. Er lächelte. „Schön, dass Sie Ihr Vergnügen haben. Sie sollten nur auf die Blutegel Acht geben."

Schlagartig verstummten sie und erstarrten zu Salzsäulen.

„Blutegel?" kreischte Kevin schließlich.

Toni konnte sich nicht erinnern, jemals so schnell gerannt zu sein. Das Gleiche traf auf die anderen zu, als sie fast übereinander gestolpert wären beim Versuch, so rasch wie möglich das rettende Ufer zu erreichen. Sie stieß gegen Kevin. Ryan stolperte über seine Frau. Toni streckte eine Hand nach Gina aus, und da Ryan auf die gleiche Idee gekommen war, warf er Toni um. Thayer bekam Toni zu fassen, David half Ryan und Gina, nur Kevin kämpfte für sich allein. Nach diesen Szenen, die jedem Slapstickfilm zur Ehre gereicht hätten, schafften sie es endlich, ans Ufer zu klettern. Dort begannen sie wie wild auf und ab zu hüpfen und untersuchten sich gegenseitig nach gefährlichen Blutsaugern.

Schreiend schlug Gina sich auf die Wade. „Da ist einer. Nehmt ihn weg, nehmt ihn weg!"

Alle rannten zu ihr hinüber und musterten mit Argusaugen ihre Haut.

„Da ist nichts", sagte Toni schließlich.

„Doch!"

„Nein, wirklich nicht. Kommt, wir gehen zurück in die Burg und duschen", schlug Toni vor. Sie verspürte ebenfalls ein Kribbeln am ganzen Körper.

Zwanzig Minuten später, nach einer heißen Dusche, war Toni sicher, dass keines dieser ekligen Tiere an ihrer Haut klebte. Sie schlüpft in ihren Frotteebademantel und ging in ihr Zimmer, um saubere Sachen anzuziehen.

Verblüfft hielt sie inne, als sie Bruce MacNiall vorm Kamin hocken sah. Er hatte Anzünder und Holzscheite übereinander geschichtet und versuchte, die Flammen mit dem Schürhaken zum Lodern zu bringen. Im Schein des Feuers wirkten seine glatt gekämmten Haare blauschwarz. Als er sich bewegte, sahen seine Schultern im Gegenlicht noch breiter und kräftiger aus als sonst. Von seiner Statur her ähnelte er auf verblüffende Weise seinem kriegerischen Vorfahren, dessen Muskeln vom Umgang mit Schwertern und Streitäxten gestählt worden waren.

Ihr Herz schlug schneller und sie schluckte hart. Einerseits musste sie sich eingestehen, dass er wirklich ein beeindruckender und ausgesprochen attraktiver Mann war. Andererseits beunruhigte sie die merkwürdige Anziehungskraft, die sie in seiner Gegenwart verspürte, zutiefst. Es wäre besser, wenn er ihr Zimmer verließe – und zwar sofort.

Mit verschränkten Armen lehnte sie an der Wand und bemühte sich um einen freundlichen Tonfall. „Interessant. Ich hätte schwören können, dass ich das Zimmer auf der anderen Seite des Bades räumen musste, weil es Ihres ist." Zum Schluss war ihre Stimme unwillkürlich doch schärfer geworden, denn seine Gegenwart machte sie nervös. Es mochte seine Burg sein, und er mochte in ihrem Sessel eingeschlafen sein, und dennoch … er hatte kein Recht, einfach hier zu sein.

„Entschuldigung", sagte er kühl und erhob sich. „Ich wollte keinesfalls aufdringlich erscheinen. Ich hatte gehofft, das Feuer anzünden zu können, bevor Sie zu Ende geduscht hätten." Ein flüchtiges Lächeln huschte über sein Gesicht, und sofort fühlte sie sich noch mehr in der Defensive. „Ich dachte mir, dass Sie es gerne warm hätten. Draußen ist es kühl, und es hat angefangen zu regnen. Schon erstaunlich, dass Sie sich ausgerechnet den heutigen Tag für ein Bad in der Natur ausgesucht haben."

„Tut mir Leid, aber wir konnten der Versuchung, durch den Fluss zu waten, einfach nicht widerstehen."

„Durch den Fluss waten? Was Sie da veranstaltet haben, erschien mir eher wie eine Wasserschlacht."

„Ich weiß, es ist ein bisschen aus dem Ruder gelaufen", gab sie zu. „Wir gehören eben zu jenen kindischen Amerikanern, die gerne im Bach oder Fluss oder was auch immer herumplantschen. Sie müssen uns verzeihen. Wir haben einfach nur ein bisschen Spaß gehabt. Die Schotten sollen ja angeblich etwas steif sein. Vermutlich können Sie uns deshalb auch nicht verstehen."

„Sie meinen, ich hätte keinen Humor", murmelte er.

„Nun ja, meine Freunde und ich, wir verstehen uns prächtig und sind für jeden Blödsinn zu haben. Selbst wenn das nicht ganz Ihr Ding ist, hoffe ich, dass Sie ein wenig Verständnis haben für unsere Ausgelassenheit. Nennen Sie es einfach den amerikanischen Sinn für Humor."

Er konnte sich das Grinsen nicht verkneifen, als er ein letztes Mal mit dem Schürhaken die Holzscheite ordnete. Dann erhob er sich, zwinkerte ihr zu und wandte sich zur Tür, die auf den Korridor führte. Als er an ihr vorbeiging, blieb er stehen.

„Ja, natürlich. Der amerikanische Sinn für Humor. Den weiß ich durchaus zu schätzen. Hoffentlich geht Ihnen das mit dem schottischen Humor genauso."

„Was genau meinen Sie damit?" wollte sie wissen. Er war wirklich eine stattliche Erscheinung, und sein spitzbübisches Grinsen verlieh seinem Gesicht einen jungenhaften Charme.

„Es gibt gar keine Blutegel in dem Bach", sagte er leichthin und ließ sie stehen, noch ehe sie etwas erwidern konnte.

6. *KAPITEL*

Toni stand neben Gina auf dem ersten Treppenabsatz, während David unten seine Rolle als Küchenmagd spielte. Sie lächelten zufrieden, als das Gelächter der Touristen zu ihnen nach oben drang.

„Das war wirklich eine gute Idee“, murmelte Gina.

„In der Tat. Wenn wir doch nur einen richtigen Mietvertrag für die Burg hätten“, seufzte Toni.

„Unter den gegebenen Umständen hat Bruce sich wirklich sehr anständig verhalten“, meinte Gina.

„So?“

„Heute Nachmittag habe ich ihm noch einmal unsere Unterlagen gezeigt. Er hat sie sich genau angesehen und dann zugegeben, dass sie wirklich täuschend echt wirken. Er hat viel Verständnis gezeigt und sogar seine Versicherungsgesellschaft angerufen. Auch wenn er uns helfen will, hat er natürlich kein Interesse daran, von irgendjemandem verklagt zu werden.“

„Ich dachte, wir hätten auch eine Versicherung abgeschlossen“, sagte Toni.

„Haben wir auch. Aber nur für uns und eventuelle Gebäudeschäden, aber offenbar habe ich das Kleingedruckte nicht sorgfältig genug gelesen. Wir brauchen auch eine Haftpflichtversicherung, falls durch uns jemand zu Schaden kommt. Wir sollten jedenfalls mehr Schilder und Warnhinweise aufstellen. Er will sich jedenfalls darum kümmern.“

„Und das alles nur für heute Abend?“ wunderte Toni sich.

„Allmählich habe ich das Gefühl, dass er uns noch ein wenig länger weitermachen lassen will“, meinte Gina. „Jedenfalls lange genug, damit wir etwas Geld verdienen können.“

„Das werden wir ja sehen.“ Toni klang nicht sehr überzeugt.

„David kündigt dich gleich an“, sagte Gina. „Obwohl – heute

Nachmittag war er schon ein bisschen komisch, als er uns im Fluss hat herumalbern sehen."

„In diesem Gewässer gibt es übrigens überhaupt keine Blutegel", informierte Toni sie.

„Das hat er uns auch gesagt", erwiderte Gina. „Ich glaube aber nicht, dass er so seltsam reagiert hat, weil wir im Wasser waren. Sondern weil wir in den Wald gegangen sind. Beim Lunch hat er uns doch eingeschärft, uns nur ja davon fern zu halten."

Toni schauderte, als sie sich an das Gefühl erinnerte, das sie beim Anblick des Waldes verspürt hatte. Als ob er ein lebendiges Wesen sei, das sie aufmerksam beobachtete.

„Du bist dran", sagte Gina.

In ihrem weißen Gewand trat Toni hinaus auf den Treppenabsatz und begann ihre Erzählung vom großen Bruce MacNiall, dem tapferen Verteidiger von König und Vaterland. „Einige nannten ihn einen Helden, für andere war er ein Verbrecher. Wie auch immer – seine Loyalität war ebenso unverbrüchlich wie seine Leidenschaft. Und am Ende war es gerade diese Leidenschaft zu der Liebe seines Herzens, die den mächtigen Bruce, genau wie Shakespeares Othello, ins Verderben stieß. Jahrelang widerstand er Cromwells Truppen. Und in all den Jahren, während derer er als Krieger in die Schlacht zog, liebte er seine Frau Annalise. Doch fern der Heimat drangen Gerüchte über ihre Untreue an sein Ohr. Als er sich nach seiner Rückkehr von deren Wahrheit überzeugt hatte, empfand er diesen Verrat als schlimmere Verletzung als die schmerzhafteste Wunde, die ein Schwert aus Eisen ihm hätte zufügen können."

An diesem Abend wurde die Vorstellung weder von grellen Blitzen noch krachenden Donnerschlägen untermalt. Dennoch hätte der Auftritt von Bruce MacNiall auf seinem mächtigen Rappen, mit dem er unter lautem Hufklappern in die große Halle galoppierte, kaum wirkungsvoller sein können. Dieses Mal trug er, anders als bei seinem letzten Erscheinen, altertümliche Kniehosen, eine Lederweste, einen Tartan in den Clanfarben, den er über die Schulter geworfen und mit einer silbernen Brosche festgesteckt hatte. Ein typisches Schottenmesser steckte in einer Scheide an seiner Wade. Das Schwert hatte er um die Hüften gebunden. Es schwang bedrohlich hin und her, als er mit theatralischer Geste von Shaunessy absaß.

Erneut ließ sein Anblick Tonis Puls schneller schlagen. Er sah wirklich grimmig aus.

Kaum war er vom Pferd gestiegen, führte Ryan den Rappen aus der Halle. Vielleicht eine angebrachte Vorsichtsmaßnahme nach dem Gespräch, dass Bruce am Nachmittag mit Gina über Versicherungen geführt hatte.

Hochrufe wurden laut und Beifall brandete auf, als er vom Pferd sprang und die Treppe emporblickte. Es gab keinen Zweifel, er war die Attraktion des Abends.

Toni wusste immer noch nicht, womit er seinen Lebensunterhalt verdiente, aber er hätte gut Schauspieler sein können. Er ignorierte die Zuschauer vollkommen, als ob sie überhaupt nicht existierten. Als sein Blick sie traf, stockte ihr der Atem. Und als er die ersten Stufen erklomm, gab er in seiner historischen Kostümierung eine so imposante Figur ab, dass sie unwillkürlich einen Schritt zurücktrat.

„Annalise!“

Das S am Ende ihres Namens geriet ihm zu einem so unheildrohenden Zischen, dass ihr eine Gänsehaut über den Rücken lief.

„Selbst auf dem Schlachtfeld erreicht mich die Nachricht von deiner Untreue“, rief er.

Mucksmäuschenstill sahen die Besucher ihm zu, wie er langsam und mit der würdevollen Eleganz eines Löwen die steinernen Stufen hinaufstieg.

Sie versuchte sich einzureden, dass es nur ein Spiel war. „Nein, Ihr irrt Euch, man hat Euch getäuscht“, antwortete sie. Während er auf sie zuging, klang die Angst in ihrer Stimme nahezu echt. „Vertraut Ihr mir so wenig, Mylord? In all den langen Tagen, Wochen, Monaten habe ich nur auf Eure Rückkehr gewartet.“

„Die Lügen gehen dir wahrlich leicht von den Lippen“, entgegnete er und trat noch ein paar Schritte näher.

„Niemals! Ich lüge nicht, ich schwöre es Euch!“

„Annalise …!“

Da war es wieder, dieses Zischen am Ende ihres Namens. Nur wenige Zentimeter vor ihr blieb er stehen.

„Weib! Geliebtes Weib!“ sagte er, packte sie und riss sie in die Arme. Seine Finger fuhren durch ihr langes Haar. „Weib!“ rief er erneut voller Leidenschaft.

Das Gesicht an ihrem Hals vergraben, flüsterte er: „Wie bin ich?“ Das brachte sie einen Moment lang völlig aus der Fassung. Sie spürte ihr eigene Anspannung und seinen mächtigen Brustkorb, der sich gegen ihren drückte. Er strahlte eine ungeheure Kraft und Vitalität aus. Sie war ein Opfer ihrer eigenen Fantasien geworden, gefangen in seiner starken Umarmung, umweht vom Duft seines Aftershaves und dem warmen Hauch seines Atems in ihrem Nacken.

„Äh … großartig“, brachte sie mit Mühe heraus.

„Geliebte Verräterin“, schrie er in einem neuerlichen Wutausbruch und schob sie von sich.

„Nein!“ rief sie. Für den Bruchteil einer Sekunde fühlte sie sich tatsächlich bedroht.

Dann schlossen sich seine Hände um ihre Kehle. Seine Finger waren so lang, dass er ihren schlanken Hals mühelos umfassen konnte, ohne dass sie den geringsten Druck spürte.

„Gott im Himmel, wie konntest du mich so betrügen.“ Sein Ausruf klang ebenso pathetisch wie Mitleid erregend.

Unten in der Halle herrschte tödliche Stille. Alle konnten den Schmerz des Burgherrn nachempfinden und waren gleichzeitig entsetzt über das, was er zu tun vorhatte.

Er schüttelte sie wie eine Katze.

Keuchend umklammerte Toni seine Finger. „Nein, nein!“, flehte sie. „Ich habe nichts getan außer Euch zu lieben … nichts außer Euch … zu lieben.“

Als sie langsam auf die Knie sank, hielt er sie fest. Auch diese Szene war geradezu perfektes Theater. Sein Gesicht kam dem ihren ganz nahe.

„Annalise …“

Seine Lippen berührten ihre in einem flüchtigen Kuss.

„Ich kann diese Schmach nicht ertragen.“

Wieder schüttelte er sie, während er so tat, als würde er ihr die Kehle zudrücken. Toni war selbst überrascht von dem Showeffekt. Sterbend sank sie vor seine Füße in einen Berg von weißer Seide. In der Stille, die danach entstand, hätte man eine Stecknadel zu Boden fallen hören.

Bruce MacNiall wusste, wie man ein Auditorium packen musste. Er richtete sich zu voller Größe auf, umklammerte das Geländer und schaute auf die schweigende Menge, die beeindruckt zu ihm hinaufblickte.

„Ladies und Gentlemen, wegen der Verletzungsgefahr kann ich sie leider nicht die Treppe hinunterwerfen.“

Schallendes Gelächter war die Antwort, dann ertönte heftiger Applaus. Die Touristen waren fasziniert.

David, Kevin und Thayer, die sich unter die Besucher gemischt hatten, waren nicht minder beeindruckt. Schließlich gab David sich einen Ruck.

„Tee und Scones, Ladies und Gentlemen. In der historischen Küche der Burg haben wir einen Imbiss für Sie vorbereitet.“

Toni lag noch immer auf dem Boden. Eigentlich hätte sie über den Erfolg entzückt sein müssen, selbst wenn ihr Gastgeber ihr die Show gestohlen hatte.

Als die Besucher hinausgingen, hörte sie, wie die Vorstellung in den höchsten Tönen gelobt wurde – so wirklichkeitsnah und lebensecht sei sie gewesen, dass die Zuschauer sich selbst in die Vergangenheit zurückversetzt glaubten.

„Wollen Sie nicht aufstehen, Toni?"

Mit ausgestreckter Hand stand er über ihr. Sie ergriff sie und richtete sich wieder auf.

Gina kam durch den Korridor gelaufen und wäre fast mit Bruce zusammengeprallt. „Sie waren unglaublich! Großartig! Mein Gott, einfach phänomenal."

„Vielen Dank." Mit einem leichtem Kopfnicken nahm er das Kompliment entgegen.

„Und dabei haben wir nicht ein einziges Mal geprobt", fuhr sie bewundernd fort.

„Nun ja, eine Treppe hinaufzulaufen und so zu tun, als ob man jemanden erwürgt, ist ja nicht so furchtbar kompliziert", wiegelte Bruce achselzuckend ab.

„Aber Sie haben sich sogar einen Text ausgedacht. Mir hat das Herz im Hals geschlagen, und dabei kenne ich die Geschichte doch! Also Tonis Geschichte. Jedenfalls war es wirklich beeindruckend."

Bruce wandte sich an Toni. „Und Sie? Fanden Sie es auch in Ordnung?" erkundigte er sich höflich.

Ihr blieb keine Gelegenheit zu einer Antwort.

David, der sich offenbar vor seinem Küchendienst drückte, stürmte die Treppe hinauf. Aufgeregt nahm er Toni in den Arm, ehe er zu Bruce sagte: „Wow! Sie haben mir richtig Angst gemacht! Fast hätte ich Ihnen zugerufen: ‚He, das können Sie doch nicht machen!' Sie geben wirklich einen fantastischen Lord ab!"

„Er ist ja auch einer“, erinnerte Toni ihn. Und mit einem Blick in Bruce’ schiefergraue und unergründliche Augen setzte sie hinzu: „Und wahrscheinlich ist die Vorstellung, einen von uns zu erwürgen, gar nicht so abwegig für ihn.“ Sie warf ihm ein unschuldiges Lächeln zu, um ihm zu verstehen zu geben, dass sie nur einen Scherz machen wollte. Trotzdem hatte sie das Gefühl, dass ihn ihre Bemerkung erboste.

„Die Vorstellung, irgendjemanden zu erwürgen, sollte für jeden Menschen sehr abwegig sein“, entgegnete er kühl. Dann wandte er sich an Gina. „Nun, Frau Direktorin, hat dieser Abend etwas gebracht?“

„Oh, bestimmt. Ich meine, natürlich müssten wir das noch oft wiederholen, ehe wir unsere Investitionen zurückhaben, aber heute Abend haben Sie uns gerettet, wirklich“, versicherte Gina ihm. „Ich weiß, dass Sie ein viel beschäftigter Mann sind, aber besteht vielleicht die Möglichkeit, dass ...“ Verunsichert hielt sie inne, doch dann entschloss sie sich, mit der Tür ins Haus zu fallen. „Ich will nicht um den heißen Brei reden. Ich möchte Sie um etwas bitten, Bruce. Könnten Sie sich vorstellen, dass wir die Vorstellung noch ein paar Abende lang geben? Morgen und Montag haben wir zwar keine Vorbestellungen, aber unsere Agenten in Stirling und Edinburgh haben für den Rest der Woche Reservierungen angenommen.“

Bruce schwieg betroffen. Dann seufzte er.

„Ich würde Ihnen wirklich gerne den Gefallen tun, das müssen Sie mir glauben.“

„Dann tun Sie’s doch!“ bat Gina inständig.

Bruce schüttelte den Kopf. „Es hat in der Gegend einige unschöne Vorfälle gegeben, daher halte ich es für sicherer, wenn Sie sobald wie möglich abreisen.“

„Was denn für mysteriöse Vorfälle?“ erkundigte sich Ryan, der zu ihnen getreten war.

„In Schottland geht derzeit ein Serienmörder um“, erklärte Bruce. „Jedenfalls wird das vermutet.“

Gina nickte. „Ja, ich habe in der Zeitung auch gelesen, dass einige Mädchen spurlos verschwunden sind und ihre Leichen später im Wald entdeckt wurden. Aber was hat das alles mit uns und unserer Vorstellung zu tun?“

„Das verstehe ich auch nicht“, schloss Toni sich an und musterte Bruce. „Natürlich ist das tragisch, aber wir sind schließlich kein Hotel mit Gästen, die Opfer werden könnten.“

Bruce wandte seine grauen Augen nicht von ihr ab.

„Ich fürchte, den schlimmsten Teil der Geschichte kennen Sie noch gar nicht“, sagte er.

„Und welchen?“ erkundigte Gina sich.

„Es wird schon wieder eine junge Frau vermisst“, erklärte er.

„Aber sie stammt doch nicht aus der Gegend, oder?“ entgegnete Toni. „Ich habe es in der Zeitung gelesen. Er hat es auf Prostituierte abgesehen, nicht wahr?“

Bruce seufzte. „Sie verstehen nicht, worauf ich hinaus will. Ein Serienmörder treibt sein Unwesen. Er nimmt sich Zeit und ist vorsichtig genug, keine Spuren bei seinen Opfern zu hinterlassen. Die Polizei hat praktisch nichts in der Hand, keinen einzigen Hinweis. Es stimmt schon, dass ihm bisher nur Prostituierte in die Hände gefallen sind, aber das ist keine Garantie dafür, dass er seine Vorlieben nicht ändert. Abgesehen davon: selbst wenn Sie, meine Damen, nicht in unmittelbarer Gefahr schweben – finden Sie nicht, dass es ein wenig geschmacklos ist, diese Vorstellung zu geben, wenn andere junge Frauen in letzter Zeit auf die gleiche Weise ums Leben gekommen sind?“

„Wurden sie erwürgt?“ fragte Ryan.

Ungeduldig schüttelte Bruce den Kopf. „Man weiß es nicht. Die Leichen befanden sich in einem solchen Zustand der Verwesung, dass die Gerichtsmediziner keine Aussagen mehr über die genaue Todesursache machen konnten."

Betreten standen sie auf der Treppe. Von unten drangen Stimmen aus dem Publikum empor.

„Sie und Ihre Freunde hätten fantastische fahrende Sänger abgegeben. Sie waren großartig", sagte eine junge Frau zu Kevin, als er die Gruppe durch die Halle zum Ausgang führte.

„Sie übertreiben unser Könenn bei weitem", meinte Kevin geschmeichelt. „Aber vielen Dank."

David eilte die Treppe hinunter, um ihm zu helfen.

„Wir alle müssen sie verabschieden", sagte Gina. „Auch wenn es unsere letzte Vorstellung ist, sollten wir sie bis zum Ende spielen." Sie hakte Toni unter und stieg, gefolgt von den anderen, hinab in die Halle.

Ein großer älterer Mann trat zu Toni. Er sprach mit einem südenglischen Akzent. „Junge Frau. Wir haben uns prächtig amüsiert. Aber als Sie gestorben sind, ist mir fast das Herz gebrochen."

„Oh, vielen Dank."

Ein jüngerer Mann gesellte sich zu ihnen. „Pete und ich wären beinahe die Treppe hinaufgelaufen, um Sie zu retten", erklärte er und deutete auf seinen Freund.

Pete, ein blonder, etwa gleichaltriger Mann, grinste verschmitzt. „Ja, aber die Vorstellung, sich mit diesem Schrank von Bruce anzulegen, hat uns dann doch nicht so gut gefallen", meinte er. Die Besuchergruppe, die nach und nach die Halle verließ, quittierte seine Bemerkung mit Gelächter.

„Wie konnten Sie nur?" fragte der erste Mann vorwurfsvoll, während er von Toni zu Bruce schaute.

Sie erschrak, als Bruce den Arm um ihre Schulter legte. „Sehen Sie, das Mädel war nun mal nicht folgsam, und ich glaube, dass dieser besagte Bruce einfach hundertprozentig loyal war. Wer zu ihm hielt, konnte sich unbedingt auf ihn verlassen, und wer ihn verriet, gleichgültig, ob Freund oder Frau – nun, für den war das nun mal lebensgefährlich."

„Ist das eigentlich alles erfunden oder eine wahre Geschichte?" wollte Pete wissen.

„Lord Bruce MacNiall hat tatsächlich gelebt", versicherte Bruce ihm. „Was sein Verhalten seiner Frau gegenüber angeht – da weiß man nichts Genaues. Sie ist einfach von der Bildfläche verschwunden, und alles, was von ihr überliefert ist, basiert auf Erzählungen und Legenden aus dieser Gegend. Dem armen Bruce jedenfalls war ein tragisches Ende beschieden. Unsere Geschichte endet da, wo seine Annalise erwürgt wird. Den Teil, wo er kastriert, aufgehängt, ausgeweidet und geköpft wird, lassen wir aus Stilgefühl weg."

„Iih", ertönte es aus der Menge.

„Glücklicherweise ist das ja schon ein paar Hundert Jahre her", beschwichtigte Bruce.

„Glücklicherweise", sagte ein älterer Mann. „Also ich könnte Sie niemals töten – egal, was Sie angestellt haben."

„Danke sehr", sagte Toni.

„Ich glaube, die arme Annalise war unschuldig. Warum sollte sie einen solchen Mann betrügen?" meinte eine junge Frau mit einem ehrfurchtsvollen Lächeln zu Bruce.

Warum schmachtet sie ihn bloß so an? überlegte Toni und war überrascht über ihren Gedanken.

„Nimmt Lord MacNiall seine wunderschöne Frau denn noch in den Arm und trägt sie in sein Schlafzimmer?" wollte die junge Frau jetzt noch wissen.

Natürlich nicht, wäre Toni beinahe herausgeplatzt. Aber dann erinnerte sie sich daran, wie Bruce das Publikum um den Finger zu wickeln wusste.

„Selbstverständlich“, sagte er nur. Dann drehte er sich um, nahm Toni auf den Arm, als wäre sie eine Stoffpuppe, und stieg die Treppe hinauf.

Toni umklammerte seine muskulöse Schulter. „Was tun Sie denn da?“ flüsterte sie entsetzt.

Seine Augen blitzten vergnügt, als er sie ansah. „Ich versuche, die Leute loszuwerden. Sag gute Nacht, meine Liebe.“

Damit wandte er sich zu den letzten Zuschauern um und räusperte sich laut. „Wenn Sie uns jetzt bitte allein lassen wollen …“

Die Besucher lachten – und gingen endlich hinaus.

Auf dem Treppenabsatz setzte Bruce Toni mit elegantem Schwung ab, machte kehrt und eilte die Treppen wieder hinunter. Der letzte Gast hatte die Halle verlassen, und Kevin schloss das Portal hinter ihm ab.

„Gibt's in der Küche noch was zu essen?“ fragte Bruce.

„Klar. Wir können Ihnen auch gerne noch etwas zubereiten“, bot Kevin dem Star des Abends an.

„Prima, ich komme nämlich um vor Hunger. Holen Sie die anderen, wenn die Busse abgefahren sind. Wir sollten über morgen reden und was nun weiter passieren wird.“

Bruce eilte in die Küche und stürzte sich auf den Kühlschrank. Er suchte alles zusammen, was er für seine Sandwichs brauchte. Toni war ihm die Treppe hinunter gefolgt. Als sie sah, dass die anderen diensteifrig um ihn herumscharwenzelten, Salatblätter wuschen und Tomaten aufschnitten, musste sie ihren Ärger unterdrücken. Warum gab er sich nicht mit dem zufrieden, was die Gäste übrig gelassen hatten – wie sie alle? Fast hätte sie eine entsprechende Bemerkung gemacht, aber das wäre im Moment nicht sehr diplomatisch gewesen. Sie unterdrückte einen Fluch. Es war unwürdig, von Bruce MacNialls Gnade abhängig zu sein.

„Nun, Bruce, was meinen Sie?“ fragte Gina gespannt.

„Tja, Sie haben offensichtlich eine Menge Arbeit hier geleistet, und die Dokumente scheinen in Ordnung zu sein. Und jetzt, wo Sie auch noch die Versicherungsfrage geklärt haben …“ Er zuckte mit den Schultern.

„Wenn Sie wieder verreisen müssen, werden wir uns vorbildlich um alles hier kümmern“, versicherte Ryan ihm. „Shaunessy brauchen Sie auch nirgendwo anders unterzubringen. Sie wissen, dass ich notfalls neben ihm im Stall schlafen werde.“

„Also?“ hakte Gina nach.

Toni war überrascht, dass Bruce sie ansah. Er schien ebenso nachdenklich wie besorgt.

„Wir haben doch eben schon auf der Treppe darüber gesprochen. Hier sind ein paar Frauen auf grausame Weise umgebracht worden.“ Er schaute zu Thayer hinüber. „Sie müssten doch eigentlich davon gehört haben.“

Thayer bekam einen Hustenanfall. „Nun ja, aber …“ Abwehrend hob er die Hände. „So etwas passiert leider viel zu häufig. Das Leben geht trotzdem weiter. Es gab schon Schlimmeres – in jedem Land. Ich habe das ehrlich gesagt nie im Zusammenhang mit dem gesehen, was wir hier machen.“

Bruce schüttelte den Kopf und schaute eine Weile zu Boden.

„Die Dorfbewohner scheinen sich um ihre eigene Sicherheit jedenfalls keine Sorgen zu machen“, wandte Gina ein.

„Wahrscheinlich nicht“, murmelte er.

Ryan räusperte sich. „In jeder größeren Stadt passieren schreckliche Dinge, und sie können natürlich auch auf dem Land geschehen. Aber warum sollten wir deshalb klein beigeben? Was kann uns schon passieren? Gina und Toni sind zu vorsichtig, um sich in Gefahr zu begeben. Keiner von uns ist so dumm.“ Kaum hatte er die Worte ausgesprochen, bereute er sie auch schon. Natürlich waren sie dumm gewesen – wären sie sonst in diese missliche Situation geraten Eine Burg zu mieten, ohne sich über die Eigentumsverhältnisse wirklich im Klaren zu sein?

„Die Frauen, die ermordet wurden, kamen alle aus großen Städten“, erinnerte Thayer ihn.

Bruce musterte ihn mit einem bohrenden Blick. „Das ist wohl wahr, musste er zugeben.“

„Na also! Wir sind erwachsene Menschen und auch ein bisschen klüger geworden“, fügte Toni hinzu. „Wir werden aufpassen. Bitte geben Sie uns eine Chance!“

Alle sahen ihn flehend an. Erneut zuckte Bruce mit den Schultern. „Nun, wir können es ja mal versuchen – jedenfalls ein paar Wochen lang. Aber stellen Sie es sich bloß nicht zu einfach vor. Zum einen reisen Ihre Besucher in der Regel von weit her an, und ich weiß nicht, wie die Einheimischen auf Dauer auf den Trubel reagieren werden. Und dann ist da noch die Geschichte, die Toni erfunden hat. Sie kommt der Wahrheit einfach zu nahe. Es gibt einige, die glauben, dass einer meiner Vorfahren da draußen im Wald umhergeistert und zu allen Schandtaten fähig ist. Dazu gibt es noch ein paar sehr reale Probleme – nämlich die Ereignisse aus jüngster Zeit. Aber wir werden sehen. Als Erstes gehen wir am Montag zum Gericht. Ich werde belegen, dass ich der Besitzer der Burg bin, und dann soll Jonathan Tavish den Gauner ausfindig machen, der hinter diesem ganzen Schwindel steckt, auf den Sie hereingefallen sind.“

„Das wäre wirklich toll“, sagte Gina.

Er hob die Schultern. „Na ja, Sie haben ja auch eine Menge Arbeit in die Burg gesteckt.“

„Vielen Dank“, sagte Thayer. Dann sah er ihn neugierig an. „Ich möchte nicht unhöflich sein, aber … als wir hier angekommen sind, sah das alles ziemlich unbewohnt und verlassen aus“, murmelte er verlegen in sich hinein.

Bruce musterte ihn forschend mit scharfem Blick. „Sie sind aus Glasgow, nicht wahr?“

„Ja, das stimmt.“

„Das ist nicht sehr weit weg.“

„Richtig, aber Glasgow ist eine Welt für sich. Edinburgh übrigens auch. Es mag ein kleines Land sein, Lord MacNiall, aber wir wissen beide, dass jede Gegend ihre Eigenheiten hat.“

Bruce nickte. „Das kann man wohl sagen. Trotzdem bin ich überrascht, dass Sie noch nie etwas von dem lebenden Bruce MacNiall gehört haben.“

Thayer grinste schuldbewusst. „Dann muss ich mich wohl bei Ihnen entschuldigen. Aber ich muss leider auch zugeben, dass ich gerade mal die Hälfte meines Landes kenne. Im vergangenen Jahr war ich zum ersten Mal auf den Orkney-Inseln, und bis zur Isle of Skye habe ich es bis heute nicht geschafft.“

„So, so“, sagte Bruce nur.

„Was soll's – ich bin auch noch nie in Kalifornien gewesen“, schaltete Kevin sich ein.

„Und ich noch nie in Utah“, gestand David.

„Wer kann schon jeden einzelnen Winkel eines Landes kennen?“ meinte Ryan fröhlich.

„Nun ja, von den Morden wurde in allen größeren Zeitungen berichtet. Solche Verbrechen passieren natürlich überall, aber in Schottland sind solche Gewalttaten immer noch etwas Außergewöhnliches“, sagte Bruce.

Thayer wirkte ein wenig angespannt, als sei er beim Lügen ertappt worden.

„Ich wusste von den Morden. Jeder hat etwas darüber in den Zeitungen gelesen“, gab er kleinlaut zu.

„Aber Sie haben keine genaueren Hinweise gefunden?“

„Was meinen Sie damit?“ fragte Thayer.

„Hinweise auf die Gegend?“ erkundigte Toni sich.

Bruce beachtete sie nicht. „Thayer?“

„Also wenn diese Gegend in irgendeinem Zeitungsbericht oder im Fernsehen erwähnt worden ist, dann habe ich es nicht mitgekriegt. Das schwöre ich“, beteuerte Thayer. „Ich lebe und arbeite in Glasgow, und Sie wissen wahrscheinlich, dass da genug Verbrechen verübt werden. Da ist das, was weiter weg passiert, natürlich nicht so interessant.“

„Ich weiß, wie es in der Großstadt ist. Ich war schon mal da“, entgegnete Bruce mit leiser Ironie.

Toni fühlte sich unbehaglich. Sie hatte den Eindruck, dass Thayer angegriffen wurde. Ihm erging es offenbar ebenso. „Drüben bei uns in den Staaten waren die meisten Landbewohner mal in der Stadt. Aber die wenigstens Städter wissen, wie es auf einer Farm zugeht“, meinte sie leichthin.

Bruce warf ihr einen funkelnden Blick zu. „Ach, so ist das. Dann sind wir hier also alle Provinzler, oder, Toni?“

„Ich will damit sagen, dass es keine Rolle spielt, wo man lebt“, erwiderte sie hitzig.

„Vielleicht sollten wir morgen Früh weiter darüber reden“, sagte Gina beschwichtigend. „Wir sind wohl alle ein bisschen erschöpft nach der Vorstellung.“

„Ich bin überhaupt nicht erschöpft“, ereiferte sich Toni. „Und nicht nur, weil Thayer mein Cousin ist, kann ich ihn voll und ganz verstehen, falls er noch nie etwas von dem großen Bruce MacNiall gehört haben sollte.“

„Toni!“ sagte David warnend.

„Ist doch wahr! Hören Sie, Bruce, für Ihre Großzügigkeit bin ich Ihnen wirklich sehr dankbar. Aber wenn das hier mit uns funktionieren soll, dann müssen Sie uns auch vertrauen.“

Nach einer ganzen Weile des Schweigens wandte sich Bruce ruhig an Thayer. „Ich mache Ihnen überhaupt keine Vorwürfe, Fraser. Ich bin nur neugierig, das ist alles." Dann wandte er sich an Gina. „Natürlich werden wir einen Vertrag aufsetzen, aber das können wir auch ein anderes Mal machen." Er legte sein Sandwich auf den Teller und wandte sich zum Gehen. Schweigend sahen sie ihm nach. An der Tür drehte er sich noch einmal um. „Eine Sache noch. Meiden Sie den Wald. Unbedingt!" Durchdringend schaute er Toni an, und einen Moment lang schien es, als spräche er nur zu ihr.

Ihr kam es fast wie eine körperliche Berührung vor. Das Herz klopfte ihr bis zum Hals, und ihr Atem ging schneller. Zwischen ihnen knisterte es, und am liebsten wäre sie zu ihm hingegangen und hätte ihn durchgeschüttelt.

Betretenes Schweigen machte sich breit, nachdem er gegangen war, und Toni kam sich auf einmal ganz klein vor.

„Ich verstehe das nicht", sagte sie. „Jedes Mal, wenn ich denke, dass er ja vielleicht doch ganz nett sein könnte, benimmt er sich wieder wie ein Idiot."

„Toni, das liegt an dir", meinte David.

„Diesmal hatte er es auf Thayer abgesehen", entgegnete sie.

„He, Cousine, ist schon in Ordnung", meinte Thayer leichthin. „Wir sind in Schottland. Ich hätte es kommen sehen müssen. Er wollte mich provozieren. Was soll's? Hier hat's keine Revolution gegeben. Wir haben immer noch ein Königshaus, Hochadel, niederen Adel, das ganze Programm eben. Sie meinen, jeder müsste sie kennen, aber ihr habt ja selbst gesehen, dass von all dem am Ende nur ein Haufen alter Steine wie dieser hier übrig bleibt. Vermutlich kann der Knabe sich nicht damit abfinden, dass das hier eben nicht das Schloss von Stirling oder Edinburgh ist." Thayer zuckte mit den Schultern. „Wir befinden uns hier am Fuß der Highlands. Die Menschen vom Flachland und die aus den Bergen sind noch nie besonders gut miteinander ausgekommen. Ich habe damit keine

Probleme. He, ich bin Schotte. Ich hätte mehr über diese Gegend hier wissen müssen, stimmt's?" Mit einem bedauernden Lächeln ging er zu Toni und gab ihr einen Kuss auf die Wange. „Meine wilde kleine Amerikanerin! Ich habe keine Probleme damit, ein Außenseiter zu sein, wirklich."

Toni lächelte. Plötzlich empfand sie eine tiefe, warme Zuneigung zu ihrem Cousin.

Thayers Grübchen wurden tiefer, und in seinen grünen Augen blitzte es. Er schob sich eine Haarsträhne aus dem Gesicht. „Echt, das macht mir überhaupt nichts aus, Toni", wiederholte er.

„Oh, Leute!" rief David auf einmal. „Wisst ihr eigentlich, wie spät es ist? Lasst uns zum Ende kommen."

„Ihr verschwindet jetzt mal alle aus der Küche, damit David und ich hier schnell sauber machen können", schlug Kevin vor. „Morgen Früh haben wir dann alle wieder einen klaren Kopf."

„Nein, wir helfen euch", widersprach Toni.

„Kommt nicht in Frage", protestierte David. „Dann brauchen wir ja doppelt so lange."

„Nachher zerschlagt ihr noch das Geschirr", meinte Ryan.

„So ein Blödsinn", ereiferte Toni sich.

David ging zu ihr und nahm sie in den Arm. „Lass gut sein, Toni. Ich denke, du bist heute Abend nicht so gut drauf."

„Das stimmt überhaupt nicht", widersprach sie heftig und schaute in die Runde. Alle starrten sie an. „Das ist nicht wahr", wiederholte sie dickköpfig, wenn auch leiser.

„Das liegt an ihm", meinte Thayer.

„Ja, du hast Recht", pflichtete sie ihm bei. Ihr Cousin hielt natürlich zu ihr. Doch als sie die anderen grinsen sah, wurde ihr klar, dass er seine Worte gar nicht so gemeint hatte.

„Ist es dir auch aufgefallen?" fragte Ryan Thayer.

„Du meinst den Funkenflug?" hakte Kevin nach.

„Dieses Knistern in der Luft", sagte David.

„Oh nein!" rief Toni empört.

„Ich würde auch auf ihn fliegen", gestand Kevin. „Wenn ich nicht schon in festen Händen wäre."

„Und wenn er nicht so furchtbar hetero wäre, der Lord", meinte David nüchtern.

„Glaubt mir …" begann Toni.

„Oh Toni, mach dir doch nichts vor", schaltete Gina sich ein. „Jedes Mal, wenn ihr beiden euch unterhaltet, warte ich nur auf den Moment, wo ihr euch gegenseitig an die Gurgel geht."

„Ach, vergiss es", sagte Toni verärgert.

„Du bist ungebunden, weiß und weiblich – die perfekte Mischung.", erinnerte David sie.

„Vielleicht wäre es ja sogar gut für sie", überlegte Ryan. „Schaut doch nur, wie lieb und zuvorkommend Gina immer ist. Und das hat sie nur mir zu verdanken."

„Okay, mir reicht's für heute", gab Toni sich geschlagen. „Ich verschwinde."

Unter dem schallenden Gelächter der anderen verließ sie verärgert den Ort, ihrer Niederlage.

Nachdem sie geduscht hatte und gerade unter die Bettdecke schlüpfen wollte, hörte sie ein Klopfen an der Verbindungstür. Sie wollte erst „Herein" rufen, doch dann zog sie ihren Morgenmantel an, durchquerte das Zimmer und öffnete die Tür.

Bruce stand im Bademantel vor ihr, das feuchte schwarze Haar zurückgekämmt, und in seinen grauen Augen lag ein rätselhafter Ausdruck. „Wenn etwas ist, rufen Sie mich einfach", sagte er.

„Was soll denn sein?" fragte sie verdutzt.

„Wenn Sie wieder Träume haben. Albträume", erwiderte er.

Sie schaute ihn an. Er wirkte tatsächlich aufrichtig besorgt, und sie hatte zu ihrer Verwunderung auf einmal das seltsame Gefühl, ihn schon seit Ewigkeiten zu kennen. Oder besser zu *wollen*, dachte sie mit laut pochendem Herzen.

Sanft fuhr er ihr mit dem Daumen über die Wange bis hinunter zum Kinn. „Wissen Sie, Toni, das ist alles nur eine Frage der Zeit“, sagte er leise.

Ihr stockte der Atem. „Wie bitte?“ Sie hätte einen Schritt zurücktreten sollen. Seine Berührung hatte etwas sehr Intimes, und sein Blick schien bis ins Innerste ihrer Seele zu dringen. Hinzu kam, dass sich ihr ganzer Körper nach nichts anderem sehnte, als von ihm angefasst zu werden, ihn zu spüren – seine Hände, seine Haut, seine kräftigen Muskeln.

„Eine Frage der Zeit“, wiederholte er.

„Bis was passiert?“ fragte sie mit einem mehr als gezwungenen Lächeln.

„Bis Sie mir um den Hals fallen.“

„Warum sollte ich Ihnen um den Hals fallen?“ fragte sie entrüstet. „Lord MacNiall, ich habe das Gefühl, dass Sie sehr von sich eingenommen sind!“

Ihre Reaktion schien ihn zu amüsieren. Er kam näher und murmelte: „Wenn es so weit ist, werde ich Sie bestimmt nicht davon abhalten, meine Liebe.“

Dann drehte er sich auf dem Absatz um und schloss die Tür zwischen ihnen.

Wütend trat Toni gegen die Füllung.

„Rufen Sie, wenn Sie mich brauchen“, sagte er.

Mit Nachdruck drehte sie den Schlüssel um.

Doch später in der Nacht hatte sie wieder diesen beängstigenden Traum. Sie schlief tief und fest – jedenfalls hatte sie den Eindruck, als sie später an diesen Vorfall zurückdachte. Trotzdem öffnete sie unvermittelt die Augen – und da war er wieder. Am Fußende ihres Bettes. Bereit, es mit einem ganzen Heer aufzunehmen. In voller Kriegsausrüstung. Von seinem Schwert mächtigen tropfte Blut auf den Boden.

Und sie begann zu schreien.

Wie ein Rasiermesser drang der erste Schrei in Bruce' Unterbewusstsein. Er schreckte hoch und war für den Bruchteil einer Sekunde vollkommen orientierungslos. Dann sprang er aus dem Bett und rannte durchs Bad.

Sie hatte die Tür abgeschlossen.

Eine Weile zögerte er und lauschte. Er hörte einen zweiten, verzweifelten Schrei. Fluchend lief er in sein Zimmer zurück und suchte in der Schublade, in der er seine Manschettenknöpfe aufbewahrte, fieberhaft nach dem Zweitschlüssel. Sekunden später hatte er die Tür geöffnet.

Mit weit aufgerissenen Augen saß sie im Bett. Die blonde Mähne fiel ihr in Wellen über das lilafarbene Flanellnachthemd. Sie starrte auf etwas, das sich genau vor ihr zu befinden schien, etwas, das nur sie sehen konnte. Denn außer ihnen beiden war niemand im Raum.

Wieder schrie sie gellend auf.

In diesem Moment wirkte sie ungeheuer jung, schutzlos und verletzlich. Ihr Gesicht war so weiß, dass die Haut fast durchsichtig zu sein schien, und im Zwielicht leuchtete ihr weizenblondes Haar noch heller als sonst. Mehr denn je sah sie aus wie Ophelia, die aus dem Schattenreich zurückgekehrt war.

Wenn er jetzt nicht sofort handelte, würde sie wie jene andere Ophelia, die den Verstand verloren hatte, niemals Erlösung finden.

Er machte einige Schritte auf das Bett zu, blieb jedoch stehen, als die Erstarrung von ihr abfiel. Sie hörte auf zu schreien, und ihr entsetzter Blick schien nun auch etwas wahrzunehmen. Gleichzeitig zuckte sie zurück, als ob jemand sie berührt hätte.

Mit einem Satz war er bei ihr und rief ihren Namen.

„Toni, Toni!"

Er setzte sich auf die Bettkante und fasste sie an den Schultern. Sie reagierte nicht auf seine Berührung, und ihre Haut fühlte sich kühl an – so als wäre sie selbst schon tot. Sie schien ihn nicht wahrzunehmen, aber sie schaute auch nicht blicklos durch ihn hindurch. Stattdessen sah sie haarscharf an ihm vorbei.

„Toni!" Er schüttelte sie und zog sie zu sich, entschlossen, sie an seinem Körper zu wärmen. „Toni, wachen Sie auf. Sie träumen. Sie haben einen Albtraum." Besänftigend streichelte er ihr übers Haar. „Toni!"

Endlich spürte er eine Reaktion. Sie löste sich von ihm, und aus großen Augen blickte sie ihn verwirrt an. Sie sprach zwar seinen Namen aus – aber seltsam zögernd und so, als sei sie sich seiner nicht wirklich sicher.

„Bruce …?"

„Ja, ich bin's."

Noch immer waren ihre Augen weit aufgerissen, aber ihr Blick war eher verwirrt als entsetzt.

„Ich bin's wirklich", wiederholte er und bemühte sich, ganz ruhig zu klingen. Bis auf seine Boxershorts war er nackt, und er war heilfroh, dass er sie angezogen hatte, ehe er ins Bett gegangen war.

„Bruce?"

Sie legte die Handfläche auf seine Brust. Ihre Finger waren immer noch eiskalt, aber ihre Berührung schien ein Feuer zu entfachen. Er nahm ihre Hand zwischen seine Hände und rieb sie warm.

„Offenbar können Sie in diesem Zimmer wirklich nicht zur Ruhe kommen, was?" meinte er.

Sie wurde rot und sah ihn verlegen an. „Es ist schon verrückt. Ich erfinde einen Mann und erfahre, dass er wirklich gelebt hat, und jetzt taucht er dauernd am Fußende meines Bettes auf – mit einem blutigen Schwert in der Hand." Sie zögerte. „Glauben Sie, dass es eine Warnung ist? Dass er mich auffordern will, Ihre Burg so schnell wie möglich zu verlassen?"

Sie saßen auf dem Bett, ganz nahe, jedoch ohne sich zu berühren, und schauten sich in die Augen. Er konnte ein Lächeln nicht unterdrücken. „Nein. Man erzählt sich, dass Bruce ein Mann war, der die Frauen liebte. Er hätte keiner die Tür gewiesen, wenn sie in einer Notlage war und ihn um Hilfe bat." Wie um seinen Worten Nachdruck zu verleihen, sprach er bewusst mit einem ausgeprägt schottischen Akzent.

Erleichtert stellte er fest, dass auch sie lächelte, als ihr Entsetzen allmählich nachließ. „Wie hat Lady MacNiall wohl darauf reagiert? Vielleicht hat sie sich ja nur aus Rache mit einem Mann aus der Gegend eingelassen, weil sie es nicht ertragen konnte, dass Bruce keiner anderen Frau ... äh ... die Tür gewiesen hat und sie in die Burg ließ?"

„Das waren andere Zeiten", meinte er leichthin.

„Ach ja?"

„Ja, es gab tatsächlich ein paar Ereignisse in der schottischen Geschichte, die heute alles andere als politisch korrekt angesehen würden. Nehmen Sie zum Beispiel Robert the Bruce. Seine arme Frau wurde von den Engländern gefangen genommen und jahrelang fest gehalten – nur weil sie seine Frau war. Er hat sie von ganzem Herzen geliebt – wirklich –, aber in jenen Tagen wurden viele Kinder geboren, die unter dem besonderen Schutz des Königs standen – wenn Sie verstehen, was ich damit sagen will. Während sie also nur auf Grund der Tatsache, dass sie seine Frau war, im Kerker saß und Qualen erdulden musste, war er weiterhin allen Versuchungen ausgesetzt, die einem Mann über den Weg laufen konnten. So war der Lauf der Dinge damals."

„Bruce MacNiall hat also ein Verhältnis nach dem anderen gehabt und dann seine Frau umgebracht?“ fragte Toni.

„Das ist Ihre Erfindung. Keiner weiß, was mit seiner Frau passiert ist“, erinnerte Bruce sie.

„Ich habe das alles erfunden“, wiederholte sie seufzend.

Er zog sie an sich und streichelte ihr sanft übers Haar. „Tja, so kann's gehen. Erst haben Sie sich einen blutrünstigen Krieger ausgedacht, dann sind Sie auf diese Burg gekommen, und jetzt müssen Sie feststellen, dass es das alles tatsächlich gegeben hat – oder sogar noch gibt.“

Sie lehnte sich an ihn und schien die Berührung zu genießen. Ihr Haar fühlte sich gegen seine nackte Brust samtweich an, und er sog ihren verführerischen Duft ein. Die Umstände ihres Zusammenseins verliehen der Nacht etwas Geheimnisvolles. In den Unterhaltungen behielt sie stets das letzte Wort, ihr Auftreten war so bestimmend, und sie konnte einen Gegner mit ihren Blicken töten – tagsüber. Nachts jedoch war sie ein sanftes, engelsgleiches Wesen mit seidigem Haar, weicher Haut, einem unwiderstehlichen Duft und einer grenzenlosen Verletzlichkeit. Und im Moment war sie sehr verletzlich.

„Es ist mehr als nur das“, wisperte sie.

„Was denn noch?“ wollte er wissen.

Sie schüttelte den Kopf. Er fuhr mit den Fingern durch ihr Haar und schob ihr die Locken aus dem Gesicht, damit er ihr in die Augen sehen konnte. Sie waren groß und tiefblau wie das Meer. Eine ungekannte Wärme flutete durch seinen Körper. Seine Muskeln verspannten sich, und er spürte ein lustvolles Ziehen in seinen Lenden. Er biss die Zähne zusammen, um sich seine fleischliche Lust nicht anmerken zu lassen, die ohnehin schon unübersehbar war.

„Ich ... Sie verstehen mich nicht. Ich habe Angst, furchtbare Angst. Ach, ist ja egal ...“ murmelte sie.

„Was ist es? Sie können es mir sagen, wirklich", versicherte er ihr so eindringlich wie möglich.

„Damit Sie sich noch mehr über eine törichte Amerikanerin lustig machen können?"

„Amerikanerinnen sind reizende Menschen", sagte er mit einem verschmitzten Lächeln.

„Jedenfalls die meisten, oder?"

„Toni, wenn Sie irgendetwas beunruhigt, können Sie es mir ruhig erzählen. Ich werde es auch niemandem weiter sagen", schwor er in feierlichem Ton.

Damit er ihr plötzliches Schaudern nicht merkte, löste sie sich aus seiner Umarmung. Sie legte die Hände auf seine Schultern. „Sie sind auch ein reizender Mann – aber nur in der Nacht."

„Ach, ich bin auch tagsüber ein reizender Mensch. Sie haben es nur noch nicht bemerkt", erklärte er.

Wieder schauderte sie, diesmal fast unmerklich. Sie rutschte näher und legte den Kopf an seinen Hals. „Ich habe es sehr wohl bemerkt", widersprach sie. Dann sah sie auf. „Erinnern Sie sich noch an Ihre Bemerkung von vorhin?" flüsterte sie.

Dieses Flüstern umschmeichelte sein Ohr, und der süße Klang ihrer Stimme entfachte eine unbändige Lust in ihm, die er am liebsten laut hinausgeschrieen hätte. Jeder Muskel, jede Sehne seines Körpers war so angespannt, dass er sich kaum noch beherrschen konnte.

„Sie meinen, als ich sagte, es sei nur noch eine Frage der Zeit, bis du mir um den Hals fällst?" erkundigte er sich.

„Ja, genau die."

Plötzlich spannte der Stoff ihres Flanellnachthemds um ihren Körper, und er sah die Konturen ihrer Brüste, die ihm wie eine unwiderstehliche Verlockung erschienen …

Ihre Stimme sollte beiläufig klingen, ganz unverbindlich, aber sie konnte das leichte Zittern nicht verbergen.

Er fasste ihr ans Kinn.

„Ich werde nicht mit dir schlafen, nur weil du Angst hast allein zu sein“, sagte er.

„Es würde mir nicht im Traum einfallen, aus diesem Grund mit einem Mann zu schlafen“, erwiderte sie.

„Schon in Ordnung. Ich schlafe nicht mit dir, aber ich lasse dich auch nicht allein.“ Mit diesen Worten streckte er sich auf ihrem Bett aus und zog sie an seine Schulter. „Falls mein Vorfahr dir zu nahe kommen sollte, kannst du ihm sagen, dass er ohnehin schon tot ist. Und dass du mir dafür sehr nahe gekommen bist.“

Sie pochte mit dem Finger auf seine Brust.

„Ich bin übrigens gar nicht so übel wie du denkst. Und ein Biest bin ich auch nicht.“

„Aha. Dann wissen also sogar schon deine Freunde, dass du mir um den Hals fallen wolltest.“

Plötzlich kehrte ihr ganzer Ärger zurück, und sie schob sich brüsk von ihm fort.

„Versuch, ein wenig zu schlafen“, sagte er und zog sie zu sich zurück, sodass ihre Wange an seinem Gesicht lag.

Es war eine absurde Situation. Er kannte sie doch erst seit kurzem. Vor zwei Tagen hatte er noch gar nichts von ihrer Existenz gewusst. Und nun …

Er atmete ihren Duft, spürte ihre Weichheit und Wärme in seinem Arm. *Es war, als wäre es schon immer so gewesen.* Er spürte auch das heftige Klopfen zwischen seinen Schenkeln. Gott, wie sehr er sie begehrte! Aber nicht, weil sie mitten in der Nacht aufgewacht war und seinen Urahn am Fußende ihres Bettes erblickt hatte. Nicht nur, weil er ihr die Angst nehmen wollte.

„Schlaf jetzt“, wiederholte er.

Später, als sie endlich eingeschlafen war und jeder ihrer warmen Atemzüge an seiner Brust sein Begehren zu einer immer größeren Qual werden ließ, machte er sich plötzlich über sich selbst lustig.

„Du bist ein Esel“, flüsterte er in die Dunkelheit.

Als der Morgen anbrach, ließ er sie erneut allein zurück. Die kostbare Erinnerung an letzte Nacht aber nahm er mit.

Für das Massenbegräbnis waren die Leichen zu einem Scheiterhaufen aufeinander getürmt worden. Es geschah nicht aus Pietätlosigkeit. Man bedauerte durchaus, dass viele Krieger, die loyal zu ihren Führern gestanden hatten, nicht zu ihren Familien zurückgebracht werden konnten, um ihnen ein würdiges Begräbnis zu bereiten. Aber sie wussten auch, dass der Tod, der so überreich Beute gemacht hatte, Maden und Würmer zu Hunderttausenden anlocken würde, da man die Gefallenen nicht ordnungsgemäß in der Erde bestatten konnte. Bald wäre das Trinkwasser verdorben, und die Überlebenden hätten mit Seuchen zu kämpfen.

Die Luft war angefüllt vom entsetzlichen Gestank verbrennenden Fleisches. Doch es blieb ihnen keine andere Wahl.

MacNialls Männer kümmerten sich um die eigenen Verwundeten, die Sterbenden und die Toten.

Aber sie hatten gesiegt, und selbst unter den schwer Verletzten, ja sogar bei den Sterbenden herrschte Genugtuung darüber, dass man der gerechten Sache einen Dienst erwiesen hatte. Sie hatten die Oberhand behalten. Whiskey und Bier flossen in Strömen – die Verwundeten betäubten damit ihre Schmerzen, die Überlebenden feierten damit ihren Sieg. Doch bei allem Freudentaumel bewahrten die Truppen ihre Disziplin, und jede Einheit veranstaltete ihr eigenes Fest.

Von irgendwoher erscholl die klagende Weise eines Dudelsacks. Trotz seines Sieges empfand Bruce MacNiall weder Freude noch Trost in dieser Nacht. Nachdem er sich vergewissert hatte, dass die Kundschafter auf ihren Aussichtsposten standen, die Verwundeten zusammengelegt worden waren und die Kämpfer in ihren Reihen blieben, begab er sich zu Angus.

„Du wirst ab jetzt das Kommando übernehmen, Freund. Ich

werde für ein oder zwei Tage fort sein." Ich muss mit eigenen Augen sehen, ob mein Weib zu mir steht oder nicht.

Angus schüttelte den Kopf. „Ihr dürft Euch nicht auf ein Gerücht verlassen. Gebt nichts auf das Wort eines Lügners, der Euch am liebsten am Galgen gesehen hätte."

„Ich muss gehen."

„Das müsst Ihr nicht!" protestierte Angus. „Sie wartet auf Euch, wie sie es immer getan hat. Sie liebt Euch, Herr."

„Wenn das stimmt, dann ist sie selbst in Gefahr. Ich muss mich um ihr Wohlergehen kümmern. Sie kann nicht länger auf der Burg bleiben. Bis jetzt haben die Feinde zwar noch kein Interesse daran gezeigt. Zu abgelegen ist der Besitz, als dass er irgendeinem wichtig wäre. Viele Jahre lang war ich der Feind, doch an der Burg haben sie sich noch nicht vergriffen. Aber nach den Worten Grayson Davis' kann ich mir da nicht länger sicher sein."

„Ihr könnt nicht gehen! In meinem Herzen spüre ich eine dunkle Furcht. Ihr dürft's nicht tun, Bruce!"

„Genauso gut kannst du von mir verlangen, nicht mehr zu atmen", erwiderte er.

Er legte den Arm um Angus' Schulter und drückte ihn fest an sich. „Du hast den Befehl, mein Freund. Kein andrer kennt die Herzen und Seelen der Männer so gut wie du. Sorg für ihre Sicherheit und auch dafür, dass dir kein Leid geschieht, Angus!"

Er hatte seinen großen Rappen ins Unterholz geführt, um mit Angus, seinem engsten Vertrauten, seinem tapfersten Krieger und besten Freund, zu reden. Jetzt ließ er ihn stehen und schwang sich mit Leichtigkeit auf seinen mächtigen Hengst. Dann schaute er hinunter auf Angus.

„Das könnt ihr nicht tun", beschwor Angus ihn erneut.

„Ich kann und ich muss", sagte Bruce. „Bei Gott, auch mir wär's lieber, verspürte ich tief in mir nicht diesen heißen Wunsch."

Ehe er sein Pferd herumdrehen konnte, stürzte mit großer Hast Ian MacAllistair heran.

„Lord MacNiall!"

Der Mann wirkte verzweifelt.

„Was gibt's, Soldat?"

„Drei der Gefangenen ... sind entkommen."

„Wie zum Teufel konnte das nur geschehen?" schrie Angus außer sich vor Wut.

„Welche Männer sind es?"

„Die Brüder Smithson und Lord Davis. Grayson Davis."

„Dabei war er schon so gut wie tot!" wetterte Angus.

„Ja, aber halb tot ist nicht ganz tot", versetzte Bruce.

„Wie konnte das nur geschehen?" wiederholte Angus ebenso zornig wie besorgt.

„Sie waren aneinander gefesselt", erzählte MacAllistair. „MacIver und die anderen bewachten sie. Aber überall brannten die Feuer, und dichter Rauch stieg in die Luft. Dazu dieser bestialische Gestank! Und als der Wind sich drehte, waren sie schon längst verschwunden – alle drei."

Angus wandte sich an Bruce. „Sehr Ihr, Herr! In dieser Lage könnt Ihr nicht gehen."

„Nein, Angus, jetzt ist es umso dringendlicher, dass ich nach dem Rechten sehe. Gott sei mit Euch, Männer. Versorgt die Verletzten. In ein paar Tagen bin ich wieder zurück."

Er konnte nicht länger warten. Von dem steil ansteigenden Hügel aus, auf dem sie ihr Lager aufgeschlagen hatten, war die Burg eine Tagesreise weit entfernt.

Und so machte er sich auf den Weg. Normalerweise mied er die wenigen breiten Pfade, aber dieses Mal ritt er mutig über die Wege, die in nachtschwarzer Dunkelheit lagen. Bei Tag wollte er rasten, weil sein nobles Pferd den Gewaltritt sonst nicht überlebt hätte. Als die Morgendämmerung anbrach, zwang er sich zu größerer Vorsicht. Schließlich war ein Mann von seinem Rang für viele Gegner eine willkommene Beute. Und seine Feinde würden ganz gewiss kurzen Prozess mit ihm machen, falls sie seiner habhaft werden sollten.

Dennoch drängte es ihn unablässig voran. Er kannte die geheimen Wege wie kein Zweiter. Kühn preschte er auf ihnen voran, da nicht der Verstand, sondern das Herz sein Führer war.

Zunächst hoffte er, Grayson Davis zu finden. Ihm gegenüber hätte er keine Gnade walten lassen.

Er dankte Gott, dass der Mann verletzt war und zu Fuß. So war es ihm unmöglich, die Burg vor ihm zu erreichen.

Heftiger Regen erschwerte seinen Weg, doch bald rissen die Wolken am Himmel wieder auf. Bei Einbruch der Nacht war er schon fast zu Hause.

Um Mitternacht ging der Mond auf. Im fahlen Licht der runden Scheibe erreichte er das Tal, von dem aus er die Burg auf der Anhöhe sehen konnte.

Das alte Gemäuer lag im fahlen Mondenschein. Aus dem Inneren der Burg flackerte unruhiges Licht – Feuer, das die Bewohner wärmte. Alles ist in Ordnung, versuchte er sich selbst zu beruhigen. Alles ist in Ordnung.

Die Brücke über dem Wassergraben war hochgezogen. Gott sei Dank waren seine Diener vorsichtig. Obwohl kaum jemand die Burg angreifen würde, gingen sie kein Risiko ein. Sie waren ausgezeichnete Wächter. Tagsüber waren sie Lord Cromwells folgsame Untertanen und gingen ihren Pflichten nach. Doch in der Nacht sorgten sie dafür, dass ihrer Herrin nichts geschah, solange ihr abwesender Lord diese Aufgabe nicht wahrnehmen konnte. Schon vor langer Zeit hatte er seine Lehnsherren angewiesen, keinen arbeitenden Mann wegen seiner Loyalität einem fernen König gegenüber zu benachteiligen. Sie befolgten die Gesetze – Cromwells Gesetze. Cromwell gab sich redlich Mühe, er regierte streng, aber fair. Er wusste, dass die Schotten ein ungebärdiger Menschenschlag waren, jederzeit zur Revolte und Auflehnung bereit. Nun, die Königstreuen waren in die Schranken verwiesen worden. Aber jederzeit konnte ein neuer Massenaufstand erfolgen, und dies wollten die Regierenden um jeden Preis vermeiden.

Seufzend verharrte er eine Weile im Mondschein. Er betete zu Gott, dass alles in Ordnung sein möge. Und Davis ein Lügner.

Er gab seinem Pferd die Sporen, und mit einem anfeuernden Ausruf ritt er hügelan zur Burg. Vor dem Wassergraben blieb er stehen. Die Wächter waren auf ihrem Posten und erkannten ihren Herrn. Mit lautem Geklirr wurde die Zugbrücke herabgelassen, und er galoppierte in den Burghof. Ein Stallknecht trat auf ihn zu, um ihm das Pferd abzunehmen, und seine Diener versammelten sich um ihn. Er versicherte sie seiner Gesundheit und erzählte ihnen vom Sieg. Dann befahl er den Männern, sich zurückzuziehen, weil er zu seiner Frau wollte. Sie hatten Verständnis für seinen Wunsch und entfernten sich.

Er trat durch den Haupteingang und blieb in der großen Eingangshalle stehen.

„Annalise! Annalise!“ rief er.

Sie stand bereits am oberen Treppenabsatz, denn sie hatte die Zugbrücke gehört. Jedenfalls hoffte er, dass es so wäre.

In einem weiten weißen Nachtgewand, das ihren Körper wie Wellen umspielte, war sie aus dem Schlafzimmer geeilt. Ihr hübsches Gesicht war blass – hatte sie befürchtet, dass es jemand anderes sein konnte? Mit ihren langen und zarten Fingern fasste sie sich an den Hals. Das üppige hellblonde Haar, leuchtend wie die Sonne am Mittagshimmel, fiel ihr über die Schultern und bedeckte fast ihren ganzen Rücken.

Aus weit aufgerissenen tiefblauen Augen schaute sie zu ihm hinunter, als verstehe sie nicht recht.

„Annalise!“

In Windeseile stieg er die Treppe hinauf, zwei Stufen auf einmal nehmend. Doch irgendetwas stimmte nicht ... etwas war nicht in Ordnung. Er erkannte es an ihrem Gesichtsausdruck.

Plötzlich überkam ihn ein gewaltiger und schrecklicher Zorn.

„Annalise!“

Er packte sie bei den Schultern und wollte sie in den Arm nehmen, ihre vollen Lippen küssen, den Kopf an ihre Brüste legen, sie auf den Arm nehmen und in ihr Schlafzimmer tragen ...

„Schwöre mir bei Gott, dem Allmächtigen, dass Davis ein Lügner ist“, verlangte er.

„Mylord!“ Ihre Stimme bebte, und sie zitterte am ganzen Körper, als sie vor ihm auf die Knie fiel. „Mylord. Mylord. Mein lieber, lieber Bruce. ...“

Er hob ihr Kinn, um ihr in die Augen zu schauen.

„Beim Allmächtigen, Bruce!“ flüsterte sie.

7. KAPITEL

Früh am nächsten Morgen wachte Toni auf. Bruce war verschwunden. Eine Weile blieb sie still liegen, während sie sich fragte, ob er nur in sein Zimmer gegangen war.

Sie glaubte es allerdings nicht. Eine innere Stimme sagte ihr, dass er die Burg verlassen hatte.

Beim Blick auf ihre Armbanduhr stellte sie fest, dass es gerade acht Uhr war. Sie hätte zwar gerne länger geschlafen, aber sie fühlte sich so unruhig, dass sie unmöglich länger im Bett bleiben konnte. Seufzend erhob sie sich und stieg unter die Dusche. Vor der Verbindungstür zögerte sie, klopfte leise und öffnete sie einen Spalt. Sie hatte Recht gehabt: Bruce war nicht in seinem Zimmer.

Sie duschte und zog sich an. Dann beschloss sie, sich einen Kaffee zu kochen. Als sie die Treppe hinunterging, merkte sie, dass sie aus irgendeinem Grund frustriert war.

Es war ganz still in der Burg. Die anderen schliefen alle noch.

In der Küche kochte sie eine große Kanne Kaffee. Ihre Freunde würden bestimmt auch eine Tasse zu schätzen wissen. Gerade hatte sie sich einen Becher eingegossen, als ein lautes Krachen sie erschrocken zusammenfahren ließ. Es kam vom Portal, wie sie schnell feststellte. Offenbar hatte der Burgherr daran gedacht abzuschließen, als er gegangen war.

Sie eilte zur Tür und öffnete sie. Vor ihr stand der Constable in Jeans und Pullover. In seiner legeren Kleidung sah er richtig gut aus. „Morgen, Miss Fraser. Ist Bruce da?"

Sie schüttelte den Kopf. „Ich glaube nicht."

Jonathan Tavish seufzte. „Seinen Wagen habe ich zwar auch nicht gesehen, als ich hergekommen bin, aber ich wollte es trotzdem einmal versuchen."

„Kann ich Ihnen vielleicht helfen?" fragte sie.

Kopfschüttelnd verneinte er. Dann musterte er sie forschend. „Ist alles in Ordnung?"

„Ja, danke. Bis jetzt hat's ganz gut geklappt. Bruce hat sich wirklich sehr anständig verhalten."

Er rührte sich nicht vom Fleck. Sie zögerte.

„Ich habe gerade Kaffee gemacht. Möchten Sie eine Tasse?"

„Also, wenn Sie mich schon so fragen – herzlich gern."

„Kommen Sie herein."

Er folgte ihr in die Küche und setzte sich an den Tisch. In diesem Moment kam David herein. Er gähnte und kratzte sich über die Bartstoppeln. Als er den Constable sah, blieb er verdutzt stehen.

„Äh … guten Morgen", sagte er dann.

„Guten Morgen", erwiderte Jonathan.

David sah zu Toni hinüber. „Ist was passiert?"

„Nein, der Constable wollte zu Bruce, aber er …" Sie zuckte mit den Schultern. „Er ist weggefahren."

„Ach so." David grinste. „Entschuldigen Sie meinen morgendlichen Aufzug, Constable …"

„Wenn sich hier einer entschuldigen muss, dann bin ich es. Und nennen Sie mich doch bitte Jonathan."

Toni stellte den Kaffee, Zucker und Sahne auf den Tisch. „Ich hole ein paar Scones", bot David an.

„Danke", sagte sie wenig begeistert. Ein zusätzlicher Gast zum Frühstück passte ihr ganz und gar nicht.

„Nun, Jonathan", sagte David, während er noch ein wenig schlaftrunken in seinem Kaffee rührte, „es sieht ganz so aus, als würden wir noch eine Weile bleiben."

„Wirklich?" Jonathan schien überrascht zu sein.

„Unser Gastgeber ist großzügigerweise damit einverstanden, dass wir uns einiges von dem Geld, das wir in die Burg hineingesteckt haben, zurückverdienen."

„Aha“, murmelte Jonathan. „Na, das ist doch schön.“

„Guten Morgen!“ rief Gina fröhlich, als sie im Morgenmantel in die Küche kam. Auch sie war verdutzt, als sie Jonathan sah. „Hi. Ist was passiert?“

Jonathan schüttelte lächelnd den Kopf. „Nein, keine Sorge, überhaupt nichts.“

Dieses Mal erklärte David die Anwesenheit des Constable. „Er wollte Bruce besuchen.“

„Der nicht hier ist“, ergänzte Toni.

„Ach so.“

„Nun, ich habe gerade erfahren, dass Sie noch eine Weile hier sein werden“, meinte Jonathan.

„Ja. Ist das nicht großartig?“ freute Gina sich. „Bruce war wirklich sehr nett. Er lässt uns nicht nur hier bleiben, sondern unterstützt uns sogar noch.“

„Das erstaunt mich nun wirklich“, gab Jonathan zu. „Aber Sie haben ja selbst gesehen, dass er kommt und geht, wie es ihm gerade passt.“ Schuldbewusst schüttelte er den Kopf. „Als ich Sie alle in der Stadt gesehen habe, war ich schon überrascht zu hören, dass er die Burg vermietet haben sollte, aber da ich nichts Genaues wusste, konnte ich ja schlecht das Gegenteil behaupten. Trotzdem eine merkwürdige Situation. Auch ein bisschen beunruhigend, wie ich finde. Obwohl wir über Computer und die modernsten Kommunikationsmittel verfügen, passieren immer noch schreckliche Dinge. Vor ein paar Jahren war hier eine Frau, die in ziemlich großen Schwierigkeiten steckte. Jemand hatte ihr den Pass gestohlen – und damit praktisch ihre Identität. Ehe wir die Sache klären konnten, wurde sie bereits international gesucht – wegen eines Banküberfalls in Cannes!“

„Verbrechen begehen unter falschem Namen“, nickte David bedächtig. „Ob das vielleicht auch uns passiert ist?“

„Das werden wir schon nach und nach herausbekommen", versicherte Jonathan ihm.

„Hoffentlich", sagte Gina. Dann lächelte sie. „Bruce hat sich sehr anständig benommen. Er hat nur darauf bestanden, dass wir uns vom Wald fern halten. Er macht sich große Sorgen wegen der Vorfälle in Schottland – Sie wissen schon, die Frauen, die verschwunden sind und ermordet aufgefunden wurden." Sie machte eine Pause. „In Amerika sind wir an derlei entsetzliche Dingen offenbar schon viel zu sehr gewöhnt. Wenn es nicht gerade bei dir um die Ecke passiert …"

Jonathan sah sie mit einem merkwürdigen Blick an. Er war ein wenig blass geworden.

„Was ist denn los?" fragte Toni aufmerksam.

„Er hat Sie gebeten, nicht in den Wald zu gehen?"

„Ja. Wieso? Ist es dort gefährlich?" erkundigte David sich.

„Ich dachte, Sie hätten das gewusst", sagte er leise.

„Was gewusst?" hakte Gina nach.

„Nun, die Leichen der ermordeten Frauen wurden im Wald von Tillingham gefunden." Er schnitt eine Grimasse. „Das ist zwar nicht gerade um die Ecke, aber immer noch … nahe genug", beendete er seinen Satz.

Toni, Gina und David sahen sich an. „Beide Leichen?" Im selben Wald? fragte Gina.

„Ja."

„Aber die jungen Frauen waren doch gar nicht aus dieser Gegend", sagte Toni.

„Das stimmt. Und … nun ja, sie waren natürlich auch anders als Sie", versicherte er. „Aber trotzdem ist es vielleicht keine schlechte Idee, sich vom Wald fern zu halten, wie Bruce gesagt hat."

„Ich werde seinen Rat auf jeden Fall befolgen", sagte Gina.

Doch Jonathan sah immer noch besorgt aus.

„Da steckt doch noch mehr dahinter“, vermutete Toni, ohne ihn aus den Augen zu lassen.

„Nun ja, ich verstehe schon, warum Bruce sich solche Sorgen macht. Sehen Sie ... er war es nämlich, der eines der unglücklichen Mädchen gefunden hat.“

Es ist verdammt früh, dachte Thayer. Elf Uhr. Jedenfalls viel zu früh, um jetzt schon mit dem Trinken anzufangen.

Na und wenn schon. Er war ja bereits seit Stunden wach. Er war selbst aufgebrochen, nachdem er Bruce von der Burg hatte wegfahren sehen, und das war schon eine ganze Weile her. Früh? Nein, es war spät genug.

„Gib mir ein Bier, Schätzchen“, sagte er zu der Kellnerin. Eigentlich hatte er zum Frühschoppen etwas essen wollen, aber dann festgestellt, dass er überhaupt nicht hungrig war, als er im Silver Crow saß, einem düsteren, etwas heruntergekommenen Pub in Stirling. Die meisten Pubs in Stirling sind schäbig, konstatierte er lakonisch. Aber dieser hier wirkt besonders heruntergekommen, dachte er. Der Innenraum war ziemlich dunkel, der Fußboden hätte geputzt werden müssen, und die Tischplatten waren verschmiert. Die einzigen Anwesenden waren die etwas erschöpft wirkende Bedienung und ein paar Einheimische, die nach besserem Service verlangten.

Einiges an Stirling war wirklich sehenswert. Es war eine schöne Stadt mit weltoffenen Bewohnern, ein geschichtsträchtiger Ort und gleichzeitig aufgeschlossen für alles, was neu war. Die mächtige Burg lockte Besucher aus aller Welt an. Vor kurzem waren zahlreiche Straßen und Plätze restauriert worden, was dem Ort eine angenehme Atmosphäre verlieh. Schaufensterpuppen in historischen Kostümen stellten Szenen aus der an Tief- und Höhepunkten reichen Geschichte des Landes dar.

„Alles in allem waren wir verdammte Mistkerle", murmelte Thayer vor sich hin.

„Wie bitte?" fragte die Kellnerin.

„Nichts, Schätzchen. Hab nur mit mir selbst geredet."

Er lächelte. Wenigstens sah die Bedienung nicht übel aus. Sie trug ein schwarzes Top mit Spaghettiträgern und ziemlich enge, ebenfalls schwarze Shorts, die der Fantasie nicht viel Raum ließen. Sie hatte wirklich eine tolle Figur.

Vielleicht war das die Rettung für diesen Pub. Gegen Schummerlicht und schmutzige Fußböden war nichts einzuwenden, wenn den Männern ein solcher Anblick geboten wurde.

Er schaute sich um. Die meisten Tische waren frei, nur an der Theke herrschte Gedränge. Stimmt, die Jungs aus der Gegend kamen wirklich wegen der Aussicht.

Sein Magen knurrte. Am Morgen hatte er die Burg verlassen, ohne einen Bissen zu essen, nachdem er festgestellt hatte, dass der Burgherr ebenfalls schon früh aufgebrochen war. Man musste ja fast den Eindruck gewinnen, dass der Mann aus seinem eigenen Haus floh. Aber schließlich hatte er das ja auch in der Vergangenheit oft genug getan. Thayer schaute auf seine Hände. Sie waren rau. Sie hatten gute Arbeit geleistet. Er hatte ja keine Ahnung gehabt, worauf er sich einließ, als er sich bereiterklärt hatte, ihnen bei ihrem verrückten Vorhaben zu helfen. Aber es war auch nicht gerade die Erfüllung seines Lebenstraums, als Klavierspieler durch die Pianobars von Glasgow zu tingeln. Er hatte ein paar Pfund beiseite gelegt, und unter den gegebenen Umständen und angesichts seiner Vorlieben hatte er sich gedacht, warum nicht, zum Teufel. Schließlich gab es viele interessante Möglichkeiten, um seine Ideen zu verwirklichen.

„Ich glaube, ich werde eine Kleinigkeit essen. Was können Sie empfehlen?", fragte er die Bedienung.

Sie warf ihm ein Lächeln zu. Sie war jung und wirkte noch irgendwie unschuldig – trotz der knappen Shorts.

„Gern. Der Braten ist gar nicht so schlecht, Sir“, sagte sie.

Sir. Das gefiel ihm.

Er setzte sich an einen der hinteren Tische, wo er von den übrigen Gästen nicht gesehen werden konnte. Kurz darauf kam die Kellnerin zu ihm. Wieder lächelte sie ihn an. He, das Mädel flirtete ja mit ihm! Sie errötete sogar ein wenig, als sie Besteck, Serviette und Salz und Pfeffer vor ihn hinstellte. War das vielleicht eine Aufforderung? In Gedanken zog er eine rasche Bilanz. Eigentlich sah er gar nicht so übel aus. Mit seinem – Gott sei dank üppigen – hellbraunen Haar ähnelte er sogar ein bisschen seiner amerikanischen Cousine. Er verfügte über angenehme Gesichtszüge, und er war ziemlich groß, wenn er es auch manchmal bedauerte, dass seine Schultern nicht so breit waren, wie er es gerne gehabt hätte – etwa wie bei Ryan oder dem kräftigen Bruce.

Schade, dass er Toni auch charakterlich so ähnlich war. Als er sie das erste Mal gesehen hatte, war er überwältigt gewesen von ihrer Begeisterung darüber, endlich jemanden aus der Familie kennen gelernt zu haben. Ihre dunkelblauen Augen hatten ihn von Anfang an fasziniert. Zierlich, elegant und sprühend vor Vitalität, wirkte sie auf ihn geradezu elektrisierend. Sie hatte seine müden Lebensgeister auf einen Schlag erweckt. Aber er hatte schnell feststellen müssen, dass sie in ihm wirklich nur den Cousin sah, den sie sich schon immer gewünscht hatte. Was er dagegen wollte, was er brauchte, dringend brauchte … Er dachte wieder an die knappen Shorts der Kellnerin.

Vielleicht war ihm Tonis Idee deshalb so verlockend erschienen. Er hatte gehofft, dass die Zeit, die sie gemeinsam verbrachten, ihre Einstellung zu ihm ändern würde. Für ihn dagegen hatte sich nichts geändert, im Gegenteil: Von Tag zu Tag hatte sie ihn mehr fasziniert. Sie hatte Talent und Leidenschaft. In ihre Arbeit stürzte sie sich mit der gleichen Begeisterung, mit der sie auch ihre Träume verwirklichte.

Aber dann war dieser MacNiall aufgetaucht. Selbst wenn Toni sich mit dem Kerl immer nur stritt, war es doch selbst für einen Blinden offensichtlich, dass es zwischen ihnen auch gewaltig knisterte.

Dieser verdammte MacNiall. Thayer wurde richtig gereizt, als er an ihn dachte.

Manchmal hasste Thayer es, Brite zu sein, und Schotte war in seinen Augen sogar noch um einiges schlimmer. In all den Jahrhunderten waren sie von ihren Nachbarn, den Engländern, immer von oben herab behandelt worden. Pfeif auf die gemeinsam geführten Kriege und die Tatsache, dass sie eine Insel und dieselbe Regierung hatten! In den Tiefen der Volksseelen waren die alten Feindseligkeiten nach wie vor fest verankert. Noch immer katzbuckelten sie vor einem Kerl, der einen Adelstitel vor seinem Namen trug.

„Ihr Braten, Sir." Die süße kleine Kellnerin war zurückgekommen. Unschlüssig blieb sie an seinem Tisch stehen, nachdem sie den Teller abgestellt hatte.

Nicht schlecht. Gar nicht schlecht. Diese sexy Shorts …

„Ich heiße übrigens Thayer", stellte er sich vor. „Und Sie?"

„Katherine", antwortete sie bereitwillig. „Meine Freunde nennen mich Katie."

„Na dann, Katie – schön, Sie kennen zu lernen."

Nervös blickte sie zur Bar. Hinter der Theke stand inzwischen eine zweite Bedienung. Sie war älter und wirkte weit weniger entgegenkommend. Zweifellos hatte sie schon einige Jahre in Pubs der Stadt gearbeitet.

„Ich habe gerade Pause", erklärte Katie.

Er legte den Kopf schräg und lächelte. „Dann könnten Sie mir doch eigentlich Gesellschaft leisten, oder?"

Ihr Lächeln wurde breiter. Offenbar hatte sie auf seine Einladung gewartet. Seine Schultern mochten zwar nicht so kräftig sein, aber mit Frauen hatte er dennoch selten Probleme.

Sie setzte sich ihm gegenüber. „Was machen Sie in Stirling?"

„Ich wollte mal was Aufregendes erleben."

„In Stirling?"

Er zuckte mit den Schultern. „Es war der nächste Ort."

„Sie kommen tatsächlich aus einem der umliegenden Dörfer? Sie klingen eher wie einer aus Glasgow."

„Da bin ich auch her", erklärte er. Er nahm sich ein großes Stück Fleisch. Es war gut.

„Und Sie, Katie? Sind Sie aus Stirling?"

Sie schüttelte den Kopf. „Orkney."

Er zog die Augenbrauen hoch. „Na, wenn Stirling im Vergleich dazu nicht doch ziemlich aufregend ist. Haben Sie das schon feststellen können?"

„Ich bin erst seit ein paar Tagen hier." Sie beugte sich ein wenig vor. „Aber der Typ, dem dieser Pub gehört, ist ein Mistkerl. Ich glaube, ich mach mich bald auf nach Edinburgh oder Glasgow. Dort gibt es bestimmt mehr Leben."

„Katie, Leben ist immer da, wo wir es suchen. Überall."

Sie hatte es offenbar doch faustdick hinter den Ohren, das machte ihr Lächeln ihm klar. Sein erster Eindruck hatte ihn wohl gründlich getäuscht. „Meinen Sie, Sie könnten mir ein bisschen beim Suchen helfen?" fragte sie.

Erst als sie seine Knie berührte, wurde ihm bewusst, dass ihre Hände gar nicht auf dem Tisch lagen.

Er legte die Gabel neben den Teller, verschränkte die Arme und musterte sie mit einer Mischung aus Amüsement und Interesse. „Katie, du hast ja keine Ahnung, wobei ich dir alles helfen kann."

„Das würde ich gerne sehen", meinte sie kokett.

Lächelnd lehnte er sich in seinem Stuhl zurück. „Vielleicht könnten wir uns später treffen?“

Ihr Atem ging ein wenig schneller, als sie antwortete. „Warum nicht?“ Schnell stand sie auf. „Ich habe um zwei Uhr Feierabend. Vielleicht sollte man uns besser nicht zusammen sitzen sehen … wenn wir uns gleich wirklich noch treffen wollen.“

„Das ist eine gute Idee von dir“, meinte er mit ernsthafter Miene. „Eine sehr gute Idee.“

„Wollen wir uns am Friedhof treffen?“ schlug sie vor.

„Gern“, willigte er ein.

Erst später dachte Toni darüber nach, dass sie Jonathans Bemerkungen über Bruce kommentarlos zur Kenntnis genommen hatten. Es klang ganz vernünftig, warum sie sich vom Wald fern halten sollten, und außerdem erklärte es auch, warum Jonathan offensichtlich so unbehaglich zu Mute war.

Toni war sicher, dass David Kevin informiert und Gina mit Ryan darüber geredet hatte. Nur Thayer, der nicht dabei gewesen war, wusste noch nichts davon.

Die Leichen waren hier entdeckt worden. Und Bruce hatte eine der toten Frauen gefunden. Klar, dass jeder sich ein wenig unwohl fühlte, überlegte Toni. Und sie fragte sich auch, ob es nicht besser wäre, hier alle Zelte abzubrechen und die Gegend so schnell wie möglich zu verlassen.

Sie durchsuchte gerade den Kühlschrank nach einem kalten Getränk, als Gina in die Küche kam.

„Iss jetzt nichts“, befahl Gina.

Toni schloss die Kühlschranktür und sah sie an. „Wollte ich auch gar nicht. Aber warum eigentlich nicht?“

„Weil wir ein Picknick machen wollen.“

„Ein Picknick? Wo denn?“ fragte sie Gina misstrauisch.

„Keine Sorge. Ich werde niemanden in den Wald locken. Ich weiß noch nicht, wo wir hingehen sollen, aber irgendwo finden wir bestimmt eine Wiese. Mit Schafen."

„Und jeder Menge Schafsköteln!" fügte David fröhlich hinzu, der hinter Gina herkam und sich mit ihnen an den Tisch setzte. Er grinste zu Toni hinüber. „Ich habe ihr schon gesagt, dass Kevin und ich mit von der Partie sind."

„Wir werden wohl auch nicht mehr sein", ergänzte Gina. „Bruce ist weggefahren, und Thayer ist heute Morgen auch aus dem Haus weggegangen."

Fragend schaute Toni die beiden an. „Und ihr macht euch deshalb keine Sorgen?"

„Warum denn?" wollte David wissen. Stirnrunzelnd schaute er zu Gina hinüber.

„Wegen der toten Mädchen, die im Wald abgelegt wurden, und weil Bruce eins von ihnen entdeckt hat", erwiderte Toni.

David schüttelte den Kopf. „So lange wie du und Gina ... nicht diesen Beruf ergreift und dann auch noch durch den Wald lauft – nein. Es tut mir natürlich Leid um die Frauen. Und ich verstehe jetzt auch, warum Bruce so merkwürdig reagiert hat. Aber Sorgen mache ich mir keine."

„Wir müssen einfach nur ein bisschen aufpassen", fügte Gina hinzu. „Abgesehen davon – müssen wir Frauen nicht ohnehin ständig auf der Hut sein, wenn wir was unternehmen?" Sie zwinkerte ihrer Freundin verschwörerisch zu.

Toni nickte. „Na gut."

„Oder machst du dir etwa Sorgen?" wollte Gina wissen.

„Nein."

„Dann bist du also beim Picknick dabei?"

Toni zögerte. „Seid ihr mir böse, wenn ich nicht mitkomme?"

„Wieso nicht?" Gina klang ein wenig pikiert.

„Seht es einfach als romantisches Rendezvous zweier glücklicher Paare“, erwiderte Toni.“

„Unsinn“, protestierte David. „Wir sind alle Freunde.“

„Aber wenn wir zusammen etwas unternehmen, bin ich immer das fünfte Rad am Wagen.“

„Wir sind doch immer zu fünft gewesen. Bei unserem letzten Trip nach Schottland waren wir fünf. Und im Jahr davor ebenfalls“, erinnerte Gina sie.

„Ihr seid alle großartig. Ich hab das auch nicht so gemeint mit dem fünften Rad am Wagen. Ich finde nur, dass ihr alleine gehen solltet. Außerdem möchte ich einen Spaziergang durchs Dorf machen“, erklärte Toni.

Seufzend sah Gina zu David. „Okay, also nur wir vier. Und die reizenden kleinen Schafe.“

Er verdrehte die Augen. „Sehr romantisch.“

„Es wird dir bestimmt gefallen“, sagte sie. „Ich kenne euch doch – ihr werdet von Porzellantellern essen, Champagner schlürfen und eure Blicke vom Hügel über die fantastische Landschaft schweifen lassen. Ihr werdet euch sicher amüsieren.“

„Ich verstehe trotzdem nicht, warum du nicht mitkommen willst. Das Dorf kennen wir doch schon“, meinte Gina.

„Ja, aber wir hatten jedes Mal etwas zu tun – irgendwelche Dinge einkaufen, den Eisenwarenladen suchen und so weiter. Jetzt möchte ich mal wie ein Tourist durch die Straßen laufen. Da gibt’s eine Kirche, die ein paar Hundert Jahre alt ist, einen uralten Friedhof … Außerdem wisst ihr doch, dass ich gerne ziellos durch die Straßen bummle. Euch würde das bestimmt nur langweilen“, erklärte Toni.

„Sie will nichts mehr mit uns zu tun haben“, sagte David.

„Du hasst doch alte Kirchen und öde Friedhöfe wie die Pest“, erinnerte Toni ihn.

„Die Schafe werden dich bestimmt vermissen“, machte er einen letzten Versuch.

„Ich werde sie auch vermissen. Allerdings nicht die Schafsköttel“, meinte Toni.

Eigentlich wollte Toni sich in aller Ruhe auf ihren Spaziergang vorbereiten, aber zu ihrer Bestürzung stellte sie fest, dass es sie nervös machte, allein in der Burg zu sein – vor allem nach Jonathans morgendlicher Erzählung. Und da es ihr auf einmal nicht schnell genug ging hinauszukommen, griff sie kurz entschlossen nach ihrer Handtasche und eilte die Treppe hinunter.

Einer der Wagen, die sie gemietet hatten, ein Minivan, war bei den Ställen geparkt. Offensichtlich hatte Thayer den kleinen BMW genommen. Aber der Van war schon okay. Im Augenblick war ihr jedes Auto recht.

Sie ging schneller, selbst überrascht, wie eilig sie es auf einmal hatte. Doch als sie den Wagen fast erreicht hatte, blieb sie wie vom Donner gerührt stehen.

Ein schabendes Geräusch drang aus dem Stall.

Da sind doch Pferde drin, du Dummkopf! schalt sie sich.

Aber der Laut klang ganz und gar nicht so, als ob er von einem Pferd verursacht wurde.

Auf halbem Weg zwischen Stalltür und Auto zögerte sie. *Wer konnte so ein Geräusch machen? Ein Pferdedieb?*

Unschlüssig blieb sie stehen. Falls tatsächlich jemand versuchte, die Pferde zu stehlen und sie dazwischengehen würde, könnte sie verletzt werden. Klüger wäre es, sich unbemerkt davonzuschleichen, in die Stadt zu fahren und unverzüglich Constable Tavish zu verständigen.

Plötzlich verstummte das Geräusch. *Sie war gesehen worden!* Panisch vor Angst lief sie zum Wagen.

„Oh, Miss Fraser!“

Sie erstarrte, dann drehte sie sich um. Eban Douglas stand in der Tür zum Stall. Wie immer lag ein breites Grinsen auf dem Gesicht des verhutzelten Mannes. Ein unheimliches Grinsen, wie sie fand.

„Eban!“ rief sie und bemühte sich, fröhlich zu klingen. Aus irgendeinem Grund machte sie seine Anwesenheit heute nervös.

„Hab mich gerade ein bisschen um die Jungs gekümmert“, erklärte er mit einer Geste hinter sich in den Stall.

„Sehr aufmerksam von Ihnen“, antwortete Toni leichthin.

„Der Rotschimmel sieht ein bisschen mitgenommen aus.“

„Ryan wird sich später um ihn kümmern“, sagte sie.

„Wollen Sie ihn sich nicht mal selber anschauen, Miss?“

Mit Eban allein im Stall und kein anderer in der Nähe? Niemals! Nicht um alles in der Welt.

„Äh ... ich fürchte, ich habe kein Auge für so etwas, Eban. Ryan ist derjenige, der sich mit Pferden auskennt. Aber wenn Sie glauben, dass er wirklich krank ist, sollten wir dann nicht lieber den Tierarzt rufen?“

„Wär mir gar nicht recht, Ma'am, den Doc zu rufen, ohne dass einer von Ihnen einen Blick auf das Tier geworfen hat.“

„Sie können das ruhig tun, wirklich, Eban“, versicherte sie ihm. Sie hatte das Gefühl, dass er sie überreden wollte. *Überreden, mit ihm in den dunklen Stall zu gehen.* Wäre sie auch dann misstrauisch geworden, wenn er nicht so seltsam ausgesehen hätte?

Ja. Schließlich sind Frauen hier in der Gegend brutal ermordet und ihre Leichen im Wald gefunden worden. Sie hatte zwar keinerlei Vorurteile – aber dieser verwachsene Mann sah wirklich mehr als unheimlich aus!

Bruce MacNiall und Jonathan haben ganze Arbeit geleistet, uns Angst einzujagen, dachte sie. Den Stall würde sie gewiss nicht mehr allein betreten.

„Eban, bitte rufen Sie den Tierarzt an. Und nochmals vielen Dank. Ich bin ein wenig in Eile."

Sie musste sich zusammenreißen, nicht zum Wagen zu rennen. Mit einem schiefen Lächeln und einer unbeholfenen Handbewegung verabschiedete sie sich von ihm.

Als sie – Macht der Gewohnheit! – auf der linken Seite einsteigen wollte, kam sie sich ziemlich töricht vor. Schließlich war sie in Großbritannien.

Ärgerlich schnitt sie eine Grimasse und ging um den Wagen herum. Eban hatte sie die ganze Zeit beobachtet.

„Passen Sie unterwegs auf!" rief er ihr zu.

„Das werde ich, vielen Dank."

Sie stieg ein, startete den Motor und rollte den steinigen Weg hinunter. Wütend über sich selbst bremste sie an der Stelle, wo sie gestern alle in den Wald hineingelaufen waren, um unbeschwert wie Kinder im Fluss herumzutoben.

Ihre Hände zitterten.

Sie stellte den Hebel der Automatik auf Parken. Benahm sie sich nicht ziemlich lächerlich? So viel zu ihrer Überzeugung, dass sie frei von Vorurteilen war! Eban hatte ihr doch bloß Angst eingejagt, weil er so merkwürdig aussah.

Andererseits kannte sie ihn überhaupt nicht. Er gehörte einfach zur Burg. Er hatte ihnen ein paar Mal bei ihrer Arbeit geholfen, und sie hatten ihn dabei kaum zur Kenntnis genommen. Aber selbst, wenn sie ihn nicht gesehen hatten, musste er immer in der Nähe gewesen sein.

Sie holte tief Luft und beschloss, weiterzufahren. Sie benahm sich wirklich reichlich albern!

Eban arbeitete für Bruce MacNiall und kümmerte sich um die Burg. Natürlich musste er MacNiall über alles informieren, was hier vorging. Das war ihnen nur nicht klar gewesen.

Unwillkürlich schaute sie zum Wald hinüber.

Genau an der Stelle, an der sie gestern in den Wald hineingegangen waren, erblickte sie Bruce. Er saß auf seinem riesigen Rappen. Die Morgensonne blendete sie. Deshalb hielt sie die Hand über die Augen, um ihn besser sehen zu können. Er winkte ihr mit der rechten Hand ungeduldig zu.

„Was soll denn das?“ murmelte sie verdutzt. „Erst will er nicht, dass wir in den Wald gehen, und dann winkt er mich hinein?“

Hatte Jonathan ihnen heute Morgen nicht auch gesagt, dass sie den Wald besser meiden sollten ...?

Stirnrunzelnd stieg sie aus dem Wagen und wünschte, sie hätte ihre Sonnenbrille mitgenommen. Wieder winkte er ihr zu. Der mächtige Schwarze drehte sich um und trabte mit ausladendem Schritt den Pfad waldeinwärts.

„Was soll das denn ...?“ fragte sie diesmal laut.

Bruce war unterdessen zwischen den Bäumen verschwunden und erwartete wohl, dass sie ihm folgte.

„Großartig. Na meinetwegen!“ sagte sie. Solange sie mit ihm zusammen war, konnte ihr im Wald schließlich nichts passieren. Doch dann erinnerte sie sich daran, dass er es gewesen war, der eine der Leichen gefunden hatte.

„Ich gehe nur bis dorthin und keinen Schritt weiter.“ Sie bemerkte, dass sie noch immer mit sich selber redete. Doch als sie die erste Baumgruppe erreichte, empfand sie wieder dieses merkwürdige Zögern, das sie bereits am Tag zuvor gespürt hatte. Dabei war sie gestern mit ihren Freunden hier gewesen. Doch da hatte sie noch nichts von den toten Frauen gewusst.

Es war verrückt! Sie sollte ihm auf keinen Fall trauen. Trotzdem tat sie es. Tief in ihrem Inneren hatte sie ein sehr ungutes Gefühl, was Bruce anging. Dennoch wollte sie sich dieses Gefühl um nichts in der Welt eingestehen.

Und jetzt fühlte sie sich aus irgendeinem unerklärlichen Grund gezwungen, ihm zu folgen.

Als sie in den Schatten der Bäume trat, mussten sich ihre Augen erst an das Dämmerlicht gewöhnen. Der Kontrast zwischen dem grellen Sonnenlicht und den Schatten war überraschend stark.

„Bruce!“ rief sie verärgert. „Ich gehe nicht weiter hinein …“

Er war von Shaunessy gestiegen und stand nun in einiger Entfernung vor ihr.

„Bruce, was soll das?“

Bitte komm!

Sie glaubte, die Worte ganz leise gehört zu haben, aber sie war sich nicht sicher. Zweifelte sie jetzt etwa schon an ihrem eigenen Verstand? Was war bloß los mit ihr?

Einen Moment lang überlegte sie, auf dem Absatz kehrtzumachen und wegzulaufen, aber sie brachte es einfach nicht fertig. Nichts hatte sich geändert: Sie musste ihm einfach folgen. Er zog sie magisch an.

„Halt, warten Sie auf mich!“ forderte sie ihn ärgerlich auf. Allmählich kam sie sich vor wie einer jener törichten Teenager in einem zweitklassigen Horrorfilm. Dort hielten sich die Jugendlichen auch immer genau an dem Ort auf, wo der Mörder mit größter Wahrscheinlichkeit zuschlug.

Aber das war doch verrückt. Bruce stand ja nur wenige Meter von ihr entfernt. Was sollte diese hysterische Überängstlichkeit? Ihr Instinkt sagte ihr, dass er sie niemals verletzen würde.

Sie wollte sich nicht auf ihren Instinkt verlassen. Sie wollte nicht träumen. Niemals hätte sie sich eingestanden, dass die Visionen, die sie seinerzeit auf so grausame und hinterhältige Weise heimgesucht hatten, im Grunde immer noch in einem dunklen Winkel ihrer Erinnerungen lauerten …

„Verdammt noch mal, Bruce, so warten Sie doch!“

Aber er wartete nicht. Keine Sekunde. Und für sie gab es jetzt kein Zurück mehr.

Sie beschleunigte ihre Schritte, um ihn einzuholen, und stolperte über einige Felsbrocken, die halb im feuchten Sand am Flussufer vergraben waren. Der weiche Untergrund gab unter jedem ihrer Tritte nach. Als sie mit dem Zeh gegen einen Stein stieß, fluchte sie leise und rieb sich den Fuß. Inzwischen war sie ziemlich wütend geworden. Am liebsten hätte sie ihm gesagt, er solle sich zum Teufel scheren. Doch als sie wieder aufblickte, war er nirgendwo im Umkreis zu sehen.

Dafür stellte sie fest, dass sie schon viel tiefer in den Wald vorgedrungen war, als sie vorgehabt hatte.

Die mächtigen Bäume schienen sie zu umzingeln, und das dichte Laubwerk sorgte für ein gespenstisches Zwielicht. Außerdem war es auf einmal totenstill. Weit und breit waren weder Vogelgezwitscher noch das Summen von Insekten zu hören.

Sie hatte den Eindruck, dass die Zeit stehen geblieben war.

„Bruce!" Ihre Stimme zitterte ein wenig und klang erschreckend laut durch die Stille.

Und dann ...

Sie war dem Plätschern des Baches gefolgt, aber nicht einmal dieses Geräusch schien das unheimliche Schweigen wirklich durchbrechen zu können. Das Wasser spritzte über kleine Steine und Äste im Flussbett. Sie erinnerte sich daran, wie sie mit ihren Freunden übermütig durch den Fluss gewatet war, wie sie sich gegenseitig nass gespritzt und welchen Spaß sie dabei gehabt hatten. Krampfhaft versuchte sie, diese Bilder von einem unbeschwerten Vergnügen im Gedächtnis zu behalten.

Doch es gelang ihr nicht.

Sie betrachtete die halb im Wasser liegenden Äste, den grünen Teppich aus Gräsern, Blättern und Moos, der hier auf seltsame

Weise fehl am Platze zu sein schien. Er passte nicht hierhin. Es war ein Teil des Waldes, gewiss, aber … er sah so aus, als sei er von Menschenhand arrangiert worden.

Nein! schrie eine Stimme in ihrem Inneren.

Grenzenlose Furcht überkam sie. Die Stille lastete über ihr, als ob der ganze Wald mit seinen Bäumen, dem Gebüsch, den Fischen im Fluss, Vögeln und Insekten, ja selbst die Luft reglos auf etwas warteten. Und lauerten.

Noch bevor sie die Kraft fand weiterzugehen, wusste sie, was sie finden würde. Dabei wollte sie es gar nicht wissen. Plötzlich wurde sie ganz ruhig, und die blinde Angst ließ nach.

Zielstrebig und entschlossen trat sie auf den Ast zu und hob ihn an. Er war schwerer, als sie vermutet hatte. Sie konnte ihn kaum von der Stelle bewegen.

Fast hätte sie laut geschrieen, doch sie brachte keinen Ton hervor. Knochen. Sie hatte die Reste eines menschlichen Skeletts gefunden.

„Sanfte Hügel, weiches Gras, duftende Blumen und ein laues Lüftchen – Herz, was willst du noch mehr?“ Mit einem genießerischen Seufzen streckte Kevin sich auf der Decke aus.

Ryan nippte an seinem Champagner und wünschte, er könnte genauso entspannt sein wie die anderen.

„Vielleicht ein Bier. Ein Budweiser. Eiskalt!“ sagte Ryan.

„Haben wir etwa schlechte Laune?“ fragte David.

Ryan zuckte mit den Schultern und reckte sich. „Ich wünschte, Toni wäre mit uns gekommen“, sagte er.

„Na ja, ich natürlich auch“, schloss sich Gina an. „Aber wie kommst du jetzt darauf?“

„Irgendwie mache ich mir Sorgen um sie. So ganz allein in der Burg ... und dann will sie auch noch allein ins Dorf gehen“, erwiderte Ryan. „Wer weiß, was sie vorhat? Vielleicht zieht sie Erkundigungen ein ... und verärgert ein paar Leute.“

Kevin brach in Gelächter aus. „Meine Güte, Ryan. Wenn man dich so reden hört, könnte man meinen, es ist das Dorf der verdammten Seelen oder so was in der Art.“

Er drehte sich um und sah ihn ernst an. Wenn man es genau nimmt, ist es das ja auch.“

„Aber Ryan! Ich dachte die ganze Zeit, dir gefällt es hier“, wunderte sich Gina.

„Tut es auch.“

„Aber ...?“ fragte David.

Ryan schüttelte den Kopf. Gina sah ihm an, dass er nervös war. Sie kannte ihn und seine Stimmungen, und ihr war unbehaglich zu Mute. „He, entspann dich! Wir sind hier mit Freunden bei einem Picknick“, erinnerte sie ihn, während sie ihre Hand besänftigend auf seinen Arm legte.

„Ja, ja ..."

„Und alles ist in bester Ordnung ... na ja, jedenfalls unter den gegebenen Umständen", schaltete David sich ein.

„Na prima! Ein riesiger Kerl auf einem riesigen Pferd platzt mitten in unsere Vorstellung, und wir müssen feststellen, dass wir um unsere gesamten Ersparnisse gebracht wurden. Dann erfahren wir, dass derselbe Typ die Leiche eines Mordopfers im Wald gefunden hat. Und jetzt ist Toni allein in der Burg. Was ist, wenn MacNiall vor uns zurückkommt? Wir wissen schließlich so gut wie gar nichts über ihn", schloss Ryan seine Ausführungen.

„Er ist der Burgherr", sagte David.

„Na und? Kennt ihr die berühmt-berüchtigte Gräfin Bathory? Die edle Dame schlitzte unschuldige Jungfrauen auf und badete in deren Blut", erzählte Ryan.

Gina sah ihn durchdringend an. Wollte sie ihn mit ihrem Blick warnen? Und warum?

„Der Lord hat sich und gegenüber verdammt anständig verhalten", verteidigte David ihn.

„Was erwartest du denn? Dass er uns in seiner eigenen Burg zerhackt?" fragte Ryan sarkastisch.

„Oh Ryan, bitte hör auf", sagte Gina.

„Ich mag den Mann, wirklich", fuhr David fort. „Du bist doch mit ihm ausgeritten, Ryan, und hast dich stundenlang mit ihm über Pferde unterhalten. Bis jetzt hatte ich immer das Gefühl, dass du sein größter Bewunderer bist. Oder etwa nicht?"

„Ja, stimmt schon. Obwohl er uns mit seinem Auftritt neulich die Show vermasselt hat."

„Das Publikum hat's aber nicht gemerkt", erinnerte Gina ihn.

„Wenn schon! Und was hätten wir auch schon machen können? Es ist schließlich seine Burg. Wie auch immer – irgendwie ist er schon ein klasse Typ", setzte Ryan nachdenklich hinzu.

„Stimmt. Uns gegenüber war er jedenfalls bis jetzt sehr großzügig“, pflichtete Kevin ihm bei. Unvermittelt wechselte er das Thema. „Wahrscheinlich war er nicht einmal hier, als die Mädchen spurlos verschwanden.“

Gina schauderte. „Vielleicht, aber dennoch …“

„Aber was?“ hakte Kevin nach.

„Nichts“, sagte Gina. „Vergiss es.“

„Ich weiß, was du sagen wolltest“, meinte David und blickte Gina forschend an. „Wir waren vermutlich in der Gegend, als … nun ja, als mindestens zwei Frauen verschwunden sind.“

„Was zum Teufel soll denn das heißen?“ fragte Ryan scharf.

„Das soll heißen, dass ich froh bin, mit euch zusammen in diesem abgelegenen Winkel zu sein“, antwortete David. „Und dass wir auf Gina und Toni aufpassen sollten.“

„Ist vielleicht ganz gut, dass wir beide keine Nutten sind“, meinte Gina ironisch.

„Da ist was dran“, stimmte David zu.

„He, wir sind zum Picknicken hergekommen und nicht, um uns Horrorgeschichten zu erzählen“, sagte Kevin genervt. „Es ist ein wunderschöner Tag, wir haben tolle Sachen zum Essen dabei und jede Menge Champagner.“

Ryan war zwar nicht so leicht zu überzeugen. Trotzdem setzte er sich neben Gina auf die Decke, schloss die Augen und ließ sich von seiner Frau die verspannten Schultern massieren.

Toni konnte den Schädel sehen, der zwischen den Steinen aus dem morastigen Boden hervorlugte – und Fleischreste, so glaubte sie, die von der Erde geschwärzt waren. Ein Büschel Haare schwebte wie schwerelos im Wasser, und die Kleidung, der Stoff, was auch immer, war von einem schmutzigen Grau. Teile des stark verwesten Körpers waren von Schlamm und Schmutz bedeckt, wie er sich an den Ufern des Flusses absetzte. Die Leiche war einem Geist schon ähnlicher als einem menschlichen Wesen.

Lauf weg! rief eine innere Stimme. *Schrei, fang an zu schreien und lauf so schnell du kannst!*

Aber sie schrie nicht. Wie gebannt starrte sie auf ihren Fund. Seltsamerweise empfand sie weder Furcht noch Abscheu. Denn das Opfer, wer immer es gewesen sein mochte, war schon sehr lange tot und hatte auch schon einige Zeit an dieser Stelle gelegen. Wiederbelebungsversuche waren vollkommen überflüssig.

Verschwinde! wiederholte die innere Stimme erneut.

Auf der Stelle!

Stattdessen blieb sie wie gelähmt stehen, und kein Laut kam aus ihrer Kehle. Dabei hatte sie immer geglaubt, dass sie, sollte sie jemals in eine solche Situation geraten, laut schreiend davonlaufen würde. Stattdessen blieb sie stehen und versuchte nur, sich alle Details lückenlos einzuprägen. Jede noch so winzige Kleinigkeit konnte von Bedeutung sein.

Das Wasser war an dieser Stelle kaum tiefer als fünfzig Zentimeter, und ein wuchtiger Felsblock hatte verhindert, dass die Leiche fortgetrieben worden war. Hätte Toni den Ast nicht zur Seite gehoben, wer weiß, wie viele Menschen noch an dieser Stelle vorbeigelaufen wären, ohne die Tote zu entdecken. Wie lange mochte sie hier schon gelegen haben? War sie von der Strömung mitgerissen worden, oder hatte ein heftiger Regenschauer die Erde weggeschwemmt und sie an die Oberfläche gebracht?

Wie in Zeitlupe drehte sie sich schließlich um. Wäre sie gerannt, hätte sie im Unterholz stürzen und sich verletzen können. Bruce hatte sie tiefer in den Wald gelockt, als sie gedacht hatte. Wo war er überhaupt? Trotzdem war sie sicher, dass sie sich nicht verirrt hatte. Die ganze Zeit war sie am Fluss entlanggelaufen. Jetzt brauchte sie sich nur am Ufer zu orientieren.

Sie wollte die Angst nicht an sich herankommen lassen. Angst konnte Panik auslösen. Wenn sie jetzt in halsbrecherischem Tempo zurücklief, konnte sie über eine Wurzel stolpern und sich den Knöchel brechen. Dann kam sie womöglich vor Einbruch der Dunkelheit nicht aus dem Wald heraus.

Hatte sie vorhin noch laut nach Bruce gerufen, so verhielt sie sich nun mucksmäuschenstill. Mit höchster Konzentration setzte sie einen Fuß vor den anderen.

Sie fühlte sich … beobachtet. Merkwürdigerweise verursachte diese Vorstellung in ihr kein Entsetzen. Die Bäume würden schon nicht zum Leben erwachen, die Äste sich nicht um sie schlingen und sie ersticken. Doch jemand sah ihr zu, wie sie den Fundort verließ. Dessen war sie sich ganz sicher.

Lange bevor sie nach Tillingham gekommen waren, musste die Tote hier versteckt worden sein.

Starr hielt Toni den Blick geradeaus gerichtet. Aus Angst, etwas zu sehen, was sie nicht sehen wollte, vermied sie es krampfhaft, nach rechts oder links zu schauen.

Nach vorne! Schau einfach nur nach vorne. Fang nicht an zu laufen. Ruhig, bleib ganz ruhig. Folge immer nur dem Flusslauf. Verschwinde von hier.

Endlich hatte sie es geschafft. Sie kam an der gleichen Stelle raus, an der sie den Wald betreten hatte.

Halb rechnete sie damit, dass ihr Wagen verschwunden war, aber er stand noch dort, wo sie ihn zurückgelassen hatte. Erst als sie einstieg, merkte sie, wie sehr sie sich fürchtete. Zwei weitere Leichen waren bereits im Wald von Tillingham gefunden worden. Hatte sie möglicherweise das erste Opfer des Mörders entdeckt? Eine Frau, die niemals als vermisst gemeldet worden war? Die der Gesellschaft unbemerkt abhanden gekommen war und dann ebenso unbemerkt ihr Leben verloren hatte?

Unvermittelt schlug die Angst wie eine Welle über ihr zusammen – eine sehr reale Angst. Das hier war der Schauplatz eines Schwerverbrechens. Gut, die Frauen waren in anderen Teilen des Landes entführt worden. Aber ihre Leichen hatte man hierher in den Wald gebracht!

Das konnte bedeuten, der Mörder kannte sich in der Gegend sehr gut aus. Vermutlich wusste er, dass die Wahrscheinlichkeit, hier eine Leiche zu entdecken, ziemlich gering war. Und dass der Platz hervorragend geeignet war, um sämtliche Spuren mit der Zeit gründlich zu verwischen.

Mit zitternden Händen umklammerte sie das Steuer des Wagens und überlegte fieberhaft, was sie tun sollte. Am besten fuhr sie so schnell wie möglich zur Burg zurück und verständigte von dort aus die örtliche Polizei.

Aber Eban war in der Burg. Beim Gedanken an ihn wurde sie fast hysterisch. Ob er zu einer solchen Tat fähig war?

Er schien das Grundstück niemals zu verlassen. Und wenn, dann ging er nie sehr weit fort.

Aber wenn er, unbemerkt von allen anderen, in einen Wagen stieg und in eine Großstadt fuhr, wo ihn niemand kannte? Wo Frauen, die sich prostituierten, um ihren Lebensunterhalt zu verdienen, daran gewöhnt waren, Männern zu Diensten zu sein, die alles andere als attraktiv waren?

Plötzlich fiel ihr wieder ein, dass sie ihr Handy in der Handtasche hatte. Als sie fieberhaft danach kramte, hörte sie ein zaghaftes Klopfen an der Fensterscheibe.

Erschrocken drehte sie sich um.

Es war Eban. Das Gesicht hatte er so dicht an die Scheibe gedrückt, dass er noch entstellter aussah. Ein makabrer Anblick.

Vielleicht war die Furcht, die sie in diesem Moment überkam, gar nicht gerechtfertigt. Trotzdem stieß sie einen schrillen Schrei aus. Sie wollte den Motor anlassen, aber der Schlüssel steckte nicht im Zündschloss. Ohne den Mann aus den Augen zu lassen, tastete sie auf dem Sitz nach dem Schlüssel. Eban, der sie nicht einen Moment aus den Augen gelassen hatte, trat ein paar Schritte zurück. Er sah sehr verwirrt aus.

Endlich fand sie den Schlüssel. Ihre Hand zitterte so sehr, dass sie drei Mal versuchen musste, ihn ins Schloss zu stecken.

Als sie das Gaspedal durchtrat, sprang er entsetzt zur Seite.

Ohne sich noch einmal umzudrehen, preschte sie wie von Furien gehetzt los und raste ins Dorf.

Detective Inspector Robert Chamberlain war fünfunddreißig Jahre alt, schlank und drahtig, und in seinem dunklen Haar zeigten sich bereits einige silberne Strähnen. Das sei eine Folge seiner oft anstrengenden Arbeit, wie er Bruce vor langer Zeit erzählt hatte.

Vor vielen Jahren hatten sie sich im Dienst kennen gelernt. Eine Zeit lang hatten sie für die Lothian-and-Borders-Polizeitruppe, die für den Süden Schottlands zuständig war, in Edinburgh gearbeitet, bis Bruce den Dienst quittierte und Robert sich versetzen ließ. Trotzdem waren sie Freunde geblieben. Als Bruce dann vor einem Jahr die Tote im Wald gefunden hatte, war er entsetzt gewesen über die amateurhafte Art, mit der Jonathan und seine Leute am Tatort vorgingen. Zugegeben – mit einem solchen Kapitalverbrechen hatten sie nie zuvor zu tun gehabt. Aber gerade deswegen hätten sie sofort erfahrene Kollegen um Unterstützung bitten müssen. Obwohl Bruce schon lange nicht mehr bei der Polizei war, hatte Robert oft mit ihm über seine Arbeit gesprochen. Manchmal hatte er eine Idee, einen Hinweis oder eine Information beisteuern können, mit deren Hilfe Robert den Fall dann gelöst hatte. Momentan machten beide sich große Sorgen wegen der verschwundenen und ermordeten Mädchen.

Robert saß mit Bruce in einem Pub in der Nähe des Greyfriars-Friedhofs, auf dem der berühmte Terrier Bobby, der zehn Jahre lang Wache am Grab seines Herrchens gehalten hatte, nun neben dem Mann begraben lag, dem er so lange treu gewesen war. Robert wirkte ziemlich niedergeschlagen.

„Jonathan hat mir berichtet, dass er seine Leute ausgeschickt hat“, sagte Robert. Sein Tonfall ließ keinen Zweifel daran aufkommen, was er von dem Constable aus Tillingham hielt. „Sie haben den Wald durchgekämmt, aber keine Leiche gefunden.“ Er fuhr sich mit den Fingern durch das ergrauende Haar. „Es ist verdammt schwierig. Bis jetzt haben wir nur eine Frau, von der wir glauben, dass sie seit etwa einer Woche vermisst wird. Sie könnte zu dem Zeitpunkt verschwunden sein, als du in Edinburgh angekommen bist. Ich wusste, dass ich deine Hilfe würde gebrauchen können. Und ich bin wirklich froh, dass du hier bist.“

Bruce zuckte mit den Schultern. „Ich war irgendwie unruhig. Außerdem hätte ich sowieso kommen müssen“, entgegnete er. „Und wie es der Zufall so wollte, bin ich wohl gerade im rechten Moment aufgetaucht.“

Robert nickte. „Bei Annie tappen wir noch vollkommen im Dunkeln. Wir kennen den genauen Zeitpunkt ihres Verschwindens nicht, weil sich keiner ihrer so genannten Freunde um sie gekümmert hat.“ Er schob die Akte, die auf dem Tisch lag, zu Bruce hinüber. „Annie O’Hara aus Nordirland. Sie kam vor etwa fünf Jahren aus Belfast hierher. Hatte keine Arbeit – jedenfalls keine legale. Drei Mal wurde sie in dieser Zeit festgenommen. Drogenmissbrauch. Aber sie sah nicht so heruntergekommen aus wie viele Junkies. Zwei Mal ist sie auf der Royal Mile beim Anschaffen erwischt worden – und jedes Mal wurde sie wieder freigelassen. Du weißt ja, wie das läuft. Jedenfalls hat eine ihrer Freundinnen nach fünf Tagen festgestellt, dass sie nicht mehr da war, aber sie hatte natürlich keine Ahnung, wann oder unter welchen Umständen Annie verschwunden sein könnte." Er zuckte mit den Schultern. „Vielleicht ist sie ja zurück nach Irland, wer weiß. Aber nachdem Helen MacDougal vor einem Jahr unter den gleichen Umständen verschwunden war und von dir gefunden wurde, und Eban sechs Monate später auf Mary Granger gestoßen ist, besteht durchaus die Möglichkeit, dass man Annie ebenfalls tot auffinden wird."

„Im Wald", murmelte Bruce verbittert.

Robert zuckte mit den Schultern. „Vielleicht auch nicht. Vielleicht sucht sich der Mörder ja eine andere Stelle, wo er die Leichen loswerden kann."

„Warum sollte er? Jonathan Tavish macht sich nicht allzu viel Mühe. Er betrachtete das nicht als sein Problem, weil die Frauen in Glasgow, Stirling und jetzt Edinburgh verschwunden sind."

„Nun ja, er hat zumindest in dem Punkt Recht, dass der Mörder seine Opfer in den großen Städten sucht."

„In unserem Dorf gibt es auch keinen Rotlichtbezirk", sagte Bruce. Trotzdem ärgerte er sich über Jonathan. Er schien sich mehr für Bruce' Aktivitäten zu interessieren als für die Tatsache, dass ein Psychopath frei herumlief und vermutlich von Tag zu Tag gefährlicher wurde. Bruce hatte Jonathan im Dorf getroffen, bevor er losgefahren war. Offenbar hatte Jonathan ihn gesucht und wollte wissen, ob er kürzlich seine Brieftasche verloren hatte und möglicherweise Opfer eines Schwindlers geworden war, der Geschäfte unter seinem Namen machte. In diesem Punkt konnte Jonathan tatsächlich Recht haben. Wie hätte seine Burg sonst unter seinem Namen in einer Liste von Immobilien auftauchen können, die zu vermieten waren? Auf einer legalen Site war sie nach Jonathans Auskünften jedenfalls nicht aufgeführt, und er hatte wirklich jedes Angebot, das er im Internet auftreiben konnte, geprüft. Jedenfalls blieb die ganze Sache undurchsichtig.

Selbst wenn es um Betrug ging, hatte Bruce selbstverständlich viel mehr Vertrauen in die Fähigkeiten von Robert oder die geballte Kompetenz eines Betrugsdezernats als in Jonathans Können. Klar, dass Jonathan ihm das übel nahm, aber Tillingham war nun mal ein kleines Dorf, und Kapitalverbrechen geschahen hier zum Glück eher selten.

„Die Sache ist natürlich sehr viel ernster, als Tavish bereit ist zuzugeben", meinte Robert. „Ich mache ihm auch keinen Vorwurf, wenn er sich weigert, alle Leute zusammenzutrommeln, um den Wald von Tillingham Meter für Meter zu durchsuchen. Ich meine, bisher ist schließlich nur eine Person verschwunden, und wir haben keinerlei Hinweise darauf, dass diese Frau einem Serienmörder zum Opfer gefallen ist."

Bruce lehnte sich zurück und schüttelte bedächtig den Kopf. „Der Mörder wird mit den Überresten seines Opfers nach Tillingham zurückkehren. Hätten wir nur *ein* Mädchen gefunden, dann könnten wir davon ausgehen, dass der Platz zufällig günstig für ihn war, um die Leiche loszuwerden. Aber dann wurde die zweite Tote entdeckt. Er benutzt den Wald von Tillingham als seine persönliche Müllkippe, und dabei wird er bleiben. Ich vermute fast, dass er dafür auch einen Grund hat."

Robert machte eine abwehrende Handbewegung. „Bruce, du nimmst das viel zu persönlich. Tillingham ist unwegsam und unübersichtlich. Wir haben noch keinen Hinweis auf den Mörder, weil die Verwesung der Leichen schon viel zu weit fortgeschritten war, als sie gefunden wurden. Wir haben weder Haare noch Hautpartikel noch Sperma – absolut nichts. Du nimmst es doch nicht etwa persönlich, wenn der Kerl die Spuren seiner Taten hier verwischen will? Es deutet nur darauf hin, dass er ein sehr umsichtiger Mörder ist, ein Typ, der sich alles sehr genau überlegt und nichts dem Zufall überlässt, um nicht erwischt zu werden."

„Also ich nehme Leichen, die praktisch in meinem Hinterhof gefunden werden, durchaus persönlich“, erwiderte Bruce. „Und das alles kann zweierlei bedeuten. Entweder haben wir es mit einem gut organisierten Killer zu tun, der die Leichen gezielt versteckt, nachdem er sein Vergnügen gehabt hat, oder jemand aus der Gegend weiß, dass es das perfekte Versteck ist und nimmt weite Wege in Kauf, um sich seine Opfer auszusuchen.“

„Du hättest bei der Polizei bleiben sollen, Bruce“, meinte Robert. „Du warst ein guter Mann. Ohne dich hätten wir die Highland-Morde niemals aufklären können. Das war schon beeindruckend, wie du die Denkweise des Täters verinnerlicht hast.“

Bruce winkte ab. „Schlichte Verhaltensforschung.“ Er erinnerte sich nicht gerne an die Jagd von vor knapp zehn Jahren. Damals waren sie hinter einem Mann her gewesen, der junge Mädchen entführte, vergewaltigte und die verstümmelten Körper in ganz Edinburgh und Umgebung versteckte. Vier Mädchen waren auf diese Weise ums Leben gekommen, und die Ermittlungen hatten allen Beteiligten sehr zugesetzt. „Damals haben uns die Freundinnen der Opfer geholfen, sonst wäre ich nie darauf gekommen, dass es sich um zwei Täter handelte. Und das auch erst, nachdem eine der Zeuginnen erwähnte, dass sie ihre Freundin zuletzt lebendig gesehen hatte, als diese einer Frau, die auf dem Beifahrersitz eines Autos saß, eine Fahrtroute beschrieb. Selbst da hatte ich zuerst noch meine Zweifel.“

Doch das stimmte nicht, jetzt log Bruce. Es war erschreckend gewesen, wie oft sich seine Wege mit denen der Mörder gekreuzt hatten. An einem Tag, als sie auf einem Hügel außerhalb der Stadt standen, war ihm plötzlich klar geworden, dass der Täter nicht allein agierte, sondern dass da auch noch eine Frau im Spiel sein musste. Wie sonst hätte der Verbrecher Mädchen anlocken können, die genau wussten, dass sie sich vor einem *Mann* in Acht nehmen mussten? Von diesem Moment an fügten sich die Puzzlesteine praktisch wie von selbst zu einem kompletten Bild zusammen. Reifenspuren hatten auf eine Rückkehr in die die Stadt verwiesen. Neben einer der Schulen war ein Pub gewesen, in dem er Posten bezogen hatte, um die Umgebung im Auge zu behalten. Ein nettes junges Pärchen, das Händchen haltend an einem Tisch saß und sich wie frisch Verliebte unterhielt und miteinander kicherte, hatte seine Aufmerksamkeit erregt. Er war nicht sicher, ob er wirklich verstand, was die beiden sagten, oder ob er sich ihre Worte nur eingebildet hatte. Doch plötzlich war er sich seiner Sache ganz sicher gewesen und hatte beschlossen, ihnen zu folgen.

An einem Nachmittag hatte Bruce versucht sich vorzustellen, wie sie vorgehen würden, wenn sie die Mädchen tatsächlich zusammen entführten. Er stieg in sein Auto, fuhr ziellos durch die Gegend und versetzte sich in die Gedankenwelt des Mannes, versuchte so zu denken und zu fühlen wie der Mörder. Es musste der Kitzel der Jagd gewesen sein – und vielleicht die Lust daran, seine Frau zu demütigen.

Schließlich war er sich sicher gewesen, unter welchen Umständen und auf welche weise das Paar vorging. Unter dem Vorwand, sich verfahren zu haben, sprach die Frau ihr potenzielles Opfer an und fragte nach dem Weg. Anschließend fuhren sie hinter den Mädchen her, wenn sie allein auf dem Heimweg waren, und lockten sie ins Auto. Dann wurden sie unter Drogen gesetzt. Spuren von Morphium waren in den Leichen gefunden worden. Schließlich fuhren sie mit den Mädchen in ihr Apartment, einer Parterre-Wohnung in einer Arbeitergegend, wo der Ehemann nicht auffiel, wenn er einen Teppich oder ein zusammengerolltes Federbett ins Haus trug. In der Wohnung war die Frau ihrem Mann bei der Vergewaltigung der zu Tode verängstigten Mädchen behilflich gewesen. Anschließend hatte er Sex mit seiner Frau gehabt. Die Mädchen lebten zu diesem Zeitpunkt noch, waren aber bewusstlos. Dann trugen sie die armen Dinger gemeinsam ins Badezimmer und töteten sie in der Wanne, um die Blutspuren problemlos beseitigen zu können.

Bruce hatte seinen Vorgesetzten das Szenario geschildert. Die hielten ihn zunächst für verrückt. Und selbst, wenn er es nicht war – mit welcher Berechtigung hätten sie ein Paar festnehmen können, das er in einem Pub beobachtet hatte und dem er zu dessen Wohnung gefolgt war?

Aber nach einem Unwetter hatte er einen Freund überreden können, Abgüsse von den Reifenspuren vom Wagen des Paares zu machen, die er in der Nähe des Pubs entdeckt hatte. Sie stimmten mit denen überein, die sich am Fundort der Leiche des Mädchens befanden. Es reichte nicht für eine Verurteilung, nicht einmal für eine Vernehmung, aber zumindest konnten sie sich mit Rückendeckung des Gerichts eine DNA-Probe besorgen. Die Untersuchung hatte sich über Monate hinweg gezogen und ihn eine Menge Nerven gekostet – und sie hatte die letzten Wochen seiner kostbaren Zeit mit Maggie überschattet.

Ihre Krankheit war der Grund dafür gewesen, dass er seinen Job bei der Polizei aufgegeben hatte. Und seine Nähe zur Gedankenwelt des Mörders hatte ihn veranlasst, nicht mehr in seinen Beruf zurückzukehren.

„Wer hätte gedacht, dass so ein Mann eine Frau hat, die den gleichen perversen Hang zu solchen Brutalitäten anderen gegenüber hat.“ Angewidert schüttelte Robert den Kopf. „Vor kurzem gab es einen ähnlichen Fall in Kanada. Die Frau ist mit einer geradezu lächerlich geringen Strafe davongekommen. Ihre Anwälte haben es geschafft, sie selbst als Opfer darzustellen. Sieht ganz so aus, als ob keiner mehr für seine Taten verantwortlich ist. Sogar im Fall der Highland-Morde hat der Mann zwar lebenslänglich gekriegt, aber seine Frau gerade mal zehn Jahre. Doch Tatsache ist, dass du seinerzeit die treibende Kraft warst."

Bruce fühlte sich plötzlich sehr unbehaglich. „Damals konnte es dem Staatsanwalt nicht schnell genug gehen, als der Stein erst einmal ins Rollen gekommen war. Aber du weißt genauso gut wie ich, Robert, dass die Presse Himmel und Hölle in Bewegung setzen würde, wenn es sich bei diesem Fall um prominente Frauen handelte. Und Jonathan würde sich nicht damit begnügen, eine Hand voll Männer in den Wald zu schicken, die mal eben hinter ein paar Büschen nachschauen."

„Schlimm, nicht wahr? Doch was kann man schon dagegen tun?" Nachdenklich trommelte Robert mit den Fingern auf die Tischplatte. „In Anbetracht der Größe unseres Landes haben wir es schon mit einer ganzen Menge Verrückter zu tun gehabt." Er hob die Hand und machte eine vage Bewegung in Richtung Innenstadt. „Edinburgh. Hier sind Burke und Hare ihrem grässlichen Handwerk mit größtem Eifer nachgegangen, nachdem sie erst einmal festgestellt haben, wie profitabel das Morden sein kann. Vor fünf Jahren hat ein Typ aus der Vorstadt jeden Monat einen Immigranten umgebracht – um der sozialen Gerechtigkeit willen, wie er behauptete. Ihm passte es nicht, dass unser Volk „verunreinigt" wurde. In Tillingham hat es allerdings seit Jahrhunderten keine Gewaltverbrechen mehr gegeben, aber das weißt du ja selbst am besten. Und die Tragödien, die sich da abspielten, hatten immer mit Kriegen zu tun oder Clans, die sich befehdeten. In diesem Fall geht es allerdings ganz eindeutig nicht um eine Auseinandersetzung zwischen Clans. Trotzdem ... Jonathan scheint so seine Probleme mit diesem Wald zu haben. Letztens ist eine Gruppe von Teenagern, die irgendeinen Hokuspokus veranstalten wollten, schreiend aus dem Wald gelaufen. Sie waren felsenfest davon überzeugt, dass da irgendjemand oder irgendetwas war. Der Aberglaube greift um sich. Die Ortspolizisten scheuen sich, in den Wald zu gehen, und deshalb suchen sie auch nicht besonders gründlich im Gebüsch. Ich werde mich darum kümmern, dass die Polizeizentrale eine Truppe zusammenstellt, die sich den Wald noch mal vornimmt. Beruhigt dich das?"

„Auf jeden Fall", antwortete Bruce.

„Dann lass uns jetzt mal über das andere Problem sprechen ... deine amerikanische Invasion", schlug Robert vor.

„Sie haben einen Mietvertrag und Lizenzen, die so echt aussehen wie ein internationaler Friedensvertrag", erzählte Bruce grinsend. „Es würde mich nicht wundern, wenn sie immer noch glauben, dass ich meinen Besitz verloren habe, weil ich meine Steuern nicht bezahlt habe und einfach die Tatsache nicht akzeptieren kann, dass er nicht länger mir gehört."

„Nicht zu fassen", meinte Robert lachend.

„Doch. Eins der Mädchen hat genau das behauptet."

„Sie haben keinen blassen Schimmer, was du tust oder wer du bist?" erkundigte sich Robert.

„Nein, nicht einmal der Schotte, der zu ihnen gehört. Ehrlich gesagt gab mir das ein bisschen zu denken."

Robert zuckte mit den Schultern. „Vielleicht hast du Recht, vielleicht nicht. Aber vergiss nicht, dass die Leute aus Glasgow ... nun ja, für sie ist ihre Stadt nun mal der Nabel der Welt."

Fragend zog Bruce die Augenbrauen hoch.

„Bruce, du kennst die Stadt, in der ich aufgewachsen bin. Ein verschlafenes Kaff. Da ich unbedingt zur Polizei wollte, musste ich natürlich in die Stadt ziehen. Du kennst die Geschichte. Aber mach dir da mal keine Gedanken. Wenn er Schotte ist, kann ich dir bis morgen ein paar Informationen über ihn besorgen. Ich kann auch Erkundigungen über die ganze Clique einholen. Bei den Amis dauert es natürlich ein bisschen länger. Und wenn wir erst mal ihre Unterlagen eingesehen haben, können wir das Betrugsdezernat auf die Spur der windigen Typen hetzen, die illegal Immobilien vermieten und bündelweise Schecks in Euro dafür kassieren. Wirklich in Euro?"

„Das haben sie jedenfalls gesagt."

„Nicht Pfund?"

„Ich habe das noch nicht nachgeprüft. Aber ich höre noch ganz gut. Nein, nein, sie hat wirklich von Euros gesprochen. Diese Agentur tritt wahrscheinlich als Spezialist für europäische Immobilien auf. Wenn sie Euros verlangen, dürfte das keinen Verdacht erregen – selbst wenn sie Häuser in Schottland verkaufen.

„Und du hast diese leichtgläubige Bande nicht sofort vor die Tür gesetzt?" fragte Robert.

Bruce schüttelte den Kopf. „Es war Freitagabend, als ich in ihre Show geplatzt bin. Hätte ich sie etwa mitten in der Nacht hinauswerfen sollen?"

„Eigentlich ist das ja eine recht clevere Idee", überlegte Robert. „Man kann sich mit Friedhofsbesichtigungen und ähnlichen Angeboten eine goldene Nase verdienen. Die Leute gruseln sich nun mal gern, das ist bewiesen. Sie haben nichts gegen ein bisschen Gänsehaut, vorausgesetzt, sie können sicher sein, dass die Verbrecher ihre Taten schon vor Jahrhunderten begangen haben."

„Ich glaube, sie sind in Edinburgh auf diese einträgliche Idee gekommen", sagte Bruce.

„Wie lange ist das her?" fragte Robert.

„Keine Ahnung."

„Dann sind sie also früher schon mal in Schottland gewesen und haben unser schönes Land unsicher gemacht?"

„Ja. Warum? Ist das von Bedeutung?"

Robert schüttelte den Kopf. „Ich frage nur interessehalber. Vermutlich kannten sie die kleinen Dörfer und Ortschaften gar nicht, selbst wenn sie schon öfter hier waren. Und nach allem, was du mir erzählt hast, haben sie ja ordentliche Arbeit geleistet. Deine Burg musste wirklich mal in Stand gesetzt werden."

„Stimmt schon, ich war da ein bisschen nachlässig. Aber damals … nun ja, Maggie hat immer davon geträumt, die Kanonen wieder auf Hochglanz zu bringen und Touristen auf die Burg zu holen. Als sie dann gestorben ist …"

„Das ist über zehn Jahre her."

„Ich weiß, und ich möchte auch jetzt keine Predigten hören. Ich habe mit meinem Leben weitergemacht, und es hat ja auch ganz gut funktioniert. Ich reise durch die ganze Welt. Ich tue mein Bestes, um die Reichen zu bestehlen und es den Armen zu geben. Nur bei der Burg habe ich versagt."

„Also wissen deine Gäste – wenn wir sie mal so nennen wollen – weder was du tust noch wer du bist und dass die Burg gar nicht dein wirkliches Zuhause ist?"

„Nein."

„Gibt es einen bestimmten Grund, warum du deine Lebensumstände so verheimlichst?"

„Eigentlich nicht. Keiner hat mich gefragt. Ich weiß es nicht. Vielleicht", verbesserte Bruce sich. „Wir beäugen uns alle ein bisschen misstrauisch. Aber ich glaube nicht, dass sie mir etwas vorgemacht haben. Trotzdem … es war schon merkwürdig, nach Hause zu kommen und ihre Show zu sehen und mir dann von Toni Fraser erzählen zu lassen, dass sie ihre ganze Geschichte nur erfunden hat, obwohl sogar der Name von Bruce MacNialls Ehefrau stimmt – Annalise."

Robert machte eine abwehrende Geste. „So was passiert immer wieder. Die Leute hören irgendwas, vergessen es, und wenn es ihnen dann später wieder einfällt, glauben sie, es sei auf ihrem eigenen Mist gewachsen."

„Na ja, das sollte man annehmen“, pflichtete Bruce ihm bei. „Aber ich habe mich ziemlich ausführlich mit ihr unterhalten. Sie ist vollkommen davon überzeugt, dass sie es sich ausgedacht hat. Und da ist noch mehr.“

„Was denn?“

„Sie hat Angst davor. Sie hat Albträume, in denen mein Vorfahr mit einem blutigen Schwert vor ihrem Bett steht.“

Auch das beeindruckte Robert nicht. „Na wenn schon. Schließlich ist sie in der Burg des alten Lords.“

„Das sagt sich so leicht. Aber du solltest sie mal sehen, wenn sie aus so einem Traum erwacht.“

Fragend hob Robert die Augenbrauen. „Sie ist doch Schauspielerin von Beruf, oder?“

„Ja.“

„Ist es möglich, ich meine, könntest du dir vorstellen, dass das eine abgekartete Sache ist?“

„Dann wäre es bei weitem der beste Schwindel, der mir bisher untergekommen ist.“

„Stimmt, du lässt dich nicht so leicht übertölpeln“, gab Robert zu. „Das gehört zwar alles nicht zu meinen Zuständigkeiten, aber natürlich kümmere ich mich darum.“

„Danke.“

Roberts Handy klingelte, und er entschuldigte sich bei Bruce, ehe er das Gespräch entgegennahm. Bruce bemerkte, dass der Gesichtsausdruck seines Freundes, während er redete, erst überrascht, dann besorgt war.

Er unterbrach die Verbindung und starrte Bruce an.

„Ich fahre jetzt mit dir zurück“, sagte er dann.

„Was ist passiert?“ wollte Bruce wissen. Plötzlich hatte er ein unbehagliches Gefühl.

„Man hat eine Leiche gefunden.“

Bruce gefror das Blut in den Adern. Aber wirklich überrascht war er trotzdem nicht.

„Ist es … Annie O'Hara?"

„Ich weiß es nicht. Einer meiner Sergeants hat den Notruf entgegengenommen und mich sofort verständigt. Jonathan und der Gerichtsmediziner sind schon auf dem Weg zum Fundort. Selbst wenn die Verwesung noch nicht weit fortgeschritten ist, werden sie Genaueres vermutlich erst nach der Autopsie sagen können."

„Um Himmels willen. Ist sie im Wald gefunden worden?"

„Ja. Aber da ist noch etwas." Er warf Bruce einen merkwürdigen, bedeutungsvollen Blick zu.

„Was denn?"

Schwerfällig erhob Robert sich von seinem Stuhl. „Ich erzähl's dir unterwegs. Ich möchte da sein, ehe die da draußen irgendetwas verpfuschen."

„Verdammt noch mal, Robert, was willst du mir erzählen?" fragte Bruce genervt.

„Einer deiner Gäste hat sie gefunden. Miss Fraser."

9. KAPITEL

Eine merkwürdige Gelassenheit hatte Toni ergriffen. Als sie im Dorf angekommen war und ein träger Hilfspolizist endlich kapiert hatte, dass sie nicht hysterisch war, und Jonathan Tavish verständigte, tat es ihr fast Leid, wie sie Eban behandelt hatte. Es bestand überhaupt kein Anlass, den Mann zu verdächtigen. Im hellen Sonnenlicht und weit weg von ihrem schrecklichen Fund im Halbdunkel des Waldes hatte sie ihre Selbstsicherheit zurückgewonnen.

Als Jonathan eintraf, schilderte sie ihm, wie sie in den Wald gegangen war und den Ast entdeckt hatte. Wie sie jetzt nur wenige Zentimeter von Jonathan entfernt in seinem Büro saß, wirkte er auf sie in seiner lässigen Freizeitkleidung einmal mehr wie der nette Junge von nebenan.

„Aber Toni, wie konnten Sie nur so weit in den Wald hineingehen – und dazu noch allein? Ich habe Ihnen doch heute Morgen unmissverständlich erklärt, warum Sie das nicht tun sollten!"

„Ich habe Bruce gesehen", erklärte sie.

Jonathan schüttelte den Kopf. „Das kann nicht sein. Nachdem ich Sie verlassen hatte, habe ich ihn im Café getroffen. Er hat mir erzählt, dass er auf dem Weg nach Edinburgh war, um mit einem Freund Mittag zu essen."

Seine Bemerkung verursachte ihr eine Gänsehaut. Aber sie riss sich zusammen. Jetzt bestand schließlich kein Grund mehr, panisch zu reagieren.

„Nun ja", sagte sie und schlug die Augen nieder, „jedenfalls dachte ich, dass ich ihn gesehen hätte."

Er seufzte. „Es fällt mir nicht leicht, Sie darum zu bitten, aber Sie müssen noch einmal mit mir in den Wald zurückgehen und uns zu der besagten Stelle führen."

„Natürlich."

Toni ließ ihren Minivan stehen und stieg in den Dienstwagen des Constables. Einer seiner Leute begleitete sie und ein weiterer Streifenwagen, dessen Besatzung sich um die Absperrung des Fundorts kümmern sollte.

Dort wurden zunächst Fotos gemacht, ehe eventuelle Spuren verwischt werden konnten. Der Gerichtsmediziner, ein schon übertrieben freundlicher und vergnügter kleiner Mann namens Daniel Darrow, sprach in ein schwarzes Diktiergerät, während er sich einen ersten Eindruck von der Umgebung und der stark verwesten Leiche verschaffte.

Toni stand einige Meter vom Ufer entfernt und war froh über die Betriebsamkeit, die nun hier herrschte. Doch selbst jetzt wurde sie den Eindruck nicht los, dass jemand sie nicht aus den Augen ließ, und vermied es tunlichst, in die Baumkronen hinaufzuschauen aus lauter Angst, einen Beobachter zu entdecken. Jemanden, der sie anstarrte. Jemanden, der auf sie wartete. *Aber warum?*

Sie hörte, wie Dr. Darrow mit Jonathan sprach. „Es ist jedenfalls nicht die vermisste Annie O'Hara. So viel steht schon mal fest, da gibt es keinen Zweifel."

„Nicht?" fragte Jonathan.

„Ganz bestimmt nicht."

„Wie können Sie da so sicher sein?" hakte Jonathan nach.

„Wenn ich mich nicht sehr irre, liegt dieses Mädchen schon seit Jahrhunderten hier", erklärte Darrow.

„Seit Jahrhunderten!" entfuhr es Toni. Sie trat näher zu den beiden Männern hin.

„Das denke ich zumindest."

„Und Sie sind sicher, dass es der Körper einer Frau ist? Ich meine, wenn sie schon seit Hunderten von Jahren hier liegt, woher nehmen Sie dann Ihre Gewissheit?"

Darrow lächelte flüchtig. „Na ja, immerhin ist etwas von der

Kleidung erhalten geblieben. Ich glaube kaum, dass es damals viele Transvestiten gegeben hat, oder? Es gibt auch ein paar medizinische Hinweise. Die Beckenknochen einer Frau sind ganz anders geformt als die eines Mannes. Die Gesichtsknochen sind feiner, Körpergröße, die Breite der Rippen ... Aber machen Sie sich keine Sorgen, wir werden das im Labor alles genau prüfen. Jedenfalls denke ich, dass ich auf der sicheren Seite bin, wenn ich behaupte, dass es sich bei unserer armen Toten um ein Mädchen handelt. Ich werde auch noch ein bisschen tiefer graben und nicht nur die Leiche herausholen. Wir sollten außerdem einen forensischen Anthropologen hinzuziehen. Es ist wirklich erstaunlich! Sie muss tief im Schlamm begraben gewesen sein, weil sie noch relativ gut erhalten ist. Und außerdem ist die Todesursache ziemlich offensichtlich."

Toni und Jonathan starrten ihn verblüfft an.

Darrow nickte und zeigte mit einem Ast auf die Leiche.

„Sehen Sie das da? Es ist ein Halstuch, eine Krawatte oder ein Taschentuch ... jedenfalls etwas in der Art. Das arme Ding ist stranguliert worden."

Toni war sich nicht sicher, ob sie Darrows Ausführungen zur Todesursache folgen konnte, aber schließlich verstand er mehr von seiner Arbeit als sie.

Jonathan stieß einen Seufzer aus. „Wenigstens ist es nicht Annie O'Hara. Obwohl ich mir noch nicht sicher bin, ob ich das gut oder schlecht finden soll."

Darrow musterte ihn durchdringend. „Ich dachte, Sie haben den Wald schon längst nach Annie O'Hara durchgekämmt? Eigentlich hätten Sie dann auch dieses Grab entdecken müssen."

„Wir haben nach ihr gesucht", erwiderte Jonathan gleichmütig. „Aber wie Sie bemerkt haben, ist das hier ein ziemlich unübersichtliches Gebiet. Und ich bin sicher, dass die schweren Regenfälle von neulich dazu beigetragen haben, die ... Leiche freizulegen, sodass sie überhaupt gefunden werden konnte. Außerdem hat Miss Fraser gesagt, dass sie die Knochen erst bemerkt hat, nachdem sie den Ast beiseite geschoben hat. Verdammt noch mal, Daniel, ich brauche mehr Leute, wenn ich hier jeden Stein umdrehen und jeden Ast zur Seite schieben will."

Toni war von Daniel Darrow beeindruckt. Er arbeitete ungeheuer professionell und protokollierte jedes Detail minutiös. Auch wenn es sich allem Anschein nach um eine sehr alte Leiche handelte, durfte niemand dem Fundort zu nahe kommen – ungeachtet der Tatsache, dass es nicht mehr darum ging, Hinweise auf den ebenfalls längst verblichenen Mörder zu finden.

Sie wusste nicht, wie lange sie sich schon am Fundort aufgehalten hatte, als Bruce MacNiall mit einem ernst dreinblickenden Mann auftauchte.

Die beiden Männer blieben vor dem gelben Absperrband stehen, das den Fundort vor Unbefugten sicherte. Bruce wirkte wie immer beeindruckend, wenn auch diesmal ein wenig erschöpft. Er ließ seinen Blick über den Schauplatz des Leichenfundes wandern, nickte Jonathan zu und schaute schließlich hinüber zu der Baumgruppe, an der sie stand.

„Toni!" Seine Stimme klang barsch, aber sie glaubte auch einen besorgten Unterton zu hören, was sie mit einer gewissen Genugtuung erfüllte. Sekunden später stand er neben ihr. Er legte die Hände auf ihre Schultern und betrachtete sie aufmerksam. „Ist alles in Ordnung mit Ihnen?"

Sie nickte und war froh, dass er gekommen war. Allerdings irritierte sie das Ziehen in ihrem Bauch, das sie in seiner Gegenwart stets verspürte. „Natürlich", antwortete sie.

„Ich bringe Sie gleich fort von hier", versicherte Bruce ihr. „Haben Sie noch eine Minute Geduld."

„Bruce, mir geht es gut“, versicherte sie ihm. „Ich habe die Leiche gefunden, und Sie können sich vorstellen, dass mich danach nichts mehr so leicht aus der Fassung bringt. Außerdem ist sie nicht das jüngste Opfer eines Serienmörders. Dr. Darrow hat gesagt, dass sie schon seit Jahrhunderten hier gelegen hat.“

Verwirrt zog Bruce die Augenbrauen hoch.

Sie nickte. „Schon seit Jahrhunderten“, wiederholte sie.

Er ließ sie stehen und ging zu den anderen zurück.

„Bruce.“ Jonathans Stimme klang vorsichtig. „Ich bin hier, Daniel ist hier und Robert auch. Deine Anwesenheit ist also nicht unbedingt nötig.“

„Und ob!“ erwiderte Bruce gereizt. „Meine Burg befindet sich ganz in der Nähe. Die Leiche ist tatsächlich uralt?“ fragte er Darrow, ebenso ungläubig wie erleichtert.

„Ich glaube schon. Ich bin zwar kein Experte, aber ich wette, dass sie schon einige Hundert Jahre hier liegt“, erklärte Darrow. „Ich habe Jonathan bereits gesagt, dass wir ein bisschen tiefer graben müssen als gewöhnlich.“ Sein Blick fiel auf Toni, die ihn entgeistert ansah, und er fügte schnell hinzu: „Wir lassen sie nicht hier liegen. Wir wollen sie so komplett wie möglich bergen, inklusive Schlamm, damit die Experten herausfinden können, was damals passiert ist.“ Er lächelte Toni zu. „Miss Fraser, heute haben Sie der Geschichte einen großen Dienst erwiesen. Dieses Mädchen ist stranguliert worden, so viel steht fest.“

„Annalise!“ entfuhr es Jonathan. Er warf Bruce einen schnellen Blick zu und wirkte irgendwie zufrieden. „Sieht also ganz danach aus, als ob der Held der Royalisten doch seine bedauernswerte Frau umgebracht hat.“

„Vielleicht, vielleicht auch nicht“, entgegnete Bruce kühl.

„Schließlich ist sie schon ein paar Hundert Jahre alt“, fügte er hinzu. „Jedenfalls sagt das Dr. Darrow.“

„Aber das heißt nicht, dass der Lord sie umgebracht hat – selbst wenn es möglich sein sollte zu beweisen, dass es sich hier tatsächlich um Annalise handelt. Die Autopsie wird in Edinburgh vorgenommen“, sagte Robert.

„Das hier ist mein Zuständigkeitsbereich“, erwiderte Jonathan, der in seinem Stolz verletzt war.

„Aber es ist nationaler Fall“, wies Robert ihn zurecht.

„Das können Sie nicht entscheiden“, sagte Jonathan.

„Es ist die richtige Entscheidung, und das wissen wir alle, Jonathan“, schaltete sich Daniel Darrow ein. „Wir haben es hier wirklich mit einem Stück Geschichte zu tun. Natürlich, angesichts der jüngsten Ereignisse ... Jedenfalls haben wir zunächst vermutet, dass Miss Fraser jemand anderen gefunden hat. Und obwohl dieses arme Ding nicht diejenige ist, für die wir sie zunächst gehalten haben, besteht doch kein Zweifel an der Tatsache, dass es sich um eine wichtige Angelegenheit handelt.“ Darrow sprach begütigend, denn er spürte Jonathans Enttäuschung. Doch wenn dessen Ermittlungsmöglichkeiten schon nicht für die jüngeren Morde ausreichten – und alle waren zunächst davon überzeugt gewesen, es mit einem solchen zu tun zu haben –, so erst recht nicht in einem Fall, der weit in die Vergangenheit zurückreichte. Die Anspannung der Ermittler hatte sich ein wenig gelöst. Nur Jonathan sah ziemlich frustriert und verärgert aus. Offenbar hatte er das Gefühl, dass alle ihn für inkompetent hielten.

„Ich werde jetzt erst mal die Jungs bitten, mir beim Ausgraben zur Hand zu gehen und sie in die Leichenhalle zu bringen“, fuhr Darrow fort. „Vielleicht könnt ihr mir auch helfen, Jonathan und Robert. Und wir brauchen unbedingt einen Experten, der sich den Fundort ansieht.“

Toni wusste nicht viel von den Vorschriften, die bei der Entdeckung einer Leiche zu beachten waren – insbesondere wenn es sich um jemanden handelte, der schon seit Jahrhunderten tot war –, aber Darrows Entscheidung schien alle zufrieden zu stellen. Seine bedächtige Art, die Dinge anzugehen, beruhigte die erhitzten Gemüter, und alle Anwesenden verhielten sich ausgesprochen professionell – oder taten zumindest so.

Bruce schlüpfte nicht unter dem gelben Absperrband hindurch. Stattdessen hockte er sich hin, um die Überreste der Toten in Augenschein zu nehmen.

Toni folgte seinem Blick. Unvermittelt spürte sie eine leichte Übelkeit in ihrer Magengrube.

Der Tod war niemals ein erfreulicher Anblick. Die Lage des Schädels ließ darauf schließen, dass der Halswirbel gebrochen war und sie in Stücke gerissen worden war. Als hätte die Gewalt, die man ihr angetan hatte, noch über ihren Tod hinaus angedauert.

Toni konnte den Blick nicht von den dunklen Löchern der leeren Augenhöhlen wenden.

„Wie kommt es, dass nach all der Zeit noch Fleisch an den Knochen ist, obwohl das Skelett fast schon auseinander gefallen ist?" wollte Bruce wissen.

Darrow hockte sich neben ihn. „Ich nehme an, man hat sie sehr tief eingegraben. Der Morast hat sie konserviert."

„Zu dumm, dass er das nicht auch bei unseren jüngeren Opfern getan hat", bedauerte Jonathan.

Darrow sah sich um. „Frischluft begünstigt die Verwesung. Wenn der Regen von neulich das Grab freigelegt hat, dann liegt sie noch nicht allzu lange hier. Armes Mädchen. Sieht ganz so aus, als sei sie stranguliert worden. Die Abdrücke und …" Er holte eine kleine Taschenlampe hervor. „Sehen Sie mal, was hier um ihren Hals geschlungen war." Er leuchtete auf eine Verdickung an einem Knochen, der von bloßem Dreck bis zu verklumptem Stoff alles sein konnte, und schaltete die Lampe wieder aus. „Tragisch. Ich kann Ihnen jetzt schon mehr über die Frau erzählen, als wir bei den Autopsien der Mädchen herausgefunden haben, die im letzten Jahr ermordet worden sind."

Bruce erhob sich. Er hatte genug gesehen. „Ich bringe Toni von hier fort." Der Blick, mit dem er in die Runde schaute, duldete keinen Widerspruch. Niemand sagte etwas.

„Na gut", erwiderte Jonathan nur. Toni fragte sich insgeheim, ob er es wirklich für angebracht hielt, dass sie den Schauplatz des Verbrechens verließ, oder ob er insgeheim froh war, auf diese Weise auch Bruce loszuwerden.

Jetzt wandte Robert sich an Toni und reichte ihr die Hand. „Robert Chamberlain. Detective Inspector Robert Chamberlain. Ich bin sehr erfreut, Sie kennen zu lernen, Miss Fraser – trotz des unangenehmen Anlasses."

„Toni, bitte", murmelte sie, während sie seine Hand ergriff. „Das Vergnügen ist ganz meinerseits, Inspector."

Er lächelte flüchtig. „Robert, wenn Sie möchten."

„Robert", murmelte sie.

„Ich komme noch mal auf die Burg, bevor ich zurückfahre", sagte Robert zu Bruce.

„Gut. Und nochmals vielen Dank." Bruce legte seinen Arm um Tonis Schultern und führte sie fort.

Schweigend gingen sie am Flussufer entlang zurück zur Straße. Dort parkte inzwischen etwa ein halbes Dutzend Autos, darunter der Leichenwagen der Gerichtsmedizin.

Erst als sie den Wald hinter sich gelassen hatten, stellte Bruce sie ärgerlich zur Rede. „Was zum Teufel haben Sie eigentlich hier gemacht? Was fällt Ihnen ein, so weit in den Wald hineinzulaufen? Ich habe Sie doch ausdrücklich davor gewarnt."

Halb verblüfft und halb verärgert sah sie ihn an. Fast hätte sie ihm erzählt, dass sie nur ihm gefolgt war. Aber er hätte sie vermutlich eine Lügnerin genannt, oder schlimmer noch, sie für verrückt gehalten. Allerdings war sie auch selbst ziemlich durcheinander. Wenn er tatsächlich an diesem Morgen nach Edinburgh gefahren war, konnte er unmöglich auf seinem Pferd durch den Wald geritten sein und ihr zugewinkt haben.

Aber wenn er auf halbem Wege zurückgekommen war, sein Pferd genommen, sie anschließend in den Wald gelockt und dort allein gelassen hatte und dann erst nach Edinburgh gefahren war? Konnte das zeitlich hinkommen? Möglich war es schon.

Auf jeden Fall war es eine plausiblere Erklärung als die, einem Phantom auf einem Pferd begegnet zu sein.

„Ich habe gedacht, ich hätte Sie gesehen", sagte sie nur.

„Mich?"

Sie zuckte mit den Schultern. „Ich muss mich geirrt haben."

„Warum sollte ich Sie in den Wald locken, wenn ich Ihnen zuvor ausdrücklich gesagt habe, dass Sie diesen verdammten Ort meiden sollen?" fragte er ärgerlich.

„Moment mal! Ich *dachte,* ich hätte Sie gesehen. Ich habe mich eben getäuscht", wiederholte sie und schüttelte seinen Arm ab.

Er riss sich zusammen. „Entschuldigen Sie bitte. Es muss ein ziemlicher Schock für Sie gewesen sein."

„So schlimm war es gar nicht", erwiderte sie leise. „Schließlich ist es ja nicht so, als ob ich eine der neuen ... bitte behandeln Sie mich nicht wie ein verängstigtes Kind. Mir geht es gut." Sie spürte, dass sie ärgerlich wurde. „Außerdem hätten Sie uns ruhig sagen können, dass die Leichen im Wald von Tillingham gefunden worden sind – und dass Sie eines der Mordopfer entdeckt haben."

„Ich dachte, es würde ausreichen, Ihren Freunden zu erzählen, dass es Morde gegeben hat. Außerdem habe ich angenommen, dass Sie meine Bitte, sich vom Wald fern zu halten, befolgen würden, denn schließlich ist es meine Burg. Wenn Sie meine Gastfreundschaft genießen, kann ich doch wohl erwarten, dass Sie sich an gewisse Regeln halten."

„Ehrlich Bruce, ich habe gedacht, dass Sie dort stehen und mich zu sich winken."

„Folgen Sie niemandem, nicht einmal mir, in diesen Wald."

Offenbar führte er wirklich nichts Böses gegen sie im Schild. Aber wer war dann … Plötzlich hatte sie das Gefühl, dass eine eiskalte Hand ihren Rücken entlang strich.

„Sie zittern ja", stellte er fest.

„Mir geht's gut."

„Wirklich? Selbst wenn es nicht Annie O'Hara war, die Sie gefunden haben – solche Entdeckungen sind immer sehr … schockierend. Ich kann Ihnen versichern, dass es mir gar nicht so gut ging an dem Tag, als ich die erste Tote im Wald entdeckt habe."

„Das war ja auch etwas anderes."

„Sie wollen mir doch nicht etwa weismachen, dass Sie das alles hier völlig kalt lässt?"

Sie schlug die Augen nieder. „Nein, natürlich nicht. Gut, meine Knie sind ein bisschen weich. Aber ansonsten geht es mir gut."

„Kommen Sie, wir fahren zur Burg zurück", sagte er und deutete auf seinen Wagen.

„Wie um alles in der Welt sind Sie nur darauf gekommen, *mich* gesehen zu haben?"

„Ich habe mich geirrt!"

Auf dem kurzen Weg zu seinem Wagen hatte sie das Gefühl, als könnte sie kaum die Beine bewegen. Ein wenig ungelenk stieg sie ein. *Jetzt hatte sie ihn also angelogen. Nun ja, nicht wirklich. Sie war jemandem, den sie mit ihm verwechselt hatte, in den Wald gefolgt. Vielleicht hätte sie das dem Constable erzählen sollen. Möglicherweise gab es ja jemanden, der Bruce MacNiall zum Verwechseln ähnlich sah, jemand, der sich seinen Spaß mit den Leuten erlaubte und sie in den Wald lockte. War es ein Verrückter? Oder war es etwa doch Bruce?*

Eigentlich konnte sie sich das nur schwer vorstellen. Und wie schon früher an diesem Tag empfand sie plötzlich merkwürdige Ruhe und Gelassenheit.

„Bitte glauben Sie mir, ich bin vollkommen okay. Natürlich habe ich mich erschrocken. Es war unheimlich. Aber inzwischen finde ich es nur noch traurig“, beteuerte sie, während sie ihn von der Seite ansah.

Er nickte, ohne den Blick von der Straße zu nehmen, wirkte aber immer noch angespannt. Trotz des schrecklichen Verdachts, der weiter in ihr nagte, ertappte sie sich dabei, wie sie sein männlich-markantes Profil bewunderte. Außerdem war sie beeindruckt von der Souveränität, mit der er die Situation gemeistert hatte. In manchen Dingen war er eben unschlagbar. Nun gut, vielleicht nicht, wenn es darum ging, seine Burg tipptopp zu pflegen. Aber die Gegend, die er sein Zuhause nannte, war ihm gewiss nicht gleichgültig. Vor allem nicht, wenn sie durch abscheuliche Mordfälle in die Schlagzeilen geriet. Abgesehen davon schien ihm auch das Schicksal der Opfer sehr nahe zu gehen.

Bestimmt war er auch wütend, weil Jonathan felsenfest davon überzeugt war, dass es sich bei der Toten um Annalise handelte, die möglicherweise von ihrem Ehemann umgebracht worden war. Das bedeutete natürlich einen dunklen Fleck in der Familienehre – auch wenn diese Untat bereits vor Hunderten von Jahren verübt worden war.

Nach wenigen Minuten hatten sie die Burg erreicht.

Gina, Ryan, David und Kevin warteten bereits an der Tür auf sie. Gina lief ihr entgegen. „Oh Toni, du Ärmste!“ rief sie.

David, der ihr gefolgt war, nahm Toni in den Arm. „Eban hat uns alles erzählt.“

Ryan schob sich eine Haarsträhne aus dem Gesicht und stand ein wenig unbeholfen neben ihr. „Eigentlich wollten wir zu dir kommen, aber Eban hat gesagt, dass die Polizei keinen in die Nähe des Tatorts ließ – wegen der Spuren im Wald."

„Toni, wie wär's mit einem Drink?" fragte Kevin. „Ich glaube, du könntest jetzt einen gebrauchen."

Nachdem sie einen nach dem anderen umarmt hatte, stieß Toni einen tiefen Seufzer aus und lächelte ein wenig verlegen. „Glaubt mir, Leute, mir geht es wirklich gut. So zart besaitet bin ich nicht."

„Ich auch nicht", versicherte Gina. „Trotzdem kann ich mir nicht vorstellen ... Wir finden das übrigens auch ganz schlimm, Bruce. So etwas ist schließlich immer furchtbar."

„Wie bitte?" fragte er zerstreut.

„Nun ja ..." Verlegen sah Gina sich um. „Uns war nicht klar, dass die Opfer hier ganz in der Nähe in Tillingham gefunden worden sind – von Ihnen und Eban. Er war zwar froh, dass es sich bei der Toten nicht um das vermisste Mädchen handelt, aber er hat auch gesagt, dass dieser Fund den traurigen Teil Ihrer Familiengeschichte bestätigt. Wie auch immer, Sie haben unser Mitgefühl. In diesem Licht betrachtet kommt mir unsere Mordszene ziemlich geschmacklos vor. Wir versprechen Ihnen auch, dass wir den Wald unter keinen Umständen mehr betreten werden – und Toni ganz bestimmt auch nicht."

„Das ist nach dem heutigen Vorfall auch mehr als angebracht", sagte Bruce. „Und was meine Familiengeschichte angeht – es wurde zwar eine Leiche gefunden, aber die genaueren Todesumstände kennen wir noch nicht, und wir wissen auch nicht, um wen es sich überhaupt handelt."

David legte den Arm um Tonis Schultern. „Du hättest dich besser vom Wald fern gehalten – vor allem, nachdem uns unser Gastgeber so nachdrücklich davor gewarnt hat!"

Toni seufzte. Wie oft würde sie sich noch rechtfertigen müssen? „Es war ein Irrtum, mehr nicht. Vielleicht eine Lichtspiegelung. Ich habe geglaubt, Bruce zu sehen, und er hat mir zugewinkt."

Alle starrten sie verblüfft an. „Aber er ist doch heute ganz früh weggefahren", sagte Gina schließlich, während sie zwischen Bruce und Toni hin und her sah. „Weißt du nicht mehr, dass ich dir das erzählt habe, als wir unser Picknick planten? Bruce, Sie sind doch weggefahren, oder?"

„Ja."

„He, es war der Wald, irgendein Schattenspiel", wiederholte Toni. Dann wandte sie sich um und lief ins Haus. Sie verspürte nicht die geringste Lust, noch länger über dieses Thema zu reden.

Die anderen folgten ihr und versammelten sich wie immer in der Küche. Kevin kümmerte sich um Getränke. „Tee oder Whiskey – ich denke, beides ist jetzt angebracht", erklärte er, während sich die anderen an den Tisch setzten.

„Ist Thayer noch nicht zurück?" Plötzlich war Toni aufgefallen, dass ihr Cousin fehlte.

„Nein, er ist noch unterwegs", erwiderte Gina.

„Wir könnten ihn auf seinem Handy anrufen", schlug David vor. „Aber wir wollten es ihm erst erzählen, wenn er wieder hier ist, um ihm den Nachmittag nicht zu verderben."

Sie spürte die Unsicherheit ihrer Freunde in Gegenwart von Bruce. Wie mochte ihm zu Mute sein nach dem Fund einer Leiche, die vielleicht seine Ur-Ur-Ur-Ur-Großmutter war? Und wie dachte er jetzt über ihre Vorstellung, in der sie allabendlich einen spektakulären Mord zeigten, der sich vielleicht tatsächlich so in seiner Familie ereignet hatte? Schließlich waren da noch die anderen Verbrechen, die ihm offenbar sehr zu schaffen machten. Der Kopf musste ihm schwirren vor lauter unbeantworteten Fragen. Und trotzdem hatte er ihnen erlaubt zu bleiben, damit ihre finanziellen Verluste nicht allzu groß waren. Immerhin hatten sie ein Menge Geld in die Renovierung der Burganlage gesteckt. Doch wie würde er sich jetzt nach den schrecklichen Ereignissen vom Nachmittag verhalten?

Bruce schien ihre Sorgen erraten zu können. Und da er nicht zu jenen Leuten gehörte, die lange um den heißen Brei herum redeten, sagte er: „Sie können ruhig mit Ihren Vorstellungen weitermachen." Dann schaute er jeden von ihnen eindringlich an. „Aber es wird niemand mehr stranguliert, ist das klar?" Sein Blick ruhte auf Toni. „Sie werden ein anderes Ende für Ihr Theaterstück finden müssen. Lassen Sie sich etwas einfallen."

Gina räusperte sich. „Bruce, glauben Sie, dass das Skelett, das Toni gefunden hat, Bruce MacNialls Frau gewesen sein könnte?"

Bruce seufzte. „Vielleicht war es Annalise, vielleicht auch nicht. Möglicherweise hat mein Vorfahr sie in einem Anfall von Wut umgebracht, aber das lässt sich nicht mit Sicherheit sagen. Ich halte nichts von Spekulationen. Solange die Untersuchungen noch andauern, wäre es mir lieb, wenn wir die Sensationslust der Leute nicht anstacheln würden – auch nicht, wenn es darum geht, etwas von dem Geld, das Sie investiert haben, zurückzubekommen. Ich hoffe, Sie haben Verständnis für diese Spielpause"

Die Runde am Tisch seufzte erleichtert auf.

„Danke", sagte Ryan nur.

Bruce nickte, leerte sein Glas und erhob sich. „Gina, sehen Sie zu, dass Sie alle Unterlagen beisammen haben. Ein Freund von mir, der bei der Polizei in Edinburgh arbeitet und nachher noch vorbeikommt, soll sich die Dokumente einmal anschauen. Sein Büro ist besser ausgestattet als die hiesige Polizeiwache, wenn es darum geht, einer länderübergreifenden Betrugsmasche auf den Grund zu gehen."

„Klar", sagte Gina und stand ebenfalls auf.

„Ihr Freund kann doch mit uns essen“, meinte Kevin. Wie immer war er felsenfest davon überzeugt, dass sich bei einem guten Mahl alle Probleme lösen ließen.

Bruce konnte ein Lächeln nicht unterdrücken. „Mal sehen, ob er Zeit hat“, entgegnete er. „Wenn Sie mich jetzt bitte entschuldigen wollen – ich bin in meinem Zimmer.“

Als er hinausgegangen war, redeten plötzlich alle gleichzeitig.

„Gott sei Dank“, stieß Gina hervor.

„Er ist wirklich ein netter Kerl“, meinte David.

„Du Ärmste!“ Kevin sah Toni mitleidig an und wiegte den Kopf hin und her. „Ist es nicht schrecklich, was mit der Frau geschehen ist? Es war purer Zufall, dass du sie gefunden hast.“

„Und du bist sicher, dass mit dir alles in Ordnung ist nach diesem …?“ Ryan beendete den Satz nicht.

Toni stand auf. Plötzlich war sie entsetzlich müde. Der Weg durch den Wald, das tückische Unterholz, der Schlamm an Armen und Beinen und ihrer Kleidung, der ihr jetzt erst auffiel – plötzlich war ihr alles zu viel. Der Tee und der Whiskey hatten gut getan, aber jetzt brauchte sie unbedingt ein heißes Bad.

„Leute, mir geht es ausgezeichnet. Danke, dass ihr euch so um mich sorgt. Aber ich muss mich jetzt erst einmal säubern. Ich bin gleich wieder zurück.“

„Und ich muss mich dringend um den Rotschimmel kümmern“, sagte Ryan. „Ich frage mich nur, warum der alte Wallace plötzlich so krank geworden ist.“

Toni blieb stehen. Sie hatte in all dem Aufruhr vollkommen vergessen, dass Eban ihr von dem kranken Pferd erzählt hatte. „Ist der Tierarzt hier gewesen?“

Ryan nickte. „Als wir vom Picknick kamen, war er schon da. Er schien selbst etwas ratlos zu sein und glaubte, dass das Tier vielleicht etwas Falsches gefressen hat. Aber Wallace steht neben

Bruce' Hengst, und Shaunessy geht es ausgezeichnet. Außerdem kaufe ich immer nur das beste Futter – ihr wisst ja, wie ich meine Lieblinge umsorge."

Den Rotschimmel hatten sie sich ebenfalls neu angeschafft, aber natürlich war er viel mehr als eine bloße Investition. Obwohl Toni nicht über Ryans Kenntnisse und Talente verfügte, hatte sie das Pferd gemeinsam mit ihm ausgesucht. Ryan hatte es sehr fachmännisch ausgewählt – was er wollte, war ein fügsames Tier –, während sie rein gefühlsmäßig vorgegangen war: Das Pferd mochte sie und liebte es, wenn man ihm über die Nüstern streichelte. Außerdem hieß er Wallace, was ausgezeichnet zu ihrem Vorhaben, der historischen Veranstaltung, passte. Alles in allem schien er ein gutes Omen zu sein.

„Ich werde nachher mal nach ihm schauen", versicherte sie. Allmählich machte auch sie sich Sorgen.

„Der Tierarzt ist jedenfalls ausgezeichnet", sagte Ryan. „Das müssen sie hier auf dem Land wohl auch sein. Schließlich sind die Leute auf ihre Tiere angewiesen."

„Das ist ja mal eine gute Nachricht", murmelte Toni. „Bis später dann." Damit verließ sie die Küche und eilte in ihr Zimmer.

Die Tür zum Bad war geschlossen. Leise klopfte sie an, und als niemand antwortete, schaute sie hinein. Die Tür zu Bruce' Zimmer war ebenfalls zu, wenn auch nicht abgeschlossen.

Bewusst verzichtete sie darauf, den Schlüssel umzudrehen, und stellte das Wasser an.

Die Kleidung, die sie trug, würde sie nie wieder anziehen können, davon war sie überzeugt. Achtlos warf sie das Zeug neben dem Waschbecken auf den Boden, gab Schaum ins Wasser und stieg in die Wanne.

Gott sei Dank hatte niemand kurz vorher gebadet, sodass genügend heißes Wasser vorhanden war. Sie genoss die Wärme, die bis in die letzte Pore ihres Körpers zu dringen schien. Jetzt erst wurde ihr bewusst, wie kalt und klamm sie sich gefühlt hatte. Das Wasser tat gut. Die heißen Schwaden schienen das Eis zu schmelzen, das sich wie ein Panzer um ihre Knochen gelegt hatte.

Sie schloss die Augen und lehnte den Kopf an den Wannenrand, und ehe sie sich versah, befand sie sich wieder im Wald.

Wieder erkannte sie den Mann, der ihr zuwinkte, bemerkte das sprudelnde Wasser, dessen Blasen zerplatzten, wenn Steine und Felsbrocken ihm den Weg versperrten. Noch einmal schob sie den schweren Ast zur Seite, und sie spürte die gleiche Anspannung, die von ihr Besitz ergriffen hatte, als sie leibhaftig am Fundort gewesen war. Sie schaffte es einfach nicht, die Szenen vor ihrem inneren Auge zu vertreiben. Aber es war nicht das Bild der alten Knochen, der Überreste eines Verbrechens, das Jahrhunderte zuvor an diesem Ort verübt worden war.

Sie sah einen anderen Körper. Einen, der vollkommen intakt war und keine Spuren von Verwesung zeigte. Es war der nackte Körper einer jungen Frau, die mit dem Gesicht nach unten im Schlamm lag, das ehemals blonde Haar schmutzverkrustet.

Sie beobachtete sich dabei, wie sie die Tote auf den Rücken drehte und ihr Gesicht betrachtete. Augen, in denen sie noch das Entsetzen über das schreckliche Geschehen wahrzunehmen glaubte, blickten sie an. So sehr sie sich auch bemühte – es war ihr nicht möglich, diese Vision zu vertreiben.

Plötzlich entstand vor Tonis innerem Auge das Bild des lebenden Mädchens, das an einer Straßenecke in Edinburgh stand. Die Gegend kam ihr irgendwie bekannt vor – es war nicht die Royal Mile, sondern eine dunkle, schattige Nebenstraße, schwach erhellt nur durch ein paar trübe Laternen. Leise Musik drang auf die Straße, vermutlich aus einem nahe gelegenen Pub, denn sie hörte auch Gelächter und die Stimmen von Menschen, die schon einiges getrunken zu haben schienen. Ganz deutlich konnte sie das Gesicht der jungen Frau sehen, ihre Augen – und beinahe auch ihre Gedanken lesen, so wie große Lettern eines Plakates.

Geld. Sie brauchte dringend Geld. Während sie an der Straßenecke stand, überlegte sie, ob sie in den Pub zurückgehen und einen Mann ansprechen sollte. Aber sie war ja gerade in der Kneipe gewesen und hatte keinen potenziellen Kunden gesehen. Also kaum Aussichten auf einen kleinen Verdienst. Für diesen Abend hatte sie sich eine Arbeitergegend ausgesucht, aber die Kerle waren alle geizig mit ihrem Geld. Deshalb stand sie jetzt auf der Straße. Natürlich musste sie vorsichtig sein, denn sie hatte keine Lust, einem Polizisten in die Arme zu laufen. Allerdings durfte sie auch nicht so tief im Schatten stehen, dass ihr ein möglicher Freier durch die Lappen ging.

Sie trug einen karierten Minirock, damit sie ihre wohl geformten Beine zeigen konnte, auf die sie sehr stolz war. Der Ausschnitt ihrer Bluse reichte zwar nicht bis zum Nabel, aber dennoch tief genug, um jedem Interessenten zu zeigen, was sie ihm für Geld zu bieten hatte.

Allmählich fragte sie sich, ob sie die richtige Straßenecke gewählt hatte. Und einen kurzen, aber wirklich nur sehr kurzen Moment lang wunderte sie sich, wie sie überhaupt in diese Situation hineingeraten war. Warum um alles in der Welt hatte sie sich ausgerechnet diese Art von Leben ausgesucht? Doch dann wurde ihr bewusst, dass sie gar keine Wahl gehabt hatte, wenn sie dem Leben, das ihr vorherbestimmt war, entfliehen wollte – Böden schrubben, am Fließband stehen, Hamburger in einem Fastfood-Restaurant servieren. Da sie keinen Schulabschluss hatte, wäre ihr vermutlich nichts anderes übrig geblieben, als irgendeinen Typen zu heiraten, der wahrscheinlich auch keinen besonderen Beruf gehabt hätte.

Dann hätten sie eine Hand voll Kinder gekriegt und ein ziemlich armseliges Leben geführt.

Sie glaubte immer noch, dass sie es mit etwas mehr Geld – dazu musste sie allerdings lernen, sich aus den Pubs fern zu halten – bis nach London schaffen würde. Und wenn sie erst einmal dort war … dann würde sie schon etwas finden.

Eigentlich hätte sie sich auf das hier nie einlassen dürfen – aber hatte sie eine Wahl? Außerdem hatte sie gelernt, die Augen zu schließen, wenn ihr Freier ein alter, stinkender, hässlicher Typ war. Irgendwann war es vorbei, und dann konnte sie es ganz schnell vergessen.

Vielleicht gelang es ihr, heute Abend einen zu finden, der nicht ganz so abstoßend und dick war, der nicht nach Whiskey oder nach Ziegenbock stank.

Gut möglich auch, dass gar keiner vorbeikam …

Sie hörte den Wagen, ehe sie ihn sah. Er hielt neben ihr. Sie beugte sich hinunter und schaute durchs Fenster. Ihr wurde ein wenig leichter ums Herz. Der Kerl sah wirklich ganz gut aus und lächelte sie strahlend an.

Sie stieg in den Wagen.

„Toni!"

Sie riss die Augen auf und fuhr hoch. Die Bilder zerplatzten wie eine Seifenblase – als ob sie nie existiert hätten. Zurück blieb nur ein unbehagliches Gefühl, eine leise, unerklärliche Furcht.

Bruce MacNiall stand an der Tür, die Stirn in tiefe Falten gelegt. Sie starrte ihn an. Der Schaum auf der Wasseroberfläche war fast verschwunden, aber sie achtete nicht darauf.

Sie hatte die Tür ganz bewusst nicht abgeschlossen. Doch daran dachte sie im Moment überhaupt nicht, denn sie war noch viel zu sehr mit den verstörenden Bildern beschäftigt, die ihr gerade durch den Kopf gegangen waren.

Sie hatte das Gesicht und die Augen der jungen Frau ganz deutlich – viel zu deutlich – gesehen. Außerdem hatte sie die Gefühle der Frau nachempfinden können. Für ein paar Minuten war sie in die Haut einer anderen Person geschlüpft.

„Tut mir Leid, ich wollte nicht hereinplatzen", entschuldigte Bruce sich mit seiner tiefen Stimme. „Ich hatte bloß befürchtet, dass Sie hier ertrinken."

Plötzlich war sie unendlich froh über seine Anwesenheit. Sie konnte sich das Gefühl selbst kaum erklären. Sie rappelte sich hastig auf, wäre dabei fast ausgerutscht, stieg tropfnass aus der Wanne und stürzte sich in seine Arme.

„He", sagte er verdutzt, doch es schien ihm egal, dass sie seine Kleidung durchnässte. Er schlang die Arme um sie, und sie spürte eine Wärme und Geborgenheit, nach der sie sich schon so lange gesehnt hatte. Dies waren keine Trugbilder, dies war das richtige Leben. Dann trat er einen Schritt zurück, legte einen Finger unter ihr Kinn und hob ihren Kopf.

„Ich dachte, mit dir sei alles in Ordnung", sagte er freundlich.

„Ist es auch", antwortete sie. In seinen Armen empfand sie tatsächlich so. Wenn er sie fest umschlungen hielt, hatte sie keine Angst. Die Bilder ihres Tagtraums waren noch nicht vergessen. Aber jetzt fühlte sie sich wohl. Mehr noch. Trotz allem, was sie gesehen und erlebt hatte, oder vielleicht gerade deshalb, wollte sie die Hitze spüren und das erotische Prickeln, das jedes Mal von ihr Besitz ergriff, wenn sie miteinander sprachen oder sich berührten.

Er zog die Augenbrauen hoch. „Ich beschütze dich gerne, wenn du Angst hast, Toni, und leiste dir Gesellschaft. Aber tu das nicht noch einmal – es sei denn, es ist wirklich das, was du willst. Hörst du?"

Sie nickte, und ein sehnsüchtiges Lächeln umspielte ihre Lippen. „Ich brauche dich."

„Nun, hier bin ich."

Ihr Lächeln wurde strahlender. „Ich weiß, dass du mir ... ohne jeden Hintergedanken Gesellschaft leisten würdest. Es klingt vielleicht seltsam, aber ich habe keine Angst mehr. Ich möchte mit dir zusammen sein. Wir haben doch darüber gesprochen, dass ich dir um den Hals fallen soll, wenn ... erinnerst du dich nicht mehr? Also ... was ist?"

Sein Zögern machte sie auf einmal unsicher. Fast empfand sie einen Anflug von Panik. Er wird mich abweisen, dachte sie, und ich habe mich wie eine dumme Kuh benommen.

Doch sein Blick sprach eine andere Sprache. War es Verlangen, das in seinen Augen loderte? „Ich möchte allerdings nicht, dass du mir nur deshalb um den Hals fällst, weil du jemanden brauchst, der mit dir schläft."

Sie starrte ihn an. Dann schüttelte sie entschieden den Kopf. „Nicht jemanden. *Dich.*"

„Ach so", murmelte er, ohne sie aus den Augen zu lassen.

„Oder möchtest du nicht, dass ich dir um den Hals falle?" wollte sie wissen.

„Doch, Mädchen, und ob!" erwiderte er, und allein das Zittern in seiner Stimme sandte erwartungsvolle Schauer der Lust durch ihren Körper. „Ich möchte, dass du mir um den Hals fällst, weil du es nicht mehr abwarten kannst. Weil du mich für den attraktivsten Mann hältst, dem du jemals begegnet bist. Weil du willst, dass meine Hände dich überall berühren. Weil all deine Gedanken an mich nur um eines kreisen: Sex und Lust, einfache, pure, animalische Lust." Seine Stimme wurde noch tiefer, seine dunklen Augen noch unergründlicher, und die Leidenschaft seiner Umarmung und die Hitze seines Körpers waren schier überwältigend. „Ich möchte, dass du mir um den Hals fällst, weil du es nicht mehr abwarten kannst, mit deinen Händen über meine nackte Haut zu fahren, weil du es nicht mehr abwarten kannst, mit eigenen Augen zu sehen, was ein Schotte unter dem Kilt trägt."

„Du trägst doch gar keinen Kilt."

„Wenn es das ist, was du wirklich willst Toni, dann werde ich gar nichts tragen."

Sie streichelte seine Wange und genoss es, seine Haut zu berühren. Wie hatte sie es nur ausgehalten, so lange darauf zu warten? Sie trank seinen Atem, spürte seinen muskulösen Brustkorb und kostete die pure Männlichkeit, die von ihm ausging – seine Sinnlichkeit, sein dichtes, dunkles Haar, seine markanten Gesichtszüge, dieses Gefühl, das er einer Frau vermittelte, die er fest umschlungen hielt.

„Ich möchte am liebsten unter deine Haut kriechen", flüsterte sie, während sie ihm tief in die Augen sah.

Er trat einen Schritt zurück. Unvermittelt wurde sie sich ihrer Nacktheit bewusst, und erneut spürte sie einen schmerzhaften Moment lang die Verletzbarkeit, der sie sich mit ihrem freimütigen Bekenntnis ausgesetzt hatte, mit der Lust, die er in ihrem Blick erkennen konnte – oder zumindest mit ihrem unbezähmbaren Wunsch nach Erfüllung ihrer geheimsten Wünsche.

Aber er hatte sie nicht abgewiesen. Stattdessen hatte er es so eilig, aus seinem Hemd zu kommen, dass ein Knopf absprang.

„Mein Körper gehört dir", sagte er nur. „Von oben bis unten."

Lächelnd schmiegte sie sich wieder an ihn und genoss das Gefühl seiner Haut an ihrer. Sie presste ihre Brüste gegen ihn, spürte seine Muskeln und das Kitzeln seiner Haare auf ihrer weichen Haut. Er legte seine kraftvolle Hand unter ihr Kinn und zog ihr Gesicht an seines. Seine Lippen umschlossen ihren Mund, und seine Zunge erkundete kühn das unbekannte Terrain. Ihr erster Kuss war keine flüchtige, sanfte Berührung, sondern eine kraftvolle Begegnung, die ihr fast den Boden unter den Füßen wegriss und die

Welt um sie herum in einem Nebel versinken ließ. Sie spürte seine Berührungen an ihrem ganzen Körper, und jeder Zentimeter ihrer Haut sehnte sich danach, von ihm gestreichelt und liebkost zu werden, ihm noch näher zu kommen. Das Blut kochte in ihren Adern, als seine Zunge sich in ihren Mund bohrte und jeden Winkel der feuchten, warmen Höhle mit der Spitze liebkoste. Fast verschlug es ihr den Atem, und sie fühlte die lustvoll-schmerzhafte Anspannung, die nach Erlösung drängte. Sie befürchtete, dass ihre Knie jeden Moment nachgeben würden.

Vielleicht spürte er das auch …

Er presste sie an sich, und ihre Haut schien wie elektrisch aufgeladen. Der raue Stoff seiner Jeans rieb an ihren Schenkeln, das kühle Metall der Gürtelschnalle ließ sie erschauen. Seine Hände, fuhren über ihre Haut, seine pralle Erektion, die sich deutlich unter dem Stoff abzeichnete, pochte gegen ihren Schoß. Flüchtig schoss es ihr durch den Kopf, dass sie ihn gerade zwei Tage kannte, aber ihr kam es vor wie eine Ewigkeit. Seine nackte Brust entfachte in ihr wahre Hitzewallungen – ein nie gekanntes, überwältigendes Gefühl. Er legte sie auf die altertümliche Bettdecke unter den Baldachin aus Brokatstoff, und obwohl er sich nur kurz von ihr abwandte, um seine Schuhe und Jeans abzustreifen, fröstelte sie und fühlte sich allein gelassen mit ihrem Verlangen. Sekunden später war er wieder bei ihr, und kleine köstliche Schauer liefen durch ihren Körper, als sich sein hartes Glied gegen ihre Schenkel presste. Würde er sie doch in diesem Moment nehmen. Nie hatte sie sich etwas sehnlicher gewünscht. Aber er ließ sich unendlich viel Zeit, schaute ihr tief in die Augen, fuhr mit den Fingerspitzen über die empfindliche Haut auf der Innenseite ihrer Arme, fasste nach den Handgelenken und legte sie behutsam über ihren Kopf, während er sie lange und leidenschaftlich küsste.

Und jetzt …

Der feuchte Druck seiner Lippen, seine Zunge, sein Mund, seine Haut an ihrer Brust, den harten Knospen – es war mehr, als sie ertragen konnte. Mit der einen Hand streichelte er ihren Rücken von oben bis unten und verharrte an ihrem Po, während sie mit den Fingern sein Haar durchwühlte. Lustvoll wand sie sich unter ihm und keuchte: „Ich sollte dir doch um den Hals fallen ...“

Einen Moment lang hielt er inne und betrachtete sie. In seinen Augen glommen kleine Fünkchen. „Du willst doch jetzt nicht etwa einen Rückzieher machen? Der Schaden, den du dabei anrichten könntest, wäre unermesslich ...“ Er legte sein Gesicht auf ihren Bauch und bohrte seine Zungenspitze in ihren Nabel. Von dort aus ging er tiefer, liebkoste ihre Hüften. Sie spürte seine Hände zwischen ihren Schenkeln ... seine Fingerspitzen tasteten sich vor, streichelten und neckten sie an ihren empfindlichsten Stelle ... und dann küsste er sie.

Sie stieß einen Schrei aus, weil sie das Gefühl hatte, jeden Moment explodieren zu müssen. Laut stöhnend bäumte sie sich auf, als sie einen Höhepunkt erlebte, der köstliche Wellen der Lust durch ihren Körper sandte und unendlich lange dauerte ...

Dann lag er wieder auf ihr, sie spürte die Bewegungen seines Körpers auf ihrem, und sein hartes Glied drang so tief in sie ein, dass sie gleich einen zweiten Orgasmus erlebte, bei dem sie das Gefühl hatte, in unbeschreiblichen Höhen durch watteweiche Wolken zu schweben. Ihre Körper bewegten sich in vollkommener Harmonie, und sie erlebte Momente unaussprechlicher Glückseligkeit, Himmel und Erde schienen eins zu werden, so wie sie beide eins wurden, als hätten sie einander schon immer gekannt und nur für diesen einen seligen Moment gelebt.

Jetzt waren sie nur noch Beine, Arme, Haut, Haare, die einander umschlangen, sich ineinander verfingen allein mit dem Ziel, den Gipfel erneut zu erreichen.

Bis zu diesem Moment war sie davon überzeugt gewesen, alle Lust und die höchste Befriedigung bereits zu kennen. Nichts und niemand, so glaubte sie, könnte ihr großartigere Höhepunkte verschaffen als die, die sie bereits kannte. Doch sie hatte sich getäuscht. Seine Berührungen hatten in ihr eine Lust entfacht, die sie in ihren kühnsten Träumen nicht für möglich gehalten hätte. Sie schrie, stöhnte, jammerte, während sie sich zuckend an ihn klammerte, in wilder Ekstase wand und sich ihm entgegen bog, um jeden Millimeter seiner Männlichkeit in sich aufzunehmen. Kraftvoll und zugleich voller Gefühl stieß er immer wieder zu, entzog sich ihr fast ganz, drang erneut in sie ein, und als er sich mit einem lauten Stöhnen in sie ergoss, war die Explosion ihrer Lust so heftig und anhaltend, dass sie glaubte, sterben zu müssen. Ermattet und nass und selig lag sie schwer atmend unter ihm. Sie war schweißbedeckt, ihr Puls raste, das Herz hämmerte in ihrer Brust, und es dauerte eine köstliche Ewigkeit, ehe sie wieder in die Wirklichkeit zurückkehrte und ihre Umwelt wahrnahm.

Noch immer hielt er sie in seinen Armen, und sein schwarzes Haar klebte feucht an seiner Stirn und über seinen Augen, mit denen er sie ebenso zärtlich wie begehrlich betrachtete. Seine Worte …

Atemlos wartete sie darauf, was er als Nächstes sagen würde.

Und dann klopfte es an der Tür.

„Bruce? Bist du da drin?“

Das sehnsüchtige Funkeln in seinen Augen verschwand. Stattdessen blickte er sie ebenso bedauernd wie amüsiert an.

„Robert Chamberlain“, murmelte er reumütig. „Ich habe ihm gesagt, dass er vorbeikommen soll.“

Obwohl sie eine erwachsene Frau war und jedes Recht der Welt hatte zu tun, was sie gerade getan hatte, sprang sie aus dem Bett wie ein ertapptes Schulmädchen. „Ist schon gut“, sagte sie nur und floh ins Badezimmer.

10. KAPITEL

Erst lange nach Einbruch der Dunkelheit kehrte Thayer zurück. Er bog in die Einfahrt ein und trat auf die Bremse, als er die parkenden Autos am Fuß des Hügels am Waldrand erblickte – ausnahmslos Streifenwagen. Der Wagen des Constables stand neben anderen Einsatzfahrzeugen, die nicht aus der unmittelbaren Umgebung kamen. Einige von ihnen trugen sogar die Kennungen von Edinburgh und Stirling.

Man musste kein Hellseher sein, um zu erraten, dass etwas Schlimmes geschehen war.

Langsam fuhr er an dem Aufgebot vorbei. Ein Polizist in Uniform schien bei den Wagen Wache zu stehen. Thayer bremste, und der Beamte kam zu ihm hinüber.

„Guten Abend, Sir“, grüßte der Polizist.

„Hallo.“

„Wollen Sie zur Burg? Falls Sie wegen einer Besichtungstour kommen, muss ich Sie enttäuschen. Die fällt heute wohl aus.“

„Nein, ich gehöre zu den Leuten, die die Tour veranstalten.“

„Ach so“, sagte der Polizist. Sein Blick wurde neugieriger.

„Ich hab gehört, es sind Amerikaner, die diese Veranstaltung über schottische Geschichte auf der Burg organisiert haben. Sind Sie von Glasgow?“

„Ja. Ich bin mit einer der Amerikanerinnen verwandt. Die Tour ist wirklich gut“, sagte Thayer. Er klang sehr vorsichtig, denn nichts lag ihm ferner, als sich mit einem Gesetzeshüter anzulegen.

„Was ist denn hier los?“ fragte er den Polizisten.

„Die Neuigkeiten werden bald die Runde machen, denke ich“, entgegnete der Polizist ausweichend.

Thayer merkte, wie er sich verspannte.

„Haben sie etwa eine ... Leiche gefunden?“ wollte er wissen.

„Ja", erwiderte der Beamte in feierlichem Tonfall.

„Wieder im Wald?"

„Ja, wieder im Wald."

Auf Thayers Oberlippe bildeten sich feine Schweißtröpfchen. „Ist es die vermisste Frau?"

Plötzlich wurde der Polizist wortkarg. Stirnrunzelnd fragte er: „Wie kommen Sie darauf? Na ja, liegt ja vielleicht nahe, nachdem auch die anderen armen Mädels hier gefunden wurden." Er schüttelte den Kopf. „Aber diesmal handelt sich um eine sehr alte Leiche – oder vielmehr ein paar Knochen und was sonst so übrig geblieben ist. Sie halten sie für die Frau des alten Burgherrn, aber so genau können die Wissenschaftler von der Universität und die Gerichtsmediziner das noch nicht sagen. Mehr weiß ich auch nicht. Also, wenn Sie auf der Burg etwas zu tun haben, dann können Sie ruhig weiterfahren. Aber geben Sie Acht, ja? Die Vermisste ist noch nicht wieder aufgetaucht, doch sie geben die Hoffnung nicht auf, sie bald zu finden – ich meine, hier ist ja schon eine Menge gefunden worden. Und wenn Ihnen irgendetwas Besonderes in der Umgebung aufgefallen ist – also nicht gerade eine Herde von Amerikanern –, dann sagen Sie dem Constable sofort Bescheid. wir sind auf jeden kleinen Hinweis angewiesen."

Der Polizist hielt das wohl für witzig. Thayers Lippen verzogen sich zu einem dünnen Lächeln.

„Ich meine es ernst", bekräftigte der Beamte. „Melden Sie umgehend alles, was Ihnen verdächtig erscheint."

„Klar, wird gemacht", versprach Thayer ihm.

Der Polizist klopfte auf die Kühlerhaube. Thayer winkte ihm zu, legte den Gang ein und fuhr den Weg zur Burg hinauf.

Nachdem er auf der Einfahrt geparkt hatte, blieb er unschlüssig sitzen. Jetzt erst merkte er, dass er schweißgebadet war. Seine Handflächen waren feucht, und er zitterte am ganzen Körper.

Wirkte er auch so nervös, wie er sich fühlte? Aber warum auch nicht, beruhigte er sich. Schließlich hatte er gerade erfahren, dass eine Leiche im Wald gefunden worden war.

Nach ein paar weiteren Sekunden stieg er aus dem Wagen. Auf dem Weg zur Burg drehte er sich noch einmal um und vergewisserte sich, dass er die Türen verschlossen hatte.

Dann fuhr er sich mit der Hand übers Haar und betrat federnden Schrittes die Eingangshalle.

Eigentlich ist die ganze verwickelte Geschichte ja auch irgendwie spannend, sagte er sich.

„Habe ich dich um diese Zeit etwa im Schlaf gestört – ich meine, nach allem, was passiert ist?“ fragte Robert, während er mit Bruce die Treppe hinunterging.

„Im Schlaf? Nein, nein“, antwortete Bruce. Offen gestanden hast du mich gerade in einem der fantastischsten Momente meines Lebens erwischt, alter Knabe, dachte Bruce ein wenig verstimmt. Andererseits hatte er Robert ja aufgefordert, zu ihm zu kommen. „Ich muss mir zurzeit die Dusche teilen“, erklärte er knapp. Und das war ja zumindest nicht ganz falsch. Er war sich nicht sicher, ob es Toni wirklich recht wäre, wenn ihre Beziehung jetzt schon bekannt würde. Deshalb fuhr er schnell fort: „Hast du die anderen schon kennen gelernt?“

„Ja“, antwortete Robert. „Inklusive Miss Fraser. Ist sie diejenige, mit der du dir die Dusche teilst?“

„Ja.“ Bruce zog eine Grimasse. „Wo sind sie denn gerade?“

„In der Küche. Der Typ aus Glasgow ... Thayer? Er ist gerade zurückgekommen. Alle reden gleichzeitig auf ihn ein, um ihm zu erzählen, was passiert ist und warum es in der Gegend nur so von Polizisten wimmelt. Wenn sie sich wieder beruhigt haben, wird Gina Browne die Unterlagen kopieren und mir die Originale geben. Sie hat schon versucht, die Immobiliengesellschaft im Internet wieder zu finden, aber die sind natürlich abgetaucht. Wir müssen einen IT-Experten darauf ansetzen. Du hattest übrigens Recht, die Unterlagen sehen hundertprozentig echt und juristisch einwandfrei aus – aber solche Fälschungen dürften für gewiefte Kriminelle kein Problem sein."

„Sie macht die Kopien hier?"

„Du warst wohl noch nicht in Mrs. Brownes Zimmer", sagte Robert. „Sie hat einen Computer, einen Drucker, ein Faxgerät und ein Handy. Ein komplett eingerichtetes mobiles Büro."

Eigentlich überraschte Bruce das nicht besonders. „Dann vertrauen sie dir also?" meinte er.

In Roberts Augen blitzte es amüsiert. „Nun ja, immerhin akzeptiert mich das Dutzend Ermittlungsbeamte, das sich rund um den Hügel zu schaffen macht, als Experten. Spricht das nicht für meine Kompetenz? Trotzdem hat Mrs. Browne bestimmt in Edinburgh Erkundigungen über mich eingezogen."

Bruce lächelte spöttisch. „Schon möglich. Ich glaube, sie sind inzwischen auch davon überzeugt, dass mir das alles hier gehört."

Belustigt hob Robert die Augenbrauen.

„Hat man sonst noch irgendetwas am Fundort entdeckt?" wollte Bruce wissen.

Robert schüttelte den Kopf. „Bislang nicht. Es sieht so aus, als seien die Überreste erst kürzlich nach oben gespült worden. Darrow jedenfalls ist ganz aus dem Häuschen – und das passiert ihm nicht oft bei einem Leichenfund. Auf Grund der letzten Entdeckungen habe ich die Gegend mal persönlich in Augenschein genommen. Im Stillen hatte ich nämlich gehofft, Annie O'Hara zu finden – aber weit und breit gibt's keine Spur von ihr. Und auch nicht den geringsten Hinweis auf sie. Dafür jede Menge Fußabdrücke – die von Miss Fraser und von unseren Polizisten, sonst aber nichts. Als ich weggefahren bin, waren sie immer noch nicht mit ihren Untersuchungen fertig. Da nun schon mal fast die ganze Mannschaft im Einsatz war, schien der Zeitpunkt günstig, die gesamte Umgebung mal gründlich auf den Kopf zu stellen. Aber sie haben nichts zu Tage gefördert. Keine Zigarettenkippe, keinen abgeknickten Zweig, nichts. Na ja, der Wald musste sowieso mal gesäubert werden." Er schaute aus dem Fenster. Die Gedanken, die durch seinen Kopf schwirrten, schienen kein Ende zu nehmen. „Inzwischen ist es ohnehin zu dunkel geworden. Wenigstens hat Jonathan in einem Punkt Recht: Es ist ein verdammt großer Wald."

„Das kann man wohl sagen", pflichtete Bruce ihm bei.

Robert legte den Kopf schräg und musterte Bruce mit durchdringendem Blick. „Jonathan ist dir heute wohl ziemlich auf die Nerven gegangen, nicht wahr?"

Bruce warf seinem Freund ein schiefes Lächeln zu. „Das Gerücht, der Held aus unserem Ort habe seine Frau in einem Anfall von Wut und Eifersucht umgebracht, macht doch schon seit Jahren die Runde. Vielleicht ist es ja auch wahr, und es stellt sich heraus, dass die Knochen einem meiner Vorfahren gehören. Mir passt es nur nicht in den Kram, wenn Jonathan so einen Spaß daran findet, aus einem meiner Ahnen ein blutrünstiges Monster zu machen." Er zuckte mit den Schultern. „An unserem Verhältnis wird das allerdings kaum etwas ändern. Schließlich sind wir schon seit Jahrzehnten befreundet."

„Und er ist schon seit Jahrzehnten eifersüchtig auf dich."

„Das ist albern. Gut, mir gehören zwar eine halb verfallene Burg und der dazugehörige Titel, aber das will heutzutage ja nicht mehr viel heißen."

„Ich glaube nicht, dass ihm der Titel ein Dorn im Auge ist", widersprach Robert.

„Was dann?"

„Der Ruf, den du hast, seitdem du diese Mordserie aufgeklärt hast, die das ganze Land in Angst und Schrecken versetzt hat", antwortete Robert wissend.

„Das ist doch schon zehn Jahre her."

„Und *er* ist immer noch Dorfpolizist."

Verständnislos schüttelte Bruce den Kopf. „Wenn er deswegen noch einen Groll auf mich hegt, ist das sein Problem."

„Also würde es dich jetzt nicht sonderlich irritieren, wenn sich herausstellt, dass es sich bei dem Skelett um Annalise handelt?"

„Ein Geheimnis weniger", meinte Bruce pragmatisch. „Wer immer es ist – die Geschichte kann ich nicht ändern."

„Das hat bisher noch keiner von uns geschafft, egal, ob die Sache ein Jahr oder ein Jahrtausend zurückliegt", seufzte Robert. Bruce erriet seine Gedanken: Wenn sie nur bald den Mörder fänden – wer weiß, wie vielen jungen Frauen sie dann ein ähnliches Schicksal ersparen konnten. „Übrigens bin ich zum Essen eingeladen", sagte Robert unvermittelt. „Sie haben mich gebeten, dich zu holen."

„Aha."

„Ist Miss Fraser noch oben?"

„Sie kommt bestimmt gleich hinunter."

„Wie geht es ihr denn?" erkundigte Robert sich.

„Ganz gut, denke ich. Komm, gehen wir in die Küche."

Ohne auf Roberts viel sagenden Blick zu achten, ging Bruce voraus. Auf dem Weg durch die kleinere Halle, die sich an die Haupthalle anschloss, zur Küche stieg ihnen der verführerische Duft des Essens in die Nase. Als Bruce die Küchentür öffnete, bemerkte er sofort den hübsch gedeckten Tisch. Gina goss gerade Wein in die Gläser, Ryan assistierte ihr, Kevin schnitt den Braten auf, und Thayer und David suchten in den Schränken nach Schüsseln für das Gemüse. Mit einem Bratentablett und einem Glas Perlzwiebeln in der anderen Hand drehte Kevin sich zu ihnen um.

„Lord MacNiall, schön, dass Sie mit uns essen wollen. Ich weiß, dass es ein ziemlich schrecklicher Tag war, aber das Leben geht weiter und das auch nur, wenn wir etwas Anständiges zu essen haben, nicht wahr?“

„Vollkommen richtig, Kevin“, stimmte Bruce ihm zu. „Und das sieht wirklich sehr anständig aus.“

Kevin platzierte das Tablett auf den Tisch.

„Wo bleibt denn Toni bloß?“ fragte David, während er eine Schüssel Broccoli abstellte und sich geistesabwesend mit der Hand durch sein dunkles Haar fuhr.

„Sie kommt bestimmt gleich“, beruhigte Bruce ihn.

„Dann fangen wir schon mal ohne sie an“, meinte Gina. „Sonst wird ja alles noch kalt.“

„Ich könnte sie holen gehen“, schlug David vor.

Kevin tätschelte seinen Oberarm. „Tu das.“

„Dann wird es noch länger dauern“, warnte Thayer, als David hinausging. „Wenn die sich erst mal festquatschen ...“

„Die beiden verstehen sich eben prächtig“, meinte Gina, während sie das letzte Glas auf den Tisch stellte und ihren Blick über die Tafel wandern ließ. Sie schien mit ihrem Werk zufrieden zu sein. „Wenn sie ein Problem hat, ist David genau der Richtige.“

„He Gina, Moment mal, wir verstehen uns doch alle prächtig mit ihr“, protestierte Ryan und warf einen vorwurfsvollen Blick zu seiner Frau.

„Natürlich, Schatz. Aber David und Toni ... nun, lass ihn das mal machen“, beschwichtigte Gina. „Inspector Chamberlain, wie schön, dass Sie bleiben können“, fügte sie mit einem Lächeln hinzu, als Robert hinter Bruce auftauchte.

„Ganz zu schweigen davon, dass wir Ihnen für Ihre Hilfe zu großem Dank verpflichtet sind“, ergänzte Ryan. „Vor allem wenn man bedenkt, dass der Betrug, dem wir zum Opfer gefallen sind, nichts ist im Vergleich zu den diversen Leichen, die hier in der Gegend gefunden wurden."

„Diverse Leichen! Ryan, in was für einem Ton redest du denn?" Gina war schockiert.

„Entschuldigung. Ich meine die ... Toten im Wald. Egal, wie alt sie sind. Tut mir Leid", stotterte Ryan verlegen.

Robert winkte ab. „Offen gestanden werde ich mich nicht selbst um Ihr Problem kümmern. Wir haben Spezialisten für Computerkriminalität und länderübergreifende Straftaten. Und dankbar müssen Sie mir auch nicht sein. Kriminellen aller Art das Handwerk zu legen ist schließlich mein Job. Ihr Fall wird in die richtigen Hände gelangen. Meine jedenfalls sind es nicht. Hm, das Essen riecht ja wirklich köstlich."

„Danke", strahlte Kevin.

„Er hat sich um den leckeren Braten gekümmert", schaltete Ryan sich ein. „Und für Kartoffeln und Broccoli ist meine liebe Frau höchstpersönlich zuständig."

„Wer auch immer zu diesem perfekten Mahl beigetragen hat – es duftet vorzüglich und sieht auch so aus", wiederholte Robert. Belustigt blickte er Bruce an. Diese Amis waren wirklich eine lustige Truppe, das musste er schon sagen.

„Robert, nehmen Sie doch bitte hier gegenüber dem Burgherren Platz", forderte Gina ihn auf, um das Thema zu wechseln.

Alle setzten sich hin. Nur die Stühle von Toni und David waren noch frei. Kevin räusperte sich. „Sollen wir ein Tischgebet sprechen?" fragte er mit einem Hilfe suchenden Blick zu Thayer.

Thayer grinste belustigt. „Wenn du willst."

„Äh, na gut ...", murmelte Ryan. Er senkte den Kopf, aber dann blickte er sicherheitshalber noch einmal verstohlen in die gespannte Tischrunde.

Sie sind ja ziemlich religiös, dachte Bruce ein wenig irritiert.

Ganz nett, aber sie gehören bestimmt nicht zu denen, die jeden Sonntag in die Kirche rennen. Er war ebenso amüsiert wie Thayer, und dennoch war er beeindruckt davon, wie wichtig der Clique Rituale schienen. Offenbar glaubten sie, dass so etwas zu einem ordentlichen schottischen Sonntagsessen gehörte.

Doch keiner sprach.

Kevin schaute sich um. Es war schließlich seine Idee gewesen, und die Reaktion der anderen machte ihn verlegen.

„Ist es … äh … angebracht, wenn der Burgherr das Gebet spricht?“ fragte er.

„Ich denke, es ist angebracht, wenn der amerikanische Koch das macht“, erwiderte Bruce.

„Ach so“, sagte Kevin. „Na gut. Herr, wir danken dir für dieses Mahl, die Großzügigkeit und Freundlichkeit unseres Gastgebers und die Hilfe, die uns sein Freund gewährt. Uns ist bewusst, dass es Hungersnöte und Katastrophen in der Welt gibt – wie die arme alte Seele, die dieses Mal im Wald gefunden wurde, und die anderen bemitleidenswerten Mädchen – aber bitte Herr, hilf uns auch bei unseren Bemühungen. Wir haben nur das Beste gewollt. Wir lieben Schottland. Wir wollten helfen …“

„Amen“, unterbrach Gina sein Gestammel und warf ihm einen tadelnden Blick zu.

Robert brach in schallendes Gelächter aus. „Ein reizendes Tischgebet, Kevin“, meinte er. „Aber geht’s bei euch in Amerika nicht auch ein bisschen kürzer – so wie bei uns? ‚Komm, Herr Jesus, sei unser Gast, und segne, was du bescheret hast. Guten Appetit.‘?“

Kevin wurde puterrot, während die anderen losprusteten.

„Lasst mich den Braten verteilen“, sagte Gina schnell.

Toni hatte gerade den Fön ausgeschaltet, als sie das Klopfen an ihrer Tür und Davids Stimme hörte. „Toni?“

Sie öffnete. „He, tut mir Leid. Ich bin zu spät dran, nicht wahr? Wartet ihr schon lange?"

„Lass dir ruhig Zeit. Ich wollte nur nachschauen, ob mit dir alles in Ordnung ist. Ich meine, ein Leichenfund im Wald kann einem ja schon auf den Magen schlagen und das schönste Essen verderben", meinte er mitfühlend.

„Ich hab's doch schon oft genug gesagt und sage es noch einmal: Mir geht es gut. Offenbar glaubt mir kein Mensch", sagte sie. „Es ist nur so, dass ..."

„Nur?" hakte er freundlich nach.

Sie ging quer durchs Zimmer und ließ sich auf der Bettkante nieder. Er setzte sich neben sie und legte den Arm um ihre Schultern.

„Hast du immer noch Visionen von einem längst verblichenen Schotten aus den Highlands mit einem blutigen Schwert in der Hand?" erkundigte er sich.

Energisch schüttelte sie den Kopf. Dann musterte sie ihn verstohlen von der Seite.

„Ach, David", seufzte sie.

„Rede mit mir", sagte er. „Deshalb bin ich doch zu dir gekommen. Toni, du bist wirklich eine gute Schauspielerin. Du hast alle davon überzeugen können, dass du erleichtert bist, weil die Tote nicht das vermisste Mädchen war. Aber ich kenne dich besser. Seit dem Knochenfund bist du ziemlich von der Rolle."

„Sie ist tot", murmelte Toni geistesabwesend.

„Wie bitte?"

Sie blickte in sein besorgtes Gesicht und schüttelte den Kopf. „Nichts."

„Bitte, Toni! Du weißt, dass niemand etwas von unserer Unterhaltung erfahren wird."

„Versprichst du mir auch, dass du mich nachher nicht für verrückt erklären wirst?"

„Selbstverständlich. Ich gebe dir mein Wort."

Sie holte tief Luft. „David, ich könnte schwören, dass ich Bruce im Wald gesehen habe."

David runzelte die Stirn. „Toni, er ist doch schon ganz früh heute Morgen weggefahren."

Sie nickte. „Das hat man mir auch gesagt. Und ich weiß auch, dass man hier manchmal länger braucht, um irgendwo hinzukommen. Aber trotzdem, David …"

„Hast du Bruce selbst gefragt?"

„Er war in Edinburgh. Bei seinem Freund."

„Und das glaubst du natürlich."

„Er hat etwas, das … ja, ich glaube ihm."

„Aber …?"

„David, ich glaube, ich habe wieder Visionen." Plötzlich sprudelten die Worte nur so aus ihr heraus. „Heute Nachmittag … wenn es nicht Bruce war, muss es der Mann gewesen sein, den ich mir ausgedacht habe – der Bruce von vor einigen Jahrhunderten. Oder jemand anders, der sich so verkleidet hat und über einen großen Rappen verfügt. Oder aber … oh Gott, ich glaube, ich werde hier noch vollkommen verrückt."

„Toni", sagte er langsam, „du wirst nicht verrückt. Das schließen wir mal von vornherein aus. Als du heute Abend zurückgekommen bist, hast du gesagt, die Schatten im Wald könnten dir einen Streich gespielt haben. Das wäre doch durchaus möglich?"

„Schon", murmelte sie.

„Aber du glaubst es nicht."

Sie schüttelte den Kopf. „Da steckt noch mehr dahinter."

„Erzähl!"

Sie fuhr sich mit der Hand über die Stirn. „Als ich eben in der Badewanne saß … hatte ich auf einmal das Gefühl, *sie* zu sein. Ich war mir ganz sicher, ich konnte es körperlich spüren."

„Das musst du mir erklären. Wer ist *sie?*" fragte er verwirrt. „Annalise, die seit Jahrhunderten tot ist?"

„Das sollte man annehmen, aber es ist komplizierter. Ich meine, nachdem alles, was ich mir ausgedacht habe, sich als wahr herausgestellt hat, müsste ich mir eigentlich vorstellen können, wie es Annalise zu Mute war. Doch auf einmal war mir so, als sei ich ... die vermisste Frau."

„Annie O'Hara?"

Sie nickte bekümmert.

„Wie meinst du das?"

„Nun, es war so, als ob ich dort sei, wo sie war und mich in sie hineinversetzen konnte in der Nacht, als sie verschwand. Und ermordet wurde. Ich habe sie vor dem Pub stehen sehen, in dem sie etwas getrunken hatte. Sie überlegte gerade, was sie als Nächstes tun sollte. Dann kam ein Wagen vorbei, und sie war richtig glücklich, dass es kein widerlicher alter Kerl war, der sie mitnahm."

„Hast du ihn gesehen?" hakte David nach.

„Nein." Toni schüttelte den Kopf. „Plötzlich war ich irgendwie ... abgelenkt. Ich weiß nicht, ob ich den Kerl gesehen habe.

Seufzend massierte er ihre Schultern. „Toni, du weißt, dass dir dein Gehirn die tollsten Streiche spielen kann. Man bildet sich die verrücktesten Dinge ein – besonders, wenn man schon seit Tagen unter Stress steht, so wie du."

„Das weiß ich. Mein Gott, David, glaubst du etwa, ich würde nicht nach allen möglichen vernünftigen Erklärungen für meine Handlungen, Gedanken und Gefühle suchen?"

„Toni, jetzt mach dich bloß nicht verrückt! Denk doch nur mal logisch. Alles, was hier passiert, ist ein wenig ... seltsam. Vielleicht gibt es im Dorf ja einen Idioten, der Bruce MacNiall so sehr hasst, dass er sich wie er verkleidet und versucht, ihn mit allen Mitteln in Schwierigkeiten zu bringen."

„Du glaubst also im Ernst, dass noch jemand einen so großen Rappen besitzt?“

Er lächelte. „Das ist doch durchaus möglich. Hier in der Gegend züchten alle möglichen Leute Pferde. Und riesige zottige Ungeheuer“, fügte er hinzu, um sie zum Lachen zu bringen.

Sie lächelte kläglich.

„Komm, Toni!“

„Ich habe trotzdem Angst. Na ja, nicht wirklich Angst, aber ich mache mir Sorgen. Es sind vermutlich die Nerven.“

„Toni, du hast eine Leiche gefunden. Das steckt kein Mensch so ohne weiteres weg.“

Sie schüttelte den Kopf. „Du verstehst mich nicht. Ja, es ist wirklich entsetzlich, und ich glaube, ich habe genauso reagiert, wie es die meisten getan hätten. Erst war ich furchtbar erschrocken, dann hatte ich Mitleid mit dem armen Mädchen, obwohl sie bereits seit langem tot ist und ich überhaupt nichts mit ihr zu tun habe. Vielleicht würden andere genauso empfinden. Aber es ist diese Verbindung, die ich zu Annie O'Hara spüre und die mich so nervös macht. Ach, ich weiß nicht, wie ich es dir erklären kann.“

„Es ist ganz natürlich, dass dir das Mädchen Leid tut und dass dir dein Verstand Streiche spielt“, beruhigte David sie.

„David, ich habe dir doch von den Dingen erzählt, die mir als Kind passiert sind. Ich habe das alles verdrängt, seit Jahren schon. Solche Visionen sind einfach furchtbar.“

Eine Weile blieb er stumm. Dann sagte er: „Toni, sprich mit niemandem darüber.“

„Sie werden mich für durchgeknallt halten, nicht wahr?“

Wieder schwieg er lange, ehe er sehr ernst antwortete. „Nein, das meine ich nicht. Es ist nur … du solltest anderen gegenüber so etwas nicht sagen. Jemand, der dich nicht kennt, könnte auf falsche Gedanken kommen. Es könnte missverstanden werden.“

„Das habe ich auch nicht vor. Nicht einmal dir wollte ich etwas davon erzählen. Aber wenn du nicht glaubst, dass sie mich für verrückt halten, was beunruhigt dich dann?“

Er zögerte. „Toni, du bist zwar über ein uraltes Skelett gestolpert, aber da draußen läuft ein sehr lebendiger Mörder herum. Er ist wahrscheinlich ein Verrückter und hält sich vielleicht auch gar nicht in der Nähe auf – aber es wird nun mal viel geredet.“

„Was soll denn das heißen?“

Er holte tief Luft und schaute sie an. „Die Leute mögen gruselige Geschichten. Die Zeitungen werden sich darauf stürzen, auch wenn sie dich nur für eine sensationslüsterne Amerikanerin halten, die ganz wild darauf ist, ihren Namen in den Schlagzeilen zu lesen. Irgendwas werden sie schreiben, und die meisten Leute werden dich für überspannt halten. Aber viel schlimmer ist: Wenn du dem Mörder da draußen suggerierst, du könntest Dinge sehen, die anderen verborgen sind, hält er dich möglicherweise für eine wirkliche Bedrohung.“

Aus weit aufgerissenen Augen starrte sie ihn an. Allmählich verstand sie die Bedeutung seiner Worte.

„Eine Bedrohung, Toni, verstehst du das? Du könntest dich dadurch selbst in Gefahr bringen.“

Entsetzt schüttelte sie den Kopf. Dann spürte sie, wie es ihr kalt den Rücken hinunterlief.

„Mach dir keine Sorgen“, flüsterte sie nach einer Weile. „Vertrau mir, ich werde niemandem etwas davon erzählen. Ich habe dir ja gesagt, dass ich nicht einmal mit dir darüber sprechen wollte.“

„Aber ich mag dich, und ich bin dein bester Freund“, sagte er. „Na ja, Gina behauptet das auch von sich, aber wir beide wissen, dass ich es bin“, meinte er mit einem verschmitzten Grinsen.

Toni lachte. „Ihr seid beide meine besten Freunde.“

„Du kannst zu jeder Tages- und Nachtzeit mit mir reden, wenn dich irgendetwas beunruhigt. Ich verspreche dir, dass ich dich niemals für verrückt halten werde. Wenn du mich brauchst, bin ich für dich da", sagte er und umarmte sie.

„Danke", wisperte sie gerührt und erleichtert, während sie die Arme um ihn schlang. „Na gut, diesmal will ich nicht so sein: Du bist mein bester Freund."

„Dein bester Freund, okay, aber Bruce ist doch wohl die heißere Nummer", neckte er sie.

Sie spürte, dass sie errötete.

„He, habe ich da etwa ins Schwarze getroffen?"

„Wir sollten jetzt hinuntergehen", sagte sie ausweichend.

„Ich habe dir doch gesagt, dass er ein klasse Typ ist", wiederholte David, während er sie neugierig musterte.

„Ja, er ist schon attraktiv", murmelte Toni widerwillig. „Komm, gehen wir, die anderen warten."

Er erhob sich, nahm ihre Hand und führte sie zur Tür. Ehe sie hinausgingen, drehte er sich noch einmal um und ließ seinen Blick durchs Zimmer wandern. „Hmm. Das Bett sieht ziemlich ordentlich aus", sagte er. „Und ich habe schon geglaubt … aber warte mal! Es gibt doch noch ein Zimmer, nicht wahr? Auf der anderen Seite des Bads?"

Er wollte zurückgehen, aber Toni packte ihn am Hemd. „Lass das. Du … wir werden nicht in seinem Zimmer herumschnüffeln", sagte sie entschlossen.

„Herumschnüffeln? Ich glaube kaum, dass du eben herumgeschnüffelt hast", neckte David sie.

Sie stieß einen Seufzer aus. „Raus jetzt. Das Essen ist fertig, hast du das vergessen?"

„Ich will Einzelheiten", erklärte er grinsend.

„Vergiss es."

„Aha. Es gibt also Einzelheiten?"

„Es gibt Abendessen!"

„Ist schon in Ordnung. Mir wird bestimmt eine schärfere Geschichte einfallen, als du sie mir jemals erzählen könntest."

Unschlüssig blieb sie stehen. Offensichtlich quälte er sie mit Absicht – er wollte sie zum Lachen bringen. Er war wirklich ihr bester Freund.

Abwehrend hob sie die Hand. „Es gibt keine bessere Geschichte. Mehr verrate ich nicht. Und jetzt komm endlich!"

Lachend folgte er ihr die Treppe hinunter.

„Im Wald ist ja der Teufel los", sagte Thayer, während er sich ein Stück Braten nahm und die Platte weiterreichte. Neugierig beobachtete er Bruce MacNiall und seinen Freund Robert Chamberlain aus den Augenwinkeln.

Von Chamberlain hatte er natürlich schon gehört. Es hieß, er arbeite bei der Polizei in Edinburgh, wurde aber auch im ganzen Land zu Einsätzen gerufen. Die Regierung hielt ebenso große Stücke auf ihn wie seine Kollegen. Nach allem, was Thayer über den Mann gelesen hatte, schien er eher Diplomat und Politiker als Detective zu sein. Heute Abend hatte er jedoch den Eindruck, es mit einem äußerst wachsamen Gesprächspartner zu tun zu haben.

„Nach den Nummernschildern auf den Autos zu urteilen, sind Experten aus dem ganzen Land zusammengetrommelt worden. Ich hatte das Gefühl, der Constable war ein wenig sauer, weil man in seinem Revier herumwildert."

„Jonathan macht das schon ganz ordentlich", sagte Robert mit einem Blick zu Bruce.

„Eine Polizeiwache in einem Dorf wie diesem mitten in der schottischen Provinz verfügt nun mal nicht über die technischen Einrichtungen wie die Beamten in den Großstädten. Hier geht es doch meistens nur um kleine Fische.", meinte Bruce.

„Dann sind das da draußen im Wald alles Experten?“ hakte Thayer nach. „Spurenermittler, Gerichtsmediziner und so weiter?“

„Richtig“, antwortete Robert.

Bruce nickte. „Ich glaube, sie haben sich sogar mit der Universität in Verbindung gesetzt, um Anthropologen und andere Fachleute zu Rate zu ziehen.“

„Das ist ja gut“, meinte Thayer. „Vielleicht finden sie beim Buddeln nach alten Knochen ja auch Hinweise auf den Mörder, der zurzeit die Frauen umbringt, und erwischen ihn endlich.“

„Wir *werden* ihn erwischen“, versicherte Robert.

„Eigentlich schade, dass Toni nicht über Annie O'Hara gestolpert ist“, fuhr Thayer fort.

Alle starrten ihn an.

„Entschuldigung. So was wünsche ich meiner Cousine natürlich nicht. Außerdem sollten wir die Hoffnung nicht aufgeben, dass das Mädchen noch am Leben ist. Aber hätte man sie gefunden, wäre man dem Killer einen Schritt näher gekommen, oder nicht? Das ist schon eine üble Sache. Dabei weiß keiner genau, ob Annie O'Hara erst das dritte Opfer ist.“

„Wir wissen ja noch nicht einmal, ob sie *überhaupt* ein Opfer ist“, wandte Robert ein.

„Tötet der Typ eigentlich schon seit längerem?“ fragte Ryan und wurde rot, als er zu Bruce MacNiall hinüberschaute. „Das klingt so gefühllos, ich weiß. Tut mir Leid. Aber mir wird erst jetzt so richtig bewusst, wie lange der Mörder schon sein Unwesen treibt. Na ja, ich meine, für uns ist das ja nicht wirklich etwas Neues – schließlich gab's auch bei uns in Amerika jede Menge Serienkiller. Aber heutzutage sollte man sie doch schneller kriegen können. Wenn bei uns zu Hause in den Nachrichten über ein solches Verbrechen berichtet wird, hat man immer den Eindruck, dass so ein Mord in Nullkommanichts aufgeklärt werden kann.“

„Leider funktioniert das nicht immer so“, meinte Bruce.

„Die erste Frau ist vor über einem Jahr verschwunden“, sagte Robert mit einem Blick auf Bruce. „Die Leiche war bereits stark verwest, als man sie fand. Die zweite wurde seit etwas mehr als einem halben Jahr vermisst. Auch ihre Leiche war schon ziemlich verwest. Und wir haben so gut wie keine Spuren.“

„Auch tote Menschen können sprechen“, meinte Kevin.

„Richtig – dank der modernen Technik“, stimmte Robert ihm zu. „Doch um sachdienliche Vergleiche ziehen zu können, braucht man einen Verdächtigen.“

Kevin ließ die Gabel sinken.

Bruce MacNiall musterte Thayer mit einem durchdringenden Blick. „Auch wenn Sie noch nie von mir gehört haben, Thayer, oder nichts von dieser Burg hier wussten, müssen Sie doch irgendetwas über die Morde gelesen haben? Über den ersten Fall wurde in den Zeitungen zwar kaum etwas geschrieben, dafür umso mehr, als ich ihre Leiche im Wald gefunden habe. Als dann die zweite Frau verschwand, ging das durch sämtliche Nachrichten, stand in allen Gazetten – und als Eban sie gefunden hat, wurde auch landesweit darüber berichtet.“

Thayer blickte nervös in die Runde. Sollte das etwa ein makabres Frage-und-Antwort-Spiel werden – mit Bruce MacNiall als Quizmaster? „Ja, natürlich habe ich von den Morden gewusst. Ich lese schließlich Zeitungen. Aber es gibt schließlich auch noch andere Verbrechen im Land.“

„Doch an den Namen des Waldes konnten Sie sich nicht erinnern?“ hakte MacNiall nach.

„Es war immer nur von der Burg die Rede“, erwiderte Thayer. Er hoffte, dass es nicht so klang, als würde er sich verteidigen. „In unserem Mietvertrag stand jedenfalls kein Wort über den Wald von Tillingham oder Leichen, die dort vergraben lägen.“

„Ich verstehe.“ Aber Bruce klang nicht überzeugt.

In diesem Moment betrat Toni die Küche, gefolgt von David. Er strahlte übers ganze Gesicht, doch sein Lächeln erstarb, als er die gespannte Atmosphäre spürte. „Alles in Ordnung?“ fragte er.

„Klar“, sagte Thayer, dankbar für die Unterbrechung. Er hob sein Glas. „Trinken wir auf Kevins ausgezeichnetes Essen. Und auf unseren Gastgeber, Lord MacNiall, sowie seinen Freund Detective Inspector Chamberlain.“

„Ein Toast – gute Idee“, sagte David. Im Stehen erhob er sein Weinglas. „Auf Kevin, den vorzüglichen Koch.“

Gina räusperte sich vernehmlich.

„Und Gina“, fügte David lachend hinzu. „Das Gemüse ist wie immer köstlich. Auf Detective Inspector Chamberlain, mit herzlichem Dank, und auf unseren Gastgeber, mit mehr Dankbarkeit und Bewunderung, als er sich jemals vorstellen kann.“

„Hört, hört“, riefen die anderen.

Thayer entging nicht, dass Toni sich neben Bruce MacNiall setzte. Er bemerkte das Funkeln in ihren Augen und das verschmitzte Lächeln, und er sah, wie MacNiall ihren Blick erwiderte. Obwohl sie sich recht diskret verhielten, war ihr Benehmen ausgesprochen viel sagend.

Etwas zwischen den beiden hatte sich verändert, das war für Thayer ganz offensichtlich. Er wusste auch, was es war. Seine Gesichtsmuskeln verkrampften sich, und er spürte einen Kloß im Magen. Die beiden hatten … miteinander geschlafen.

Toni mit ihren riesigen blauen Augen, den sinnlichen Lippen, dem üppigen blonden Haar, der zierlichen Figur, den verführerischen Rundungen, dem ansteckenden Lachen, dem sprühenden Humor und dem betörenden Duft …

Thayer konnte nicht mehr, als ihr Cousin und ihr Freund sein. Sie waren eben Verwandtschaft, hatte sie gesagt. Er hatte sie zwar mehr als einmal darauf hingewiesen, dass sie nur ganz weitläufig miteinander verwandt waren. Aber es war zwecklos gewesen.

Mach dir nichts vor, alter Junge. Sie findet dich nun mal nicht attraktiv. Du könntest genauso gut ein Eunuch sein oder vom anderen Ufer wie Kevin und David. Du Blödmann hast dich bloß in Tagträume verrannt. Du hast dir gesagt, lass ihr ein wenig Zeit. Prima Idee, wirklich. Und jetzt springt sie mit diesem Typen ins Bett, den sie gerade mal achtundvierzig Stunden kennt!

Seine Finger umklammerten das Weinglas.

Er konnte sich die beiden gut vorstellen. Toni, die ihn mit ihren großen Augen betrachtete, während er ihren Körper mit Blicken verschlang. Verdammter Mist! Der große MacNiall, der Knabe mit der Burg und dem Titel, den prallen Muskeln und einem Brustkasten aus Eisen!

Klirrend zersprang das Glas in seiner Hand.

„Thayer!"

Erschrocken sprang Toni auf, griff nach ihrer Serviette und lief zu ihm.

„Schon in Ordnung, ist nichts passiert", wehrte er ab.

Besorgt betrachtete sie ihn. „Habe wahrscheinlich den Stiel falsch angefasst", murmelte er verlegen.

„Du blutest ja. Lass mich mal sehen, ob auch keine Splitter in der Wunde sind", sagte Toni.

„Ich hole den Erste-Hilfe-Kasten", erbot sich Gina.

„Nein!" Abrupt sprang er auf.

Er hatte sie so laut angeschrien, dass alle ihn anstarrten. Der Meisterdetektiv Robert Chamberlain musterte ihn argwöhnisch, und der große Lord MacNiall schaute ihn sogar noch misstrauischer an. Jedenfalls kam ihm das so vor.

Sein Lächeln verrutschte ihm zu einem schiefen Grinsen. „Tut mir Leid, ich habe mich ziemlich dämlich angestellt", sagte er.

„Ist schon okay, Thayer." Toni ließ nicht locker. „Aber du blutest, was hast du da gemacht?"

„Nur ein Kratzer. Wenn ihr mich bitte entschuldigt, ich gehe mir die Hände waschen. Hoffentlich sind keine Glassplitter ins Essen geraten." Alle schauten wie auf Kommando auf die Bratenplatte und die Gemüseschüsseln.

„Alles im grünen Bereich, alter Knabe, keine Verletzungsgefahr", sagte David fröhlich.

Dieser gottverdammte David muss zu allem seinen Senf dazugeben, dachte er grimmig.

„Bist du dir da sicher, dass es keine Fleischwunde ist?" fragte Gina besorgt.

Er schüttelte den Kopf. „Kümmert euch nicht um mich. Ich bin gleich wieder zurück."

Gina und Toni sammelten die Glasscherben ein.

„Das Essen scheint wirklich okay zu sein", sagte Gina. „Wir haben wohl alle Splitter gefunden."

„Machen Sie sich keine Sorgen. Ihrem Gastgeber würde selbst der kleinste Splitter nicht entgehen", beruhigte Robert sie.

„Sie haben wohl Adleraugen, Bruce?" meinte David.

An der Tür blieb Thayer stehen, ohne im geringsten auf seine blutende Hand zu achten.

„Er hat wirklich ausgezeichnete Augen", bestätigte Robert. „Als er noch bei uns war, musste er immer ran, wenn es verzwickt wurde. Wir haben ihn fast auf jeden Fall angesetzt."

Es entstand ein verblüfftes Schweigen.

„Sie waren Polizist?" fragte Ryan ungläubig.

„Ja, eine Zeit lang", erwiderte Bruce. Er klang etwas verstimmt, als wollte er nicht, dass die anderen davon erfuhren. Der hat uns die ganze Zeit an der Nase herumgeführt.

Wütend blieb Thayer in der Eingangshalle stehen. *Der Typ*

ist ein Bulle! Und wir Trottel haben nichts davon gewusst. Nicht einmal etwas geahnt! Der hat uns die ganze Zeit an der Nase herumgeführt!

Wie denn auch? Nur wer über Jahre hinweg aufmerksam schottische Zeitungen gelesen hatte, konnte etwas davon wissen.

11. KAPITEL

Gina räumte das Schlafzimmer auf, das sie und Ryan sich ausgesucht hatten. Es hatte ihr auf Anhieb gefallen – besonders wegen der großen Fensterfront, die einen atemberaubenden Blick auf das Tal freigab. In früheren Zeiten war es vermutlich die Bleibe des Vorstehers der Wachposten gewesen. Vom Fenster aus, das offensichtlich erst im neunzehnten Jahrhundert eingebaut worden war, konnte man bis zu den Hügeln am Horizont sehen. Jeder Angreifer, der sich aus dieser Richtung der Burg näherte, wäre von hier aus sofort entdeckt worden.

Zum Schluss schaltete Gina den Computer und das Kopiergerät aus und verstaute die Duplikate ihrer Unterlagen.

Ryan lag bereits im Bett. Sie betrachtete ihn mit einem liebevollen Blick. Schon bei ihrem ersten Treffen hatte sie gewusst, dass er der Mann war, den sie sich ihr ganzes Leben lang gewünscht hatte. Er konnte unheimlich lustig sein, sehr süß – und manchmal auch eine ziemliche Nervensäge. Außenstehende mussten mitunter den Eindruck gewinnen, dass er sich ihren Anweisungen widerspruchslos fügte. Doch das tat er nur, weil sie über einen sehr ausgeprägten Geschäftssinn verfügte, den er aufrichtig respektierte. Aber wenn man es genau betrachtete … hatte Ryan die Hosen an. Und das war schon immer so gewesen.

Die Arme hinter dem Kopf verschränkt, starrte er an die Decke. Das Bettlaken hatte er bis zu den Hüften heruntergezogen. Seine Schultern und sein Brustkorb waren tiefbraun, und wieder fühlte sie das Prickeln, das sie stets überkam, wenn sie ihn ansah. Sie liebte jede Faser seines Körpers.

Eigentlich hatten sie heute ausspannen wollen, aber es hatte nicht sein sollen. Sie war müde und wollte endlich neben ihm liegen – unter der Decke und in den Armen des coolen Typs, den sie so unwahrscheinlich sexy fand. Sie konnte wirklich froh sein, dass sie sich dieses Prachtexemplar von Mann geangelt hatte.

Gina ging zur Tür und knipste das Deckenlicht aus. Der Mond erhellte das Zimmer gerade genug, um …

Am Fußende des Bettes blieb sie stehen. Sie sehnt sich nach Intimität und Zärtlichkeit. Mit sinnlich-lasziven Bewegungen knöpfte sie ihre Bluse auf, löste den BH, stieg aus ihren Jeans und streifte den Slip ab. Mit ihrem Striptease wollte sie Ryan amüsieren und gleichzeitig anmachen.

Als sie auf ihrer Seite ins Bett kroch, bemerkte sie ein wenig enttäuscht, dass er ihre kleine Privatvorstellung nicht eines Blickes gewürdigt hatte.

Stattdessen sah er sie nun stirnrunzelnd an.

„Was sollen wir nur machen?“ fragte er.

„Was wir machen sollen? Das fragst du noch? Na was wohl?“ fragte sie kokett zurück.

Er schüttelte den Kopf.

„Ich meine, was sollen wir mit Toni machen?“

Sie bekam eine Gänsehaut.

„Was meinst du … mit Toni machen?“ Sie musste schlucken. „Gar nichts. Wir müssen gar nichts mit ihr machen.“

„Und ob!“ beharrte er ärgerlich.

„Warum?“ fragte sie erschrocken. Diesen insistierenden Tonfall kannte sie nur allzu gut.

„Weil sie gefährlich ist“, sagte er gleichmütig.

Plötzlich überzog eine Gänsehaut ihren Körper, und sie spürte, wie ihr das Blut in den Adern gefror.

Während Bruce und Robert Chamberlain sich noch angeregt in der Küche unterhielten, ging Toni hinauf in ihr Zimmer. Gründlich putzte sie ihre Zähne, wusch sich das Gesicht und suchte ihr weißes Nachthemd, das mehr von ihrem Körper enthüllte als verdeckte, wie sie zufrieden feststellte.

Sie hatte den ersten Schritt getan, und der war nicht gerade ausgesprochen zögerlich gewesen. Aber so wusste er wenigstens, woran er mit ihr war. Sich einem Mann an den Hals zu werfen, nackt und nass vom Badewasser, konnte man wahrhaftig einen bühnenreifen Auftritt nennen. Bestimmt würde er heute Nacht zu ihr kommen. Er musste es einfach!

Er ließ sich viel Zeit. Ungeduldig lag sie auf ihrem Bett. Oder empfand er möglicherweise gar nicht das Gleiche wie sie – den dringenden Wunsch, ihm nahe zu sein, jeden Zentimeter seines Körpers zu spüren und die ganze Nacht in seiner Nähe zu liegen. In ihren Augen war er einzigartig. Er dagegen sah in ihr vielleicht gar nicht so etwas Besonderes. Sie hatte ihn einfach überrumpelt. Wie soll ein Mann aus Fleisch und Blut auch reagieren, wenn sich ihm eine nackte Frau an den Hals wirft?

Beim bloßen Gedanken daran wurde sie noch nachträglich rot. Hatte sie sich nicht furchtbar zur Närrin gemacht? Dachte er im Moment vielleicht darüber nach, wie er weiteren Intimitäten mit ihr aus dem Weg gehen konnte?

Sie schloss die Augen und atmete tief ein. Da gab es noch etwas. Sie wollte nicht allein sein. Sie wollte nicht träumen, keine Horrorvisionen haben, keine Bilder sehen, wenn sie schlief. Er war für sie wie ein Fels in der Brandung, jemand, der keine Ängste kannte, sich nicht von Erscheinungen ins Bockshorn jagen ließ und der allem, was sie erschreckte, furchtlos gegenübertrat.

Es war jedoch nicht der einzige Grund, warum sie sich ihm an den Hals geworfen hatte.

Wie David gesagt hatte – er war unheimlich sexy. Diese Augen, ein schiefergraues Rätsel, die direkt in ihre Seele zu blicken schienen, die ihren Körper von oben bis unten musterten, seine Hände, die sie liebkosten ... sein schönes und markantes Gesicht, ebenmäßig wie das eines griechischen Gottes ...

Unruhig warf sie sich im Bett hin und her. Wie lange war sie nun schon in ihrem Zimmer? Eine Stunde? Länger?

Sie erhob sich, ging zur Tür, öffnete sie einen Spalt breit und lauschte nach unten. Niemand war zu hören oder zu sehen. Auch die Haupthalle war leer.

Vorsichtig stieg sie die Treppe hinunter, ängstlich darauf bedacht, keinem über den Weg zu laufen und den anderen womöglich Stoff für neue Gerüchte zu liefern. Dort, wo sie immer ihren großen Monolog über den königstreuen MacNiall, den großen Helden und tapferen Kämpfer rezitierte, blieb sie stehen. Großer Held – na ja. Wie es jetzt aussah, war er siegreich heimgekehrt und hatte seine Frau ermordet.

Und dann sah sie ihn.

Er stand vor dem riesigen Kamin und stützte sich gegen den Sims. Nachdenklich schaute er in die Glut, die unter der Asche verglomm. Zunächst bemerkte sie nicht, dass er sich umgezogen hatte und nicht länger die Jeans und das taillierte Hemd trug, die er beim Abendessen angehabt hatte. Er trug einen Kilt. Um die Schultern hatte er einen Tartan in den Clanfarben geschlungen und mit einer großen silbernen Brosche festgesteckt.

Offenbar hatte er ihre Anwesenheit gespürt, denn er schaute hinauf zu ihr und lächelte kurz.

Sie wollte etwas sagen, doch die Worte blieben ihr im Hals stecken. Plötzlich empfand sie das gleiche Gefühl wie wenige Stunden zuvor am Waldrand. Obwohl er stumm blieb, hatte sie den Eindruck, dass er zu ihr sprach.

Bitte komm. Ich brauche dich.

Ihr Instinkt warnte sie, seiner Aufforderung zu folgen und sich vom Fleck zu rühren. Doch als sie das sehnsuchtsvolle Klopfen ihres Herzens spürte, musste sie einfach zu ihm gehen. Es war wie ein geheimnisvoller Bann, Sie konnte sich ihm nicht entziehen.

Langsam stieg sie die Treppe hinunter. Als sie die unterste Stufe erreichte, wandte er sich von der riesigen Feuerstelle ab und ging in die angrenzende Halle.

„Bruce“, stieß sie mühsam hervor.

An der Tür blieb er stehen und winkte ihr noch einmal zu.

„Verflixt“, fluchte sie. Sie musste verrückt sein, ihm zu folgen. Nie zuvor hatte sie eine solche Furcht verspürt – nicht, weil er sie zu einem unbekannten Ziel führte, sondern weil sein Anblick sie bis ins Mark ängstigte. Und weil eine unbekannte Macht sie unbarmherzig zwang, ihm zu folgen.

„Bitte warte!“

Doch er tat es nicht. Stattdessen verschwand er in der Dunkelheit, und sie eilte quer durch die Haupthalle hinter ihm her.

Er wartete bereits am anderen Ende des nächsten Raumes vor einer alten Tür mit verrosteten Scharnieren. Sie war fest verschlossen, und deshalb hatten sie und ihre Freunde sie nicht weiter beachtet. Thayer vermutete, dass sie in die unteren Gewölbe führte. Eine Burg wie diese verfügte bestimmt über eine Krypta – oder zumindest weitläufige Kellerräume.

Auf einmal stand die Tür weit offen, und dahinter führte eine steinerne Wendeltreppe in die Tiefe. Offensichtlich hatte Thayer Recht gehabt – da unten befand sich die Krypta.

Zögernd betrat Toni die erste Stufe. Noch war Zeit umzukehren. Ein schwaches Licht drang von unten herauf, und in seinem Schein sah sie Bruce MacNiall die Treppe hinunterlaufen. Seltsam, dass es hier nicht stockfinster war.

Langsam stieg sie hinab, auf der Hut vor Spinnweben und dem Staub, der sich im Lauf der Jahrhunderte angesammelt haben musste. Möglicherweise gab es auch Ratten. Aber nichts von alledem war zu sehen: kein Schmutz auf den Treppen, keine Staubflocken auf den Holzbalken, keine Spinnen, keine Ratten, kein Ekel erregendes Ungeziefer. Offenbar hatte hier jemand in letzter Zeit gründlich sauber gemacht, denn es wirkte mindestens ebenso gepflegt wie der bewohnte Teil der Burg.

Zahlreiche Korridore und schmale Gänge führten in die Eingeweide der Krypta, deren Decke gewölbt war wie in Katakomben oder alten Kirchen.

„Bruce?“ flüsterte sie ängstlich. Dann sah sie ihn. Er stand am Ende eines Korridors und schien auf sie zu warten.

Doch sobald sie sich ihm näherte, drehte er sich um und eilte tiefer in den dämmrigen Gang hinein. Fluchend folgte sie ihm bis ans Ende des Korridors. Mit einem Mal wurde ihr klar, was die Steinquader an den Wänden bedeuteten.

Es waren Gräber.

Die Szenerie hatte jedoch nichts Unheimliches. Weder Skelette noch einzelne Knochen waren zu sehen. Marmorplatten bedeckten die letzten Ruhestätten der Toten. Den Namen auf den Steinen folgten Inschriften auf Gälisch, und auf den Grabsteinen der Frauen stand außerdem der Clanname ihrer jeweiligen Familien. *Mary Douglas MacNiall* war auf einem der Sarkophage zu lesen. Sie war im frühen neunzehnten Jahrhundert gestorben. Die Grabinschrift wies sie als Mitglied des mächtigen Moray-Clans aus.

Langsam drehte Toni sich einmal im Kreis. Beim Anblick der Steinsärge, die rings um sie herum standen, empfand sie nun doch ein wenig Angst – die ganz natürliche Angst, die man in der Dunkelheit und in der Gesellschaft von Toten verspürt.

Allmählich gewöhnten sich ihre Augen an das Dämmerlicht, sodass sie nun auch den hinteren Teil des Gewölbes klar erkennen konnte. In einer in die Rückwand eingelassenen Nische befand sich ein großer Sarkophag mit einer Marmorstatue des Burgherren. Er hatte die Arme vor der Brust verschränkt und ein großes Schwert an seiner Seite. Toni bekam eine Gänsehaut, weil die Skulptur absolut lebensecht wirkte. Die Wangen, die sie vor kurzem gestreichelt hatte, waren hier in Stein gemeißelt. Es war ganz eindeutig Bruce – der Bruce, den sie so gut kannte …

Wie konnte ein Mensch seinem Vorfahren wie aus dem Gesicht geschnitten sein – einem steinernen Vorfahren zudem?

Neben dieser Grabstätte, die Bruce Brian MacNiall, Lord von Tillingham, als Sieger gegen die Tyrannei und mächtigen Führer aller wahren Schotten und Königstreuen pries, befand sich ein weiterer Sarkophag, allerdings ohne Statue und ohne Inschrift.

Lange betrachtete sie das Grabmal. Allmählich kroch die Kälte der Krypta in ihren Körper. Das Licht wurde schwächer, und es erschien ihr, als bewegten sich die Schatten wie lebendige Wesen.

„Bruce?" rief sie mit zitternder Stimme.

Unvermittelt machte sie auf dem Absatz kehrt und eilte über den langen Gang zurück zur Treppe. Dabei wurde sie das Gefühl nicht los, dass die Schatten der Toten sie verfolgten.

Panische Angst überfiel Toni, als sie die Treppe hinauflief. Wenn die schwere Tür mit den rostigen Scharnieren nun ins Schloss gefallen war? Alleine würde sie sie bestimmt nicht öffnen können. Sie musste sich zusammenreißen, um nicht hysterisch zu werden. *Nicht auszudenken, wenn sie jetzt hier unten eingeschlossen war. Wenn die Schatten näher kämen, sich ihrer bemächtigten, sie in das Reich der Toten zurückholten, sie hineinzogen in den Strudel der Katastrophen und Unglücke, die sich über die Jahrhunderte in den alten Mauern zugetragen hatten?*

Mit letzter Kraft stieß sie gegen die Tür – und stolperte in die Freiheit. Ihr wurde schwindlig, und sie sank zu Boden.

Nach einer Weile rappelte sie sich wieder auf. Schwer atmend stand sie an die Tür gelehnt – und wurde plötzlich sehr ärgerlich.

Missbilligend betrachtete sie den Riss in ihrem Nachthemd. Sie schwor sich, diese Spielchen nie wieder zu machen. Bruce war es gewesen, der sie hinuntergelockt hatte. Er musste es gewesen sein, wer sonst? Er war es auch, den sie im Wald gesehen hatte. Vielleicht wollte er ihnen nach all den Unannehmlichkeiten nur eins auswischen oder er erlaubte sich einen schlechten Scherz. Deshalb verführte und quälte er sie gleichzeitig.

Wütend stieg sie in den ersten Stock. Mit energischen Schritten strebte sie seiner Tür zu.

Ohne anzuklopfen stürmte sie ins Zimmer. Und blieb wie vom Donner gerührt stehen.

Er saß in seinem Sessel am Kamin und las in einem Buch. Er trug noch immer die Jeans und das Hemd, in denen er zum Abendessen erschienen war.

Mit geneigtem Kopf, als ob er Stimmen lauschte, die nur er hören konnte, stand Eban auf der Zufahrt zur Burg und schaute zum Gemäuer empor.

„Sie haben sie gefunden", sagte er. Seine Worte waren kaum mehr als ein raues Flüstern. „Sie haben Ihre Braut gefunden, Lord MacNiall. Das arme Ding. Soll ein schrecklicher Anblick gewesen sein. Lag da tief im Schlamm. Ein paar Haarbüschel, Hautfetzen an den Knochen … na, das hören Sie wahrscheinlich gar nicht gern, was? Mich haben sie ja nicht zu ihr gelassen. Dabei hätt' ich mich gut um sie gekümmert."

Eine Windbö fuhr ihm ins Gesicht, und der Mond verschwand hinter einem dichten Wolkengebirge.

Er warf den Kopf zurück und lachte schallend. „Ah, die Mädchen, die Mädchen. Sind im Wald, alle zusammen, und alle erwürgt. Die hübschen Dinger, alle tot. Aber das war'n keine anständigen Mädchen. Tut mir Leid, Lord MacNiall, tut mir wirklich Leid. Man hat Lügen über sie erzählt, nicht? Sie haben Lügen über Ihre Frau erzählt. Aber nicht über die anderen. Nee, über die anderen nicht."

Traurig schüttelte er den Kopf. „Die armen Sünderinnen. Mutterseelenallein gelassen."

Plötzlich strömten Tränen über seine Wangen. „Nee, nicht über die anderen", wisperte er.

Er stieß einen tiefen Seufzer aus. Mit hängenden Schultern drehte er sich um und ging den Hügel hinunter zu seiner Hütte, dieser armseligen Behausung, in der er dank der Großzügigkeit des mächtigen Lord MacNialls wohnen durfte. Für den guten MacNiall würde er alles tun. Wirklich alles. Sogar Dinge, von denen der große Lord MacNiall nicht einmal etwas wusste und die er eigentlich selbst hätte erledigen müssen.

Für ihn würde er ohne zu zögern – lügen, stehlen und betrügen. Sogar töten würde er für ihn.

Ein trauriges Lächeln umspielte seine rissigen Lippen. Ja, das würde er tatsächlich tun. Und jetzt musste er zurück in seine Hütte, wo er sein stilles, geheimnisvolles Leben führte, von dem kaum jemand wirklich Notiz nahm.

Toni stand wie angewurzelt an der Tür. Sie hatte jedes Zeitgefühl verloren. Wie lange war sie fort gewesen? Eine Stunde? Zwei? Wirklich so lange? Und wie lange starrte sie ihn jetzt schon an?

Als er sie sah, erhob er sich. War sein Blick zärtlich? Oder spöttisch? Oder beides?

„Da bist du ja", sagte er lächelnd. „Wo warst du? Hast du den Kühlschrank geplündert? Ich wollte dich gerade suchen gehen. Du warst nicht hier, nicht in deinem Bett." Sein Lächeln wurde breiter. „Und auch nicht in der Badewanne."

Sie konnte sich nicht vom Fleck rühren. Es hatte ihr die Sprache verschlagen. Doch ihre Gedanken überschlugen sich.

Er war wirklich ein verdammt guter Schauspieler. Hatte sie hinuntergelockt, dann war er zurückgerannt und hatte sich wieder umgezogen. Wollte er sie mit derlei Spielchen aus seiner Burg vertreiben? Doch warum sollte er das tun? Als Eigentümer hatte er doch das Recht, sie einfach vor die Tür zu setzen.

Der Mann am Kamin konnte nicht Bruce gewesen sein. Aber wer war es dann? Sah sie etwa Gespenster?

MacNiall musterte sie aus zusammengekniffenen Augen, klappte das Buch zu, ging zum Schreibtisch und legte es in eine Schublade. Dann stellte er sich vor sie hin und ergriff ihre Schultern. „Toni, was ist los?“ fragte er besorgt.

Sie blieb stumm, denn sie wusste nicht, was sie sagen sollte. Allmählich drehte sie durch. Das machte ihr Angst. Aber das musste sie ihm nicht auf die Nase binden. Schließlich würde kein Mann eine Affäre mit einer Verrückten haben wollen. Oder war sie lediglich Trugbildern, irgendwelchen merkwürdigen optischen Täuschungen auf den Leim gegangen? Hatte sie sich das alles nur eingebildet, wie David vermutete?

Sie blinzelte und spürte, wie ihre Knie weich wurden. Nichts von alledem war noch wichtig oder hatte irgendeine Bedeutung, wenn er so nahe vor ihr stand, sie auf diese ganz besondere Art und Weise anschaute, wenn er sie mit seinen kräftigen Händen berührte und ihr das Gefühl von tiefer Geborgenheit vermittelte.

„Toni?“

Sie schüttelte den Kopf, wie um ihre Gedanken zu verjagen. Allmählich gewann sie etwas von ihrer Sicherheit zurück – und erinnerte sich daran, dass sie eine ausgezeichnete Schauspielerin war. Jetzt musste ihr nur noch ein passender Text einfallen.

„Ich war durstig“, log sie. „Ich bin hinuntergegangen, um mir etwas zu trinken zu holen.“

Amüsiert schüttelte er den Kopf. „Hier oben gibt es doch auch Getränke, Toni. Nicht nur Brandy und so. Auch Mineralwasser und Softdrinks. Hast du den kleinen Kühlschrank im Zimmer noch nicht bemerkt?"

Sie befeuchtete ihre Lippen. „Nein."

„Du bist ja kreideweiß. Als hättest du einen Geist gesehen."

Noch immer schaute er sie besorgt an.

Als ob … sie nicht ganz bei sich wäre.

Sie beschloss, nicht lange um den heißen Brei herumzureden.

„Ich möchte etwas", flüsterte sie.

„Und was?"

„Mit dir zusammen sein."

„Das ist gut. Denn ich habe nur auf dich gewartet." Seine Worte klangen so aufrichtig und warm, dass sie ihr wie eine zärtliche Berührung vorkamen.

Plötzlich klammerten sie sich aneinander. Sie hatte gar nicht gemerkt, dass sie sich die ganze Zeit über aufeinander zu bewegt hatten. Er warm und vital, ein kräftiger Mann, sehr lebendig, und das Eis in ihren Adern schmolz schnell dahin. Als sie den Kopf nach hinten legte, um ihm in die Augen zu schauen, verschloss er ihren Mund mit seinen Lippen.

Dieses Mal zog er die Bettdecke zurück, ehe er sie hinlegte. Als er sie kurz losließ, richtete sie sich auf, streifte sich das Nachthemd über die Schultern und kroch auf Knien über das Bett zu ihm hin. Er zog sich hastig aus. Sie lehnte sich gegen seinen Rücken, küsste seine breiten Schultern und liebkoste mit der Zungenspitze seine Haut. Als er endlich nackt war und sich ihr zuwandte, bedeckte sie seinen ganzen Oberkörper mit Küssen, die immer leidenschaftlicher und fordernder wurden.

Er umfasste ihre Hüften und zog sie an sich. Seine Berührung entfachte wilde Lust in ihr. Eng umschlungen sanken sie auf das

Bett, ihre Münder verschlangen einander mit heißer Gier, und sie klammerte sich so fest an ihn, dass er ihr mit rauer, tiefer Stimme zuflüsterte: „Nicht so heftig, Liebling. Wenn wir so weiter machen, geht nachher noch etwas kaputt."

Unwillkürlich musste sie lachen, und sie lächelte noch immer, als er sich über sie schob und sie von Kopf bis Fuß mit seinen Lippen erforschte, bis ihr Körper in Flammen stand und das lustvolle Ziehen zwischen ihren Schenkeln fast unerträglich wurde.

Rings um sie herum versank die Welt. Sie spürte die Kühle der Laken nicht und hörte das knisternde Feuer nur wie aus weiter Ferne. Allein seine Berührungen waren wirklich, nur sie waren jetzt von Bedeutung. Die Flammen tauchten das Zimmer in warmes Licht und warfen Schatten auf Bruce' erhitztes Gesicht, seine Schultern und seinen Brustkorb. Schließlich verschwamm alles in einem Nebel, als ihre süße Lust dem Höhepunkt zustrebte und sich in einem köstlichen und lang anhaltenden Orgasmus entlud.

Er hatte die Arme fest um sie geschlungen, als die Wellen in ihrem Körper langsam abebbten. Jetzt spürte sie wieder die Laken, die feucht geworden waren von ihrer Leidenschaft, hörte das Knistern des Feuers, nahm die glimmende Glut wahr. Er rollte sich zur Seite, ohne seine Arme von ihr zu lösen. Wenn er mich doch nie mehr losließe, dachte sie. Bitte, lieber Gott, lass ihn immer so nahe bei mir bleiben. Als habe er ihre Gedanken gelesen, zog er sie noch enger an sich, Körper an Körper, Haut an Haut. Sie spürte seine Rippen, die Haare auf seiner Brust, die Rundungen seiner Hüften, seine Männlichkeit, die, nachdem sie groß, kräftig und stark die köstlichsten Empfindungen in ihr entfacht hatte, wieder schlaff an ihrem Schenkel lag. Bruce strich ihr eine Haarsträhne aus der Stirn.

Wie aus weiter Ferne drangen die Geräusche von jenseits des Zimmers an ihr Ohr, unendlich langsam flossen die Sekunden vorbei, Sekunden voller zärtlicher Berührungen …

„Du bist …“ begann er leise.

Sie lauschte, aber er sprach nicht weiter. Schließlich lächelte sie. „Du auch“, wisperte sie zurück.

Seine Umarmung wurde fester. Sie konnte ihre beiden Herzen spüren, die nahezu gleichzeitig schlugen, aber eben doch mit jener winzigen zeitlichen Verzögerung, die ihr bewusst machte, dass sie zwei Menschen waren.

Sie fiel in einen traumlosen Schlaf. Als sie mitten in der Nacht aufschreckte, spürte sie seine Arme immer noch um sich. Glücklich und zufrieden schlummerte sie wieder ein.

„Er ist nun mal ein unheimlicher Kerl“, sagte Gina schaudernd.

„Wer? Eban?“ fragte Toni verdutzt.

Die Freunde waren in den Ort gefahren. Obwohl Robert Chamberlain die Originalunterlagen mitgenommen hatte, wollten sie Kopien davon zu Jonathan bringen. Zwar hatten sie mehr Vertrauen in Roberts Kompetenz, aber sie hegten auch eine gewisse Sympathie für Jonathan. Immerhin lagen die Burg und der Wald in seinem Zuständigkeitsbereich.

Jetzt saßen sie an einem schmiedeeisernen Tisch im Biergarten eines Pubs namens Angus's Alley. Um die Mittagszeit herrschte viel Betrieb. Touristen und Besucher aus den größeren Städten kamen gern zum Lunch hierher. Bruce war nicht mit ihnen gefahren, er hatte früh am Morgen einen Geschäftstermin wahrnehmen müssen. Sie waren also unter sich, was insofern ganz angenehm war, als sie nicht auf ihre Worte achten mussten.

Und Gina hielt mit ihrer Meinung nicht hinterm Berg.

„Genau, Eban“, zischte sie mit einem schnellen Blick nach rechts. Er stand ein paar Meter entfernt auf der Straße und fütterte einen Hund, während er mit dem Tier sprach.

„Ich rede doch auch mit Pferden“, meinte Ryan belustigt.

„Aber sie nicht mit dir. Und auch nicht mit Toni. Die spricht doch auch mit jedem Tier, das ihr über den Weg läuft. Ich hab euch zwei schon beobachtet."

„Wo also liegt der Unterschied?" fragte Kevin, während er ein Stück Steak in den Mund schob. „Hm. Wäre schön, wenn wir mehr schottische Gourmet-Restaurants in den Staaten hätten."

„Es gibt eins in New York", sagte David.

„Also, wo liegt denn nun der Unterschied?" wiederholte Thayer Kevins Frage. Er musterte sie, als wären sie alle nicht ganz richtig im Kopf. „Könnt ihr nicht mal ein Thema zu Ende bringen, ehe ihr von etwas Anderem redet?"

Kevin zuckte resigniert mit den Schultern.

„Der Unterschied?" meinte Gina. „Schaut euch Eban doch nur an. Es sieht so aus, als würden die Tiere auch mit ihm reden. Richtig, Ryan, du und Toni, ihr streichelt auch jedes Pferd, jeden Hund und jede Katze, aber ihr erwartet nicht, dass die Tiere auch mit euch sprechen."

„Er ist eben ein bisschen gaga", meinte Thayer. „Der alte Knabe kann einem schon Leid tun."

„Mir nicht", sagte Gina freimütig. „Er macht mir Angst."

„Ich bin sicher, dass er harmlos ist", sagte Toni. Doch dann erinnerte sie sich daran, welchen Schrecken er ihr einen Tag zuvor eingejagt hatte. Oder war da nur ihre Fantasie mit ihr durchgegangen?

Hatte sie sich die Ereignisse der vergangenen Nacht auch nur eingebildet? Auch wenn sie das alles nicht wahrhaben wollte: Waren es vielleicht bloß Wahnvorstellungen gewesen? Am Morgen hatte sie die Tür zur Krypta verschlossen vorgefunden – so, wie sie es immer gewesen war. Aber tief in ihrem Innern wusste sie, dass sie alles genauso vorfinden würde, wie sie es gestern vor ihrem geistigen Auge gesehen hatte, sollte sie noch einmal in das steinerne Gewölbe hinabsteigen.

„Eban arbeitet sehr viel. Wir haben es doch mit eigenen Augen gesehen", fügte sie hinzu.

„Gut, dass ich einen Mann bei mir habe", meinte Gina. „Ohne Ryan hätte ich bestimmt furchtbare Angst in meinem Zimmer."

„Na prima", sagte Ryan. „Sie lässt mich also nur in ihre Nähe, weil sie Angst hat."

Gina funkelte ihn empört an, aber er grinste.

„Wenn der Alte etwas von dir will, sag ihm einfach, dass ich auch noch da bin", sagte Thayer augenzwinkernd.

„Und ob, mein Lieber", meinte Gina mit einem triumphierenden Seitenblick zu Ryan.

„Na ja, wenn es wirklich nötig sein sollte, würden wir Gina auch auf dem alten Sofa in unserem Zimmer schlafen lassen", schaltete Kevin sich ein.

„Ich glaube nicht, dass ich mit euch in einem Zimmer sein könnte, wenn ihr ..." Gina schüttelte sich.

„Ist ja schon gut. Könnt ihr mal über was anderes reden als eure Orgien? Einige von uns ..." Thayer unterbrach sich und warf Toni einen viel sagenden Blick zu. „Na ja, momentan bin ich der Einzige, der allein schlafen muss. Da will ich jetzt nicht unbedingt von den ausschweifenden Lustbarkeiten hören, die in den Nebenzimmern vor sich gehen."

Gina prustete los. „Thayer, du könntest an jedem Finger zehn Mädchen haben. Ich habe doch gesehen, wie sie dir auf der Straße oder in den Pubs nachsehen."

Er zuckte mit den Schultern.

„Du bist zu wählerisch", tadelte sie ihn.

Er dachte eine Weile nach. „Das bin ich wirklich. Außerdem habe ich beschlossen, dass ich eine Amerikanerin haben will."

„Warum denn das?" erkundigte Toni sich.

Er zuckte wieder mit den Schultern. „Ihre Art gefällt mir. Die sind nicht so klassenbewusst wie bei uns. Keine Traditionen. Frei und unkompliziert eben."

Gina lachte. „Trotzdem bist du ausgerechnet auf eine jahrhundertealte Burg gekommen?"

„Immerhin mit euch Amis. Aber das scheint ja auch bald vorbei zu sein. Ich habe das ungute Gefühl, als säßen wir mit geliehenem Geld am Roulettetisch und versuchten verzweifelt, unseren Einsatz zurück zu gewinnen."

„Das werden wir auch", sagte Gina fest entschlossen.

„Aber nur dank der Großzügigkeit unseres Gastgebers", erinnerte David sie. Durchdringend sah er Thayer an. „Hast du eigentlich gewusst, dass er bei der Polizei war?" fragte er.

„Woher sollte er?" schaltet Toni sich ein. „Er hat ja nicht einmal von seiner Existenz gewusst."

„Ach ja, ich vergaß", sagte David.

„Du klingst immer britischer", rügte Kevin ihn. „‚Ich vergaß!' Also, ich bitte dich."

Seufzend sah David ihn an.

„Man passt sich eben an", nahm Ryan ihn in Schutz.

„Aber Lord MacNiall – ein Bulle!"

„Er *war* bei der Polizei", korrigierte Gina ihn. „Ich frage mich, was er jetzt macht", überlegte sie laut.

„Keine Ahnung", sagte Kevin. „Ich habe nicht gewusst, dass Lords überhaupt etwas tun ... na ja, ich habe immer gedacht, die sitzen den ganzen Tag nur rum und sind ... adlig."

„So funktioniert das heute aber nicht mehr, oder?" Toni lächelte Thayer an.

„Nicht ganz. Von irgendwas muss auch ein schottischer Lord leben. Adlige, die genug Land haben, kassieren eine ganz ordentliche Pacht", erwiderte er.

„Besitzt Bruce MacNiall denn viel Land?" fragte Gina.

Thayer zuckte mit den Schultern, ohne den Blick von Toni zu wenden. „Der Constable hat gesagt, dass dem Lord das halbe Dorf gehört. Habt ihr das vergessen?“

„Hm“, überlegte Gina. „Dann ist er also einfach reich?“

„Wenn er Geld hätte, müsste es in der Burg doch jede Menge Dienstboten geben“, meinte David.

„Aber Fehlanzeige“, sagte Ryan.

„Bis auf Eban Douglas“, wandte Kevin ein.

„Und der ist unheimlich“, ergänzte Gina.

„Womit wir wieder beim Anfang wären“, sagte Ryan und erhob sich. „Gina, wir sollten jetzt die Kopien der Unterlagen zu Jonathan Tavish bringen.“

„Eigentlich wollten wir uns heute ja die Besitzurkunde von Lord MacNiall ansehen“, meinte Thayer. „Und eigentlich wollte er doch mit uns kommen. Wir werden uns wohl damit abfinden müssen, dass er im Recht ist.“

Gina seufzte. „Ryan und ich gehen jetzt zu Jonathan. Wir werden bestimmt noch alle einen seitenlangen Fragebogen ausfüllen müssen, aber ich glaube, fürs Erste reicht es, wenn einer von uns Auskunft über die Sache gibt.“

„Zwei von uns“, korrigierte Ryan sie.

„Zwei von uns. Ihr anderen könnt ein wenig Sightseeing machen. Wolltest du dir nicht schon letztens die alte Kirche und den Friedhof ansehen, Toni?“

David stöhnte vernehmbar. „Soll *ich* nicht lieber die Unterlagen zur Polizei bringen?“

Toni stand auf. „David, geh einkaufen. Kevin und Thayer, ihr könnt ruhig noch hier sitzen bleiben und die Mädchen – beziehungsweise Jungs – beobachten, wenn ihr wollt. Ich komme sehr gut allein zurecht.“

„Ich würde gerne mal schauen, ob ich irgendwo schöneres Geschirr finde, auf dem wir unseren Besuchern Tee und Scones servieren können", sagte David.

„Diese Plastikteller sind wirklich nicht toll. Was das angeht, sind sie hier wirklich etwas rückständiger als bei uns", stimmte Kevin ihm zu. „Aber es gibt ein paar schnuckelige Lädchen hier. Vielleicht finden wir da ja was."

„Mir macht es nichts aus, mit dir zu kommen", sagte Thayer.

„Bist du sicher?" fragte Toni.

„Ganz sicher."

„Na dann ..."

„Vielleicht sollten wir vorher noch die Rechnung bezahlen", sagte Gina. „Und macht nicht zu lange. Wir wollen uns um vier im Pub unten am Hügel treffen, einverstanden?"

Sie schwärmten in verschiedene Richtungen aus. Gina und Ryan liefen zum Dorfplatz, der in westlicher Richtung lag. David und Kevin mussten nur wenige Schritte gehen, bis sie an einem Laden vorbeikamen, dessen Schaufensterdekoration ihre Aufmerksamkeit erregte. Thayer und Toni liefen den Hügel hinauf zur Kirche, die mitten auf einem Friedhof stand.

Thayer wirkte seltsam abwesend. Toni legte die Hand auf seine Schulter. „Alles in Ordnung mit dir?" erkundigte sie sich.

Er lächelte ihr zu. „Klar. Wieso?"

Sie zuckte mit den Schultern. „In letzter Zeit habe ich den Eindruck, dass du nicht mehr der Alte bist."

„Seit wir unsanft auf dem Boden der Tatsachen gelandet sind?"

„Glaub schon."

Lächelnd deutete er zur Kirche. „Ich kann dir ein bisschen über die Geschichte des Ortes erzählen. Mit dem Bau der Kirche wurde im zwölften Jahrhundert begonnen, und der jetzige Grundriss und die Form gehen zurück bis aufs fünfzehnte Jahrhundert. Zuerst war es natürlich eine katholische Kirche. Inzwischen gehört sie zur Kirche von Schottland. Sie verfügt über einige bemerkenswerte Buntglasfenster. Im Inneren stehen prächtige Sarkophage. Für die Gestaltung wurden eigens italienische Künstler ins Land geholt, die die Grabmale zu Ehren von Politikern, Dichtern, Rittern und adligen Frauen schufen. Während Cromwells strenger Regentschaft gab es hier einen mutigen Geistlichen, dem es gelungen ist, die meisten Kostbarkeiten zu verstecken. Deshalb ist auch nicht viel zerstört worden."

Beeindruckt sah sie ihn an. „Woher weißt du das? Hast du das denn alles schon mal gesehen? Ich dachte, du wärst noch nie in dieser Gegend gewesen?"

„Bin ich auch nicht, liebe Cousine. Das weiß ich alles aus dem Internet. Sie haben eine recht gut gemachte Website."

Toni lachte. „Fantastisch."

Eine niedrige Steinmauer umgab den Friedhof. Thayer öffnete ein weißes Lattentor und ließ Toni eintreten.

Ebenso ehrfurchtsvoll wie erstaunt sahen sie sich dann in der Kirche um. Für einen so kleinen Ort war das Gebäude wirklich mehr als imposant. Die Glasfenster an den Seiten waren von einem strahlenden Blau, das jeder Tiffany-Lampe zur Ehre gereicht hätte. Aus einer Info-Broschüre, die neben der Eingangspforte auslag, erfuhr Toni, dass die Kanzel um das Jahr 1540 aus dem Stamm einer einzigen mächtigen Eiche gefertigt worden war. Sie trat näher und bewunderte die kunstvoll verschlungene Intarsienarbeit, die mehrere Löwen darstellte.

„Unglaublich, nicht wahr?" flüsterte Thayer, der ganz dicht neben ihr stand.

Sie nickte. „Großartig."

„Schau dir doch die Gräber von den MacNialls an, die hier auf dem Friedhof beerdigt wurden", forderte er sie auf.

„Ich dachte …“ Sie zögerte einen Moment. „Ich dachte, sie wären in der Krypta unter der Burg begraben.“

Er nickte. „Ein paar von ihnen bestimmt. Aber komm mal her, und sieh dir das an.“ Er deutete auf ein recht neues Grab, das nach Westen hin ausgerichtet war. „Bestimmt der Großvater oder ein Großonkel von unserem MacNiall. ‚Colonel Patrick Brennan MacNiall, Royal Air Force, geboren am 15. April 1921, gestorben am 8. Juni 1944 in der Fremde, gefallen für Gott und Vaterland. Möge er in Frieden ruhen‘.“

„Er muss kurz nach dem D-Day gestorben im Zweiten Weltkrieg gestorben sein“, vermutete Toni. „Eine Tragödie.“

„Wie sie Tausende von Männern erlebt haben“, sagte Thayer. „Sieh mal hier, das Grab ist älter. ‚Lord Bruce Eamon MacNiall, Verteidiger von Menschen und Ehre, geboren am 4. Oktober 1724. Er ließ sein Leben auf Flodden Field für Recht und Freiheit‘.“

„Scheint so, als ob sie immer auf der falschen Seite gekämpft hätten“, meinte Toni.

„Erst die Geschichte entscheidet, welches die falsche Seite der Schlacht war“, murmelte Thayer.

Toni nickte. „Wohl wahr. Und wir neigen dazu, viele verlorene Schlachten in romantischem Licht zu sehen.“

„Wollen wir draußen noch ein bisschen herumlaufen? Oder wolltest du nur die MacNialls sehen?“

Toni fuhr zusammen, doch ein Blick in seine Augen versicherte ihr, dass er keine Hintergedanken hegte.

„Ich würde gerne noch ein wenig spazieren gehen.“

„Was fasziniert dich eigentlich so an Friedhöfen?“ fragte er grinsend. „In Glasgow haben wir doch auch schon sämtliche Friedhöfe abgeklappert.“

„Die Kunst, glaube ich. Und die Gedichte und Grabsprüche.“

„So was in der Art wie ‚Die Nacht hat er mit Sex verbracht, im

Morgenrot war er dann tot'? Meinst du diese Art von atemberaubender Poesie, die die Ewigkeit überdauern wird?"

„Na ja, vielleicht ein bisschen niveauvoller. Die meisten Gedichte kann man leider gar nicht mehr lesen. Entweder ist die Schrift auf den Steinen verwittert oder von Unkraut überwuchert." Sie traten ins Freie. Auf dem Friedhof reihte sich ein beeindruckendes Grabmal an das andere. Kunstvolle Steinskulpturen wechselten sich mit Monumenten ab, an deren Säulen und Figuren Wind und Wetter sichtbare Spuren hinterlassen hatten und die so aussahen, als könnten sie jeden Moment zusammenstürzen. „Hier ist einer", rief sie Thayer zu, während sie die Schmutzschicht vom Stein wischte, um den Spruch lesen zu können. „Justin MacClaren. ‚Einst stand auch ich in Saft und Kraft und hab im Leben viel geschafft. Jetzt leiden nur noch and're Not, denn ich bin lang schon kalt und tot.'"

„Hm. Das ist ja fast noch schlimmer als der Sexprotz, den es im Morgenrot erwischt hat", sagte Thayer, und sie musste lachen.

„Aber genau die meine ich. Sie erzählen aus dem prallen Leben, so wie es war", erklärte Toni. Zwei junge Frauen hatten den Friedhof betreten. Die eine war rothaarig, die andere brünett.

„Schönen guten Tag", grüßte Toni freundlich.

„Ah", erwiderte die Rothaarige fröhlich, „Sie kommen wohl aus Amerika zu uns?"

Toni verdrehte die Augen. „Mein Akzent verrät mich überall. Aber mein Vetter Thayer ist aus Glasgow."

„Ich komme aus Aberdeen. Ich habe für ein paar Tage ein Ferienhaus in der Gegend gemietet", erzählte die Rothaarige. „Lizzie Johnstone. Das ist meine Freundin Trish Martin. Sie ist aus Yorkshire. Wir machen hier gemeinsam Urlaub."

„Hört sich gut an", sagte Toni.

„Ah, die Engländer fallen wieder ein", neckte Thayer sie.

Zuerst hielt er Trish die Hand hin. Sie war sehr hübsch, hatte große dunkle Augen, langes hellbraunes Haar und eine pfirsichfarbene Haut. Dann wandte er sich mit einem breiten Lächeln Lizzie zu, die mit ihrem wilden roten Haar und den Sommersprossen unverkennbar irisch war. Sie strahlte ihn an.

„Ich bin Thayer Fraser. Und das ist die amerikanische Eroberin. Toni Fraser."

„Ach, Sie sind verheiratet?" fragte Lizzie. Sie schien ein wenig enttäuscht zu sein.

„Nein, wir sind kein Ehepaar. Nur Cousin und Cousine", erklärte Toni den beiden.

„Ach so." Die junge Frau musterte Thayer mit funkelnden Augen und neu erwachtem Interesse.

Er lächelte, weil ihre Reaktion so offensichtlich war. Ein verlegenes Schweigen entstand. Lizzie mochte Thayer, ihm jedoch gefiel die Blondine besser.

„Ihr interessiert euch also für alte Friedhöfe?" fragte Toni.

„Ich kann nicht genug von ihnen bekommen", erklärte Trish. „Ich finde sie viel spannender als all die historischen Sehenswürdigkeiten, bei denen es von Touristen, die sich über Reiseführer beugen, nur so wimmelt. Das ist doch nur altes Gemäuer auf irgendwelchen Wiesen. Aber diese Orte hier …"

„Erzählen Geschichten", vollendete Toni den Satz für sie.

Unvermittelt schlug sich Trish mit der Hand auf den Mund. „Ich weiß, wer ihr seid. Ihr gehört zu den Leuten, die die Burgbesichtigung veranstalten."

„Ja, genau", stimmte Lizzie ihr zu.

Thayer stieß Toni den Ellbogen in die Rippen. „Wir sind berühmt", neckte er sie.

„Oder berüchtigt", erwiderte sie leise.

„Überhaupt nicht. Heute stand was in der Edinburgher Zeitung darüber ... die gibt's an dem Imbissstand am Ioin's Place unten am Hügel", erzählte Trish. „Der Artikel wird euch bestimmt gefallen. Sie schreiben von einer tollen und dramatischen Reise in die Vergangenheit, an der sogar die Einheimischen ihren Spaß hätten. Leider haben wir unsere Zeitung im Café liegen lassen, sonst würden wir sie euch jetzt geben."

Toni warf Thayer ein amüsiertes Lächeln zu. Dann schaute sie wieder zu den beiden Frauen. „Vielen Dank für den Tipp."

„Ich wusste gar nicht, dass schon ein Reporter bei einer der Gruppen dabei war", sagte Thayer. „Immerhin haben wir erst zwei Führungen gemacht."

„Na ja, der würde sich wohl kaum zu erkennen geben", meinte Lizzie. „Schließlich möchte er genauso behandelt werden wie alle anderen Zuschauer auch."

„Klingt vernünftig", gab Thayer zu. „Ich habe allerdings gedacht, dass all unsere Besucher aus den Staaten sind. Wir arbeiten mit einer Reiseagentur zusammen, die uns die Gruppen vermittelt. Dort werden die Touren gebucht, und offenbar haben sie sich dort auf Amerikaner spezialisiert."

„Na, wie finde ich denn das? Nur weil wir hier aufgewachsen sind, heißt das doch nicht, dass wir uns für so etwas nicht interessieren", meinte Trish, ohne Thayer aus den Augen zu lassen.

„Na ja, wir interessieren uns schließlich alle für irgendwas, oder?" Thayers Stimme klang ein wenig heiser. Toni freute sich für ihn. Er schien diesen Flirt mit den attraktiven jungen Frauen zu genießen. Da spielte es auch keine Rolle, dass sie sich auf einem Friedhof befanden.

Eine ältere Frau, deren Rücken von Osteoporose gebeugt war, erregte Tonis Aufmerksamkeit. Langsam ging sie an den verwitterten Steinen und zerfallenden Grabmalen vorbei. Die anderen sahen sie nun ebenfalls und verstummten.

Jetzt erst bemerkte Toni, dass sich zwischen all den eingestürzten und vernachlässigten Gräbern auch einige befanden, die wohl erst kürzlich angelegt worden waren und deren Grabsteine noch relativ neu aussahen.

Die Frau, die einen Blumenstrauß voll weißer Lilien in der Hand hielt, kam näher.

„Ich glaube, wir stören hier", murmelte Toni. Thayer nahm ihren Ellbogen, und sie alle gingen weiter. Ihr munteres Geplauder verstummte, denn sie wollten die Friedhofsruhe nicht stören. Stumm und respektvoll blieben sie in einiger Entfernung stehen.

Der alten Frau folgte ein jüngeres Paar, ein Mann mit schütterem Haar und eine attraktive schlanke Mittvierzigerin.

„Guten Tag", grüßte der Mann mit einem Nicken. Die alte Frau beachtete sie nicht, aber die Jüngere lächelte ihnen im Vorbeigehen freundlich zu.

Die alte Frau kniete sich vor ein Grab und sprach ein langes, klagendes Gebet, ohne die Blumen aus der Hand zu legen. Dann erhob sie sich langsam, wobei sie sich an einem Stein abstützte, und drehte sich schwerfällig zu ihnen um. Jetzt erst schien sie die anderen wahrzunehmen.

Toni bemerkte, dass die hellblauen Augen in zerfurchten Gesicht sie mit ihrem Blick zu durchbohren schienen.

„Sie sind von der Burg", sagte die Alte. Es war keine Frage, sondern eine Feststellung.

Toni und Thayer nickten. Sie freuten sich darüber, dass sie bereits so bekannt waren und ihre Vorstellung in der Zeitung so gut weggekommen war. Aber der durchdringende Blick der blassblauen Augen erfüllte sie mit Unbehagen.

Mit ihrem knochigen Finger zeigte die Frau auf Toni.

„Sie wissen es, nicht wahr?"

„Wir bitte? Was soll ich wissen?" fragte Toni verwirrt.

„Sie wissen, dass es Ärger geben wird, nicht wahr? Nach all den Jahren ist die Frau gefunden worden. Sie haben die Geister der Vergangenheit geweckt. Und dann fragen die sich noch, was in dem Wald da vor sich geht. Er hat einmal getötet und sie in der Erde vergraben. Jetzt ist sie wieder ans Licht gekommen. Und er wird wieder töten, und wieder und wieder. Wir haben gewusst, dass er die ganze Zeit über hier in der Gegend gewesen ist. Und ob wir das gewusst haben! Er war auf der Burg und in den Wäldern, man hat ihn verraten, und er wollte Rache nehmen. Jetzt ist er von den Toten auferstanden und zieht umher. Sie!" Drohend zeigte die Alte mit dem Finger in Tonis Richtung. „Sie wussten es! Sie wussten, dass er lebt, dass er auferstanden und wütend ist. Sie haben es gewusst. Bruce MacNiall ist wieder auferstanden und zieht mordend durch die Gegend. Wenn Sie die Vergangenheit nicht ruhen lassen, werden Sie die nächste Frau sein, die im Wasser liegt. Ja, Sie werden die Nächste sein, die im Fluss gefunden wird."

12. KAPITEL

Kurz nach Mittag traf Bruce in Darrows Büro ein. Seine Stimme hatte ganz aufgeregt geklungen, als er auf Bruce' Mailbox gesprochen hatte. Offenbar handelte es sich um etwas sehr Dringendes.

Da Darrow allerdings keine Einzelheiten erwähnt hatte, war es Bruce vollkommen schleierhaft, was ihn erwartete. Eigentlich hatte er mit seinen Gästen in die Stadt gehen wollen, um ihnen anhand der Dokumente im Katasteramt zu beweisen, dass er tatsächlich der Besitzer der Burg war. Doch das schien jetzt, nachdem sie sich wohl damit abgefunden hatten, dass er der rechtmäßige Eigentümer war, nicht mehr so wichtig zu sein.

Und Darrows überraschende Nachricht hatte ihn wirklich mehr als neugierig gemacht.

Tillingham gehörte zu den Orten, wo die meisten Menschen ein gesegnetes Alter erreichten und dann eines natürlichen Todes starben. Meilenweit erstreckte sich die Landschaft zu Füßen der Highlands, und der fruchtbare Boden sorgte für reiche Ernten. Diejenigen, die nicht in die Stadt gezogen waren, verdienten ihren Lebensunterhalt mit Schafen, die feine Wolle gaben, Milchprodukten und Rinderzucht. Den meisten gefiel dieser Flecken Erde. Das Land und die Lebensweise hatten fast etwas Altertümliches, doch es war natürlich viel bequemer und angenehmer als in jenen Jahrhunderten, als Leibeigenschaft herrschte und Kriege die Gegend unsicher machten.

Bruce besaß viel Land und Häuser mit Ladenlokalen in der Stadt, in denen einheimische Händler ihre Waren verkauften. Nicht alles, was er besaß, war ihm vererbt worden. Beim Studium der Wirtschaftswissenschaften in Los Angeles hatte er viel über die Mechanismen des Aktienmarktes gelernt und jahrelang sehr viel Glück beim Börsenspiel gehabt, wie er es zu nennen pflegte. Selbst als die Kurse fielen, konnte er noch Gewinne erzielen. Doch sein Vater hatte ihm ein Bewusstsein für Traditionen vermittelt. Dank ihrer Abstammung – und der Rückkehr Karls II. auf den Thron von England – waren sie Lords geworden. Damit einher ging eine gewisse Verantwortung für den Ort Tillingham.

Natürlich gab es noch einen anderen Aspekt. Diese Gegend war seine Heimat. Er liebte sie. Reetgedeckte Häuser mit Cafés und Läden, anheimelnden Wohnungen und gemütlichen Apartments für Singles bestimmten das Stadtbild. Rings um den Ort lag das fruchtbare Ackerland, und über allem thronte seit Jahrhunderten die mächtige Burg der MacNialls. Dieser Ort gehörte zu ihm, und er gehörte zum Ort mit seiner traditionsreichen Geschichte, ihren guten wie ihren schlechten Seiten.

Darrow hatte sein Büro in der Nähe des Polizeibüros und jenes wunderschönen mittelalterlichen Gebäudes, in dem unter anderen das Liegenschaftsamt und andere städtische Einrichtungen untergebracht waren. Er nahm sich vor, Daniel Darrow nicht zu erzählen, dass er wegen seines Anrufs den Termin mit den Amerikanern gestrichen hatte, weil er so schnell wie möglich erfahren wollte, was der Gerichtsmediziner ihm mitzuteilen hatte.

Rowenna, Darrows Sekretärin, begrüßte ihn lächelnd. Ihre Augen blitzten. „Er ist vollkommen aus dem Häuschen“, erzählte sie Bruce, während sie sich erhob, um ihn in die Leichenhalle zu führen, wo Darrow sich um die Toten von Tillingham und der näheren Umgebung kümmerte. „Aber er hat mir nicht erzählt, warum er so aufgeregt ist“, fügte sie hinzu.

Er bedankte sich bei Rowenna, als sie ihm die Tür zu Darrows Reich öffnete, und sie lächelte ihm noch einmal zu, ehe sie an ihren Schreibtisch zurückkehrte.

Der Gerichtsmediziner hatte zwei Assistenten, die in der Regel nur stundenweise arbeiteten. Beide waren erpicht darauf, bei größeren Instituten unterzukommen und verantwortungsvollere Aufgaben in anderen kleinen Städten zu übernehmen. Keiner von ihnen war an diesem Nachmittag im Dienst. Bruce hatte den Eindruck, dass Darrow das sehr gelegen kam. Er beschäftigte sich nämlich gerade mit einer sehr ungewöhnlichen Leiche.

Er trug seinen Laborkittel, eine Stirnlampe und eine Brille mit Vergrößerungsgläsern, während er sich über die Tote beugte, die vor ihm auf dem Seziertisch lag. Als Bruce eintrat, blickte er auf. Seine Augen wirkten riesig hinter der Brille. In seiner Aufmachung sah er aus wie ein verrückter Wissenschaftler.

„Bruce", rief er erfreut. „Da sind Sie ja."

„Wie hätte ich dieser Einladung widerstehen können?"

Darrow nickte. „Nun, mein Freund, wenn Sie mich bis heute bewundert haben, dann werden Sie mich ab sofort anbeten."

„Wirklich?"

Er winkte Bruce näher.

Bruce beschlich ein merkwürdiges Gefühl, als er die menschlichen Überreste betrachtete. Die Zeit und die Witterung hatten der Frau so gut wie alle menschlichen Züge genommen. Die leeren Augenhöhlen wirkten ebenso unheimlich wie die Haarbüschel und das mumifizierte Fleisch. Die Knochen, die lose nebeneinander lagen, waren in anatomisch korrekter Form arrangiert. Die Stoffreste des Kleides, das sie zum Zeitpunkt ihres Todes getragen hatte, waren tiefschwarz und sahen aus wie ein misslungener Gipsabdruck. Die eine Hälfte des Schädels lag blank, während die andere einen Rest von menschlicher Physiognomie bewahrt hatte – jenen vergänglichen Teil des Lebens, den ein Zufall bis heute konserviert hatte.

Die Erinnerung konnte einem mitunter ebenfalls üble Streiche spielen. Bruce wusste nicht mehr, was er gefühlt hatte, als er die Leiche der ermordeten Frau in Tillingham gefunden hatte. Ihr Leben war noch nicht so lange beendet gewesen und daher wirkte sie viel realer. Dennoch war er sich im Klaren darüber, dass dies hier eine seiner Vorfahren war, und wenn sie nicht gelebt hätte, dann wäre er möglicherweise auch nie zur Welt gekommen.

„Das ist wirklich ein sensationeller Fund“, schwärmte Darrow, während er erneut die Reste des Oberkörpers studierte.

Bruce räusperte sich. Als Darrow ihm einen Blick zuwarf, wurde ihm bewusst, was er gesagt hatte. „Tut mir Leid, mein lieber Junge. Ich vergesse immer wieder … nun ja, es ist ja auch schon ein paar Jahrhunderte her.“

„Natürlich.“

„Ich bin ganz begeistert vom Zustand der Leiche“, erklärte Darrow. „Die freigelegten Knochen habe ich mir schon etwas genauer angesehen, aber seziert habe ich sie noch nicht. Die Experten sind bereits auf dem Weg hierher.“

„Daniel, worum geht es denn eigentlich?“ fragte Bruce ein wenig gereizt. Er befürchtete, der Doktor könnte sich wieder so sehr in seinen Fund vertiefen, dass er darüber vergaß, was er ihm eben noch mitteilen wollte.

„Da.“ Darrow fokussierte den Lichtkegel auf den Hals.

Da? Bruce schaute aufmerksam hin, aber er sah lediglich schwarze, vermoderte Stoffreste – sonst nichts.

„Tut mir Leid, Daniel, aber was wollen Sie mir zeigen?“

Daniel stieß einen Überraschungsruf aus. „So leicht werde ich es Ihnen dann doch nicht machen, mein Lieber. Sie waren doch selbst mal Detective!“

Bruce warf ihm einen irritierten Blick zu und zog die Augenbrauen hoch, ehe er wieder auf die Stofffetzen blickte.

Und dann entdeckte er es.

Die feuchte Erde hatte dafür gesorgt, dass die Struktur des Stoffes am Hals nicht mehr zu erkennen war. Aber man konnte noch das Familienwappen sehen, das darauf gestickt worden war. Und es war nicht das Wappen der MacNialls.

Wenn man eine Weile konzentriert auf das Emblem schaute, wurden die durch den getrockneten Schlamm leicht erhobenen Buchstaben im Schein der Lampe tatsächlich sichtbar. Es sah aus wie die Buchstaben *GD* vor einem Wanderfalken, der auf einem Schwert saß, aber Bruce hätte nicht darauf wetten mögen. Dennoch spürte er, wie ihn eine Welle der Erregung überlief.

Jedes Schulkind, das im Dorf oder in der Umgebung aufgewachsen war, wusste, dass die Buchstaben *GD* mit dem Wanderfalken auf einem Schwert das Wappen des Verräters Davis war, der den großen MacNiall zu Fall gebracht hatte.

„Also …“, begann Bruce.

„Genau“, sagte Daniel fröhlich. „Sieht ganz so aus, als ob Grayson Davis die schöne Lady MacNiall abgemurkst hätte, und nicht ihr adliger Ehemann. Es gibt natürlich die Fraktion, die behauptet, Bruce habe die Tat mit Graysons Tuch begangen. Aber wie hätte Bruce an ein Stück Stoff des Gegners kommen sollen? Gut, ich bin kein Historiker, aber es deutet alles darauf hin, als sei unser Volksheld damit rehabilitiert.“

„Wir wollen mal abwarten, was Ihre Experten dazu meinen, Daniel.“ Trotzdem lächelte Bruce zufrieden.

Daniel nickte.

„Aber mit einer Sache haben Sie schon jetzt zweifellos Recht gehabt“, sagte Bruce.

„Und welcher?“

„Ich habe Sie immer bewundert, Daniel, alter Knabe. Doch ab jetzt werde ich Sie vergöttern.“

„Jetzt hör doch endlich auf, Ma“, sagte der Mann. Er trat einen Schritt vor und packte die alte Frau beim Arm. „Ich weiß, dass dir der alte Knabe hin und wieder erschienen ist", meinte er nachsichtig, während er sie mit sich fortführte. „Aber du jagst den netten Leuten hier einen fürchterlichen Schrecken ein." Er schaute zu den anderen hinüber und verdrehte demonstrativ die Augen.

„Sie sehen nichts. Gar nichts. Niemand wird was sehen", beharrte die Alte eigensinnig.

Noch immer starrte sie Toni unverwandt an, und ihre wässrigen blauen Augen schienen Dinge dabei wahrzunehmen, die niemand außer ihr sehen konnte.

„Seien Sie auf der Hut!" wisperte sie erregt.

Toni nickte nur. Ihre Kehle war wie zugeschnürt, und eiskalte Schauer liefen ihr den Rücken hinunter. Die alte Frau ist einfach nur senil, versuchte sie sich zu beruhigen. Alles nur Aberglaube. Sie weiß es nicht besser.

Thayer legte den Arm um ihre Schulter. Selbst Lizzie und Trish, die sie kaum kannte, rückten näher an sie heran, um sie gegen den Angriff der Frau in Schutz zu nehmen.

„Komm jetzt endlich, Ma. Leg die Blumen auf Dads Grab", sagte die junge Frau, während sie ihnen einen Blick zuwarf, der um Entschuldigung zu bitten schien. „Unten im Laden kaufe ich dir ein paar von diesen Scones, und dann machen wir uns zu Hause eine schöne Kanne Tee, ja?" Sie hakte die alte Frau unter und ging mit ihr zum Ausgang. Auf dem Weg zum Tor drehte sie sich noch einmal zu der kleinen Gruppe um und schaute sie mit einem Verständnis heischenden Ausdruck an.

Die alte Frau war zwar nicht ganz richtig im Kopf, aber sie gehörte zu ihnen, und sie liebten sie.

„Genießen Sie Ihren Tee", rief Toni ihnen nach, weil sie der Tochter oder Schwiegertochter noch eine freundliche Bemerkung mit auf den Weg geben wollte. Allmählich wich die Kälte aus ihren Gliedern, die die Worte der alten Frau in ihr erzeugt hatten.

Der Mann zögerte, dann drehte er sich noch einmal um und kam zu ihnen zurück. „Finan MacHenry“, stellte er sich vor. „Entschuldigen Sie bitte, Miss. Ma kann einem schon ganz schön Angst einjagen. Geben Sie nichts darauf. Tut mir wirklich Leid. Die Leute hier im Ort – nun ja, wir passen schon alle auf. Schließlich konnte keiner von uns ahnen, dass Bruce seine Burg vermietet hat. Aber Sie erweisen uns allen einen guten Dienst, und das wissen wir sehr zu schätzen.“ Sein Gesichtsausdruck wirkte zerknirscht. „Ich besitze einen Pub, und von Ihren Besuchern sind schon eine ganze Reihe nach der Veranstaltung zu mir gekommen. Geben Sie nichts darauf, was meine Ma sagt. Sie hat immer schon behauptet, Bruce MacNiall im Wald gesehen zu haben – nicht unseren lebendigen Lord, sondern den alten Royalisten. Und jetzt ist sie ein bisschen enttäuscht, weil sie ihn immer für unschuldig gehalten hat. Na ja, und wo man nun die Tote gefunden hat …“

„Vielen Dank, Mr. MacHenry“, sagte Toni und reichte ihm die Hand. „Sie sind alle drei sehr nett. Besonders freue ich mich darüber, dass Sie unsere Anwesenheit zu schätzen wissen.“

Er neigte den Kopf. „Das Vergnügen ist ganz auf meiner Seite. Und entschuldigen Sie bitte nochmals, dass Ma Ihnen solche Angst eingejagt hat. Sie ist …“ Er vermied den Ausdruck *verrückt* oder *durchgedreht*. „Ma ist alt, und sie bedeutet uns sehr viel. Vielleicht wollte sie Sie ja auch nur warnen. Nun ja, machen Sie sich keine Gedanken mehr. Wir werden jetzt erst mal unseren Tee und die Scones genießen. Ich wünsche Ihnen noch einen schönen Tag.“

„Auf Wiedersehen“, riefen alle wie aus einem Mund.

„Das war ja bemerkenswert“, meinte Thayer. „Toni, geht’s dir gut? Die Frau hat dich ja wirklich ziemlich komisch angesehen.“

„Sie ist eben alt“, wiederholte Toni die Worte von Finan Mac Henry, ohne wirklich daran zu glauben.

„Und ein bisschen gaga. Aber es war schon ein ziemlich seltsamer Auftritt der alten Dame, um es mal sehr vorsichtig auszudrücken“, meinte Trish.

„Sie scheint den bösen Blick zu haben.“ Lizzie schauderte. „Ich bin heilfroh, dass sie mich nicht so angesehen hat. Oh, war nicht so gemeint.“

„Ist schon okay“, beruhigte Toni sie. „Ist es nicht rührend, wie die beiden sich um sie kümmern?“

„So sind die Schotten nun mal“, erwiderte Lizzie. „Ein bisschen abergläubisch und seltsam, aber dann wieder ganz vernünftig. Dafür sind wir bekannt. Vergessen wir's einfach. Wir würden gern mal die Burg besichtigen, auch wenn wir keine Amerikaner sind und zu keiner Reisetruppe gehören.“

„Aber sicher! Wie wär's mit morgen Abend? Kommt doch ein bisschen früher, wenn ihr wollt“, schlug Thayer vor.

„Ich bin zwar nicht für die Organisation der Vorstellung zuständig“, sagte Toni, „doch ich denke, das werden wir schon irgendwie hinkriegen.“

„Wir treffen die Organisatorin doch sowieso gleich. Warum gehen wir nicht zusammen zum Pub?“ meinte Thayer. „Wir laden die jungen Damen auf einen Drink ein und können alles für morgen besprechen.“

Lizzie und Trish wechselten einen Blick. Offenbar verstanden sie sich auch ohne Worte, denn beide schauten gleichzeitig zu Thayer. „Das ist eine tolle Idee.“

„Geht ihr drei doch schon mal vor“, sagte Toni. „Ich wollte hier noch ein wenig spazieren gehen, wenn ihr nichts dagegen habt.“

Ein wenig besorgt schaute Thayer sie an, als befürchtete er, seine neuen Bekanntschaften würden ebenfalls einen Rückzieher machen, wenn sie nicht mitkam.

Trish schauderte. „Nach diesem Vorfall willst du auf dem alten Friedhof bleiben? Hast du denn gar keine Angst?“

„Mir gefallen solche Orte", sagte Toni.

„Na gut", meinte Thayer. Ihm lag sehr daran, dass die beiden Frauen keinen Rückzieher machten. Andererseits hatte Toni ihn aufgefordert, die beiden zu begleiten. Unschlüssig fragte er: „Bist du dir wirklich sicher? Dir ist das Ganze nicht unheimlich?"

„Unsinn! Da vorn ist doch die Straße. Sollte sich tatsächlich eine Hand aus einem Grab erheben und mir zuwinken, nehme ich eben die Beine in die Hand."

Die anderen drei lachten.

„Sollen wir schon was für dich bestellen?" fragte Lizzie.

„Nicht nötig. Oder glaubt ihr, dass die Bedienung im Pub ewig braucht, bis sie die Drinks serviert?"

„Na gut. Dann wollen wir mal", sagte Thayer.

„Okay. Bis später", verabschiedete Lizzie sich.

Als die drei gegangen waren, fröstelte Toni plötzlich. So viel zu belebten Straßen, die an Friedhöfen vorbei führten! Kein Mensch schien unterwegs zu sein. Außerdem begann es bereits zu dämmern. Sie musste verrückt sein. Sie hätte sich besser Thayer und den Mädchen anschließen sollen und mit ihnen in den Pub gehen. Dort war das Bier zwar warm, aber die Atmosphäre ausgesprochen anheimelnd. Auf diesem Friedhof dagegen befand sie sich in der Gesellschaft von unzähligen Toten. Und die Erinnerung an den Geist, von dem sie sich hatte durch die Burg führen lassen, machte sie auch nicht gerade mutiger.

Entschlossen schüttelte sie diese Gedanken ab. Es war doch alles in Ordnung! Kein Grund zur Panik. Sie wollte doch schließlich eine Weile allein sein. Solche Orte, an denen die Vergangenheit auf die Gegenwart traf, hatten ihr seit jeher gefallen. Hier lebte die Geschichte weiter, denn in der Kirche wurden immer noch, wie schon seit Jahrhunderten, jeden Sonntag Gottesdienste abgehalten. Sie drehte sich um und ließ ihren Blick über die Gräber schweifen, fest entschlossen, den Worten der alten Frau keinerlei Bedeutung beizumessen.

Beim Betreten des Friedhofs hatte besonders ein Grabmal ihre Aufmerksamkeit erregt. Es war relativ neu und reicher verziert als die anderen. Normalerweise fand sie die älteren Monumente interessanter. Dieses hier bestand aus einer von einem Rundbogen überdachten Marmorbank, die zum Verweilen einlud. Von hier aus konnte man einen sehr sorgfältig gepflegten kleinen Garten überblicken. Gekrönt wurde das Grabmal von einem fliegenden Engel, den ein ausgesprochen talentierter Bildhauer geschaffen haben musste. Je näher man trat, umso mehr Einzelheiten boten sich dem Betrachter, wie Toni anerkennend feststellte. Der Gesichtsausdruck des Engels war von einer tiefen Traurigkeit. *Margaret Marie MacMannon, geliebte Tochter von Rose und Magnus, trat viel zu früh die Reise in eine andere Welt an, doch man wird sich ihrer auf immer in Dankbarkeit erinnern* war in großen Buchstaben in den Stein gemeißelt.

Sie war jung gestorben, nur dreiundzwanzig Jahre alt, und ihr Tod lag gerade zehn Jahre zurück, wie Toni den Lebensdaten entnehmen konnte, die in kleineren Buchstaben unter dem Epitaph standen. Sie war Lehrerein gewesen und hatte Geschichte, Musik, Tanz und die Menschen geliebt – auch dies war für die Nachwelt festgehalten worden.

Toni hatte sich auf die Marmorbank gesetzt, um den vollständigen Text zu studieren. Was sie las, verblüffte sie. In noch kleineren Lettern stand dort, dass die Kirche Lord Bruce MacNiall für das prächtige Mausoleum und den Garten dankte.

„Alte Friedhöfe und Kirchen gefallen dir, wie ich sehe, genau so gut wie alte Burgen."

Erschrocken drehte Toni sich um. Sie fühlte sich ertappt. Bruce MacNiall kam schlendernden Schrittes auf sie zu.

Er trug einen Freizeitanzug, dessen Jackett er lässig unter den Arm geklemmt hatte. Seine Augen waren hinter einer dunklen Sonnenbrille versteckt, und sein schwarzes Haar war glatt zurückgekämmt. Er sah aus, als sei er soeben den Seiten eines Modemagazins entstiegen – ganz und gar nicht wie der geplagte Besitzer einer geschichtsträchtigen Burg, an der viel getan werden musste, um sie vor dem Verfall zu bewahren.

„Hallo, Bruce“, sagte sie ein wenig verlegen, als habe er sie beim Lesen eines fremden Tagebuchs erwischt. „Woher wusstest du, dass ich hier bin?“

Er schüttelte den Kopf und setze sich neben sie auf die Bank. „Ich hatte keine Ahnung. Aber es ist schön, dich zu sehen.“

Sie lächelte befangen. Schließlich fragte sie, ihre Neugier kaum unterdrückend: „Wer war denn Margaret?“

Mit der Frage schien er gerechnet zu haben. Er schaute zu dem Engel empor, als könne er dort etwas sehen, was den anderen verborgen blieb, und hob die Schultern. „Meine Jugendliebe“, antwortete er leise. Er schaute Toni an – oder zumindest glaubte sie, dass er sie anschaute, denn durch die dunklen Gläser konnte sie seine Augen nicht sehen. „Sie stammte von hier. Sie liebte das Leben, Menschen, Kinder. Wir waren verlobt, aber geheiratet haben wir nicht.“

„Was ist mit ihr passiert?“ Kaum hatte Toni die Frage gestellt, hätte sie sich am liebsten auf die Zunge gebissen. Schließlich hatte sie kein Recht, ihre Nase zu tief in seine Privatsphäre zu stecken. Dennoch wappnete sie sich für eine schreckliche Geschichte.

„Sie hatte Leukämie“, erwiderte er schließlich. „Ich habe nie einen anderen Menschen gekannt, dem die einfachen Dinge des Lebens so viel bedeuteten. Der Himmel, die Hügel, das Gras, die Bäume … Und Kinder. Sie liebte Kinder. Sie wollte gleich ein ganzes Dutzend. Man muss etwas dagegen unternehmen, dass es so wenige Schotten gibt, hat sie immer gesagt.“

„Das tut mir Leid“, sagte Toni aufrichtig. „Sie muss ein sehr lieber Mensch gewesen sein.“

Er nickte und schaute gedankenverloren in den Garten. Sie hatte den Eindruck, dass er nicht weiter darüber sprechen wollte, aber dann wandte er ihr wieder sein Gesicht zu. „Das ist wohl auch der Grund, warum ich mich nicht mehr um die Burg gekümmert habe. Sie hat sie geliebt. Sie wollte sie mit neuem Leben erfüllen. In ihrer Gegenwart hatte man immer das Gefühl, dass es nichts Schöneres gäbe, als zu leben und zu atmen. Es scheint wie eine bittere Ironie des Schicksals, dass ihr eigenes Leben so … zerbrechlich und kurz war.“

„Es tut mir so Leid“, wiederholte Toni.

„Danke. Sie ist schon ziemlich lange tot. Was natürlich keine Entschuldigung dafür ist, dass ich die Dinge einfach so habe schleifen lassen und mich um nichts mehr gekümmert habe.“ Er lächelte flüchtig. „Hast du auch die übrigen Familienmitglieder besucht?“ erkundigte er sich.

„In der Kirche habe ich den Namen MacNiall öfter gelesen.“

„Und du bist ganz alleine hier?“

„Um vier wollen wir uns im Pub unten am Hügel treffen. Ryan und Gina haben Jonathan Kopien von den Unterlagen gebracht. David und Kevin machen Einkäufe. Und Thayer und ich haben zwei nette Mädchen auf dem Friedhof kennen gelernt. Die drei sind schon zum Pub gegangen.“

„Schön, dass dein Cousin sich hier nicht langweilt.“ Nach einer kurzen Pause fuhr er fort. „Ich hatte heute übrigens auch keine Langeweile, im Gegenteil.“

„Ach ja?“

„Ich war beim Gerichtsmediziner“, erzählte er. „Und wir glauben, eine Entdeckung gemacht zu haben, die meinen Vorfahren nach Jahrhunderten doch noch rehabilitiert.“

„Wirklich?"

Er nickte. „Es sieht so aus, als ob Annalise mit einem Tuch erwürgt wurde, das seinem Erzfeind gehörte, einem Mann namens Grayson Davis. Der stammte hier aus Gegend, gehörte aber nicht zu den Männern, die sich lange auf der Seite der Verlierer aufhielten. Im Prinzip war es auch nichts Ungewöhnliches, wenn sich nahe Stehende bekämpften. In unserer Geschichte hat es immer Schotten gegeben, die gegen Schotten zu Felde zogen – ebenso häufig wie gegen Engländer. Grayson Davis hat die Farben gewechselt und viele Männer getötet, die zuvor zu seinen Freunden gehörten. Er war es auch, der Bruce MacNiall umgebracht hat. Er hat ihn im Wald festgenommen und an Ort und Stelle einen Scheinprozess abgehalten. Na ja, den Rest kennst du ja."

Überrascht starrte Toni ihn an. „Ich frage mich …"

„Was?"

„Nichts", sagte sie schnell.

Er nahm ihre Hand und streichelte mit dem Daumen über die Handfläche. Bei dieser Berührung wurde ihr ganz warm ums Herz. „Du hast der Familie einen großen Dienst erwiesen, als du Annalise gefunden hast. Ich wollte dir das schon längst gesagt haben … ich stehe wirklich in deiner Schuld."

„Das freut mich." Seine Nähe schüchterte sie ein wenig ein, ohne dass sie den Grund dafür hätte benennen können. „Wir sollten das einer alten Frau erzählen, die mir eben begegnet ist. Offenbar hat es sich bereits in der Stadt herumgesprochen, dass Annalise gefunden wurde. Diese Frau war sehr aufgebracht und behauptete, dass dein Vorfahre umhergeistern würde und junge Mädchen in den Städten aufgabelt, verführt und ihm Wald umbringt."

„Wie bitte?" Er klang sehr aufgebracht.

Seine heftige Reaktion überraschte sie. Weil er meistens so besonnen wirkte, hatte Toni ihn falsch eingeschätzt.

„Das darf man nicht ernst nehmen", beschwichtigte sie ihn schnell. „Die alte Frau wusste, dass wir in der Burg wohnen, und sie ist offenbar sehr verstört darüber, dass Annalise im Wald gefunden wurde. Sie hätte in deinem Ahnen lieber einen Helden als einen Frauenmörder gesehen. Und offenbar glaubt sie, dass Bruce MacNiall immer noch umhergeistert."

„Elwyn MacHenry", schnaubte er ärgerlich.

„Ja. Sie war mit ihrem Sohn und ihrer Schwiegertochter hier. Eigentlich schienen sie ganz nett zu sein."

„Das sind sie auch, aber Elwyn ist ziemlich gestört. Seit Jahren fantasiert sie schon von Bruce MacNiall, der angeblich die Gegend unsicher macht." Jetzt sah er wieder amüsiert aus. „Sie behauptet jedoch, dass er nur in Vollmondnächten ausreitet. Wenigstens hat sie ihm bis jetzt noch nicht vorgeworfen, von Stadt zu Stadt zu ziehen und andere Leute ebenso zu erwürgen wie seine Frau."

„Elwyn wird bestimmt froh sein, wenn sie die Wahrheit erfährt", meinte Toni.

Unvermittelt stand er auf und zog sie mit sich hoch. „Ich liebe diesen Platz, aber genug ist genug. Lass uns gehen."

Der Nachmittag ging in den Abend über. Bruce war ausgesprochen gut gelaunt, und auch Thayer strahlte übers ganze Gesicht. Er genoss die Gesellschaft von Lizzie und Trish. Gina berichtete unterdessen, dass Jonathan sehr hilfsbereit gewesen sei und es im Übrigen für eine gute Idee gehalten habe, die Originale Robert Chamberlain anzuvertrauen, weil der nun mal die besseren Möglichkeiten für Nachforschungen hatte. Außerdem ersparten sie ihm damit eine Menge Arbeit. Dann hatte er noch gesagt, dass die Einheimischen voll des Lobes über die Vorstellungen auf der Burg seien. An beiden Abenden hatten die Busse im Dorf gehalten, und die Touristen hatten alle möglichen Souvenirs gekauft – T-Shirts, ausgestopfte Pferde, Marmeladen, Süßigkeiten, Schmuck, Tartans, Kaschmirschals, Krawatten, Broschen, Schneekugeln und Miniaturmodelle der Burg.

Kevin und David waren den ganzen Nachmittag durch die Läden gezogen, um nach schönem Plastikgeschirr zu suchen. Mit ihren Einkäufen waren sie sehr zufrieden.

Gina schlug vor, dass alle am Tisch etwas echt Schottisches essen sollten: Haggis. Bruce protestierte heftig.

„Ich hasse das Zeug“, sagte er.

„Aber es ist das Nationalgericht“, entgegnete Gina.

„Ja, und wissen Sie auch warum?“ Seine Augen blitzten schelmisch. „Es wird aus dem billigsten Fleisch gemacht ...“

„Innereien“, ergänzte David.

„Richtig, Innereien, weil wir die meiste Zeit zu arm waren, um die besten Teile für uns zu behalten. Aber essen Sie ruhig Ihr Haggis, Gina. Und nur zur Information: Es gibt hier auch fantastische Steaks, und das Lammgulasch ist ausgezeichnet, wenn man bedenkt, dass es nur ein Pub ist.“

Toni entschied sich für den Lachs, während Thayer, David, Ryan und Kevin Bruce’ Beispiel folgten und ebenfalls Steak bestellten. Lizzie und Trish wählten Lammgulasch.

„Na, willst du immer noch Haggis essen, Gina?“ fragte Ryan. „Ich werde jedenfalls nicht mein Essen mit dir tauschen.“

Sie schnitt ihm eine Grimasse, doch als sie an der Reihe war zu bestellen, fragte sie vorsichtshalber die Kellnerin: „Können Sie mir Haggis empfehlen?“

Die Frau schaute Bruce kurz an. „Soll ich ihr die Wahrheit sagen, Lord MacNiall?“

„Selbstverständlich, Catherine“, erwiderte er ernsthaft.

„Wir haben das nur für die Touristen auf der Karte“, sagte sie, und alle lachten. Gina entschied sich für das Steak.

Noch ehe der Abend zu Ende war, hatte Thayer sich für den kommenden Montag mit Lizzie und Trish verabredet. Er wollte mit ihnen nach Glasgow fahren und ihnen die Stadt zeigen. Kevin und David nahmen sich vor, die Burg für den bevorstehenden Feiertag herzurichten. Gina kuschelte sich zufrieden und glücklich in den Arm ihres Ehemanns. Und Bruce musterte Toni mit einem Blick, der in ihr prickelnde Erwartungen weckte.

Alle Zweifel und Befürchtungen, die sie ihm – und dem Geist seines Vorfahren – gegenüber hegte, kamen ihr auf einmal reichlich albern vor. Sie konnte es kaum erwarten, zur Burg zurückzufahren und in seinen Armen zu liegen.

Doch es sollte anders kommen. Bei ihrer Rückkehr wartete Eban bereits auf sie. Dem Rotschimmel ging es noch schlechter. Eban hatte ihn auf die Koppel geführt und einige Runden mit ihm gedreht, aber nach einer Weile war das Tier zu erschöpft, um weiterzulaufen. Toni wollte sofort mit Ryan nach ihm sehen, aber Bruce hielt sie zurück.

„Ryan und ich werden uns um ihn kümmern", sagte er.

„Aber es hört sich so an, als sei Wallace wirklich krank", protestierte sie aufgebracht. „Ich hätte mich schon früher um ihn kümmern müssen ..."

„Ich rufe den Tierarzt, Toni. Der wird ihn schon wieder hinkriegen, ganz bestimmt."

„Um diese Zeit? Es ist mitten in der Nacht."

„Das ist der Vorteil, wenn man in einem kleinen Dorf lebt. Jeder kennt jeden", erwiderte er. „Ist schon in Ordnung, Toni, vertrau mir. Ich kenne mich mit Pferden aus."

„Toni." David legte den Arm um ihre Schultern. „Es ist wirklich das Beste, wenn die beiden sich darum kümmern."

Er hatte Recht. Sie würde wahrscheinlich viel zu emotional reagieren und stünde den anderen vielleicht nur im Weg.

Bruce nahm ihren Arm und ging mit ihr zur Burg. „Wartest du auf mich, bis das geregelt ist?“ bat er. „Na ja, geh ruhig schon mal ins Bett. Aber bitte in meins.“

Sie schaute ihm in die Augen und nickte. Das Kribbeln, das sie den ganzen Abend über in seiner Gegenwart gespürt hatte, war der Sorge um das Pferd gewichen. Aber seine Worte und sein Blick gaben ihr noch viel mehr – und zwar die Gewissheit, dass sie sich bei ihm sicher und geborgen fühlen konnte.

„Der Arzt wird sich mustergültig um den guten alten Wallace kümmern“, versprach er.

Also ging sie hinauf, duschte und streifte sich ein Nachthemd über. Dann schlüpfte sie in sein Bett. Doch sie konnte keine Ruhe finden. Nach wenigen Minuten stand sie wieder auf und trat ans Fenster. Im Stall brannte immer noch Licht.

Als sie sich wieder hingelegt hatte, drehte sie sich ruhelos von einer Seite auf die andere. Unaufhörlich kreisten ihre Gedanken um die Ereignisse der vergangenen Tage. Nach einer Stunde starrte sie immer noch an die Decke. Schließlich fielen ihr die Augen zu, und sie schlief ein. Plötzlich spürte sie, dass sie jemand berührte. Sie schreckte hoch. Er stand am Fuß ihres Bettes.

Dieses Mal hielt er kein bluttriefendes Schwert in der Hand. Es steckte in der Scheide, die er um die Hüfte gebunden hatte. Er trug seinen karierten Kilt.

Mit weit aufgerissenen Augen setzte sie sich auf. Am liebsten hätte sie laut geschrien, um die anderen auf sich aufmerksam zu machen oder diese Erscheinung zu verjagen. Und obwohl er dem Bruce, den sie kannte, zum Verwechseln ähnlich sah, glaubte sie nicht länger, dass sie ein und dieselbe Person waren.

Ohne ihn aus den Augen zu lassen, tastete sie mit der Hand über die Bettdecke neben sich. Vielleicht lag Bruce ja schon längst neben ihr und schlief tief und fest. Aber er war nicht da. Und da der Mann am Fußende ihres Bettes genauso aussah wie Bruce, begann sie erneut, an ihrem Verstand zu zweifeln. Ebenso wie an dem Mann, in den sie sich gerade zu verlieben begann.

„Bitte tu mir das nicht an“, flüsterte sie.

Er wandte sich um und ging zur Tür.

„Nein“, sagte sie entschieden.

An der Tür wartete er, bis sie aufstand und ihm folgte. Dann schritt er über den Gang bis zur Treppe.

Toni folgte ihm barfuß. In ihrem dünnen Nachthemd zitterte sie vor Angst und Kälte. Sie wusste selbst nicht, warum sie nicht schrie oder um Hilfe rief oder die anderen weckte. Sie hätte zu gerne gewusst, ob sie ihn auch sehen konnten. Falls nicht, war sie wirklich verrückt.

Aber dann würde sie wenigstens wissen, dass er nicht der Mann war, den sie kannte, keine Erscheinung aus Fleisch und Blut, die üble Scherze mit ihr trieb. Und dass sie gerade einem Geist aus grauen Vorzeiten hinterherlief.

Am Treppengeländer verzog sich sein Gesicht zu einer schmerzverzerrten Grimasse, als ob er etwas sähe, dass ihn zutiefst verstörte. Dann drehte er sich wieder um, als ob er sich vergewissern wollte, dass sie ihm auch folgte.

Gefasst sprach sie ihn an. „Du weißt, dass du hier einen Nachkommen hast, nicht wahr? Warum zeigst du dich nicht ihm?“

Statt ihr eine Antwort zu geben begann er, die Treppe in schnellen Schritten hinunterzusteigen.

Das Herz schlug ihr bis zum Hals. Ruf um Hilfe, befahl sie sich. Aber sie blieb stumm.

In der großen Eingangshalle blieb er erneut stehen. Als sie den Fuß der Treppe erreichte, schlüpfte er in die benachbarte Halle und blieb vor der Tür stehen, die in die Krypta führte.

„Bitte nicht“, flehte sie mit angstvoll aufgerissenen Augen.

Ich bitte Euch, junge Frau!

Hatte der Geist wirklich gesprochen, oder hatte sie sich das nur eingebildet?

„Ich mag die Krypta nicht“, flüsterte sie.

Die Tür, die tagsüber immer fest verschlossen war, sprang auf. Er lief die steinerne Wendeltreppe hinunter, und sie folgte ihm. Noch einmal führte er sie zu seinem Grab. Und dann war er plötzlich verschwunden.

Die Schatten der Toten aus mehreren Jahrhunderten schienen sie zu umzingeln, und die modrige Luft nahm ihr fast den Atem. Hektisch suchte sie nach ihm. „Was willst du? Was zum Teufel willst du? Annalise ist doch gefunden worden. Und sie wissen auch … dass du es nicht getan hast.“

Natürlich bekam sie keine Antwort, und wieder hatte sie den Eindruck, als würde das Licht schwächer werden, sobald er sich ihren Blicken entzog. Sie empfand eine bodenlose Furcht, war aber gleichzeitig wütend auf ihn. Warum lockte er sie hierher und ließ sie dann allein in der Dunkelheit und Kälte? Am liebsten hätte sie auf dem Absatz kehrt gemacht und wäre zurückgerannt.

Und genau das tat sie nun auch. Fast wäre sie gestolpert, als sie die Treppe hinaufeilte. Atemlos stürmte sie durch die Tür, durchquerte die beiden Hallen und hastete hinauf in die erste Etage. Auf dem oberen Treppenabsatz hielt sie kurz inne. David und Kevin würden heute Nacht leider keinen Sex haben können, denn sie war fest entschlossen, in das Zimmer der beiden zu gehen und sie aufzufordern, die Burg noch in dieser Nacht gemeinsam zu verlassen.

Während sie noch darüber nachdachte, hörte sie jemanden summen. Sie schaute hinunter und sah Ryan mit einer Tasse Kaffee aus der Küche kommen. Im selben Moment bemerkte er sie.

„Toni?“ fragte er stirnrunzelnd. Er wartete einen Augenblick, um Toni nicht noch mehr aus der Fassung zu bringen.

Sie musste ziemlich verstört ausgesehen haben. Doch sobald sie ihn erblickte, einen echten Menschen aus Fleisch und Blut, ließ ihre Panik langsam nach.

„Ich ... äh ... wie geht es Wallace?“ erkundigte sie sich.

„Etwas besser. Der Tierarzt meint, dass er irgendetwas ausbrütet, was diese Koliken verursacht. Er weiß allerdings nicht, was es sein könnte. Aber er ist wirklich kompetent. Ehrlich, Toni, das kannst du mir glauben. Frag Bruce. Er ist bereits in seinem Zimmer. Geh jetzt schlafen und mach dir keine Sorgen. Der gute alte Wallace wird das schon überstehen.“

Erleichtert nahm sie zur Kenntnis, dass er ihren Aufzug – im Nachthemd und barfuß auf der Treppe – der Sorge um das Pferd zuschrieb. Unwillkürlich musste sie lächeln.

„Gute Nacht, Ryan. Und nochmals Dankeschön.“

Sie eilte den Gang hinunter und riss die Tür zu Bruce' Schlafzimmer auf. Er hatte geduscht und ein Handtuch um die Hüften geschlungen. Nach seinem Gesichtsausdruck zu urteilen, schien er mit seinen Gedanken weit weg zu sein. Als er sie ansah, bemerkte sie die Anspannung in seiner Miene.

„Ich wollte schon einen Suchtrupp ausschicken“, rief er. „Ich habe dir doch gesagt, dass ich mich um das Pferd kümmere, Toni. Es geht ihm schon wieder besser.“

„Ja, das habe ich schon gehört.“

Sie rührte sich nicht vom Fleck.

„Was ist? Willst du nicht reinkommen?“

Sie nickte, bewegte sich aber immer noch nicht.

„Toni, was zum Teufel ist los mit dir?“

Sie musste schlucken. „Bruce, du hast nicht vor einer Viertelstunde in einem Kilt am Fußende meines Bettes gestanden?“

„Wie bitte? Ich war mit Ryan bei den Pferden.“ Er stieß einen Seufzer aus. „Hast du wieder Albträume gehabt?“

Sie schüttelte den Kopf. „Nein … nein, ich glaube nicht, dass ich geträumt habe. Ich glaube vielmehr, dass ich den Geist deines Vorfahren gesehen habe.“ Sie presste die Lippen zusammen, als sie das ungläubige Erstaunen in seinem Gesicht sah.

„Toni, es gibt keine Geister.“

„Mir ist der Geist deines Ahnen erschienen“, beharrte sie. „Er versucht dauernd, mich in die Krypta hinunterzulocken.“

„Die Tür ist verschlossen“, sagte er barsch. „Und ich habe den einzigen Schlüssel.“

„Komm mit“, forderte sie ihn auf.

„Siehst du das Handtuch, Toni? Ich muss mich erst anziehen. Du hast übrigens selbst kaum etwas an, wenn du dich erinnerst? Der Stoff ist ja total durchsichtig.“

„Komm mit!“ wiederholte sie.

„Im Handtuch?“

„Außer uns ist niemand mehr auf.“ Sie drehte sich um und lief den Gang zurück.

„Verdammt noch mal, Toni, warte!“ Aber er folgte ihr.

Sie rannte fast. Auf der Treppe hatte er sie eingeholt und packte sie am Arm. Dabei hätte er fast sein Handtuch verloren.

„Toni, das ist verrückt!“

„Ich zeige es dir.“

Sie befreite sich aus seinem Griff und lief durch die beiden Hallen. Vor der Tür zur Krypta blieb sie stehen. Sie war geschlossen.

Sie rüttelte an der Klinke, doch die schwere Tür gab keinen Zentimeter nach. Er stand hinter ihr, und sie spürte seinen Zweifel und sein Misstrauen. Plötzlich war sie ebenfalls verunsichert.

Sie warf sich in seine Arme. „Ich habe ihn gesehen“, wiederholte sie hartnäckig. „Er hat diese Tür geöffnet, und ich bin die Treppe hinuntergestiegen.“

„Toni, ich bitte dich, lass uns ins Bett gehen.“

Sie war kalt wie Eis und zitterte am ganzen Körper. Er hob sie empor und presste sie fest an seine Brust, als er den gleichen Weg zurückging, den sie gekommen waren. „Zappel nicht so. Nachher verliere ich noch das Handtuch“, scherzte er, um sie abzulenken.

Aber sie zappelte nicht. Sie bewegte sich überhaupt nicht.

„Toni …“, murmelte er. Ihre Angst machte ihm Sorgen. Sie schlang die Arme um seinen Hals und klammerte sich fest an ihn.

Die Tür zu seinem Schlafzimmer war nur angelehnt. Er stieß sie mit dem Fuß auf und schloss sie auf die gleiche Weise. Dann legte er Toni behutsam auf sein Bett. „Soll ich dir einen Tee holen … oder einen Brandy? Oder sonst etwas?“

„Nein.“ Sie setzte sich auf und umarmte ihn wieder. „Geh nicht fort. Bitte lass mich nicht allein.“

„Toni, hier kann dir nichts passieren.“

„Bitte halt mich einfach nur fest. Liebe mich, bleib bei mir. Ich möchte dich spüren, deinen Körper, deine Wärme, deine Haut. Bitte liebe mich und mach, dass die Welt rings um uns versinkt.“

„Toni“, flüsterte er. Der Blick aus seinen schiefergrauen Augen war ein einziges Begehren.

„Jetzt sofort“, bettelte sie.

Er erfüllte ihren Wunsch. Mit seinen Lippen verschloss er ihren Mund. Dieses Mal war sein Kuss sanft, zärtlich, fast zögernd. Doch damit wollte sie sich nicht zufrieden geben. Sie wollte genommen werden, wild und zügellos. Erregt klammerte sie sich an ihn und erwiderte seinen Kuss, bis es heiß durch ihren Körper strömte. Sie riss das Handtuch von seinen Hüften. Nichts sollte zwischen ihnen sein, nur seine Haut an ihrer Haut. Sie brauchte die Wärme seines Körpers, sein festes Fleisch, seine starken Muskeln, sie wollte sich geborgen fühlen in seinen kräftigen Armen und gleichzeitig im Rausch der Begierde untergehen … Sanft bog er ihren Körper nach hinten, legte sie auf die weichen Kissen, liebkoste mit den Lippen ihre Haut, bis ihr Körper in Flammen stand. Seine Hände waren auf einmal überall, sie spürte seine Zungenspitze an den intimsten Stellen, und sie fühlte sich begehrt und geliebt ...

Und dann versank die Welt tatsächlich um sie herum. Sie konnte keinen klaren Gedanken mehr fassen, wollte sich nur noch diesem köstlichsten aller Gefühle hingeben. Schließlich explodierte sie unter den rhythmischen Bewegungen seines Körpers, seiner zärtlichen Berührungen, spürte die Hitze zwischen ihren Beinen, die auch die seine war, hart und groß, und mit einem lauten Stöhnen ergoss er sich in sie.

Sie hatte das Gefühl, hoch über allem zu schweben, die Welt unter sich zurückzulassen. Lange blieben sie so liegen, während seine Arme sie fest umschlossen.

„Toni ...“

„Psst. Sag jetzt nichts. Bitte sag kein einziges Wort. Halt mich einfach nur fest ganz fest, Bruce.“

Diesen Wunsch erfüllte er ihr sehr gern.

„Bruce, bitte. Gott der Allmächtige ist mein Zeuge, dass ich nicht weiß, was dieser Mann Euch gesagt hat. Aber Ihr seid mein Leben, und ich würde Euch niemals betrügen. Bei Gott, ich liebe Euch mehr als alles auf der Welt, Bruce!“

Als er in ihre Augen sah, die so blau waren wie die See und die ihn so aufrichtig anblickten, da wusste er, dass sie die Wahrheit sprach, und er half ihr auf die Füße.

„So hat er also gelogen, und er war noch nicht bei dir. Aber er wird zu dir kommen, Annalise. Vielleicht hat Lord Cromwell das Eigentum von Männern wie mir noch nicht unter seinen Leuten verteilt. Aber ebenso wenig würde er hier einen Mann bestrafen, der sich eine Frau mit Gewalt nimmt. Nicht hier in Schottland, das für ihn ein Land der Wilden ist. Gottlob ist unser Sohn beim König von Frankreich in Sicherheit. Du kannst hier nicht länger bleiben, du bist in Gefahr.“

„Wohin soll ich denn gehen?“ flüsterte sie.

„In die Highlands. Zu den Leuten des Clans, denen ich vertrauen kann und die dich beschützen, meine Teuerste.“

„Wir könnten diese Männer, ohne es zu wollen, in Gefahr bringen. Und die Burg, die unser Sohn einst erben wird, könnte in die Hände des Feindes fallen.“

„Eine Burg ist nur Stein und Mörtel, nicht mehr. Obwohl sie noch nicht von Truppen gestürmt wurde, ist sie nach Maßgabe der Regierung bereits ihr Eigentum. Nein, unsere einzige Hoffnung ist die Rückkehr des Königs. Ob wir nun hier sind oder woanders – der Tag, an dem der König im Triumph als Charles II. nach England zurückkehrt, ist auch der Tag, an dem wir wieder ins Recht gesetzt werden. Erst dann wird alles wieder seine gottgewollte Ordnung haben.“

Plötzlich schauderte sie. „Und wenn dieser Tag, den wir erhoffen niemals kommt?"

„Er wird kommen", versicherte er ihr. Zärtlich streichelte er ihr Kinn, genoss die Berührung ihrer zarten Haut und den Anblick ihrer perfekten Schönheit. Aber da gab es noch viel mehr zwischen ihnen – ein viel engeres Band, stärker als jede körperliche Anziehung. Die Art, wie sie ihn anschaute. Ihre gemeinsamen Erinnerungen.

„Ich muss dich fortbringen. Noch heute Nacht."

„Wie Ihr wünscht."

Er drückte sie an sich und genoss einen Moment lang die Wärme ihrer Körper, das gleichzeitige Pochen ihrer Herzen, ihren gemeinsamen Atem. Gierig sog er ihren Duft ein. Das musste das Paradies sein: einen Menschen zu lieben und von ihm geliebt zu werden. Unvermittelt empfand er eine große Demut.

Er löste sich von ihr.

Ihre Lippen waren feucht, sinnlich und verlockend, und sie lächelte ihn voll Liebe an.

„Können wir nicht noch eine Nacht zusammen verbringen?"

„Nicht in diesem Haus", erwiderte er, und es tat ihm Leid, diese Worte aussprechen zu müssen. „Wir müssen durch den Wald fliehen, solange es dunkel ist."

„Lasst mich noch ein paar Dinge packen."

„Nimm nicht zu viel mit. Es bleibt uns nicht viel Zeit."

Sie beeilte sich, denn sie wusste, dass er Recht hatte. Während sie ihre Vorbereitungen traf, sprach Bruce mit dem Haushofmeister und seinen Leuten und erklärte ihnen, dass er seine Ehefrau fortbringen werde und dass keiner von ihnen sein Leben in einer Schlacht aufs Spiel setzen sollte, bis Recht und Ordnung wieder eingekehrt wären. Doch wenn Lord Cromwells Truppen vor der Burg stünden, sollten sie ihnen Einlass gewähren und ihnen geben, was sie verlangten – und seien es die Grundmauern der Burg. Als Annalise zu ihm zurückkehrte, konnten viele ihre Tränen nicht zurückhalten, doch sie lächelte ihnen aufmunternd zu und versicherte ihnen, dass bald alles wieder in Ordnung sein würde.

Dann ritten sie auf seinem großen Rappen davon.

Er brachte sie in den Wald. Zwischen uralten Eichen fand er eine Höhle, in der sie sicher waren. Er breitete seinen Umhang auf dem Boden aus, und hier, auf einem Bett aus Tannennadeln, liebte er sie im Dunkel der Nacht, während eine sanfte Brise ihre nackten Körper umspielte. Als der Mond am Himmel verblasste, drückte er sie an sein Herz. Eng umschlungen schliefen sie ein, umgeben von der Schönheit einer friedvollen Nacht.

Das Knacken eines Astes ließ ihn hochschrecken. Im Osten ging gerade die Sonne auf. Er sprang hoch und griff nach seinem Schwert. Jemand musste sie verraten haben.

Das Geräusch war noch weit entfernt. Rasch kniete er sich neben sie und weckte sie auf. Als sie die Augen öffnete, legte er den Finger auf seine Lippen. „Zieh dich schnell an. Ich überlasse dir den Hengst. Halte dich in nordwestlicher Richtung. Reite in die Highlands und warte dort auf mich."

„Und wohin geht Ihr? Was habt Ihr vor?" fragte sie besorgt.

„Ich will sie in die Irre führen."

„Nein." Sie warf sich ihm an den Hals.

„Annalise. Ich setze meine Leben ständig aufs Spiel. Ich weiß schon, was ich tue. Doch du musst fort. Bitte! Wenn ich dich in Sicherheit weiß, kann ich's mit jedem Mann aufnehmen."

Sie erhob sich und sammelte ihre Kleider ein, die auf dem Boden verstreut lagen. Schweigend zog er seinen Kilt an und warf den Tartan über die Schulter. Dann nahm er sie noch einmal in den Arm und gab ihr einen letzten Kuss.

„Geh!" befahl er ihr.

Geduckt schlich er sich davon, bis er sich weit genug von ihr entfernt hatte. Erst dann verließ er seine Deckung. Er konnte den Feind schon hören, vernahm das dröhnende Hufgetrappel der Pferde, die von ihren Reitern nun weit weniger vorsichtig durch den Wald getrieben wurden.

Er wusste, dass der Feind ihn erwartete, und wappnete sich für den Angriff. Doch die beiden Männer, die ihm in einem Hinterhalt auflauerten, attackierten ihn um Sekundenbruchteile zu spät.

Mit einem mächtigen Hieb seines Schwertes tötete er sie beide ohne Mitleid zu empfinden.

Freilich gab es noch mehr von ihrer Sorte.

Plötzlich war er umzingelt.

Er fand einen Fluchtweg zwischen den Bäumen, doch sie setzten ihm nach. Er wusste, dass er in der Falle saß, doch er kämpfte wie jene Berserker, die vor langer Zeit nach Schottland eingefallen waren und ihr norwegisches und dänisches Blut mit dem noch älterer Stämme vermischt hatten. Er kämpfte nicht um sein Leben, sondern um Zeit zu gewinnen – Zeit, die Annalise für ihre Flucht zu den Kriegern im Norden benötigte.

An diesem Tag fällte er viele Männer, doch es nützte ihm nichts. Denn sein Gegner hatte eine ganze Armee aufgeboten, und die Männer waren verbittert und wütend über die Verluste, die sie in früheren Schlachten erlitten hatten. Ganz allein auf sich gestellt, widerstand er ihren Attacken, versetzte Wunde auf Wunde und kämpfte unerbittlich weiter.

Schließlich stand er auf einem Feld, das bedeckt war von Leichen. Sein großes Schwert war zerbrochen. Blutüberströmt sank er auf die Knie. Die Männer, die ihn umzingelten, traten einen Schritt zurück, als Grayson Davis aus dem Dickicht trat.

„Ihr macht nicht den Eindruck eines unbesiegbaren Helden“, höhnte MacNialls schärfster Widersacher.

MacNiall blickte auf. „Wahres Heldentum ist unsterblich. Ein Mann, der an seine Ideale glaubt und sich nicht wie eine Fahne nach dem Wind richtet, wird der Nachwelt auf ewig als Held in Erinnerung bleiben."

Davis trat näher heran.

„Wisst Ihr schon, wie Ihr sterben werdet?"

„Das weiß ich wohl."

„Ihr werdet vor Schmerzen schreien und um Gnade winseln, ehe ich mit Euch fertig bin. Das schwöre ich Euch."

Sein verächtliches Lächeln brachte den Gegner noch mehr in Rage. „Egal, was Ihr auch tut – aus meinem Mund werdet Ihr keinen Schmerzensschrei hören."

„Wirklich nicht?" fragte Grayson. „Nun, schaut Euch erst einmal an, was ich Euch zu zeigen beabsichtige, bevor Ihr ans Sterben auch nur denken könnt."

13. KAPITEL

Toni hatte sich fest vorgenommen, Bruce am nächsten Morgen reinen Wein einzuschenken. Selbst auf die Gefahr hin, dass er sie für verrückt halten musste, würde sie ihm erzählen, dass sie seinen Vorfahren gesehen hatte, dass sein Geist sie in den Wald und in die Krypta gelockt hatte – und dass er es vergangene Nacht erneut versucht hatte. Doch das Bett neben ihr war bereits leer, als sie am nächsten Morgen aufwachte.

Von David, der in der Küche seinen Kaffee trank und die Zeitung las, erfuhr sie, dass Bruce schon früh ins Dorf zu Jonathan gefahren war.

„Alles in Ordnung mit dir?“ fragte er.

„Ja ... wieso?“ Sie warf ihm einen Blick zu, während sie sich einen Kaffee eingoss.

„Wieso?“ Er schaute zur Tür, als ob er sich vergewissern wollte, dass sie allein waren. „Weil du ... Halluzinationen hast. Du siehst Geister. Dinge, die kein anderer sehen kann.“ Er räusperte sich. „Thayer hat mir erzählt, dass du gestern eine alte Frau getroffen hast, die dich ganz seltsam angeschaut haben soll und ziemlich unheimliche Sachen erzählt hat. Irgendetwas davon, dass sie dich im Wald gefunden haben ...“

„Das war doch bloß eine abergläubische Alte aus dem Dorf“, beschwichtigte Toni ihn.

David legte die Zeitung auf den Tisch und klopfte auf den Stuhl, der neben ihm stand. „Setz dich zu mir. Erzähl mir alles. Sie hat dir also überhaupt keine Angst eingejagt?“

„Im Gegenteil, sie hat mir eine Höllenangst eingejagt“, erwiderte Toni lachend. „Aber nur für einen Moment. Sie hatte nämlich den grauen Star, und deshalb waren ihre Augen ein bisschen ... unheimlich. Hinterher habe ich mich noch mit ihrem Sohn unterhalten, und der war nicht halb so Angst einflößend. Danach bin ich sogar noch alleine über den Friedhof gelaufen."

David grinste. Sie beschloss, ihm ihre nächtlichen Ausflüge in die Krypta der Burg zu verschweigen. Er machte sich ohnehin schon zu viele Sorgen um sie.

„Unser guter Lord scheint wirklich ausgezeichneter Stimmung zu sein", meinte David.

„Nun, ich kann mir zwar nicht vorstellen, dass er viel auf die alten Geschichten gibt", sagte Toni. „Aber er ist bestimmt froh, dass sein berühmter Vorfahr vermutlich doch nicht schuld war am Tod seiner Frau."

„Und offenbar sind wir auch gut für das Dorf." Schweigend blickte er auf seine Tasse. „Ich hatte nämlich schon befürchtet, dass sie uns mit Schimpf und Schande davonjagen würden."

„Weil wir Amerikaner sind?"

David schüttelte den Kopf. „Nicht deswegen. Als ich ‚wir' sagte, meinte ich auch eher Kevin und mich. Weil wir schwul sind", sagte er leichthin. „Aber die Leute sind ausgesprochen nett. Gestern haben wir uns im Dorf prächtig amüsiert. Sicher, einige der älteren Leute, vor allem Männer, haben uns manchmal komisch angeguckt, aber trotzdem waren alle sehr höflich und hilfsbereit. Ich wette, dass viele Einheimische auch mal kommen werden, um zu sehen, was wir hier eigentlich machen."

„Das wäre doch toll."

„Aber da uns das hier alles nicht gehört, müssen wir uns natürlich fragen, wie lange MacNiall uns noch gewähren lässt."

Toni schaute zur Seite. *Ja, wie lange noch?*

„Nun ja", meinte sie mit einem Blick auf David, „jetzt, wo sich MacNialls Urahn zu seiner großen Freude als unschuldig herausgestellt hat, habe ich mir überlegt, diesen Teil unserer Vorstellung entsprechend zu ändern."

„Tatsächlich? Das ist eine gute Idee, Toni."

Sie nickte. „Also, der Lord kommt hereingeritten wie gehabt. Er geht die Treppe hoch zu Annalise. Das wird ein ganz spannender Moment, hochdramatisch. Annalise beteuert ihre Unschuld. Er glaubt ihr, sie beschließen, zu fliehen – und in diesem Moment galoppiert sein Gegner in die Halle."

David verzog das Gesicht mit gespieltem Missmut. „Das bin doch nicht etwa ich, oder?"

Sie lächelte spitzbübisch. „Keine Sorge. Ryan übernimmt den Part. Er ist der Einzige, der Wallace unter Kontrolle halten kann, wenn Shaunessy in der Nähe ist." Plötzlich runzelte sie die Stirn und stand auf. „Wallace geht es doch besser, oder?"

David nickte. „Er ist wieder ganz der Alte. Setz dich hin und trink deinen Kaffee aus."

Erleichtert ließ sie sich zurück auf den Stuhl fallen. „Also, was hältst du davon?"

„Nicht schlecht. MacNiall wird es bestimmt auch gefallen. Ryan sowieso. Dann kann er endlich wieder Ritter spielen."

„Ich muss es den anderen natürlich erst noch schmackhaft machen. Und Bruce natürlich auch."

Kevin betrat die Küche.

„Was musst du uns schmackhaft machen?"

Sie seufzte genervt und wiederholte noch einmal, was sie David gerade erzählt hatte.

„Meinetwegen", sagte Kevin schließlich. „Wie wär's mit Frühstück? Mal sehen, was haben wir denn? Gestern haben wir zwar den ganzen Supermarkt leer gekauft, aber was uns jetzt noch fehlt, sind ein paar Sachen für uns."

„Wir haben doch Eier", sagte Kevin. „Und zwar jede Menge. Die reichen für zwei Wochen."

„Also Omelette. Irgendwelche Einwände?"

„Braucht ihr Hilfe?“ fragte Toni.

„Nein!“ riefen beide wie aus einem Mund.

„Ich bin gar keine so schlechte Köchin“, verteidigte sie sich.

„So lange es nicht zu kompliziert wird, arbeiten Kevin und ich am liebsten allein“, erklärte David. „Geh in den Stall und sag Wallace guten Tag. Dann kannst du dich selbst davon überzeugen, dass er wieder in Ordnung ist.“

„Gute Idee“, meinte sie und ließ die beiden allein.

Die Morgenluft war frisch und klar. Ein herrlicher Tag kündigte sich an. Während Toni von der Burg zu den Ställen hinüberging, hoffte sie inständig, nicht auf Eban zu stoßen. Sie kam sich zwar selbst töricht vor, weil sie sich in seiner Gegenwart immer noch so unbehaglich fühlte, aber sie konnte ihre Gefühle nun einmal nicht verleugnen. Vor den anderen hätte sie den sonderbaren Mann jederzeit in Schutz genommen. Doch insgeheim war er ihr nach wie vor unheimlich.

Von Eban war weit und breit nichts zu sehen, und auch im Stall traf sie ihn nicht an. Shaunessy stand nicht an seinem Platz. Bruce musste mit ihm ausgeritten sein. Wallace dagegen wartete in seiner Box. Er schnaubte, als sie zu ihm ging. Offenbar freute sich das Tier, sie zu sehen.

Sie streichelte ihm über die Nüstern und sah ihm in die Augen. Dann betrachtete sie anerkennend seinen kräftigen Körper. „Heute Morgen siehst du aber wirklich gut aus, alter Knabe“, meinte sie. „Sehr gut sogar.“

Er streckte den Kopf über das Gatter und stupste mit der Nase gegen ihre Brust, als erwarte er eine Belohnung von ihr.

„Leider habe ich nichts für dich, mein Lieber“, sagte sie bedauernd, während sie ihm über den seine Nase strich. „Wir wissen nämlich nicht, was dich krank macht. Vielleicht verträgst du ja keine Äpfel und keine Mohrrüben. Haben Pferde solche Allergien? Ich muss mal deinen Arzt fragen, wenn ich ihn das nächste Mal sehe."

Das Tier betrachtete sie aus seinen großen braunen Augen so aufmerksam, als verstünde es jedes ihrer Worte. Wieder stieß es mit seiner weichen Nase gegen ihren Oberkörper, als wollte es ihr sagen, dass Äpfel und Mohrrüben nun wirklich nicht gefährlich seien.

„Du bist ein Schatz", meinte sie.

Unvermittelt legte der Wallach seine Ohren flach an, und erschrocken drehte sie sich um. Niemand war zu sehen. Doch warum sollte das Tier plötzlich so reagieren?

Dann hörte sie ein Geräusch – ein Scharren von den Dachbalken über ihr. Sofort waren ihre Nerven bis zum Äußersten gespannt.

Eine Leiter führte hinauf zum Heuboden. Sie stand genau zwischen ihr und dem Ausgang.

Toni holte tief Luft. *Na und? Da war eben jemand oben. Warum auch nicht?* Vermutlich Eban, der Heu zusammenfegte ... oder mit etwas anderem beschäftigt war.

Das Geräusch verstummte, aber sie war immer noch auf der Hut.

„Also, Wallace, ich werde dich jetzt mal wieder allein lassen. Ich wünsche dir weiterhin gute Besserung. Ruh dich noch ein wenig aus, alter Junge", sagte sie laut und vernehmlich. Doch statt den Stall zu verlassen, zog sie geräuschlos den Riegel beiseite, schlüpfte in die Box und stellte sich neben das Pferd. Nervös wartete sie ab, was geschehen würde.

Zunächst passierte gar nichts. Dann hörte sie wieder dieses Geräusch von oben. Sie hielt den Atem an. Jemand kletterte die Leiter hinunter. Sie duckte sich hinter den Rücken des Tieres. Aus ihrem Versteck beobachtete sie, wie ein Mann in Jeans und einem karierten Hemd die Leiter hinunter kam. Zuerst sah sie nur seinen Hinterkopf – sein sandfarbenes Haar.

Thayer.

Er sprang von der Leiter, klopfte den Staub von der Hose und sah sich um. Irgendwie wirkte er erleichtert. An der Stalltür blickte er vorsichtig nach draußen. Schließlich verschwand er aus ihrem Blickfeld.

Verwirrt blieb Toni neben dem Pferd stehen. Warum benahm Thayer sich so merkwürdig? Er konnte sich hier doch genauso frei bewegen wie sie alle.

„Guter Junge“, murmelte sie, während sie den Hals des Rotschimmels tätschelte. Dann schlüpfte sie aus der Box, trat in den Mittelgang des Stalls und schaute die Leiter empor.

Was zum Teufel hatte er da oben bloß gemacht?

Sie wollte gerade den Fuß auf die unterste Sprosse setzen, als eine Stimme sie erschreckte.

„Heute Morgen sieht er doch schon wieder ganz gut aus, nicht wahr, Miss?“

Entsetzt fuhr sie herum. Eban stand in der Stalltür und schaute zur Box von Wallace.

Sie schluckte hart und zwang sich zu einem Lächeln. Eher unbewusst registrierte sie, dass er ihr den Ausgang versperrte.

„Er scheint wirklich wieder in Ordnung zu sein, Eban. Danke, dass Sie sich so gut um ihn gekümmert haben. Ist er nicht ein wunderschönes Tier?“

„Das kann man wohl sagen.“ Eban nickte.

Er bewegte sich keinen Zentimeter vom Tor fort. Wenn sie hinaus wollte, würde sie sich an ihm vorbeidrängen müssen.

„Ja, nochmals vielen Dank“, murmelte sie ein wenig verlegen, während sie langsam zur Stalltür ging. Sie quetschte sich an ihm vorbei, wobei sie sorgsam darauf achtete, ihn nur ja nicht zu berühren. Fast befürchtete sie, dass er die Hand ausstrecken und sie zurückhalten würde, als sie an ihm vorbeiging.

Doch er rührte sich nicht. Stattdessen sprach er weiter.

„Er will mit Ihnen reden, Miss. Haben Sie das gemerkt?"

Wie vom Donner gerührt blieb sie stehen und drehte sich noch einmal zu ihm um.

„Wie bitte?"

„Der Lord. Nicht jeder kann ihn sehen. Aber Sie ... Sie haben die Gabe, wissen Sie. Das zweite Gesicht."

Er trat auf sie zu und flüsterte eindringlich: „Sie müssen aufpassen. Sehr gut aufpassen. Sehen Sie zu, dass es keiner merkt. Es gibt da draußen ein paar Leute, die nur das Böse wollen. Aber der Lord ... der Lord wird Ihnen das bestimmt sagen."

Sie spürte eine Gänsehaut am ganzen Körper. Mit offenem Mund starrte sie ihn an.

„Ich ... ich weiß nicht, wovon Sie reden", sagte sie schließlich und drehte sich entschlossen um.

Sie zwang sich, langsam zu gehen, aber je näher sie der Burg kam, umso schneller wurde sie. Schließlich rannte sie fast.

Als sie die Eingangshalle betrat, kam Ryan gerade die Treppe hinunter. „Du warst bei Wallace! Ist es nicht toll, wie rasch sich der alte Knabe wieder erholt hat?"

„Ja, wirklich toll."

Ohne ihn anzusehen, wollte sie die Treppe hinauflaufen.

Er fasste sie am Arm und schaute sie fragend an. „Wohin willst du? Kevin hat Bescheid gesagt, dass das Frühstück fertig ist."

„Ich ... ich will mir nur eben die Hände waschen", sagte sie ausweichend. „Ich bin gleich wieder unten. Ihr braucht nicht auf mich zu warten. Fangt ruhig schon mal an."

Sie riss sich los und eilte hinauf. In ihrem Zimmer griff sie nach ihrer Handtasche und verstreute den Inhalt auf dem Bett. Mit zitternden Fingern suchte sie in dem Durcheinander nach der Visitenkarte, die sie all die Jahre aufbewahrt hatte, obwohl sie fest entschlossen gewesen war, sie nie mehr zu benutzen.

Ihr Handy lag auf dem Nachttisch. Gott sei Dank hatte sie rechtzeitig daran gedacht, es aufzuladen.

Eine Weile schaute sie noch zögernd auf die Karte in ihrer Hand. Aber ihre Zweifel währten nicht lange. Dann drückte sie entschlossen die Vorwahl für Amerika, wählte die Nummer auf der Visitenkarte und wartete auf das Freizeichen.

„Ich habe bereits von Dr. Darrows Entdeckung gehört“, sagte Robert, als Bruce den Pub betrat. „Glückwunsch.“

Bruce schüttelte die Hand seines Freundes, während er sich an den Tisch setzte. Robert hatte vorgeschlagen, dass sie sich in Stirling treffen sollten.

„Eigentlich verrückt, dass man über eine Sache erleichtert ist, die schon so lange her ist“, meinte Bruce achselzuckend. „Aber ich bin wirklich erleichtert. Es ist schon ein gutes Gefühl zu wissen, dass dein Vorfahr kein Frauenmörder war.“

Robert grinste.

„Warum treffen wir uns eigentlich in Stirling, alter Freund?“ wollte Bruce wissen.

„Ach, ich wollte dich nicht den ganzen Weg nach Edinburgh fahren lassen. Ich hatte sowieso hier zu tun, und außerdem muss Jonathan nicht wissen, dass wir so oft miteinander reden. Ich möchte ihm nicht auf den Schlips treten, verstehst du? Schließlich sind wir auf seine Mitarbeit angewiesen.“

Bruce nickte. „Klar. Also, was gibt's?“

„Willst du nicht erst was bestellen?“

„Na schön.“ Bruce sah sich nach der Bedienung um. Der Pub war ziemlich schäbig. Dabei gab es in Stirling, das nach Bruce' Meinung einer der schönsten Orte des Landes war, eine ganze Reihe von guten Restaurants.

„Ich kann dir Fish'n Chips empfehlen. Ziemlich fettig und voller Cholesterin." Robert zog eine Grimasse. „Die neue Kellnerin ist ein bisschen lahm. Die andere ist einfach nicht mehr gekommen, hat mir der Wirt erzählt. Na ja, kein Wunder. Der Typ ist ziemlich schleimig. Aber der Fisch ist wirklich klasse."

„Muss man denn lange auf das Essen warten?"

Robert grinste. „Ich nicht. Er weiß schließlich, wer ich bin." Wie um seine Worte zu beweisen, hob er die Hand, und sofort trat ein beleibter Mann mit einer Schürze um den Bauch an ihren Tisch.

„Was darf's denn sein, Detective Inspector?"

„Fish'n Chips für mich." Er schaute Bruce an.

„Für mich das Gleiche, und ein Stout", bestellte Bruce.

„Kommt sofort", versprach der Mann. Dann schüttelte er den Kopf. „Diese Mädels ... Es ist einfach kein Verlass mehr auf das Personal heutzutage."

„Hat schon wieder eine gekündigt, George?"

„Von wegen gekündigt! Am Sonntagmorgen ist sie gekommen, am Sonntagnachmittag war sie schon wieder weg. Seitdem ist sie nicht mehr aufgetaucht." Während er zurückging, murmelte er etwas Unverständliches.

„Vielleicht sollte ihm mal jemand sagen, dass er wirklich ein mieser Typ ist", meinte Robert leise.

Kurz darauf kam George zurück und stellte ein Glas Stout vor Bruce auf den Tisch.

„Also?" fragte Bruce, als sie wieder allein waren.

„Ehrlich gesagt habe ich nicht viel herausbekommen. Aber da sind ein paar andere Dinge, deretwegen ich dich so schnell angerufen habe. Da ist zunächst mal dieser Bursche aus Glasgow, Thayer. Der Kerl ist doch tatsächlich aktenkundig."

„Was Gravierendes? Oder nur Lapalien?“

„Ein paar Drogendelikte, als er jung war. Die letzten Jahre war er sauber. Hat mit ’ner Band gespielt, den ‚Kinked Kilts‘, und bis vor kurzem ist er in einer Pianobar aufgetreten.“

„Das hat er auch erzählt“, murmelte Bruce.

„Es waren auch zwielichtige Kneipen darunter. Ein paar Mal ist er in Verdacht geraten, aber er ist kein Krimineller.“

„Mehr gibt’s nicht über den Mann?“

„Bis jetzt nicht.“

„Und was ist mit den anderen?“

„Nach meinen Recherchen ist mit ihnen soweit alles in Ordnung. Offenbar haben sie alle die Wahrheit erzählt. Ich habe bei der New York University Erkundigungen über sie eingezogen und mir ein paar Arbeitsbescheinigungen angesehen. Keiner von deinen schauspielernden Amis ist mal auffällig geworden, allesamt brav und gesetzestreu. Zwei von ihnen sind allerdings absolute Computerfreaks.“

„Schön für sie. Welche denn? Und warum ist das wichtig?“

„Nun ja, da gibt es zwei geheimnisvolle Spuren, denen wir nachgehen sollten, meinst du nicht? Ihre Arbeitserlaubnis haben sie nur auf Grund ihres Mietvertrags bekommen. Das bedeutet, dass irgendjemand bestens über dich Bescheid wusste, deinen Titel kannte und Dinge aus deinem Privatleben, die eigentlich nur dich etwas angehen. Ein eifriger Computerhacker kann sich natürlich all diese Informationen beschaffen. Deshalb ist es ja mittlerweile so leicht geworden, unter falschem Namen aufzutreten und Geschäfte zu machen.“

„Mit anderen Worten, einer von ihnen kannte mich ganz gut, wusste über meine persönlichen Angelegenheiten Bescheid, hat sich für mich ausgegeben und ihnen die Burg vermietet? Willst du mir das damit sagen?“ fragte Bruce.

„Nun, das ist immerhin im Bereich des Möglichen."

Bruce schüttelte den Kopf. „Aber derjenige musste doch damit rechnen, dass ich jederzeit aufkreuzen kann."

„Richtig. Doch wenn es der Betreffende nur auf das Geld der anderen abgesehen hatte und nach der Transaktion seine Website sofort gelöscht hat … was sollte er – oder sie – sich darüber groß den Kopf zerbrechen?"

„Was ist mit Thayer Fraser?"

„Bis jetzt weiß ich nur, dass er eine ziemlich professionell aufgezogene Website hat – und dass er ein Fan von Computerspielen ist. Mittelalterliche Kampfspiele im Internet. So was kann man wochen- und monatelang spielen. Du sitzt in Glasgow am Computer, und dein Gegner ist in London, New York, Moskau, Tokio … oder aber in Stirling."

Bruce dachte eine Weile über seine Worte nach. „Aber keiner von den Amerikanern ist vorbestraft. Das ist doch schon mal eine gute Nachricht."

Robert verschränkte die Hände. „Schon. Aber da ist noch etwas. Vielleicht hat es ja am Ende gar nichts zu bedeuten. Ich fand's eben nur interessant."

„Was denn?"

„Kann sein, dass es reiner Zufall ist. Aber es gibt ein paar merkwürdige Übereinstimmungen."

„Spann mich nicht auf die Folter", sagte Bruce gereizt. Es sah Robert gar nicht ähnlich, um den heißen Brei herumzureden.

„Helen MacDougal ist am 3. Juni verschwunden. Vor einem Jahr. In Glasgow."

„Und ich habe sie am 30. August im Wasser gefunden", ergänzte Bruce nachdenklich.

„Mary Granger verschwand letztes Jahr am 11. November."

Bruce' Stirnfalten wurden nun tiefer. „Und Eban hat sie zwei dann Monate später, im Januar, entdeckt. Sie sah ziemlich übel aus."

„Am Zehnten, um genau zu sein."

„Robert, worauf willst du eigentlich hinaus?"

„Annie O'Hara ist ebenfalls von der Bildfläche verschwunden. Vor ein oder zwei Wochen, wie wir vermuten. Wir haben noch keinerlei Anhaltspunkte, aber ich werde der Sache auf die Spur kommen"

„Ja und? Beim besten Willen, ich weiß immer noch nicht, was das jetzt soll, Robert."

„Du weißt, dass man in den Hotels beim Einchecken seinen Ausweis vorlegen muss", erklärte Robert.

„Na klar."

„Nun, deine Freunde – also zumindest Toni, die Brownes, Kevin und David – wohnten im Juni letzten Jahres in einem Hotel im Zentrum von Glasgow."

Bruce runzelte die Stirn. „Sie haben doch gesagt, dass sie hier schon oft Urlaub gemacht haben."

Robert zog einen Aktenordner hervor und schlug eine Seite auf. „Im vergangenen November ist dann Mary Granger aus Stirling verschwunden."

„Und jetzt erzählst du mir, dass meine amerikanischen Freunde damals in Stirling waren?"

„Nein. In Glasgow."

Bruce dachte nach. „Und vor zwei Wochen?"

„Waren sie in Edinburgh, um den Mietvertrag zu unterschreiben und sich die Arbeitserlaubnis zu beschaffen."

Bruce schüttelte den Kopf. „Robert, wenn du da eine Verbindung herstellen willst ..."

„Will ich gar nicht. Ich erzähle dir nur, was ich bei der Recherche herausgefunden habe. Die Übereinstimmungen bei den Daten sind mir sozusagen ins Auge gesprungen. Ich wäre ein schlechter Polizist, wenn ich dir das nicht erzählte."

„Ja, schon richtig, aber ..." Erneut schüttelte Bruce den Kopf. „Denk doch mal nach. Meinst du im Ernst, dass Toni Nutten umbringt? Auf Kevin und David passt das Täterprofil nicht. Und Gina und Ryan als Serienkiller? Also, das kann ich mir nun beim besten Willen nicht vorstellen ..."

„Wir haben noch gar kein Täterprofil ..."

„Aber wir können uns den Täter ungefähr vorstellen. Weiß, männlich, heterosexuell, jung, zwischen zwanzig und dreißig, hat Arbeit, wahrscheinlich nichts Anspruchsvolles, ist vielleicht sogar verheiratet oder hat eine Freundin."

Robert nickte bestätigend. „Richtig. Aber mit Täterprofilen kann man auch daneben liegen. Das weißt du doch auch. Erinnerst du dich noch an den Fall vor ein paar Jahren? Welcher Profiler, und hätte er noch viel Erfahrung gehabt, wäre auf die Idee gekommen, dass es nicht ein, sondern gleich zwei Mörder waren – und dazu noch ein Ehepaar?"

Bruce zuckte mit den Schultern. „Robert, ich glaube, wir stochern hier vollkommen im Nebel. Wenn wir sämtliche Ausländer überprüfen wollten, die zur Zeit der Morde im Land waren – oder zum Zeitpunkt, wo die Mädels verschwunden sind –, dann hätten wir aber eine Menge zu tun. Und wenn wir dann noch all die in Betracht ziehen, die die Gelegenheit dazu hatten – meine Güte, dann können wir gleich das ganze Land vorladen."

„Bruce, du musst deine Leute nicht verteidigen. Ich erzähle dir nur, was mir bei meinen Nachforschungen aufgefallen ist – Nachforschungen, um die du mich gebeten hast."

George eilte mit dem Essen herbei und hätte fast einen Teller fallen lassen. „Verdammt, wenn ich bloß ein verlässliches Mädel finden könnte", fluchte er.

Ehe der Wirt wieder hinterm Tresen verschwinden konnte, packte Bruce ihn am Arm. „George? Wir wollen Sie was fragen“

„Was ist? Ich hab wenig Zeit.“

„Hat Ihre Bedienung gekündigt? Oder ist sie einfach nicht mehr gekommen? Ich meine, Sie hat Ihnen nicht direkt gesagt, dass sie gehen wollte?“

George wedelte ungeduldig mit der Hand durch die Luft. „Sie war nach irgendwohin unterwegs. Hatte einen merkwürdigen Akzent, und sie sah irgendwie nordisch aus. Das Mädel kam von den Orkneys. Und kündigen? Machen Sie Witze? Von wegen! Das war nicht so eine, die ihrem Boss sagt, dass sie keine Lust mehr hat. Verdammt noch mal, nein. Sie ist einfach nicht mehr zur Arbeit erschienen. Hat wahrscheinlich genug Geld gemacht und ist in die nächste Stadt gefahren. So war's bestimmt. Ich muss zurück in die Küche, Sir. Da wartet 'ne Menge Arbeit auf mich.“

Bruce musterte Robert mit einem durchdringenden Blick. „Vielleicht solltest du mal hier ein paar Nachforschungen anstellen“, meinte er mit leise Stimme.

Robert schaute resigniert auf seinen Teller. Dann schob er den Fisch beiseite, auf den er sich eigentlich so gefreut hatte. „Na gut.“

Nachdem Toni die Nummer gewählt hatte, die sie nie mehr hatte benutzen wollen, wurde ihr mitgeteilt, dass Adam Harrison auf Dienstreise war. Als der junge Mann am anderen Ende der Leitung sie fragte, ob sie ihren Namen und eine Nachricht zurücklassen wollte, hätte sie die Verbindung fast unterbrochen. Gerade noch rechtzeitig fiel ihr ein, dass sie auf ihrem Handy erreichbar war und niemand anders den Rückruf mitbekommen musste. Also nannte sie ihm nach kurzem Zögern ihren vollständigen Namen und ihre Telefonnummer.

„Moment mal“, sagte die Stimme am anderen Ende mit neu erwachtem Interesse. „Toni Fraser … Adam hat gesagt, wenn Sie sich jemals melden würden, sollten wir Ihren Anruf vordringlich behandeln. Jemand wird sich sofort mit Ihnen in Verbindung setzen."

Jemand?

Toni behagte diese Auskunft ganz und gar nicht, aber sie bedankte sich trotzdem und legte auf.

Ein paar Minuten lang überlegte sie, was sie als Nächstes tun sollte. Entsetzt fuhr sie zusammen, als das Handy, das sie noch in der Hand hielt, klingelte. Vor lauter Nervosität hätte sie den Anrufer beinahe weggedrückt.

„Hallo?"

„Guten Tag. Toni?"

Eine Frauenstimme drang an ihr Ohr.

„Ja?" fragte sie vorsichtig.

„Mein Name ist Darcy. Darcy Stone. Ich arbeite mit Adam Harrison zusammen."

Toni schwieg. Eigentlich hätte sie lieber mit ihm geredet. Er kannte sie schließlich. Er hatte sich rührend um sie gekümmert, als sie ein verstörtes kleines Mädchen war, dessen wohl geordnete Welt in Scherben lag. Er hatte sie bei ihrem Soloauftritt bewundert und sich während ihrem ersten Treffen seit Jahren auf eine freundlich-unverbindliche Unterhaltung beschränkt, nachdem sie ihm versichert hatte, dass es ihr gut ging und sie keinen Gedanken mehr an die Vergangenheit verschwenden wollte. Sie hatte ja keine Albträume mehr und auch keine Visionen …

„Toni?"

Die Stimme der Frau war so laut und deutlich, als käme der Anruf aus der nächsten Stadt.

„Ja, ich höre."

„Machen Sie sich keine Sorgen. Es ist nicht so, dass Adam nicht mit Ihnen sprechen möchte. In ein paar Stunden wird er sich bei Ihnen melden. Er sitzt zurzeit im Flugzeug. Aber Ihr Name steht bei uns auf einer besonderen Liste, und er hat uns eingeschärft, dass wir uns sofort um Sie kümmern sollen, falls Sie sich einmal melden. Alles, was Sie mir jetzt sagen, bleibt natürlich unter uns. Erzählen Sie es mir, egal, wie verrückt es klingen mag. Machen Sie sich darüber bitte gar keine Gedanken."

Skeptisch betrachtete Toni den Apparat in ihrer Hand, als ob sie dadurch erkennen könnte, wie aufrichtig es die Frau am anderen Ende der Leitung mit ihr meinte.

„Fangen wir doch einfach an", fuhr Darcy Stone fort. „Wo sind Sie denn jetzt?"

„In Schottland. In einem kleinen Ort in den Highlands namens Tillingham. Auf einer Burg."

„Auf einer Burg. In Tillingham."

„Ja." Toni holte tief Luft. „Ich glaube, ich … habe einen Geist gesehen. Ist das möglich?"

„Nun ja, wenn Sie das glauben, dann wird es wohl auch so sein", kam die nüchterne Antwort.

„Wirklich?"

„Ja." Darcy lachte leise in sich hinein. „Es tut mir Leid, aber selbst auf die Gefahr hin, dass Sie einfach auflegen, möchte ich Ihnen sagen, dass ich selbst viele Geistererscheinungen habe."

Jetzt hätte Toni das Gespräch wirklich um ein Haar beendet.

„Bitte legen Sie nicht auf. Reden Sie weiter", sagte die Frau, als ob sie Tonis Gedanken lesen könnte.

„Ich habe zusammen mit ein paar Freunden eine Burg in Schottland gemietet – ein Mietvertrag mit Vorkaufsrecht", erklärte sie. „Aber jetzt hat sich herausgestellt, dass wir sie nicht wirklich gemietet haben, das heißt, jedenfalls nicht direkt vom Eigentümer. Man hat uns gesagt, dass die Familie ausgestorben sei, aber es gibt noch einen sehr lebendigen Nachfahren, einen Lord. Ich habe eine Geschichte über einen seiner Vorfahren geschrieben, und es ist so, dass alles, was ich mir ausgedacht habe, tatsächlich geschehen ist. Sogar der Name seiner Frau stimmte." Sie zögerte. „Ich habe also einen Geist zum Leben erweckt. Und ich träume von ihm. Der Geist in meinen Albträumen, oder die Erscheinung in der Realität, ist dem jetzigen Burgherren wie aus dem Gesicht geschnitten. Ich habe erst gedacht, jemand spielt mir einen bösen Streich – genauso, wie wir von der Immobilienfirma, die uns die Burg vermietet hat, über den Tisch gezogen worden sind. Aber dann sind da noch diese Mordfälle."

„Mordfälle?"

„Ein paar Frauen sind verschwunden. Ich glaube, bis jetzt sind es drei. Zwei davon wurden in dem Wald gefunden, der an die Burg angrenzt. Ich bin eines Tages in den Wald gegangen ... der Geist hat mich dorthin geführt. Und ich bin auf ein Skelett gestoßen. Alle haben geglaubt, es handele sich dabei um das dritte Opfer, aber dann hat sich herausgestellt, dass es die Ehefrau des ehemaligen Burgherrn war, die schon seit Jahrhunderten tot ist. Jedenfalls deutet alles darauf hin. Übrigens: wenn ich sage, ein alter Lord, dann meine ich damit, dass er im siebzehnten Jahrhundert gelebt hat. Ich weiß, das klingt verrückt. Ich ..." Sie hielt inne. Plötzlich hatte sie das Gefühl, tatsächlich den Verstand zu verlieren. Hätte sie doch nur mit Adam sprechen können! Der fremden Frau erzählte sie mehr, als sie jemals hatte preisgeben wollen. „Ich habe mit dem Burgherren ... nun ja, wir haben uns verliebt. Ich meine, ich habe mich in den jungen Burgherren verliebt. Ich muss sagen, er hat sich in der ganzen Angelegenheit sehr anständig benommen ... was die Sache mit der Vermietung angeht, meine ich. Wir haben die Burg angemietet, um hier unsere Vorstellungen zu veranstalten, spezielle Theateraufführungen für Besucher ..."

„Ich habe Ihre Aufführung von ‚Queen Varina' gesehen", unterbrach sie die Frau. „Das war ja wirklich toll."

Bisher hatte Toni stets geglaubt, sie sei immun sowohl gegenüber vernichtender Kritik als auch überschwänglichem Lob. Doch nun musste sie erkennen, dass dem nicht so war, denn auf einmal fand sie die Frau am anderen Ende der Leitung sehr sympathisch.

„Vielen Dank“, erwiderte sie geschmeichelt. „Aber er … ich meine, der Burgherr sieht keine Geister – beziehungsweise den Geist.“ Sie zögerte. „Es gibt nämlich nur einen.“

Darcy schwieg ein paar Sekunden. „Also, in der Gegend wurden ermordete Frauen gefunden. Aber der Geist hat Sie zu den sterblichen Überresten seiner längst verstorbenen Frau geführt?“

„Ja.“

„Haben Sie ihn seitdem noch mal gesehen?“

„Ja. Aber jetzt führt er mich immer in die Krypta.“

Unwillkürlich stellte Toni sich vor, was wohl ein Dritter sagen würde, wenn er dieses mysteriöse Telefongespräch belauschte. Sie schnitt eine Grimasse.

„Nun, darauf gibt es eine ganz einfache Antwort“, meinte Darcy auf der anderen Seite des Atlantiks.

„Und welche?“

„Er will seine Frau an seiner Seite haben. Jetzt, nachdem Sie ihre sterblichen Überreste gefunden haben, möchte er, dass sie dort begraben wird, wo sie hingehört – neben ihm.“

Plötzlich wurde Toni ganz aufgeregt. Natürlich! Das ergab Sinn. Wenn schon die Tatsache, dass sie Geister sah, rational zu erklären war, dann erschien auch sein Verhalten durchaus logisch. Sie hatte die Tote gefunden, er zeigte ihr die Krypta.

„Ja, sicher“, murmelte sie.

„Es könnte natürlich auch weniger einfache Gründe haben“, schränkte Darcy ein.

„Aber jetzt, wo Sie es gesagt haben, kann ich mir nichts anderes mehr vorstellen“, erwiderte Toni. „Ich habe ihn am Fußende meines Bettes gesehen und einmal, wie er in den Wald gegangen ist. Und danach … in die Krypta. Oh je“, stöhnte sie plötzlich.

„Was ist denn?“

„Für die Experten ist der Fund von überragender historischer Bedeutung. Die Tote, seine Frau, meine ich. Ich fürchte, sie werden sie erst ganz lange untersuchen und anschließend mit Besitzerstolz ins Museum bringen.“

„Das ist wohl das geringste Problem. Ich glaube nicht, dass Sie sich darüber Gedanken machen müssen. Ihre Nachfahren können das einfach verbieten. Aber möglicherweise geht da drüben noch eine Menge mehr vor.“

„Nicht in der Burg“, antwortete Toni. „Ansonsten ist es schon ziemlich schrecklich, was hier passiert …

„Haben die Toten aus dem Wald denn in irgendeiner Weise mit der Burg zu tun?“

„Nein, ganz sicher nicht. Sie haben ihr Geld mit Prostitution verdient, jedenfalls teilweise, und sie sind in drei größeren Städten entführt worden – Edinburgh, Glasgow und Stirling.“

„Sind Sie sicher, dass es da keine Verbindung gibt?“

„Ziemlich unwahrscheinlich. Aber wir sind auch noch nicht so lange hier. Außer uns gibt es hier noch den Burgherrn und einen Mann, der für ihn arbeitet.“

„Ich verstehe.“

Toni zögerte. Sollte sie erwähnen, dass Eban ihr schreckliche Angst einjagte? Und dass sie manchmal fast davon überzeugt war, dass der derzeitige Burgherr sich als Geist verkleidete? *Denn sie hatte die beiden noch nie gleichzeitig gesehen!*

„Ich könnte rüberkommen.“

„Was? Nach Schottland? Das ist aber nicht nötig“, wiegelte Toni ab. Fast hätte sie laut geseufzt. Wenn sie jetzt noch jemanden in die Burg holte – und dann ausgerechnet eine Geisterjägerin –, würden sie bestimmt vor die Tür gesetzt werden. Dann wäre das Maß für Bruce MacNiall endgültig voll.

„Ihre Situation kommt mir recht … nun, sagen wir mal: vielschichtig vor." Darcy schwieg kurz. Doch dann sprudelten die Worte nur so aus ihr heraus. „Toni, Adam hat oft von Ihnen gesprochen. Er sagt, dass Sie … dass Sie eines der erstaunlichsten Medien sind, denen er jemals begegnet ist."

„Medium!" Toni war schockiert.

„Sie haben das zweite Gesicht", sagte die Stimme am anderen Ende der Leitung glaubhaft.

Tonis Finger umklammerten das Handy so fest, dass sie fast die Verbindung unterbrochen hätte. Sie schluckte und zwang sich, tief durchzuatmen. „Entschuldigen Sie bitte, aber das ist … nicht richtig", entgegnete sie schließlich. „Ich bin kein Medium. Als Kind hatte ich ein paar ungewöhnliche – sehr ungewöhnliche – Träume, aber ein Medium bin ich ganz bestimmt nicht. Ich möchte auch keines sein. Bitte, kommen Sie nicht hierher. Auf keinen Fall! Wir sind im Moment in einer ziemlich angespannten Situation, um es einmal beschönigend auszudrücken. Jedenfalls danke ich Ihnen, dass Sie sich Zeit für mich genommen haben. Irgendwie werde ich dafür sorgen, dass die Frau neben ihrem Mann bestattet wird. Vielen Dank für Ihre Hilfe. Ich weiß das zu schätzen. Aber kommen Sie bitte nicht nach Schottland. Vielen Dank und auf Wiederhören."

Sie unterbrach die Verbindung, warf das Handy aufs Bett und starrte es an, als könnte es sich jede Sekunde in eine giftige Schlange verwandeln und sie beißen. Fast rechnete sie damit, dass die Frau sie noch einmal anrufen würde. Aber das Telefon blieb stumm.

Schnell verließ sie das Zimmer. Einer ihrer Freunde musste irgendwo in der Nähe sein. Sie brauchte jetzt unbedingt Gesellschaft. Und zwar die Gesellschaft eines lebendigen Menschen.

14. KAPITEL

Die Touristenbusse konnten jeden Moment eintreffen, und Bruce war immer noch nicht zurück.

„Jetzt hast du alles so toll umgeschrieben. Was sollen wir bloß machen?“ fragte Gina betrübt.

„Ganz einfach: Jemand muss den Part von Bruce übernehmen“, antwortete Toni.

Sie hatten bereits ihre Kostüme angezogen und warteten in der Eingangshalle. Jetzt starrten alle Toni an.

„Wie bitte?“ Gina war entgeistert.

Kevin räusperte sich. „Aber Bruce’ Rolle kann keiner von uns spielen. Das ist unmöglich.“

„Unsinn. Er ist doch selber auch kein Schauspieler“, protestierte Toni entrüstet.

„Das ist es ja gerade“, meinte David. „Er *ist* der große MacNiall. Das kann man nicht kopieren.“

Toni schüttelte den Kopf. „He, Leute“, beschwor sie sie. „Er war doch überhaupt nicht in unserer Aufführung vorgesehen. Er macht zwar bei uns mit, aber er steht nicht auf der Gehaltsliste.“

„Seit wann haben wir denn eine Gehaltsliste?“ fragte Thayer mit ironischem Unterton.

„Thayer, du spielst Bruce“, entschied sie.

„Ich kann doch gar nicht reiten.“

„Dann darf ich der Schurke sein“, sagte Ryan. „Prima. Ich habe nämlich schon den ganzen Tag mein höhnisches Grinsen geübt. Mal sehn, was aus dieser Glanzrolle wird.“

Toni seufzte. „Wenn er nun mal nicht hier ist! Wir müssen doch irgendwas tun.“

„Ich weiß“, meinte Ryan. „Also, ich mache folgenden Vorschlag. Ich bin mir auch nicht sicher, ob ich dieses Pferd reiten kann …“

„Du kannst doch jedes Pferd reiten“, unterbrach Toni ihn.

Ryan schüttelte den Kopf. „Dieses Tier kennt seinen Herrn und Meister. Aber Wallace ist ja wieder in Ordnung. Ich werde auf ihm hineinreiten und anschließend die Treppe hinauflaufen – als die perfekte Verkörperung von Gut und Böse. Ihr wisst schon, Jekyll und Hyde für die Bühne. Ich kämpfe mit Toni – und mit mir selbst. Es wird großartig werden!“

Stumm sahen sie ihn an.

„Thayer“, sagte Toni zu ihrem Cousin, „lass und nicht hängen, du musst Bruce spielen – ohne Pferd. Du kommst einfach in die Burg gestürmt und läufst die Treppe hoch. Und Ryan ist der Schurke auf dem Pferd.“

„Wir könnten es natürlich so spielen wie bisher“, schlug Gina vor mit einem Blick in die Runde.

„Eine gute Idee“, meinte David. „Und auch bei weitem die vernünftigste Lösung.“

„Genau“, pflichtete Kevin ihm bei.

Eigensinnig schüttelte Toni den Kopf. „Das können wir auf keinen Fall machen – jetzt, wo wir wissen, dass wir damit jemandem Unrecht tun.“

„Wir haben nie jemandem Unrecht getan, weil wir gar nicht wussten, dass er tatsächlich gelebt hat“, protestierte Gina.

„Aber jetzt wissen wir's“, beharrte Toni. „Und ich möchte auch nicht die Urfassung spielen. Leute, wir wissen doch, dass der Mann unschuldig war.“

„Nun ja, *wissen* wäre zu viel gesagt“, gab Kevin zu bedenken.

„Nein.“ Toni ließ nicht locker. „Also, Thayer *kommt* herein, und Ryan *reitet* herein. Einverstanden?“

„Klaro“, sagte Thayer.

„Ich weiß nicht.“ Ryan schüttelte den Kopf. „Ich glaube, meine Jekyll-und-Hyde-Nummer könnte sehr wirkungsvoll sein.“

„Wir werden es leider niemals erfahren“, meinte Gina augenzwinkernd zu Toni.

Es klopfte an der Tür.

Kevin klatschte in die Hände. „Alle auf die Plätze. David und ich werden jetzt aufmachen.“

„Nein, noch nicht!“ rief Thayer. „Das sind nur Lizzie und Trish. Die beiden wollten früher kommen.“

Er öffnete die Tür. Es waren tatsächlich die beiden Mädchen. Aufgeregt traten sie ein und verliehen ihrer Bewunderung mit vielen „Ahs“ und „Ohs“ Ausdruck, als sie sich in der imposanten Eingangshalle umschauten. „Und ihr alle wohnt hier! Das ist ja fantastisch!“ rief Lizzie begeistert.

„Ja“, bestätigte David, während er den Blicken der Mädchen folgte. „Und wir können froh sein um jeden Tag, den wir noch hier verbringen dürfen.“

Ryan seufzte. „Wir dachten nämlich, wir könnten hier für den Rest unseres Lebens bleiben.“

„Oder wenigstens so lange wie wir wollten“, ergänzte Gina.

„Es ist wirklich ganz toll“, meinte Trish und drückte Thayers Arm. „Ihr seid richtige Glückspilze.“

„Na ja, wie man's nimmt“, meinte Gina skeptisch.

„Die Busse kommen!“ rief Kevin. „Bewegt euch, Kinder. Trish und Lizzie, schließt euch einfach der Gruppe an. Hinterher haben wir noch genügend Zeit, um uns zu unterhalten.“

Toni lief die Treppe hinauf und verschwand im Gang, wo sie auf ihr Stichwort wartete. Während sie an der Wand lehnte, lauschte sie auf die Stimmen und Geräusche von unten. Zufrieden lächelnd registrierte sie Bemerkungen und Kommentare der Besucher, als sie nach und nach die Geschichte erfuhren. Sie hatte keine Ahnung, ob die Anwesenheit von Trish und Lizzie, die ganz gespannt auf die Vorstellung gewesen waren, sie allesamt zu höheren Leistungen anspornte, oder ob sie sich mittlerweile so sehr mit ihren Figuren identifizierten, dass sie ihre Zuschauer immer mehr faszinierten. Heute Abend lief es jedenfalls wie am Schnürchen.

Als Toni in ihrem weißen Gewand auf dem Treppenabsatz erschien, stellte auch sie fest, dass sie, angeregt von den vielen Geschichten, die sie gehört hatte, genau so dachte und fühlte, wie Annalise zu Mute gewesen sein musste. Laut und klar drang ihre Stimme durch die Halle. Ihre Bewunderung für Lord MacNialls Heldentum war aufrichtig, und als sie seine lang erwartete Rückkehr ankündigte, war sie verblüfft, dass Bruce genau aufs Stichwort auf Shaunessy hereinritt.

Genauso wütend wie zuvor stürmte er die Treppe hinauf. Sie fiel auf die Knie, und selbst in ihren Ohren klang es so, als würde sie tatsächlich um ihr Leben flehen.

Sein Zorn verebbte so schnell, wie er gekommen war. Wäre ihr nicht das amüsierte Blitzen in seinen Augen aufgefallen, als er vor ihr zu Boden sank und ihren Beteuerungen lauschte, dass alles, was über sie erzählt wurde, pure Lüge sei, hätte sie seine Wut und seine Leidenschaft für echt gehalten.

Ryan kam in die Halle geritten und bewies einmal mehr, wie geschickt er mit einem Pferd umzugehen wusste. Bruce erhob sich und stieg die Treppe hinunter, um seinem Widersacher die Stirn zu bieten.

Toni kam aus dem Staunen nicht heraus. Natürlich hatte Ryan auch schon in früheren Produktionen mit einem Schwert gekämpft. Und es war kaum überraschend, dass auch Bruce offenbar wusste, wie das ging. Aber sie hatten nie geprobt, und normalerweise wurden solche Szenen minutiös einstudiert.

Die beiden waren fantastisch. Sie lieferten sich ein hitziges Wortgefecht, wobei sie ihre Texte nach Gutdünken improvisierten. Am Ende rutschte Ryan nach einem Schwerthieb von Bruce über den Boden bis vor den großen Kamin. Bruce beachtete Ryan nicht weiter, sondern ging zurück zu Toni. Kaum hatte er seinem Feind den Rücken zugewandt, als Ryan langsam aufstand. Er taumelte die Stufen hinauf, packte Bruce bei den Schultern und schleuderte ihn die Treppe hinunter. Dann legte er seine Hände um Tonis Hals und zwinkerte ihr zu, als er begann, sie zu strangulieren.

Nach dem beeindruckenden Zweikampf, dessen Zeugin sie soeben geworden war, fand sie sofort in ihre Rolle zurück und lieferte eine spektakuläre Sterbeszene ab. Als sie schließlich leblos auf den Stufen lag, sank Ryan neben ihr zusammen.

In der Halle hätte man ein Stecknadel fallen hören können.

Gott sei Dank beendete Lizzie das angespannte Schweigen mit einem begeisterten „Bravo“, und die anderen spendeten hingerissen Beifall, der nicht enden wollte.

„Tee und Scones! Folgen Sie mir bitte in die Küche“, forderte Kevin die Besucher auf.

„Hier entlang, meine Herrschaften bitte.“ David deutete mit der Hand die Richtung an.

Toni setzte sich auf, Ryan und Bruce erhoben sich ebenfalls. „Oh mein Gott“, sagte Ryan. „Wir haben's geschafft. Erst habe ich dich ja für verrückt gehalten, als du vorgeschlagen hast, das alles ohne eine einzige Probe zu machen. Aber es war unglaublich.“

„Das kannst du laut sagen“, pflichtete Thayer ihm bei. Gina stürmte die Treppe hinunter und hüpfte vor Freude auf und ab. Dann fiel sie ihrem Mann um den Hals und gab Bruce einen Kuss auf die Wange. Erst jetzt wurde ihr bewusst, was sie getan hatte. „Entschuldigen Sie bitte, Lord MacNiall“, sagte sie verlegen.

„Ich bitte Sie, Mrs. Browne. Es war mir ein Vergnügen.“ Er wandte sich an Toni. „Tut mir Leid, dass ich zu spät dran war. Ich bin aufgehalten worden. Aber ich bin ja gerade noch rechtzeitig gekommen, um den Touristen den schottischen Helden zu machen.“

Sie schüttelte den Kopf. „Du brauchst dich nicht zu entschuldigen. Es war absolut phänomenal. Wie ihr zwei das gespielt habt …"

Bruce legte den Kopf zur Seite. „Besten Dank, Lady Annalise."

Sie lächelte, obwohl es ihr insgeheim unangenehm war, dass er sie so nannte. Sicherlich hatte er es nicht böse gemeint. Plötzlich kamen ihr die Ereignisse dieses Tages ausgesprochen bizarr vor, und sie erinnerte sich daran, dass sie nach dem Aufwachen unbedingt mit ihm hatte reden wollen.

Stattdessen hatte sie mit einer Agentur telefoniert, deren Mitarbeiter auf Geisterjagd spezialisiert waren.

Sie schaute ihm in die Augen. Er machte zwar einen gelösten Eindruck, aber bei genauerem Hinsehen wirkte er auch ein wenig geistesabwesend. Sie hatte geglaubt, er sei ganz in seiner Rolle aufgegangen und spiele nur sich selbst. Aber vielleicht war er ja doch kein so schlechter Schauspieler.

Irritiert wandte sie sich ab. „Ich will mal sehen, ob ich David und Kevin helfen kann", murmelte sie. „Heute Abend sind ja unglaublich viele Leute gekommen."

„Und ich kümmere mich um die Pferde", bot Ryan an.

„Versorgen Sie Wallace. Ich bringe Shaunessy zurück", verteilte Bruce die Aufgaben.

Gina und Thayer folgten Toni in die Küche. Fast alle Stühle waren besetzt. Aber Kevin verstand sich so gut aufs Organisieren, dass er es mühelos auch mit hundert Besuchern hätte aufnehmen können. Die Scones lagen in Körben, Sahne und Zucker standen in Sets auf den Tischen, und er hatte bereits mehrere Kannen Tee gemacht, bevor die Besucher eingetroffen waren.

Nach der Vorstellung diskutierten die Touristen immer gerne mit ihnen, aber heute Abend waren sie besonders redefreudig. Die Nachricht vom Fund des jahrhundertealten Skeletts hatte sich schnell verbreitet, und die Besucher waren glücklich, der Uraufführung jener Version beigewohnt zu haben, die den großen Lord MacNiall als Unschuldigen zeigte.

Schließlich waren die letzten Busse abgefahren. Nur Lizzie und Trish blieben zurück. Nachdem sie gemeinsam die Küche aufgeräumt hatten, beschloss Toni, Thayer mit den beiden jungen Frauen allein zu lassen, und ging in ihr Zimmer. So konnte er zur Genüge beweisen, was für ein charmanter Gastgeber er war.

„Haben Sie so etwas schon mal gesehen?“ fragte Ryan.

Bruce, der sich gerade um Shaunessys Zaumzeug kümmerte, blickte auf. Ryan streichelte zärtlich über die Nüstern des Rotschimmels und betrachtete dabei aufmerksam die Augen und den großen Kopf des Pferds.

„Ehrlich gesagt, nein“, antwortete Bruce, und er meinte es aufrichtig. Er kannte sich wirklich gut mit Pferden aus, aber so etwas hatte er tatsächlich noch nicht erlebt. Der Tierarzt war der Ansicht, dass der Rotschimmel sich eine Krankheit eingefangen hatte. Eban hatte den gesamten Stall gesäubert, falls faulendes Heu oder verdorbenes Getreide die Ursache gewesen war. Aber nur Wallace war krank geworden. Der Doktor hatte gemeint, dass man ihn mit einem Kind vergleichen könnte, das sich den Magen verdorben hatte: Nach einer Nacht voller Bauchschmerzen und Übelkeit ging es ihm am nächsten Tag wieder ausgezeichnet.

Bruce kam hinüber, um selbst einen Blick auf den Rotschimmel zu werfen. Die Augen des Wallachs waren klar und glänzend – ein untrügliches Zeichen dafür, dass er über den Berg war.

„Er scheint ja wirklich wieder in Ordnung zu sein“, meinte Bruce. Er tätschelte das Tier. „Braves Pferd. Am Wochenende sollte er mal auf die Weide. Ich meine, Sie und Eban haben wirklich ganze Arbeit geleistet, als Sie den Stall ausgemistet haben. Aber vielleicht sollte ich mal ein paar Fachleute bestellen, die den Stall desinfizieren. Vielleicht sind es wirklich irgendwelche Keime oder Bakterien, die den Tieren schaden. Man weiß ja nie heutzutage. Der Arzt hat auch Blutproben fürs Labor mitgenommen. Bestimmt kann er uns bald mehr sagen. Hauptsache, dem Tier geht's wieder richtig gut."

Plötzlich musste Ryan grinsen. „Apropos richtig gut – waren wir heute Abend nicht auch richtig gut? Drüben in Amerika hätte man sich so was nicht leisten dürfen – Kampfszenen aufzuführen, bei denen nicht jede Bewegung minuziös festgelegt ist. Die Betroffenen wären drüben hinterher sofort zum Rechtsanwalt gerannt, um einen horrenden Schadensersatz zu verlangen. Wo zum Teufel haben Sie das gelernt?"

„Nun ja, bei uns werden dauernd mittelalterliche Ritterturniere nachgespielt – genau wie bei euch drüben die Unabhängigkeitserklärung und der Bürgerkrieg."

Ryans Grinsen wurde breiter. „Ich will mich ja nicht loben, aber ich denke, wir waren oscarreif."

„Das kann man wohl sagen." Mit einer Handbewegung bedeutete er Ryan, ihm zur Burg zurück zu folgen. Als er das mächtige Gemäuer sah, wurde er sich plötzlich bewusst, dass er tatsächlich etwas Großartiges besaß. Wahrscheinlich hatte er sich zu sehr daran gewöhnt, sodass ihm im Lauf der Zeit das Gefühl dafür abhanden gekommen war. Seine amerikanischen Gäste hatten ihm wieder die Augen dafür geöffnet.

Als er mit Ryan in die Eingangshalle kam, drang Gelächter aus der Küche. Bruce verzog das Gesicht, obwohl er damit hätte rechnen können. Der Wagen der beiden jungen Frauen, die aus der Stadt gekommen waren, stand noch im Burghof.

„Sieht ganz so aus, als ob wir noch immer Besuch hätten", meinte Ryan. „Die beiden Damen erliegen wohl gerade dem Zauber einer schottischen Burg."

Bruce nickte missmutig. Er hatte keine Lust mehr auf Gesellschaft. „Na, dann noch viel Spaß“, murmelte er.

Als er sein Zimmer betrat, saß Toni vor dem Kamin und schaute gedankenverloren in die verlöschenden Flammen. Sie trug ein Baumwoll-T-Shirt als Nachthemd, und ihr üppiges blondes Haar leuchtete rötlich im Schein des Feuers. Ihr Gesichtsausdruck war sehr ernst, doch als sie ihn anschaute, lächelte sie flüchtig.

„Was ist los?“ fragte er.

Statt einer Antwort schüttelte sie nur leicht den Kopf. Er kam näher und setzte sich auf die Bettkante. Dabei rechnete er kurz nach, wie lange er sie schon kannte. Gerade mal ein paar Tage. Aber ihre Gegenwart erschien ihm schon ganz selbstverständlich. Es war nicht nur die sexuelle Anziehungskraft – da war noch viel mehr zwischen ihnen. Er hatte damit gerechnet, dass sie auf ihn wartete. Und es gefiel ihm, dass sie es tat.

Offenbar bemühte sie sich, ihre düsteren Gedanken zu verjagen. „Du und Ryan ... wow, ihr wart wirklich umwerfend.“

„Ja, es war wirklich nicht schlecht, was?“ Er nahm ihre Finger und streichelte über ihren Handrücken.

„Wären wir in Amerika, hätte ich dich natürlich längst gefeuert.“ Ihre Augen blitzten. „Du warst verdammt spät dran.“

Er zog die Augenbrauen hoch. „Ich habe mich länger bei Robert in Stirling aufgehalten.“

„Ach ja?“

Er verzog das Gesicht. „Wir waren in einem Pub, wo die Bedienung nicht zu spät kam, sondern gar nicht mehr aufgetaucht ist. Der Besitzer ist ein ziemlich übler Kerl, deshalb hat er sich auch gar keine weiteren Gedanken über die Frau gemacht. Aber wir dachten, wir sollten mal ein bisschen recherchieren. Wir haben herausbekommen, wo sie gewohnt hat. Offenbar hat sie ihre Sachen mitgenommen. Deshalb ...“

„Gott sei Dank. Da braucht ihr wenigstens nicht weiter nachzuforschen, was passiert ist."

„Lieber zehn Mal zu viel nachfragen als ein Mal zu wenig."

„Ja, du hast schon Recht."

„Das war sozusagen mein Tagwerk. Wir sind einer falschen Spur nachgegangen und haben ein bisschen was getrunken. Und jetzt zu dir: Was ist los?"

Statt sofort zu antworten, schaute sie in die Glut. „Bruce, kann es sein, dass es hier in der Burg spukt?"

Er brach in schallendes Gelächter aus, wurde aber sofort wieder ernst, als er ihren Blick sah. Trotzdem konnte er sich ein Lächeln nicht verkneifen. „Das ist eine jahrhundertealte Burg. Was glaubst du denn?"

Sie wurde rot. „Hier spukt es tatsächlich."

Er seufzte. „Toni, ich habe mich nicht um meinen Besitz gekümmert. Ja, ich hab ihn ziemlich vernachlässigt. Aber schon als kleiner Junge wusste ich, dass er mir gehört. Ich habe viel Zeit hier verbracht. Und nicht ein einziges Mal in all den Jahren habe ich hier einen Geist getroffen."

„Ich dagegen sehe deinen Vorfahren ziemlich häufig."

Er seufzte. „Toni, ich weiß, dass du unter Albträumen leidest." Er schüttelte den Kopf. „Na ja, und wenn man den alten Legenden Glauben schenken will, dann spukt es hier tatsächlich. Bruce MacNiall reitet durch den Wald und macht diese alten Gemächer unsicher. Es gibt noch andere Erzählungen. Unsere Vergangenheit war nun mal sehr blutrünstig. Aber das ist auch schon alles. Irgendwann vor Jahren hast du diese Geschichten mal gehört. Ich glaube dir, dass du fest davon überzeugt warst, die Vergangenheit nur erfunden zu haben. Aber es gibt Hunderte von Büchern über schottische Gespenster. Man findet sie so häufig wie schottische Schafe. Vielleicht hat jemand die Namen der Personen und Orte verwechselt. Auf jeden Fall wurde die Geschichte aufgeschrieben. Du hast sie irgendwann mal gelesen und geglaubt, sie längst vergessen zu haben. Aber irgendwo in deinem Gedächtnis ist sie hängen geblieben. Du hast also nichts erfunden, sondern dich nur an etwas erinnert, ohne es wissen."

Sie biss sich auf die Unterlippe. „Hast du mal irgendetwas ... gespürt? Eine Art Déjà-vu-Erlebnis, einen hellsichtigen Moment oder eine Vorahnung gehabt?"

Eine Vorahnung? Und ob. Ich habe dich mit dem Gesicht nach unten im Wasser treiben sehen, sodass ich es nicht sehen konnte, nur dein blondes Haar, und das Herz hat mir bis zum Hals geschlagen. Schlimmer noch. Als ich damals noch bei der Polizei in Edinburgh war und einen ziemlich schrecklichen Fall aufklären musste, ist mir das gelungen, nachdem ich mich in die Gedankenwelt des Mörders hineinversetzt habe.

„Toni ..."

Sie entzog ihm ihre Finger, aber nur, um seine Hände zwischen ihre zu nehmen.

„Bruce, bitte, du musst mit mir in die Krypta gehen."

„Was?"

„Bitte!"

„Toni, ich halte das für keine gute Idee."

Sie schüttelte den Kopf. Ihre saphirblauen Augen blickten ihn so ernst, aufrichtig und verzweifelt an, dass es ihm einen Stich mitten ins Herz versetzte.

„Sieh mal", begann sie, „wir kennen uns noch nicht sehr lange, aber ich bewundere dich und respektiere dich sehr. Außerdem mag ich dich und habe das Gefühl, dass auch ich dir etwas bedeute. Deshalb bitte ich dich ... tu mir diesen Gefallen. Ich weiß, dass es verrückt klingt. Aber du hast schon sehr viel Verständnis für meine seltsamen Träume gezeigt. Du hast mir geholfen, mich nicht allein gelassen und mir das Gefühl gegeben, nicht verrückt zu sein. Bitte hilf mir deshalb auch dieses Mal!"

„Du willst *jetzt* in die Krypta gehen?"

„Ja. Ich bin schon mal nachts dort gewesen."

„Toni, diese Tür ist immer fest verschlossen ..."

„Ich bin da unten gewesen", beharrte sie. „Bruce, ich kann dir genau beschreiben, wie es dort aussieht. Hinter der Tür beginnt eine Wendeltreppe aus Stein. Weiter unten gibt es Gänge mit gewölbten Decken, wie Katakomben in mittelalterlichen Kirchen. Am Ende des Gewölbes befindet sich das Grabmal von Bruce MacNiall, dem königstreuen Ritter. Ich nehme an, es ist erst viele Jahre nach seinem Tod errichtet worden."

Verblüfft starrte Bruce sie an. Die Amerikaner konnten unmöglich in den Gewölben gewesen sein, aber ...

„Ich möchte unter keinen Umständen, dass die Familienkrypta zum Rummelplatz wird", sagte er.

„Ich glaube, dass Thayer die Mädchen inzwischen nach Hause geschickt hat", meinte sie lächelnd. „Ich freue mich für ihn, dass er sie kennen gelernt hat, denn bisher ist er immer das fünfte Rad am Wagen gewesen. Wir waren beide die einzigen Singles in der Gruppe, aber seitdem du auf die Burg zurückgekommen bist ... na ja, Gina und Ryan sind schon ein richtig altes Ehepaar, David und Kevin haben einander, und jetzt, wo ich dich kenne ..."

Ihm entging nicht, dass sie nicht sagte *Und ich habe dich.* Aber das sähe ihr auch nicht ähnlich. Toni würde nie so besitzergreifend sein. Und dennoch ...

Er schob eine hellblonde Locke aus ihrem Gesicht.

„Na gut."

Sie lächelte erleichtert, und er hatte den Eindruck, dass ihr ein Stein vom Herzen gefallen war.

„Danke. Vielen Dank, Bruce."

„Glaubst du wirklich, dass die beiden inzwischen nach Hause gegangen sind?“

„Das werden wir ja sehen.“

Er nickte. „Ich brauche den Schlüssel.“ Er bewahrte ihn in einer Schublade der Garderobe auf – eine regelrechte Antiquität und genauso alt wie die Tür und das eiserne Schloss.

Als sie das Zimmer verließen, griff er nach ihrer Hand. Schweigend gingen sie über den Korridor zur Treppe. Dort blieben sie einen Moment lang stehen.

„Hörst du etwas?“ fragte er leise.

Sie schüttelte den Kopf. „Sie könnten noch in der Küche sein und etwas mitbekommen.“

„Wir schauen mal nach. Aber es ist schließlich meine Krypta, und da kann ich ja jederzeit hineingehen, oder nicht?“ Sie nickte nur zustimmend.

Leise liefen sie die Treppe hinunter und warfen einen Blick in die Küche. Sie war aufgeräumt – und leer.

„Möchtest du vielleicht erst einen Brandy?“ fragte er.

„Nein danke.“

„Aber ich.“

„Na gut, dann nehme ich auch einen.“

Er goss einen Fingerbreit in zwei Gläser und sah ihr zu, wie sie einen Schluck von dem scharfen Getränk nahm. „Du siehst aus, als hättest du noch etwas anderes auf dem Herzen.“

„Ich erzähl’s dir, wenn wir unten sind“, sagte sie und nippte erneut an der goldbraunen Flüssigkeit. Ihre Blicke kreuzten sich, und sie legte den Kopf schräg. „Verkleidest du dich manchmal wie ein Burgherr von einst und geisterst mitten in der Nacht durch die Zimmer der Burg?“

Verwundert hob er die Augenbrauen. „Nein, ganz bestimmt nicht So ein Spuk liegt mir fern.“

Sie leerte ihr Glas und wartete geduldig, bis auch er den letzten Schluck getrunken hatte.

„Und du bist dir wirklich sicher, dass du mitten in der Nacht in die Krypta willst?" fragte er noch einmal.

„Von Wollen kann keine Rede sein. Aber ich glaube, anders kann ich es dir nicht verständlich machen. Ich verstehe diese mysteriösen Vorgänge ja selber kaum.

„Also gut." Er stellte die Gläser in die Spüle. „Wollen wir?"

Wieder reichte er ihr seine Hand, und sie gingen in die Nebenhalle, von der aus man in die Krypta gelangte. Das Kreischen der rostigen Beschläge, als die schwere Tür nach innen aufschwang, verursachte ihr eine Gänsehaut. „Es ist eine Wendeltreppe. Die Stufen sind sehr alt und ausgetreten. Ich gehe voraus. Sei vorsichtig. Pass auf, wohin du trittst"

„Ich habe dir doch gesagt, dass ich schon mal hier gewesen bin." Obwohl kein Grund zum Flüstern bestand, senkte sie unwillkürlich die Stimme. Es lag wohl an der späten Stunde und den merkwürdigen Umständen. „Glaubst du mir immer noch nicht, dass ich die Krypta kenne?"

Bruce betätigte den Lichtschalter an der Wand und betrat die oberste Steinstufe. Vorsichtig gingen sie hinunter. Am Fuß der Treppe hielt Toni inne.

„Was ist?"

„Nichts ... na ja, beim letzten Mal waren hier keine Spinnweben, und ich hatte keine Ahnung, dass es elektrisches Licht gibt."

„Die Leitungen wurden um 1930 verlegt", erklärte er leicht amüsiert. Die Lampen waren allerdings nicht sehr hell, und die langen Schatten, die die mittelalterlichen Gewölbebögen warfen, verstärkten das diffuse Dämmerlicht.

Langsam gingen sie an den vielen Nischen und Standbildern vorbei bis zum Ende des Ganges, wo der Mann, dem die Geschichtsschreibung das Prädikat „groß“ verliehen hatte, zur letzten Ruhe gebettet worden war.

„Du weißt doch, was mit ihm passiert ist?“ fragte Bruce. „Er ist wie ein Verräter gestorben. In einem Scheinprozess, der mitten im Wald stattfand, wurde über ihn gerichtet. Als Charles II. zurückkehrte und seinen Thron beanspruchte, befahl er, den Leichnam von Bruce MacNiall zu exhumieren und in einem richtigen Grab zu bestatten. Der König hat sogar das Geld für die Grabstelle gegeben – und den Künstler bezahlt, der die Statue geschaffen hat.“

In Gedanken versunken blieb Toni einen Moment lang vor dem Grabmal stehen.

„Du bist es“, flüsterte sie.

„Ich muss doch sehr bitten. Ich bin es nicht. Ich bin nämlich hier“, protestierte er.

Sie schaute ihn an und errötete. „Aber es ist unheimlich. Hunderte von Jahren liegen zwischen euch, und trotzdem ... die Ähnlichkeit ist verblüffend.“

Er zuckte mit den Schultern. „Vielleicht bilden wir uns das alles auch nur ein.“

„Das glaube ich kaum.“

„Wer weiß, wozu Gene fähig sind.“

„Schon. Aber weckt es in dir nicht ein Gefühl von ...“

„Unbehagen?“ Er legte den Arm um ihre Schultern. „Nein. Schließlich bin ich ja hier aufgewachsen. Ich habe auch oft mit Freunden hier unten gespielt. Wir haben uns Geistergeschichten erzählt und sind dann schreiend die Treppe hinaufgerannt. Mein Dad ist jedes Mal ausgerastet. Wie Kinder eben so sind. Aber der große MacNiall weilt wirklich nicht mehr unter uns, Toni. Er hat sein Leben gelebt – ein wildes, aufregendes Leben voller Leidenschaft – und jetzt ist er dort, wo wir alle einmal enden werden. Ich mag die Geschichte. Mir gefällt der Gedanke, dass seine Loyalität seiner Familie gegenüber von Charles II. belohnt wurde, der dafür gesorgt hat, dass er die letzte Ruhestätte in seinem eigenen Heim gefunden hat. Das alles ist Geschichte, ein bisschen Legende und ein wenig Mythos, Toni. Mehr steckt nicht dahinter."

Sie lächelte und rückte ein wenig dichter an ihn heran, ohne den Blick vom Grabmal und der Marmorstatue seines Urahnen abwenden zu können.

„Bruce, hinter dem ersten Sarkophag steht ein zweiter."

„Wahrscheinlich weil sie glaubten, eines Tages die Gebeine seiner geliebten Frau zu finden."

„Sie sind gefunden worden."

„Ja. Aber wer weiß, wann die Behörden die sterblichen Überreste endlich freigeben."

Mit großem Ernst und besorgter Miene musterte sie ihn.

„Bruce, sie braucht ein würdevolles Begräbnis – hier an der Seite ihres Ehemanns."

„Nun, das kriegt sie auch. Wenn es so weit ist."

Heftig schüttelte Toni den Kopf. „Möglicherweise geben sie ihren Leichnam ja gar nicht frei. Teile von ihr waren komplett verwest, anderes noch recht gut erhalten. Vielleicht möchte ja jemand den Sensationsfund im Museum ausstellen. Das darfst du auf keinen Fall zulassen, Bruce."

Belustigt schaute er zu ihr hinunter. „Du glaubst also wirklich, dass mein Urahn dich nachts in deinen Träumen heimsucht, damit seine Gattin an seiner Seite begraben wird? Sie werden eine DNA-Probe von mir haben wollen, um zu prüfen, ob diese Dame wirklich meine Ur-ur-ur- – was auch immer – Großmutter war. Dann erst kann sie heimkehren. Wenn bewiesen ist, dass sie zu meiner Familie gehört, werde ich dafür sorgen, dass sie nach Hause kommt und standesgemäß begraben wird."

„Wäre schön, wenn sie das so schnell wie möglich machten."

Er lächelte sie an. „In Ordnung, aber …"

„Was?"

„Ich habe ein kleines Problem damit. Ich bin nie besonders religiös gewesen, doch trotzdem glaube ich fest an eine höhere Macht – nenne es Gott. Und weil ich wie die meisten Menschen wahrscheinlich nicht einfach bloß sterblich sein möchte, glaube ich an ein Leben nach dem Tod. Außerdem neige ich dazu, in unserer Spezies mehr zu sehen als bloß Wesen aus Fleisch und Knochen. Und wenn das so ist … nun, Bruce MacNiall wollte nicht hier beerdigt sein, um zur Legende zu werden oder um seine Ruhe im Tod zu finden. Und obwohl ich keineswegs möchte, dass die Überreste eines Vorfahren respektlos behandelt werden, kann ich mir überhaupt nicht vorstellen, dass einer von ihnen dir wegen eines alten Skeletts im Traum erscheint oder dir sonst irgendwie zusetzt oder dich quält."

„Vielleicht hält er es ja gar nicht für Quälerei", wandte Toni ein. „Er möchte einfach nur sicher gehen, dass die sterblichen Überreste der Frau, die er einst geliebt hat, mit jenem Respekt behandelt werden, von dem du eben gesprochen hast."

Er legte den Arm um sie und war zutiefst berührt von dem ernsthaften Blick in ihren saphirblauen Augen, der ihm hier, im Reich der Toten, noch viel intensiver erschien.

„Wir werden das schon hinkriegen", meinte er beruhigend. „Wollen wir jetzt wieder nach oben gehen? Der Tag heute war doch ziemlich anstrengend."

Sie nickte lächelnd und ging voraus. Am Fuß der Wendeltreppe blieb sie plötzlich stehen.

„Was gibt's denn noch, Miss Fraser?"

Sie schaute ihn kurz an. Dann schüttelte sie den Kopf. „Ich … ich … nein, da ist nichts."

„Na komm, sag schon, raus mit der Sprache."

„Es ist wirklich nichts. Nur so ein Gefühl von …"

Er seufzte. „Toni!"

Sie holte tief Luft. „Na ja, ich hatte kurz den Eindruck, dass jemand hinter uns ist."

„Sollen wir zurückgehen?"

Wieder schüttelte sie den Kopf. „Nein."

Sie stiegen die Treppe hinauf. Während er ihr folgte, betrachtete er die Rundungen ihres Körpers, die sich durch den Baumwollstoff ihres Nachthemds abzeichneten. Oben angekommen, drehte sie sich zu ihm um. Als sie seinen Blick bemerkte, fragte sie verwundert: „Ist was?"

„Geh weiter", befahl er.

Sie betraten die Halle. Mit lautem Quietschen fiel die Tür ins Schloss, und er drehte den Schlüssel um.

„Ich wusste, wie es da unten aussah", flüsterte sie. „Habe ich es dir nicht gesagt? Ich wusste auch, dass das Grabmal da unten ist und der alte Bruce dir wie aus dem Gesicht geschnitten ist."

„Ja."

„Und?"

„Und was?"

„Ich …ich weiß nicht. Findest du nicht auch, dass das ein bisschen unheimlich ist?"

Er schüttelte den Kopf.

„Wirklich nicht?" fragte sie ungläubig.

Er schüttelte den Kopf.

„Warum starrst du mich dann so an?"

Sie sah wirklich verwirrt aus.

„Ich gebe nur ungern zu, dass ich gerade Gefühle ziemlich niedriger Art empfinde, Miss Fraser. Offen gestanden habe ich deine Hüften betrachtet und deine aufreizenden Bewegungen bewundert. Wie eine Wildkatze! In dem Moment ist mir bewusst geworden, dass ich eigentlich nichts mehr mit den Toten und der Vergangenheit zu tun haben möchte, jedenfalls nicht heute Abend. Meine Bedürfnisse konzentrieren sich in diesen Sekunden auf ausgesprochen gegenwärtige Dinge. Unmittelbar gegenwärtige Dinge. Darf ich es ausnahmsweise einmal etwas krass formulieren? Madam, ihr knackiger Hintern törnt mich unheimlich an."

Die Verwirrung verschwand aus ihrem Gesicht. Stattdessen lachte sie leise in sich hinein, und in diesem Lachen steckte die Vorahnung von etwas aufregend Sinnlichem, das seinen Puls sofort schneller schlagen ließ.

Er drehte sie zu sich um, fuhr mit den Händen über ihren Rücken hinunter bis zum Po und drückte sie fest an sich. „Dies ist meine Burg, und als Burgherr habe ich das Recht, in diesen Mauern alle meine sexuellen Fantasien auszuleben, an allen Orten und in allen Varianten, sofern sie der grenzenlosen Lust aller Beteiligten dienen. Vor dem großen Kamin, in der Küche, auf den Treppenstufen ... Aber deine Freunde sind in der Nähe, und sie könnten jederzeit überall aufkreuzen, auch mitten in der Nacht. Und ehrlich gesagt ist es auf die Dauer ein bisschen unbequem auf den harten Steinen. Aber ..."

„ ... du hast ein großes Bett", fuhr sie fort.

„ ... und du verfügst über unübersehbare Vorzüge ... wirklich unübersehbare", neckte er sie.

Sie machte sich von ihm frei und lief die Treppe hinauf. Ihr Körper pulsierte jetzt wieder vor Vitalität, alle Angst und Beklommenheit schien wie weggeblasen. Oben angekommen, wartete sie auf ihn, lächelnd, mit neugierigem Blick. Im dämmrigen Licht wirkte ihr Haar wie ein goldblonder Heiligenschein. Er war davon überzeugt, dass sie das dünne Baumwollnachthemd bewusst gewählt hatte, um mit ihm in die Krypta zu gehen – selbst auf die Gefahr hin, dass sie dabei ihren Freunden über den Weg hätte laufen können.

Vermutlich hatte sie nicht damit gerechnet, wie verführerisch ihr Körper unter dem fast durchsichtigen Stoff wirkte. Den gleichen Effekt hätte sie allerdings auch dann auf ihn gehabt, wenn sie in einem Kartoffelsack erschienen wäre. War da ein amüsiertes Blitzen in ihren Augen, oder merkte sie wirklich nicht, dass er vor lauter Erregung kaum noch gerade gehen konnte?

Sie drehte sich um und lief in sein Zimmer. An der Tür hatte er sie eingeholt, und sie stieß einen leisen Schrei aus, als er nach ihr griff, sie in die Arme nahm und an sich drückte, während er mit dem Fuß die Tür zustieß. Ohne sich voneinander zu lösen, stolperten sie zum Bett hinüber und sanken in die weichen Kissen, Arme und Beine ineinander verschlungen.

In dieser Nacht liebte er sie so intensiv wie nie zuvor. Ihr verführerischer Körper, ihr verheißungsvolles Lächeln, der sehnsüchtige Blick in ihren Augen – all das machte ihn fast wahnsinnig vor Begehren, und sie genoss es spürbar, ihn zu erregen und seine mächtige Erektion durch den Stoff seiner Hose zu spüren.

Denn bis zu diesem Moment hatten sie in ihrem Wunsch, einander so nahe wie möglich zu sein und sich nicht mehr loszulassen, keine Zeit gefunden, sich gegenseitig auszuziehen. Es war ein langes, intensives Vorspiel, und es hatte längst begonnen, als sie die Krypta hinter sich gelassen hatten und die steinernen Stufen der Treppe hinaufgestiegen waren. Jedes Lächeln, jedes Flüstern, jeder Blick und jede Geste waren eine erotische Verheißung gewesen, ein Versprechen auf köstliche Erfüllung, das zu erreichen nicht lange genug dauern konnte.

Lachend lösten sie sich voneinander, streiften ihre Kleidung ab, schlüpften unter die Bettdecke, tasteten nach den intimsten Stellen ihrer Körper, flüsterten einander leidenschaftliche Worte zu, während sie Haut an Haut lagen, Handflächen aneinanderpressten, Münder liebkosten, ihren Atem tranken.

Wie aus weiter Ferne traf ihn der Gedanke, dass er niemals mehr ohne sie sein wollte. Sex konnte man jederzeit und überall bekommen, sie aber nicht. So wie jetzt hatte er nur ein einziges Mal gefühlt, und dennoch war es ganz anders gewesen …

Nein, darüber wollte er in diesem Moment nicht nachdenken. Nicht jetzt. Als er sie erneut liebte, tat er es so langsam, dass es für sie beide fast zur Qual wurde, eine Qual, die durch einen Höhepunkt beendet wurde, der wie eine riesige Woge warmen Wassers über ihnen zusammenschlug und sie mit sich forttrug … Lange streichelte er danach mit seinen Fingern über ihre zarte Haut, liebkoste den Flaum auf ihren Armen und Beinen, bis sie ihn wieder in sich aufnahm, erneut den Gipfel der Lust erklomm und ihn gleichzeitig mit ihm erreichte.

Als sie endlich schläfrig und liebessatt nebeneinander lagen, war die Nacht schon sehr weit fortgeschritten. Mit einem Lächeln auf den Lippen und geschlossenen Augen schmiegte sie sich an ihn. In dem Moment, als der Schlaf die Oberhand über ihn gewann, schreckte er auf. Jahrelang hatte er gelernt, auf ungewohnte Laute zu reagieren. Jetzt hatte er etwas gehört, doch er konnte nicht mit Bestimmtheit sagen, was es war oder woher das Geräusch kam. Aber er hatte es vernommen.

Vorsichtig erhob er sich, schlang seinen Tartan um die Hüfte und öffnete die Tür. Mit nacktem Oberkörper schlich er über den Korridor. Seine nackten Füße machten kein Geräusch.

Am Treppenabsatz blieb er stehen und schaute aufmerksam hinunter in die Eingangshalle.

Niemand war zu sehen.

Er zuckte mit den Schultern. Möglicherweise war es einer seiner Gäste gewesen, der inzwischen wieder im Bett lag. Ehe seine Besucher gekommen waren, hatte er sich niemals die Mühe gemacht, die Haustür abzuschließen. In Tillingham waren Einbruchsdelikte so gut wie unbekannt. Keiner der ortsansässigen Teenager wäre jemals auf die Idee gekommen, in fremde Häuser einzudringen. Sollte tatsächlich einer auf dumme Gedanken verfallen, würde er bestimmt eher in einen Laden einbrechen und die Kasse mitgehen lassen. Hier war wirklich nichts zu holen, außer alten Steinen, Spinnweben und dem Hauch der Geschichte. Natürlich gab es auch einige Leute, die Stein und Bein darauf schworen, dass es in der Burg spukte. Doch von denen hätte es keiner gewagt, den Ärger oder die Rache eines furchtlosen Kriegers wie Bruce MacNiall auf sich zu ziehen.

Nach einer Weile stieg er die Treppe hinunter. Nachdem er sich vergewissert hatte, dass das Eingangsportal verschlossen war – er hatte es eigenhändig versperrt, nachdem er und Ryan von den Ställen zurückgekommen waren –, ging er zurück in sein Schlafzimmer und schlüpfte neben Toni unter die Decke.

Sie seufzte leise im Schlaf, als er sie an sich zog. Ihr seidenweiches Haar kitzelte seine Nase, und tief sog er ihren Duft ein. Dann schloss er die Augen.

Toni wusste nicht, warum sie aufgewacht war. Sie hatte tief und fest geschlafen, und nun war sie ohne ersichtlichen Grund aufgeschreckt. Eine Gänsehaut lief ihr über den Rücken. Sie konnte sich den Grund dafür nicht erklären – schließlich lag sie in Bruce' Armen, und er beschützte sie.

Sie zuckte zusammen, als sie zum Fußende des Bettes blickte.

Er war da.

Der andere Bruce. Der Mann aus einem längst vergangenen Jahrhundert. Er starrte sie unverwandt an, und in seinem Gesicht lag ein Ausdruck von echtem Kummer … oder Sorge. Oder war es Angst? Angst um sie?

Sie holte tief Luft. „Nicht heute Nacht", flüsterte sie vernehmlich. „Bitte nicht heute Nacht!"

Sie presste die Augen fest zusammen und betete, dass die Erscheinung verschwinden möge. Und als sie die Augen wieder öffnete, war sie zu ihrem Erstaunen tatsächlich nicht mehr da.

„Toni?“

Der lebendige Bruce, der Mann aus Fleisch und Blut, der neben ihr lag, berührte sie und flüsterte ihren Namen. Sie schmiegte sich enger an seine Brust. Geistesabwesend streichelte er ihr übers Haar. Dann schliefen sie wieder ein.

15. KAPITEL

Früh am nächsten Morgen klingelte Bruce' Handy. Im Halbschlaf erinnerte er sich, dass es in der Tasche seiner Jeans steckte. Die jedoch lag nicht, wie gewohnt, neben seinem Bett. Dort fand er nur den Kilt, den er für die Vorstellung angezogen hatte. Weil er vermeiden wollte, dass Toni von dem Klingeln geweckt wurde, schlüpfte er schnell aus dem Bett und suchte das ganze Zimmer ab. Dabei verhedderte er sich in seinen Jeans und wäre fast hingefallen. Schließlich zog er fluchend das Handy aus der Hosentasche.

„Morgen, Bruce." Jonathan war am anderen Ende.

„Hi, Jon, wie geht's denn?"

„Gut, gut. Ich habe Neuigkeiten für dich."

„Ach ja?"

„Kannst du aufs Revier kommen?"

„Klar." Schlaftrunken versuchte er, die Zeiger auf seiner Armbanduhr zu erkennen. Es war kurz vor acht. „Willst du mir nicht schon mal sagen, worum es geht?"

Jonathan seufzte. „Es wäre mir lieber, du würdest vorbeikommen. Was ich dir zu sagen habe ... nun ja, ich möchte nicht zu dir rausfahren, und ich glaube, es ist wirklich besser, wenn ich es dir unter vier Augen sage."

„Na gut. Ich bin gerade aufgestanden. Lass mir noch Zeit zum Duschen." Er rieb sich über dass Kinn. „Und zum Rasieren."

„Kaffee kannst du bei mir bekommen", sagte Jonathan.

Er beendete die Verbindung und schaute hinüber zum Bett. Toni schlief immer noch tief und fest. Gott sei Dank. Er machte sich doch Sorgen um sie.

Seltsam, dass sie gewusst hatte, wie es in der Krypta aussah. Die Tür war stets verschlossen gewesen. Er hatte nichts dagegen, dass Besucher und Touristen durch die Burg liefen, aber die

Krypta zu besichtigen, war nicht ungefährlich. Wie leicht hätte jemand auf den ausgetreten Steinstufen der Wendeltreppe ausrutschen und stürzen können, und auch im Gewölbe selbst konnte man sich leicht verletzen. Aber es gab bestimmt eine ganze Reihe von Leuten aus der Umgebung, die wussten, wie es in der Krypta aussah. Von denen wiederum war sicher vielen bekannt, dass der „große“ Lord MacNiall am Ende eines langen Ganges bestattet war, unsterblich gemacht durch eine Marmorstatue, die auf Anweisung des großmütigen Charles' II. aus dem Herrscherhause Stuart geschaffen worden war.

Leise, um Toni nicht zu wecken, duschte er, rasierte sich und zog sich schnell an. Als er die Tür hinter sich schloss und die Treppe hinunterlief, hörte er Stimmen aus der Küche. Aber niemand begegnete ihm, während er die Haupthalle durchquerte und zu seinem Wagen ging. Auf der Fahrt ins Dorf empfand er beim Anblick des Waldes zu seiner Rechten erneut eine ohnmächtige Wut. Sein Instinkt sagte ihm, dass die tote Annie O'Hara irgendwo dort liegen musste. Vielleicht hatte der Mörder ihre Leiche aber auch so gut versteckt, dass man sie niemals finden würde.

Die sterblichen Überreste von Annalise hatten ja auch mehrere Jahrhunderte lang unentdeckt im Wald gelegen.

Gedankenverloren betrachtete er die Statue seines berühmten Vorfahren, nachdem er den Wagen geparkt hatte. „Hör mal zu, alter Junge. Wenn du wirklich vor meiner amerikanischen Freundin herumgeisterst, dann bitte ich dich hiermit mit allem Respekt, das bitte bleiben zu lassen.“ Kaum hatte er die Worte ausgesprochen, kam er sich selbst ein wenig albern vor.

Er stieg aus und ging hinüber zu Jonathans Büro. Der Constable erwartete ihn bereits ungeduldig.

„Meine Güte, wächst dir ein Bart am ganzen Körper, oder warum hast du so lange gebraucht?“ fragte er gereizt.

„Schon vergessen? Du hast mich aus dem Bett geholt. Aber jetzt bin ich ja hier“, beschwichtigte Bruce ihn. „Also, was gibt’s?“

Jonathan fuhr sich mit der Hand durch das sandfarbene Haar. „Vielleicht eine Menge. Vielleicht aber auch gar nichts. Das hier habe ich von einem Computerexperten von der Lothian-and-Borders-Polizei. Es könnte dich interessieren. Aber ich wollte es dir nicht in der Burg sagen.“

Stirnrunzelnd überflog Bruce den Bericht.

Die „Immobilienagentur“, die Toni und ihren Freunden die Burg vermietet hatte, verfügte über ein Postfach in Edinburgh. Aber die Website, auf der sein Eigentum angeboten worden war, stammte von einem Provider aus Glasgow.

Er schaute Jonathan an. „Dann sitzen unsere Gauner anscheinend im schönen Glasgow.“

Jonathan zog die Augenbrauen hoch. „Schau dir die nächste Akte an. Das ist noch nicht alles.“

Was darin stand, wusste Bruce bereits. Es ging um Thayer Frasers Vergangenheit. Er warf die Unterlagen auf den Schreibtisch zurück und verzog das Gesicht. „Jonathan, der Typ hat zwar ein paar dunkle Flecken auf der Weste, und eine Website sagt uns, dass der oder die Betrüger in Glasgow sitzen. Aber das reicht doch nicht aus, um den Jungen deswegen festzunehmen.“

„Ich weiß. Trotzdem ist es ziemlich merkwürdig. Dieser Knabe aus Glasgow, der in Schottland geboren und aufgewachsen ist, kreuzt hier mit einer Gruppe von Amerikanern auf und behauptet, er habe noch nie etwas von dir gehört oder gewusst, dass es einen MacNiall gibt, dem die Burg in Tillingham gehört.“

„Es ist nur eine kleine Burg.“

„Ach komm. Du willst ja nur deswegen nichts auf ihn kommen lassen, weil er mit dem Mädel verwandt ist. So ist es doch, oder?“

„Na ja, vielleicht hast du Recht“, gab Bruce zu.

„Nun, da ist noch etwas. Und dieses Etwas habe ich nicht auf legalem Weg bekommen. Der Kerl hat ein Bankkonto mit über hunderttausend Pfund."

„Es ist auch kein Verbrechen, Geld zu haben, Jonathan. Wie bist du denn an diese Information gekommen?"

Jonathan machte eine abwehrende Geste. „Das können wir, sollten wir vor Gericht gehen, sowieso nicht gegen ihn verwenden. Ich habe bei ein paar Banken angerufen und mich als Vertreter einer Auskunftei ausgegeben, die die Kreditwürdigkeit von potenziellen Kunden prüft."

„So, so."

Jonathan schüttelte den Kopf, schaute auf die Schreibtischplatte und wieder zu Bruce. „Du bist mein Freund, Bruce. Ich bin ein paar Risiken eingegangen. Mach selbst ein paar Anrufe, wenn du willst. Nein, so wie die Dinge liegen, kann ich den Knaben im Moment tatsächlich nicht festnehmen. Aber ich gehe mal davon aus, dass die Computerexperten noch mehr Informationen rüberschieben werden. Darüber wollte ich dich informieren. Verstehst du jetzt, warum ich dir das nicht in deiner Burg erzählen konnte?"

Bruce' Miene blieb ausdruckslos. Dann nickte er kurz. „Vielen Dank, Jonathan."

„Behalte das Familiensilber im Auge", riet Jonathan ihm. „Oder setz die Bande besser gleich vor die Tür. Du weißt, dass du das Recht dazu hast."

„Ja." Bruce stand auf. „Aber das werde ich nicht machen. Jedenfalls noch nicht. Denn wenn die Computerleute tatsächlich noch etwas finden, das wir gegen ihn verwenden können, wollen wir doch nicht, dass er uns durch die Lappen geht, oder? Solange er glaubt, seine Spuren verwischt zu haben, fühlt er sich sicher."

Jonathan pflichtete ihm bei. „Irgendwie war mir der Typ nie besonders sympathisch. Tut sich mit einer Hand voll skurriler Amerikaner zusammen, die sich anmaßen, den Leuten etwas über schottische Geschichte zu erzählen!"

Bruce musste lachen. „Aber sie haben ihre Sache gar nicht mal so schlecht gemacht."

„Der Kerl hat eine schwerwiegende Straftat begangen, Bruce, vergiss das nicht."

„Wenn er es denn tatsächlich getan haben sollte. Bisher haben wir keinerlei Beweise."

„Wie sonst sollte ein Taugenichts wie er, der in Pianobars herumklimpert, an so viel Geld kommen?"

„Jonathan, die Zeiten sind vorbei, als Leute nur auf Grund eines Verdachts am Galgen landeten. Auf jeden Fall danke ich dir dafür, dass du mir Bescheid gesagt hast. Jetzt heißt es erst einmal, abwarten und Tee trinken."

Er verließ das Revier und beschloss, Daniel Darrow einen weiteren Besuch abzustatten.

Am Empfang begrüßte ihn Rowenna. „Heute ist ein Team im Haus, das sich um die Knochen des alten Mädchens kümmert, Bruce. Die sind ganz fasziniert."

„Das alte Mädchen gehört zu meiner Familie, Rowenna", entgegnete er ein wenig pikiert.

„Entschuldige, Bruce. Ich wollte nicht respektlos sein."

„Das habe ich auch nicht von Ihnen erwartet. Also, dann sollten sie mir mal Blut abzapfen."

„Im Moment sind sie gerade mit irgendwelchen Apparaten zugange. Sie machen Magnetresonanzaufnahmen, ehe sie ihr Gewebeproben entnehmen, soweit das noch möglich ist nach Jahrhunderten. Möchten Sie warten?"

„Gerne."

Als er Platz nahm, fiel sein Blick auf die Schlagzeile der Tageszeitung. „Noch immer keine Spur von vermisster Frau." Er nahm die Zeitung zur Hand und überflog den Artikel. Er bestand zum größten Teil aus einer Zusammenfassung längst bekannter Tatsachen. Der Reporter erwähnte auch, dass einige der alten Fälle neu aufgerollt wurden. Ermittler, die sich mit ungeklärten Straftaten beschäftigten, waren bis ins Jahr 1977 zurückgegangen, um Parallelen zu jüngeren Verbrechen zu ziehen. Doch ehe er den Bericht zu Ende lesen konnte, betrat Rowenna das Zimmer.

„Sie können jetzt hineingehen, Bruce. Eine Frau Dr. Holmes aus Edinburgh ist bei Daniel. Sie ist Anthropologin, aber auch in der Lage, Ihnen Nadeln in die Venen zu stechen", verkündete Rowenna augenzwinkernd.

„Ich blute doch gerne für euch alle, Rowenna", sagte er, warf die Zeitung auf den Tisch und betrat das Labor.

„Jetzt schaut euch das bloß mal an!" rief David, als Toni in die Küche kam. Er hatte die Tageszeitung von Edinburgh in der Hand.

Sie warf einen Blick auf die Schlagzeile und sah zwischen David und Kevin hin und her. Die beiden waren allein in der Küche.

„Steht denn was Neues drin?" fragte sie.

„Na, lies doch", forderte Kevin sie auf.

Mit hochgezogenen Augenbrauen studierte sie den Artikel, während Kevin ihr eine Tasse Kaffee brachte. Geistesabwesend bedankte sie sich und versuchte herauszufinden, worüber die beiden so aufgeregt waren.

In dem Bericht ging es hauptsächlich um moderne Ermittlungsmethoden, mit deren Hilfe Verbrechen, die zum Teil Jahrzehnte alt waren, aufgeklärt werden konnten. So hatte zum Beispiel die Polizei von South Wales anhand neuer Verfahren endlich den Mörder von drei Mädchen gefasst, die 1973 getötet worden waren. Mit Hilfe des „genetischen Fingerabdrucks" waren ihm die Beamten doch noch auf dic Spur gckommcn.

Aber technischer Fortschritt war nicht alles. So standen einer Reihe von unaufgeklärten Straftaten Fälle gegenüber, die nur auf Grund von unermüdlicher Polizeiarbeit hatten gelöst werden können. Menschliches Einfühlungsvermögen und jahrelange Erfahrung waren mitunter eben doch der Technik überlegen.

Auch Lord Bruce MacNiall und seine Tätigkeit bei der Lothian-and-Borders-Polizeitruppe wurden erwähnt. In dem Bericht hieß es, er sei ein ausgesprochen fähiger Beamter gewesen, der zahlreiche Verbrechen aufgeklärt hatte, bei denen die Opfer auf besonders bestialische Art und Weise ums Leben gekommen waren. Erstaunt las Toni, dass ein Ehepaar diese brutalen Morde begangen hatte und dass die Täter nur überführt worden waren, weil ein Polizeibeamter sich von seinem sechsten Sinn hatte leiten lassen.

Sie blickte von der Zeitung auf und bemerkte die erwartungsvollen Blicke von David und Kevin.

„Dass er bei der Polizei war, wussten wir doch“, meinte sie.

„Hast du bis zum Schluss gelesen?“ fragte David.

„Jedenfalls das Meiste.“

Kevin seufzte. „Also nicht den letzten Absatz? Da, wo er seinen Chefs erzählt, wie er sich mit Haut und Haar in die Gedankenwelt des Mörders hineinversetzt hat? Wie er gedacht und sich verhalten hat wie der Täter?“

Ein wenig verständnislos sah sie die beiden an. „Tun das die Profiler beim FBI nicht auch, wenn sie in einem Fall ermitteln?“

„Ich finde das echt unheimlich.“

„David. Er war ein guter Polizist, der viel geleistet hat. Das steht doch in dem Artikel.“

„Und warum hat er dann gekündigt?“

„Keine Ahnung. Vielleicht hatte er keine Lust mehr, in die Haut von Serienmördern zu schlüpfen.“

„Oder …“, überlegte Kevin.

„Oder was?"

„Vielleicht waren deren Gedanken seinen eigenen auf Dauer zu ähnlich", mutmaßte David.

„Oh bitte!" Ärgerlich faltete Toni die Zeitung zusammen.

„Immerhin hat er damals doch die erste Leiche gefunden", gab Kevin zu bedenken.

„Und die zweite Tote ist schließlich auch hier im Wald entdeckt worden", fügte David hinzu.

„Ihr habt sie ja nicht mehr alle", sagte Toni zornig.

„Vielleicht." Viel sagend blickte David zu Kevin hinüber. „Aber hier im Dorf halten ihn alle für einen Helden, Toni. Ich meine, wenn er in irgendwelche krummen Dinger verwickelt wäre, würden ihn die Einheimischen sicher schützen. Möglicherweise merkt er ja selber gar nicht, dass er durchgeknallt ist."

Wütend schlug sie mit der Hand auf die Zeitung. „Wenn ich das richtig verstanden habe, hat er doch dafür gesorgt, dass keine weiteren Morde geschehen sind. Das war ein ganz schönes Stück Arbeit. Mein Gott, er hat ein *Ehepaar* überführt. Könnt ihr euch vorstellen, dass ein Mann und seine Frau gemeinsam junge Mädchen aufgabeln und umbringen?"

Genau in diesem Moment betraten Gina und Ryan die Küche. Beide waren ausgesprochen gut gelaunt.

„Einen wunderschönen guten Morgen allerseits", rief Ryan. Kaum hatte er sie begrüßt, merkte er die irritierten Blicke der anderen. Fragend schaute er sie an.

„Was ist denn hier los?" wollte Gina wissen.

„Wir haben gerade die Zeitung gelesen", antwortete Toni.

„Sieht ganz so aus, als hätte unser verehrter Gastgeber vor einiger Zeit mal eine Reihe von bestialischen Schwerverbrechern geschnappt", ergänzte Kevin.

„Ein Ehepaar wie tausende draußen rumlaufen."

Wütend wandte Gina sich an die drei. „Ihr schaut uns an, als ob allein schon die Tatsache, dass wir verheiratet sind, uns irgendwie zu Verbrechern macht."

„Mach dich nicht lächerlich", erwiderte Toni.

„Dieser Gedanke ist wirklich ziemlich weit hergeholt, Gina", sagte Ryan. „Genauso gut könntest du sagen, dass alle Schwule potenzielle Mörder sind."

„Aber sicher!" Kevin verzog das Gesicht. „Und glaubt man den Statistiken, sind ihre Opfer meistens auch Schwule."

Toni stöhnte. „Keine Bange, die Keystone Cops aus dem Dorf sind nicht hinter euch beiden her. Aber David und Kevin haben mir gerade zu verstehen gegeben, dass ich in Gegenwart von Bruce sehr vorsichtig sein muss."

„Ich habe nur laut nachgedacht, ob es gut ist, dass ihr zwei euch ... so nahe seid", sagte David mit einem Seufzer.

„Er meint, er findet es nicht gut, dass du jede Nacht mit ihm in die Kiste hüpfst", ergänzte Kevin.

„Ich habe immer gedacht, er ist der derjenige, der die Mörder gefangen hat?" wunderte Gina sich.

„Ist er ja auch", antworte Toni dickköpfig.

Gina betrachtete David und Kevin mit hochgezogenen Brauen. Sie waren eindeutig zu weit gegangen.

Abwehrend hob David die Hände. „Nun mal langsam. Was wissen wir denn schon wirklich über den Kerl?"

„Also", begann Toni. „Er ist reich, ihm gehört das halbe Dorf. Die Leute hier halten große Stücke auf ihn. Er hat bei der Polizei gearbeitet. Und er hat sich uns gegenüber sehr anständig verhalten. Schließlich hätte er uns alle vor die Tür setzen können."

David warf ihr einen mitleidigen Blick zu. „Meine liebe Toni", sagte er gönnerhaft, „wir wissen, dass du einen Narren an dem Typen gefressen hast. Aber beantworte mir doch bitte eine Frage:

Wenn er wirklich so reich ist, wieso wohnt er dann in einer dermaßen heruntergekommenen Burg?"

Sie seufzte. „Es ist doch idiotisch, sich solche Gedanken über den Mann zu machen. Okay, was den Zustand der Burg angeht, kann ich euch Folgendes zu erzählen. Er war mal mit einer Frau verlobt, die ganz vernarrt in dieses Gebäude war. Sie träumte davon, sie wieder herzurichten und zu einem Schmuckstück zu machen. Aber sie ist gestorben, und er war eine Zeit lang ziemlich am Ende. Deshalb hat er seinen Besitz verkommen lassen. Das ist wohl auch der Grund dafür, warum er sich häufig woanders aufhält und viel im Ausland unterwegs ist."

„Das hört sich … logisch an", gab Gina zu.

„Ist ja wirklich herzergreifend", meinte Ryan.

„He, ich finde, das klingt ziemlich gefühllos. Ich werde aus dem allem nicht schlau", protestierte David.

„Aber wie können wir wissen, was hier im Dorf wirklich abgeht – vor allem, wenn unser Gastgeber irgendwie damit zu tun hat?" überlegte Gina.

Kevin schaute erst David und dann Toni an. „Du musst zugeben, dass wir tatsächlich so gut wie keine Ahnung haben von dem, was hier los ist. Und vergiss nicht, dass dir der Typ mit einem Schwert in der Hand im Traum erscheint."

Wütend funkelte Toni ihn an. „Du … du Verräter. Was fällt dir ein, hier am Tisch Dinge herauszuposaunen, die ich dir im Vertrauen erzählt habe?"

„Ich habe überhaupt nichts herausposaunt. Na gut, Kevin habe ich davon erzählt. Aber nur, weil ich mir wirklich Sorgen um dich gemacht habe", verteidigte David sich.

Sie stöhnte.

„Ich habe nicht die leiseste Ahnung, wovon ihr eigentlich gerade redet", schaltete Gina sich ein.

Mit einem Klagelaut legte Toni den Kopf auf die Tischplatte.

„Vielleicht klärt uns mal jemand auf“, sagte Ryan.

Toni sah auf. Sie hatte nicht vor, David die Erklärungen zu überlassen. „Ich habe in den vergangenen Nächten ein paar Albträume gehabt, ziemlich realistische Albträume. In denen hat der Bruce aus den Erzählungen mit einem Schwert in der Hand am Fußende meines Bettes gestanden. Das war's.“ Toni durchbohrte David mit ihren Blicken. Wehe, er gab noch mehr Details aus ihrer Vergangenheit preis, als ohnehin bereits bekannt waren.

„Da habt ihr's ja“, meinte Kevin leise. „Thayer hat uns doch von der merkwürdigen alten Frau erzählt, die ihr kürzlich auf dem Friedhof getroffen habt.“

„Thayer redet viel, wenn der Tag lang ist“, murrte Toni.

„Ja, ich erinnere mich.“ Ryan schaute Gina an. „Weißt du noch? Er hat uns erzählt, wie er und Toni gerade Lizzie und Trish kennen gelernt hatten, und dann ist diese alte Vogelscheuche mit ihrem Sohn und ihrer Schwiegertochter aufgetaucht und hat etwas davon gebrabbelt, dass der historische Bruce aus seinem Grab gekommen ist und durch die Gegend läuft, um Mädchen aufzulauern und zu erwürgen, wie er es mit seiner eigenen Frau gemacht hat.“

„Blödsinn“, sagte Toni. „Wir wissen doch inzwischen, dass dieser Bruce seine Frau nicht umgebracht hat, sondern dass es einer seiner Gegner, Grayson Davis, war.“

„Aber nicht mit Gewissheit“, wandte David ein.

„Natürlich. Bevor er selbst hingerichtet wird, bittet er seine Henker um ein Halstuch, damit er sie vorher noch umbringen kann?“ fragte Toni sarkastisch.

„Vielleicht hat er das Tuch von seinem Feind gestohlen.“

Toni wedelte mit der Hand durch die Luft. „Das ist doch bescheuert“, rief sie aufgeregt, ja fast hysterisch. „Ich habe keine Lust, mir diesen Quatsch noch länger anzuhören!“

„Toni, es tut mir Leid, wirklich“, beruhigte David sie. „Ich mache mir einfach Sorgen um dich, das ist alles. Vielleicht solltest du ... besser nicht mehr mit ihm schlafen. Und wenn du schon Sex mit ihm haben musst, dann häng dich wenigstens emotional nicht allzu sehr rein. Jedenfalls solange nicht, bis wir mehr über ihn herausgefunden haben.“

Voller Empörung starrte sie ihren besten Freund an. Dann stürzte sie wutentbrannt aus der Küche.

Bruce hielt sich länger als beabsichtigt in Darrows Büro auf. Was dort geschah, war aber auch zu spannend. Ein ganzes Spezialistenteam war in Tillingham eingefallen und beschäftigte sich mit Annalises sterblichen Überresten. Die Männer und Frauen arbeiteten mit modernster Technik, und Bruce war total fasziniert vom Ergebnis ihrer Untersuchungen. Interessiert studierte er ein halbes Dutzend Computerbilder und schaute den Experten zu, wie sie winzige Gewebeproben von der Kehle der Leiche lösten. Die Wissenschaftler äußerten sich begeistert über die Qualität des Stoffes, und wieder erfüllte es Bruce mit Genugtuung, dass es nicht sein Vorfahr war, der seine Frau umgebracht hatte.

Erst gegen Nachmittag kehrte er zur Burg zurück. In der Küche arbeiteten David und Kevin an den Kostümen. Sie schauten auf, und ihr Blick erinnerte ihn an die Katze, die gerade den Kanarienvogel verspeist hatte. Als er sich erkundigte, ob etwas geschehen sei, verneinten sie seine Frage ein wenig zu schnell. Sie erzählten ihm, dass Ryan sich wohl um Wallace kümmerte und Gina in ihrem Zimmer saß und zusammenrechnete, wie viel sie noch verdienen mussten, um ihre Schulden abtragen zu können. Ehe sich die beiden Kreativen wieder ihrer Arbeit widmeten, teilten sie ihm noch beiläufig mit, dass sie Thayer und Toni schon seit Stunden nicht mehr gesehen hatten.

Oben war Toni auch nicht, deshalb lief er hinüber zu den Ställen. Shaunessy wieherte zur Begrüßung.

Er hörte ein kratzendes Geräusch über sich und trat eine paar Schritte zurück, um zu sehen, wer auf dem Heuboden war. Es war Eban, der dort die Bretter fegte.

„Ach, Lord MacNiall!"

Mit einem schiefen Grinsen warf der drollige kleine Mann den Besen beiseite und stieg die Leiter hinab. Er bewegte sich so behände und geschickt wie ein Äffchen, wobei er von der drittletzten Sprosse zu Boden sprang.

„Tag, Eban", sagte Bruce.

Eban lächelte koboldhaft. „Dem Rotschimmel geht's wieder gut. Hab ihn die ganze Zeit nicht aus den Augen gelassen."

„Vielen Dank, Eban."

„Ich glaub, hier geistert jemand rum."

„Wie bitte?"

„Manche Leute aus dem Dorf sagen ja, es ist Ihr Vorfahr. Sie wissen schon – *der* MacNiall."

Bruce holte tief Luft. „Eban! Die Toten geistern nicht umher", erklärte er geduldig.

„Es heißt auch, dass sie keine Pferde krank machen", murmelte Eban kopfschüttelnd. „Ist aber doch passiert. Jemand geistert herum, das ist ganz sicher."

Er legte dem Mann die Hand auf die Schulter. „Das sind Märchen, Eban. Nur Legenden. Gruselige Erzählungen für stürmische Nächte. Wenn der alte MacNiall tatsächlich aufkreuzen würde, dann müsste er doch sehr zufrieden damit sein, wie gut man sich um seine Burg kümmert, meinst du nicht?"

„So gut, wie Sie sich schon die ganzen Jahre über hätten um sie kümmern müssen."

„Ich weiß, ich weiß, Eban. Du hast ja Recht."

„Wissen Sie, dass sie ihn auch sieht? Ich bin nicht der Einzige, dem ihr Vorfahr erscheint, Lord MacNiall."

„Sie?"

Eban nickte bedeutungsvoll. „Das Mädchen aus Amerika. So einer wie ich kann das sofort sehen. Ich seh's an ihren Augen. Sie hat das zweite Gesicht."

„Eban, du weißt, dass ich an so etwas nicht glaube."

Eban grinste. „Glauben Sie mir. Was wahr ist, ist wahr. Auf jeden Fall wissen Sie nun, dass es dem Rotschimmel wieder gut geht. Ich pass jetzt auf ihn auf."

„Danke, Eban. Du machst deine Arbeit ausgezeichnet."

„Ach, Lord MacNiall. Wie in alten Zeiten. Sie haben mir ein Zuhause gegeben. Einen Ort, wo ich bleiben kann. Andere wären nicht so freundlich gewesen, das kann ich Ihnen sagen." Er trug noch immer das koboldhafte Grinsen im Gesicht, als er begann, die Leiter wieder hinaufzusteigen. „Ist wirklich wie in alten Zeiten. Ob man es mit eigenen Augen sehen kann oder nicht, es ist, wie es ist", sagte er kopfschüttelnd und verschwand so schnell wie er gekommen war, wieder auf dem Heuboden.

Ein Geräusch am Tor ließ Bruce herumfahren. Thayer betrat wie aus dem Nichts den Stall.

Unwillkürlich presste Bruce die Lippen zusammen und fühlte, wie er sich verspannte. Jonathan hatte er nichts von seinen Bedenken dem Mann gegenüber erwähnt, obwohl er sie von Anfang an gehabt hatte. Er glaubte nicht, dass er aus gekränkter Eitelkeit so reagierte – nur weil der Mann, der in Glasgow lebte, noch nie seinen Namen gehört oder von seiner Existenz gewusst hatte. Selbst wenn Thayer kaum etwas von dem mitbekam, was um ihn herum vorging, hätte er zumindest hellhörig werden müssen, als er den Namen der Burg erfuhr, die seine Freunde gemietet hatten.

„Sie sind zurück, Bruce."

„Richtig. Der Burgherr ist zurück auf der Burg."

Thayer sah aus, als sei ihm eine Laus über die Leber gelaufen. Offenbar hatte er nicht damit gerechnet, seinen Gastgeber hier zu finden. Er machte gute Miene zum bösen Spiel.

„Ich wollte nur mal nach dem Rotschimmel sehen", erklärte Thayer so beiläufig wie möglich.

„Er ist nicht hier. Ryan muss mit ihm ausgeritten sein. Aber es ist gut, dass ich Sie sehe. Ich habe Neuigkeiten. Sie sollten der Erste sein, der davon erfährt." Er wählte seine Worte sorgfältig, denn schließlich wollte er Thayer nicht zu viel verraten.

„Ach ja?" erwiderte Thayer misstrauisch. Er blieb am Tor stehen, um rasch verschwinden zu können, falls das notwendig wurde. Jeder Muskel seines Körpers war angespannt.

„Sie haben den Provider der Website herausbekommen, auf der die Burg angeboten wurde", sagte Bruce.

„Tatsächlich?"

Plötzlich wirkte sein Gegenüber sehr nervös.

„Er sitzt in Glasgow."

„Glasgow?"

Bruce nickte, ohne ihn aus den Augen zu lassen.

Thayer zuckte, um Gleichgültigkeit bemüht, mit den Schultern. „Nun, das würde ja einiges erklären."

„Was meinen Sie damit?"

„Na ja, es gab dort auch Anzeigen in den Zeitungen. Prospekte in einigen Pubs, auch Plakate an Bushaltestellen und Hausfassaden. Glaube ich jedenfalls."

„Ach ja?"

„Gott sei Dank. Hoffentlich finden sie den Kerl schnell", sagte Thayer, während er Bruce fest in die Augen sah.

Schauspieler. Sie sind allesamt Schauspieler, sagte Bruce sich.

Plötzlich runzelte Thayer die Stirn. „Ryan ist nicht mit dem

Pferd ausgeritten", sagte er. „Jedenfalls glaube ich das nicht. Ich habe ihn in seinem Zimmer gesehen, vor etwa zwanzig Minuten. Er hat gerade mit seiner Frau gesprochen."

„Aber das Pferd ist nicht hier im Stall", meinte Bruce, ebenfalls stirnrunzelnd. Dann überlegte er, dass Toni mit Wallace unterwegs sein konnte. Bei dem Gedanken befiel ihn seltsamerweise sofort eine unheilvolle Panik.

Auch Thayer schien aus irgendwelchen Gründen beunruhigt zu sein. „Toni!" meinte er.

„Ich werde sie suchen", sagte Bruce und lief so schnell er konnte zu Shaunessys Box.

Die Landschaft war einfach wunderschön, und Toni fragte sich, warum sie nicht schon früher ausgeritten war.

Einer der Vorteile, im ländlichen Maryland aufgewachsen zu sein, war das gescheckte Pony, das ihr Vater ihr gekauft zum achten Geburtstag hatte. Aber als sie wegen ihrer Arbeit in die Stadt gezogen war, musste sie den mittlerweile zweiundzwanzigjährigen Barto bei den Nachbarn zurücklassen. Für das Tier war es gut, er wurde kaum noch gesattelt, dafür geliebt wie ein in Ehren ergrauter Hund, und es fehlte ihm an nichts.

Sie hatte sich kaum noch um ihn kümmern können, und als sie nach Schottland ging, hatte sie ihn der Enkelin der Andersons geschenkt. Barto hatte einen sanftmütigen Charakter und war genau das Richtige für ein kleines Mädchen.

Wallace war ein feines Tier, kräftig genug, um Ryan in seiner Rüstung und mit seinem Schwert zu tragen, aber auch sehr geeignet für einen Ausflug in dieses herrliche, hügelige Gelände. Toni genoss es, den ruhigen Rhythmus des Pferdes zu spüren. Dass er so schnell wieder gesund geworden war, grenzte fast an ein Wunder. Er schien diesen Ausritt ebenfalls zu genießen.

In ihrem Zorn und ihrer Erregung hatte sie sich nicht damit aufgehalten, das Pferd zu satteln, sondern ihm nur das Zaumzeug angelegt. Sie wählte einen Pfad, der hügelabwärts führte. Meilenweit erstreckte sich die Landschaft vor ihr. Von jeder Anhöhe aus taten sich weite Täler vor ihr auf. Ein paar Schafe nahmen vor ihnen Reißaus, als sie vorbeigaloppierten. Nur die stoischen Kühe konnte nichts aus der Ruhe bringen.

Toni hatte keine Ahnung, wie lange sie schon unterwegs war, als sie plötzlich einen weißen Wagen mit der Aufschrift „Tillingham Constabulary" entdeckte, der an einem Zaun geparkt war. Neugierig ritt sie näher, und entdeckte Jonathan weit draußen im Feld. Es sah so aus, als sei er mit einem der Schafe beschäftigt.

Sie trieb Wallace an und trabte den sanften Hügel hinunter ins Tal, wo der Wagen stand. Als Jonathan das Pferd hörte, schaute er auf, ließ das Schaf los und wischte sich die Hände an seiner Uniformhose ab. Dann trat er zum Zaun und begrüßte sie fröhlich. „Schön, Sie zu sehen. Das ist die beste Art, die unsere Gegend zu erkunden", meinte er.

„Guten Tag. Ja, es ist wunderschön hier. Wie geht's Ihnen?"

„Ausgezeichnet, Miss Fraser. Und bei Ihnen ist auch alles in Ordnung? Ihre Freunde waren bei mir. Das wissen Sie sicher. Obwohl ich nicht die Möglichkeiten wie die Kollegen in der Großstadt habe, tun wir alles für Sie. Bei uns arbeiten nämlich auch ein paar Leute, die was von ihrem Job verstehen. Erst heute Morgen habe ich Bruce erzählt, dass sie den Herkunftsort der Website herausgefunden haben. Es ist Glasgow."

„Wirklich? Ich habe Bruce heute noch nicht gesehen. Glasgow", wiederholte sie nachdenklich. „Ich bin natürlich froh, dass sie so schnell fündig geworden sind, aber sie werden wahrscheinlich noch weitere Nachforschungen anstellen müssen, ehe sie jemanden festnehmen können."

„Tja, Glasgow.“ Sie hatte das Gefühl, dass er sie mit einem seltsamen Blick musterte. Was mochte das zu bedeuten haben?

„Es ist doch eine große Stadt“, murmelte sie.

„In der Tat.“ Noch immer starrte er sie so merkwürdig an.

„Entschuldigen Sie bitte, aber wollen Sie mir damit irgendetwas sagen?“ fragte sie verwirrt.

„Ihr Cousin ist aus Glasgow“, erinnerte er sie.

Sofort hatte sie das Gefühl, ihn verteidigen zu müssen. „Wie Sie bereits sagten – Glasgow ist eine große Stadt.“

War das irgendein Virus? Warum hackten heute alle auf den Leuten herum, die ihr etwas bedeuteten?

„Sie haben Recht. Es ist wirklich eine sehr große Stadt“, lenkte er ein. „Ich dachte mir nur, dass Sie gern die Wahrheit wüssten. Egal, wie die aussieht.“

„Natürlich wollen wir die Wahrheit wissen. Entschuldigen Sie, ich wollte nicht unhöflich sein. Aber allein die Tatsache, dass etwas aus Glasgow kommt, ist doch noch kein Grund, Thayer zu verdächtigen. Dann könnten Sie mir ja auch genauso gut die Schuld für etwas in die Schuhe schieben, das in der Umgebung von Washington passiert.“

„Washington ist größer als Glasgow“, meinte er mit einem verschmitzten Grinsen.

„Das ist immer noch kein Grund.“

„Sie haben immer noch Recht.“

„Danke. Vielen Dank.“

„Keine Ursache. Aber Recht und Gesetz sind nun mal mein Job, auch wenn es um Bereiche geht, die nicht gerade alltäglich sind. Hier in der Alten Welt haben wir auch fähige Polizisten, wissen Sie. Ich fühle mich ein bisschen mitverantwortlich für das, was Ihnen geschehen ist, wirklich. Ich hätte wissen müssen, dass er seine Burg niemals vermietet, und ich hätte es Ihnen sagen müssen, bevor Sie mit Ihrer Arbeit dort angefangen hatten. Aber er ist ja auch eine ganze Weile nicht zu Hause gewesen ... aber wie auch immer ... schließlich kann er ja mit seinem Eigentum machen, was er will."

„Ich bitte Sie! Sie brauchen sich keine Vorwürfe zu machen. Außerdem ist er ja sehr nett zu uns gewesen."

Jonathan schaute auf seine Schuhe. „Oh ja, der Bursche ist sehr ... großzügig, nicht wahr?" Er blickte wieder zu ihr hoch.

Sie nickte kurz, denn sie hatte keine Lust, das Thema zu vertiefen. „Sind das Ihre Schafe?"

„Ja, die gehören mir."

„Sie haben wirklich ein schönes Stück Land."

„Leider ist es nicht meins. Aber ich kann die Schafe hier weiden. Und jetzt wollte ich mal nachschauen, ob bei den Mädels und Jungs alles in Ordnung ist, nachdem ich erfahren habe, dass es Probleme mit dem Rotschimmel gegeben hat. Aber er sieht doch wieder ganz gut aus, oder?"

„Er ist wieder gesund. Der Tierarzt meinte, er hätte vielleicht irgendetwas Falsches gefressen. Wie ein kleiner Junge, der sich den Bauch mit Süßigkeiten voll gestopft hat. Aber er hat zum Glück alles gut überstanden."

„Ja, vielleicht hat er wirklich ... Na ja. Die Schafe sehen auch gesund aus. Dann will ich mal wieder zurück in die Stadt fahren."

„Es war nett, mit Ihnen zu plaudern", sagte Toni.

„Viel Spaß noch beim Reiten." Er winkte ihr zu und ging zu seinem Wagen. Toni führte Wallace einen Hügel hinauf. Er schien es kaum abwarten zu können weiterzugaloppieren.

Sie ließ ihm freien Lauf, während sie über das Gespräch mit dem Constable nachdachte. Einerseits schien er ja wirklich alle Hebel in Bewegung zu setzen, um ihnen zu helfen. Andererseits befürchtete er offenbar auch, dass ihre Anwesenheit ihm schaden konnte. Nur weil das Pferd der Fremden krank war, musste er seine Schafe kontrollieren? Seltsam!

Dann dachte sie an die absurde Diskussion, die sie mit den anderen in der Burg geführt hatte. Und an den Geist. Ein Geist, der immer wieder mal am Fußende ihres Bettes auftauchte! Eigentlich sollte er jetzt zufrieden sein.

Sie beugte sich tief über Wallace' muskulösen Hals und ließ den Wind durch ihr Haar streichen. Jetzt wollte sie einmal eine Weile nicht nachdenken.

Lange galoppierte sie so über die Hügel und durch die Täler. Plötzlich kam ihr der Gedanke, dass sie Wallace möglicherweise zu viel zumutete, obwohl er wieder gesund war. Immerhin hatten sie in der vergangenen Woche zweimal den Tierarzt rufen müssen. Sie tätschelte seinen Hals und ließ ihn langsamer werden. Als er stehen blieb, sprang sie ab und stellte sich vor ihn, um ihm in die Augen zu schauen.

Schnaubend schaute er sie an und nieste. Schaum aus seinem Maul flog ihr um die Ohren. „Wallace“, schalt sie ihn, „benimm dich gefälligst. Manchmal solltest du das mit Ryan machen. Aber ich bin doch deine Freundin. Glaube ich jedenfalls. Du brauchst einen Schluck Wasser. Lass uns schauen, dass wir bald etwas zu saufen für dich finden.“

Sie sah sich um und stellte irritiert fest, dass sie keine Ahnung hatte, wo sie sich befand. Wie konnte sie nur so die Orientierung verlieren! In der Ferne entdeckte sie zwar einige grasende Schafe, aber weit und breit waren weder Häuser noch Hütten zu sehen – nicht einmal eine Straße.

In der Nähe rauschte ein Bach. Zu ihrer Rechten, hinter einer Baumreihe und auf der anderen Seite des Pfades, erstreckte sich ein kleiner Kiefernwald, der zur Rast einlud. „Dann wollen wir mal das Wasser suchen, alter Knabe“, sagte sie und streichelte seine Nase.

Mit seinem großen Kopf stieß er gegen ihre Brust, als ob er ihre Worte verstanden hätte. Sie war davon überzeugt, dass er sie liebte.

Das Sonnenlicht fiel durch das dichte Laub und zeichnete bizarre Schatten auf den Boden. Der Pfad sah aus, als würde er häufig genutzt. Dennoch wurde ihr ein wenig unbehaglich zu Mute, als sie dem Geräusch des Wassers folgte.

„Das ist ja ein Ding. Jetzt sind wir beide doch wieder in den Wald hineingeraten!"

Na wenn schon. Was sollte denn passieren? So weit war sie schließlich gar nicht geritten. Sie brauchte sich nur an ihre Spur zu halten, um zurückzukommen. Kein Grund, in Panik zu geraten – noch nicht einmal, sich Sorgen zu machen. Wenn Wallace getrunken hatte, würde sie wieder umkehren. Doch als das Pferd den Kopf aus dem Fluss hob, setzte unvermittelt ein heftiger Regenschauer ein.

„So ein Mist!" schimpfte sie laut. Wallace schnaubte nur.

Normalerweise machte ihr Regen nichts aus. Aber die Luft war kühl, und sie hatte keine wetterfeste Jacke mitgenommen.

„Ich hätte damit rechnen müssen", sagte sie fast entschuldigend zu dem Pferd. Sie ärgerte sich über sich selbst, dass sie darauf nicht vorbereitet war. Weil sie so wütend gewesen war, hatte sie sich Hals über Kopf zu diesem Ausritt entschlossen und überhaupt nicht bedacht, dass sich das Wetter schlagartig ändern konnte.

Nach wenigen Sekunden war sie nass bis auf die Haut. Der Himmel, der sich eben noch hell und klar über sie erstreckt hatte, war nun grau und wolkenverhangen.

Sie würde den gleichen Weg zurückgehen, den sie gekommen war. Doch das war schwieriger, als sie gedacht hatte. Nach wenigen Metern verlor sie zwischen den Bäumen die Orientierung.

Sie schaute auf Wallace. Es wurde allmählich Zeit für seine Fütterung. Wenn sie ihm die Zügel hingab, würde er mit seinem Instinkt doch bestimmt nach Hause zurückfinden.

„Jetzt bist du gefragt, alter Knabe.“

Erst beim dritten Mal gelang es ihr aufzusitzen. Das liegt an der Feuchtigkeit, nicht an meiner Kondition, beruhigte sie sich. Inzwischen hatte der Regen ein wenig nachgelassen. Aber das graue Dämmerlicht blieb, und weiße Nebelschwaden zogen über den Boden. Die Szenerie war irgendwie … unheimlich.

„Unsinn!“ sagte sie laut. Doch sie spürte wieder die Augen – Augen, die sie von irgendwoher aus dem Wald beobachteten.

„Nach Hause, Wallace“, forderte sie das Pferd auf. Wenn sie laut redete, würde das unangenehme Gefühl vielleicht vorübergehen, das von ihr Besitz ergriffen hatte. Sie benahm sich lächerlich. Das waren doch nur Bäume! Bäume, Büsche, Unterholz, Blätter, das Geräusch fließenden Wassers …

Sie ließ die Zügel locker, doch Wallace rührte sich nicht einen Zentimeter von der Stelle.

„Du Verräter“, schalt sie ihn.

Wiehernd tänzelte er vor und zurück.

„Was für ein Pferd bist du denn? Du wirst doch wohl den Weg zurück zum Stall kennen!“

Die Augen … sie konnte sie in ihrem Rücken spüren.

„Na gut, vergiss es“, sagte sie und ergriff die Zügel energisch. Sie hatte keine Ahnung, wie lang der Rückweg war, aber sie hoffte, ihn ohne Schwierigkeiten finden zu können, wenn sie einfach nur dem Flusslauf folgte.

Das Wasser war ziemlich flach. Sie führte das Pferd mitten durch den Bach und wechselte zum Ufer, als er tiefer wurde. Dabei versuchte sie zu pfeifen, aber es wollte ihr nicht so recht gelingen. Obwohl sie sich befahl, nur ja nicht hysterisch zu werden, konnte sie nicht verhindern, dass die Panik allmählich in ihr hochkroch. Bilder tauchten vor ihrem inneren Auge auf. Das Bild eines Mannes, eines Kriegers, eines Royalisten. Er trug Rüstung und einen Kilt, und er sah schmutzig, müde und erschöpft aus ... In seiner Hand hielt er ein blutiges Schwert. Es war derselbe Mann, der vor ihrem Kamin gestanden, in die Flammen gestarrt und sie in die Krypta geführt hatte.

Gestern. Die Stimme am Telefon. Darcy Stone hatte sie als *Medium* bezeichnet.

Energisch schüttelte sie den Kopf. Nein, sie war kein Sprachrohr für entsetzliche Botschaften von Ereignissen, die sie weder ändern noch durchschauen konnte. Anders als die Frau am anderen Ende der Leitung verspürte sie überhaupt kein Verlangen nach einer Begegnung mit Geistern!

Sie biss sich auf die Unterlippe. Der Regen hatte aufgehört, aber vom Waldboden stiegen weiterhin Nebelschwaden empor. Sie war nass bis auf die Haut und fror erbärmlich. Und sie fühlte sich immer noch beobachtet. *Verfolgt.*

Jedes Mal, wenn sie sich zögernd umsah, bemerkte sie nichts. Der Wald war riesig. Hatte sie das nicht von vielen Leuten gehört? Sie warf einen Blick auf ihre Armbanduhr und versuchte sich einzureden, alles sei ganz normal. Ja, der Wald war wirklich sehr groß. Mittlerweile war sie dem Fluss schätzungsweise schon zwei Stunden gefolgt, und sie stellte fest, dass ihre Nervosität zunahm. Mehr noch: Sie durchlitt Todesängste.

Sie drehte sich um, legte die Hand auf den Rücken des Pferdes und versuchte, durch das dichte Laub und das Unterholz etwas zu erkennen. Eine Bewegung vielleicht. Aber alles, was sie sah, war eine undurchdringliche grüne Wand.

„Wir sollten uns ein bisschen beeilen, was meinst du?“ murmelte sie Wallace ins Ohr.

Sie trotteten weiter, und als sie sich nach einer Weile noch einmal umschaute, hatte sie das Gefühl, dass die Schatten, die sie zu verfolgen schienen, zurückgeblieben waren.

Schließlich hielt sie es nicht mehr aus. Vielleicht sollte sie im fliegenden Galopp zurückreiten – auch ohne Sattel. Wäre doch nicht schlecht gewesen, wenn ich einen mitgenommen hätte, überlegte sie. Aber dafür war es jetzt zu spät.

„Hü, Wallace“, befahl sie und nahm die Zügel auf. Nervös warf sie einen Blick über ihre Schulter. Wenn sie jetzt jemanden bemerkte, konnte sie die Knie zusammenpressen und in Windeseile davongaloppieren. Doch die zunehmende Dämmerung machte es ihr unmöglich, etwas zu erkennen.

Eine kurze Pause täte jetzt gut. Sie rutschte vom Rücken des Wallachs und zuckte zusammen, als sie schmerzhaft auf dem Boden aufkam. Dann lief sie ein paar Schritte, dehnte und streckte sich. „In dem Wald kann sich wohl ein ganzes Heer verstecken, und man würde Tage brauchen, es zu finden“, murmelte sie. Sie führte Wallace zu einer mächtigen Eiche, die auf einer kleinen, grasbewachsenen Anhöhe ein wenig abseits vom Fluss stand. Sie ließ sich zu Boden fallen, lehnte sich an den Baum und schalt sich wegen ihrer Dummheit.

„Wallace, du bist wirklich keine große Hilfe“, sagte sie.

Trotzdem war sie froh, das Pferd bei sich zu haben. Er schien ihre Verbindung zu Wirklichkeit und Normalität zu sein.

Müde schloss sie für eine Weile die Augen. Als sie sie wieder öffnete, hob Wallace den Kopf, schaute nach links und spitzte die Ohren. Das Pferd stand regungslos da, doch seine Flanken zitterten. Es schnaubte. Aufmerksam betrachtete sie das Tier. Seine Angst übertrug sich auf sie. Plötzlich ahnte sie, was es vorhatte, doch sie reagierte zu spät.

Noch einmal schnaubte Wallace, wie um ihr ein Signal zu geben. Dann machte er einen Satz nach vorne wie ein Zirkuspferd. Die Zügel, die sie nur locker fest hielt, entglitten sofort ihrer Hand. „Wallace!“ schrie sie ärgerlich und sprang auf. Sofort blieb sie wie vom Donner gerührt stehen. Schlagartig war ihr bewusst geworden, dass das Tier weggelaufen war, weil es sich vor irgendetwas fürchtete. Sie rührte sich nicht vom Fleck. Ganz deutlich spürte sie die Angst, die sich von Wallace auf sie übertragen hatte.

Sie lauschte atemlos. Das Getrappel der Hufe wurde leiser. Der Schrei eines Vogels ließ sie zusammenfahren. Und dann vernahm sie ein Rascheln.

Von weither drang der klagende Laut eines Dudelsacks an ihr Ohr, übertönt vom Knacken und Brechen der Äste und Zweige. Jemand hielt sich ganz in ihrer Nähe auf.

Wie um Schutz zu suchen, trat sie einen Schritt näher an die Eiche und spähte angestrengt durch das Gebüsch. Dann entdeckte sie die Gestalt – ein Mann mit einer dunklen Schottenmütze, der mit gesenktem Kopf Schritt für Schritt näher kam. Er trug eine alte, abgewetzte Wildlederjacke.

Reglos stand sie mit dem Rücken zur Eiche und wagte nicht zu atmen. Als der Mann stehen blieb, hätte sie vor Überraschung beinahe laut aufgeschrieen. Er rieb sich den Schmutz seiner Hände an der Hose ab und schaute sich um. Es war Eban.

Ruf ihn. Er wird dich nach Hause führen, sagte sie sich. Doch eine innere Stimme befahl ihr, still zu sein. *Was hatte er im Wald getan? Die Überreste eines Mädchens begraben? Waren seine Hände davon schmutzig geworden?*

Unsinn, schalt sie sich. Sie sollte sich hüten, ein vorschnelles Urteil zu fällen. Das wäre dumm und ungerecht.

Aber sie brachte kein Wort über die Lippen. Stocksteif und still verharrte sie an ihrem Standort. Erst als er im Unterholz verschwunden war, ohne sie zu bemerken, machte sie den nächsten Schritt. Sie folgte dem Fluss, und nach einer Minute wurde sie schneller. Dass Eban ihr begegnet war, ließ darauf schließen, dass die Burg schon ganz in der Nähe war.

„Toni!" hörte sie jemanden ihren Namen rufen. Mit lautem Knacken zerbrach ein Ast. Jemand suchte nach ihr im Wald.

„To-ni!"

„Hier!" rief sie zurück.

„Toni!"

Diesmal schien der Rufer hinter ihr zu sein. Aber als sie sich umsah, wurde ihr bewusst, dass die Stimme von überall her kommen konnte. Sie hatte vollkommen die Orientierung verloren. Sie begann zu laufen und watete mitten durch den Fluss, der an dieser Stelle ziemlich flach war. Wasser spritzte hoch, und nach wenigen Metern war sie erneut total durchnässt. Sie achtete nicht darauf.

„Hier bin ich!" rief sie wieder. Dann hielt sie erschrocken inne. In diesem Dämmerlicht konnte sie kaum etwas erkennen. Noch immer zogen Nebelschwaden dicht über dem Boden. Doch weiter vorne, vielleicht zehn Meter von ihr entfernt, schien etwas im Wasser zu liegen. Sie blinzelte, um besser sehen zu können.

Wieder hörte sie vor sich das krachende Bersten eines Astes.

Nein, das Geräusch kam von hinten.

Sie drehte sich um.

Dann sah sie den Ast.

Sie wollte weglaufen.

Stattdessen stürzte sie zu Boden. Ein stechender Schmerz schoss ihr durch den Kopf.

Nun nahm sie alles nur noch wie durch einen Nebel wahr.

Dann kam die Dunkelheit.

Und noch etwas Anderes …

Einer von Grayson Davis' Soldaten zog Annalise an den Haaren ins Unterholz. Sie war keine leichte Beute, denn sie wehrte sich mit Händen und Füßen.

Bruce zersprang schier das Herz, als sie zu Boden gestoßen wurde. Ein Schrei entrang sich ihren Lippen, als sie vor Davis auf den Knien lag. *Da ist sie ja, deine Gattin, Lord MacNiall. Voller Stolz, voller törichtem Stolz, genau wie du. Ihr habt wohl geglaubt, ihr könntet Zeit gewinnen, wenn ihr in den Wald flieht. Wie dumm von dir! Jetzt ist die Zeit gekommen, dass reiche Männer jämmerlich zu Grunde gehen und Helden sterben und mit ihnen die Legenden, die sich um sie ranken.*

Ihre Blicke trafen sich. Flehentlich sah er sie an, und stumm bat er sie um Verzeihung. *Tu, was immer er von dir verlangt. Du musst leben, hörst du? Der Tag der Rache wird kommen, an dem du wieder frei sein wirst ...*

Sie lächelte ihm zu und schüttelte leicht den Kopf.

„Annalise!" Jeder Vokal ihres Namens war ein verzweifelter Schmerzensschrei.

Grayson Davis baute sich vor ihm auf, packte Annalise bei den Ellbogen und zog sie zu sich hoch, bis sie ihm Aug in Aug gegenüberstand. „Ach, Annalise, der Moment der Wahrheit ist gekommen. Als Erstes wird es den Burgherrn treffen, der, während wir uns noch unterhalten, bereits halb tot ist und für den das Leben nur noch höllische Qualen bereithält. Sie können dich von diesem Schreckensort hier fortbringen, ehe wir beginnen. Du kannst dann auf mich warten." Sie sah Davis an, als wollte sie über seine Worte nachdenken. Gleichzeitig mischte sich in ihren Blick unerschrockener Stolz.

„Gehorche ihm, mein Engel", bat Bruce inständig. „Ich beschwöre dich bei Gott, gehorche ihm."

Nie war sie ihm schöner vorgekommen, stolzer oder würdevoller, obwohl ihre Kleider schmutzbedeckt waren, ihre Wangen zerkratzt, ihr Haar zerzaust.

Lange überlegte sie, ehe sie sich zu Bruce umwandte und ihm ein wehmütiges, sehnsüchtiges Lächeln schenkte.

„Vertrauen wir auf die Zeit, Liebster. Die Zeit wird der Gerechtigkeit Genüge tun.“ Dann spie sie Grayson Davis ins Gesicht.

Sein Fausthieb war hart. Wutentbrannt brüllte Bruce auf, aber es half ihm nichts. Die Wucht des Schlages ließ Annalise erneut zu Boden stürzen, doch sie ertrug die Schmach der Züchtigung hoch erhobenen Hauptes.

„Hure!“

Sie lächelte spöttisch, ohne den Blick von ihm zu wenden.

„Das Urteil ist gesprochen. Über dich und über ihn. Ihr beide seid des Todes!“

Sie schüttelte den Kopf. „Grayson, was seid Ihr doch für ein Narr. Es gibt einen viel mächtigeren Richter als Euch. Allein er kann über meinen Gemahl urteilen.“

„Doch nicht auf dieser Erde. Nicht auf dieser Erde. Ich habe dir die Wahl gelassen.“

„Auf Eure Wahl bin ich nicht angewiesen.“

„Annalise!“ schrie Bruce erneut.

Der herablassende Blick aus ihren Augen erzürnte Davis bis aufs Blut. Er nahm den Tartan von seinen Schultern und schlang ihn wutentbrannt um Annalises Hals. Ihren schlanken, feingliedrigen, wohl geformten Hals.

„Nein!“ MacNiall, zutiefst gedemütigt, kämpfte verbissen gegen die Soldaten, die ihn mit eisernem Griff umklammerten. Fast wäre es ihm gelungen, die Männer zu überwältigen. Hilflos musste er mit ansehen, wie sie keuchend nach Atem rang, würgte, zuckend zusammensank. Ihr stolzes, würdevolles Leben endete in einem brutalen Tod. Schließlich gelang es ihm doch noch, sich aus dem Griff der Feinde zu befreien. Er lief zu ihr, strauchelte in der schlammigen Erde, hätte beinahe ihren leblosen Körper erreicht.

Da traf ihn eine Streitaxt im Rücken.

Doch er war nicht tot. Nicht sofort. Er lebte noch lange genug um zu sehen, wie Grayson Davis seine Frau hochhob, die schlaff wie eine Stoffpuppe in seinen Armen lag. Und sie mit dem Gesicht nach unten in den Fluss warf. Schmerzerfüllt und voller Wut heulte er auf, während ihm das eigene Blut in die Augen floss.

„Dummköpfe! Wer hat die Axt nach ihm geworfen? Er darf noch nicht sterben!“ tobte Davis. Er ging zu Bruce, der mit ausgebreiteten Armen im Dreck lag, drehte ihn auf den Rücken, sodass die Klinge noch tiefer in seinen Rücken drang, und weidete sich an der Miene seines Erzfeindes, in der die Höllenqualen, die er litt, sich abzeichneten.

„Erst will ich ihn kastrieren lassen. Das soll er bei vollem Verstand erleben. Dann werden ihm die Eingeweide aus dem Leib gerissen und ins Feuer geworfen. Sollte er dann noch leben, werde ich ihm die Klinge, die besonders stumpf sein muss, ganz langsam tiefer ins Fleisch treiben. Und zum Schluss wird er geköpft.“

Mühsam schüttelte MacNiall den Kopf, ohne den Blick von Davis zu wenden. „Es ist gleichgültig, was Ihr anstellt, um mich zu töten. Ich bin bereits gestorben. Und dennoch werde ich leben, Davis, um Euren Untergang zu sehen, denn Ihr seid ab jetzt bis ans Ende aller Tage verflucht.“

„Schlagt ihm den Schädel ab“, tobte Davis.

Die scharfe Klinge fuhr auf den hünenhaften Krieger nieder und beendete gnädig seine Qualen.

Der mächtige MacNiall starrte in die Bäume, als das Blut ihm in die Augen floss und seinen Blick trübte. Doch in seinem Herzen und in seiner Seele war er bereits mit Annalise vereint.

16. KAPITEL

Bruce war bereits tief in den Wald hineingeritten, als er aus dem Unterholz ein lautes Knacken hörte.

„Toni?" rief er.

Das Geräusch, das aus einem dichten Gebüsch kam, wiederholte sich, und es hörte sich an, als nähere sich ihm jemand. Er nahm die Zügel an, während er versuchte, durch das dichte Blattwerk etwas zu erkennen. Das Laub raschelte, die Zweige teilten sich, und dann tauchte Wallace auf. Ohne seine Reiterin.

Schnell saß Bruce von Shaunessy ab und lief zu dem anderen Pferd hinüber. Auf seiner Nase war ein Kratzer, aber den hatte er sich wohl bei seinem Galopp quer durch den Wald zugezogen. Das Pferd wirkte verängstigt, schien aber ansonsten wohlauf zu sein.

„Hast du sie abgeworfen, alter Knabe? Hast du die arme Toni unterwegs abgeworfen?"

Er spähte in die Richtung, aus der das Pferd gekommen war. Möglicherweise lag Toni irgendwo da draußen, verletzt und bewusstlos. Wie lange mochte Wallace schon ohne sie unterwegs sein? Offensichtlich hatte sie in ihrer Verzweiflung versucht, sich am Flusslauf zu orientieren.

„Geh schon mal vor, alter Junge. Geh nach Hause." Mit der flachen Hand schlug er auf die Kruppe des Tieres.

Dann stieg er schnell wieder auf Shaunessy und schlug die Richtung ein, aus der Wallace gekommen war. Ein schmaler, kaum noch erkennbarer Trampelpfad führte ihn direkt ans Ufer des Flusses.

„Toni!"

Seine Panik wuchs. Er gab seinem Pferd die Sporen und ritt so schnell, wie es der unwegsame Pfad mit seinen aus dem Uferschlamm ragenden Gesteinsbrocken, abgestorbenen Ästen und dem glitschigen Untergrund erlaubte.

Über dem munter dahinplätschernden Wasser lagen dichte weiße Nebelschwaden. Er nahm die Zügel an und kniff die Augen zusammen. Bewegte sich da ein Schatten durch den milchigen Dunst? Ein Schatten, der wie ein Mensch aussah? Dann hörte er ein lang gezogenes Stöhnen.

„Toni!“

Er sprang von Shaunessy und eilte zu Fuß weiter durch den Nebel und das Wasser.

„Toni!“

Wieder vernahm er das leise Stöhnen. Und dann …

„Toni? Bruce?“

Verblüfft entdeckte er Thayer. Seine Enttäuschung und seine Sorge um Toni hielten sich die Waage. Was hatte Thayer hier zu suchen? Langsam lief Bruce weiter. „Hallo, Toni!“

Der Nebel wurde immer dichter, während er durch das unwegsame Flussbett watete.

Plötzlich sah er sie … genauso wie er die Leiche der jungen Frau gesehen hatte. Mit dem Gesicht nach unten lag sie im Wasser. Gras, Zweige und Wasserpflanzen hatten sich in ihren langen blonden Haaren verfangen.

Nein. Das sah er nicht wirklich. Das war nur die Erinnerung an einen bösen Traum.

„Toni!“ Laut schallte seine Stimme durch den Wald.

„Bruce?“

Ihre Stimme war ein kaum vernehmbares Wispern, übertönt vom Rauschen des Flusses.

„Wo bist du?“ rief er.

„Toni!“ Aus einer anderen Richtung hörte er Thayers Rufe.

Und dann sah er sie. Sie saß auf einem umgeknickten Ast und wischte sich die nassen Locken aus der Stirn. Ihrem Körper waren die Strapazen der letzten Stunden anzusehen.

Sie lag nicht mit dem Gesicht nach unten im Wasser. Sie saß aufrecht, sie lebte. Sie war ein wenig verstört, aber es ging ihr gut.

Erleichtert atmete er auf. Fast hätten seine Knie nachgegeben, und seine Stimme klang heiser. „Toni!"

Im selben Moment tauchte Thayer aus der anderen Richtung auf. Zuerst erblickte er Toni, dann Bruce, und wie vom Donner gerührt blieb er stehen.

„Toni!" keuchte er.

Unsicher erhob sie sich und verzog den Mund zu einem schwachen Lächeln. „Bruce!" Dann drehte sie sich zu Thayer um. „Thayer! Gott sei Dank. Bitte sagt jetzt nichts. Ich weiß, ich hätte nicht auf eigene Faust mit Wallace losziehen dürfen. Jemand hätte mit mir gehen müssen. Aber ich habe das nicht mit Absicht gemacht, wirklich nicht. Ich bin einfach nur über die Felder geritten und habe plötzlich die Orientierung verloren. Und dann hat es auch noch angefangen zu regnen, wie ihr sehen könnt", fügte sie hinzu. Sie deutete auf ihre feuchte Kleidung. „Ich glaube, ich hätte den Rückweg auch alleine gefunden, aber dann hat Wallace plötzlich beschlossen, alleine loszurennen. Als ich ihm nachlaufen wollte, bin ich gegen einen Ast gestoßen, und dann …" Sie schaute von einem zum anderen. „Ich bin so froh, dass ihr gekommen seid." Dankbar umarmte sie Thayer. Dann warf sie Bruce einen verunsicherten Blick zu.

Er kam einen Schritt näher, und sie flog in seine Arme. Ihr war kalt, und sie zitterte am ganzen Körper.

„Komm, wir gehen zurück." Er hielt sie auf Armeslänge von sich und musterte sie prüfend. Obwohl sie sich an ihn geschmiegt hatte, wirkte sie plötzlich distanziert.

„Ist wirklich alles in Ordnung?" fragte Bruce.

„Ist dir nichts passiert?" hakte Thayer nach.

Sie schaute von einem zum anderen, ohne etwas zu sagen.

„Oder hat dich das Pferd abgeworfen?“ wollte Bruce wissen.

„Wallace? Nein, er ist ein ganz Braver. Ich war abgestiegen, um mir ein wenig die Beine zu vertreten.“ Sie schnitt eine Grimasse. „Ich bin ziemlich lange nicht geritten. Und dann auch noch ohne Sattel! Ist er euch begegnet? Geht es ihm gut?“

„Ich bin sicher, dass er fast schon wieder zu Hause im Stall ist“, beruhigte Bruce sie.

„Das habe ich mir gedacht.“ Toni massierte sich die Schläfen. „Ich glaube, ich brauche ein Aspirin.“

„Lass uns zurückreiten“, sagte Bruce besorgt. „Komm, ich helfe dir auf Shaunessy.“

„Nein, nein, ist schon okay“, sagte sie mit einem Lächeln zu Thayer. „Wir können alle zurücklaufen.“

„Ich komme schon allein zurecht, Toni“, versicherte Thayer ihr. „Du bist ja nass bis auf die Haut.“

„Daran habe ich mich schon fast gewöhnt“, meinte sie selbstironisch. „Wir gehen gemeinsam zurück.“

Einen Moment lang hatte sie den Eindruck, als wollte Bruce ihr widersprechen oder sie sogar ohne weitere Diskussion auf Shaunessy hieven.

Das tat er natürlich nicht – vor allem auch deshalb, weil er vor Thayer nicht den Macho spielen wollte. Aber es widerstrebte ihm auch, ihn allein zurückzulassen. Am liebsten wäre er auf dem kürzesten Weg zur Burg zurückgekehrt. Toni war ihm merkwürdig vorgekommen, als er sie auf dem Ast hatte sitzen sehen. Außerdem schien sie schlimme Kopfschmerzen zu haben.

„Na gut“, sagte er schließlich. „Dann laufen wir eben gemeinsam zurück, und ich werde Shaunessy führen.“

Er zog seine Jacke aus und legte sie um ihre Schultern. Dankbar lächelte sie ihm zu.

„Es wird ziemlich schnell dunkel“, bemerkte sie.

„Und die Touristenbusse treffen auch bald ein“, sagte Thayer. Er musterte sie von Kopf bis Fuß. „Du solltest dich besser ausruhen. Gina kann heute Abend deinen Part übernehmen. Nachher erkältest du dich noch.“

„Es geht mir ausgezeichnet“, wehrte sie ab.

„Vielleicht hat er Recht“, meinte Bruce.

„Sollte sich mein Zustand dramatisch verschlechtern, kann Gina immer noch in mein Kostüm schlüpfen“, sagte sie scherzend. Dann sah sie Bruce an und fuhr fort: „Aber das wird nicht nötig sein, wenn ich erst mal ein heißes Schaumbad genommen habe.“

„Muss ich mir das wirklich anhören?“ fragte Thayer in komischer Verzweiflung.

Toni lachte. „Und ich dachte, ich hätte mich so diskret ausgedrückt.“ Sie stolperte über einen Ast, der quer über dem unwegsamen Pfad lag. Der heftige Regen hatte das Wasser des Flusses über die Ufer treten lassen und einige abgestorbene Wurzeln, die halb vom Schlamm bedeckt gewesen waren, freigespült.

„Meine Güte, was für eine Gegend“, staunte Thayer. „Der Wald sieht hier verdammt unheimlich aus.“

„Genau deshalb sollte man ihn auch meiden“, erklärte Bruce. „Ich habe mich übrigens gewundert, dass Sie Toni genauso schnell gefunden haben wie ich.“ Aufmerksam betrachtete er ihn, um zu sehen, wie er darauf reagierte.

„Ich mich auch. Ich habe nämlich geglaubt, dass ich mich verlaufen hätte.“ Er schob einen herunterhängenden Ast zur Seite und ließ den anderen den Vortritt.

„Wie schnell es hier dunkel wird“, wunderte Toni sich. „Ich bin euch beiden echt dankbar, dass ihr mich gesucht und gefunden habt. Wahrscheinlich hätte ich's auch alleine geschafft, aber ich bin schon froh, hier jetzt nicht alleine zu sein.“

„Was du nicht sagst, liebe Cousine“, neckte Thayer sie.

Kurz darauf hatten sie den Wald hinter sich gelassen und standen am Fuß des Hügels, auf dem die Burg lag. Die anderen warteten schon besorgt beim Stall. Ryan hielt Wallace am Zügel fest.

„Toni!" Erleichtert kam Gina ihnen entgegengelaufen und umarmte ihre Freundin. Sofort ließ sie sie wieder los. „Um Himmels willen, du bist ja klatschnass!"

Ryan folgte seiner Frau und nahm Toni ebenfalls in den Arm. „Was hast du denn mit Wallace gemacht?" fragte er.

„Was ich mit ihm gemacht habe? Frag lieber, was er mit mir gemacht hat. Er hat mich im Stich gelassen!"

Ryan schaute von ihr zu dem Pferd. „Wallace! Schäm dich!" Er warf Bruce einen Blick zu, ehe er sich wieder an Toni wandte. „Aber jetzt mal ehrlich. Was ist passiert?"

„Ich habe mich nur ein bisschen verlaufen. Und jetzt ist wieder alles in Ordnung."

David und Kevin hatten sich den anderen angeschlossen und musterten Toni besorgt.

„Ich mache dir einen Tee", erbot sich Kevin.

„Am besten mit einem Schuss Hochprozentigem zum Aufwärmen", sagte David.

„In einer Stunde kommen die Besucher", erinnerte Gina sie, wieder ganz Geschäftsfrau, nachdem Toni gesund zurückgekehrt war. „Wir müssen uns ein bisschen beeilen." Sie warf Bruce einen Blick zu und schluckte. „Bruce, werden Sie auch heute mitmachen?"

„Wer könnte den alten MacNiall besser verkörpern?" fragte er mit betont schottischem Akzent zurück.

„Ich gehe nach oben", sagte Toni. Wieder warf sie ihm einen Blick zu, der eher eine Aufforderung war. Würde er ihr folgen?

Zweifellos.

Wie aufs Stichwort tauchte Eban an der Stalltür auf. „Soll ich Shaunessy für den großen Auftritt vorbereiten?"

„Gerne, Eban, vielen Dank."

„Und ich werde dich nach all dem Aufruhr ein bisschen striegeln, Wallace", sagte Ryan.

Bruce wandte sich zum Gehen. Er spürte die Blicke der anderen in seinem Rücken, als er die Burg betrat.

Toni saß in der Wanne und genoss das heiße Wasser. Nach dem stundenlangen Herumirren in der Kälte war es eine Wohltat. Aber in ihrem Kopf überstürzten sich die Gedanken. Es ist einfach zu viel geschehen in den letzten Tagen, versuchte sie sich zu beruhigen. Da kann man schon mal die Nerven verlieren.

So sehr sie sich auch bemühte, sich an die Vorkommnisse im Wald zu erinnern – ihr wollte beim besten Willen nicht mehr einfallen, was geschehen war. Irgendetwas hatte sie am Kopf getroffen. Als sie nach einer ganzen Weile wieder klar denken konnte, hatte sie sich eingeredet, gegen einen Ast gestoßen zu sein.

Doch war das wirklich so gewesen? Den Schlag hatte sie nämlich gespürt, kurz nachdem sie etwas entdeckt hatte. Etwas, das sich vor ihr im Wasser befand. Es war nicht mehr da gewesen, als sie sich auf den Ast gesetzt hatte, und sie hatte es auch nicht mehr gesehen, als sie den Weg zurückgegangen waren.

Wie lange mochte sie bewusstlos gewesen sein? Sekunden, Minuten – oder länger? Wie hatte das passieren können? Kurz vor ihrem Blackout hatte sie ein Bild vor Augen gehabt – eine Szene aus der Vergangenheit, die im Wald zu neuem Leben erwacht war. Sie hatte Annalise auf den Knien gesehen. Bruce rief etwas, er war außer sich, und hatte sehr besorgt gewirkt.

Bei dieser Vision hatte sie selbst laut aufgeschrieen – genauso, wie sie es getan hatte, als sie ein kleines Mädchen war. Doch dann hatte sie zu Gott gebetet, es nicht mehr sehen zu müssen – nicht Zeugin der Hinrichtung werden zu müssen …

Sie hatte mit einem Fuß im Wasser, mit dem anderen am Ufer gestanden, und der Kopf hatte gedroht, ihr zu zerspringen. Als sie wieder einigermaßen klar denken konnte, hatte sie auf dem Ast gesessen und die Stimmen von Bruce und Thayer gehört, die ihren Namen riefen. Und der Wald war so wie immer gewesen – mächtige Bäume, ein Teppich aus Tannennadeln, der munter sprudelnde Bach.

„Ich werde allmählich verrückt“, flüsterte sie. Sie erinnerte sich an die beängstigende Frauenstimme am Telefon. *Medium. Sie sind ein erstaunliches Medium.*

Nein!

Sie wusste natürlich, dass man die Wahrheit nicht dadurch ändern konnte, dass man sie einfach nicht zur Kenntnis nahm. Sie hatte ihre Erlebnisse jahrelang verdrängt. Niemals hätte sie mehr damit gerechnet, noch einmal diese unendliche Angst zu verspüren. Würde sie besser damit fertig werden können, wenn sie es einfach als gegeben akzeptierte?

Ich habe schon mit vielen Geistern gesprochen, hatte die Frau am Telefon ihr gesagt.

Es klopfte, und die Tür wurde geöffnet. Bruce betrat das Bad. Sein rabenschwarzes Haar war feucht, sein Gesichtsausdruck wirkte wie in Stein gemeißelt. Das Kinn hatte er energisch vorgestreckt, und seine schiefergrauen Augen musterten sie besorgt. Für den Bruchteil einer Sekunde sah sie den historischen Bruce MacNiall inmitten einer Baumgruppe, sah die Tapferkeit, den unbändigen Zorn … und die unverbrüchliche Liebe zu seiner Annalise in seinem Blick.

Sie nagte an ihrer Unterlippe, während sie ihn betrachtete. Die Temperatur des Wassers war nichts im Vergleich zu der Hitze, die sie empfand, als sie seine Nähe spürte. Langsam erhob sie sich, stieg aus der Wanne und ging, tropfnass, wie sie war, langsam auf seinen stattlichen Körper zu.

„Liebes, das muss ein ganz schrecklicher Tag für dich gewesen sein … der Wald … die Kälte …“

„Dann sorg dafür, dass er wenigstens schön endet“, flüsterte sie voll Leidenschaft.

Er neigte den Kopf zur Seite. „Uns bleibt nicht viel Zeit.“

„Machen wir das Beste daraus.“

Er schlang die Arme um sie und hielt sie fest an sich gepresst. Dabei konnte sie sich des Eindrucks nicht erwehren, dass eine Veränderung mit ihm vorgegangen war. Gleichzeitig hatte sie das Gefühl, als ob er wartete … als ob er darauf wartete zu erfahren, was sie wirklich brauchte.

Und dann gab er es ihr – alles, was sie wollte. Sie ließ sich fallen, dachte nicht an ihre Sorgen, ihre Ängste und Visionen. Seine Haut, seine Hitze, seine Erregung – das war die Wirklichkeit. Seine Hände und Lippen auf ihrer Haut versetzten sie in einen köstlich-sinnlichen Taumel. Am liebsten wäre sie in ihn hineingekrochen, denn sie konnte ihm nicht nahe genug sein. Und endlich erlebten sie die Momente der gemeinsamen Ekstase, das Schweben über den Wolken, den Blick ins Paradies.

Der Mann neben ihr war aus Fleisch und Blut.

Er streichelte ihr übers Haar und zog sie näher zu sich.

„Ist dir jetzt nicht mehr kalt?“

„An deiner Seite ist mir niemals kalt.“

„Es ist zwar nicht meine Show – aber die Busse treffen gleich ein“, erinnerte er sie.

„Ich weiß.“ Doch sie rührte sich nicht. Lag ihm etwas auf dem Herzen, wollte er ihr etwas sagen? Sie wartete auf eine Regung, doch er blieb stumm.

Deshalb sprach sie weiter.

„Heute habe ich gesehen, was passiert ist … damals, vor vielen Jahrhunderten. Ich habe es im Wald gesehen.“

„Was?“ In seiner Erregung rutschte er unwillkürlich ein paar Zentimeter von ihr weg.

Sie stützte sich auf einen Ellbogen und sah ihm in die Augen. „Ich hatte gar nicht vor, in den Wald zu gehen, wirklich nicht. Ich war selber sauer auf mich, weil ich mich verirrt hatte, aber ich war davon überzeugt, dass ich den Rückweg finden würde. Doch dann hat das treulose Pferd vor etwas gescheut und ist davongelaufen. Trotzdem habe ich mir noch keine Sorgen gemacht. Dann habe ich geglaubt, deine Stimme zu hören, oder vielleicht war es auch die von Thayer. Auf jeden Fall habe ich mich umgedreht und muss gegen einen Ast geprallt sein. Ich habe Sterne gesehen, und dann ist mir schwarz vor Augen geworden. Und dann – ich weiß, das klingt verrückt, aber ich erzähl's dir trotzdem – war mir auf einmal, als sei ich irgendwo in der Vergangenheit. Bruce, es war vollkommen real. Da waren all diese Männer, eine ganze Meute, und sie hatten deinen Vorfahren festgenommen. Als Nächstes haben sie Annalise an den Haaren über die Erde geschleift, und der Typ hat sie stranguliert – vor Bruce' Augen! Er konnte sich befreien, aber jemand hat ihn mit einer Streitaxt in den Rücken getroffen, und er stürzte zu Boden. Sie wollten noch andere Dinge mit ihm machen, aber dann habe ich deine Stimme gehört.“

Er sah sie an, als habe sie den Verstand verloren. *Nun ja, was hatte sie erwartet?*

„Du hast dir also den Kopf gestoßen!“

Sie seufzte. „Bruce …“

„Ein Schlag auf deinen Kopf, und du hattest einen Traum.“

„Nein! So war es nicht.“

„Ich habe gesehen, dass du dich verletzt hast. Du hast dir an die Stirn gefasst, als ich dich gefunden habe“, sagte er nachdenklich, während er ihre Wange streichelte. Dann drehte er ihren Kopf vorsichtig zu sich, um nach einer Wunde zu suchen.

„Bruce … bitte glaub mir, ich sage die Wahrheit“

„Mein Urahn ist kein Geist oder eine Erscheinung, die auf der Suche nach Opfern den Wald unsicher macht“, sagte er.

„Das habe ich nie behauptet …“

„Toni, du hast geträumt, das ist alles.“

Sie drehte sich um und stand auf, um in ihr Zimmer zu gehen.

Er folgte ihr. „Toni! Sei nicht sauer auf mich. Ich versuche doch bloß, dir zu helfen“, beschwor er sie.

Sie wollte die Badezimmertür zuschlagen, doch dann überlegte sie es sich noch einmal anders.

„Entschuldige“, sagte sie kühl. „Wolltest du zuerst ins Bad?“

„Ich will, dass du mir zuhörst“, antwortete er. „Toni, nur mal angenommen … da war ein Geist. Wir wissen alle, dass die Ereignisse von damals sehr tragisch waren. Gut, er hat dich zu einem Grab geführt. Er möchte, dass Annalise dort beerdigt wird. Also werden wir es auch tun. Ich war heute bei der Autopsie dabei und habe klar und deutlich gesagt, dass ich sie zurückhaben will, falls meine Blutprobe unsere Verwandtschaft beweist. Sie kommt in das Grab neben MacNiall. Warum also sollte dieser Geist dich noch länger belästigen?“

„Er hat mich nicht belästigt. Er hat mir doch nur gezeigt, was vor Jahrhunderten geschehen ist.“

„Warum?“

„Damit wir die Wahrheit wissen. Damit wir wissen, was damals wirklich passiert ist.“

„Die Wahrheit ist ziemlich offensichtlich, seitdem sie das Wappen auf dem Stoff entdeckt haben.“

„Vielleicht wollte er, dass die ganze Geschichte bekannt wurde. Bruce! Mir hat es beinahe das Herz zerrissen. Es hat ihm nichts ausgemacht, als sie ihm mit dem Tod gedroht haben. Er hat nur gesagt, dass er sowieso schon gestorben sei, weil sie seine Annalise umgebracht hatten. Und er hat noch von Rache gesprochen, obwohl er schon so gut wie tot war."

„Tote Männer können sich nicht rächen, Toni."

„Bruce, versteh doch endlich – ich war froh, dass ich das gesehen habe. Jedenfalls hatte ich in diesem Moment da draußen im Wald überhaupt keine Angst."

„In dem verfluchten Wald solltest du aber Angst haben. Irgendjemand – und es ist ganz bestimmt kein Geist! – tötet Frauen und verscharrt sie dort! Toni, du hast eine sehr lebhafte Fantasie ..."

„Weißt du was?" fiel sie ihm ins Wort. „Du hast Recht. Es wird höchste Zeit. Du kannst bei der Vorstellung mitmachen oder nicht, das ist deine freie Entscheidung. Aber ich bin der Gruppe etwas schuldig. Und deshalb muss ich mich jetzt anziehen."

„Toni ..."

„Wenn du dich über mich lustig machen willst oder mir meine lebhafte Fantasie vorhältst oder dass ich allmählich durchdrehe oder was auch immer, kannst du das auch noch später tun. Jetzt müssen wir uns fertig machen. Ich frage dich also noch mal: Willst du zuerst ins Bad? Es ist schließlich deine verdammte Burg und dein verdammtes Badezimmer."

Statt einer Antwort knallte er ihr die Tür vor der Nase zu.

Toni zuckte zusammen. Dann stapfte sie wütend in die Duschkabine, drehte den Hahn auf und ließ das heiße Wasser über ihren Körper strömen. *Niemals! Niemals würde sie irgendeinem Menschen noch einmal von ihren Erlebnissen erzählen!*

Auch an diesem Abend waren zahlreiche Besucher in die Burg gekommen. Voller Erstaunen nahm Bruce, der draußen mit Shaunessy auf seinen großen Auftritt wartete, die Ankunft der Busse zur Kenntnis. Er hätte es nicht für möglich gehalten, dass die Leute für ein historisches Spektakel Schlange stehen und auch noch Eintrittsgeld bezahlen würden. Aber offenbar waren sie ganz erpicht auf Mittelalter und Entertainment.

Es verursachte ihm immer noch ein unbehagliches Gefühl. Aber das empfand er ja schon seit langem, wenn es um die Burg und den Wald ging.

Shaunessy scharrte mit den Hufen, als habe auch er Lampenfieber und sei froh, wenn die Show endlich vorbei wäre.

„Hallo!" Ryan kam mit Wallace aus dem Stall. „Ich glaube, wir haben es Ihnen schon mal gesagt, aber ich finde es verdammt anständig von Ihnen, dass Sie uns das hier tun lassen und dann auch noch selbst einspringen." Er räusperte sich. „Vielleicht sollten wir mit Ihnen einen Vertrag abschließen. Ich meine, bis jetzt haben Sie noch kein Geld bekommen, also schulden wir Ihnen einiges. Aber wir können Sie erst bezahlen, wenn wir selber etwas verdient haben. Und das tun wir ja momentan. Gina wollte mit Ihnen schon darüber sprechen, aber bis jetzt hatte sie noch keine Gelegenheit." Er lächelte verlegen.

Bruce konnte Ryans Gefühle nachempfinden. Ja, er half ihnen. Aber die Burg war immer noch sein Eigentum. Und er hätte seine Meinung jederzeit ändern können.

„Ich glaube, wir werden uns schon einig", versprach er Ryan.

Ryan seufzte erleichtert auf. „Gott sei Dank. Wenn Sie nämlich auch nur das leiseste das Gefühl hätten, dass wir uns Ihnen aufdrängen, beziehungsweise uns hier einfach so einnisten ... also, der Gedanke wäre mir unerträglich."

„Machen Sie sich keine Sorgen."

„Prima." Wieder holte Ryan tief Luft. „Ich bin heilfroh, dass der alte Wallace alles gut überstanden hat. Wenn das Geld, das wir in die Burg investiert haben, verloren wäre, und dann auch noch das Pferd Probleme gemacht hätte ... na ja, da hätte man fast das Gefühl haben können, irgendjemand da draußen habe etwas gegen uns."

„In der Tat, ja", murmelte Bruce geistesabwesend.

Eine weiße Flagge wurde durch die Tür gesteckt.

„Mein Zeichen", sagte Bruce.

„Dann toi, toi, toi", feuerte Ryan ihn an.

Bruce ritt los.

Der Grat zwischen Schauspielerei und Wahrheit ist ziemlich schmal, überlegte er, während er in der Rolle seines Vorfahren wutentbrannt die Treppe hinaufstürmte. Annalises Sätze waren aufrichtig und ihre Bitten so flehentlich, dass man wieder eine Stecknadel hätte fallen hören konnte, so gebannt lauschten die Zuschauer. Doch der Blick in Tonis Augen belehrte ihn eines Besseren. Sie war immer noch wütend. Plötzlich hatte er das Gefühl, als laste ein schweres Gewicht auf seinen Schultern. Die Geschichten über seinen Urahn reichten ihm allmählich. Er wollte nichts mehr davon hören. Diesen Erzählungen war es schließlich zuzuschreiben, dass der Unsinn über Bruce MacNiall, der im Wald umhergeisterte, wieder wilde Blüten trieb. Und da er seinem Vorfahren offenbar wie aus dem Gesicht geschnitten war, begegnete er immer wieder abergläubischen Leuten, die allen Ernstes behaupteten, die Sünden seiner längst verstorbenen Familienmitglieder würden durch ihn zu neuem Leben erweckt.

Dabei war sie gar nicht untreu gewesen. Und der alte MacNiall hatte sie auch nicht umgebracht.

Während er Toni in die Augen sah und ganz in seiner Rolle aufging, fragte er sich, ob es wohl tatsächlich so gewesen war. Hatte auch Annalise seinerzeit ihren Mann aus solch blauen Augen angesehen – gleichermaßen verlockend und verärgert?

Jetzt hatte Ryan seinen Auftritt, und sie begannen ihren Scheinkampf. Kurz darauf begab sich die Besuchergruppe in die Küche. Zutiefst befriedigt reichte Ryan Bruce die Hand. „Wir waren verdammt gut. Und wir haben immer noch keine einzige Probe gehabt. Nicht wahr, Toni?“ Auffordernd blickte er hinauf zur Treppe, wo sie stand. „Wir waren doch phänomenal?“

„Absolut“, erwiderte sie. Plötzlich hatte sie es auffallend eilig, in die Küche zu kommen. „Die Zuschauer waren heute Abend auch toll. Ich will den Jungs rasch ein bisschen helfen.“ Und damit lief sie die Treppe hinunter.

„Ist sie etwa sauer auf Sie?“ fragte Ryan verwundert.

Bruce zuckte mit den Schultern. „Das ist Ihnen aufgefallen?“

Ryan grinste. „Ich kenne doch Toni. Eigentlich habe ich gedacht, *Sie* seien wütend auf sie. Weil sie wieder in den Wald gegangen ist, meine ich.“ Aufmerksam sah er Bruce an.

„Nun ja, immerhin sind dort die Leichen von zwei jungen Frauen gefunden worden“, erinnerte Bruce ihn.

„Drei, wenn Sie Ihre Urahnin mitrechnen. Sie ist ja auch ermordet worden. Aber wahrscheinlich gibt es dort jede Menge Leichen, wenn man bedenkt, was sich hier im Laufe der Jahrhunderte alles abgespielt hat. Meine Güte, entschuldigen Sie bitte. Ich hoffe natürlich, dass dort nicht noch mehr Tote gefunden werden.“

„Tja, das hoffe ich auch. Und jetzt kümmere ich mich um Shaunessy. Danach gehe ich ins Bett. Sagen Sie den anderen Gute Nacht von mir, ja?“

„Klar. Und nochmals vielen Dank.“

Bruce beeilte sich, Shaunessy in den Stall zu bringen und in sein Zimmer zu kommen. Den Besuchern wollte er auf keinen Fall über den Weg laufen, denn er verspürte nicht die geringste Lust auf Smalltalk mit Fremden.

In seinem Zimmer machte er Feuer im Kamin, zog sich aus und legte sich ins Bett. Die Hände hinter dem Kopf verschränkt, beobachtete er, wie die Scheite in Flammen aufgingen.

Sollte er klein beigeben? Sollte er ihr gestehen, dass er selbst bereits solche Visionen gehabt hatte und dass alles nicht so tragisch sei? Zum Teufel, nein! Schließlich hatte er nie einen seiner Vorfahren in der Burg herumgeistern sehen.

Sie war zu leicht zu beeinflussen. Das war gefährlich. Schlimme Dinge waren passiert, wirklich schlimme Dinge. Ryans Worte gingen ihm durch den Kopf – *es ist so, als hätte es jemand auf uns alle abgesehen* – und dann das Gespräch, das er am Morgen mit Jonathan Tavish geführt hatte.

Glasgow. Alles hatte in Glasgow begonnen. Und Thayer stammte aus Glasgow. Er war auch im Wald gewesen. Wollte er Toni finden? Oder nur dafür sorgen, dass er, Bruce, jemanden – oder etwas – nicht fand?

Toni war das sympathische Paar in der Besuchergruppe sofort aufgefallen. Die Frau hätte das Titelblatt eines Modemagazins schmücken können, und der hoch gewachsene Mann sah auf attraktive Weise verwegen aus – der Typ, der in einem Western auftritt und am Schluss die bedrängte Heldin rettet und heiratet. Obwohl sie das ganze Besucherprogramm folgsam mitmachten, hatte Toni schnell den Eindruck, dass es sich bei den beiden nicht um typische Touristen handelte.

Deshalb überraschte es sie auch nicht, als die Frau Toni, die froh war, Bruce und Ryan entkommen zu sein, an der Treppe abfing und in ein Gespräch verwickelte.

„Toni!“

„Wenn Sie mich bitte entschuldigen wollen – ich bin heute unglücklich gestürzt und habe schreckliche Kopfschmerzen. Aber meine Kollegen werden sich sicher gerne um Sie kümmern“, sagte Toni, ohne stehen zu bleiben.

„Ich bin Darcy“, sagte die Frau.

„Darcy?“ Kaum hatte Toni den Namen ausgesprochen, fiel es ihr wie Schuppen von den Augen. Bestürzt blieb sie stehen.

„Darcy Stone. Wir haben miteinander telefoniert …“

„Ich weiß, wer Sie sind.“ Verärgert schüttelte sie den Kopf. „Ich habe Ihnen doch gesagt, dass Sie nicht kommen sollen.“ Sie schaute sich befangen um. Gott sei Dank war niemand in der Nähe. Es fehlte ihr gerade noch, dass Bruce glaubte, sie wolle Geisterjäger in seine Burg holen!

„Ich weiß. Aber machen Sie sich bitte keine Sorgen. Von uns wird niemand erfahren, wer wir sind.“

„Wir?“ Toni war entsetzt.

„Mein Mann und ich.“

„Hören Sie, Sie haben bestimmt viele Unannehmlichkeiten auf sich genommen und sich in große Unkosten gestürzt, um hierher zu kommen, aber ich kann … Sie können nicht hier bleiben! Völlig ausgeschlossen!“

„Wir haben ein kleines Ferienhaus im Dorf gemietet. Adam hat selbst versucht, Sie zu erreichen, aber irgendwie hat es mit der Verbindung nie geklappt. Er würde gerne persönlich mit Ihnen sprechen. Außerdem befürchtet er, dass es sich wirklich um eine ernste Angelegenheit handelt, da Sie ihn kontaktiert haben. Deshalb sind wir jetzt hier. Und so schlimm war die Reise über den großen Teich nun auch wieder nicht. Wir sind übrigens erst heute Morgen angekommen.“

Sie sprach mit einem entwaffnend freundlichen Lächeln und benahm sich ganz natürlich – überhaupt nicht wie ein Supermodel, für das Toni sie beim ersten Anblick gehalten hatte.

„An diesem Ort gibt es eine Erscheinung“, sagte sie jetzt.

Toni erstarrte.

„Sie sollten mit jemandem darüber reden.“

„Hier und jetzt kann ich nicht mit Ihnen sprechen.“

„Ich verstehe. Wir müssen jetzt auch gehen. Es ist schon spät. Wollen wir uns in den nächsten Tagen irgendwo treffen?“

Jeden Moment konnten die Touristen aus der Küche strömen. „Morgen zum Mittagessen?“ schlug Toni vor. „Im Dorf gibt es einen Pub, am Fuß des Hügels. Sie können ihn nicht verfehlen. Wollen wir uns dort um ein Uhr treffen? Wenn uns jemand sieht, werde ich erzählen, dass Sie eine Bekannte aus Amerika sind.“

„Kein Problem“, sagte Darcy lächelnd. Sie warf einen Blick über ihre Schulter. Offenbar rechnete auch sie damit, jede Sekunde in ihrer Unterhaltung gestört zu werden. „Bitte versetzen Sie mich aber nicht. Das wäre sehr schade. Ich glaube nämlich wirklich, dass ich Ihnen helfen kann.“

„Ich werde kommen“, versicherte Toni. „Aber wenn …“

„Gute Nacht“, unterbrach die Frau sie.

Ihr Mann kam als Erster zurück in die Eingangshalle. Er warf seiner Frau einen fragenden Blick zu, und sie nickte unmerklich. Der Mann lächelte Toni kurz zu, legte den Arm um die Schultern seiner Frau und ging mit ihr zum Portal.

So schnell sie konnte eilte Toni die Treppe hinauf. Vor Bruce’ Tür zögerte sie. Sie war diejenige, die allen Grund hatte, wütend zu sein. Deshalb entschloss sie sich, zunächst in ihr eigenes Zimmer zu gehen. Als sie ein paar Mal an die Badezimmertür klopfte, erhielt sie keine Antwort. Und die Tür zu seinem Zimmer war fest verschlossen.

Sie putzte die Zähne, wusch ihr Gesicht und streifte das Nachthemd über. Erneut zögerte sie. Sie war hin und her gerissen. Natürlich hätte sie einfach an seine Tür klopfen können, aber was, wenn er jetzt sauer auf sie war?

Entschlossen ging sie in ihr Zimmer und schlüpfte unter die Bettdecke. Dann bekam sie es plötzlich mit der Angst zu tun. Wenn ihr nun heute Nacht wieder der alte Bruce mit seinem blutigen Schwert erschien? Wieder der Wald vor Schmerzensschreien hallte? Wieder die standhafte Annalise von Grayson Davis erwürgt würde?

Die Antwort lag auf der Hand. Sie würde jetzt schlafen und erst morgen Früh wieder die Augen öffnen.

Doch sie fand keinen Schlaf. Sie wünschte sich, Bruce käme aus dem Nebenzimmer und würde ihr Gesellschaft leisten. Endlich schlummerte sie ein.

Unvermittelt wachte sie auf. Nur nicht die Augen öffnen, befahl sie sich. Aber es gelang ihr nicht, sie geschlossen zu halten.

Sie stieß einen Seufzer der Erleichterung aus. Das Zimmer war leer. Trotzdem herrschte eine merkwürdige Atmosphäre im Raum. War es Traurigkeit?

Sie setzte sich auf und erinnerte sich daran, dass ihre Angst verflogen war, nachdem ihr der nächtliche Besucher aus der Vergangenheit alles gezeigt hatte.

Und obwohl sie ihn jetzt nicht sehen konnte, spürte sie ihn doch zumindest. Allerdings hätte sie es im Moment nicht ertragen, ihm leibhaftig zu begegnen.

Sie stand auf, ging ins Bad und blieb zögernd vor Bruce' Tür stehen. Dann öffnete sie sie, trat ins Zimmer und stellte sich ans Fußende seines Bettes. Es dauerte eine Weile, bis sich ihre Augen an die Dunkelheit gewöhnt hatten. Unsicher nagte sie an ihrer Unterlippe. Wahrscheinlich schlief er tief und fest. Sollte sie es wagen, einfach neben ihn unter die Decke zu kriechen?

„Willst du zu mir?"

Erschrocken fuhr sie zusammen, als sie seine sonore Stimme in der Dunkelheit vernahm.

„Also was ist? Kommst du zu mir, oder willst du die Nacht vor meinem Bett verbringen, um mich anzuschauen?"

„Ich komme zu dir", sagte sie. Sie klang schüchtern und unsicher wie ein junges Mädchen.

Sie schlüpfte unter die Decke, und er nahm sie in die Arme.

„Toni …" Er schien sehr erleichtert zu sein.

„Nein, sag jetzt nichts! Bitte sag nichts."

„Toni, ich ..."

„Bitte!" wiederholte sie energisch.

„Wie du willst", flüsterte er. Auch er klang merkwürdig unsicher. Und das passte gar nicht zu der Art und Weise, wie er sie in seinen Armen hielt.

17. KAPITEL

Das Ehepaar saß bereits an einem Tisch im Pub, als Toni eintraf. Die zierliche blonde Frau stellte sie ihrem Ehemann vor. Er hieß Matt. Toni setzte sich zu ihnen. Die drei wirkten tatsächlich wie Amerikaner, die sich zufällig im Ausland kennen gelernt hatten und einander auf Anhieb sympathisch waren.

„Sie sind also Toni", sagte der Mann. Trotz seines freundlichen Lächelns wusste sie noch nicht so recht, wie sie ihn einschätzen sollte. Sie war auf der Hut.

„Haben Sie Queen Varina auch gesehen?" fragte sie ihn.

Er zuckte mit den Schultern und warf seiner Frau ein schiefes Grinsen zu. „Selbstverständlich. Ich bin schließlich Südstaatler mit Leib und Seele", meinte er.

„Waren Sie mit Adam in der Vorstellung?"

„Ja", erwiderte der Mann.

„Adam hat viel von Ihnen erzählt", sagte Darcy.

„Das habe ich mir gedacht", murmelte Toni.

„Als er dann nach und nach herausgefunden hat, dass es sich um diese Burg handelt und der Besitzer Lord Bruce MacNiall ist …", berichtete Darcy weiter.

„Moment mal", fiel Toni ihr ins Wort. „Heißt das etwa, dass Adam Bruce MacNiall ebenfalls kennt?" Ihre Stimme klang mit einem Mal schneidend scharf.

Matt Stone legte den Kopf schräg. Toni sah, dass die Kellnerin an ihren Tisch getreten war. „Ich nehme auch ein Bier." Sie deutete auf die Gläser, die vor den beiden anderen standen.

„Das Lamm ist heute zu empfehlen", sagte die Kellnerin mit einem freundlichen Lächeln. „Und das Hühnchen ist auch gut."

Alle drei entschieden sich für Geflügel, und die Bedienung verschwand in Richtung Küche.

„Adam kennt Bruce?" wiederholte Toni ihre Frage.

Wieder neigte Matt den Kopf, denn die Kellnerin brachte Tonis Bier. Mit seinem weichen, kultivierten Virginia-Akzent wäre er eine interessante Alternative zu James Bond, überlegte Toni.

„Wollen Sie mir jetzt antworten?" fragte Toni, nachdem sie sich bei der Kellnerin bedankt hatte.

Darcy lächelte. „Persönlich kennt er ihn nicht. Aber er hat von Bruce MacNiall gehört. Er hat ihn mal eine Zeit lang beobachtet. Bruce' Name taucht nämlich auch in unserer Liste auf."

Toni schaute die beiden bestürzt an. „Er steht in Ihrer Liste? Das klingt ja wie Big Brother!"

Darcy schüttelte den Kopf. „Offenbar habe ich ein wunderbares Talent, mich missverständlich auszudrücken", meinte sie zu ihrem Mann, der ihr beschwichtigend zulächelte. Sie wandte sich erneut an Toni. „Es ist nicht so, wie Sie glauben. Adam ist der verständnisvollste und umsichtigste Mensch, den ich kenne. Er hat von gewissen Geschichten gehört, die sich die Leute hier in der Gegend erzählen. Irgendwann tauchte da auch der Name MacNiall auf. Nun ja, Sie wissen, wie sehr Adam sich für solche Dinge interessiert. Deshalb hat er mit seinen Nachforschungen begonnen. Immerhin gehört er zu den Begabtesten seines Fachs. Die meisten Leute, die über diese Fähigkeit verfügen – ich denke, hier nennt man es ‚das zweite Gesicht', anderswo heißt es ‚Gabe', und für viele ist es bloß ein Fluch –, wie man es auch bezeichnet: die meisten Menschen, die dieses Talent besitzen, fürchten sich davor. Und sie wollen es um keinen Preis nutzen."

Toni holte tief Luft, sagte aber nichts.

„So wie Sie zum Beispiel", fuhr Darcy fort. „Kein Kind kommt damit klar, wenn es Dinge im Traum sieht, die sich dann tatsächlich ereignen oder ereignet haben. Adam hat erzählt, dass Sie sich vollkommen zurückgezogen hätten, aber einen unheimlich starken Willen besäßen, sodass Sie alle Erlebnisse verarbeiten und vergessen konnten. Er hat allerdings auch immer das Gefühl gehabt, dass Sie sich eines Tages bei ihm melden würden."

„Was ich ja auch getan habe", murmelte Toni.

„Wollen Sie uns denn nun die ganze Geschichte erzählen, Miss Fraser?" fragte Matt.

„Gleich." Toni war immer noch auf der Hut. „Was haben Sie da eben von Bruce erzählt? Und was ist das für eine mysteriöse Liste, auf der er steht?"

Matt beugte sich vor und senkte seine Stimme. „Es hat hier vor Jahren einen Fall gegeben ..."

„Ja, das habe ich auch vor kurzem erfahren. Er ist Polizist gewesen, und er hat einen Serienmörder gefasst. Das heißt wohl, dass er ein fähiger Polizist war."

„Er war sogar ausgezeichnet. Und er hat sich einfach die Methode von Profilern zu Eigen gemacht."

Toni nickte und sah ihn erwartungsvoll an. „Und weiter?"

„Damals sind ein paar Zeitungsartikel erschienen, die Adams Interesse geweckt haben", erläuterte Darcy. „Offenbar ist es MacNiall gelungen, genau wie dieser Mann zu *denken.*"

Toni runzelte die Stirn. Sie war noch immer skeptisch. „Da müssen ja eine Menge fähige Polizisten auf dieser Liste stehen."

„So ist es", bestätigte Darcy.

Matt lächelte. „Ihrem Blick nach zu urteilen halten Sie uns wohl immer noch für übergeschnappt. Vergessen Sie doch mal Ihre Vorurteile. Egal, was Sie uns für eine Geschichte erzählen – wir halten Sie ganz bestimmt nicht für verrückt. Und vielleicht können wir Ihnen ja wirklich helfen."

Sie fuhr mit dem Finger über den Rand ihres Glases. Inzwischen hatte sie sich sogar an das lauwarme Bier gewöhnt. Die schummerige Atmosphäre des Pubs beruhigte ihre Nerven.

„Sollte Bruce diese Gabe tatsächlich besitzen, dann hat er es bisher immer abgestritten.“ Sie hoffte, dass sie weder verbittert noch ärgerlich klang. “Er glaubt, dass es Albträume sind oder dass ich mir den Kopf gestoßen habe ... alles Mögliche eben. Nur nicht, dass ich tatsächlich einen Geist gesehen habe.“

Matt schnitt eine Grimasse. „Männer geben eben nicht gerne zu, dass sie Geistererscheinungen haben“, meinte er mit einer wegwerfenden Handbewegung.

„Ich glaube auch nicht, dass er diesen hier sehen kann“, meinte Toni in spitzem Ton.

„Die Leute nehmen solche Erscheinungen auf unterschiedliche Weise wahr. Ich denke mir, damals als Polizist war er so versessen darauf, den oder die Mörder zu fangen, dass er plötzlich Fähigkeiten in sich entdeckte, die er eigentlich gar nicht wahrhaben wollte“, erklärte Darcy.

„Und er wird sich auch bestimmt nicht mehr zu ihnen bekennen“, meinte Toni.

„Man kann nie wissen“, erwiderte Darcy. „Aber bitte ... erzählen Sie uns mehr.“

„Nun ja, im Moment gibt es hier ein sehr aktuelles Problem. Ein Serienkiller treibt sich in der Gegend herum. Er holt sich Prostituierte aus den Großstädten, tötet sie und versteckt die Leichen in den umliegenden Wäldern.“

„Das wissen wir bereits“, sagte Matt.

„Erzählen Sie uns mehr von dem Geist“, forderte Darcy sie auf. „Gibt es etwas Neues, seitdem wir telefoniert haben?“

Mit hochgezogenen Augenbrauen betrachtete Toni die Frau. „Es ist tatsächlich etwas passiert. Gestern Nachmittag, kurz vor unserer Vorstellung.“

„Unsere Vorspeise kommt“, warnte Matt. Sein verschwörerischer Ton wirkte in diesem Moment übertrieben.

Toni wartete, bis die Teller vor ihnen standen. Sie war selbst überrascht, wie leicht es ihr auf einmal fiel, über die Ereignisse der letzten Zeit zu reden.

„In der Regel wollen Geister den Lebenden unbedingt etwas mitteilen", sagte Darcy, als Toni mit ihrem Bericht zu Ende war.

„Das habe ich mir auch gedacht", sagte Toni. „Ich kann es sogar verstehen. Tatsache ist, dass er seine Frau nicht umgebracht hat, aber Legenden und Spekulationen haben die Fakten verdrängt. Jetzt ist Annalise gefunden worden. Wenn die DNA-Tests ergeben, dass es sich wirklich um ihre Überreste handeln, wird sie in der Krypta der Burg beerdigt – neben ihrem Ehemann. Damit wäre sein Wunsch in Erfüllung gegangen. Wenn sie dort erst mal ihre letzte Ruhe gefunden hat, sollte der Geist doch zufrieden sein und nicht mehr auftauchen, oder?"

„Eigentlich schon", meinte Darcy.

„Es sei denn …", murmelte Matt.

„Was?" fragte Toni gespannt.

Darcy stieß einen leisen Seufzer aus. „Offenbar quält ihn noch etwas anderes. Wenn Sie wirklich wollen, dass er seinen Frieden findet, müssen Sie herausbekommen, was es ist."

„Wir bekommen Gesellschaft, meine Damen", sagte Matt plötzlich mit unterdrückter Stimme.

Toni drehte sich um. Bruce und Jonathan Tavish betraten den Pub. Beide sahen ziemlich missgelaunt aus. Aus irgendeinem Grund fühlte Toni sich sofort schuldig, obwohl sie überhaupt keine Veranlassung dazu hatte.

Als Bruce sie erblickte, steuerte er auf ihren Tisch zu.

Sie versuchte, ganz unbefangen zu klingen. „Hallo."

„Guten Tag", sagte er mit einem Blick auf das Paar, das ihr gegenüber saß. „Sie beide habe ich doch gestern Abend gesehen, nicht wahr? Sie waren in der Vorstellung."

„Ja. Ist das nicht ein Zufall?“ verkündete Toni fröhlich. „Matt und Darcy Stone, vor Ihnen steht der gegenwärtige Lord MacNiall. Bruce, das sind Matt und Darcy.“

„Angenehm. Jonathan Tavish, unser Constable“, stellte Bruce ihn vor. Jonathan begrüßte die anderen.

„Kennen Sie sich aus Amerika?“ fragte Jonathan. Toni hatte den Eindruck, dass er misstrauisch klang.

„Toni konnte sich nicht mehr an uns erinnern, bis ich sie gestern darauf angesprochen habe“, erklärte Darcy leichthin. „Matts Familie wohnt im Norden von Virginia, und deshalb fahren wir oft nach Washington ins Theater. Dort haben wir auch Toni in einer Aufführung von Queen Varina gesehen. Jetzt bleiben wir ein paar Wochen in diesem reizenden Ort, und da habe ich sie gebeten, zusammen mit uns zu essen.“

Nicht ein einziges Wort davon ist gelogen, stellte Toni insgeheim bewundernd fest.

„Dann sind Sie also für eine Weile Gäste in unserer kleinen Stadt“, meinte Jonathan verbindlich.

„Es gefällt mir hier sehr gut“, sagte Matt.

„Wir haben das Cameron Cottage gemietet“, ergänzte Darcy.

„Aber lassen Sie sich bitte nicht beim Essen stören, wie unhöflich von mir“, sagte Bruce.

„Setzen Sie sich doch zu uns“, lud Matt die beiden ein.

„Vielen Dank, wir haben etwas Geschäftliches zu besprechen“, sagte Jonathan. „Deshalb möchte ich Sie bitten, uns zu entschuldigen. Vielleicht ein anderes Mal?“

„Gern“, erwiderte Darcy höflich.

„Sieht ganz so aus, als ob die Burg für ein belebtes Mittagsgeschäft sorgt“, murmelte Bruce.

Toni drehte sich in ihrem Stuhl um. Überrascht stellte sie fest, dass ein paar Tische weiter Thayer mit Lizzie und Trish saß. Und in einer anderen Ecke des Pubs ließen sich Kevin, David, Ryan und Gina offensichtlich das Lamm schmecken.

„Hab ich's dir nicht gesagt? Es ist gut fürs Geschäft", sagte Jonathan zu Bruce.

„Offenbar", antwortete Bruce. „Wenn Sie uns jetzt bitte entschuldigen wollen. Wir sagen den anderen noch Guten Tag und werden dann auch etwas essen."

Mit einer Handbewegung verabschiedete er sich. Die Kellnerin schien ihn und Jonathan gut zu kennen, denn sie rief ihnen zu, dass ihr „üblicher" Tisch für sie reserviert sei.

„Da wären wir ja mal wieder alle versammelt", murmelte Toni, als er gegangen war.

„Fantastisch. Ich freue mich schon sehr darauf, mit ihnen allen zu reden. Du doch bestimmt auch, Darcy?" Erwartungsvoll sah er zu seiner Frau hinüber.

„Aber sicher", bestätigte sie.

Den ganzen Tag und auch vor der Vorstellung erwähnte Bruce Toni gegenüber ihr Treffen im Pub mit keinem Wort.

Nachdem er Shaunessy im Stall versorgt hatte, ging er in sein Zimmer, machte ein Feuer im Kamin – und wartete.

Schließlich kam Toni zu ihm.

„Was ist los?" fragte sie.

„Das sind also Freunde aus Amerika?" fragte er betont gleichgültig. „Interessant."

„Ja", erwiderte sie vorsichtig. „Nun ja, eher Bekannte."

„Du hast tatsächlich eine Parapsychologin angerufen?"

„Wie bitte?" Die Frage stand ihr ins Gesicht geschrieben: Woher wusste er das denn?

„Die Welt ist klein, und das Dorf noch kleiner", meinte er schließlich, um ihrer Verwirrung ein Ende zu setzen. „Jonathan hat recherchiert und dabei ganz erstaunliche Dinge herausgefunden, die ich gar nicht glauben mag."

„Jonathan hat recherchiert?"

„Reisepässe", klärte er sie auf. „Ihr seid schließlich alles Ausländer. Und da jeder bei der Einreise per Computer erfasst wird ... na ja, auf diese Weise kann man fast alles herausfinden."

„Ich habe keine Parapsychologin angerufen und hergebeten", verteidigte Toni sich.

„Wirklich nicht?"

„Na gut, ich habe mit ihr gesprochen. Eigentlich wollte ich gar nicht mit ihr, sondern mit jemand anderem reden. Und ... und dann stand sie plötzlich mit ihrem Mann vor mir."

„Wollt ihr die Vorstellung jetzt um eine Geisterbeschwörung erweitern?" fragte er ironisch. Fieberhaft suchte sie nach einer Erklärung. Natürlich hatte sie die Frau angerufen!

„Ich finde deinen Sarkasmus ... widerlich." Zornbebend sah sie ihn an. Er hatte sie sozusagen kalt erwischt. Der Blick ihrer saphirblauen Augen war anklagend. Auf einmal war sie wieder Annalise in ihrem weißen Gewand. Plötzlich hatte er das Gefühl, dies alles schon einmal erlebt zu haben. *Annalise muss ihr sehr ähnlich gewesen sein – schlank, blondes Haar, das ihr über die Schultern fiel, und diese Augen ...*

Er vertrieb den Gedanken aus seinem Kopf. Es ärgerte ihn, dass sie so sehr von der Existenz eines Geistes überzeugt war. In seiner Burg spukte es nicht! Obwohl es ihn freute, dass sein Urahn von jeglicher Schuld freigesprochen worden war, wollte er sein Heim nicht in einen Rummelplatz für gespensterbesessene Touristen und Reporter verwandeln, die seine Familie in Fernsehsendungen wie „Akte X" lächerlich machten oder im Reisekanal Ausflugstipps für Geisterjäger gaben. Natürlich war er stolz auf seine Familiengeschichte – aber das ging dann doch zu weit!

„Es ist immer noch mein Besitz", sagte er kühl. „Und ich dulde hier weder Séancen noch Frauen, die in Glaskugeln lesen. Und ich will auch nicht, dass hier ein Disneyland für Historienfreaks entsteht. Hast du mich verstanden?"

„Ja, das habe ich", erwiderte sie ebenso kühl. „Aber du brauchst dir keine Sorgen zu machen. Und den andern keine Vorwürfe. Ich werde dafür sorgen, dass Darcy und ihr Mann nie mehr einen Fuß über deine Schwelle setzen. Eigentlich sind sie hergekommen, um zu helfen. Doch du brauchst ja keine Hilfe, nicht wahr? Schließlich warst du ja mal ein begabter Polizist. Dein Freund ist Constable, und ein anderer ist Detective. Warum um alles in der Welt solltest du also Hilfe von jemandem in Anspruch nehmen, der möglicherweise die Würde dieses Ortes beflecken könnte. Aber wenn du nur einen Funken Verständnis für mich hättest und mir nur einmal glauben würdest, was ich dir erzähle, müssten wir dieses Gespräch überhaupt nicht führen. Doch wie ich schon sagte, du brauchst dir keine Sorgen zu machen. Ich werde in deiner Gegenwart – oder in der deiner Vorfahren – nie mehr das Wort *Geist* in den Mund nehmen. Mach doch mit den sterblichen Überresten von Annalise, was du willst! Verkaufe sie an ein Museum, scher dich einen Teufel um die Geschichte – was immer du willst! Du hast keinen Grund, wütend zu sein, weil du nämlich nichts verstehst!"

„Sie waren schon hier, nicht wahr?" fragte er.

„Ja. Aber ich habe sie nicht eingeladen. Tatsächlich habe ich sie sogar gebeten, nicht zu kommen. Wir wissen genau, dass wir es nur deiner Großzügigkeit zu verdanken haben, wenn wir noch hier sein dürfen." Sie klang jetzt ausgesprochen sarkastisch. „Ich weiß überhaupt nicht, warum ich mich so aufrege. Offenbar glaubst du ja doch kein Wort von dem, was ich sage."

„Sollte ich dir denn glauben?" fragte er. „Aus welchem Grund denn? Ich meine, kennen wir beide uns überhaupt?"

Sie erstarrte. „Ich dachte, ich würde dich kennen."

„Und ich dachte, ich könnte dir vertrauen."

„Mir vertrauen? Du weißt, dass du mir vertrauen kannst! Und wenn du mir nur eine winzige Chance gegeben hättest – und dir ebenfalls –, dann wäre es gar nicht erst so weit gekommen. Offenbar gab es auch Zeiten in deinem Leben, wo du dich auf deinen sechsten Sinn verlassen hast. Genau deshalb warst du doch ein so guter und erfolgreicher Polizist."

„Wie bitte?"

„Hast du Angst zuzugeben, dass es mehr Dinge zwischen Himmel und Erde gibt außer denen, die du sehen kannst?"

Allmählich wurde er wirklich wütend. Bestimmt würde er alles abstreiten. Dennoch …

Verdammt! Er wollte sich nicht an die Empfindungen erinnern, die er gehabt hatte, als er in die Gedankenwelt eines anderen Menschen eingetaucht war. Eines Mörders.

Das war doch alles nur Unsinn. Spökenkiekerei. Rational wie er veranlagt war, musste es in seinen Augen für jedes Ereignis einen erklärbaren Grund geben. Alles andere kam für ihn überhaupt nicht in Frage. Kein Wunder, dass er diese Fähigkeit auch bei ihr nicht wahrhaben wollte.

„Wenn du es wirklich wolltest, könntest du mir vertrauen", meinte sie kühl. „Und wenn du dir selbst gegenüber ganz ehrlich bist, dann weißt du aus eigener Erfahrung, dass solche Dinge durchaus passieren können."

Mit diesen Worten drehte sie sich auf dem Absatz um und ging hinaus. Zuerst fiel seine und dann ihre Badezimmertür vernehmlich ins Schloss. Er starrte ins Feuer, immer noch wütend. Aber auch ein bisschen schuldbewusst.

Allerdings hatte er nicht vor, sich zum Narren machen zu lassen. Diese Leute waren in sein Haus eingefallen … nun gut, sie waren auch selber über den Tisch gezogen worden. Aber er hatte sie nicht vor die Tür gesetzt. Stattdessen hatte er sie ihre Arbeit tun lassen, auch dann noch, als offenbar wurde, dass einer von ihnen möglicherweise ein Gauner war, der diesen Betrug mit eingefädelt hatte. Inzwischen hatten die Ermittler einige Konten entdeckt, auf die ihr Geld geflossen war. Kreditkarten waren ebenfalls im Spiel gewesen. Bei seinen Recherchen hatte Jonathan allerdings auch herausgefunden, dass Thayer Fraser seine Kreditkarte als verloren gemeldet hatte, ehe die ersten Geschäfte getätigt worden waren.

„Möglicherweise ist sie ja tatsächlich gestohlen worden“, hatte Jonathan Bruce informiert. „Und zufällig ist ausgerechnet diese Karte beim Internet-Provider benutzt worden.“

„Das erscheint mir ein bisschen zu viel Zufall zu sein“, hatte Bruce zu bedenken gegeben.

„Was meinst du damit?“

„Glaubst du wirklich, dass er so dämlich ist?“

Jonathan hatte nur mit den Schultern gezuckt. „Er ist Schotte, Bruce. Und es ist doch durchaus plausibel, dass ein Schotte mehr über dich weiß als ein Ausländer. Es sieht ganz danach aus, als hätte sich jemand für dich ausgegeben.“

„Schon möglich. Aber die Internetseite war doch eine Fälschung, wie die herausgefunden hast.“

„Tja.“

Viele Fragen waren noch offen. Doch mit der Zeit würden sie die Antworten schon bekommen.

Er blieb noch eine Weile vor dem Feuer sitzen. Jonathan hatte ihm gesagt, wer die Leute waren, mit denen er Toni beim Mittagessen getroffen hatte. Er hatte sich persönlich nach ihnen erkundigt, und er war selbst überrascht gewesen über das Ergebnis seiner Nachforschungen. Harrison Investigations war eine sehr diskrete und öffentlichkeitsscheue Agentur. Sie warben nicht im Fernsehen, schnüffelten nicht untreuen Ehemännern und -frauen hinterher und suchten auch nicht nach verstorbenen Verwandten.

Trotzdem beschäftigten sie sich mit seltsamen und ungewöhnlichen Vorkommnissen. Sie arbeiteten an merkwürdigen Orten. Beschäftigten sich mit Geistern. Spukerscheinungen. Weiß der Teufel, wie sie es bezeichneten.

Als ob es in der Gegend nicht genug echte Probleme gäbe! Er konnte froh sein, dass ein Familiengeheimnis aufgeklärt worden war. Aber in seinem eigenen Haus gab es einen Fall von Betrügerei. Und irgendwo trieb sich ein Mörder herum, der die Leichen seiner Opfer im Wald zurückließ. Das Letzte, was er jetzt gebrauchen konnte, war eine Parapsychologin aus Amerika, die versuchte, das Leben von Toni, und damit auch seines, auf den Kopf zu stellen.

Er konnte dem Paar ja schlecht verbieten, sich im Dorf aufzuhalten, aber er konnte zumindest dafür sorgen, dass sie nicht in seine Burg eingeladen wurden. Doch als er in die Flammen starrte, schien auf einmal nichts mehr von Bedeutung zu sein. Weder auf die Logik noch auf die Wahrheit war Verlass – nicht einmal auf die schlichte Tatsache, dass er der Besitzer der Burg war. Ihre letzten Worte hatten ihn mitten ins Herz getroffen: *Ich dachte, ich würde dich kennen.*

Trotz ihrer Wut auf ihn war sie zurückgekommen. Vielleicht würde sie ja noch einmal kommen, wenn er nur lange genug wartete. Vielleicht, weil sie Angst hat, dachte er zynisch.

Seinem Selbstbewusstsein machte es doch zu schaffen, dass sie in der vergangenen Nacht nur deshalb zu ihm geflüchtet war, weil sie sich gefürchtet hatte.

Und wenn er jetzt zu ihr hinginge? Er könnte sich eigentlich bei ihr entschuldigen. *Allerdings hatte er sich nicht falsch verhalten.* Er versuchte nur, einen klaren Kopf zu bewahren.

Das Feuer knisterte im Kamin. Er wusste nicht, wie lange er schon so da gesessen und in die Flammen gestarrt hatte. Schließlich erhob er sich, löschte das Licht und ging ins Bett. Doch er fand keinen Schlaf. Nach einer Weile wurde ihm bewusst, dass er nicht schlafen konnte, weil er wartete. Und nach einer weiteren Weile machte er sich klar, dass sie nicht mehr kommen würde.

Er zog seinen Hausmantel an und durchquerte das Bad. Leise klopfte er an ihre Tür. Als er keine Antwort erhielt, drehte er am Knauf. Die Tür war nicht abgeschlossen. Er trat ins Zimmer und stellte sich ans Fußende ihres Bettes.

Sie schlief tief und fest. Ihre Hand lag neben ihrem Gesicht, das Haar war auf dem Kissen ausgebreitet. Er hatte sie nicht wecken wollen, doch plötzlich fuhr sie hoch und starrte ihn an.

„Ich bin's", beruhigte er sie. „Der Echte. Aus Fleisch und Blut", fügte er hinzu. Noch immer musterte sie ihn voller Entsetzen. „Ich bin kein Geist", versicherte er ihr.

Nach einer ganzen Weile, in der sie ihn nicht aus den Augen gelassen hatte, nickte sie zögernd.

„Möchtest du alleine sein?"

„Ist das eine Entschuldigung?"

„Hast du dich denn vergangene Nacht entschuldigt?"

„Hätte ich einen Grund dazu gehabt?"

„Habe ich jetzt einen Grund?"

Sie schlug die Augen nieder und senkte den Kopf, sodass ihr das Haar wie ein Vorhang vor ihr Gesicht fiel. „Spielt das denn eine Rolle?" fragte sie leise.

Ihre Worte berührten ihn tiefer, als er gedacht hätte, und wogen mehr als jedes Argument. „Es tut mir Leid", murmelte er.

„Was?" fragte sie und schaute auf.

Er verschränkte die Arme vor der Brust. „Ich möchte keine Parapsychologin in meinem Haus haben. Ich finde schon diese

Fernsehprogramme bescheuert, in denen ein Medium durch die Zimmer geschickt und von einer Videokamera gefilmt wird, und der ganze Hokuspokus anschließend mit albernen Spezialeffekten aufgemotzt wird. Ich denke, wir haben hier wirklich schon genug Probleme. Tut mir Leid, dass ich so geredet habe. Und ich ... ich würde dir wirklich gerne glauben. Ich glaube dir, dass du deine Träume für sehr real hältst."

Sie stand auf und ging an ihm vorbei zur Badezimmertür. Dort blieb sie stehen. „Du hast das bessere Bett", sagte sie. Er folgte ihr, ohne zu zögern .

Noch eine ganze weitere Stunde blieben sie wach. Dann schliefen sie erschöpft und zufrieden ein.

Als Toni die Augen aufschlug, glaubte sie im ersten Moment, dass es bereits sehr spät, beinahe schon Morgen sein müsste. Doch im Zimmer war es noch ziemlich dunkel. Sie konnte kaum etwas erkennen. Das Feuer war verloschen, und sämtliche Lampen – bis auf die im Bad – waren ausgeschaltet.

Bruce hatte seine Arme um ihre Schultern gelegt. Dennoch hatte sie das Gefühl, dass sie nicht allein waren.

Sie schaute zum Fußende des Bettes. Und dort stand er. Er schaute sie an, und das Schwert in seiner Hand war blutig. Mit seinem Blick gab er ihr zu verstehen, dass sie ihm folgen sollte.

Neben ihr bewegte sich Bruce. „Toni?"

„Ja?"

„Ist er da?"

Sie wusste nicht, ob er sich mit seiner Frage über sie lustig machen wollte. Unentwegt starrte sie auf die Erscheinung. Dann entschloss sie sich, die Wahrheit zu sagen. „Ja."

Sie hörte ihn leise stöhnen, dann zog er sie näher zu sich. „Sag ihm, er soll gehen. Sag ihm, dass ich bei dir bin."

Sie schaute zu dem Geist hin. „Geh fort", flüsterte sie. Dann formte sie mit ihren Lippen Worte, ohne sie laut auszusprechen. *Bitte geh. Ich weiß doch gar nicht, was du willst!*

Er neigte den Kopf, als ob er ihrem Wunsch entsprechen wollte. Und während sie ihn noch ansah, verschwand er wie ein Schatten in der Dunkelheit. Erleichtert lag sie neben dem schlafenden Bruce und nagte an ihren Lippen.

Es musste noch etwas geben, das er von ihr wollte. Aber was? Was zum Teufel konnte das nur sein?

Toni war entschlossen, die Lösung zu finden, egal um welchen Preis. Egal auch, wohin er sie führen würde. Sie würde ihre Angst bezwingen und herausfinden, warum er immer wieder zu diesem Ort zurückkehrte.

Nachdem sie diesen Entschluss gefasst hatte, schmiegte sie sich eng an Bruce. Sein Atem streichelte über ihren Nacken. Seine Hand lag auf ihrem Bauch. Ihr Rücken berührte seinen Brustkorb, und sie kam sich sicher und geborgen vor. Das Gefühl war so angenehm wie eine Woge warmen Wassers, die ihren Körper forttrug. Sie schloss die Augen und schlief sofort ein. Erst bei Tagesanbruch wachte sie wieder auf.

Sie drehte sich zu Bruce um, doch das Bett neben ihr war leer.

„Du willst mich wohl auf den Arm nehmen?“

Es war elf Uhr, und Bruce saß mit Robert Chamberlain am Tisch in einem Pub. Der alte Freund hatte ihn um das Gespräch gebeten – zu Bruce’ großer Verwunderung nicht wie sonst in Stirling, sondern im Dorf.

Noch überraschter war er allerdings, als er hörte, was Robert ihm zu sagen hatte.

„Ich habe sie gebeten, uns hier zu treffen.“

Bruce seufzte. „Ich kann immer noch nicht glauben, dass ausgerechnet du so etwas tust. Was für Scharlatane!“

„Bruce, solche Ermittlungsmethoden werden häufig angewandt. Ich hätte zwar nicht selbst in Amerika angerufen ..."

„Warum auch? Schließlich haben wir ja auch in Großbritannien genug Schwindler."

Robert musste grinsen. „Ich wäre nie darauf gekommen, dass sie hier sind, wenn ich nicht mitbekommen hätte, dass du dich bei der Polizei nach ihnen erkundigt hast. Aber als ich deine Anfrage sah, habe ich selber ein bisschen recherchiert."

„Harrison Investigations", sagte Bruce nachdenklich. „Sie werden überall dort aktiv, wo sich ungewöhnliche Dinge ereignen."

„Sie sind sehr diskret, aber nicht geheimnistuerisch", ergänzte Robert. „Da ist überhaupt nichts Sensationelles an dieser Agentur. Sie erhalten Aufträge von Justizbehörden und der Polizei, arbeiten für Kongressabgeordnete und Senatoren. Sie sind sogar schon mal für einen amerikanischen Präsidenten tätig gewesen ..."

„Wer hat behauptet, dass Regierungsbeamte klar im Kopf sein müssen?" spottete Bruce.

Robert zuckte mit den Schultern. „Bruce, du selbst hast mich mehr als einmal aufgefordert, den ganzen Wald abzuholzen, um nach der Leiche von Annie O'Hara zu suchen."

„Weil die letzten beiden Mordopfer dort gefunden wurden. Das ist reine Logik, keine Intuition."

„Ich glaube immer noch, dass mehr als Logik dabei war, als du vor zehn Jahren diese Mörder dingfest gemacht hast."

Unbehaglich rutschte Bruce auf seinem Stuhl hin und her. „Ich habe den Eindruck, dass wir ... ich meine die Polizei ... sehr viel mehr erreichen können – auch ohne diesen Hokuspokus."

„Ich muss doch sehr bitten!"

„Die Zeiten haben sich geändert. Ich bin nicht mehr der Herrscher meines eigenen kleinen Königreichs. Mir gehört zwar die Burg und das Land drumherum. Ich habe den Titel, aber einen Titel kannst du heutzutage auch übers Internet erwerben. Ich kann den Leuten jedenfalls nicht befehlen, mein Dorf bis zum Sonnenuntergang zu verlassen. Aber Spaß beiseite: Gestern habe ich mit Jonathan geredet. Die Computerspezialisten hatten offenbar ein glückliches Händchen bei der Recherche nach der mysteriösen Immobilienfirma, die die Burg vermietet hat."

Robert nickte. „Ich habe die Unterlagen gesehen, aber mich da rausgehalten. Das ist schließlich Jonathans Revier."

„Ich glaube, er hat es auf Thayer Fraser abgesehen."

„Bisher haben wir noch nicht genügend Beweise für eine Festnahme zusammen", meinte Robert achselzuckend. „Aber die Summe, die der Mann auf dem Konto hatte, entspricht in etwa dem Betrag, den die Amerikaner bezahlt haben. Und er hat seine Kreditkarte als gestohlen gemeldet. Wenn wir nachweisen können, dass diese Kreditkarte in dem Internetcafé in Glasgow benutzt wurde, wo die Site zusammengebastelt worden ist ... nun, dann können wir ihn wenigstens zur Vernehmung vorladen."

„Das ergibt doch alles keinen Sinn. Er musste doch damit rechnen, gefasst zu werden."

„Nun ja, aber darin liegt auch ein gewisser Schutz – gerade weil es so offensichtlich ist. Sie versuchen ja auch herauszufinden, wo sein Geld geblieben ist. Vielleicht bringt uns das weiter. Natürlich benötigen wir für all das eine Erlaubnis." Robert lehnte sich zurück. „Ich habe übrigens meine Leute angewiesen, im Falle der verschwundenen Kellnerin aus Stirling intensiver zu ermitteln. Allerdings wird darüber nichts in der Zeitung stehen, denn wir haben die Presse nicht informiert."

Bruce runzelte die Stirn. „Ihr Zimmer war leer geräumt. Sie ist mit Sack und Pack verschwunden."

„Aber niemand weiß, wo sie hingegangen ist. Sie hat weder einen Bus noch den Zug genommen. Sie ist einfach verschwunden.

Vielleicht ist Annie O'Hara auch zurück nach Irland gegangen, aber das glaube ich nicht. Und unser Freund Thayer wurde am selben Tag mit der Kellnerin zusammen gesehen."

„Moment mal – du wirfst ihm also nicht nur vor, ein Betrüger zu sein, sondern auch noch ein Serienmörder?"

„Ich werfe ihm überhaupt nichts vor. Ich erzähle dir nur, was wir herausgefunden haben."

„Das passt doch alles nicht zusammen." Bruce musterte ihn mit einem zweifelnden Blick. „Für mich hört sich das so an, als würdest du nach jedem Strohhalm greifen."

„Mehr als Strohhalme haben wir im Moment auch nicht."

„Mit einem guten Anwalt wird er die Anschuldigungen wie eine Seifenblase zerplatzen lassen", warnte Bruce ihn.

„Wir können ihn einfach so nicht festnehmen. Aber da der Knabe in deiner Burg wohnt ..."

Bruce schüttelte den Kopf. „Der Betrug ist eine Sache. Doch den Mann für einen Killer zu halten, nur weil er in dem Pub war ... ist das nicht ein bisschen zu weit hergeholt?"

Robert antwortete nicht sofort. „Da kommen sie", sagte er schließlich. Er und Bruce erhoben sich, als die beiden Amerikaner auf ihren Tisch zukamen.

„Guten Tag." Bruce und Robert begrüßten Matt und Darcy mit Handschlag. „Wie hat Ihnen denn die Vorstellung neulich abends in der Burg gefallen?"

„Es war ziemlich beeindruckend", meinte Darcy.

Verstohlen musterte Bruce den Mann. Er sah ganz und gar nicht wie ein Hexenmeister aus. „Ist Ihnen dort denn an dem Abend irgendetwas merkwürdig vorgekommen?" Seine Worte klangen eher höflich als freundlich.

„Nein, aber für diese Dinge bin ich sowieso nicht zuständig", antwortete der Mann, ohne zu zögern.

„Matt ist Sheriff in der Stadt, die den Namen seiner Familie trägt", erklärte Robert.

Verdrossen schaute Bruce zu Robert hinüber. *Das hättest du mir aber auch schon eher sagen können, alter Knabe!* Natürlich hatte Robert es absichtlich unterlassen.

„Ich habe Sie nicht wegen der Burg hergebeten, das können Sie sich ja denken", sagte Robert jetzt.

„Nein, natürlich nicht."

„Es ist ein ganz reizender Ort", meinte Darcy. Sie klang nicht anbiedernd, sondern einfach nur freundlich. Wahrscheinlich war es nur seine Voreingenommenheit, die Bruce so reserviert gegenüber den Amerikanern reagieren ließ.

„Am Samstag kommen einige Spezialisten aus der näheren Umgebung", erklärte Robert. „Wir suchen die Leiche einer Frau, von der wir fast sicher sind, dass sie das Opfer eines Serienmörders ist. Ich wäre Ihnen sehr verbunden, wenn Sie meine Leute bei der Suche unterstützen könnten."

„Natürlich", sagte Darcy mit einem Blick auf ihren Mann.

„Klar." Matt erwiderte ihren Blick.

Robert nickte. „Na prima."

Darcy Stone schaute fragend zu Bruce. „Sie werden auch dabei sein, Lord MacNiall?"

„Ja."

„Selbstverständlich", meinte sie. „Schließlich sind Sie ja auch in gewisser Weise betroffen."

„Eben. Der Wald grenzt an meine Burg."

Sie nickte. „Warum haben Sie sich in den letzten zehn Jahren eigentlich so selten dort aufgehalten, Lord MacNiall?"

Er zog die Augenbrauen hoch.

„Nun ja, Sie haben schließlich noch die Wohnung in New York und die Pferdefarm oben bei Loch Ness. Nicht zu verges sen die Rinderzucht in Kentucky. Bei so vielen Optionen fällt es manchmal schwer, sich für einen Ort zu entscheiden."

Bruce musterte sie durchdringend. „Genau", sagte er. „Und dabei haben Sie noch nicht einmal in meiner Hand gelesen."

Brüsk wollte er sich abwenden, doch sie legte die Hand besänftigend auf seinen Arm.

„Wir haben auch Zugang zum Internet, Lord MacNiall. Auch Parapsychologen leben nicht hinterm Mond."

„Ach so." Bruce fragte sich, warum er den Wunsch verspürte, in Gegenwart des Paares eine Rüstung anzulegen. Weshalb verhielt er sich bloß so abweisend? Robert hatte sie um Hilfe gebeten. Seiner Meinung nach hatte diese Methode mit gesundem Menschenverstand zwar wenig zu tun, aber sie schienen ja durchaus ernst zu nehmende Leute zu sein. Die Frau war weder ganz in Schwarz gekleidet noch trug sie einen Schleier, und sie hatte auch keine Kristallkugel bei sich. Es bestand also gar kein Grund für ihn, so unhöflich zu sein.

Allerdings passte es ihm überhaupt nicht, dass sie so detaillierte Erkundigungen über ihn eingezogen hatten. Ebenso missfiel ihm die Tatsache, dass Toni die Initiative ergriffen und den Kontakt zu Harrison Investigations hergestellt hatte. Obwohl er ihren Beteuerungen, noch nie zuvor die Geschichte von Lord MacNiall gehört zu haben, Glauben schenkte, musste es einen plausiblen Grund für ihre Kenntnisse der historischen Ereignisse geben. Und dafür, dass sie über die Krypta Bescheid wusste, würde sich gewiss auch eine logische Erklärung finden lassen. Schließlich war es bestimmt nur reiner Zufall oder pures Glück, dass sie nach dem Wolkenbruch Annalises sterbliche Überreste entdeckt hatte.

Ebenso wie es auch nur einem Zufall oder dem Glück zuzuschreiben war, dass er vor Jahren das mordende Ehepaar gefasst hatte.

„Obwohl die Burg der Wohnsitz Ihrer Vorfahren ist, habe ich den Eindruck, dass Sie in den letzten Jahren so wenig Zeit wie möglich dort verbringen wollten“, meinte Darcy.

Ihre Bemerkung war für ihn das Stichwort, sich zu verabschieden. Er erhob sich.

„Es war mir ein Vergnügen, meine Herrschaften“, sagte er. „Aber Sie müssen mich jetzt entschuldigen. Ich habe noch geschäftlich in der Stadt zu tun. Wir sehen uns dann am Samstag. Robert, halte mich bitte auf dem Laufenden.“

Er schüttelte Matt Stone die Hand und verließ den Pub. Plötzlich wünschte er sich, in New York zu sein, irgendwo auf einer belebten Straße, umgeben von Tausenden von unbekannten Menschen, die achtlos an ihm vorbeiströmten – auf dem Weg zur Arbeit, zur U-Bahn, nach Hause, ins Theater.

Draußen vor dem Pub atmete er tief durch. An der frischen Luft hatte er das Gefühl, von einer großen Last befreit zu sein. Er schaute sich um und überlegte, ob er Jonathan auf dem Revier einen Besuch abstatten und anschließend bei Daniel Darrow vorbeischauen sollte. Doch er beschloss, weder das eine noch das andere zu tun. Sein Blick fiel stattdessen auf das Standbild seines Vorfahren. Marmor, Stahl und wer weiß was sonst noch für Materialien in einer solchen Figur steckten.

„Verschwinde aus meinem Leben“, befahl er der Statue.

„Ah, Sie stehen also doch unter dem Einfluss des alten Lords“, sagte eine leise Stimme hinter ihm.

Er fuhr herum und verfluchte sich insgeheim dafür, dass er nicht sofort weitergegangen war. Darcy Stone war ihm gefolgt.

„Mrs. Stone, wenn sie mich bitte entschuldigen wollen …“

„Schenken Sie mir bitte noch eine Minute.“

Er verschränkte die Arme vor der Brust. „Meinetwegen.“

„Erstens: Toni Fraser hat uns nicht gebeten zu kommen.“

„Warum sind Sie dann hier?“

Die Antwort auf diese Frage blieb sie ihm schuldig. Stattdessen sagte sie: „In Ihrer Burg gibt es eine Erscheinung.“

„Dort halten sich eine Menge Erscheinungen auf“, erwiderte er. „Meistens Amerikaner.“

Sie musste lächeln. „Lord MacNiall, Sie haben einen der schwierigsten Kriminalfälle aller Zeiten mit Bravour gelöst. Doch dann haben Sie Ihren Dienst quittiert. Warum eigentlich?“

Abwehrend hob er die Hände. „Weil die Arbeit mein Leben aufgefressen hat. Ich habe meine Hochzeit verschoben. Meine Verlobte wurde schwer krank. Sie ist gestorben, kurz nachdem der Fall gelöst war. In dem Moment ist mir bewusst geworden, dass ich zu viel Zeit mit der Aufklärung von Grausamkeiten, die Menschen einander antun, verbracht habe. Eigentlich geht Sie das ja gar nichts an, aber Sie wissen ja offenbar doch schon alles über mich. Jedes kleinste Detail.“

„War das wirklich der einzige Grund?“

„Was meinen Sie damit?“

„Ich glaube, das wissen Sie sehr gut. Ich denke, dass es bei der Aufklärung dieses Falles ein paar Momente gab, in denen Sie ganz genau gesehen haben, was die Mörder taten. Vielleicht sind Sie sogar in ihre Haut geschlüpft sozusagen, haben sich in ihren Verstand und ihre Seele eingefühlt – und zwar tiefer, als Ihnen lieb war.“

„Mord ist eine hässliche Sache, Mrs. Stone.“

„Genau deshalb sollte man ihn verhindern, wann immer es möglich ist. Und die Mörder ins Gefängnis stecken, um die Öffentlichkeit vor ihnen zu schützen.“

„Ist das alles, Mrs. Stone?“

„Nein. Ich wollte Ihnen noch sagen, dass ich immer Zeit für Sie habe, falls Sie mit mir über die Vorfälle reden möchten – oder wenn ich sonst etwas für Sie tun kann.“

Am liebsten hätte er ihr gesagt, dass er auf ihre Hilfe sehr gut verzichten konnte, aber er hielt sich zurück. „Ich werde daran denken, danke für das Angebot."

„Ich würde gerne noch mal Ihre Burg besuchen."

„Mal schauen", sagte er ausweichend. „Sonst noch etwas?"

Sie nickte. „Ja."

„Und?"

„Ich glaube, dass Sie über beträchtliche Gaben verfügen. Sie sollten Sie auch nutzen."

„Auch das werde ich berücksichtigen, Mrs. Stone. Wenn Sie mich jetzt bitte entschuldigen wollen?"

Ohne ihre Antwort abzuwarten, stieg er in seinen Wagen.

18. KAPITEL

Gina, David und Kevin waren in der Küche mit dem Studium eines Papiers beschäftigt, als Toni hereinkam.

„Sieh dir das mal an, Toni“, forderte Gina sie auf. „Ich habe einen neuen Mietvertrag aufgesetzt. Na ja, es ist nicht wirklich ein Mietvertrag, weil MacNiall offensichtlich auf seinem Grund und Boden bleiben will. Und natürlich wissen wir auch gar nicht, wie lange er noch in unserer Aufführung seinen Vorfahren spielen wird. Ich werde ihn fragen, ob er noch sechs Monate mitmachen will. Wenn es weiterhin so gut läuft wie bisher, werden wir ihm die Miete zahlen können – vielleicht sogar ein Honorar für seine Mitwirkung. Und wir werden genug verdient haben, um uns zu überlegen, ob wir wieder nach Hause fahren und uns dort um neue Arbeit bemühen, oder uns hier nach einem anderen Objekt umsehen. Was sagst du dazu?“

Toni goss sich eine Tasse Kaffee ein und lehnte sich an die Küchentheke. „Ich bin sicher, dass du einen guten Vertrag aufgesetzt hast, Gina. Aber ehe wir ihn MacNiall vorlegen, sollten wir ihn von einem Anwalt prüfen lassen.“

Am Daumennagel kauend überflog Gina noch einmal den Vertrag, den sie gerade entworfen hatte. „Hoffentlich ist er damit einverstanden. Sonst könnte jeder Tag hier für uns der letzte sein.“

„Das ist doch nichts Neues“, schaltete Kevin sich ein. „Jeder Tag könnte für uns der letzte sein.“

„Sehr weise“, spottete Toni. „Wo sind denn die anderen?“

„Bruce war heute Morgen mit dem Wagen unterwegs, ist aber schnell wieder zurückgekommen und anschließend ausgeritten“, antwortete David. „Thayer hat irgendwas in den Bart gebrummt, bevor er verschwunden ist. Ryan ist noch oben, aber er will gleich in die Stadt fahren und ein Poliermittel für seine Schwerter kaufen.

Und Eban treibt sich wie immer irgendwo draußen herum. Keine Ahnung, was er macht."

Gina schaute auf ihre Armbanduhr. „Wir sollten dann aufbrechen. Im Dorf halten wir uns ja immer länger auf als geplant. Willst du mit uns kommen, Toni?"

„Nein, ich glaube, ich bleibe hier."

David runzelte die Stirn. „Wäre besser, wenn du mitkämst."

Sie lächelte. „Keine Sorge. Mir passiert schon nichts."

„Ach, so ist das also. Die Nächte reichen ihr wohl nicht mehr", neckte er sie. „Sie wartet auf die Rückkehr des Burgherrn."

„Ich möchte endlich mit meiner Lektüre weiterkommen." Ihr Lächeln wirkte ein wenig gezwungen.

„Ist bestimmt eine Bettlektüre", setzte Kevin noch eins obendrauf. „Und teilweise in Blindenschrift."

„Ihr zwei seid schrecklich", erwiderte sie.

„Letzte Nacht hatte ich eher den Eindruck, als seien dunkle Wolken aufgezogen." Gina musterte sie mit einem langen, durchdringenden Blick, der Kevin und David nicht entging. Auch sie sahen Toni neugierig an.

„Ach ja?" erwiderte sie knapp.

„Ich habe deine Stimme gehört, als ich hochgekommen bin. Sie klang ziemlich gereizt", meinte Gina. „Hattet ihr einen Streit?"

Toni schüttelte den Kopf.

„Denn es ist wirklich wichtig, dass er diesen Vertrag unterschreibt", betonte Gina.

Sie seufzte. „Entweder er unterschreibt, oder er lässt es. Ich werde mich wegen eines Blatt Papiers nicht auf Diskussionen mit ihm einlassen."

Mit einem Lied aus „Oklahoma" auf den Lippen kam Ryan in die Küche. Er sang ebenso fröhlich wie falsch. Aber das schien ihn nicht zu stören. Alle Blicke richteten sich auf ihn.

Abrupt blieb er stehen. „Was ist denn?" fragte er. „Ach so, richtig. Wir sind im schönen Schottland. Mal sehen … dann singe ich besser was aus ‚Brigadoon'."

„Lasst uns von hier verschwinden", bat David in komischer Verzweiflung. „Komm, Toni. Wir beide könnten uns noch ein paar Grabsteine ansehen."

Sie lachte. „Ich fühle mich allein hier sehr wohl. Aber ich bringe dich noch zum Wagen."

Sie durchquerten die Haupthalle. Als David die Tür öffnete, zuckte er zusammen. Vor ihnen stand Constable Jonathan Tavish. Er sah ziemlich grimmig aus.

„Guten Tag, Constable", begrüßte Toni ihn. „Bruce ist leider nicht zu Hause. Können wir Ihnen weiterhelfen?"

Bekümmert schüttelte Jonathan den Kopf. „Nein, nein, ich bin nicht wegen Bruce gekommen."

„Sondern?" fragte Ryan.

„Ich wollte zu Ihrem Cousin, Miss Fraser." Er zögerte ein paar Sekunden. „Es tut mir sehr Leid, aber ich muss Thayer Fraser mit aufs Revier nehmen."

David hatte sich als Erster wieder gefasst. „Was? Das kann doch nicht sein!" rief er. „Warum denn?"

Verlegen trat Jonathan Tavish von einem Fuß auf den anderen. Er sah bemitleidenswert aus und fühlte sich in seiner Haut nicht wohl. „Wegen Betruges", sagte er schließlich.

„Moment mal, Constable. Das müssen Sie mir erst noch erklären", schaltete Toni sich ein.

„Ist er hier?" fragte Tavish.

Toni schüttelte den Kopf. „Er ist wohl irgendwo in der Nähe … wo genau wissen wir nicht. Und …"

„Es tut mir Leid, Ihnen das sagen zu müssen, aber er hat das ganze Geschäft in die Wege geleitet. Er hat Sie alle hinters Licht geführt. Hat eine Scheinfirma ins Internet gestellt und ein Postfach als Adresse eingerichtet. Vermutlich ist er davon ausgegangen, dass Sie lange vor MacNialls Rückkehr bereits bankrott und längst aus der Burg verschwunden wären. Sie hätten ohne einen Pfennig Geld zurück nach Hause fahren müssen, und er wäre irgendwo untergetaucht. Ich bin wirklich erstaunt, dass er es noch nicht getan hat, aber vielleicht hat er sich sicher gefühlt oder geglaubt, Frechheit ist die beste Tarnung."

„Thayer!" Toni war fassungslos.

„Ausgerechnet dein Cousin?" fragte Ryan ebenso entgeistert.

„Vielleicht können wir ja ein bisschen von dem Geld zurückbekommen", meinte Jonathan beschwichtigend.

Toni schüttelte den Kopf. „Das glaub' ich einfach nicht!"

„Weil du es nicht glauben willst", murmelte David.

„Gibt es denn Beweise?" fragte Toni.

„Für eine rechtmäßige Festnahme reichen sie allemal aus", antwortete Jonathan ruhig.

„Ich glaub's immer noch nicht", beharrte Toni eigensinnig.

„Und Sie sind wirklich sicher, dass sich der Mann irgendwo in der Nähe aufhält?" fragte Jonathan noch einmal.

„Möglich. Wir wissen es nicht." Ryan trat einen Schritt zurück. „Kommen Sie doch herein. Ich schau mal in seinem Zimmer nach, zur Sicherheit."

„Und ich suche in den anderen Räumen", bot Gina an.

Es dauerte eine ganze Weile, ehe Toni wieder einen klaren Gedanken fassen konnte. Dann fiel ihr ein, wo Thayer sein könnte. Auf dem Heuboden im Stall. Sie wusste zwar nicht, was er da oben machte. *Vielleicht wollte sie es auch gar nicht wissen.* Aber sie musste mit ihm reden, ehe der Constable ihn festnahm. Schließlich war er immer noch ihr Cousin, egal was er getan hatte.

„Ich ... ich schau mal draußen nach", sagte sie.

Sie ging hinaus und steuerte schnurstracks auf die Stallungen zu. Vielleicht hätte sie etwas ahnen sollen, nachdem er ihr erst gestern gesagt hatte, dass eine der Spuren nach Glasgow führte. *Du willst es nicht glauben!* Das stimmte wohl.

Als sie über die Wiese lief, erblickte sie Thayer. Sie war davon überzeugt, dass er im Stall auf dem Heuboden gewesen war. Lässig, mit weit ausholenden Armbewegungen und großen Schritten, schlenderte er zu ihr hinüber und lächelte übers ganze Gesicht, als ob er der einzige sorgenfreie Mensch auf der Welt wäre.

Sie blieb stehen und spürte den kühlen Wind, der ihr ins Gesicht wehte. „Ist das nicht ein toller Morgen, Cousinchen?“ begrüßte er sie. Doch dann bemerkte er ihren besorgten Gesichtsausdruck. „Toni, was ist los?“

„Der Constable ist hier.“

„Und?“

„Um dich festzunehmen.“

„Um mich festzunehmen?“ Er schien verblüfft zu sein.

„Wegen Betrugs.“

„Wie bitte?“

„Wegen Betrugs. Weil du uns betrogen haben sollst.“

Er schaute hinüber zum Burgportal, und sein Gesichtsausdruck veränderte sich innerhalb von Sekunden. Sie drehte sich um und sah Jonathan herauskommen.

„Verdammt“, murmelte Thayer. Und dann rannte er davon.

Es musste ein Augenblick blinder Panik gewesen sein, denn eigentlich konnte er nirgendwohin flüchten. Oder vielleicht doch? Wenn er es den Hügel hinunter bis in den Wald schaffte, schüttelte er seinen Verfolger möglicherweise ab. Aber er rannte in die entgegengesetzte Richtung.

Jonathan Tavish war ein guter Läufer. Als er sah, dass Thayer davonlaufen wollte, sprintete er mit erstaunlicher Energie los.

Thayer hatte kaum zwanzig Meter zurückgelegt, als der Constable ihn zu fassen bekam.

„Das ist Mist! Absoluter Mist!“ schrie Thayer, während die beiden zu Boden gingen.

Tavish war offensichtlich der Stärkere von beiden. Er hatte breitere Schultern und ganz offensichtlich auch die bessere Kondition. Der Kampf dauerte nicht lange. Nach wenigen Sekunden hatte er Thayer ein Paar Handschellen angelegt. Mit seinen zerzausten Haaren und dem Schmutz im Gesicht sah er ziemlich verwegen aus, als Tavish ihn hochzerrte.

Während Jonathan ihn zum Streifenwagen führte, sah er bittend zu Toni hinüber. „Ich hab's nicht getan. Ich weiß nicht, welche Beweise es gegen mich gibt, aber ich war es nicht, glaubt mir. Toni, du musst mir helfen!“

„Erzählen Sie das dem Richter“, murrte Jonathan.

„Ich brauche Hilfe, Toni“, schrie Thayer ihr zu. „Einen Anwalt. Ich schwöre, dass ich unschuldig bin.“

„Wir besorgen dir einen Anwalt!“ rief sie ihm nach. „Einen Verteidiger ... was immer du brauchst.“

Die Festnahme war ganz anders, als man sie in Filmen immer sah. Jonathan legte nicht die Hand auf den Kopf seines Verdächtigen und schob ihn auf die Rückbank. Stattdessen öffnete er einfach die Beifahrertür und stieß Thayer auf den Sitz.

Die ganze Zeit schaute Thayer zu Toni hinüber. In seinem Blick lag ein stummes Flehen.

Fassungslos standen die anderen vier jetzt neben ihr. „Meine Güte“, sagte Gina entsetzt.

„Na ja, Tavish hat gesagt, dass wir möglicherweise einen Teil von unserem Geld wiederkriegen“, sagte Ryan.

Toni fuhr herum. „Er sagt, er ist unschuldig“, fauchte sie ihn an. Für sie war noch nichts bewiesen.

David sah sie mitleidig an. „Keiner läuft durch die Gegend und gibt zu, dass er schuldig ist, Toni."

Sie schüttelte den Kopf. „Ich glaube ihm. Wir müssen diese Angelegenheit so schnell wie möglich aufklären. Er braucht einen Anwalt oder Verteidiger oder wie immer man das hier nennt."

„In diesem Land gibt es faire Gerichtsverfahren. Thayer wird gerecht behandelt werden", tröstete Kevin sie.

„Wir hätten niemals einem Außenseiter wie ihm vertrauen sollen", meinte Gina.

„Ja natürlich. Er ist ja nur mein Cousin. Alles wohl meine Schuld, wie", erwiderte Toni aufgebracht. „Und wenn er nun tatsächlich unschuldig ist?"

„Toni", sagte Gina nachsichtig, „er wäre wohl kaum ohne einen Beweis festgenommen worden."

„Den Beweis möchte ich sehen", beharrte sie trotzig. „Und ich will ihm einen Anwalt besorgen."

„Wirklich eine tolle Idee", sagte Kevin sarkastisch.

„Wieso?" fragte Toni angriffslustig.

„Weil wir pleite sind", erinnerte er sie.

„Wir müssen mit Bruce reden", sagte David ganz sachlich. „Ihm gehört diese Burg, und er weiß bestimmt mehr als wir. Wir könnten uns auch an seinen Freund Robert wenden. Er kann uns sicher sagen, was gegen Thayer vorliegt. Komm, wir setzen uns ins Auto und suchen sie."

„Na prima." Kevin seufzte. „Wir wollen dem Typen helfen, der uns alle betrogen hat."

„Hast du schon mal was davon gehört, dass jemand bis zum Beweis des Gegenteils unschuldig ist?" fragte Toni hitzig.

„Wir müssen mit MacNiall darüber sprechen", sagte Ryan.

„Ob er vielleicht ins Dorf *geritten* ist?" überlegte Gina laut.

„Hier in der Gegend kannst du wahrscheinlich alles mit einem

Pferd erreichen“, erwiderte Ryan. „Ich schlage vor, David und Kevin fahren mit dem Minivan ins Dorf und erkundigen sich nach Bruce. Gina, Toni und ich suchen mit dem Wagen die Straßen und Wege in der Umgebung ab.“

Toni schüttelte den Kopf. „Ich bleibe hier – für den Fall, dass er nicht im Dorf ist und ihr ihn auch sonst nirgendwo findet.“

„Du willst wirklich hier bleiben? Ganz allein?“ fragte Gina ungläubig. „Bist du sicher?“

Sie zuckte mit den Schultern. „Eban ist doch hier.“

„Eban. Na prima. Bei dem bist du ja wirklich in bester Obhut“, meinte Gina sarkastisch.

„Was um Himmels willen soll denn passieren? Es ist heller Tag. Ich komme schon zurecht.“

„Das gefällt mir ganz und gar nicht“, sagte David.

„Meine Güte, habt euch nicht so und verschwindet endlich! Wenn Bruce nicht bald zurückkommt oder ihr ihn nicht findet, dann nehme ich Wallace und reite ins Dorf“, sagte sie ungeduldig. „Lasst uns endlich in die Gänge kommen. Ich kann mir nicht vorstellen, dass sie Thayer im Dorf behalten werden. Sie bringen ihn bestimmt in ein Gefängnis in einer der größeren Städte. Wir müssen uns wirklich beeilen!“

„Na gut“, meinte Gina. „Aber du solltest dich an den Gedanken gewöhnen, dass er es vielleicht doch getan hat, Toni.“

Sie nickte kurz und ging zur Burg zurück. Doch sobald die beiden Wagen außer Sicht waren, machte sie auf dem Absatz kehrt und lief zu den Ställen.

Als sie eintrat, steckte Wallace den Kopf erfreut über das Gatter seiner Box. Offenbar erwartete er, dass sie zu ihm kam und seine Nase ein wenig streichelte.

„Leider keine Zeit, alter Junge“, murmelte sie und ging zur Leiter. Rasch stieg sie hinauf und sah sich um. Heu bedeckte den ganzen Boden. Während sie über die Holzdielen lief, kam sie sich plötzlich albern vor. Wie sollte sie etwas finden, von dem sie nicht einmal wusste, was es sein konnte?

Wie vom Donner gerührt blieb sie stehen, als sie jemanden pfeifen hörte. Eban! Er schlurfte in den Stall und ging zu Wallace hinüber. „Hier, alter Knabe, hab was für dich. Was ganz Besonderes!"

Was gab er dem Pferd bloß zu fressen?

Blitzartig durchfuhr sie der Gedanke, dass der merkwürdige hutzelige Mann dem Tier möglicherweise etwas gegeben hatte, von dem es krank geworden war. Schließlich hatte Shaunessy überhaupt nichts gehabt. Aber aus welchem Grund sollte Eban so etwas tun? Um ihre Vorstellung zu sabotieren? Oder hatte er, ganz wie zu Anfang Bruce, befürchtet, dass sie sich über die schottische Geschichte lustig machten?

Regungslos blieb sie stehen und lauschte.

„Brav, alter Junge, friss alles auf!"

Wie erstarrt stand Toni auf dem Heuboden und wagte nicht zu atmen. Endlose Sekunden wartete sie so. Schließlich hörte sie ihn schlurfend den Stall verlassen. Trotzdem rührte sie sich nicht, bis sein Pfeifen leiser wurde. Dann erst begann sie wie gehetzt, das Heu zu durchsuchen.

„Sie können mir das nicht anhängen", sagte Thayer zu Jonathan. „Ich habe damit nichts zu tun."

„Sie sollten sich zu Tode schämen! Sie als Schotte!" empörte Jonathan sich. Er war sehr aufgebracht.

„Ich habe Ihnen doch schon mal gesagt ..."

„Reden Sie nicht in diesem Ton mit mir", erwiderte Jonathan mit drohendem Unterton.

„Hören Sie, das ist ein Irrtum ..."

„Ich warne Sie! Noch so eine dreiste Lüge ..."

„Und ich bitte Sie … mir endlich Glauben zu schenken."

Dem Constable platzte der Kragen. Mit dem Ellbogen schlug er hart gegen Thayers Schädel.

Der Schlag schmerzte höllisch. Nachdem er seine Benommenheit überwunden hatte, revanchierte Thayer sich. Auch er benutzte den Ellbogen und rammte ihn dem Constable gegen die Schläfe. Jonathans Kopf krachte hart gegen die Seitenscheibe. Er verlor die Kontrolle über den Wagen, schoss über die Straße hinaus und raste den Hügel hinunter.

Jonathan stieß einen Fluch aus. In dem Moment krachte der Wagen mit lautem Knall gegen einen Findling. Und der Constable verlor das Bewusstsein.

Toni hatte bereits den halben Heuboden durchforstet, als sie fand, wonach sie suchte. Unter einem Heuballen versteckt entdeckte sie einen Plastikbeutel. Sie bückte sich und schaute hinein. Gras?

Dicht daneben fand sie einen zweiten Beutel mit Streichhölzern und braunem Zigarettenpapier. Sie schnüffelte an dem ersten Beutel und wusste Bescheid.

Thayer hatte sich also auf den Heuboden zurückgezogen , um Marihuana zu rauchen. Nun gut, aber das war es eigentlich nicht, wonach sie gesucht hatte. Sie wollte etwas finden, das ihn entweder belastete oder vom Verdacht des Betruges freisprach.

Seufzend verstaute sie die Utensilien wieder im Beutel. Nicht auszudenken, wenn die anderen sie so gesehen hätten! Sie erhob sich und ging vorsichtig zur Leiter. Auf keinen Fall wollte sie Eban über den Weg laufen. Schnell kletterte sie hinunter und ging zu der Box, in der Wallace stand und leise wieherte. Kritisch musterte sie das Pferd. „Ich habe leider nichts für dich. Und wenn dieser Mann dir etwas gibt, wovon du Koliken kriegst, werde ich ihn persönlich zusammenschlagen, einverstanden?"

Sie schaute auf die Uhr. Erst fünfzehn Minuten waren vergangen, seitdem die anderen weggefahren waren. Dabei war ihr die Zeit auf dem Heuboden wie eine Ewigkeit erschienen. Unschlüssig blieb sie noch eine Weile bei Wallace stehen, dann drehte sie sich um und lief mit energischen Schritten zur Burg zurück.

Entschlossen ging sie die Treppe hinauf in Bruce' Zimmer und setzte sich vor den Kamin, in dem nur noch kalte Asche lag. Dann schloss sie die Augen und sprach leise und beschwörend.

„Wenn du hier bist, wäre es jetzt eine sehr günstige Zeit für dich zu erscheinen“, wisperte sie. „Wir sind nämlich allein. Und … ich werde dir vertrauen. Ich werde nicht schreien und garantiert auch nicht in Panik geraten.“

Als sie die Augen wieder öffnete, stand er tatsächlich im Raum und betrachtete sie mit einem traurigen Blick.

Komm.

„Wie du wünschst“, sagte sie.

Mit wehendem Tartan drehte er sich um. Mit langen Schritten verließ er das Zimmer und verschwand im Korridor.

Toni ging ihm ohne zu zögern nach. An der Treppe verharrte er und schaute sich um, als wollte er sich vergewissern, dass sie ihm auch wirklich folgte. Dann stieg er die Stufen hinunter, und sie blieb ganz dicht hinter ihm.

In der Eingangshalle hielt er erneut inne und sah sich nach ihr um. Sie kannte das Ziel. „Hinunter in die Krypta?“ flüsterte sie. Er schaute sie mit feierlichem Ernst an, drehte sich wieder um und durchquerte die angrenzende Halle.

Wie sie befürchtete hatte, stand die Tür, durch die man ins Reich der Toten gelangte, weit offen. Und wieder wartete er auf sie. Was wollte er bloß?

Fast unmerklich schüttelte sie den Kopf. „Warum gerade ich?“ fragte sie ihn leise wie ein verschüchtertes Kind.

Er gab ihr keine Antwort, und sie hatte auch nicht damit gerechnet. Stattdessen drehte er sich um und stieg die steinerne Wendeltreppe hinunter. Rasch folgte Toni ihm. Dieses Mal knipste sie allerdings das Licht an.

Doch die Lampen schienen nicht viel zu nutzen – jedenfalls nicht, wenn sie in der Gesellschaft eines Geistes war. Sie war erleichtert, dass die MacNialls ihre Toten nicht in offenen Nischen bestatteten, bedeckt nur mit verschlissenen Leichentüchern, die im Lauf der Jahrhunderte fadenscheinig wurden und den Blick freigaben auf die sterblichen Überreste, vermodert und staubbedeckt. Doch die Marmorstatuen und die Grabplatten mit gälischen Inschriften ließen keinen Zweifel daran aufkommen, dass sie sich in einem Totenreich befand. Hier unten herrschte eine ungewöhnliche Kälte. Während sie durch die Krypta wanderte, fragte sie sich, ob sie – allein in der Burg und nur in Begleitung eines Geistes – noch ganz bei Verstand war.

Je tiefer sie in die Krypta vordrang, desto schwächer wurde das Licht. Zu ihrer Linken befand sich das Grabmal eines Lords aus dem fünfzehnten Jahrhundert mit einer lebensgroßen Statue. Die Renaissancegestalt saß auf ihrem Sarg, den Kopf in die Hand gestützt, und ihre marmornen Augen starrten ins Leere. Schnell wandte Toni den Kopf ab, denn sie hatte plötzlich das Gefühl, von den Augen aus Stein beobachtet zu werden. Sie kannte ihr Ziel – das Ende des Korridors.

Als sie diesen Teil der Krypta erreichte, war der Geist verschwunden, obwohl sie ihm die ganze Zeit gefolgt war. Dieser Bereich des Gewölbes lag nahezu vollständig im Dunkeln. Sie betrachtete die Marmorfigur, die dem Bruce, den sie kannte, so sehr ähnelte, und fragte sich, warum sie wieder hier war und was ihr bei den vorherigen Besuchen entgangen war.

Dann sah sie es, und ihr gefror das Blut in den Adern.

Die Grabplatte zum Steinsarkophag, der hinter seinem lag, war halb zur Seite geschoben. Derjenige, der ihn errichtet hatte, musste fest davon überzeugt gewesen sein, dass die sterblichen Überreste von Annalise eines Tages neben denen ihres Gatten beigesetzt werden würden.

Stirnrunzelnd drehte sie sich um. Dann flüsterte sie so laut, dass der Geist sie auch hören konnte: „Sie wird kommen. Bruce kümmert sich darum. Sie wird heimkommen und neben dir zur letzten Ruhe gebettet.“ Unheimlich hallte das Echo ihres Flüsterns von den Steinwänden wider.

Sie trat einen Schritt vor und umrundete die Figur des toten MacNiall, um herauszufinden, wie und warum die Grabplatte auf dem zweiten Sarkophag verschoben worden war.

Im schattigen Halbdunkel konnte sie zunächst gar nichts erkennen. Sie versuchte, die Platte noch weiter beiseite zu schieben, um besser in das Innere des Sarkophags sehen zu können, aber der Stein war viel zu schwer für sie. Doch dann vernahm sie ein Knirschen, wie es entsteht, wenn Stein gegen Stein reibt. Die Platte gab tatsächlich nach und glitt zur Seite.

Jetzt sah sie, was im Grab lag.

Der Schrei aus ihrer Kehle hallte laut und schauerlich in den Gängen der Krypta wider.

Toni trat einen Schritt vom Grab zurück. Dann drehte sie sich um und rannte, wie von Furien gehetzt, durch die endlos langen Gänge. So schnell wie möglich wollte sie von hier verschwinden.

Sie hatte ihre Antwort bekommen. Nun wusste sie, was der alte Lord MacNiall ihr die ganze Zeit hatte sagen wollen.

19. KAPITEL

Mit einem Pferd wie Shaunessy war ein Ausritt das reinste Vergnügen. Und als Bruce seine Blicke über die sanften Hügel und grünen Täler schweifen ließ, empfand er auf einmal einen unbändigen Stolz auf seine Heimat. Vom Kamm eines Hügels aus, auf dem er seinem Pferd eine Pause gönnte, erblickte er Schafe und Rinder auf den saftigen Wiesen, so weit das Auge reichte.

Die Ruhe und Friedlichkeit der Szenerie, die sich vor ihm ausbreitete, war geradezu Ehrfurcht gebietend. Hier hatten sich so viele Tragödien abgespielt, hier war so viel Blut vergossen worden, als die alten Volksstämme sich beim Kampf um das beste Stück Land so viel Schmerz und Leid zugefügt hatten. Schon seit den Anfängen des ersten christlichen Jahrtausends hatten sich die Ureinwohner gegen plündernde Eroberer zur Wehr gesetzt, und in späteren Jahrhunderten waren glühende Patrioten für ihre Ideale, ihren König und ihren Stolz in den Krieg gezogen.

Der Gedanke an Kampf und Tod stimmte ihn sehr nachdenklich und berührte ihn unangenehm. Auf einmal konnte er sich des Eindrucks nicht erwehren, dass irgendetwas passieren würde, und zwar schon sehr bald.

„Ziemlich verrückt, alter Knabe, findest du nicht auch?“ sagte er laut, während Shaunessy mit den Hufen scharrte.

Er ließ seinen Blick vom ruhigen Tal hinüber zum Wald wandern, der sich dunkelgrün und schweigend bis zum Horizont erstreckte. Zehn Jahre waren vergangen, seitdem er jenen Fall gelöst hatte, und noch immer wurde ihm mulmig zu Mute, wenn er daran dachte. Warum nur?

Selbstverständlich kannte er den Grund. Er war in die Gedankenwelt eines brutalen Monsters geschlüpft, und das hatte ihm Angst gemacht. Weil ihm das offenbar so mühelos gelungen war, fragte er sich manchmal, ob er möglicherweise selbst auch zu einem solchen Monster werden könnte.

Das glaube ich nicht, beruhigte er sich. Dennoch … Ebenso wenig wie diesen Fall hatte er in den vergangenen Tagen das Bild von Toni vergessen können, die mit dem Gesicht nach unten im dunklen Wasser des Flusses trieb.

Geister und Geisterjäger, dachte er ärgerlich. Natürlich konnte man dem Verstand einige Tricks vorgaukeln, und die Ereignisse der letzten Zeit hatten dem seinen ziemlich übel mitgespielt.

Der Gedanke an Darcy Stone ließ ihn nicht mehr los. Ebenso wenig wie der an Toni. Darcy strahlte eine unbeschwerte Heiterkeit aus. Sie hatte so gar nichts Missionarisches an sich, versuchte auch nicht, ihm ihre Ansichten aufzudrängen. Und er fragte sich, während er auf dem Rücken von Shaunessy saß, was zum Teufel er bloß tun sollte.

Denn eines stand fest: Die Bilder in seinem Kopf suchten ihn heim, immer und immer wieder. Und das Gefühl, das er seinem Schicksal nicht würde entgehen können, wurde von Tag zu Tag stärker. Er würde sich seiner Vergangenheit stellen müssen.

Mit wachsender Panik rüttelte Toni an der schweren Tür. Wenn sie nun verschlossen war? Doch sie ließ sich ohne weiteres öffnen – wie all die Male zuvor.

Das Telefon. Sie musste unbedingt telefonieren.

Eban war irgendwo in der Nähe. Nicht in der Burg, die betrat er eigentlich nie. Oder vielleicht doch?

Auf dem Weg durch die Haupthalle zur Treppe blieb sie plötzlich wie vom Donner gerührt stehen.

Thayer stand vorm Burgportal und bot einen erschreckenden Anblick. Sein Gesicht war blutüberströmt, sein Hemd zerrissen, auch seine Haare waren blutverkrustet. Er wirkte benommen und war über und über mit Schmutz bedeckt. Die Handschellen baumelten von einem Handgelenk.

„Thayer?“ fragte sie verdutzt.

„Es gab einen Unfall“, stammelte er.

„Einen Unfall?“ erwiderte sie misstrauisch. Weil die Bilder aus der Krypta noch so lebendig vor ihr standen, traute sie niemandem mehr. Noch vor einer Stunde hatte sie ihn vehement verteidigt. Doch so wie er jetzt aussah ... „Was ist denn passiert?“ fragte sie mit belegter Stimme.

„Geschlagen ... der Constable, dieses Schwein, hat mich geschlagen. Und ich habe zurückgeschlagen.“

„Wo ist der Constable denn?“

Er schüttelte den Kopf. „Ich konnte mich befreien ... bin rausgekrochen. Toni, ich ...“ Als er langsam auf sie zukam, geriet sie in Panik. Sie war zu vertrauensselig gewesen. Während sie und ihre Freunde in größten Schwierigkeiten steckten, hatte er sich in aller Seelenruhe auf den Heuboden zurückgezogen, um Mariuhana zu rauchen. Das ist doch kein Grund, einen Menschen zu hängen, schalt sie sich sofort. Aber die Art und Weise, wie er sie anschaute, machte sie misstrauisch ...

Plötzlich grinste er, aber es wirkte unecht und beängstigend. „Toni, du siehst aus, als wärst du einem Geist begegnet. Hast du dich wieder auf dem Friedhof herumgetrieben?“

Das reichte. Zum Teufel mit dem Telefon. Sie musste von hier fort. Als er nur noch wenige Zentimeter vor ihr stand, stieß sie ihn fort. Er stolperte und fiel zu Boden. „Toni!“

Ohne ihn weiter zu beachten, lief sie zu den Stallungen, um Wallace zu holen. Auf halbem Wege blieb sie wie erstarrt stehen. Eban verließ gerade den Stall. In der einen Hand hielt er ein ölverschmiertes Tuch, in der anderen ein Schwert. Er macht nur das Schwert sauber, beruhigte sie sich.

„Miss Fraser, wollten Sie in den Stall? Das ist gut. Werfen Sie mal einen Blick auf Wallace, den alten Knaben!"

Sie versuchte gelassen zu wirken. *Wallace, der alte Knabe! War das Pferd jetzt tot? Hatte Eban das Tier etwa vergiftet?*

„Ich wollte einen kleinen Spaziergang machen, Eban", sagte sie und winkte ihm übertrieben fröhlich zu. Hoffentlich folgte Thayer ihr nicht. Andererseits – vielleicht wäre es sogar besser. Denn es war ja wohl kaum vorstellbar, dass *beide* Männer sich etwas hatten zu Schulden kommen lassen …

Oder doch?

Sie schlug den Weg ein, der den Hügel in Schleifen hinab führte, wobei sie ihre Schritte beschleunigte und immer schneller wurde, bis sie schließlich rannte.

„Toni!"

Sie schaute sich um. Thayer verfolgte sie. Er sah ziemlich bedrohlich aus. Nicht wie ihr netter Cousin.

Bis zum Dorf war es ein weiter Weg.

Sie blieb kurz stehen, um nach Luft zu schnappen. Um Jonathan zu entkommen, war er nicht schnell genug gewesen. Umso beachtlicher war das Tempo, das er nun vorlegte.

Ihr Blick ging zur anderen Seite des Hügels. Weit unten bemerkte sie den Wagen des Constables. Das Auto hatte sich überschlagen und war auf dem Dach liegen geblieben.

Ihr blieb keine andere Wahl.

Sie rannte zum Wald und tauchte so schnell wie möglich zwischen den dichten Baumgruppen unter.

Als Bruce von seinem Ausritt zurückkehrte, war der Stall leer, die Wagen verschwunden, und das Burgportal stand weit offen. Böse Vorahnungen machten sich in seinem Innern breit. Er betrat die Haupthalle und rief: „Toni? Gina? … David! Ist jemand da?"

Schwer lastete die Stille im Gebäude. Er durchquerte die angrenzende Halle. Vielleicht war jemand in der Küche. Doch so weit kam er gar nicht. Sein Blick fiel auf die geöffnete Tür zur Krypta.

Das Herz hämmerte in seiner Brust. Verdammt! War sie in das Gewölbe hinabgestiegen, vielleicht gestürzt, und saß jetzt irgendwo da unten, starr vor Angst?

In halsbrecherischem Tempo eilte er die Steinstufen hinunter. „Toni?" Er erhielt keine Antwort, aber er wusste, wo er sie finden würde. Schnell lief er zum Grabmal des alten Burgherren.

Stirnrunzelnd bemerkte er die halb zur Seite geschobene Steinplatte. Als er in den Sarkophag blickte, wurde ihm fast übel von dem Geruch einer verwesenden Frauenleiche.

Hastig trat er einen Schritt zurück.

Er hatte sich geirrt. Er hatte vollkommen falsch gelegen. Sie würden Annie O'Hara nicht im Wald finden. Sie war hier. Wieso? Wieso? fragte er sich unentwegt.

Doch das war im Moment vollkommen unwichtig. Toni war nirgendwo zu sehen, und seine Panik wuchs von Sekunde zu Sekunde. Wo steckte sie bloß?

In fliegender Hast lief er die Wendeltreppe wieder hinauf. Eine innere Stimme sagte ihm, dass er Tony unbedingt finden musste. Noch nie hatte er eine so deutliche Vorahnung gehabt.

Eine Vorahnung. Genau das war es. Das Bild von Toni mit dem Gesicht im Wasser, umgeben von einem Kranz blonder Haare.

Kaum war Toni zwischen den Bäumen verschwunden, schützte sie das dichte Laub vor fremden Blicken. Sie watete durch den Bach, ohne darauf zu achten, dass ihre Jeans bis zu den Knien nass wurden. In diesen Augenblicken spürte sie die Kälte nicht. Als sie an einer alten Eiche vorbeikam, lehnte sie sich gegen den Stamm, um eine Weile zu verschnaufen und zu überlegen.

Sie war davon überzeugt, dieses Mal die sterblichen Überreste eines der jüngeren Mordopfer gefunden zu haben – die Leiche von Annie O'Hara. Es passte ins Bild, es war von geradezu zwingender Logik. Die anderen Leichen hatte der Mörder im Wald versteckt. Jetzt war eine Tote in den Gewölben der Burg gefunden worden. In der Burg, die Bruce gehörte. Es sollte so aussehen, als sei er der Täter. Aber das war unmöglich.

In der Nähe brach knackend ein Ast, und sie fuhr herum.

„Miss Fraser!"

Ebans Stimme. Er rief sie.

Warum hatte er sie bis hierher verfolgt? Und wo war Thayer? Als sie sich umgesehen hatte, war er vor Eban gewesen. Eigentlich hatte sie gar nicht gemerkt, dass Eban ihr ebenfalls gefolgt war.

„Miss, hier ist es gefährlich!" Eban klang wirklich besorgt. „Der Lord mag es überhaupt nicht, wenn Sie hier im Wald herumlaufen, das wissen Sie doch."

Den Rücken eng an den Baum gepresst, wartete sie, bis seine Schritte leiser wurden. Vorsichtig ging sie um den Baum herum und erschrak. Thayer stand direkt vor ihr und rührte sich nicht.

„Toni", sagte er leise, „hier bist du also! Ich habe nach dir gesucht, Liebling. Es tut mir Leid, Toni. Es tut mir wirklich Leid."

Fast wären die beiden Wagen gegeneinander gekracht. Hätte Kevin nicht laut aufgeschrien, David wäre sicher nicht rechtzeitig auf die Bremse gestiegen.

Ryan brachte den Wagen zum Stehen und sprang hinaus. Gina kletterte vom Beifahrersitz. Beide liefen zum Minivan.

„Irgendetwas stimmt da nicht", sagte Ryan besorgt.

„Das kann man wohl sagen", rief David verärgert. „Und zwar mit deiner Fahrweise." Ryans Blick brachte ihn zum Schweigen.

„Was ist denn los?" fragte Kevin.

„Vor etwa fünfzehn Minuten waren wir an der Burg. Toni war nicht da, das Portal stand weit offen, und die Tür zur Krypta war ebenfalls geöffnet."

Ryan holte tief Luft, und Gina fuhr fort: „Und zu allem Unglück hat sich der Wagen von Jonathan Tavish überschlagen und liegt am Fuß des Hügels."

„Wir sind gerade die Straße entlang gefahren, haben aber keine Spur von Toni gesehen. Habt ihr denn wenigstens Bruce gefunden?" fragte David besorgt.

Beide schüttelten den Kopf.

„Wir auch nicht", sagte Kevin resigniert.

Ratlos starrten sie sich eine Weile an. Dann wanderte ihr Blick zum Wald hinüber, der wie eine undurchdringliche grüne Wand vor ihnen aufragte. Kevin stöhnte.

„Wahrscheinlich ist sie dorthin gelaufen", flüsterte Gina.

„Also los, gehen wir", forderte David die anderen auf. Er und Kevin stiegen aus dem Minivan. Einen Moment lang schauten sie schweigend in die Baumkronen, bevor sie losliefen.

Als sie den Bach erreichten, schlug David vor: „Kevin und ich gehen hier entlang – und ihr beide nehmt die andere Richtung."

Sie trennten sich.

Er ist bestimmt nicht kräftig genug, um mir wehzutun, überlegte Toni. Doch sie wollte kein Risiko eingehen. Sie musterte ihn misstrauisch, dann drehte sich um und rannte los.

„Toni, warte! Um Himmels willen, warte doch!" rief er ihr mit seltsam verzerrter Stimme nach.

Um Himmels willen!

Doch sie lief weiter. Eigentlich hatte sie vorgehabt, tiefer in den Wald vorzudringen. Stattdessen kam sie wieder am Bach aus. Keuchend blieb sie stehen und überlegte, was sie als Nächstes tun sollte, als sie ein Stöhnen hörte. Sie schaute sich um. Dann entdeckte sie etwas im Wasser zu ihrer Linken.

Da lag jemand im Fluss. Kein Toter, denn die Person gab noch Laute von sich. Ein Mann oder eine Frau? Sie konnte es nicht erkennen, weil Äste und Blätter ihr die Sicht versperrten, sodass sie kaum zwei Meter weit sehen konnte.

Wieder ertönte das Stöhnen. Der Körper bewegte sich.

„Mein Gott", sagte sie entsetzt und versuchte, sich einen Weg durch das Dickicht zu bahnen.

Im Galopp jagte er mit Shaunessy über die Hügel. Als er die Wagen sah – so nahe beieinander, dass sie sich zu berühren schienen –, hielt er sein Pferd an. Und am Fuß des Hügels lag der Wagen des Constables. Das verhieß nichts Gutes.

Er saß ab und führte Shaunessy schnell zum Bach hinunter.

In diesem Moment trat Eban kopfschüttelnd aus dem Wald heraus. Bruce lief zu ihm hinüber und packte ihn bei den Schultern. „Eban, wo ist Toni?"

„Irgendwo da drin", erwiderte er mit einer vagen Handbewegung. „Aber ich kann das Mädel nicht finden."

„Eban, bist du sicher? Wer ist denn sonst noch da drin? Die anderen auch? Antworte mir, Eban. Thayer vielleicht? Hat er Jonathan bewusstlos geschlagen? Ich habe seinen Wagen gesehen. Thayer hat sich auch im Wald versteckt, nicht wahr? Eban, hör zu, was ich dir jetzt sage. In der Krypta liegt eine Leiche. Weißt du, wie sie dahin gekommen ist?"

Eban starrte ihn verständnislos an. „Lord MacNiall, in der Krypta sind viele Leichen."

Bruce musste sich zusammenreißen, um nicht die Geduld zu verlieren. „Eins der ermordeten Mädchen liegt in der Krypta, Eban. Weißt du, wie sie da hingekommen ist?"

Immer noch starrte er Bruce an. Dann schüttelte er den Kopf. „Sie halten den Platz nicht in Ordnung, Lord Bruce. Verzeihen Sie mir, wenn ich Ihnen das so direkt sage."

„Geh zurück zur Burg und verständige Detective Inspector Robert Chamberlain. Beeil dich, Eban. Er soll auf dem schnellsten Wege hierher kommen."

„Jawohl, Lord Bruce. Jawohl!"

Eban lief zur Burg zurück. Bruce verfluchte sich, weil er sein Handy nicht mitgenommen hatte. Er schlug Shaunessy mit der flachen Hand auf die Kruppe, damit er ebenfalls zur Burg zurückgaloppierte, und tauchte in den Wald ein.

„Constable!"

Endlich hatte Toni den armen Jonathan Tavish erreicht und half ihm auf die Beine.

Schwankend stützte er sich auf sie, um sein Gleichgewicht zu finden. Er wirkte noch leicht benommen.

„Toni! Miss Fraser, es tut mir sehr Leid, aber er ist wirklich ein mieser Hund. Er hat mir auf den Kopf geschlagen und den Unfall verursacht. Und er ist davongelaufen."

Toni schluckte hart. „Kommen Sie. Wir müssen schnell von hier fort. Es gibt noch etwas viel Schlimmeres, Constable Tavish. Die Leiche des Mädchens, das zuletzt vermisst wurde ... ich glaube, ich weiß, wo sie ist."

„Wirklich?"

Allmählich kehrten die Kräfte in seinen Körper zurück, und er schaute sie aufmerksam an.

„In der Krypta. In den Gewölben der Burg", fuhr sie fort. „Ich ... ich habe keine Ahnung, was das zu bedeuten hat. Ich kann nicht glauben, dass Bruce MacNiall ... Nein, unmöglich. Andere hatten schließlich auch Zugang zur Krypta."

„Wer denn? Vielleicht Ihr Cousin, Miss Fraser?"

„Jeder in der Burg", antwortete sie. „Als wir einzogen und noch gar nichts von Bruce wussten, war die Tür nicht verschlossen. Und dann ist da noch Eban Douglas. Er ist aus dem Ort und ein Freund von Ihnen, aber er ist ein merkwürdiger Mann. Denken Sie mal darüber nach. Jeder konnte in das Gewölbe. Es wäre ein Leichtes, dort hinunterzusteigen."

„Nun ja, das ist schon richtig", stimmte er ihr zu.

Das Knacken eines Zweiges ließ sie aufmerksam werden. Sie schauten sich um.

Thayer hatte sie gefunden. Er schien sich ein wenig beruhigt zu haben und warf Jonathan einen hasserfüllten Blick zu.

„Toni ... halte dich fern von ihm."

Sie seufzte. „Thayer, wir wollen dir immer noch helfen. Wir besorgen dir einen guten Anwalt. Wir ..."

„Toni! Geh weg von ihm. Er hat mich fast bewusstlos geschlagen. Normale Polizisten tun so etwas nicht!"

„Du verdammter Schweinehund!" schrie Tavish. „Du hast mich niedergeschlagen."

„Mit Ihnen stimmt was nicht, Tavish", rief Thayer.

Unvermittelt schien Jonathan seine Kräfte zurückgewonnen zu haben. Er machte einen Satz auf Thayer zu und riss ihn brutal zu Boden. Sie hörte ein Stöhnen und sah, dass Thayer kurz davor war, das Bewusstsein zu verlieren. Trotzdem ließ Tavish nicht von ihm ab. Er war wie besessen.

„Nein, Constable", rief sie entsetzt, während sie zu ihm lief.

Tavishs Faust schlug hart gegen Thayers Kinn, und der verdrehte die Augen. Toni schlug das Herz bis zum Hals. Sie konnte nicht glauben, was sie gerade gesehen hatte.

„Wir müssen Hilfe holen. Sie hätten meinen Cousin beinahe umgebracht", sagte sie wütend.

Jonathan Tavish richtete sich wieder auf und starrte sie an, während er sich eine schmutzige blonde Haarsträhne aus der Stirn schob. „Ach, Mädchen“, sagte er, während er näher kam. „Armes, wunderschönes Mädchen. Ich hatte noch so viel mit dir vor.“

Instinktiv trat sie einen Schritt zurück. Zu spät erkannte sie, dass Thayer tatsächlich Recht gehabt hatte. Obwohl er kaum hatte laufen können, war er ihr gefolgt, weil er sie beschützen wollte und gewusst hatte, dass Tavish im Wald war.

Er trat noch einen Schritt näher.

Toni stieß einen gellenden Schrei aus. Dann drehte sie sich auf dem Absatz um und rannte so schnell sie konnte. Sie hoffte, dass Tavishs Zustand schlimmer war, als es den Anschein hatte.

Doch schon hatte er sie an den Haaren gepackt und riss sie mit brutaler Gewalt zurück. Sie strauchelte, landete im Wasser, und als sie sich aufrappeln wollte, schlossen sich seine Hände um ihren Hals. Verzweifelt versuchte sie, seinem Würgegriff zu entkommen, und stieß ihm ihre Fingernägel ins Fleisch. Aber er war sehr stark. Feuerrote Kreise tanzten vor ihren Augen, und das Tageslicht wurde immer dunkler.

Schließlich wurde es schwarz um sie.

Sie würgte, keuchte, rang nach Luft.

Mit letzter Kraft rammte sie ihm ihr Knie zwischen die Beine.

Bruce stürmte durch den kleinen Wald, der vom Fluss zerteilt wurde. Und dann sah er sie. Toni. Seine geliebte Toni. Mit dem Gesicht nach unten trieb sie im Wasser. Eingerahmt von einem Kranz hellblonder Haare …

„Toni!“ In panischer Angst hastete er zum Ufer, ohne auf die Steine und Äste zu achten, die ihn mehr als einmal ins Straucheln brachten. Als er sie erreicht hatte, fiel er auf die Knie und zog sie hoch. Schlaff, stumm und kalt lag sie in seinen Armen.

Er presste seine Lippen auf ihren Mund und blies Sauerstoff in ihre Lunge. Schwankend kam er auf die Füße und zog sie auf die glitschige Uferböschung, wo er mit seinen Wiederbelebungsversuchen fortfahren wollte. Doch noch ehe er weitermachen konnte, schnappte sie nach Luft, würgte und hustete einen Schwall Wasser hervor. Dann öffnete sie die Augen.

„Bruce!“

Es war kaum mehr als ein Krächzen, aber er erkannte den warnenden Ton in ihrer Stimme. Er legte sie auf den Boden und drehte sich um. In dem Moment sauste Jonathans Polizeiknüppel mit aller Kraft gegen seine Schläfe. Er stolperte rückwärts und stürzte zu Boden. Seine Umgebung nahm er nur noch wie durch einen Nebelschleier wahr.

„Was zum Teufel machst du da, Jonathan?“

„Ich versuche, einen verdammten Mörder an seinem Tun zu hindern“, erwiderte Jonathan.

Sein Schädel schmerzte höllisch, und nichts wäre ihm in diesem Moment willkommener gewesen, als sich in das dunkle Loch fallen zu lassen, das sich vor seinen Augen aufzutun schien. Verbissen kämpfte er gegen die Ohnmacht an und bemühte sich, wieder auf die Füße zu kommen.“ Ich habe niemanden ermordet, und das weißt du ganz genau!“

„Ach ja? Ob der Richter das wohl genauso sieht, Lord Bruce? In deiner alten Krypta liegt eine ziemlich frische Leiche.“

Bruce musterte ihn argwöhnisch. „Du weißt, dass ich sie nicht dorthin gelegt habe.“

„Das weiß ich in der Tat. Hör mal, Bruce, ich sehe doch eigentlich ganz gut aus. Trotzdem hatte ich es nie so leicht mit den Mädchen wie du. Dann war da noch diese Burg auf dem Hügel, die nach und nach zusammenfiel. Du hast das nie zu schätzen gewusst, Bruce. Du hast einen solchen Besitz überhaupt nicht verdient. Und wenn ich dich und dein letztes Opfer jetzt nicht töte, gelingt es dir, wie ich dich kenne, bestimmt auch, die Herrschaft im Gefängnis zu übernehmen und bald schon wieder frei zu kommen. Deshalb werdet ihr hier sterben, du und das Mädchen. Hast du selbst neulich nicht gesagt, dass man sich einen Titel auch kaufen kann? Und auch eine Burg auf einem Hügel."

„Du hast Menschen getötet, weil du eifersüchtig auf mich bist?" fragte Bruce ungläubig.

Jonathan dachte kurz über seine Frage nach. „Nein, erst kam das Töten. Oder vielleicht auch nicht. Vielleicht bist du der Grund für das alles, Bruce. Wegen Maggie."

„Maggie!" Er konnte es nicht glauben. „Maggie ist doch lange tot", erwiderte Bruce verständnislos.

„Ja, schon sehr lange."

„Sie war *meine* Verlobte, Jonathan."

„Aber ich habe sie zuerst geliebt. Und es hat eine Zeit gegeben, da war ich sicher, dass auch sie mich liebt. Doch dann bist du aufgetaucht, Bruce, und es war wie immer – das Leben hat es nun mal gut gemeint mit dem großen Burgherren. Auf einmal war da nur noch Mitleid in ihrem Blick, wenn sie mich angeschaut hat. Aus der Entfernung habe ich mich nach ihr verzehrt ... aber dann ist sie gestorben, und das war Gottes Wille. Nun ja, aber wenigstens habe ich durch sie viel über Frauen gelernt."

Jonathan begann auf und ab zu laufen und redete sich dabei immer mehr in Rage. „Du hast mich immer schon für ziemlich dämlich gehalten, Bruce. Aber ich bin der Klügere von uns beiden, bin es immer schon gewesen. Du, der große MacNiall, weißt, wie du deine Aktienpakete vermehren kannst. Aber ich kenne mich aus mit Computern." Er schien eine Weile nachzudenken, ehe er weiterredete. „Nach dem ersten Mädchen wusste ich noch nicht so richtig, wie ich mich verhalten sollte. Das kam erst mit dem zweiten. Es gab Zeiten, da habe ich gedacht, ich hätte vielleicht einen Fehler begangen, eine Unachtsamkeit. Also musste auf jeden Fall ein Sündenbock her. Das war ein Kinderspiel. Ich habe die Leute dazu gebracht, hierher zu kommen. Ach, Bruce, das Internet ist wirklich eine tolle Erfindung! Ich habe alle Informationen über dich gesammelt, die ich brauchte. Und man kann auch alles übers Internet verkaufen. Eigentlich habe ich damit gerechnet, dass du stinksauer bist und sie sofort vor die Tür setzt. Andererseits war es ja auch okay, dass sie in der Nähe waren, als die letzte Tote gefunden wurde. Die reizende Miss Fraser hätte es eigentlich gar nicht treffen sollen, aber jetzt ... Na ja, hinterher wird hier eine ziemliche Schweinerei zu beseitigen sein."

Bruce presste die Zähne zusammen. Ihm war noch immer schwindlig, und von Zeit zu Zeit wurde ihm schwarz vor Augen. Sein so genannter Freund hatte vor, ihn und Toni umzubringen – hier, mitten im Wald.

Grinsend zog Jonathan ein Messer aus der Hosentasche. „Ein Polizist wurde angegriffen. Es war reine Notwehr."

Jonathan hatte ihn nicht nur beneidet, fuhr es Bruce in diesem Moment blitzartig durch den Kopf. Er hatte ihn jahrelang mit geradezu krankhaftem Hass verfolgt. Der Mann handelte nicht in einem unbedachten und spontanen Wutanfall. Er hatte seine Tat genauestens geplant, vielleicht noch länger davon geträumt. Doch sein teuflischer Plan durfte nicht gelingen.

Mit einem Satz war Bruce bei Jonathan und brachte ihn zu Fall. Aber Jonathan war ziemlich kräftig, und obwohl Bruce verzweifelt kämpfte, hatte sein Gegner ihn bald unter sich begraben.

Mit einem Schrei stürzte Toni sich auf den Constable. Dessen Kraft reichte für zwei, zumal er Tonis Angriff geschickt abwehren konnte. Mit der Faust traf er sie mitten ins Gesicht, und sie stolperte rückwärts in den Fluss.

Bruce sah das Messer über sich schweben. Er wollte sich unter der Klinge wegducken, und mit aller Kraft gelang es ihm, den Mann von sich herunterzurollen. Sofort kroch Jonathan wieder auf Bruce zu, fest entschlossen, ihm das Messer in die Brust zu rammen. Bruce versetzte ihm einen Fußtritt in die Rippen.

Wieder fiel er zu Boden, und wieder war er kurz darauf auf den Beinen. Auf einmal stand er mitten im Fluss, starrte auf Bruce, schaute mit wildem Blick um sich und dann wieder zu Bruce. Es wirkte ebenso bedrohlich wie grotesk.

„Rühr dich nicht vom Fleck, du Mistkerl!" brüllte er.

Bruce sah ihn ungläubig an.

Toni hatte sich aufgerichtet und kroch auf allen Vieren ans Ufer. „Welchen von den beiden, Jonathan?" fragte sie. „Welchen von den beiden wollen Sie denn nun töten?"

Bruce warf ihr einen raschen Blick zu. Sah sie wirklich jemanden, oder tat sie nur so? Er musste das Spiel mitmachen. Vielleicht war es seine einzige Rettung.

„Der da, Jonathan!" schrie Toni. „Der da. Er greift Sie an."

Zu Bruce' Erstaunen trat Jonathan einen Schritt vor und kämpfte mit der Luft. Er fand keinen Halt, verlor um ein Haar das Gleichgewicht, und drehte sich zu Toni um. Sein Blick ließ keinen Zweifel daran aufkommen, dass er zu allem entschlossen war. Gefährlich blitzte die Klinge des Messers im Halbdunkel.

Es war Bruce' Chance, möglicherweise seine letzte. Er sprang Tavish an und stieß ihn mit aller Wucht zu Boden. Sofort ließ ihn ein hässliches Knacken zusammenzucken. Jonathan war mit dem Kopf gegen einen Felsbrocken gekracht.

Der Constable rührte sich nicht mehr. Wie benommen stand Bruce über dem schlaffen Körper. Er wusste, dass es Notwehr gewesen war. Dennoch hatte er gerade einen Menschen getötet. Plötzlich empfand er eine unendliche Leere.

Er fiel zu Boden, rollte sich auf den Rücken und ließ das eiskalte Wasser über sich hinweglaufen. Einen Augenblick später kniete Toni neben ihm und ergriff seine Hand. In ihren saphirblauen Augen standen Tränen der Erleichterung. Der Tod eines jeden Menschen war eine Tragödie. Das wussten sie beide. Aber sie hatten überlebt. Bruce hätte sofort sein Leben für ihres geopfert. Und was ihre Zukunft anbetraf, empfand er nicht wirklich Trauer darüber, dass es sie beide waren, die diesen mörderischen Kampf mit Glück überlebt hatten.

Doch jemand hatte ihnen dabei geholfen.

„Er war hier, nicht wahr?“ flüsterte er mit rauer Stimme. „Der alte MacNiall. Er stand plötzlich hier im Wald. Jonathan hat ihn auch gesehen und wusste plötzlich nicht mehr, welchen von uns beiden er töten musste?“

Sie nickte.

Bruce schloss die Augen. „Sag ihm, ich danke ihm dafür.“

„Ich verstehe es immer noch nicht", sagte Bruce. Er saß Robert Chamberlain an einem Tisch im Café gegenüber. „Warum? Warum verbringt einer sein ganzes Leben damit, sich ... nun ja, dafür zu rächen, dass er nicht als Burgherr geboren wurde?"

„Irgendwie tut Jonathan mir fast Leid. Seine Hassgefühle, die echten wie die eingebildeten, müssen ihn innerlich zerfressen haben. Dazu kam dann der psychische Knacks. Na ja, keiner wird mehr feststellen können, was durch was verursacht wurde", meinte Robert. „Vielleicht hat es mit Maggie begonnen – und vielleicht schon, ehe sie sich in dich verliebte."

„Wegen mir hat sie Jonathan nicht zurückgewiesen. Zwischen den beiden ist nie etwas gewesen", sagte Bruce kopfschüttelnd.

Robert seufzte. „Aber er hat geglaubt, dass sie ihn lieben würde, wenn du nicht gewesen wärst. Ich bin kein Psychologe, doch als er dann angefangen hat zu töten, hat er sich vermutlich Frauen ausgesucht, die Maggie irgendwie ähnlich sahen – wenigstens im Dunkeln. Um es ihr heimzuzahlen. Er hat Prostituierte genommen, weil deren Verschwinden weit weniger Aufsehen erregt als bei durchschnittlichen Angestellten, Müttern, Ehefrauen oder Schülerinnen. Die Mädels in den Großstädten ahnten natürlich nicht, was dieser gut aussehende Mann mit ihnen vorhatte. Das Böse sieht schließlich hässlich oder abstoßend aus. Aber mit so einem hübschen Kerl lässt man sich gerne ein. Ganz gezielt hat er dann die Leichen im Wald versteckt, um dich in die Geschichte hineinzuziehen. Stell dir nur sein Triumphgefühl vor, als er die Amerikaner am Angelhaken hatte – und Thayer. Jetzt musste er nur noch abwarten. Es war für ihn kein Problem, ihr Geld, das sie für die Burg gezahlt haben, auf Thayers Konto zu überweisen, damit es so aussah, als habe er den ganzen Schwindel eingefädelt.

Er war sehr geschickt im Umgang mit Computern. Geradezu genial. Schade, dass er nichts Vernünftiges aus seinen Fähigkeiten gemacht hat. Geht's Thayer eigentlich gut?"

„Ja, er ist wieder vollkommen hergestellt. Toni ist fast durchgedreht, weil sie ihm nicht sofort helfen konnte, nachdem Jonathan tot war. Aber dann sind die anderen gekommen und haben ihn aus dem Wald gebracht. Den Rest kennst du ja." Er zog eine Grimasse. „Und jetzt sitze ich hier, achtundvierzig Stunden später, und kann noch immer nicht in meine Burg zurück, weil die Jungs von der Spurensicherung alles auf den Kopf stellen."

„Bruce ..."

„He, ich war selber mal Polizist, hast du das vergessen? Lasst euch ruhig so viel Zeit, wie ihr braucht. Muss ja schließlich alles seine Ordnung haben." In die Burg konnte derzeit keiner von ihnen zurück, dort hatten die Ermittler das Sagen. Sowohl das Gebäude als auch das gesamte Grundstück wurden Meter für Meter nach Beweisstücken der grausamen Mordserie durchsucht. Sogar Wallace und Shaunessy waren vorübergehend in einem Stall in der Stadt untergebracht worden.

Bruce stieß einen tiefen Seufzer aus. „Meine Güte, und ich habe Jonathan für inkompetent gehalten, wo er doch in Wahrheit ein genialer Verbrecher war. Eine Zeit lang habe ich ja tatsächlich geglaubt, dass Thayer Fraser einiges auf dem Kerbholz hat. Und Toni und ihre Freunde haben sich bestimmt vor Eban gegruselt. Irgendwann habe ich mich auch gefragt, ob wir möglicherweise wieder nach einem Ehepaar als Täter Ausschau halten müssten. Und dabei war ich allein die Ursache für diesen grenzenlosen Hass."

„Du brauchst dir keine Vorwürfe zu machen", beruhigte Robert ihn. „Du hast Jonathan nichts getan. Keiner kennt wirklich die Ursache für einen solchen Kurzschluss im Gehirn oder in der Seele. Vielleicht hatte er schon als Kind einen Hang zum Bösen.

Oder es hat sich im Laufe der Zeit entwickelt, und niemand hat es gemerkt. Da kommt übrigens deine muntere kleine Theatertruppe. Höchste Zeit für mich zu gehen, denn ich habe noch einiges zu erledigen."

Toni und die anderen waren spät dran. Sie hatten Zimmer im *Thistle and Thorn* genommen, und was der Pension an Luxus in den Badezimmern fehlte, wurde durch den anheimelnden Charme der Zimmer mehr als wettgemacht. Sogar der alte Eban, der seine kleine Hütte noch nie verlassen hatte, genoss den ungewohnten Komfort eines Hotels.

Sie begrüßten Robert mit großem Hallo und waren enttäuscht, dass er ihrer Bitte, noch ein wenig zu bleiben, nicht nachkommen konnte. „Die Pflicht kennt keinen Feierabend. Das Schicksal eines Polizisten", meinte er mit einem Lachen.

Während er sich noch von den anderen verabschiedete, trafen Matt und Darcy Stone ein. Auch ihnen wünschte er alles Gute. Er wollte gerade gehen, als er sich noch einmal umdrehte. „Fast hätte ich's vergessen!" sagte er.

„Was denn?" fragte Bruce.

„Dass es mir nicht früher eingefallen ist. Die Kellnerin, dieses junge Ding aus Stirling, die wir auch für vermisst gehalten haben – erinnerst du dich?

„Natürlich", sagte Bruce.

„Ja", murmelte Thayer. „Katie."

„Nun, sie wird nicht irgendwann mal im Wald auftauchen", fuhr Robert fort. „Sie ist nach London gegangen. Dort hat sie einen jungen Mann kennen gelernt, der sie davon überzeugen konnte, dass sie mehr drauf hat als ein Leben lang andere Leute zu bedienen. Sie arbeitet jetzt in einem Modegeschäft und holt nebenher ihren Schulabschluss nach. Könnt ihr euch vorstellen, wie entsetzt sie war, als ein Londoner Bobby sie ansprach und mit aufs Präsidium nahm? Sie hatte nicht die leiseste Ahnung, dass sie als vermisst gemeldet worden war."

„Na Gott sei Dank", sagte Thayer.

„Manche Dinge gehen eben doch noch gut aus. Jetzt muss ich aber wirklich los. Einen schönen Tag noch allerseits."

Sie saßen an einem großen Tisch, und die Kellnerin hatte einiges zu tun, bis alle endlich ihre Bestellungen aufgegeben hatten. Als die Bedienung gegangen war, entstand ein nachdenkliches Schweigen in der Runde.

Jetzt, wo alles vorbei war, dachten sie nur mit Unbehagen daran zurück, dass sie den ein oder anderen aus ihrer Mitte grundlos verdächtigt hatten. Das war ihnen nun ausgesprochen peinlich, doch von diesem Vorwurf konnte sich keiner von ihnen freisprechen. Alle hatten sich täuschen lassen.

Umso mehr waren alle fest entschlossen, die Vergangenheit ruhen zu lassen und sich der Zukunft zuzuwenden.

„Alle mal herhören", ließ sich Bruce vernehmen.

Erwartungsvoll sahen sie ihn an.

„Ich schlage Folgendes für die nächste Zeit vor", begann er. „Die Besichtigungen sollten erst einmal eingestellt werden – zumindest für ein paar Wochen. Die Ermittler werden schließlich noch einige Tage in der Burg zu tun haben. Außerdem werden sich sämtliche Zeitungen auf die Sache stürzen. Schon aus Respekt vor den Toten sollten wir deshalb eine kleine Pause machen. Aber die Leute lieben ja das Gruselige, und wenn ihr erst einmal wieder anfangt, werden sie euch bestimmt die Bude einrennen, und ihr werdet alle Hände voll zu tun haben, den Ansturm zu bewältigen."

Gina stieß einen Laut der Verwunderung aus. „Sie lassen uns also weitermachen?"

Er nickte. „Zunächst mal für ein halbes Jahr."

„Und danach?" fragte sie, geschäftstüchtig.

Ehe er antworten konnte, fiel ihm Thayer ins Wort. Er war noch immer nicht über die Ereignisse der letzten Tage hinweggekommen. „Wer hätte das gedacht! Ausgerechnet Jonathan, ein Polizist! Ein Mann, den Sie Ihr ganzes Leben lang gekannt und für einen Freund gehalten haben, Bruce!"

So schnell würden sie also die Vergangenheit nicht aus dem Gedächtnis streichen können. Auch wenn sie glaubten, über alles ausführlich gesprochen zu haben – bewältigt waren die Erlebnisse noch lange nicht. Wie ein Geist aus nicht allzu ferner Zeit würden sie immer wieder einmal auftauchen.

Toni sah zu Darcy Stone hinüber. „Darcy, wäre es möglich, dass Jonathan ... in einem früheren Leben Grayson Davis war?"

Darcy zuckte mit den Schultern. „Ich weiß nicht. Vielleicht, vielleicht auch nicht."

„Man bekommt nicht immer alle Antworten, weder von den Lebenden noch von den Toten. Und das ist gut so. Sonst wäre das Leben ganz schön langweilig", fügte Matt hinzu.

Bruce ergriff das Wort. „Wahrscheinlich war er nur ein Mensch, der mich sein ganzes Leben lang gehasst hat – mit einem Hang, über andere zu bestimmen und sogar einer Neigung zum Mord. Es gibt nichts, was seine Taten entschuldigt, aber seinen Hass auf mich kann ich beinahe nachvollziehen. Ich habe alles, was er sich immer wünschte – die Burg, den Titel. Obwohl ich nach Maggies Tod nur noch selten hier gewesen bin, war ich nach wie vor der Burgherr, und das bedeutet den Menschen im Dorf einiges. Und dann gab es noch Maggie – meine Verlobte. Ich habe nie gewusst, dass Jonathan in sie verliebt war. Für sie war er nie mehr als ein guter Freund. Offenbar hat er sich von ihr zurückgewiesen gefühlt. Es gibt bestimmt eine ganze Reihe von psychologischen Erklärungen. Na ja, und vielleicht war er ja wirklich Grayson Davis – und hat nichts aus seinem früheren Leben gelernt."

Plötzlich schlug Gina mit der Faust auf den Tisch und funkelte David und Kevin wütend an. „Und ihr miesen kleinen Ratten habt Ryan und mich doch tatsächlich für fähig gehalten, solche Taten zu begehen, nachdem ihr von der Mordserie gelesen habt, die Bruce in Edinburgh aufgeklärt hat. Als ob wir dazu fähig wären!"

„Das ist doch gar nicht wahr!" protestierte David.

„Schon allein deshalb nicht, weil Gina niemals eine andere Frau neben sich dulden, ganz zu schweigen davon, eine andere für mich finden würde", meinte Ryan.

Entgeistert sah sie ihn an.

„Dafür bist du nämlich viel zu eifersüchtig", fügte er hinzu.

„Das ist ja eine Unverschämtheit", schäumte sie.

Bruce musste lachen. „Trotzdem haben Sie Toni in den Arm genommen, Ryan. Das habe ich selbst gesehen."

„Toni …" Er machte eine beschwichtigende Handbewegung. „Toni ist eine sehr gute Freundin!"

„Hört, hört!" rief Toni. Sie wusste nicht so recht, ob sie darüber lachen oder wütend sein sollte.

„Ich umarme Toni genauso wie David und Kevin."

„Uuuh! Echt toll", meinte David und tat geschmeichelt.

Ryan stöhnte. „Beachten Sie ihn einfach gar nicht", sagte er zu Bruce. Dann wechselte er das Thema. „Wir können also noch sechs Monate bei Ihnen wohnen und arbeiten. Und dann? Werden Sie denn danach weiter bei uns mitmachen?"

„Ja. Nach einem weiteren Monat."

„Wie bitte? Warum denn erst danach? Was passiert denn in den vier Wochen dazwischen?"

Lächelnd wandte sich Bruce zu Toni. „Ich dachte, wir könnten eine Weile wegfahren. Obwohl ich weiß, dass Toni Schottland über alles liebt, muss sie vielleicht auch mal was anderes sehen. Etwas ganz anderes, mit Sandstränden und viel Sonne. Cancun, die Florida Keys, Aruba. Vielleicht Disneyland. Aber das Spukhaus werden wir ganz bestimmt nicht besichtigen." Er zwinkerte ihr zu.

„Toni kann aber nicht weg", widersprach Ryan. „Dann bleibt ja nur noch Gina übrig, und sie kann unmöglich alle Frauenrollen übernehmen. Aua." Gina hatte ihrem Gemahl mit voller Wucht einen Rippenstoß versetzt.

„Es gibt doch noch Lizzie und Trish", warf Thayer ein. „Sie würden sehr gerne bei uns mitmachen. Obwohl ich im Moment ebenfalls überlege, mich aus dem Geschäft zurückzuziehen."

„Warum denn das?" Die Runde sah ihn fragend an.

Thayer zog eine Grimasse. „Wisst ihr, was ich aus dem Ganzen gelernt habe? Dass ich auf der richtigen Seite des Gesetzes stehen möchte. Ich habe vor, mit meinem früheren Leben abzuschließen, eine Ausbildung zu machen und Constable zu werden. Und zwar hier!" Er sah Bruce an. „Na schön, Sie halten mich für einen miesen Typen, der keinen Pfifferling wert ist ..."

„Ehrlich gesagt halte ich Sie für goldrichtig, was diesen Job angeht", entgegnete Bruce.

Erstaunt richtete Thayer sich auf. Er sah sehr zufrieden aus. „Ich wäre bestimmt ein guter Polizist, das schwöre ich." Er verstummte, ohne den Blick von Bruce zu nehmen. „Und Sie ... Sie sollten auch wieder bei der Polizei anfangen. Ihr Freund Robert hat mir erzählt, dass die Lücke, die Sie hinterlassen haben, bis heute nicht geschlossen ist."

„Vielleicht sollten Sie wirklich mal in Ruhe darüber nachdenken, Bruce", meinte Darcy.

„Es gibt bestimmt sehr viele Möglichkeiten, bei denen Ihr gelerntes Wissen und Ihre ... natürlichen Fähigkeiten Gold wert sind", schloss sich Matt seiner Frau an.

„Vielleicht irgendwann einmal, wenn etwas Zeit vergangen ist", sagte Bruce auswcichend. „Im Moment noch nicht."

„Na prima. Sie wollen weg, Thayer möchte Constable werden, und wir machen unsere heroische Vorstellung mit der halben Besetzung", jammerte Ryan.

„Wieso? Sie sind doch noch dabei, David und Kevin, Gina ... Lizzie und Trish. Und wir kommen ja auch wieder zurück", versprach Bruce. Wieder schaute er zu Toni hinüber. „Das heißt, wenn du überhaupt mit mir kommen willst?"

„Wage bloß nicht, ohne mich zu gehen", drohte sie lachend.

„Aber was passiert denn nun nach den sechs Monaten?" erkundigte Gina sich beharrlich.

„Ich glaube, ich weiß es", meinte Darcy lächelnd. „Und dafür braucht man auch bestimmt keine hellseherischen Fähigkeiten."

Unverwandt sah Bruce Toni an. „Nun ja, so wie ich mir das vorstelle ... zunächst einmal wird es hier eine ganz große Hochzeit geben. Die Braut in Weiß, der Bräutigam in seinen Clanfarben. Und die Hochzeitsgesellschaft ... da sollten der Fantasie keine Grenzen gesetzt sein." Er schaute zu David und Kevin hinüber. „Bloß nichts Rosafarbenes!" sagte er mit einem Augenzwinkern. Dann wandte er sich wieder zu Toni und ergriff ihre Hand. „Ich bin mit Privilegien zur Welt gekommen. Ich habe sie ebenso wie meine Familiengeschichte lange Zeit ignoriert. Diese Burg sollte ein Heim werden. Ich habe vor, sie zu einem solchen zu machen – mit einer Frau und Kindern. Denk mal darüber nach, Liebes", setzte er leise hinzu. „Dieser arme Kerl, der alte MacNiall, ist jahrelang hier herumgewandert, um Ordnung in sein Vorleben zu bringen. Ich denke, das bin ich ihm schuldig, meinst du nicht auch? Eine Braut, die so leidenschaftlich und so treu ist wie seine eigene ... und außerdem hat er viele Ur-Ur-Ur-Großenkel verdient."

Toni konnte sich gar nicht genug darüber wundern, dass er dies vor all den anderen verkündete. Sie fühlte sich ebenso geehrt wie geschmeichelt – und ein kleines bisschen verlegen.

„Neulich hast du noch gesagt, dass du mich gar nicht richtig kennst“, erinnerte sie ihn.

„Ich habe mich geirrt. Ich weiß inzwischen alles über dich, was ich jemals wissen muss – genauso, wie ich es damals schon gewusst habe.“ Jetzt war er doch ein wenig verunsichert und unterbrach sich. „Es tut mir Leid, ich will dich nicht drängen.“

Sie schüttelte den Kopf. „Das tust du gar nicht. Es sind die schönsten Worte, die mir jemals ein Mann gesagt hat. Und ich habe sie mir nicht einmal selbst ausgedacht.“

„Oh mein Gott!“ rief David. „Bedeutet das etwa, dass ihr zwei verlobt ab heute seid?“

„Genau“, erwiderte Bruce.

„Dann wird es höchste Zeit für Champagner“, sagte Thayer.

Ein Toast wurde gesprochen, und dann verlebten sie gemeinsam einen ausgelassenen und fröhlichen Tag – Freunde, die durch die wechselvollen Ereignisse der Vergangenheit für immer zusammengeschweißt sein würden.

Am Abend waren Toni und Bruce endlich allein. In ihrem anheimelnden kleinen Zimmer im *Thistle and Thorn* nahm er sie in die Arme, legte den Finger unter ihr Kinn und sah ihr in die Augen. „Da ist etwas, was ich dir noch nicht gesagt habe. Ich liebe dich. Nach Maggies Tod habe ich nicht gerade wie ein Mönch gelebt, andererseits bin ich auch nicht durch alle Betten gesprungen. Ich habe einfach weitergemacht. Und dann bist du gekommen.“

„Mein lieber Lord MacNiall“, entgegnete sie, „Sie verstehen es wirklich ausgezeichnet, die richtigen Worte zu finden.“

„Du weißt noch immer sehr wenig über mich“, warnte er sie.

Sie schüttelte den Kopf, ohne den Blick von ihm zu wenden. „Wir haben einen ganzen Monat auf Aruba. Da kannst du mir alles erzählen. Und …“

„Ja?“ fragte er leise und horchte gespannt auf ihre Antwort.

„Und ich glaube, ich habe mich in dem Moment in dich verliebt, als du auf Shaunessy in die Eingangshalle geritten kamst – der große MacNiall. Du hast es eben schon gesagt – ich weiß alles über dich, was ich wissen muss. Und ich liebe dich nur deinetwegen, weil du du selbst bist."

Er lächelte und küsste sie. Der Kuss wurde immer leidenschaftlicher, sie zerrten sich die Kleider vom Leib, da trat er einen Schritt zurück und sah ihr in die Augen.

„Und was ist mit dem großen MacNiall?" fragte sie.

„Ich glaube nicht, dass er sich hier im Hotel ein Zimmer genommen hat", neckte sie ihn.

„Toni – ist er immer noch da?"

„Er ist gegangen", antwortete sie.

„Bist du sicher? Für immer?"

Sie nickte mit großer Bestimmtheit. „Er hat getan, was er tun musste. Er hat seinen Frieden gefunden."

„Ah ja! Also ich denke, dass du bei mir nicht so schnell deinen Frieden finden wirst. Im Gegenteil, meine Liebe – auf uns warten stürmische Zeiten."

„Das will ich aber auch hoffen. Etwas anderes würde mir nämlich gar nicht gefallen", versicherte sie ihm.

Dann küsste er sie lange und leidenschaftlich auf ihre warmen Lippen. Und der Sturm brach los.

– ENDE –

Erica Spindler

Die Angst im Nacken

Verbrechen, Leidenschaft und gnadenlose Spannung. Erica Spindler versteht es, die Abgründe der Seele aufzudecken. Dieser Thriller garantiert Nervenkitzel bis zur letzten Seite.

Band-Nr. 25114

7,95 € (D)

ISBN: 3-89941-150-1

Erica Spindler

Stadt des Schweigens

Ein erbarmungsloser Mörder versetzt eine idyllische Kleinstadt in Angst und Schrecken. Als die junge Journalistin Avery Chauvin auf eigene Faust ermittelt, gerät sie selbst in die Fänge des brutalen Killers.

Band-Nr. 25091

7,95 € (D)

ISBN: 3-89941-124-2